U0133269

定县社会概况调查

北京世纪文景文化传播有限公司　出品

定县社会概况调查

李景汉 编著

世纪出版集团 上海人民出版社

出版说明

自中西文明发生碰撞以来，百余年的中国现代文化建设即无可避免地担负起双重使命。梳理和探究西方文明的根源及脉络，已成为我们理解并提升自身要义的借镜，整理和传承中国文明的传统，更是我们实现并弘扬自身价值的根本。此二者的交汇，乃是塑造现代中国之精神品格的必由进路。世纪出版集团倾力编辑世纪人文系列丛书之宗旨亦在于此。

世纪人文系列丛书包涵“世纪文库”、“世纪前沿”、“袖珍经典”、“大学经典”及“开放人文”五个界面，各成系列，相得益彰。

“厘清西方思想脉络，更新中国学术传统”，为“世纪文库”之编辑指针。文库分为中西两大书系。中学书系由清末民初开始，全面整理中国近现代以来的学术著作，以期为今人反思现代中国的社会和精神处境铺建思考的进阶；西学书系旨在从西方文明的整体进程出发，系统译介自古希腊罗马以降的经典文献，借此展现西方思想传统的生发流变过程，从而为我们返回现代中国之核心问题奠定坚实的文本基础。与之呼应，“世纪前沿”着重关注二战以来全球范围内学术思想的重要论题与最新进展，展示各学科领域的新近成果和当代文化思潮演化的各种向度。“袖珍经典”则以相对简约的形式，收录名家大师们在体裁和风格上独具特色的经典作品，阐幽发微，意趣兼得。

遵循现代人文教育和公民教育的理念，秉承“通达民情，化育人心”的中国传统教育精神，“大学经典”依据中西文明传统的知识谱系及其价值内涵，将人类历史上具有人文内涵的经典作品编辑成为大学教育的基础读本，应时代所需，顺时势所趋，为塑造现代中国人的人文素养、公民意识和国家精神倾力尽心。“开放人文”旨在提供全景式的人文阅读平台，从文学、历史、艺术、科学等多个面向调动读者的阅读愉悦，寓学于乐，寓乐于心，为广大读者陶冶心性，培植情操。

“大学之道，在明明德，在新民，在止于至善”（《大学》）。温古知今，止于至善，是人类得以理解生命价值的人文情怀，亦是文明得以传承和发展的精神契机。欲实现中华民族的伟大复兴，必先培育中华民族的文化精神；由此，我们深知现代中国出版人的职责所在，以我之不懈努力，做一代又一代中国人的文化脊梁。

上海世纪出版集团
世纪人文系列丛书编辑委员会
2005年1月

定县社会概况调查

李景漢編

定縣社會概況調查

晏陽初題

李景汉教授三十年代在定县

李景汉

1985,1,15

定县城垣的一部

汉中山靖王墓

白果树（据说先有白果树，后有定州城）

宋开元宝塔（又名瞭望塔）

定县村长佐训练班第一组下课情况

选举农村办公人员投票时情形

选举农村办公人员的会场

一个农村的消费合作社执行委员

一个农村的少年会执行委员

一个农村的主妇会执行委员

一个农村的闺女会执行委员

九口的农村家庭（阴历新年时摄）

十二口的农村家庭（X为新妇）

农家打辘轳浇灌田园

庄稼收获后打场工作

乡村儿童搂柴火

乡村儿童在场院游玩

夏季赤裸裸的乡村儿童

新年时的乡村儿童

一个农村女子初级小学的学生（X 为教员）

一个农村女子平民学校的学生

游行各农村的图书担

女子平民学校的学生练习唱歌

定县产婆训练班

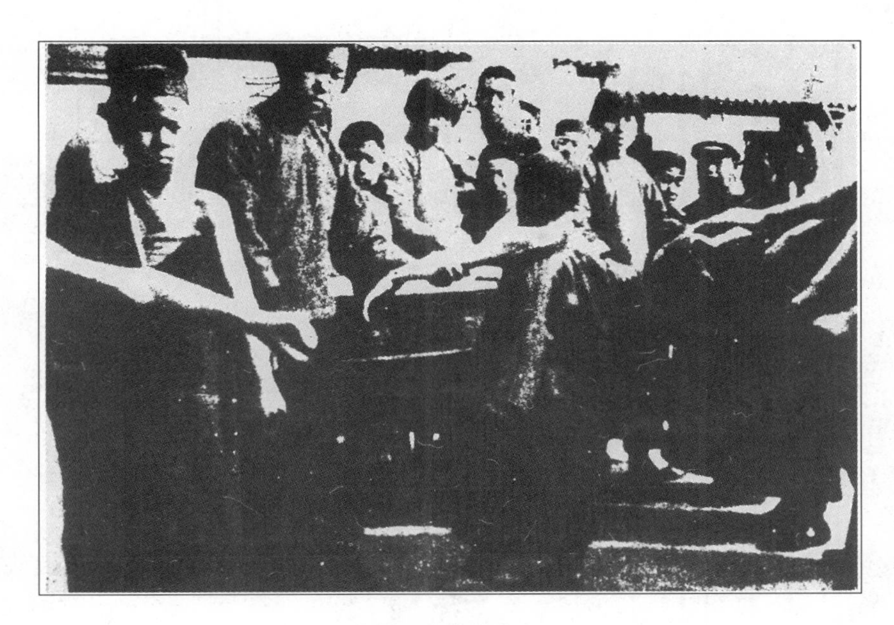

农村儿童施种牛痘

民国十七年十二月三十一日定县人民举行大扫除

普通农家的内院

普通农家的外院

普通农家的卧房

普通农家的厨房

定县城内西街灯会的会员

农村儿童游戏

农村演剧的剧棚和观众

剧棚旁看戏的妇女

一个平民学校同学会的音乐会

新年时游行玩耍的龙灯

新年时的跑旱船

农村表演新剧时的观众

新年时的狮子会

农民的武术团

迎娶时的喜轿

迎娶时喜轿前的吹鼓手

出殡时龙头凤尾的棺罩

出殡时灵柩前的孝子

白果树下供奉的白果大仙

农民上庙烧香

瘟神庙内瘟神的塑像

庙宇内的画像

农民载运庄稼的大车

庄稼收获后碾场工作

农民在田地筛花生

农民在田地收获玉米

农妇磨面

农妇掏谷穗

妇女和儿童摘棉花

农妇刨甘薯

农民打土坯

农民耕地

牲畜曳水车浇田

看守菜园的窝棚

开集时的菜市

粮市的斗经记

集市的拥挤

农民赶集

水灾后的农村

待赈的贫苦农民

贫农的住屋

民国二十年中华平民教育促进会社会调查部职员

前排自左而右：张世文　张瑶山　王紫园　李景汉　郭志高　孙焕章　宋宝文
中排自左而右：王佩珂　高呤涛　李柳溪　王振华　李如山
后排自 左 右：柴庆元　吴经九　宋国桢　史汶春　孙介卿　米子荣

目录

晏序 /1

陶序 /5

陈序 /7

何序 /9

陈序 /11

序言 /13

第一章　　地理 /18

第一节　疆域 /18

第二节　地势 /22

第三节　山川 /25

第四节　区划 /48

第五节　土壤 /55

第六节　气候 /57

第二章　　历史 /65

第一节　定县的起源及沿革 /65

第二节　古迹 /73

第三节　62 村的起源 /91

第三章　　县政府及其他地方团体 /94

第一节　定县为模范县的由来及现在的县政府 /94

第二节　县党部及其领导下的各种民众组织 /107

第三节　旧有各种地方团体 /109

第四节　东亭乡村社会区 62 村内各村所有各种自治组织/111

第五节　翟城模范村 /115

第四章　　人口 /136

第一节　人口总数与分布 /136

第二节　人口年龄与性别之分配 /141

第三节　家庭之大小与亲属关系 /148

第四节　婚姻状况 /155

第五节　职业 /160

第六节　宗族 /177

第五章　　教育 /182

第一节　全县教育 /182

第二节　东亭乡村社会区 62 村小学调查 /200

第三节　62 村中学及中学以上学校毕业生的调查 /219

第四节　62 村文盲与识字人数之调查 /232

第五节　民国十九年识字人数之调查 /245

第六章　　健康与卫生 /251

第一节　农民的食品 /252

第二节　农民的衣服 /260

第三节　农民的住房 /264

第四节　其他普通卫生与健康状况 /271

第七章　　农民生活费 /286

第一节　34 户周年记账农家之概况 /287

第二节　34 家生活费总论 /292

第三节　食品、燃料、住房与衣服 /298

第四节　杂费 /305

第八章　　乡村娱乐 /312

第一节　儿童娱乐 /313

第二节　成人娱乐 /320

第三节　秧歌 /323

第四节　大戏 /357

第五节　新年各种娱乐会 /361

第九章　乡村的风俗与习惯 /367
第一节　婚事 /367
第二节　丧事 /372
第三节　新年及其他节令 /380
第四节　关于迷信的习俗 /384
第五节　乡村其他的风俗 /391
第六节　歌谣 /396
第七节　乡民的几种习惯 /403

第十章　信仰 /406
第一节　全县信仰概况 /406
第二节 62 村信仰调查 /410

第十一章　赋税 /434
第一节　国税 /437
第二节　省税 /460
第三节　县地方捐 /519
第四节　结论 /534

第十二章　县财政 /542
第一节　岁入 /544
第二节　岁出 /550
第三节　结论 /560

第十三章　农业 /560
第一节　全县农业概况 /562
第二节　62 村土地分配、租田制、井水灌溉与农工概况 /575
第三节　第一区 71 村与第二区 63 村之土地分配 /601
第四节　农具 /617
第五节　猪鸡调查 /634

第十四章　工商业 /637
第一节　钱币兑换与度量衡之标准 /637
第二节　工业 /643

第三节　商业 /658
第四节　交通与运输 /676

第十五章　农村借贷 /682
第一节　立约借款 /682
第二节　摇会储蓄 /687
第三节　典当田地 /694

第十六章　灾荒 /696
第一节　水灾 /698
第二节　旱灾 /706
第三节　雹灾 /710
第四节　霜灾 /713
第五节　虫灾 /714
第六节　防疫 /717
第七节　其他灾害 /720

第十七章　兵灾 /724
第一节　民国十六年 62 村之兵灾 /724
第二节　民国十七年 62 村因内战所受之损失 /726

附录 /733
中华平民教育促进会定县实验区 /734
六年计划大纲 /765
六年计划第一期设计 /772
社会调查统计处调查项目 /777

表次

第 1 表　62 村面积 /19
第 2 表　定县 38 里所属村数 /49
第 3 表　定县 43 约所领村数 /51
第 4 表　定县 6 自治区所属村数 /53
第 5 表　东亭乡村社会区 62 村各种土壤之分配 /56
第 6 表　民国二至十五年平均气温 /57
第 7 表　民国二至十五年最高气温 /58
第 8 表　民国二至十五年最低气温 /59
第 9 表　定县民国十七年内每月之平均最高及最低气温 /60
第 10 表　民国二至十五年十二个月平均温度递增递减数 /61
第 11 表　民国二至十五年降水量 /62
第 12 表　民国十四至十五年之气压，湿度，风速及风向 /63
第 13 表　定县 25 个县长到职日期，离职日期与在任日数之比较 /99
第 14 表　定县 25 个县长年龄之分配 /100
第 15 表　定县 453 村距县城内十字街里数之分配 /138
第 16 表　定县各区内村庄平均距县城内十字街里数及最近与最远之里数 /138
第 17 表　定县各区内平均每村家数及最大与最小村之家数 /139
第 18 表　定县 453 村家数之分配 /140
第 19 表　515 家每家自有田地亩数 /141
第 20 表　三种农户数目及其耕种田地亩数 /142
第 21 表　515 家年龄之分配及其百分比 /142
第 22 表　515 家人口年龄与性别之分配及性比例 /143

第 23 表　5255 家按五年组男女年龄之分配及性比例 /145

第 24 表　5255 家按年龄组人数之分配及小于指定年龄之人数 /146

第 25 表　5255 家人口年龄分配与 1890 年瑞典人口之比较 /147

第 26 表　5255 家人口与三类人口分配之比较 /148

第 27 表　5255 家家庭之大小 /149

第 28 表　按地亩组 515 家家庭之大小 /150

第 29 表　515 家六种家庭人口之平均数 /151

第 30 表　515 家庭之亲属关系 /151

第 31 表　515 家男女家主年龄之分配 /154

第 32 表　515 家内已婚者之娶嫁次数 /155

第 33 表　515 家内 766 双夫妻初次结婚时之年龄 /156

第 34 表　515 家内结婚一次的 766 双夫妻年龄之差数 /157

第 35 表　结婚一次以上 97 双夫妻年龄之差数 /158

第 36 表　80 鳏夫与 143 寡妇鳏寡时之年龄 /159

第 37 表　定县各村种地外男人主要职业 /160

第 38 表　定县各村种地外男人次要职业 /163

第 39 表　定县各村女人田间工作外主要副业 /165

第 40 表　定县各村女人田间工作外次要副业 /165

第 41 表　515 家 13 岁及以上之男子现在职业之分配 /167

第 42 表　515 家内 13 岁及以上男子之现在职业，原来职业及改换职业之原因 /172

第 43 表　515 家内 13 岁及以上 1176 女子现在职业之分配 /176

第 44 表　515 家内 13 岁及以上 1176 女子现在职业，原来职业及改换职业之原因 /176

第 45 表　62 村 110 姓氏每姓氏之家数 /178

第 46 表　62 村每村最大姓与次大姓所属家数占其全村家数之百分比 /179

第 47 表　62 村内各村姓氏数目 /179

第 48 表　162 宗族每宗族之公产 /180
第 49 表　156 宗族每宗族全年之经费 /180
第 50 表　全县各种学校的比较 /186
第 51 表　全县各种学校所有级数的比较 /187
第 52 表　全县各种学校所有教员数的比较 /187
第 53 表　全县各种学校所有学生数的比较 /187
第 54 表　全县各种学校常年经费的比较 /187
第 55 表　全县各区学龄儿童与就学儿童的比较 /188
第 56 表　全县所有各种学校数 /189
第 57 表　全县各校所有男女学生数 /189
第 58 表　全县各校男女教员数 /190
第 59 表　全县各校毕业男女学生数 /190
第 60 表　全县各校所有职员数 /190
第 61 表　全县各校全年收入与支出数 /191
第 62 表　全县各校所有资产数 /191
第 63 表　全县所有各种学校数 /192
第 64 表　全县各校所有男女学生数 /193
第 65 表　全县各校男女教员数 /193
第 66 表　全县各校毕业男女学生数 /194
第 67 表　全县各校所有职员数 /194
第 68 表　全县各校所有资产数 /195
第 69 表　全县各校全年收入与支出数 /195
第 70 表　全县所有各种学校数 /196
第 71 表　全县各校所有男女学生数 /196
第 72 表　全县各校所有教员数 /197
第 73 表　全县各校全年收入与支出数 /197
第 74 表　全县各校所有资产数 /198
第 75 表　全县各校毕业男女学生数 /199

第 76 表　全县各校所有职员数 /199
第 77 表　62 村每种小学及学生数目 /200
第 78 表　62 村 63 个小学创办之年份 /201
第 79 表　62 村初级与高级小学男女学生年龄之分配 /201
第 80 表　62 村小学各年级学生总数 /202
第 81 表　62 村小学学生家庭之主要职业 /203
第 82 表　62 村各小学毕业班数 /203
第 83 表　62 村各种小学历次毕业男女人数 /204
第 84 表　62 村在民国十五年与十六年中各小学毕业人数 /205
第 85 表　62 村小学创办以来退学学生数目 /205
第 86 表　62 村在民国十五年与十六年中各小学退学人数 /206
第 87 表　62 村 63 个小学全年内每种假期日数 /207
第 88 表　62 村各小学所有学田亩数 /208
第 89 表　62 村小学收入之来源 /209
第 90 表　62 村 44 个小学收学费的方法 /209
第 91 表　62 村各小学全年收入与支出 /210
第 92 表　62 村小学全年各项支出款额 /210
第 93 表　63 个小学校舍间数 /211
第 94 表　62 村小学教员数目之分配 /211
第 95 表　小学教员诞生地之分配 /212
第 96 表　62 村小学教员年龄之分配 /212
第 97 表　62 村已婚及未婚之小学教员数 /213
第 98 表　62 村小学教员毕业学校之分配 /214
第 99 表　78 个小学教员从事教育，教读及现在学校任事年数 /215
第 100 表　62 村 78 个小学教员担任科目数 /215
第 101 表　62 村小学教员每周担任课程小时数 /216
第 102 表　小学教员教读外兼任事项 /216
第 103 表　62 村小学教员之薪金 /217

第104表　78个小学教员家庭之人口数 /217
第105表　71个已婚小学教员之子女数 /218
第106表　62村小学教员家中田地亩数 /218
第107表　62村78个小学教员家产之价值 /219
第108表　62村每村内中学毕业及中学以上程度之男女人数 /220
第109表　62村内中学及中学以上学校毕业男女现在年龄之分配 /222
第110表　62村中学及中学以上学校毕业者辍学时之年龄 /222
第111表　62村内中学及中学以上学校毕业，中学毕业后修业，及现在肄业之男女人数 /223
第112表　62村内中学及中学以上毕业者，修业者及现在肆业者所属门类与每门人数（男）/223
第113表　62村内中学及中学以上程度毕业者，修业者及现在肄业者所入学校种类与每种人数（男）/225
第114表　62村内男子现在肄业中学及中学以上学校、地址及每校人数 /226
第115表　62村内中学毕业男子修业之学校、地址及每校人数 /227
第116表　62村内中学毕业后各门类修业男子现在从事各种职业之人数 /227
第117表　62村内中学及中学以上毕业男子最后毕业之学校、地址及每校人数 /228
第118表　62村内中学及以上程度之男女最后所在学校地址之分配 /229
第119表　62村内中学毕业及中学以上各门类毕业之男子现在从事各种职业之人数 /230
第120表　62村内中学及中学以上毕业女子最后毕业之学校、地址及每校人数 /231
第121表　62村内女子现在肄业中学及中学以上学校、地址每校人

数及所学门类 /231
第 122 表　62 村内中学毕业及中学以上各门类毕业之女子现在从事各种职业之人数 /232
第 123 表　11−50 岁之 1752 人口中文盲与非文盲数目之比较 /233
第 124 表　537 非文盲及半文盲入学年数 /234
第 125 表　非文盲及半文盲运用文字之能力 /234
第 126 表　文盲与家中所有地亩数之关系 /235
第 127 表　年龄组内识字人数之百分比 /236
第 128 表　翟城村 11−24 岁识字与不识字者之比较 /238
第 129 表　东亭镇 11−24 岁识字与不识字者之比较 /238
第 130 表　515 家内受教育者入学之年数 /239
第 131 表　515 家内受过教育而现已离校者之入学年数 /240
第 132 表　515 家内受教育者所入学校之种类 /241
第 133 表　515 家内有中学以上程度者所入之学校 /241
第 134 表　515 家内受教育者开始入学时年龄之分配 /242
第 135 表　515 家内受教育者离校时年龄之分配 /242
第 136 表　515 家内受教育者离校之原因 /243
第 137 表　515 家内受教育者之家庭与家中自有田地亩数之关系 /244
第 138 表　515 家内受教育者与家中自有田地亩数之关系 /245
第 139 表　5255 家内现尚入学男女年龄之分配 /246
第 140 表　5255 家内现已离校男女年龄之分配 /246
第 141 表　5255 家内受过教育之人数 /247
第 142 表　定县城内家庭人口中受教育者之人数 /248
第 143 表　定县 7 岁及以上之人口中文盲与识字者数目及其百分比 /249
第 144 表　定县 12—25 岁青年中文盲与识字者数目及其百分比 /250
第 145 表　515 家内房屋间数之分配 /265
第 146 表　515 家内卧室间数之分配 /266

第 147 表　515 家内冬季各家卧室睡觉人数 /266
第 148 表　175 口村内井与厕所之距离 /272
第 149 表　515 家中按年龄组女子缠足及天足人数 /273
第 150 表　民国十八年内中一区 5255 家所得各种疾病及死亡人数之分配及其百分比 /274
第 151 表　民国十八年内中一区 5255 家 296 人死亡原因之分配及其百分比 /275
第 152 表　民国十八年内 515 家中所患各种疾病人数及其百分比 /277
第 153 表　民国十三至十七年内 515 家中曾患各种疾病及其他原因死亡人数及百分比 /278
第 154 表　民国十三至十七年内 515 家中不满 11 岁之儿童因各种疾病及其他原因死亡数目之分配 /279
第 155 表　按年龄组 981 个妇女产生、死亡及现存子女数与平均每妇女产生、死亡及现存子女数 /280
第 156 表　按年龄组 981 个妇女产生、死亡及现存子女数目之分配 /281
第 157 表　定县各区医生数及药铺数 /283
第 158 表　定县各村医生数目之分配 /283
第 159 表　446 个医生年龄之分配 /284
第 160 表　34 家家庭之大小 /288
第 161 表　34 家人口之亲属关系与年龄之分配 /289
第 162 表　34 家农场之大小与周年收入总数 /291
第 163 表　34 家各家周年支出总数 /292
第 164 表　34 家全年各项支出总数与每家平均支出数 /293
第 165 表　按收入组 34 家全年五项支出平均数目及其百分比 /295
第 166 表　按收入组 34 家全年各项杂费支出平均数 /296
第 167 表　34 家按等成年男子组每家全年每等成年男子平均收支数及食品费之比较 /297

第 168 表　按收入组 34 家盈亏平均数 /298
第 169 表　34 家全年内各项食品平均数消费数量及平均费用 /299
第 170 表　34 家各家房屋间数与房屋价值 /304
第 171 表　34 家全年各项杂费 /306
第 172 表　定县 453 村内各种寺庙数目 /407
第 173 表　定县庙会地点及日期 /408
第 174 表　62 村历年毁坏庙宇数目 /411
第 175 表　62 村每村原有与现有庙宇数目及其所当家数 /412
第 176 表　62 村内原有及现有每种庙宇数目 /414
第 177 表　62 村庙宇内供奉之主神数目 /415
第 178 表　62 村原有及现有庙宇内偶像数目 /416
第 179 表　62 村原有及现有庙宇之房屋间数 /417
第 180 表　62 村五年内公众敬神之各项用费 /418
第 181 表　62 村内加入各种秘密宗教团体之人数及有此种团体之村数 /430
第 182 表　定县民国十七与十八年两年烟酒税各项征收数 /447
第 183 表　定县民国十八年负担之统税一览 /452
第 184 表　定县民国十六至十八年三年印花税征收数 /458
第 185 表　定县民国八至十年三年印花税征收数 /458
第 186 表　定县民国十八年担负之国税 /459
第 187 表　定县额内各项地亩数、征银数及平均每亩征银数 /466
第 188 表　定县额外各项地亩数、征银数及平均每亩征银数 /467
第 189 表　定县额内与额外征地亩数，征银数及平均每亩征银数 /468
第 190 表　定县额内与额外地应开除之亩数及征银数 /469
第 191 表　定县额内与额外地原有亩数及征银开除后实剩之亩数及征银 /469
第 192 表　定县额内外征地（开除后的）加征之耗羡及地丁二闰并其

平均每亩加征数 /470
第 193 表　定县租课地各项未升科时的地亩数、租银数及平均每亩租银数 /471
第 194 表　定县各种征地现有亩数征额及平均每亩征收数 /472
第 195 表　定县各种征地平均每亩正赋附捐征收数之比较 /473
第 196 表　定县自民国十六至十八年三年田赋征收数的比较 /475
第 197 表　定县自民国十六至十八年三年田赋已完数与未完数的比较 /476
第 198 表　定县自民国十六至十八年三年田赋附征各捐征收数的比较 /477
第 199 表　定县自民国十五至十七年三年田赋附征各项临时特捐的征收数 /477
第 200 表　定县自民国十六至十八年三年田赋正附及临时特捐各项征收数的比较 /479
第 201 表　定县自民国十六至十八年三年田赋正附及临时特捐各项征数属省部分的比较 /479
第 202 表　定县自民国十六至十八年三年买典契税佣纸价及注册费各项征收数的比较 /486
第 203 表　定县民国十六至十八年三年契税属省部分的比较 /489
第 204 表　定县验契各费征收数 /490
第 205 表　定县民国四年各集市所有各种牙行数目及缴纳之税额 /502
第 206 表　定县民国十四年四月各集市所有牙行之种类及数目 /503
第 207 表　定县民国十四年四月所有牙行数目及缴纳之帖捐与税额 /506
第 208 表　定县自民国十六至十八年三年牙税(包含牙捐)最低标额与实包数的比较 /508
第 209 表　定县自民国十六至十八年三年牙税正税的征收数 /509

第210表　定县民国十五年八行牙伙人数 /510

第211表　定县自民国十六至十八年三年牲畜花税包收数 /512

第212表　定县民国十至十二年三年牲畜花布税包收数 /512

第213表　定县民国十六至十八年三年屠宰税包收数 /516

第214表　定县民国十至十二年三年屠宰税包取数 /516

第215表　定县自民国十六至十八年三年担负之省税 /518

第216表　定县历年花生木植捐包收数的比较 /521

第217表　定县自民国十六至十八年三年花生木植捐各区包收数的比较 /522

第218表　定县自民国十六至十八年三年牙捐额数 /526

第219表　定县民国五与六年两年牙捐包收数 /527

第220表　定县自民国十六至十八年三年牲畜花附捐包收数 /528

第221表　定县民国十至十二年三年牲畜花布附捐包收数 /529

第222表　定县自民国十六至十八年三年牲畜花税及附捐包收总数 /529

第223表　定县民国十至十二年三年牲畜花布税及附捐包收总数 /530

第224表　定县自民国十六至十八年三年屠宰附捐包收数 /531

第225表　定县民国十至十二年三年屠宰附捐包收数 /531

第226表　定县自民国十六至十八年三年屠宰税及附捐包收总数 /531

第227表　定县民国十至十二年三年屠宰税及附捐包收总数 /532

第228表　定县民国十八年征收村捐数 /533

第229表　定县自民国十六至十八年三年担负之县地方捐 /533

第230表　定县自民国十六至十八年三年担负之国税、省税及县地方捐之比较 /534

第231表　定县自民国十六至十八年三年担负之各种临时税捐 /535

第232表　定县民国十六至十八年三年担负之国税、省税及县地方

捐(常设与临时税捐并计)之比较 /536
第233表 定县民国十六至十八年三年平均每年担负之直接税 /537
第234表 定县自民国十六至十八年三年平均每年担负之间接税 /537
第235表 定县自民国十六至十八年三年平均每年担负之行为税 /538
第236表 定县自民国十六至十八年三年平均每年担负之直接、间接及行为三税之比较 /538
第237表 定县自民国十六至十八年三年平均每年担负关于临时税捐部分之直接、间接、行为三税 /539
第238表 定县自民国十六至十八年三年平均每年担负之直接、间接及行为三税（常设与临时税捐并计)之比较 /540
第239表 定县自民国十六至十八年三年平均每年各种税捐(临时税捐未计入)担负之比较 /540
第240表 定县自民国十六至十八年三年平均每年各种税捐(临时税捐并计)担负之比较 /541
第241表 定县民国十七与十八年两年度岁入各项预算之比较 /545
第242表 定县民国六年份与民国十二年份岁入各项预算 /547
第243表 定县民国十六至十八年三年度政费支出预算之比较 /551
第244表 定县民国十六至十八年三年度教育费支出预算之比较 /552
第245表 定县民国十六至十八年三年度建设费支出预算之比较 /553
第246表 定县民国十六至十八年三年度特别费支出预算之比较 /553
第247表 定县民国十六至十八年三年度岁出各项预算之比较 /554
第248表 定县民国六年份岁出各项预算 /555
第249表 定县民国十二年份岁出各项预算 /557

第250表　定县各村种地亩数 /563
第251表　定县各村主要农产物 /564
第252表　定县各村次要农产物 /565
第253表　定县各村第三重要农产物 /565
第254表　定县各村第四重要农产物 /566
第255表　定县各区井数 /569
第256表　定县各村井数 /569
第257表　62村每村种地家数、种地面积及平均每家种地亩数 /576
第258表　62村各村农场面积 /578
第259表　10290农家种地亩数之分配 /579
第260表　200农家每家所有地亩块数 /580
第261表　1552块田地每块亩数 /580
第262表　200农家各农场平均每块田地之大小 /581
第263表　200农家各农场之大小、块数与平均每块亩数 /582
第264表　三种农家数目与种地亩数 /585
第265表　6村每亩之地价与租金 /586
第266表　6村各种田地每亩所纳租粮数量 /587
第267表　6村现款纳租与农产纳租之比较 /588
第268表　62村井数之分配 /590
第269表　62村每村井数及每井所当家数 /591
第270表　62村各村每井所当家数 /593
第271表　3村内654口井凿井之年份 /594
第272表　654井井口与井底直径尺数 /595
第273表　654井井口至井底之深度 /596
第274表　270井井水之深度 /596
第275表　471村外井灌溉田地亩数之分配 /597
第276表　中一区71村自有田产之家数与亩数之分配 /602
第277表　中一区71村每村平均每家自有田地亩数 /602

第 278 表　中一区 71 村每村最大之田产 /604
第 279 表　中一区 71 村按田庄大小组家数与面积之分配 /605
第 280 表　中一区 71 村各种田产权之农家数目 /606
第 281 表　中一区 71 村村外田地价值 /606
第 282 表　中一区 71 村各种农作物所占面积及产量 /608
第 283 表　中一区 71 村各种作物每亩产量 /610
第 284 表　定县第二区 63 村按田产大小家数与亩数之分配 /613
第 285 表　定县第二区 63 村各村最大之田产 /613
第 286 表　定县第二区 63 村按田庄大小家数与亩数之分配 /614
第 287 表　定县第二区 63 村田产权家数之分配 /615
第 288 表　定县第二区 18 村田产权家数之分配及缴纳田租方法 /615
第 289 表　定县第二区 63 村村外田地价值 /616
第 290 表　定县第二区 24 村村外水地与旱地之价值 /616
第 291 表　民国二十一年三月时养猪之 77 家所养各种猪数目 /634
第 292 表　民国二十年全年内养猪之 83 家所养各种猪数目 /635
第 293 表　民国二十一年三月时养鸡之 76 家所养各种鸡数目 /636
第 294 表　民国二十年全年内养鸡之 78 家每家养鸡数目 /636
第 295 表　历年银两与银元兑换铜元数目 /638
第 296 表　中一区 71 村从事各种家庭手工业之家数、人数、全年出货总量及价值 /653
第 297 表　中一区 41 村织布家数、人数、全年出布匹数及价值 /654
第 298 表　中一区 67 村纺线家数、人数、全年出线斤数及价值 /656
第 299 表　定县各村商店数 /659
第 300 表　定县城内各类商店数目 /659
第 301 表　定县东西南三关各类商店数目 /661
第 302 表　定县东亭镇各类商店数目 /663
第 303 表　定县 82 村集市日期 /664
第 304 表　定县各村距最近集市里数 /664

第 305 表　定县城内平时各种摊贩数目 /674
第 306 表　定县城内集日各种摊贩数目 /675
第 307 表　定县城内各摊贩所占面积 /677
第 308 表　定县 100 次灾荒的分配 /697
第 309 表　定县 26 次灾荒的分配 /697
第 310 表　民国十六年 62 村每村因兵丁掠夺所受之损失 /725
第 311 表　民国十七年 62 村每村因内战所受之损失 /727
第 312 表　民国十七年 40 村每村被兵丁掠夺之家数及所受之损失 /730
第 313 表　民国十七年 40 村被兵丁掠去之各种牲畜数目及其价值 /731
第 314 表　民国十七年 40 村因兵丁掠夺所受之各项损失 /731

晏 序

定县实验的目标是要在农民生活里去探索问题，运用文艺教育、生计教育、卫生教育与公民教育的工作，以完成农民所需要的教育与农村的基本建设。而一切的教育工作与社会建设必须有事实的根据，才能根据事实规划实际方案。

因此本会对于定县的实验最先注意的就是社会调查。要以有系统的科学方法，实地调查定县一切社会情况，使我们对于农民生活农村社会的一般的与特殊的事实与问题有充分的了解与明了的认识。然后各方面的工作才能为有事实根据的设施。

定县实验区的工作近年颇引起社会人士的深切注意，来定县参观的人，实在不少。到定县来的都愿意先知道定县社会的事实。社会调查的工作，亦很得到大家的注意，希望从速整理发表，现在所发表的只是会中社会调查工作的一部分，是“定县社会的概况调查”。其余比较细密的调查工作，比较属于专门研究的整理工作，此后自当陆续编辑发表，供实际从事农村建设的同志们，与关心农民生活的朋友们参考研究。

定县实验的社会调查有其特殊的注重之点，这是从整个的平民教育运动立场下应该说明的。关于这几点的说明可以说是我底义务。

说到社会调查，有人以为这是政府的责任。政府以法令行之，可以有种种的方便。但社会调查的目的在得到事实的真相，而如何才能了解事实真相，至少根据定县社会调查的经验，也有一套方法，必须切实研究，实地经验。在完成这套实地调查的学术研究之后，政府才能有方法上的一种根据，可以作大规模的全国或全省的调查，才能希望得到社会事实的真相。

农村社会的调查工作，由社会学术机关去作，也有他的困难。第一点，从事农村调查的工作人员，必须有到民间去的认识与决心。在与农民共同生活之下，才能了解农民生活的真相，才能得到正确数字，才能亲切地了解数字背后的所含有的意义，才能做规划实际建设的方案。

第二，调查既是为谋整个农村社会建设之入手的工作，单独的进行，是不会顺利的。必须通盘筹划由多方面，施以互相为用的工作，然后才能造成可以深入的环境，调查方为可能。定县实验在各方面的工作，增加了若干调查上的便利。

第三，调查的目的，既是为了解事实，但事实了解的不是工作的终了，而是工作的开始。所以调查工作不是为调查而调查，必须要着眼于社会的实际的改造。要根据建设的需要，调查事实。

第四，从事调查的人，必须了解现代社会调查的科学的理论以及方法与技术，必须要顾到中国的民间生活状况而规定出适合情形的方法及技术来。即如拟一表格，就得特别注意与农民心理、风俗、习惯、生活相应合，而又要顾到（一）所问须使他们能回答，（二）他们所能回答的，又是我们所需要的。

换言之，社会学术机关所进行的社会调查在它的进行中，便须以整个社会改造为目标，从多方努力，随时研究如何先建设起来的社会调查之整套的学术。而调查人材所应具的修养、训练与经验，更是使调查成功的重要条件。

本会底社会调查工作，是根据对于上述困难之了解而呈现，同时又以下述二种意义为其特具的立场：

一为教育的意义。本会社会调查，非为调查而调查，为的是要知道农村生活的究竟，寻出生活上的问题，进而解决此项问题。即整个工作要以社会调查为指南针，先求知道生活底依归，然后再事规定教育的实施的方案。如此乃可以谈得上“教育和生活打成一片”。

二为社会科学的意义。社会科学和自然科学不同，不能依样画葫芦般的抄袭应用。必须先知道中国社会是什么样，然后始能着手于科学的系统之建设。因此我们希望本会的社会调查对于中国的社会科学之研究有其贡献。以中国的社会事实一般的学理原则，促立中国化的社会科学。必如此中国化的政治，中国化的教育等之建设，乃有可能性。

本会于民国十五年秋选定定县为“华北实验区”，以翟城村为中心，从事各项工作，社会调查便开始进行。当时由冯梯霞先生主持，进行一年多，各事粗具规模。冯先生曾著有《乡村社会调查大纲》一书，胪举当时所拟各项表格。至民国十七年，即由李景汉先生偕同多人继续进行，直至现在。虽然此项工作已有五六年的历史，但在开始时，是有特别困难的。最主要的，就是农民对于从事工作者的不信仰，工作不易进行。后来战胜这种困难，便是从教育方面着手。因教育底实施而联络其感情，而获得其信仰，调查工作始得逐渐顺利进行。

说到教育工作底设施，这实在引我们得到一种深切的认识。即调查者底技术，固须训练；被调查者也同样地须受技术的训练。譬如我们为调查农民家庭岁入和岁出的情形，而要它们记账，便须先训练它们能写，能算，就是说，他们信仰你，而愿意帮助你，但是帮助你的能力，还须你先替它们培养起来。这是一切中国建设事业中的共同问题，一切从事中国建设事业的人都应体会——我们正在要建盖房子，本来招工购料就可开始，但是我们现在的中国啊，正是工料全无。我们须得先栽树，烧砖，训练工人，在这种意义下，就本会底全体工作来说，还是附产品了。

“实验区”之设置，从第二次内政会议后，俨成风行一时之势，可见政治建设，社会建设工作之需要科学的研究与实验，已为一般所认识。调查工作之重要更为从事建设人所了解。希望这本书能坚定从事“实验区”工作者调查底兴趣或且能增添它们一点勇气，希望多有这一类的工作实现，使我们更能走上科学化的建设之途。

自翟城村起始工作到现在，经过三次战争，还有地方水灾、瘟疫，以及农村经济之凋弊，工作上受过不少的阻碍，而我们能获得如许的结果，虽然自己也不能满足，但也很矜视这点收获。

即此成绩，已由许多人的努力始底完成。甘博（Sidney D.Gamble）先生是社会调查的专家，在中国曾编著《北京社会调查》（*Peking：A Social Survey*），对于本会社会调查，非但在工作上给予指导，在经济上也予援助。冯梯霞先生从事艰苦的开轫工作，李景汉先生及其许多得力的助手，积年的继续努力，会中其他部分，也都是踊跃的通力合作，这都是我愿意表明，而且引为欣幸的，还有许多本国和国外的专家，对于本会的调查工作，有种种的鼓励与指导，这是我们更应该感谢的。

晏阳初

民国二十一年二月，定县

陶序

在中国，采用科学方法，研究社会状况，只不过是近十年的事。从前我国的士大夫，向来抱着半部论语治天下的态度，对于现实的社会状况，毫不注意，只以模仿古人为能事。等到西洋的炮火惊醒了这迷梦，又完全拜倒在西洋文明之下。每每不顾国情，盲目地整个把西洋的各种主义和制度，介绍到中国来。以为只要学得维妙维肖，便是社会的福利。哪知道主义和制度介绍得越多，中国的社会，反到越发紊乱越发黑暗了。于是一部分有识之士，看出这种只模仿他人而不认识自己的流弊，便起而提倡社会调查运动。主张用科学的精密的方法，研究我们自己的现实社会。我们必须先认识自己的社会，然后才可以根据这认识规定改进社会的计划。这如同治病一样，必须先检查病源，然后才可以处方下药。这个社会调查运动，在最近十年中，由鼓吹进到实地试验，更由实地试验的结果，获得多数人的信任和同情，实有赖于少数人的继续努力。本书编者李景汉先生，便是这运动中，鼓吹最力工作最久的一员勇将。

李先生在十年前，便同美人甘博在北京城内，从事于社会调查的实地工作，成绩已有可观。民国十五年中华教育文化基金董事会社会调查部成立，我得有机会和他同从事于调查工作的指导。他那种不畏艰难、不辞劳苦、不厌琐细的精神和丰富的实地工作经验，实是从事社会调查的人们中，不可多见的。十八年七月社会调查部改组为社会调查所，李先生已先期应中华平民教育促进会之约，主持该会的定县社会调查。三年来，我们因为公务繁忙，见面的机会很少，偶尔见面谈起定县的社会调查工作，他每是很谦虚地说，那边的工作，是为随时应付平教总会的需要而调查，所得的材料很是零碎。但我深信，以李先生对于社会调查的信心和能力，三年长时期努力的结果，必有许多材料，可供我们研究农村社会的参考。时常期待着他能把辛苦得来的材料，整理发表。现在这期待，居然达到。李先生已肯先将一部分关于定县社会概况的材料，整理出来，编为定县社会概况调查一书，这是如何可喜的事。

李先生在本书序言中，一再说明。“本书材料中，有的调查较为精细，有的调查颇为粗简，皆以本会随时需要的程度与多寡，而决定其轻重与缓急。”“本书在报告多种赤裸裸的事实以外，不下评论与结论，连较细的解释也是很少的。这一方面，是因为本县的各项问题尚在继续进行较深的研究，最好在叙述全县社会概况的时候，少加讨论，等到各项问题有了彻底调查以后，再分开发表，不但着重事实，也要加以详细的解释和相当的结论。又一方面，是因为堆积的材料这样多，叙述的篇幅已经很长，只先将这些不很整齐的原料发表，供给研究农村社会人们的参考。好像矿工把山间一块一块的矿石开出来，送给化验师们去化炼，由他们随便炼出什么有价值的东西来”。读者若能注意这两段说明，或者对于本书的内容和特点，有明了的认识。凡是注意农村问题的人们，大概都可以从本书中得到一些有价值的“矿石”，虽然不一定对于所有的“矿石”，都感觉有趣味，加以化炼。我们应感谢李先生在为实用而调查的百忙之中，还不厌琐细，编辑这本概况调查的报告，供给许多原料，以便行使学术上的研究。我们知道，并且希望，李先生所说的专题研究，在不久的将来，将要陆续发表，那么我们对于定县所代表的农村社会，或者可以由概括的“不很整齐的”观念，更进而得到精深而有系统的认识。

陶孟和

民国廿一年十二月廿八日，社会调查所，北平

陈 序

吾友李景汉先生，将中华平民教育促进会在河北省定县的社会调查工作，汇集成书名曰《定县社会概况调查》。自民国十七年以后该会所搜集的一部分材料，关于定县的社会生活各主要项目，分章叙述，成为专书。本书是事实的报告，就性质言，应特别注意两点：(一)所搜集的事实，必须对于社会是有意义的，是含有重要性的；那么，这些事实才有相当的价值；(二)对于事实的记载，要不存偏见；对于事实的主要部分要减少错误或脱漏；然后事实报告，能够大致与实情相合。

如果以上两部分的工作能做到的话，这一类的事实报告至少有两种重要贡献：第一，社会改良者可以按照这种报告，找寻适当的改良路径；他们可以把计划分出轻重缓急，斟酌办理，不致空费财力与人力。第二，社会科学研究者，可以引用这种报告，或作事实的比较，或作假设的根据，或作学说的出发点。因此我们对于李先生的努力，很表同情；我们以为事实的搜集与分析，是社会改良与社会研究的入门之路。

我国现时缺乏关于社会的实际材料，因此妨碍研究的工作。如果定县和其他的乡村运动机关，尽量刊布相似的报告，使我们对于我国目下的社会情形，渐渐形成有系统的和整个的认识。那么，建设自然会有根据，研究事业自然可以发展。不然，理想中的改良，或者不是真正急切的抽象的理论，或者是与实际不符的；社会怎能有进步，学说怎能找到立足地呢？因此我们不但钦佩李先生与其同仁的奋斗精神，并志数语以自勉。

陈 达

民国廿二年一月廿九日于北平，清华大学

何序

吾国数千年来，书籍浩繁，而关于社会实况之抒述甚鲜。故吾人欲洞悉古昔社会一般之情形，民风物情之梗概，仅能于稗史杂记中见之，鳞爪断碎，欲自其中得一社会状况整个之印象，至难能也。第昔时农业自足之社会，人民耕而食，桑苎而衣，伐木艺竹而材，服先畴而习旧规变迁甚微。自东西沟通以来，西洋经济势力，渐渐侵入吾国，人民之经济生活，随之而产生变迁。而经济蜕变之时，新陈代谢之际，又易发生病态，影响人民生机。故在今日研究社会情况，较昔时重要远甚。加以近二十年来，内战频仍，匪祸滋蔓，人民困于诛求，几无宁岁，匪区农地荒废，生产没落，全国农民经济已达破产时期，整个社会亦极呈临危不安之象。民困已深，调查尤为急务。国民政府年来，怵目民艰，已屡有注意农村建设之计划，第思想必根于事实，建设必本于实况，病征不悉，治疗无从，故居尝谓调查社会实况，实为今后一切建设之根本要图。予至友李君景汉主持定县社会调查有年，近将调查结果，编缀成书，顷以目次见示，嘱为之序。予展阅数过，见其赅括详至，方法精密，是书梓行之后，披览之者，对于定县之社会情况，民风物情，一一将若同亲历，诚极有价值之著作也。定县为中华平民教育促进会之实验区域，年来各种改良工作，久已脍炙人口，此后望能就调查所得，施之于政，采其中重要问题，如教育之推广，卫生之提倡，习俗之转移，杂敛之蠲除，以及农工商业之改良等，加以致力，以期益臻于善。虽然，定县不过一斑耳，大江南北，连年天灾人祸，乡村社会之情形，有远出定县下者。尤望有志社会改良者，本是书之成规，继起为之，以为将来改良建设之标准。是则李君此书之刊行，不第足供研究社会状况参考之用，实今后乡村建设之所资赖也。

何廉

序于南开大学经济学院民国二十二年二月

陈　序

中国北部最兴盛的农业区域是河北省沿平汉铁道的一大平原。和西南丘陵地或西北黄土高原或江南岭南各处来比较，这大平原的经济自有它的特点。定县就在这大平原上，它的调查自然可以提供中国北部农业区域的研究资料。

李景汉先生所编这本调查报告虽然方面很多，各村户的饮食起居，疾病死亡，农田农业，和全县的宗教风俗，政治教育，工商灾荒，差不多无所不包，可是完全是从实地调查而得；和地方志的多凭考据编成决不相同。李先生既具多年的调查经验，又一向抱着努力的热诚，他的报告更富有准确的性质。

凡是为实用或为研究而做的调查，和那些为调查而调查所得的材料不是相同的。李先生等在定县所做的调查是为了要解决实际问题而进行的。它的价值当然不只是准确两字所能表示出来的。

从定县的概况调查并不难看出中国社会一般的愚和穷和弱和私的病象；愚和弱和私尽管直接或间接影响于穷，但穷——农民的贫穷化——确是愚和弱和私的根本原因。目前中国经济正在恶化，农民皇皇乎求生之不得，农村教育的推进必然要受到重大的阻碍。定县社会概况调查可算对于这些病象做了一个切实的诊断。

陈翰笙

民国二十二年二月二十日，南京

序　言

中华平民教育促进会运动的目标是要在生活的基础上，谋全民生活的基本建设，解决生活的问题。根据中国社会的事实，深知“愚”、“穷”、“弱”、“私”为人民生活上之基本缺点；因此主张四大教育，即以文艺教育救愚，以生计教育救穷，以卫生教育救弱，以公民教育救私。平民教育工作既是以实际生活为研究的对象，就必须到民间来实地工作，在实际生活里研究实验，在民间生活里找出生活的缺憾，寻求具体的方案。具体的方案必须以事实为根据，而事实的根据必须以实地社会调查的结果为材料。否则拟定的方案不能与社会的情形适合，就不能对于人民的生活上行为上发生若何影响，易犯药不对症或削足适履之病。因此本会对于社会调查甚为注意，并认清中国的基础是农村，所以特别着重农民的教育与农村的建设，遂选定县为实验区。

定县实验区的社会调查工作，在平民教育运动的立场上，是要以有系统的科学方法，实地调查定县一切社会情况，特别注意愚、穷、弱、私四种现象。随时整理搜集之材料，分析各种现象之构成要素，发见愚、穷、弱、私等现象之原因，试下相当的结论。然后将根据调查所归纳之各种结论及建议，分别供给本会各设计之负责者，使他们计划实验或推行工作时有参考之材料及可靠之根据。总之，使本会全体人员对于全县社会之内容及各种问题，有充分之认识与彻底之了解。因此本会之调查工作不是纯为学理的研究，所谓“为调查而调查”，乃是为实用而调查，为随时应付本会之需要而调查。因此本书的材料中有的调查较为精细，有的调查颇为粗简，皆以本会随时需要之程度与多寡而决定其轻重与缓急。

本会到定县工作的第一步，是先提倡设立平民学校及普及简单的农业科学。无论如何，不能免除农民的怀疑。有的说我们是传教的，有的想我们是征税的，有的以为我们是招兵的，或是与政府有其他关系的。在这种情形之下，最易使人怀疑的调查工作自然不能进行。又因乡村久受贪官污吏、苛税杂捐、兵匪劫掠等种种的害处，人民如惊弓之鸟，在恐惶中过生活。若来调查其生命财产及种种家庭私事，岂不视为大祸之将至?再者，定县向来摊款、征兵拉夫，或索要车马粮草，皆按各村户口或地亩之多少为标准，尤不利于调查工作之进行。

因为有以上所述种种障碍，于调查时就不易按照预定之步骤进行，只能在可能的范围内先择不甚困难而能办到的，及不致引起农民怀疑的事项进行调查。例如首先调查定县之历史，地理，县政府组织，赋税，风俗习惯，六十二村的户口，教育，娱乐，宗教，卫生，生活程度，经济概况等项。由这些普通概况的调查渐及属于数量方面简略的调查。民国十九年以全县为实验范围时即首先举行各村之概况调查，包括每村户口，村中领袖，学校现状，文盲人数，种地亩数，农产物种类，男女职业，集市情形，医药状况等项。全县各村一般的概况调查以后，就进一步举行较细的分项调查，例如县内各村的土地分配调查和家庭手工业调查，选样的按户人口调查和家庭生活费调查等项。民国二十一年秋季本会选定县内第一区之东部及第三区之西北部为集中工作之研究区，包括六十一村，而以其中之高头村为研究村。调查之范围亦随之而集中于此区，现在进行中者，根据本会之需要，有区内经济状况调查与家庭卫生调查。 现因前后许多到定县参观人士的希望与要求，先将一部分关于定县社会概况的材料首先发表。以后再继续编著丛书，分项发表较细的调查研究。本书各章材料的多寡有的欠匀，因此各章前后的次序未能尽然按照题目的性质排列。

定县是中国一千九百余县中的一个县，人口约四十万众，约等于全国人口的千分之一。县内的农民生活，乡村组织，农业等情形可以相当地代表中国的农村社会，尤其是华北的各县情形，也可以大致说明全国农村社会的缩影。有许多定县的社会现象和问题也就是其他地方的现象和问题。吾人要继续集中精神，彻底的从事研究定县的各种社会问题，求得解决的方案的目的亦即在此：因为不是单为定县而研究，乃是为全国而研究的。

在定县调查的材料中有许多是不便于发表的，只供本会主持工作者参考的用处，为的是要免除误会。严格地说，为一个地方实用的社会调查是不应当随便公开发表的，尤其是近代所谓之“个案调查”与私人的地位名誉有关系的。就是本书所发表的一部分材料中也极力地避免村名或人名，只将社会的某种现象说明而无须发表一定是在何处或关于何家何人的，特别是关于各村经济和人口等情况，叙述时都是以号数代实际名称的。否则在目下的社会情形之下，说不定有人可以误用调查的材料来害民的。因此本书一方面只将一部分的事实以妥当无碍的方式发表，一方面对于许多调查人的报告亦竭力保存其本来面目而少加润色，虽语句有时粗俗亦所不计，为的是要在可能的范围内求得最近真相的事实；因此本书的文调和报告的方式是不一律的。再者本书在报告多种赤裸裸的事实以外不下评论与结论，连较细的解释也是很少的。这一方面是因为本县的各项问题尚在继续进行较深的研究，最好在叙述全县社会概况的时候少加讨论；等到各项问题有了彻底的调查以后再分开发表，不但着重事实，也要加以详细的解释和相当的结论。又一方面是因为堆积的材料这样多，叙述的篇幅已经很长，只先将这些不很整齐的原料发表，供给研究农村社会人们的参考；好像矿工把山间一块一块的矿石开出来送给化验师们去化炼，由他们随便炼出什么有价值的东西来。吾人希望此后本会的社会调查不但随时应付本会的需要，也能在社会科学上有相当的贡献，并使对于农村研究有兴趣的学者有可靠的参考材料。若要举行精密的社会调查，在定县的机会大概比在中国任何地方都好，因为已经得到农民相当的信仰。平民学校毕业的学生又一天比一天多，最近又有许多平校毕业同学会的成立。吾人宜如何努力调查研究，才不辜负这个难得的机会。

编者不希望本书有什么特殊的贡献，所包括的不过是已往在六十二村的一些零碎材料和关于全县的一些普通状况；但至少可以帮助人们对于中国一般的农村情况有一个鸟瞰的认识，尤其是从这些表的数字里可以发现许多的农村社会问题，得到许多社会现象的线索。吾人已往的调查工作亦不过看作实验的准备时期，有系统的调查方在开始进行。同时恳切地请求国内外的专家此后能够不吝指导，俾此种研究日益精深，对于实用上和学术上将来能有相当的贡献。

本会在定县举办的事业是分工合作，各方面连锁进行，因此所收的各种效果不易分开指出是何部何人的成绩。例如没有平民学校与许多别种工作，社会调查很难单独进行；但若没有社会调查的材料，其他许多的工作也不易单独的举办。故此本书发表的材料是全会同仁努力的结果，不单是少数调查人的力量。但与本书有特殊关系的人，编者要一一地提出。本会干事长晏阳初先生对于调查工作非常注意，不断地予以指导与鼓励，甘博先生对于定县社会调查甚为热心，数年以来关于调查的计划与方法方面指导很多，对于经济方面曾予以慷慨的援助。应当特别提出的是冯梯霞先生，他是在定县实验区开创工作和指导社会调查的人，从他(民国十八年在本会出版的)《乡村社会调查大纲》一本书里可以看出来。编者和许多其他的同仁是继续冯先生已经开创的工作。在二年前着手整理编写这些材料的时候。冯先生允许担任整理编写关于农业和经济的部分。不幸冯先生因公致疾，须往山间有长时期的静养。他的健康恢复后，又不幸因他方面的要求，于一年前离开定县工作，从事别处的服务，遂未能实现预定的计划；一部分农业经济的材料可惜也未能整理加入同时发表，但书中许多关于六十二村的材料，是在冯先生的主持下搜集的。编者以未能继续和冯先生同在一处直接得到他的指导为憾事。诸葛龙先生在三四年前努力搜集考察关于许多教育、历史、地理、赋税等项的材料，尤其下苦工夫整理历史和地理的材料。张世文先生已经在本会专心致志地从事社会调查工作三年之久。对于本书内风俗习惯、娱乐、生活费、教育、政府和许多其他材料的统计与整理帮忙甚多；现正从事与本县家庭手工业的研究，已获得很好的成绩，不久将以专书发表。吴太仁先生曾帮助调查整理县财政和赋税的材料。杨铭崇先生帮助关于六十二村的经济调查。于子厚与张瑶山二先生帮助整理经济材料的一部分。

李耀轩、宋宝文、王振华、高观海诸先生从事各种统计的工作。郭志高先生从事制表绘图和校对的工作。宋国贞、李柳溪二先生从事实地调查四年之久，并随时帮助训练缺乏实地经验的调查人员。此外从事实地调查者前后有于鲁溪、史秉章、秦士端、秦宏绪、孙之藩、王佩珂、柴庆元、吴铭纶、米春生、孙致祥、史汶春诸先生。瞿菊农先生在编者病假期内，于其极忙的职务以外，不辞劳苦代理社会调查部主任半载之久使调查工作继续进行。前定县社会教育办事处主任宋夔青先生借给许多关于本县各方面的参考材料。在调查时县政府及各局也多予以很多的便利。这里应当特别感谢的是各村村长的合作。村民对于我们和蔼的态度，尤其是平民学校毕业生们亲切的招待和热心的帮忙，不但使我们铭感难忘，并且给我们极大的安慰，增加我们工作的勇气与兴趣，更使我们深深地觉得中国将来的希望是在这些可敬可爱的朴实农民。编者特一一声明，藉表谢意。

李景汉序于定县实验区社会调查统计室

民国二十一年双十节

第一章

地　理

第一节　疆域

一　全县的疆域

定县位于河北省的右肋。横跨东经度29分，东起115度23分，西迄114度54分。纵据北纬度22分，南起38度19分，北迄38度41分。全境轮廓整齐，略成方形。比邻共有7县。东境和安国县毗连，从县城到安国县界40里，到安国县城60里。西境和曲阳县毗连，从县城到曲阳县界30里，到曲阳县城60里。南境毗连的有深泽，无极，新乐等3县。从县城东南到深泽县界60里，到深泽县城85里；从县城南到无极县界60里，到无极县城90里；从县城西南到新乐县界35里，到新乐县城50里。北境毗连的有望都县及唐县，从县城到这两县的界上各30里，到这两县的县城各60里。县城略为长方形，约长20里左右。全县的辖地，横之最广处70里，最狭处45里；纵之最长处90里，最短处70里；面积3730方里(据河北民政厅报告)。

中华平民教育促进会在定县工作开始的时候是以县的东部62村为实验范围，以东亭镇为中心。所以社会调查工作亦从此处着手进行。本书中许多的材料是在此区域内搜集的。因此将这62村的地理特别在下面分开详细叙述。

二　东亭乡村社会区62村的疆域

东亭乡村社会区是依社会生活的共同兴趣为中心所构成的一个区域。全区连东亭镇在内共62村。这镇以外61村的住民常要到镇上来赶集，彼此常常见面，兴趣大致相同，因此这许多村庄就构成了一种颇强固的社会团体，这就是62村成为一个乡村社会区的原因；又因为东亭镇是这个乡村社会区所由成立的中心，所以把全区称为东亭乡村社会区。全区的位置在县城的东部，占有旧划的自治第三区的大部分和自治第一区的小部分。南北各以河流为界：北以唐河和自治第六区分界，南面以草场沟为止境。东境离安国县界15里，西境离县城10里。

62村的经纬度，东起东经度115度19分，西讫同度10分，东西共占东经度9分；南起北纬度38度27分，北讫同度35分，南北共占北纬度8分。东西相距28里，南北相距33里，全区面积465方里，占全县面积的12%或八分之一。兹将各村及全区面积列表如下：

第1表　62村面积

各村面积大小次序	亩数							各村面积方里数
	村落	农田	果园	林地	荒地	不毛地	合计	
1	350	9500	20	200	100	1000	11170	20. 69
2	330	7900	…	400	2000	500	11130	20. 61
3	370	10000	…	200	…	…	10570	19. 57
4	640	7500	50	500	300	400	9390	17. 39
5	335	8200	…	300	…	500	9335	17. 29
6	250	7000	…	350	1000	100	8700	16. 11
7	350	8000	…	100	…	…	8450	15. 65
8	450	4800	250	2000	…	…	7500	13. 89

续表

各村面积大小次序	亩数							各村面积方里数
	村落	农田	果园	林地	荒地	不毛地	合计	
9	390	5500	…	…	…	1000	6890	12.76
10	550	6000	…	300	…	…	6850	12.69
11	450	6000	…	300	…	50	6800	12.59
12	340	6000	…	400	…	30	6770	12.54
13	270	5000	35	100	800	500	6705	12.42
14	350	3200	…	120	500	2100	6270	11.61
15	150	5900	20	20	20	…	6110	11.31
16	300	5200	…	50	300	…	5850	10.83
17	335	3500	50	450	1000	500	5835	10.81
18	600	4500	…	350	…	…	5450	10.09
19	380	4600	…	300	…	…	5280	9.78
20	280	3000	…	1000	600	…	4880	9.04
21	280	4300	30	200	…	…	4810	8.91
22	350	4000	…	200	…	…	4550	8.43
23	230	4000	…	50	200	…	4480	8.30
24	230	3900	…	300	…	…	4430	8.20
25	270	3900	…	…	100	7	4277	7.92
26	220	3800	…	120	…	80	4220	7.81
27	175	3500	…	200	300	…	4175	7.73
28	200	3400	…	500	…	…	4100	7.59
29	290	3600	…	60	…	…	3950	7.31
30	300	3200	…	50	…	…	3550	6.57
31	180	2950	…	300	…	50	3480	6.44
32	200	3100	…	100	…	…	3400	6.30

续表

各村面积大小次序	亩数							各村面积方里数
	村落	农田	果园	林地	荒地	不毛地	合计	
33	240	3000	…	50	…	…	3290	6. 09
34	250	2500	…	500	…	…	3250	6. 02
35	170	3000	…	30	…	…	3200	5. 93
36	220	2400	…	30	100	…	2750	5. 09
37	110	2200	30	350	20	…	2710	5. 02
38	250	2200	…	200	…	…	2650	4. 91
39	230	2000	…	300	…	…	2530	4. 69
40	170	2000	20	60	…	100	2350	4. 35
41	135	2000	15	150	35	…	2335	4. 32
42	260	1500	30	200	300	…	2290	4. 24
43	70	2100	…	100	…	…	2270	4. 20
44	60	1900	…	…	…	…	1960	3. 63
45	60	1500	…	200	…	…	1760	3. 26
46	120	1500	20	30	30	…	1700	3. 15
47	80	1500	…	30	30	10	1650	3. 06
48	70	1200	…	40	160	…	1470	2. 72
49	88	1200	…	…	…	…	1288	2. 39
50	70	900	…	250	…	50	1270	2. 35
51	60	1100	…	20	…	…	1180	2. 18
52	50	1000	20	80	…	…	1150	2. 13
53	60	1000	…	60	…	…	1120	2. 07
54	80	900	…	10	…	50	1090	2. 02
55	60	950	…	5	…	…	1080	2. 00
56	60	820	…	80	…	…	960	1. 78

续表

各村面积大小次序	亩数							各村面积方里数
	村落	农田	果园	林地	荒地	不毛地	合计	
57	60	850	…	50	…	…	960	1.78
58	130	700	…	20	…	…	850	1.57
59	55	700	20	20	…	40	835	1.55
60	80	600	…	…	…	…	680	1.26
61	25	600	…	20	…	…	645	1.19
62	25	200	…	60	50	…	335	0.62
总　合	13793	208970	625	12565	7945	7067	250965	464.75

从上表看来，62村面积的分配，由大至小，变化尚觉整齐平顺。那最大的村的面积是20.69方里，占全区面积的4%有奇。那最小的村的面积是0.62方里，占全区面积的千分之一有奇。最大的村的面积比最小的村的面积大33倍有奇。全区平均每村的面积是7.49方里。在10.83方里以上的16村的面积共计是237.95方里，占全区面积的51%；平均每村占14.87方里，当全区面积的3%有奇。在10.81方里以下3.06方里以上的31村的面积共计是199.19方里，占全区面积的43%；平均每村占6.43方里，当全区面积的1%有奇。在2.72方里以下的15村的面积共计是27.61方里，占全区面积的6%；平均每村占1.84方里，当全区面积的千分之四。足见全区内没有极大的村，也没有极小的村。

第二节　地势

一　全县地势的概况

定县从为陶唐氏的封地以后，历代都占重要的位置：在汉为卢奴县，为中山王国都，在晋为慕容国都；在元魏建设行台，在李唐设置都督；到汴宋的时候，设置节度，这地方更成为河北的重镇。这是因为定县的地势平坦，驰驱便利，平时既号称九省的通衢，有事的时候，自然成为四战的区域；加以位置居于北鄙，一有外族侵入，此地不能不首当其冲；所以慕容氏，拓跋氏等南下侵略以后，就把这地方作为他们经营中原的根据地了。唐代定都长安，定县的地方西临云代，东接沧瀛，北控幽燕的肘腋，南拊冀镇的肩背，俨然为国都东方的屏蔽，所以仍为国家治乱的枢纽。裴行俭尝说："欲固河北，先扼云蔚。欲扼云蔚，先壮定州之扃钥。"这可见唐代的人看视这地方的重要了。后来石敬塘以燕云十六州割归契丹，定县的地方既直接和契丹毗连，边防问题日益重大。所以一到赵宋定都汴京，定县的位置更觉重要；北边既和强寇比邻，南面又须拱卫京畿，那时这地方成为河北重镇，实在是势所必至的。我们要明白宋代定县形势的严重，可引几个人所说的话以见一斑：

韩琦在定县的《阅古堂记》里面说："庆历八年（西元1048年）夏五月，天子以河朔地大兵雄，而节制不专，非择帅分治，而并抚其民不可。始诏魏瀛镇定四路悉用儒帅，兼本道安抚使。"

富弼在《阅古堂序》里面说："天下十八道，惟河北最重。河北三十六州军，就其中又析大名府、定州、正定府、高阳关为四路，惟定州最要。定为一路治所，实天下要冲之最。知是州者兼本路兵马都部署，居则治民，出则治兵，非文武材全，望倾于时者，不能安疆圉，屏王室也。"

宋祈在《论镇定形势疏》里面说："天下根本在河北。河北根本在镇定。以其扼贼冲，为国门户也。……故谋契丹者当先河北。谋河北者舍镇定无议矣。"

我们看了上面所引三个人的话，可以知道宋朝的时候，河北为天下的根本，地广兵雄，分为四路，定州是其中的一路。这定县又非但为河北的根本，并且为"天下要冲之最"，这是因为它的位置可以"扼贼冲，为国门户”；换句话说，就是“安疆圉，屏王室”。所以往日的定县，为王国，为名州大郡，不是把它作为首都，就是把它作为重镇；这不是因为它的地势真有什么险要，像有些人所说的“枕岳带河，形势雄固”；实在只因为它的地势平坦，位置又当南北冲要，所以常遭外族的蹂躏；为保国安民起见，就不能不把它作为一个防守重地罢了。这种情形，韩忠献公[1]早就说明了。他在知定州的谢表里面说：“窃以中山控扼素号权重。地形坦易，无陂泽之阻。先时敌骑入寇，必趋是疆，故国家常聚重兵，择名将，以制其冲。自约和以来，不忘备豫。至于守帅之任，未尝轻以属人。”这是最切实的几句话，令我们看了，能够把昔日定州的地势，了如指掌。

据现在的情形，定县全境是一个坦平无阻的平原，它的位置占据河北大平原的右部。境内不见什么巍峨的山峦，或任何险阻的关隘；所有的只是康庄大道，绿野平畴。所以定县是一个天然完美的农业地。对于工商业，虽不甚相宜，但对于陆地交通，尚占一个重要的位置。在军事上，虽非有什么天险为兵家所必争；但因为它的位置适当冲要，所以每当渔阳挝鼓的时候，此地亦必先受其害。境内河流，北有唐河，南有沙河，中间又有孟良河，都是自西向东，水流湍急。当阴雨连绵的时候，河水汪洋充溢，往往泛滥成灾；并且因为两岸地质疏松，容易坍塌，河身也就常有变迁。但在平常的时候，这几条河都是沙淤水浅，甚至干涸像陆地一般。定县的河流在交通方面，既不足以通舟楫，利运输；在军事方面，也不足以为天堑，限马足。所以定县的河流可说是利用很少的。

二　东亭乡村社会区的地势

本区的位置占县境的东部，介于唐河与孟良河的中间。全区地势平

---

[1] 韩忠献公，即韩琦（1008—1075），宋仁宗、英宗二朝为相。尝知定州五年。卒谥忠献。——编者注

坦，真可以说是“周原朊朊”。要说起境内的山吧，只有小溪河东南的富乐山，其实它的高度只有三丈，周围也只有数十丈，不过是一个土阜罢了。唐河是打本区的北境流过的。位于唐河南岸的有伯堡、帅村、东丈、齐堡等四村，离河都不过三里上下，地势较低，土多沙质。区南的孟良河也是自西向东的。位于河北的有安家营、东马头、王家庄、唐家庄等村；位于河南的有西马头、鸡鸣台、刘家庄、吴家庄、马家庄等村。孟良河和这些村庄的距离，除由村内流过的几村以外，至远的也不过二里左右罢了。在孟良河以南，有一条太平沟，也是经过西马道、鸡鸣台、吴家庄、马家庄等村的南面流入孟良河的。此外在唐河南支故道的沿岸的，尚有大鹿庄（在河北）、西建阳（河南）、东建阳（河南）、辛兴（河南）、寨里（河北）、北齐（河北）、南齐（河北）、庞村（河北）、东亭（河南）、夏家营（河南）、元光（河南）、西堤阳（河南）、东堤阳（河南）、固城（河北）、王村（河北）、李村店（河南）、东旺（河北）等村。这样看来，全境62村大半是河流经过的地方，那地势平坦的情形，也就可想而知了。现在本区以内，农业发达，人烟稠密，人民知识也较开通，都是因为地势平坦的缘故。本区又为赴安国县必经之道，所以在交通上也占重要的位置。

第三节　山川

定县是一个平坦如砥的平原，没有高大的山陵，县人所称为山的，实不过几个土阜罢了。河流较大的，北有唐河，南有沙河，都是害多利少。这等情形在上文虽都已经提到，可是说的非常简略，所以再得详细地叙述一下。

一　山

定县在古时候或为国，或为府，或为郡，都往往叫做中山。我们要考究这个名号的由来，据《中山记》里面说，“城中有山，故曰中山。”

《水经注》里面说，“中山者城内小山，侧而欲上，若委粟焉。”把这两说掺合起来，似乎古代的定县城内真有什么中山为国名、郡名、府名的由来的。可是调查现在定县的城内，非但没有中山，实在是什么山都没有，甚至全县以内，也不单是没有中山，并且连一个真正够得上叫做山的也没有；有几处地方普通称为山的，实在不过是一个土丘罢了。照这样看来，现在的定县是否确为春秋战国的中山国及西汉初年的中山郡的地方，还是一个疑问。定县的旧志书里面说：“城中央两峰对峙，明洪武间，都督平安建库楼其上，即今钟楼，鼓楼。”这是说明现在的定县城内虽然找不到中山，却还可以找到一些山的遗迹，足见古时候这城内真有一个中山，和《中山记》及《水经注》所说的完全符合的。其实这也不过是一种向壁虚构，穿凿附会的话，没有可以相信的价值。

按定县新志里面说，“靖王胜由中山徙治卢奴之后，为国、为郡、为府，均袭中山之号，故亦曰中山城。”照这种说法，定县有中山的名号，是起于中山靖王迁都以后的，并且这个名号是由沿袭而来的；换句话说，中山靖王徙治以后的中山是在现今的定县，未徙治以前的中山是另外一个地方。那《中山记》和《水经注》所说的话，都是指着靖王未徙治以前的中山说的。现在唐县境内有一个中山城，就是《中山记》和《水经注》所说的中山的遗迹。现在的定县既然不是原来的中山的地方，所以城内县内自然都找不到一个号为中山的山了。

上文既把县境内没有号为中山的山，以及历代以中山二字定为国名，府名及郡名的缘由说明了，接着就得把县人通常叫做山的地方一一分述在下面：

1. 平山　在城东3里，贴近东里元村的东边，东到大溪河，南到高头，都不过1里上下；双峰高耸，东西相对，俗呼双女儿疙瘩；也有称为女郎山（见定县新旧县志）或双峰山的。相传这山上曾经产生五色芝，有仙人采芝的遗迹。清康熙年间，知州黄开运把这山列入定州八景以内，题曰“平山胜迹”。

城东东西里元及总司屯一带地方，土阜很多，俗呼疙瘩，平山不过是其中一个较大的。民间有一个流行的故事，说杨六郎屯兵于此的时候，堆积沙土，假充粮食，以欺敌人，现在这许多疙瘩，就是他聚土为粮的遗迹。这虽是一种齐东野语，但是城东多土阜的情形，以及所有各土阜的形势，都不难由此想见了。

2. 富乐山　在县东10里，离小溪河村的东南约2里，高仅3丈，周围也只数十丈，是一个比平山小些的疙瘩。山上有古井，深约丈余。据说井水是久旱不竭的，并传井内有龙，所以现在山上有一个龙母庙，那个古井就在庙前，每逢求雨的时候，必在这井内取水供奉。因此这山也就取名富乐山。

3. 鱼山　在城北25里，西南宋村的西南，黑龙泉的西北，高也不过3丈，周围数十丈。因为它的地形像鱼，所以称为鱼山。

4. 青龙山　俗名高台，在城北15里，离小西涨村东约1里；高4丈余，周围25丈。相传附近的村民常见有人在山上晒药，及走到山上，就看不见了。现在山上有一个三皇庙，庙内有药王殿，都是明朝嘉靖辛酉年建造的。

以上把全邑所有的山都约略地说明了。中山是等于蓬莱三岛，有名无实的，我们可以不必再提。所有平山、富乐山、鱼山及青龙山，也都是高仅3丈上下的一种土阜，住居稍远的人就不但不知其名，并且不知有这样的地方；那附近的村民对这等土阜也不叫山，只叫做疙瘩。所以定县境内，实在可以说是没有山。在东亭乡村社会区内，也只有一个号称富乐山的小疙瘩。

二　河流

定县的河流以唐河、沙河为最大，都从山西发源，经过本县的南北两部，向东流入大清河。唐河长约500里有奇，在本县境内的约70里有奇。沙河在本县境内的不足50里。唐河在本县境内有南支、故道及新道的分别。南支侵夺小清河的河道，流入孟良河。故道经过清水河、固城等村，入安国县境内，也注入孟良河。新道就是现在所有的河道，若对南支说，也可称为北支，自黑龙泉发源的清水河，就是在唐城村北流入新道的。沙河的河道也有新旧的分别。它的支流除孟良河以外，尚有兰河；其他如太平沟、草场沟及广济沟，也都会入沙河。县的最南境内尚有注入滋河的木道沟，号为南渠的清水沟是注入这条沟内的。本县所有河流分布的形势既经约略说明，以下当再把各河所有详细的情形分项叙述。

1. 唐河　此河在《禹贡》里称为恒水，在《周官》里称为沤夷，在《水经注》里称为寇水，直到《太平寰宇志》里才称为唐河。考究这河以唐为名的由来，许是因为有唐水流入的缘故；那唐水命名的由来，又许是因为它在古代唐县的旧境内，或流过唐尧受封的故城——唐城的缘故。唐河从山西浑源县的翠屏山发源以后，经过灵丘、涞源等县，至唐县南境钓鱼台村西，才流入定县的西北境，向东流过县的北部，入望都界，又经清苑县境，至安新县，流入白洋淀。这河在定县境内，因为两岸多沙，地质不坚，河道迁徙无定；现在的河道是从清嘉庆六年（西元1801年）才有的，可以称为新道，现在有些人称为新唐河的，就是指这条河道。嘉庆六年以前的河道由曲阳的支曹村入境，在新道的南面，由小清河流入孟良河，可以称为南支，是从清乾隆五十九年甲寅（西元1794年）才有的。离南支稍东，又有一条河道的遗迹，这就是唐河南支的故道了。现在把唐河的源委及河道历代变迁的情形详述于下：

甲、唐河的源委　唐河发源山西省浑源县南的翠屏山，经灵丘的南境，东南流入本省涞源县的西境，转向南，流入长城，从涞源县西南境流入唐县北境，经倒马关北，向东流，至唐、完两县交界的地方转向南，又向西南，经唐县境内，至西南境，经秃山下，流入定县。东流经县北，会清水河，流入望都东南境，又经清苑县南境，穿高阳西北隅，至安新县西境和清苑县交界的地方，先会阳城河（界河），又会府河（清苑河），至安新县境内又有曹河（徐河）自西来会，唐河自此以下，又名依城河，再向东会雹河（南易水），流入白洋淀，淀向东出口为大清河，是为沽河的第三源。所以唐河自发源（翠屏山）到出口（白洋淀），流过的县邑有十：即浑源、灵丘、涞源、唐、完、定、望都、清苑、高阳及安新。支流较大的有四：即阳城河、府河、曹河及雹河。在定县境内只有一清水河流入，但河道不大。

乙、唐河河道的迁徙：

a. 唐河南支的故道　唐河在清嘉庆以前，本由曲阳县嘉山的西南，经过支曹村西、杏树村北，从县的西北隅入境，沿达子庄、大流、庄头、大奇连（俗呼疙瘩头）、小奇连、奇连屯、唐城、清水河等村的南面迤逦东行。《水经注》里说寇水“北对君子岸”，当即指现在县西北境的岸下村。又说“东经白土北”，当即指现在县北的庞白土、郝白土、支白土等三村。又说“东经唐县故城南；城西有一水，导源县之西北，平地泉涌而出，俗亦谓之唐水；东流至唐城西北隅，堨而为湖，俗谓之唐池；其水南入小沟，下注寇。”这里所说的“唐县故城”就是现在离县城北12里的唐城村，是在清嘉庆六年（西元1801年）才由河的北岸转到河的南岸的。所谓“唐水”，就是现在唐城村北的清水河。所谓“唐池”，就是现在离唐城村西北约10里的黑龙潭。所谓“小沟”，就是东坂村南现在为唐河新道所占的清水沟。查唐河南支的情形和《水经注》所说的一一符合，可见这南支的河道是很古的了。

后人因为寇水到唐城村南有唐水流入，就把支流的名称混充干流的名称，叫做唐河。这河从唐城村以东固有的河道大概就是现在只留沙滩的，经清水河村南，总司屯，东里元和大淡河等村北、寺市邑、萧市邑、鲍市邑和大鹿庄等村南，西建阳和东建阳村北、寨里、北齐、南齐及东庞村南，辛兴、东亭、夏家营、元光、西堤阳、东堤阳等村北，固城、王村和东旺村南，城旺和李村店村北，至安国县西境流入孟良河的一条故道；和定县旧志书所说“距城八里，其后未详何年南徙，距城仅三四里，绕至城东北角，迤逦东下”，完全符合。当清乾隆甲寅年（西元1794年）以前，唐河未曾向东侵入小清河的河道的时候，清水河村的西，南两面，大溪河村的北面，尽是肥沃的稻田。从唐河南徙以后，上述诸村的稻田就逐渐荒废。现在旧河道只留沙滩，这就是唐河南支的故道。

b. 唐河南支　唐河南支离去故道，直向南流，从城东门外，占小清河的故道，是从乾隆五十九年甲寅（西元 1794 年）大水以后起的。那时唐河决口约在奇连屯村南。乾隆甲寅（西元1794年）以前，城东本有一条河，名小清河（唐河南支在清水河村以上，现在还称为小清河。这两条河定名小清，时期的先后，现在不可考知了），又名护城河，以城西北和西南两隅的大泉为河源，先绕城而流，为南北两濠，至城东南合流，向南经四家庄，牛村及程家庄，至马家寨流入孟良河。据说明朝末年，这河已为沙土淤塞。清雍正七年（西元1729年）州守王大年捐廉募夫挑浚，访合诸泉故泉，河水又得畅流。那时吴家庄和唐家庄的稻田七八十顷，均赖这河灌溉。可见这河在那时是水利很大的。至乾隆甲寅年（西元1794年），唐河在奇连屯村南决口，直向南流，就夺取小清河的河道，由孟良河至安国县南境的三岔口，和沙、滋两河会合，成为猪龙河。这唐河南支，一为乾隆甲寅（西元1794年）以前的故道，一为甲寅以后占小清河而成的新道，都流入孟良河，为猪龙河三源之一。及至嘉庆六年（西元1801年），唐河改由新道，小清河就逐渐干涸，到现在只留河道的遗迹，绕城西南两面的护城河，也只留干涸的河床，只有西南一角尚可供人种植莲藕。所说当唐河未改道以前，北门外一带尽是肥沃的稻田。从唐河北徙以后，这些稻田就逐渐不见了。至于清水河以上，唐河南支的本身，现在俗名还称为小清河；嘉庆六年（西元1801年）以前，河身的宽度本有1里左右；从河道北徙以后，这南支的河水就逐渐干涸，河道也就变成沙滩，两旁由居民开垦升科，现在河身的宽度仅留二三丈。民国六年、十二年、十三年，定县接连发生水灾，都是因为唐河在曲阳的杏树村北向南冲开，归旧河槽东流，至城东南马家寨村，注入孟良河，可是孟良河河身浅狭，不能容纳，因此河水泛滥，就成了水灾；并且因这缘故，唐家庄一带村庄受灾特别重大。后经这一带村庄的人民携取沙袋赴曲阳的杏树村堵塞唐河决口，才免发生水患。

c. 唐河新道　清嘉庆六年辛酉（西元1801年），定县发生水灾。从那时候起，唐河就舍去南支的漕道，改就现在的新道，从唐县钓鱼台村西流入本县的西北境，经西潘，台头等村的南面，直向东流。所有达子庄、大流、庄头、大奇连（俗名疙瘩头）、小奇连、奇连屯、唐城、清水河等村旧在河北的，从唐河北徙以后，都改在河南。那东板一村，原有稻田很多，当唐河北徙的时候，洪水横流，禾苗尽淹，这一带的稻田也都没入河中了。在民国四十年前，这河与南岸的村庄相接近，河身宽处约三四里，窄处约一里。民国六年以后，水灾迭见，河的北岸一再坍塌，总计毁地至少有900余亩，因此河身又与北岸的村庄接近，宽处约有六七里，窄处亦有二三里。至于河水，大雨以后，深浅无定，一逢久旱，就点滴不见了。考究唐河所以改就现在的新道的缘故，大概是因为这一带地方地势洼下，并且向来已有河沟，不过容水不多罢了。按嘉庆六年（西元1801年）以前，在东坂村以西，本有一条小沟，现在的附近村民称为清水河，由平地涌泉联合而成，河身虽小，水利却大；那时东坂村为一富庶的村落，居民200余户，四周尽是稻田，都由这沟水灌溉。至嘉庆六年（西元1801年）大水以后，这沟的小道就被唐河夺取。可知唐河改由现在的新道，是有所凭藉，顺流直下的。

唐河新道，流至唐城村西北，和清水河相合。这清水河在《水经注》里称为唐水，上文已经提及。它的上流分为三支：北支是黑龙泉，中支是白龙泉，南支是清水沟。清水沟嘉庆六年（西元1801年）以后，被唐河侵占，上文曾经说过，不必再述。现在把黑龙泉和白龙泉分述于下：

白龙泉在大西涨村的正南，小西涨村的西南，东坂村的正东，和这等村庄的距离都不过一里上下，恰在清水河和唐河的中间。嘉庆六年（西元1801年）以前，泉的四周尽是稻田。泉中有一岛，名中海岛。泉水向东流出，和泉北的黑龙泉及泉南的清水沟会合，同入唐河。至嘉庆六年（西元1801年）大水以后，白龙泉被水淹没，附近的稻田也都变为旱地，清水沟既被唐河侵夺，黑龙泉的河身也向北迁徙，岛的周围完全干涸，因岛上有寺名中海寺，附近的村民，就把这岛通称为中海寺了。岛的前面有一井，就是白龙泉泉水的遗迹，井内的水据说比他处的水要重三分之一，颜色却是洁白，泉名白龙，大概就是因为这个缘故。

在白龙泉的西北有黑龙泉，俗名老龙窝，也称黑龙江，这就是《水经注》里的唐池；后人因它的水色稍黑，所以称为黑龙泉或黑龙江。泉的位置在东西南宋村的南面，西坂村的东北，东坂村的正北，相距都不过二里以下。在此有老君庙，庙后有苇坑和藕池，这就是黑龙泉。附近有稻田百余顷，相传是从宋朝苏东坡提倡才有的。定县特有的秧歌，据说也是起于苏氏替这一带种稻的农民编制，给他们歌唱的。据这样看来，黑龙泉不但是在产业和水利上占一个重要的位置，就是在平民文学上，也是一个值得纪念的地方。泉水向东流出，经过大西涨村南的石桥，就称为清水河；又向东流，经小西涨村的南面。在唐河北徙以前，这清水河本和白龙泉及清水沟会合，从东涨村南下，至唐城村南流入唐河。嘉庆六年（西元1801年）以后，唐河改道，清水沟被占，白龙泉干涸，黑龙泉也北徙，清水河就独自在东涨村南，唐城村西北，流入唐河。这清水河的河身，宽处一丈有余，窄处五六尺，平时水深三四尺，利于灌溉。唐河在东涨村以上，平时完全干涸；东涨村以下，才稍有水，就是从清水河注入的。

相传黑龙泉在清咸丰年间曾经干涸，说是因为附近村民来泉打鱼的太多，龙王搬到清苑县的一个村庄去住，这泉立刻就干涸了。后来由年老的村民备四套大车迎接龙王归来，因此这泉又有水了。这种传说表面上虽然是一种迷信的话，骨子里却表现出一般村民重视这泉水的心理，很值得我们注意的。

雍正年间修的《定县志》指黑龙泉为卢奴水，这话是说错的。《水经注》里曾说："城内西北隅有水，渊而不流，南北百步，东西百余步，水色正黑曰卢，不流曰奴，俗名黑水池，此城藉水以名。"从这段话看来，可见卢奴水必在城内，黑龙泉却在城的西北约20里，这两条水的不容混合，是不辨自明的。不过卢奴水和黑龙泉，虽然不能说是同一条水，可是也不能说是完全没有一点瓜葛。康熙年间州牧黄开运所编的定州八景里有一景为"西溪玩月"。据说这"西溪"是在"大道观东，北通黑龙泉，水清澈底，湛若玻璃，州人每于中秋携酒竞赏”。近人指这“玩月”的“西溪”，以为就是古代的卢奴水。从方位看来，这话是很可信。那末黑龙泉的南通西溪，就是南通卢奴水了。黑龙泉在寇水以北，卢奴水北通黑龙泉，中间必经过唐河，可见唐河的支流，在古代又有卢奴水，这一层和《水经注》里所说的话也是符合的。《水经注》里说：“池水东北际有中山王故宫处……穿北城，累石为窦，通池流……池之四周，居民骈此，填褊秽陋，而泉源不绝……自汉及燕，池水径石窦。石窦既毁，池水亦绝。水潜流出城，潭微涨涓，东北注于寇上。”从这段话看来，我们得知卢奴水确是唐河的一条支流。又从康熙年间修的县志看来，可知这卢奴水道，在那时还是存在。可是这条水道究竟经过一些什么地方，从什么时候才淤没，现在无从考究了。

唐河和清水河会合以后，经唐城和清水河的村东，到新立庄西南，直向东流，经寺市邑、萧市邑、鲍市邑、小鹿庄、伯堡、帅村、齐堡、泉丘等村的南面，流入望都县界。这等村庄本来都是在故道的北面的，现在都在新河道的南岸了。不过唐城以东这段河道从什么时候才有，现在已无法考究。雍正年间修的州志里曾说：“清水河东流合寇。”但不知两河会合以后的河道究竟怎样——是和现在的新道一样呢，还是流入南支的故道？查道光的州志里说：“乾隆间唐河南徙，清水河独自东流，迤逦至望都县界。”照这种说法，似乎乾隆甲寅（西元1794年）以前，唐河是顺着清水河的河道向东流的。至乾隆甲寅以后，唐河向南侵入小清河的河道，清水河才独自东流。假定这种说法是对的，那末可说现在唐河的新道也是旧有的河道，许是雍正以前就有的河道，现在名虽为新道，实在不过是恢复故道罢了。不过照这种说法，不能不发生下面的几个问题，就是，假定唐河和清水河会合以后的河道，在乾隆甲寅以前，是和现在的新道一致的，那么唐河南支的故道又是从什么时候才有的，并且在乾隆甲寅以前的情形是怎样的，当唐河由南支故道流的时候，清水河是不是独自东流呢？这等问题现在虽然不能有确切不移的解答，但是根据固有的传达，并参照当地的形势，可以暂时解答如下：

唐河南支的故道，虽不知起于何年，但必在乾隆甲寅（西元1794年）以前；因为在那一年，唐河既南下侵夺小清河的河道，就不能同时再冲开这一条故道。至于乾隆甲寅以前唐河由这南支故道流的时候，以及甲寅以后唐河南下由小清河的河道南流的时候，那清水河是不是由和现在唐河的新道一致的河道独自东流，我们虽然不能确切证明，但在那些时候，在这唐河新道流过的地方，至少必有十条水沟，可以为后来唐河东流的张本。那么我们虽然不知道清水河旧有的河道是经过一些什么地方，但是唐河新道从唐城以下，也确是凭借固有的河道，我们可以完全了解了。

丙、唐河的利害和堤防　由上文所述唐河河道历代变迁的情形，可见唐河在本县境内确是迁徙无定的。考究它的原因，不外是：(1) 唐县和曲阳县地势较高，唐河从这里东流，水势十分湍急；(2) 定县既为平原，又多沙土，地质不坚，河道容易淤没，也容易溃决。有这两个原因，所以一遇雨水过多的时候，河水就要汛滥成灾，河道也就要随着迁徙。唐河的形势既然这样，怎样去思患预防，那就是地方人士的责任了。防川的最要原则是“顺水之性”，“顺其性则治，逆其性则决”。这两句话是治水的金科玉律。试看唐河历代变迁的路径，我们就可以明白预防的方法。唐河最古的河道大概是和《水经注》所说的一致的，就是现在所见的南支。直到乾隆甲寅年（西元1794年），因城东本有小清河，唐河就侵夺它的河道，流入孟良河。至嘉庆六年（西元1801年），因西潘等村原有小水沟，所以唐河又转从唐县入境，由那小水沟流过成为现在的新道。至民国六年、十二年及十三年，连年大水，都是因为唐河从支曹村决口，沿南支的河道，流入孟良河。又因为孟良河不能容纳，所以泛滥成灾，那时假使没人到支曹村堵塞决口，不见得唐河不又流归南支的河道了。可见唐河的河道虽然是迁徙无常，可是也有一定的路径。这是因为水性就下，倘非有隙可乘，那河道也就改不成的。照这样看来，倘能在唐河的上流如曲阳的支曹，杏树村及唐县的钓鱼台等村的地方多做一些防御决口的工程，并现在有的新道的两岸修筑坚固的堤防，唐河的水患就永不再见，也不是不可能的。现在且把利害的情形和旧日的堤防，分项说明如下：

a. 水利　唐河在唐县境内因为土脉胶固，所以不能崩决为害，沿岸的居民并且逐段筑闸，享受灌溉的利益。及到定县境内，情形就大不同了。平时河水都被唐县的居民筑闸阻塞，不能下流，所以除有泉水流入的河道以外，完全干涸，照这样的情形，自然谈不到什么交通和灌溉的利益。据定县的旧志书载称："唐河入界处，西潘，台头，潘村，岸下等处引河灌田，享其利已数百年矣。取水向自河北迤逦而上至禹王庙。嘉庆十五年（西元1810年）被唐民阻塞，因以成讼，屡次上控。道光六年（西元1826年）断令定民仍旧取水，讼端乃息。"可是现在那阻水的地方还是尽管阻，西潘等村因为地处下游，终究不能享受什么利益。从唐城村以下，因为有清水河的水流入，所以河内有水。河至伯堡和帅村等村以北，宽约半里，深约3尺，两岸田亩常赖以灌溉，不过获益也极微细。东丈村北的河道宽自1里至2里，深自3尺至6尺，但河水浑浊，无人引取灌溉。康熙年间修的《定州志》载齐堡村有一条齐堡沟，说是"岁久闭塞，水潦无所泄。乡人王应桢捐赀浚之，患乃已，乡人德之。"这段事实在雍正志和道光志里都不载，大概这沟在雍正年间修志以前，早经埋没了。至于南支的情形，往日如唐、吴两庄及北门外一带地方尽是稻田，那时的水利尚有可观，可是现在都已经成为陈迹了。所以总说起来，唐河的水利是很小的。

b. 水患　唐河的水利虽小，水患却大。每年春季为雨水稀少的干季，农田都正在需水灌溉，所以那时的河水尽被上游邻县的居民截阻，不能下流。及到夏秋之交，雨水甚多，那时水的用途又比较的少，上游就把河水尽量开放。河水因此顺流直下，奔腾澎湃，来势凶猛，一到定县的平原旷野之间，正如怒马脱焉，任情驰骋，一遇宣泄不灵，自然要泛滥横流，成为灾患了。河水既恣睢暴戾，所以河道也屡有迁徙，每次损失必非少数。年代久远的且不论。单说嘉庆六年（西元1801年）大水以后，河道北徙，旧有清水沟附近一带的稻田就完全淤没了。那沿河的村庄所塌的地亩也不计其数。现东坂村西有一石碑，是咸丰三年（西元1853年）立的。那碑上说："嘉庆六年（西元1801年），唐河北迁，洪水横流，四野禾苗尽淹，民叹无衣食之资。波涛四溢，两街房屋皆倒，民绝无居处之安。村之民老少啼饥号寒，不堪言也。迨其后水势东流，以伟大村庄而成河流，郊外四野尽成荒地之沙。屯内两街俱是坑隍之形。村之民无食无居，思逃奔者往往然矣。全村民不下二百余户，逃者足有一百余家，东逃西散，守村者不过二三十家。”据这碑文看来，那東坂一村当嘉庆六年（西元1801年）的损失是很大的。东坂村如此，其他受害的村庄，如达子、大流、庄头、大奇连、小奇连、奇连屯、唐城、清水河等，由河北迁至河南，所受损失的情形，也不难想像得其大概了。嘉庆六年的水灾如此，乾隆甲寅年（西元1794年）的水灾，及其他各年的水灾，也可推想得一种概况了。再如民国六年、十二年、及十三年，连发大水，河北的村庄如西潘、台头、岸下、辛庄、王村、丁村、苏泉、西坂、东坂、东涨等，以及南岸的村庄如疙瘩头等，皆受其害。民国六年损失田地房屋约共34120元，十二年淹没田地约值24000元，十三年又淹没约值16000元。三次共损失约74000余元。其中淹没田地约900余亩，倒塌房屋百余间，并淹死人口7人。所以在民国纪元四十年前的时候，河身和南岸的村庄接近，宽处三四里，窄处仅一里左右。自民国六年以来，因河的北岸连年塌地，河身又与北岸的村庄接近，宽处约有六七里，窄处也有二三里了。

c. 旧日的堤防　唐河的水患既大，防备就不可不周密。历代曾筑河堤，以“防水患，护民田”。后来虽都因为“河道屡徙，年久毁壤”，可是古人思患预防的遗意，颇足使后人闻风兴起的。据定县的旧志书载唐河在州北两岸有堤约长50里，是明知州裴泰因旧基修筑的。在州东与祁州交界的地方也有堤，是明知州官臣修筑的。这等堤照修筑的年代推想，必定都在南支的两岸。后来因为唐河屡徒，早巳崩塌无遗了。又当乾隆二十六年（西元1761年），西潘、台头等22村在唐河入界的地方，筑造鱼鳞堤，以“防水患”。至乾隆四十年（西元1775年），唐水复涨，旧堤塌陷，官绅中又同事修筑，可惜至嘉庆六年（西元1801年）又被唐河冲坏。总之，唐河在定县境内既易为害，居民就不能不思患预防。诚欲预防水患，就不能不顺水之性，筑造河堤。倘若因为河堤易坏，不敢倡言修筑，那就是因噎废食了。

丁、唐河庄历史上的价值 唐河在夏禹的时候，称为恒水。《禹贡》里说："恒卫既从。"由此可见唐河是曾经大禹平治的。汉置安险县。据《中山记》说："县在唐水之曲"。《元和郡县志》以后也都说是"在城东三十里唐河之曲。"近人考定城东30里的固城村就是安险县的故城。按照方隅道里这话是可信的。又如"固城是禹治水时所筑"，及"固城塔是禹筑造看望水势"等传说，也由此可推求得它的由来。因为把大禹平治恒水即唐水，及安险县在唐水之曲，两个观念联结起来，就产生安险县即现在的固城，是大禹治水时所筑的一个传说。既有这个传说，再因塔可以登高望远，所以又产生固城的塔是大禹筑造看望水势的传说。可见凡是一种传说，虽然不是完全可信，可也不是完全无稽，这也是研究社会现象的人不可不特别留意的。

唐河从西汉初年在它的沿岸设置安险县以后，虽然一时没有什么特别可注意的事迹。但是从晋代以后，这唐河就往往为兵家对垒的天堑。现在把历代在唐河沿岸争战的事迹胪述于后，以见唐河在古代军事上的价值：

a. 宇文肱从鲜于修礼攻定州，战死于唐河。考《通鉴》及《魏书·敬宗纪》，魏敬宗永安元年二月，肃宗崩，敬宗立，改武泰为建义元年，九月，以平葛荣，改元永安。先是葛荣围业，众号百万，尔朱荣自率精兵七千，讨荣于滏口，以奇兵破擒之，余众悉降，于是定冀沧瀛股五州皆平。有宇文肱者，前从鲜于修礼攻定州，战死于唐河，其子泰在修礼军中，修礼死，从葛荣，葛荣败，尔朱荣爱之，以为统军。

b. 五代唐明宗天成三年（西元928年）秋七月，王晏球大破契丹于唐河北。考《通鉴旧五代史·唐明宗纪》及契丹国志，契丹遣其酋长惕隐，将七千骑助贼，晏球逆战于唐河北，大破之，追至易州，时久雨水涨，契丹为唐所俘斩及陷溺死者，不可胜数。

c. 宋太宗端拱元年（西元988年）冬十有一月，李继隆败契丹于唐河。冬十有一月，契丹进寇定州，李继隆败之于唐河，契丹拔满城，戊戌下祁州，纵兵大掠，已亥拔新乐，庆子破小狼山寨，遂至于唐河北，诸将坚壁清野勿与战，继隆不听，乃与监军袁继忠出兵拒战，摧锋先入，契丹大溃，追击至曹州，捷闻，降玺书，赐予甚厚。——毕氏《续通鉴》云：“唐河之败，辽史不书，当时但夸克敌，讳言败也。”今从《太平治迹统类》书云：此役乃李继隆之功，而宋惠要以为郭守文与李继隆背城而战。《宋史本纪》，亦作郭守文败契丹于唐河。今从李焘长编《契丹国志》。

d. 宋咸平六年（西元1003年）六月己未，帝以阵图方略授诸将，令镇定高阳三路兵，悉会定州，夹唐河为大阵。按毕氏《续通鉴》，“帝御便殿，出阵图示辅臣，并授诸将方略，令镇定高阳三路兵，悉会定州，夹唐河为大阵，量寇远近出军，并分树栅，寇来坚守勿逐，俟信宿寇疲，则鸣鼓挑战，勿离队伍，兵贵持重。而敌骑无以驰突也。”

e. 宋真宗景德元年（西元1004年）闰九月，契丹合兵攻定州，王超阵于唐河。考毕氏《续通鉴》及《契丹国志》，是月丁卯，萧挞览攻遂城，擒守将王先知，乃与契丹主太后合兵攻定州，王超阵于唐河，执诏书按兵不出，敌势益炽，乃帅众驻阳城淀。

f. 清顺治元年（西元1644年）夏五月，吴三桂破流贼于定州北。据《明史稿李自成传》及《纪事本末》，“闯贼既败于保定，疾走定州，吴三桂统大兵追及之，贼还战，又破之于定州北（即今之清水河南），斩其大将谷可成，左光先伤足，贼负之而逃，闯则西走真定。”

2. 沙河　《舆地记》说：“卢奴城北临寇水，南面泒河。”卢奴城就是现定县的县城。寇水就是唐河，泒河就是沙河，这河因为发源于山西繁峙县东北130里的孤山，所以古名为泒。现在把这河的源委、变迁、支流、利害、堤防及在历史上的价值等等，分段详述如下：

甲、沙河的源委　沙河从山西繁峙县东北的孤山发源以后，东南流，穿长城。入阜平县西北境，经大寨口，又东经竹帛口及茨沟营，又东南流，至南口，折向东，经阜平县城南，至柳口村西，有鹞子河自北来会。又东流至阜平县东南境之王快镇南，又有胭脂河自西来会。由此流入曲阳县西境，至贾家口，有平阳河自北来会，又东流，至北雅握村东北，折向南，经行唐县界，东南流入新乐县境，至县城西，穿平汉铁路，向东经县城南，至北张村北，有部河从西北大白石岭经行唐县城南来会。直至南辛村西南，才流入定县的西境。自此东流，至怀德村西南，分南北两支，东流至中流村南，仍合为一。又东流经张谦村及邵村，直到刘家店，流入安国县境。自此又东流至流昌军诜村，北有孟良河来会，南有滋河来会。自此以下，就名为猪龙河，东北经博野、蠡及高阳等县，至安新县，流入白洋淀。沙河在定县境内约长50里。这河的水性和唐河相同，河道也时有变迁，当在下文详细叙述。

乙、沙河河道的变迁　沙河的河道现有三条：一为故道，二为新道，是民国纪元五十五年以前才有的；三为南支，一名兰河，是从民国十三年才冲开的。这三条河道的情形，再在下面分叙：

a. 沙河故道　沙河从南辛店入境以后，向东经怀德、中流、西杨村、东杨村、及西张谦、东张谦等村的南面，本来就向东南，经李亲顾东，南疃村西，绕东湖村西及南，向东经东、西二赵庄及东、中、西三大定村的南面，东、西二丁村和子位村的北面，流入安国县境，向北，仍和现有的新道会合，这就是民国纪元五十五年以前的故道。《寰宇记》引《水经注》的佚文说："泒水历安喜县天井泽南流，所播为泽，俗名为天井淀。"这里所说的"天井泽"，据《元和郡县志》说是在城东南47里，周围62里。据《定县新志稿》以为这泽的位置当在李亲顾以东，又以为东、中、西三大定或者就是天井淀的遗迹，假使此说可信，足见得这条故道在北魏的时候，就已经有了。

b. 沙河的新道　沙河的新道是从东张谦村南直向东沉，经邵村、東、西二留春、小王耨、董家庄、大王耨、齐家庄、及马阜财、东阜财等村南，至刘家店，流入安国县境。它的位置在故道北面，两道的中间夹着北疃、南疃、东湖（三村在故道东）、解家庄、东城、西城（三村北至新故两道，南至故道）、胡阜财（在新道南）、西赵庄、东赵庄（二村在故道北，胡阜财村南），及东、西、中三大定（恰当两道中间）等村。这新道是从民国纪元前五十五年才有的。因为东张谦、邵村，及东、西两留春等村以南的地势都稍为洼下，每逢大雨，那雨水就由这一带地方向东流注，历年久远，这一带地方就愈流愈洼了。恰巧李亲顾以北的河身在转向东南的地方，河水不能畅流反把那带来的泥沙愈积愈高，河水因此就在民国纪元前五十五年由邵村的南面，顺流直下，这就是沙河由故道改归新道的原因。那故道现已仅为干河身，并且已有开辟为农田的了。

c. 南支，即兰河　这条河道本来是沙河的支流。在40年前，每逢大雨，那河水就汪洋澎湃，来势凶猛，下游沿岸的居民往往受它的害。因此，下游的居民每年往往拉些砖石草木到新乐县的西柳村去堵塞河道，使河水不能下流，却也不生效力。后因河水在西柳村以上依北岸流行，那南岸及流入兰河的水口就逐渐被泥沙淤塞，因此，兰河以内就完全无水可流了。直至民国十三年，沙河的水又依南岸流行，在西柳村河身转弯的地方，冲入旧有的河道，自此以后，沙河的水就完全由这条河道宣泄，经息冢及贾村等村的北面，直向东流，又经邢邑，市庄等村的南面，至木佃村西，河水才散漫失去漕道。自有这条河道，那条所谓新道的，非逢霪雨连绵，山洪暴发，又就完全无水了。

丙、沙河的利害与堤防　沙河的水势和唐河一样，携沙带泥，奔腾湍急。所有利益不及害大。那故道已成陈迹，可不必论。新道的河水，深浅无定，或至二丈有余。近年因有兰河，这条河道就常常无水，完全没有灌溉的利益。河身宽处约8里，窄处约3里。40年前的河身仅宽1里上下。后来因为两岸逐渐坍塌，河面就年年加广。民国初年，河北的王耨等村离河尚有2里上下，沿岸的土地均甚肥沃，适宜种植谷，尤以种麦为宜。并且非遇大水，决无水患。那南岸东城和西城等以北的土地本来都是沙土，五谷不生。但是从民国六年大水以后，河道忽向北移动，总计河北冲塌良田约三百余顷。河南却淤成坏土一百五十余顷。民国十年，河北又冲坏良田八十余顷。十一年，又塌地百余顷。总计这几年河北沿岸被灾的人家约有一千余户，西留春的南街完全塌陷。沙河的水患，也真可说是大了。近年有兰河分向南流，沙河新道的水势就不致十分猖獗。兰河冲开河道的时候所冲流的因为都是壤土，所以到木佃等村沉积下来的都是沃土，居民耕种，得利极大。并且河面宽约8尺，深约丈许，可以引水灌溉。所以这条兰河总算是有利的。

《定县旧志》里曾栽沙河本有堤防约长40里，后来因河道转徙无定，旧堤都已坍废。岸旁只由居民多栽柳树，以防冲决。现在查得沙河两岸又筑有堤防，东起安国县的龙王店，西抵新乐县。这堤筑成，已历50多年了。在民国七年曾经重修。堤高7尺，下宽5丈，上宽3丈。现在的高度尚有5尺，用土筑成，多植柳树及小杨树。

丁、沙河在历史上的价值　沙河在历史上也曾为两军对垒的地方。见诸正史的，有下面几件事情：

a. 唐天宝十五年（西元756年）五月，郭子仪败贼于沙河。据《通鉴》所载：“郭子仪李光弼还常山，史思明收散卒数万踵其后，子仪选饶骑更挑战，三日至行唐，贼疲乃退，子仪乘之，又败之于新乐之沙河。”

b. 后唐昭宗光化三年（西元900年）王处直与梁将张存敬战于沙河，败绩。据《通鉴》所载：“朱全忠将张存敬攻刘仁恭，下二十城，将白瓦桥赴幽州，道泞不能进，乃引兵西拔祁州，杀刺史杨约，随攻定州，郜遣后院都知兵马使王处直将兵数万拒之，战于沙河，易定大败，死者过半，余众拥处直还走，郜遂出奔。”

c. 晋王击契丹于沙河，大败之。晋王自镇州率骑五千来救定州，甲午，至于新城，契丹先锋至新乐涉沙河而南，晋人皆不欲战，王不从，契丹万余骑，遽见晋军，骇惶而去。晋军分军为二广，追蹑数十里，获契丹主之子，会沙河冰薄桥狭，敌争践而过，陷溺死者甚众，时契丹主车帐在定州城下，闻前军败，退保望都。”

3. 孟良河　孟良河在《水经注》里称为长星川。因为经过嘉山，所以一名为嘉河，又因为嘉山上相传有宋将孟良的遗寨，所以通称为孟良河，及至定县境内，又随地异名，或称七里沟，或称小清河，或称普济沟。和它合流的大川，旧有唐河，现有沙河，此外又有太平和广济等沟渠。它的源委及利害的情形，当在下文详细分叙。至于这河在历史上的地位，因为河身不大，未曾发生重大的事实，所以这里也就无可记述了。

甲、孟良河的源委　孟良河源出曲阳县西北孔山的曲道溪。那溪在

《水经注》里称为长星沟，这河因此也就称为长星川。东南流，绕曲阳县城一周；又东南，经嘉山，得嘉河的名称。又东经燕赵镇及东，西磨罗等村，流入定县。经东沿里村东北，大寺头村南，向东南流，至黄宫城南，穿平汉铁路，经孟良桥，吴家庄村北，曹家庄村南，至西朱谷及东朱谷等村。孟良河至此，因为距城不过7里上下，故名为七里沟。自此又向东行。至马家寨村南，和唐河南支即小清河的故道会合，所以自此以下又通称为小清河。向东南流，经吴羊平、霍羊平、寺羊平、大羊平等村南、西马头村东北、安家营、东马头、王家庄、唐家庄等村南，鸡鸣台、刘家庄、吴家庄、马家庄等村北，至渠头村北，会太平沟，自此以下，就又通称为普济沟。经柴里村北，东入安国县境，又会广济沟。向北至三岔口，与沙河会合，孟良河向称为沙河的支流，实在是同时汇注于猪龙河的。唐河旧曾由小清河注入孟良河。从唐河北徙以后，小清河亦随着干涸，只留孟良河仍由故道东流。孟良河和唐河及沙河的关系，上文都会详细说明，可以不必再提。下文当把流入孟良河的沟渠即太平沟和广济沟的情形，详细说明。

乙、流入孟良河的沟渠　流入孟良河的沟渠，有太平沟和广济沟。流入太平沟的有草场沟。太平沟流入孟良河以后，亦名普济沟。广济沟的上流为马跑泉，但亦有人说太平沟亦发源于此泉的。广济沟南又有顺水沟流入。

a. 太平沟及草场沟与普济沟　太平沟原自水磨屯村东，由孟良河分出，直向南行，至安家庄东，转向东南，经官道庄和杨家桥村北，西马头和鸡鸣台等村南，流至圣佛豆村北，和草场沟会合，以下仍称太平沟。民国六年以后，沟道淤没，至今差不多连痕迹都没有了。但从这沟埋没以来，孟良河的河水无处分泄，就容易泛滥成灾。近年孟良河沿岸一带村庄如鸡鸣台、唐家庄、吴家庄等常有水患，这个太平沟沟道淤没也是一个原因。

草场沟发源于怀德村以东，由南王村、北王村、蒲家庄、牛王庄等处，经叮咛村及叮咛店，至圣佛头村北，流入太平沟。自此以下，经吴家庄村南，仍名太平沟。清道光初年，州牧袁牧曾命名为新汤江。后人又在吴家庄村南立桥，名曰保安桥，并立碑记载这事的始末。这碑文里说的话有几点很值得注意，所以把它转录于下：

> 尝闻十一月徒杠成，十二月舆梁成，桥之由来也久矣。然桥皆因河水而修。如此河水发源于马跑泉，分流至此，前名为太平沟。容水无多，屡年被涝。而道光二三年间，水患尤甚。不得已，各村绅士诉于州尊，蒙前任袁牧详于治台，松大人念切生民，转乞皇恩，圣上准奏，发帑银一万多，老米数千石。于是宽展河形，高筑岸堤。河工既成，袁牧命名新汤江。既已有河道，不能无桥梁。前修土桥。继修板桥。经年无多，不久即坏。因而重修石桥一座。不惟利徒舆之往来，且以经年代之久远。桥工既成，因溯河水之源流，并叙石桥之来历，援笔而书之，以志永垂不朽云。大清同治六年岁次丁卯二月初九日立。

我们在这碑文里应注意下列的几点：

(1) 太平沟发源于马跑泉。

(2) 这太平沟本来容水无多，屡年被涝。

(3) 道光初年，宽展河身，高展岸堤。

上文既说太平沟原在水磨屯村北从孟良河分出，至圣佛头村北和草场沟会合，以下仍称太平沟。这是和碑里所说的太平沟，完全符合的。因为碑里所说的太平沟在吴家庄南，吴家庄又在圣佛头东，可知碑里所说的太平沟就是圣佛头以东的太平沟。但考定县的《道光志》里说："草场沟在叮咛村之东，迤逦东流，过第二石桥为太平沟，又东过圣佛头、鸡鸣台等村，至钮家庄、王家庄、李家庄，达祁州界。"照这样说来，草场沟在圣佛头村以上就称太平沟了。这种说法，从水磨屯村以南的太平沟故道一想，就可断定它不足信了。

又上文曾说明草场沟发源于怀德村以东。可是《道光志》里只含混地说："在叮咛村之东。"保安桥的碑文里，也只说："河水发源于马跑泉，分流至此，前名为太平沟。”这种说法看似和事实完全不合，实在是互相一致的。因为草场沟从怀德村发源以后，向东北，经叮咛村，转向东流，所以怀德村可以说是草场沟的远源，叮咛村是它的近源。至于马跑泉的位置，向来就不能确实指定，可是所指的地方都相距不远。照现在实地调查的情形说，马跑泉固然是广济沟的源泉，但是有些人以为草场沟的上流所有的泉都是马跑泉，这种说法也不能完全否认。因为泉的位置既不能确定，自然就各有各的说法。那么保安桥的碑文里所说太平沟发源于马跑泉的话，也是不错的。

b. 广济沟及马跑泉　叮咛村南有一隍坑，坑水东流，经过桥，名苏家桥。桥南通张谦村，北通叮咛店。这坑水就是马跑泉，下流就是广济沟，所以说广济沟发源于叮咛村南的马跑泉。由东，西张谦等村北，经圣佛头村南，至佛殿村东南，流入安国县界，又东经大五女、小章凝、河北庄，流入孟良河。至于马跑泉流到什么地方，才有广济沟的名称，这也很难确定。定县的《道光志》里说：“广济沟在张谦村东北，迤逦东下，过佛殿等村，达祁州界。”照这种说法看来，好像“广济沟”的名称在张谦村东北就有的。近人以为入安国县界，始号曰广济沟，却未曾指出这话的根据，也难使我们确信的。及至询问当地的人民，也都茫然不能解答，所以我们现在只能说发源的地方叫马跑泉，下流叫广济沟了。

《道光志》不直说广济沟发源于马跑泉，却只说在张谦村东北，许是因为马跑泉的位置尚不能确实指定的缘故。但是由种种记载，我们可以断定马跑泉的所在，及它确为广济沟的水源。

《雍正志》未曾说明马跑泉发源的地方，只说：“吴家庄，曹家庄等处营田，引小清河，马跑泉之水，仍泄于河。”按这里所说的吴家庄及曹家庄，两个村名许有错误，因为县城西南，孟良河南岸，虽然有这两村，但是小清河在这两村的下游，马跑泉也必在两村的东南，那么这两处的水怎样能够逆流引到曹、吴两村庄呢？

《雍正志》又说：“小清河源发隍池，自西而东，唐家庄先受之，次及吴家庄，而以州南马跑泉济其不及。”从这段话看来，上文所述的曹家庄，许是唐家庄的错误。唐家庄在孟良河北岸，吴家庄在太平沟北岸，都在马跑泉的下游，引用马跑泉的泉水以补不足，自然是可能的。不过这里所说的马跑泉，大概是指太平沟的上游，和保安桥的碑记里所说的马跑泉许是一样的。

《雍正志》里又说："张谦等村亦引马跑泉。"这里所说的马跑泉和上文所说的马跑泉，大概不是同一个泉。因为上文所说的马跑泉是流入太平沟的。这里所说的马跑泉是流入广济沟的。《道光志》里曾说："广济沟在张谦村东北。"把这两说互相考证，足见马跑泉和广济沟，在张谦村附近是有密切的关系的。今在叮咛店南，广济沟的苏家桥上有一咸丰年间立的修道碑。那碑文现在照录如下：

> 盖闻修道成粱，纪于夏令。视涂授里，载在冬官。其事属于司空。而其泽遍及天下。此古昔盛世所以道坦夷而人不病于征涉也。定县城南三十里有张谦村者，为南北之通衢，实往来之要路。但历年久远，间车马之所驰驱，担荷之所奔赴，风雨之所漂标，往来之际，未免有泥涂之苦，本村人等心窃忧之。因于咸丰六年（1856年）三月间共发善心，买地十余亩，以为填道之用。斯时急义而赴功者，无不脂车秣马，踊跃于争先。工程浩大，未能不日成功。至丁巳年（1857午）五六月间，由双石桥以至苏家桥，始能荡荡平平，以不失于洼下。苏家桥以南，则有马跑泉焉。昔汉光武为王莽所追，至此渴甚，忽焉马足跑地得泉。是泉也，炎夏则风清气凉，隆冬则水秀草青，古迹昭然，诚中山之胜境，实泥水河之发源者也。然非有以疏通之不可，东张谦浚其东，西张谦浚其西，庶水有所归，而大道之中方不至成为巨浸。凡人之过往于斯者自不忧其窘步者也。咸丰七年（1857年）岁次丁巳上浣。

《修道碑记》里既说"马跑泉在苏家桥南"，又说"为泥水河所发源"，又说"东张谦浚其东，西张谦浚其西"。由这样看来，马跑泉的位置确在庞济沟以南，张谦村以北。所谓泥水河，大概就是现在张谦村附近所流入广济沟的一切小水沟。再看有的说“张谦等村东北有马跑泉”，又有的说“广济沟在张谦村东北”都是更足以证明张谦村北，广济沟南有马跑泉。不过我们有须注意的一点，就是，马跑泉不止一处，非但上文所述《雍正志》里所说流到唐、吴两庄以济小清河的不足的，及保安桥碑记所说为太平沟所发源的，这和《修道碑记》里所说在苏家桥南的，不是同一个马跑泉，就是和现今在叮咛村南指为广济沟所发源的马跑泉，也各不相同。

我想修道碑虽曾切实指明马跑泉在苏家桥南，但也不见得是一种切实不移、人人承认的说法，保不住是因为光武马跑得泉的传说，指定一处，聊以充数。所以从立碑到现在，虽然只有七十多年，可是已经没有人能够说明这碑里所说的马跑泉实在何处。所以我们现在只能说叮咛村南，张谦村北一带地方所有的泉都是马跑泉，不能在这许多泉里，指定那一个是马跑泉，那一个不是马跑泉，也不能在其他的地方找到一个真正为光武马跑地所得的泉。假使真有一个公认的可以确实指定的马跑泉，必定早就确定，不会到现在还成为疑案了。定县的《道光志》里有一段关于马跑泉的话，可以作为我们的结论，现在把它转录在下面：

又按泉以马跑名，必其发源奔驶，非一泓如鉴者可比。或其后的分引过多，来源反致散弱，渐不知其处。或州之东南乡本是多泉，交相挹注，皆可目为马跑泉，究未知孰为马跑泉也。当日王刺史（按即王大年）勤求水利，未有确知源派。而不详载于志书者，今时又百数十年，何从溯洄？亦惟有利并享，有害共恤，商蓄泄之宜，而化町畦之见焉可也。

c. 顺水沟　这沟的发源地在西留春村北，沿广济沟南岸，经东留春、小王耨、董家庄、大王耨，及齐家庄等村北，流入安国县，附近村民通称为小河子，沟宽约七八尺，深约五六尺，两岸栽植柳树。天旱的时候，沟水可以供灌溉。水涝的时候，沟道又可以排泄积水，所以这是有利于附近村民的一条沟。

丙、孟良河的利害　孟良河西自东沿里村西入境内，东至李家庄村南，流入安国县。自昔至今，河道无改。自石坂村以上，河道宽约1丈，深约1丈5尺。自石坂村以下，因与小清河会合，河道宽约3丈，深约丈许。若非大旱之年，河水可供灌溉。若是旱久，河水也就干涸。崔丘等村在民国三年曾共同开浚河身，深至三四尺，所以河水既可以灌溉，又不至泛滥。唐家庄等村的附近，河身较浅，又兼水磨屯村以南的太平沟的故道已经淤塞，所以这一带村庄常有水灾。民国六年六月初旬，十二年六月中旬，十三年六月中旬，皆发生极大的水灾，唐家庄一带村庄淹没禾稼三百余顷，坍塌房屋五百余间。这河沿岸，向无堤防。现在两岸栽植树木，土质坚固。至于各沟渠利害的情形，亦可略述如下：

太平沟故道未经淤塞以前，每逢孟良河水涨，河水可以由此分泄，不致泛滥成灾；可惜从民国六年大水以后，这条故道就被淤没，现在沟的痕迹都已经埋灭，所以唐家庄、吴家庄、鸡鸣台一带村庄也就容易遭水灾了。草场沟从圣佛头西北石桥以上，宽约1丈左右，石桥以下，宽约1丈5尺。沟的南岸，堤高7尺，沟的北岸，却无堤防，每逢天旱，沟水就涸。所以这沟可以说是没有灌溉的效用。说到广济沟和顺水沟，水利都是很大的。广济沟宽约2丈，深约1丈有余，两岸无堤，土质巩固。水流不绝，可供灌溉。顺小沟宽约七八尺，深约五六尺。两岸也有些地方栽种柳树。天旱的时候，沟水可供灌溉。一逢雨水太多，这沟又可以排泄，所以这沟的水利，可谓甚大。总起来说，孟良河的河道虽小，水利倒很有可观：河身既然坚固，不容易坍塌；注入的沟渠又各有好处，或足以分泄水势，或足以灌溉田亩。所以这等川渠若能好好的经营，一面疏浚河身，一面加筑堤防，发展水利，是有极大的希望的。

4. 木道沟　《新唐书》载："元和五年（西元810年）夏四月，义武军节度使张茂昭及王承宗战于木刀沟，败之"。这沟所以取名木刀，据《新唐书·地志》里说，因为沟旁有木、刀二姓居住的缘故。现在通称为木道沟，是为滋河的支流；上流在新乐县西境从滋河的北岸分出，东流经过新乐、槁城、无极，及完县，至深泽县北境，又流入滋河。所以滋河和木道沟的形势，恰如一弓一弦。这沟仅经过定县的东南一隅，从木佃村东南入境，经七级和东内堡两村之间，北流合清水沟，又入深泽县北境，流入滋河，在定县境内的沟道，宽约5丈，深约1丈有奇。不过以上所说的都是新道。故道在雍正年间就已经淤塞。后来因为“故道既淤，新道久未疏浚”，“水易泛滥，民田被害”，定县和无极的人民，争自防卫，屡兴词讼。

在东内堡村西北流入木道沟的有清水沟，自钮店村东流出，经南、北高篷村南，至西湖村南，新立庄西，有泉自西流入。这泉分南北两支：北支从油味村西流出，南支从油味西南流出，合称为卧牛泉。惟北支较南支稍短。清水沟宽约六七尺，深约八尺。水深时四五尺，浅时亦有完全无水的地方。卧小泉宽约六尺，深约六七尺。泉水终年不断。所以清水沟和卧牛泉灌溉的利益都是很大。

第四节　区划

定县在道光年间，有433村。据道光三十年（1850年）修的《定州志·乡约门》所列村数的引言里虽然有“定州为村者四百四十有奇，向统以四十四约”一句话，但总计各约所列的村数，实只有433村。且因各约内往往有把小村附属于邻近较大的村庄，就把两村或三村作为一村看待的情事，所以把各约下所载的领村数合计，只有423。现在把各约内合为一村的各村庄开列于下：（1）元光约内的马头屯和吴阳平合为一村。（2）全邱约内的高就和来合两村合为一村。（3）东不随约内贺家营、瓮家庄及彭家庄三村合为一村；又牛村和程家庄两村合为一村。（4）赵庄约内的西城和东庄两村合为一村。（5）胡房约内的南仝房和后营两村合为一村；又高家庄和新村两村合为一村。（6）北不随约内的南仝家屯和后营两村合为一村；此外不知还有那两村合为一村。及到近年，已有470村。因为求行政上的便利起见，往往又把全县的地方分划若干区域，或称里，或称约，或称自治区，或称学区，名称既时时改变，所属的村数亦前后各异。现在把全县区划的概况和东亭乡村社会区内区划的沿革及现状，分项说明如下：

一　全县区划的概况

定县全境旧日曾分为里，后来又改为约，及到近年，才又有自治区和学区的分割。现在且把每种区制的数目及所属的村数，逐一说明如下：

1．里的区划定县全境的区划，旧曾行用里制。全县所分的里数，可以从邑志里求得。据《道光志·乡约门》所载各村所属的里，统计起来，全县共有38里。各里所属的村数多寡不一，最多的29村，如忽村里；最少的一村，如永顺里和大兴里。现在把38里所属的村数，列表如下：

第2表　定县38里所属村数

里　名	村　数		里　名	村　数
忽村里	29		王吕里	10
南合里	25		宣化里	9
柴篱里	18		永丰里	9
周村里	18		齐堡里	9
永兴里	17		西城里	9
大杨里	17		木佃里	9
赵村里	17		北宋里	9
紫荆里	16		伯堡里	8
庞村里	15		王郝里	8
堤阳里	15		西涨里	8
威武里	15		张蒙里	7
王习里	13		王耨里	6
宫城里	13		土良里	5

续表

里名	村数		里名	村数
永义里	12		子位里	5
永安里	12		张谦里	5
新顺里	12		子远里	4
奇连里	12		永顺里	1
潘村里	12		大兴里	1
车寄里	10			
阜财里	10		总合	430

查上表内永顺里和大兴里都只有一村，所属的村数少到这样，似乎可疑：不知是否由于分里的办法一村也可成为一里，所以这永顺和大兴两里原来就都只有一村；抑或由于分里的时候本各有数个属村，及到改行约制以后却只留有一村了。假使后一个猜想是对的，那么从分里的时候到道光年间必定相离很远，因为一个村庄决不是在短时间内能够消灭的。但查永顺里所属的八里店村，大兴里所属的是窑房头村，这两村附近都没有消灭的村，那么后面的一个猜想是错误的。又查八里店后属东不随约，窑房头村属南不随约，照这种情形推想，也许这两村都因为特别情形，不能附入邻近的各里，就一村独立成一里的。

又按《道光志·乡约门》所载的433村里有王耨约的刘家庄，南不随约的怀德营和吴村屯，胡房约的东南合村等四村，未曾注明属于何里，不知是否由于遗漏，抑或由于这四村都是在施行里制的时候尚未成立的村，所以到了改行约制的时代，就不能说明这些村所属何里。假使前一个猜测是对的，那么我们可以注意下面的两点：

甲、里制时代的村数和约制时代的村数相同，都是433村。

乙、全县38里，平均每里有11.4村。

假使后一个猜想是对的，那么我们可以注意下面的两点：

甲、里制时代的村数比约制时代少4村，就是只有429村。

乙、全县 38 里，平均每里有 11.3 村。

上面所说的两个假定，现在还没找到充分的证据，所以不能断定究竟那一个是对的。但是从村的总数说，固然有 429 和 433 的差别，但差数只有 4 村还不到总村数的 1%。若是单从平均数看，那么我们尽可以说平均每里有 11 村。若得说得更精确一点，那么，只要说平均每里的村数是 11 村有奇，这样也就够了。

2. 约的区划　定县改里为约，不知从什么时候起的。现在可以供我们查考的，只有道光三十年（西元 1850 年）修的《定州志》一书。那志里对于改里为约的缘故和年代，定名为约的意义，及编约的标准等项，都未曾有所说明；只有含混的话，略略暗示行用约制的时期：如凡例里说，"今从定州旧定之四十余约绘图"；又在乡约门的导言里说，"定州为村者四百四十有奇，向统以四十四约，其不随约者亦自以为一约。"我们从"旧定"及"向统"等字样看来，可见在道光二十七八年以前，就已经有约制了。至于编约的办法，州志里也未曾说明，只在乡约门的导言里约略有一点提及，如上文所述的"四百四十余村统以四十四约，其不随约者亦自为约"；又说"一约所统者村有多寡，里有远近"。我们从这几句话里只能知道各约所统的村数多寡不等，及这许多村庄有随约和不随约的分别。至于某村凭什么理由或标准制入某约，以及为什么又有不随约的村庄自为一约，这些问题现在都不能查询清楚了。现在根据道光的《定州志》，把各约所领的村数，列表如下：

第 3 表　定县 43 约所领村数

约　名	村　数		约　名	村　数
张蒙约	22		高蓬约	7
寨南约	15		李亲顾约	7
赵村约	14		王耨约	7
赵庄约	13		西坂约	7
忽村约	13		砖路约	7

续表

约　名	村　数	约　名	村　数
全邱约	12	清风店约	7
安家庄约	12	元光约	6
疙瘩头约	12	邢邑约	6
周村约	12	大寺头约	6
潘村约	12	五女约	5
钮店约	11	张谦约	5
胡房约	11	子位约	5
建阳约	10	西涨约	5
庞村约	10	高门约	4
东朱谷约	10	奇连约	4
梁村约	10	大辛庄约	3
溇底约	10	明月店约	3
东亭约	9	南不随约	29
滱河约	8	东不随约	18
怀德约	8	北不随约	17
连壕约	8	西不随约	16
柴篱约	7	总合	423

按元光约、全丘约、东不随约、赵庄约、胡房约及北不随约内，都有两村或三村合为一村的，详细的情形，曾经叙述过，上表所列这几约所领的村数，是指合并以后说的。若照原来的村数说，元光约有 7 村，全邱约有 13 村，东不随约有 21 村，赵庄约有 14 村，胡房约有 13 村，北不随约有 19 村。

全县四乡除不随约以外，共 39 约，统村 343。其中领村最多的约领 22村，最少的领 3 村，平均每约领 8.8 村。东西南北四不随约共有 80 村，和其他 39 约合计，共 43 约，领 423 村，平均每约领 9.8 村。

按上表所列的约数只有 43，和道光定州志里所说 44 约，数目不符，许是城关本来也认为一约的缘故。但是州志里说44约所统的村是440有奇，查上表所列只有423村，就是按照未曾合并的村数计算，也只有433村，和所谓“440有奇”的数目相差10村上下，不知道是什么缘故。

3. 自治区的分划　上文所述的里制和约制，都是一种陈旧的区划法。及到民国初年，因为办理警政，把全县分为六区，后来称为自治区。从县城北至唐河，南至孟良河，东至鲍市邑、大洼里，及小陈村等村庄，西至庞白土、塔宣村，及孔会同等村，称为自治第一区。孟良河以南，沙河以北，西马头、杨家桥，及吕家庄等村以西，张蒙屯、北紫荆，及朱家庄等村以东，称为自治第二区。在第一和第二两区以东，北至唐河，南至沙河，称为自治第三区。沙河南一带地方，完全划入自治第四区。第一和第二两区以西的地方，完全划入自治第五区。至于自治第六区，就是唐河以北所有一带地方。现在把六个自治区所属村数，（民国十八年调查）列表如下：

第4表　定县6自治区所属村数

区　名	村　数		区　名	村　数
自治第一区	72		自治第五区	76
自治第二区	66		自治第五区	91
自治第三区	84		总合	470
自治第四区	81		平均每区	78. 3

4. 学区的分划民国十三年，定县教育局又把每一自治区，分为两学区，惟向属自治第一区的城区，划为特别区，所以共分成13学区。自治第一区除城关划为特别区以外，东西成两学区：东边的从总司屯，东关、尧房头，及西朱谷以东，称为第一学区，共有37村；西边的从清水河、北庄、西关、南关，及刘家庄以西，称为第二学区，共有35村。自治第二区也是东西分成两个学区：东边的从东车寄、梅家庄、和牛王庄以东，称为第三学区，共有37村；西边的从北车寄、南车寄、蒲家庄，及子远村以西，称为第四学区，共有29村。自治第三区南北分成两学区：北边

的从小洼里、东庞村、东旺，及小五女等村以北，称为第五学区，共有45村；南边的从大陈村、东亭镇、元光、西堤阳、东堤阳、李村店，及五女店以南，称为第六学区，共有39村。自治第四区内所分的两个学区：在太庄南、油味，及北俱佑等村以东的称为第七学区，共有38村；在北留宿及南留宿等村以西的，称为第八学区，共有43村。自治第五区所分的两学区：在高家庄、西念自疃、东念自疃、大、小近同，及沟里等村以北的，称第九学区，共有34村；在东忽村、于家左、岗北、赵家洼、沿士村，及齐家左等村以南的，称为第十学区，共有42村。自治第六区的两个学区，也是向东西分的：在清风店、太平庄、罗家铺，及新立庄以东的，称为第十一学区，共有52村；在吴村、东、西不落岗，及东涨村以西的，称为第十二学区，共有39村。全县12学区，平均每区有39.2村。

二　东亭乡村社会区内区划

东亭乡村社会区包括62村。在里制时代，分属王习、庞村、永安、伯堡、堤阳、永义、土良、新顺，及柴篱等九里。在约制时代，分属�河、建阳、东亭、元光、庞村、五女、全邱、安家庄、柴篱，及东不随约等十约。就自治区说，大部分（51村）属于自治第三区，一小部分（10村）属于自治第一区，属于自治第二区的，只有西马头一村。就学区说，分属第一、第三、第五、第六等四学区。中华平民教育促进会总会于民国十五年九月间既定本区以后，又把全区划成六个分区：东亭等7村，称为第一分区；翟城等17村，称为第二分区；西建阳等9村，称为第三分区；小陈村等13村，称为第四分区；唐家庄等9村，称为第五分区，李村店等7村，称为第六分区。把全区分为六个分区的目的，是要使相距较近的各村庄有一种组织，有事的时候更容易联络。分划的办法是先察看62村的位置、交通，及人情风俗等情形，假定分为几区，然后又就假定的分区内察看生活情形是否相似，和他区相较是否有特殊之点，是否有一中心村落足为全分区的人集合便利的地方，这种村庄的人口、文化等等情形是否足为全分区的代表。从这几点详细考察以后，才决定某村应属某分区，某分区应有多少村。这东亭乡村社会区内现在所有六个分区，就是按照这种办法划定的。

第五节　土壤

一　全县土壤的种类及分布的状况

土壤原为地壳的表层，经风、水、温度、生物诸作用，就变为细微之土粒，而成土壤。定县是一大平原，它的土壤由来，属于冲积土，随其所含沙子、粘土质物、及石灰、腐植质等之量，可分为壤土、沙质壤土、粘质壤土、粘土、沙土、黑土、青碱土、石砾数种。壤土 (Loam Soils) 俗名黄土，或名黄沙土，分布于县的东、南、西、北四面。黏质壤土 (Clay Loam Soils) 为壤土中含粘土质物较多者，又有一种颜色红的，叫作红土，也属于此，分布于县的东部。沙质壤土 (Sandy Loam Sols) 俗名沙黄土，是壤土中富于沙子者，又有一种叫作细沙土 (Silt Soils) 也属于此，分布于县的南部和北部。黏土 (Clay Soils) 分布于县的南部和北部。黏土多含有机物者，叫作黑土，分布于县的南部。黑土含有碱性者，叫作青碱土，一名黑碱土，分布于县的南部和北部。沙土 (Sand Soils) 即白沙土，分布于县的北部。石砾 (Ray) 分布于县的南部和北部。

二　第一乡村社会区土壤

1. 全区所有土壤的种类及各种土壤分布的区域与占有的面积　第一乡村社会区全区的土壤面积，共计 231811 亩，依照它的价值上说，可分上，中，下数种：上地共计 133301 亩，占全区土壤面积之 57.5%；中地共计 79910 亩，占全区上土壤面积之 35.1%；下地 17200 亩占全区土壤面积之 7.4%。就中以上地为最多，中地次之，下地为最少。又依照它的土性上说，可分沙壤土，沙土，壤土，黑土，黏壤土，青碱土，黏土数种。沙壤土共计67270亩，占全区土壤面积之29．1%，分布于全区的南西北中部。沙土共计55318亩，占全区土壤面积之23.9%，分布于全区的东南西北中部。壤土共计54460亩，占全区土壤面积之23.4 %，分布于全区的东北西南部。黑土共计22400亩，占全区土壤面积之9.7%，分布于全区的南部。黏壤土共计16963亩，占全区上壤面积之7.3%，分布于全区的南西北部。青碱土共计13300亩，占全区土壤面积之5.7%，分布于全区的南部。黏土共计2100亩，占全区土壤面积之9%，分布于全区的南部。其中以沙壤土为最多，沙土次之，壤土又次之，黏土为最少，列表如下：

第5表　东亭乡村社会区62村各种土壤之分配

土质种类	亩　数				
	上地	中地	下地	总计	百分比
沙壤土	48630	14740	3900	67270	29. 0
沙土	16568	29500	9250	55318	23. 9
壤土	38510	15000	950	54460	23. 5
黑土	17450	4350	600	22400	9. 7
黏壤土	5213	9250	2500	16963	7. 3
青碱土	4830	8470	…	13300	5. 7
黏土	2100	…	…	2100	0. 9
总　合	133301	81310	17200	231811	100. 0

2. 各种土壤现在的用途　黏土适于栽种高粱、麦等作物，沙土栽种谷子、豆、花生、棉、山药、麦及树木。壤土栽种谷、棉、豆、高粱、山药、红薯、麦、玉米、花生等作物。沙壤土栽种谷、豆、棉、花生、高粱、番薯、山药、麦及树木。黏壤土栽种谷，豆，棉，山药，花生等作物。黑土栽种五谷。青碱土栽种谷、豆、麦、高粱及树木。

第六节　气候

定县的位置当北纬 38°，在北温带的中部，所以气候温和，适于生活。不过雨量稀少，空气干燥，春秋两季又多大风，夏天且常有疾风暴雨及冰雹，这是当地气候的缺点。所有各种详细情形，当在下面分项叙述。

一　气温

要知道一个地方气温的情形，应当有那地方历年精确的测量和记载。定县向来未有人做过这种工作。平教总会的测量气温，又正在开始，时期太短，不足为据，所以要知道定县的气温的详细情形，只有参考邻近地方所有的材料了。定县北离保定只有 150 里，两地的地势又同为平原，所以两地气候相差无几。现在把保定气候测量所历年测量和记载的气温，转录于下，以作参考。

第 6 表　民国二至十五年平均气温

年别	平均气温（摄氏表）												
	一月	二月	三月	四月	五月	六月	七月	八月	九月	十月	十一月	十二月	年平均
民国二年												-2. 2	-2. 2
民国三年	1. 2	0. 9	6. 3	13. 6	20. 6	25. 7	25. 7	25. 4	19. 8	14. 4	3. 3	-2. 7	12. 9
民国四年	-7. 5	-3. 4	4. 3	12. 2	19. 1	24. 5	26. 8	25. 2					12. 7
民国五年	-7. 0	-0. 9	3. 7	12. 4	20. 7	25. 0	27. 2	24. 7	19. 2	12. 3	5. 1	-5. 4	11. 4
民国六年	-7. 0	-2. 2	3. 2	14. 2	19. 4	26. 3	26. 9	25. 7	16. 8	12. 8	3. 8	-0. 5	11. 5
民国七年	-4. 5	-0. 4	5. 9	13. 6	18. 3	25. 9	27. 0	24. 9	18. 8	12. 7	3. 7	-5. 0	11. 7

续表

年别	平均气温（摄氏表）												
	一月	二月	三月	四月	五月	六月	七月	八月	九月	十月	十一月	十二月	年平均
民国八年	-6.8	0.1	7.8	15.1	20.8	26.2	27.3	27.1	21.2	13.5	4.2	-3.5	12.8
民国九年						25.3	29.3	27.7	20.0	15.2	5.3	-2.5	17.2
民国十年	-6.9	-0.6	5.6	13.7	19.2	25.2	27.6	25.3	20.9	13.4	4.6	-3.7	12.0
民国十一年	-7.5	-2.9	5.6	16.5	20.0	27.5	27.0	26.2	20.8	14.5	3.7	-2.5	12.2
民国十二年	-6.9	-3.2	6.9	13.2	20.6	25.6	27.0	25.7	20.1	12.1	3.8	-1.9	11.9
民国十三年	-3.0	-1.6	4.3	14.3	21.8	26.1	25.7	25.6	20.9	9.8	5.1		13.5
民国十四年				14.6	18.5	21.2			20.7	14.8	8.9		16.5
民国十五年									18.9	13.0	6.4	-4.4	8.5
总月平均	-5.6	-1.4	5.4	13.9	19.9	25.4	27.0	25.8	19.8	13.2	4.8	-3.1	11.6

第7表 民国二至十五年最高气温

年别	平均气温（摄氏表）												
	一月	二月	三月	四月	五月	六月	七月	八月	九月	十月	十一月	十二月	年平均
民国二年												6.9	6.9
民国三年	1.1	7.5	12.9	21.1	30.3	33.5	30.7	32.5	28.1	22.1	9.5	4.5	20.3
民国四年	-1.5	2.9	11.3	18.7	26.7	31.9	32.6	31.5					19.3
民国五年	0.3	4.7	10.9	19.4	28.7	32.8	34.2	31.5	25.7	20.4	11.2	1.2	18.4
民国六年	0.3	6.0	13.2	31.1	27.3	33.2	31.7	30.7	23.6	19.4	10.9	-0.2	18.1
民国七年	3.7	7.2	12.6	19.8	24.9	31.3	33.5	30.2	23.6	21.8	9.5	1.0	18.3
民国八年	-3.0	7.6	14.3	21.8	20.6	33.1	33.6	35.2	27.9	21.4	12.5	3.4	19.0
民国九年						33.1	36.1	35.1	27.8	24.5	13.0	4.9	24.9
民国十年	1.9	8.8	12.9	21.7	27.5	31.3	34.2	31.6	30.3	24.7	12.4	7.4	20.4
民国十一年	-1.4	4.3	11.7	33.4	27.3	35.7	35.7	31.6	27.5	24.1	9.8	5.6	19.6

续表

年别	平均气温（摄氏表）												
	一月	二月	三月	四月	五月	六月	七月	八月	九月	十月	十一月	十二月	年平均
民国十二年	1.9	2.5	12.8	20.8	26.5	34.9	34.5	31.7	27.1	20.9	10.5	5.0	20.8
民国十三年	4.7	3.8	10.5	22.1	21.0	34.9	30.3	30.9	27.1	18.5	14.5		20.8
民国十四年				21.5	25.2	25.9			26.6	22.2	15.0		22.7
民国十五年									23.8	20.7	11.0	1.5	14.3
总月平均	0.8	5.5	12.3	22.9	26.8	32.6	33.4	32.0	26.6	21.7	11.7	3.7	18.9

第8表　民国二至十五年最低气温

年别	最低气温（摄氏表）												
	一月	二月	三月	四月	五月	六月	七月	八月	九月	十月	十一月	十二月	年平均
民国二年												-7.6	-7.6
民国三年	-4.2	-4.5	0.5	6.3	12.6	18.5	21.4	11.8	14.3	7.9	-0.9	-8.4	6.3
民国四年	-11.4	-8.5	-2.0	5.4	11.8	17.4	21.4	20.5					6.8
民国五年	-12.8	-5.8	-3.4	5.3	12.4	17.6	20.8	19.6	13.7	4.6	0.1	-10.8	5.1
民国六年	-12.8	-9.0	-2.1	7.3	11.5	20.0	22.8	20.9	14.8	7.4	-1.6	-11.4	5.7
民国七年	-11.1	-6.0	-0.3	7.4	12.2	18.2	21.5	20.5	14.8	4.8	-2.3	-9.7	5.8
民国八年	-7.6	-4.5	2.3	8.8	13.9	18.3	22.4	21.4	14.7	6.9	-1.9	-8.5	7.2
民国九年						18.0	23.7	21.1	15.4	8.5	-0.2	-5.9	11.5
民国十年	-3.9	-8.1	-1.5	6.6	12.0	17.5	21.1	19.9	13.7	11.9	-1.0	-2.6	7.1
民国十一年	-6.2	-10.0	-1.7	8.7	12.4	18.5	21.5	21.6	14.2	5.3	-2.9	-9.2	6.1
民国十二年	-11.4	-14.4	2.0	7.3	13.4	18.7	21.7	21.2	14.5	5.4	-1.1	-7.0	5.6
民国十三年	-8.8	-6.6	-2.0	0.5	13.4	18.2	22.1	21.5	15.4	3.4	-1.7		6.9
民国十四年				7.3	14.4	17.0			14.6	8.1	2.7		10.7
民国十五年									13.6	6.0	1.0	-9.9	2.7
总月平均	-9.2	-7.7	-0.8	6.5	12.7	18.1	21.9	20.0	14.5	6.7	-0.8	-7.4	5.7

第9表　定县民国十七年内每月之平均最高及最低气温

月　份	气　温　（华氏表）		
	平　均	最　高	最　低
1月	25	39	23
2月	28	36	21
3月	47	60	30
4月	60	72	42
5月	70	78	59
6月	82	88	74
7月	82	91	73
8月	78	87	70
9月	68	80	60
10月	59	70	50
11月	39	51	30
12月	21	35	23
年平均	54. 9	68	46. 3

从上面第6、第7、第8表看起来，可见定县每年最冷的时候在一月，这月最高温度约为0.8℃，最低温度约为－9.2℃，平均温度约为－5.6℃。每年最热的时候在七月，这个月最高温度约为33．4℃，最低温度约为21.9℃，平均温度约为27.0℃。一，七两月的平均温度相差32.6℃。一年十二个月的温度，按月相差，平均约为5.4℃。其中差数最大的为由三月（平均温度5.4℃）至四月，（平均温度13.9℃）及由十月（平均温度13.2℃）至十一月(平均温度4.8℃)，前者为增高8.5℃，后者为降低8.4℃。差数最小的为由六月(平均温度24.5℃）至七月(平均温度27.0℃)，及由七月(平均温度27.0℃）至八月(平均温度25.8℃)，前者增高1.6℃，后者降低1.2℃。现在把气温按月的差数列表如下：

第10表　民国二至十五年十二个月平均温度递增递减数

月别	平均温度	与上月比较增加（+）或减少（-）
1月	-5.6	-2.5
2月	-1.4	+4.2
3月	5.4	+6.8
4月	13.9	+8.5
5月	19.9	+6.0
6月	25.4	+5.5
7月	27.0	+1.6
8月	25.8	-1.2
9月	19.8	-6.0
10月	13.2	-6.6
11月	4.8	-8.4
12月	-3.1	-7.9

又查各月的平均气温，六月和八月相似，五月和九月相似，四月和十月相似；惟三月比十一月略高，二月比十二月亦略高。照这种情形看来，可见定县一年当中，温暖的时候比较寒冷的时候多。若把全年分为四季，那末应当以十二、一、二等月为一季，是为寒季；以六、七、八等月为一季，是为热季；又三、四、五等月及九、十、十一等月各为一季，这两季的气温差不多相同，可称为温季。不过这样的分法和习惯上春夏秋冬的分法有点不合。普通的习惯都以二、三、四等月为春季，五、六、七等月为夏季，八、九、十等月为秋季，十一、十二，及下年一月为冬季。照这种分法，春秋两季的气温就不能说是相同，因为二月的气温和十二月相似，以二月为孟春，那末十二月就当为仲冬，这就是说孟春的气温和仲冬相似了。依此类推，仲春（三月）的气温等于孟冬（十一月），季春（四月）的气温等于季秋（十月），孟夏（五月）和仲夏（六月）的气温反各等于仲秋

(九月)和孟秋(八月)了。这虽似小事,却也不可不特别说明,以免发生误会。

二 雨量

定县雨水稀少。冬春雨季普通称为干季。至夏秋之交,始常见阴雨连绵,檐溜不绝。现因本县对于雨量没有精确的材料可作研究的根据,故又

第11表 民国二至十五年降水量

年别	降水量(公厘)												
	一月	二月	三月	四月	五月	六月	七月	八月	九月	十月	十一月	十二月	年平均
民国二年												3. 8	3. 8
民国三年	—	23. 3	17. 2	1. 3	3. 3	47. 8	171. 9	14. 2	21. 1	35. 0	70. 1	2. 5	407. 7
民国四年	4. 4	11. 5	0. 0	13. 5	70. 1	19. 4	105. 6	111. 2					335. 7
民国五年	0. 0	3. 7	5. 2	9. 5	9. 8	56. 8	106. 0	107. 4	55. 5	3. 2	45. 7	5. 1	407. 9
民国六年	0. 0	0. 0	0. 0	0. 0	8. 7	34. 7	403. 0	185. 7	132. 0	68. 5	—	6. 0	838. 6
民国七年	0. 0	0. 0	7. 0	4. 6	61. 4	69. 8	57. 2	95. 0	15. 6	0. 0	29. 2	6. 0	345. 8
民国八年	1. 5	0. 0	0. 0	4. 8	13. 8	94. 8	180. 7	40. 3	3. 3	0. 0	0. 0	3. 5	342. 7
民国九年						2. 5	43. 0	11. 9	6. 6	0. 0	—	1. 0	65. 0
民国十年	0. 0	—	0. 0	0. 0	1. 8	5. 7	1. 4	5. 5	12. 0	2. 5	—	—	28. 6
民国十一年	1. 4	1. 7	—	1. 0	30. 6	14. 3	117. 0	137. 5	18. 8	0. 6	0. 8	0. 0	323. 7
民国十二年	0. 0	0. 0	13. 0	2. 5	1. 5	19. 8	112. 8	167. 0	32. 5	16. 0	1. 2	3. 6	369. 9
民国十三年	2. 5	6. 4	12. 3	0. 0	8. 4	7. 0	624. 5	172. 8	23. 8	—	—		857. 7
民国十四年				26. 2	30. 6	29. 9			41. 4	0. 0	1. 7		129. 8
民国十五年									3. 0	1. 0	34. 4	0. 0	38. 4
总月平均	9. 8	46. 6	54. 7	63. 4	239. 7	402. 5	1923. 1	1048. 5	365. 6	126. 8	183. 1	31. 5	4495. 3

暂把保定的降水量统计表转录于下以供参考：

从上面的表看来，可见定县在十二，及一、二、三、四等月，往往不下雨，即下也是不多。从五月以后，降水量才逐渐增多，至七月为全年降雨最多的时候，降水量为1923.1公厘。八月的降水量比七月稍少，从九月以后，就又逐渐减少了。

三　气压，温度，风速及风向

第12表　民国十四至十五年之气压，湿度，风速及风向

月别	气压			湿度			风速			风向	
	十四年	十五年	总月平均	十四年	十五年	总月平均	十四年	十五年	总月平均	十四年	十五年
1月											
2月											
3月											
4月	760. 91		760. 91	38. 9		38. 9	2. 39		2. 39	W76° S	
5月	754. 28		754. 28	69. 2		69. 2	2. 89		2. 89	E6° ENE	
6月	752. 74		752. 74	74. 6		74. 6	1. 67		1. 67	E27° NE	
7月											
8月											
9月	757. 32	761. 10	759. 21	66. 1	72. 2	69. 2	1. 54	0. 90	1. 22	E4° ENE	E50° NNE
10月	763. 37	762. 81	763. 09	66. 1	53. 2	59. 7	1. 32	1. 84	1. 58	E15° ENE	E7° ENE
11月	765. 25	766. 55	765. 90	69. 1	70. 4	69. 8	1. 39	1. 78	1. 59	567° ESE	E57° NNE
12月		770. 62	770. 62		55. 1	55. 1		1. 71	1. 71		E37° NE
年平均	758. 98	765. 27	…	64. 0	62. 7	…	1. 87	1. 56	…	…	…

关于此项情形，现亦只好转录保定所测定的结果，以见一斑。

四　作物生长期的长度

从春季晚霜到秋季早霜所隔的一段时间，叫作作物生长期。定县春季最后的晚霜多在清明节前，虽有时在清明节以后，但不常见。秋季的早霜多在寒露节后，亦有时在寒露节前。照这样计算，定县作物生长期的长度约有 6 个月，合计 180 日上下。

五　气候不良的情形

定县雨水稀少，易受旱灾。幸亏近年以来，遍地凿井，用人力灌溉，天气虽旱，庄稼还可不至于受大损失。但六七月间常有暴风疾雨，且常有冰雹，庄稼往往受害。那冰雹所伤的地段，仅成一直线，受害的区域还是有限。至于暴风烈雨所过的田亩，庄稼大半折倒，受害极大，常能使农家收量大减。据云受害时期若在头伏以前，还可种荞麦，以为补救。若在头伏以后，就不能补种作物，这就成为荒年了。

第二章

历　史

第一节　定县的起源及沿革

定县的历史，颛顼以前，无可考究。颛顼氏分天下为九州，那时定县的地方属于冀州。帝挚五年（西元前 2361 年）尧受封为唐侯，到帝挚九年（西元前 2357 年）受禅为天子，定都平阳。现今新乐以北，唐河以南的一带地方都是昔日唐侯的封域，定县城北十五里的唐城村，就是唐侯的故城。所以定县在西元前 2361—前 2357 的五年间，是尧受封的唐国。帝尧登位以后，九州的区制沿用颛顼的旧制，可见那时的定县仍属冀州。后经虞、夏、商三代都是如此，直至周时才属并州。

春秋时（西元前 722—前 481 年）有鲜虞国，这国名最初发现于鲁昭公十二年（西元前 530 年）的《春秋经传》。《经》云，“晋伐鲜虞。”《左传》云，“晋荀吴为会齐师者，假道于鲜虞，遂入昔阳。”杜预注云，“鲜虞白狄别种。在中山新市县。”昭公十三年的《左传》里又说，“鲜虞人闻晋师之悉起也，而不警边，且不修备。晋荀吴自着雍以上军侵鲜虞，及中人，驱冲竞，大获而归。”杜预注云，“中山望都县西北有中人城。”杜预为西晋时候的人。那时的新市县就是现在定县南的新乐县，那时的望都县就是现在定县北的望都县。中人城既为鲜虞的属邑，那时定县的地方属于鲜虞国，是显然的了。至定公四年（西元前506年）又有中山的名字始见于《左传》，《左传》云，“四年春三月，刘文公合诸侯于召陵，谋伐楚也，晋荀吴求货于蔡侯，弗得。言于范献子曰，‘国家方危。诸侯方贰。将以袭敌，不亦难乎？水潦方降，疾疟方起。中山不服，弃盟修怨，无损于楚，而失中山，不如辞蔡侯。吾自方城以来，楚未可以得志。只取勤焉。’乃辞蔡侯。”这是中山的名字在左《氏传》中发现的第一次。至哀公三年（己酉，周敬王二十八年，西元前492年）又在《左传》中发现一次。《左传》云，“春，齐卫围戚，求援于中山。”中山的名字在《左传》中前后发见二次。且有中山的名字以后，鲜虞的名字在《左传》中仍旧继续发现，直至哀公六年（西元前489年）以后才不再见。但在《春秋》里始终只有鲜虞而无中山。杜预注云，“中山鲜虞”。难道中山就是鲜虞的别号吗？但是鲜虞为白狄子姓，中山为姬姓。姓氏既然不同，两国并非本为一国可知。但是鲜虞究在什么时候灭？后来的中山究在什么时候立国？在昭公十二年的《左传》中何以就有中山的名字发现？有中山的名字以后，何以仍旧有鲜虞的名字直至哀公六年为止？这些问题都只好等历史家去研究解决了。

史载周威烈王十二年（西元前414年）中山武公初立，从此以后，鲜虞的名字不再看见，定县的地方就为中山国土了。威烈王十八年（西元前408年）魏文侯克复中山，不绝其祀，仅使人防守，中山国从此属于魏。周赧王二十年（西元前295年）中山为赵所灭，定县的地方从此又为赵国的属地。秦始皇二十六年 （西元前221年） 分天下为36郡，各郡的领县不详。参究那时钜鹿郡的疆域和现在定县的境地，可见定县是属于钜鹿郡的。汉高祖因秦郡过大，把原有的36郡析为62郡，设置口山郡，领有卢奴、苦陉、新处、安险等14县。据《定县新志》说；那时的中山郡治在唐县西北13里的中山城。现在的定县占有那时卢奴、新处、安险、苦陉等四县的地方。卢奴故城就是现在定县的县治。卢奴的领土城现今定县的西境，占全县面积的十分之五六。安险的故城为现在县东30里的故城村，它的领土也为现在县的东境，约占全县十分之二三。新处县也当在县的东北境，大辛庄的名字许是由新处转变而来，它的领土地占现在县的十分之二三，这县在光武以后就并入卢奴了。至于苦陉的故城为现在县南的陉邑镇。宋初把陉邑并入无极。明初才把无极北境原属陉邑的十村割归定州。景帝前三年（西元前154年）封皇子胜为中山王，从都卢奴，从此以后，中山郡改为中山国，并且才以卢奴为国都。武帝元朔五年（西元前124年）又封中山靖王子嘉和应各为新处侯和安险侯，至元鼎五年（西元前112年）均因事削封。当时郡国相间。至元封五年（西元前106年）置13部刺史分统郡国，中山国属于冀州。新莽窃国十五年，曾把苦陉改名北陉，安险改名宁肯险。又因中王成都会献书颂功德，封他为列侯。及光武中兴，初封族叔茂为中山王，建武十三年（西元37年）改封为穰侯。建武十七年（西元41年）进封皇子右冯翊公辅为中山王，二十年徙为沛王。三十年（西元54年）进封皇子左冯翊公焉为中山王。自此至灵帝熹平四年（西元175年）中山穆王畅薨，因无子，国除。所以东汉从建武初到熹平中，约140余年间，定县均为中山国土。那时中山国领有卢奴、安熹汉昌等13县，卢奴为中山国都。汉昌就是苦陉，是章帝改名的，所以建武二年（西元26年）封杜茂，还称为苦陉侯。安熹就是安险，也是章帝改的，后来又改作安喜，灵帝末年，刘备因讨黄巾贼有功，曾擢为安喜尉。三国的时候，魏据中原，有州13，冀州也属于魏。明帝太和元年（西年232年）改封诸侯王，皆以郡为国，从封濮阳王衮为中山王，领县不详。查东汉中山国所领的13县及西晋中山国所领的8县内都有卢奴、安熹、汉昌、（魏昌）等县，照这样推想，要说曹魏的时候这3县都属于中山国，也许是不错的。

晋武帝泰始元年（西元265年）封司马睦为中山王，食邑5200户，统卢奴、魏昌、安熹等八县。魏昌就是前汉的苦陉，至魏文帝的时候才把它改名魏昌。武帝咸宁三年（西元277年）降中山王腾为丹水侯，封济南王眈为中山王，弟缉袭爵，后从成都王颖拒王浚，没于阵，无子国除。怀帝永嘉三年（西元309年）石勒遣将攻中山、博陵、高阳诸郡，降者数万人，自是中山属于石赵。及冉闵灭赵，中山又属冉魏。至东晋穆帝永和七年（西元351年）前燕的慕容恪攻拔中山，从此中山又属前燕。永和十年（西元354年）燕王儁以子暐为中山王。升平三年（西元359年）燕王儁封子冲为中山王。帝奕太和五年（西元 370 年）前燕亡，中山又改属符秦。武帝太元九年（西元 384 年）燕慕容麟攻拔中山，自是中山又属后燕。太元十年，燕在中山大营宫室，十二月，燕王垂定都中山。翌年（西元 386 年）正月燕王垂在中山称皇帝。自怀帝永嘉以来，直至此时，80 余年间，中山的隶属凡五变，先属石赵，继属冉魏，又属前燕与符秦，最后又属后燕。争夺纷纭可谓已达极点。所以这 80 余年间，口山的领县亦不能详考。直到燕王定鼎，慕容垂在此置中山尹，改卢奴名曰弗远，（《旧唐志》作不连）定县的地方才又为燕国都城。

晋安帝隆安元年（西元 397 年）魏王珪攻克中山，平慕容宝，置行台，以防山东。又置安州，领中山郡。并复卢奴故名，为安州州治及中山郡治。安州后来取“平定天下”的意义，改为定州。定州的名字是从这时候才有的。中山郡所领的有卢奴、魏昌、安熹等七县。北齐的时候，据《定州新志》里说，州郡的制度没有更改。这时废除安喜，并入卢奴，并把卢奴改名安喜，唐县也同时并入。后周高祖建德六年（西元 577 年）置定州总管府，领鲜虞郡，郡的领县，当与齐同。隋初置定州，设总管。又在安险故城复置安喜县，至大业初年又废。大业三年（西元 607 年）改定州为博陵郡。大业九年（西元 613 年）又改为高阳郡。领有鲜虞、隋昌等十县。鲜虞就是前汉的卢奴。北齐废安熹入卢奴，并把卢奴改名安喜。北周时，置鲜虞郡。到隋开皇初年，废郡，入州，并改安喜为鲜虞县。又在安险旧境复置安喜县。至大业十年，又废安熹，并入鲜虞。从此以后，安险故境就不再设县了。元魏的魏昌当北齐时也曾被废。到开皇十六年，才又恢复，并且改名隋昌。

唐高祖武德初年，改郡为州，改太守为刺史。四年（西元 621 年）平窦建德，在定州设总管府，领定、恒等 5 州。六年升为大总管府，领定、洺等 32 州。七年，改设都督府，领定、恒等 8 州。至太宗贞观元年（西元 627 年）并有州县，分设十道，以定州隶属河北道。五年（西元 631 年）废除定州都督府。唐元宗天宝元年（西元 742 年）改定州为博陵郡，到肃宗乾元元年（西元 758 年）才又恢复旧制，设置定州。德宗建中三年

(西元 782 年) 置义武节度使。是为定州设置节度使之始，自此至五代，均相沿不改。德宗贞元十三年 (西元 797 年) 改为大都督府，十四年，又废，仍改定州。按唐代 290 年间，自武德初年改郡为州，定州的名称，除自天宝至乾的 16 年间改为博陵郡以外，其余的时候皆相沿无改。所领有安喜、唐昌等十县，隋代的鲜虞县，在武德四年改名安熹县。隋昌县也于武德四年改名唐昌，到天宝元年又改名陉邑。五代 53 年间 (西元 907—959 年) 沿承唐制，仍置定州。至于所领何县，不能详考了。

宋太宗太平兴国五年 (西元 932 年) 设定州都部署以镇定州。神宗庆历八年 (西元 1048 年) 置定州路安抚使，统领定、保等八州军。徽宗政和三年 (西元 1113 年) 升定州为中山府。至高宗建炎三年 (西元 1129 年) 此城为金人所攻取。宋时的定州和中山府皆领安熹等七县，并一寨，一军。唐代的陉邑，据《定县新志》里说，宋初已并入无极了。

金得中山，仍设为府，领有安喜等七县及二镇，以安熹为府治。元沿金制，仍为中山府，领安熹等三县。是现在的定县在金时犹称为安熹，到元时才称为安喜。直到明太祖洪武元年 (西元 1368 年) 改中山府为定州，隶属真定府，以安喜为州治，省县入州，从此以后，安喜的名字就不再见，明怀宗崇祯年间设定州道于此。至清顺治六年 (西元 1649 年) 始裁撤。雍正二年 (西元 1724 年) 升定州为直录州，领二县。十二年新乐改属真定，而以保定之深泽来属，仍领二县。至民国二年分全省为津海、保定、大名、口北四道，以定州录保定道。民国三年 (西元 1914 年) 始依部令，改为定县。

统观定县的起源及沿革，最初属冀州，后为唐国，春秋属鲜虞国，战国属中山国。秦属钜鹿郡，汉、晋为中山国都，南北朝为后燕国都。元魏置行台，北周设总管，唐设节度使，宋设都部署，金元为府治，明清为州治。可见这地方历代皆占重要和位置，至于它的疆域在汉时，为卢奴、苦陉、安险、新处等四县，光武以后，新处并入卢奴，是以由四县并为三县，就是卢奴、苦陉、安熹等。至隋炀帝大业初年，并安熹入鲜虞，这时又由三县并为二县，就是鲜虞和隋昌，隋昌在唐初改名唐昌，天宝元年又改名陉邑，到宋朝初年又省入无极。所以定县的地方在太平兴国初年只有一个安熹县。历金及元，都是如此。直至明洪武二年才又把无极北境原属陉邑县的十村割归定州。从那时以后，定县的疆域就没有什么改变了。

定县自唐建国以来，历代皆占重要位置，视为河北重镇，地势重要，兵家所争，因此地方常受兵灾。兹将自清以来在定县发生变乱略述于下。顺治七年，大同总兵姜瓖叛变，自山西窜定州，大行抢掠，妇女被掳者甚多，唐城一带村庄受害最重。有平阳烈妇，为贼所得，矢志不从，血书绝命诗四首，缢于唐城文昌阁。自此以后，清代休养生息，几二百年不见兵事，至咸丰间始有警报。咸丰三年，粤匪作乱，攻破真定、栾城，进藁城之濠庄，定州土匪亦乘机倡乱。匪首卢二鲁、张吉太、马撅子等率众叛徒，四出劫掠。时州有王灏者独出家财，办团练，保卫地方，且尝协助官军，御防贼匪，很有功效。州境因以得安。同治元年，匪乱大起，王灏率团练破之，同治六年，盐枭倡乱，王灏率众与战于东亭镇，贼不支逃去。同年八月在唐河南岸发现马贼数百骑，意欲渡河往扰清风店，地方团练奋力往御。后来官兵亦往助剿，奈贼党人多势大，官民死伤甚多，贼势更张，横行大流、高门一带，在州境盘踞约三月之久。后官军攻破高门镇，贼始逃沙河。同治七年捻匪张总愚，由深泽来扰州境。定州东南丁村，村民选壮丁防守，筑寨御贼，附近村民多往避难者，声势大振。贼率众包围村庄，用疑兵之计，声东击西，村民惊扰，贼破围墙而入，大行杀戮，村民死者无数。贼复率众进博县城，值学使贺寿慈来县试士，贺亲自巡视城垣，监督官民，分防固守，又张设灯火，多竖旗帜，以张声势。匪至果疑城内有戒，引众东去，往略祁州。捻匪乱后，河北平静无事者，约三十年，至光绪二十六年，又有拳匪之乱。拳匪是人民愤于外人侵略日甚，国势日见陵替，因而聚集党徒，仇杀外人。初设坛焚香，藉迷信以资号召，党徒既众，遂大举杀戮教民，烧毁教学，后竟乘机掠夺，行同强盗，人民苦之。定县北车寄村有天主教学为定县最大之教堂，拳匪乱起，各地教民多避集于此，教民亦作防守之策，负固抵抗，拳匪攻之未能破，教民复时出扰城南笃义团。难民逃奔县城，求救于官，县中有团勇百人，派往攻车寄教堂，教民度不能支，夜间率男女老幼数百人，欲逃往真定，黎明行抵高蓬镇，又被镇中拳匪截住，有被杀戮者。二十六年九月，联军登岸，进据定州西关，后至高蓬镇，以炮轰击，镇中火起，市廛变成灰烬，居民惨死无数。拳匪畏联军威势，四散逃避。曲阳黄山古寺，有拳匪避集约数百人，凭险以守，且不时出掠居民，为害最烈。后被联军侦知，以巨炮轰击，烧毁山寺，寺中有隋代石经，亦被焚毁无遗。同年十一月，拳匪又起，且与盗贼勾结，盘踞南乡，昼夜劫掠，州境几无净土。幸州牧金永，勇武强干，访查甚严，捕获六十余人，斩于市曹，乱用稍定。时城东王习村，有匪称乱，拥一少年女子为首，称帝号召，后被营防捕获，乱遂平定。光绪二十七年，驻定县联军，有数十人经过城东大幸东丈村，见有寨很坚固，欲入村游览，村人不许，联军走去，村人戏以枪毙其兵目一人，联军大怒，调炮队来攻，村人惊散，联军破寨入村，纵火烧房，田舍都被烧毁，且任意杀人，附近村庄小流、北祝等村，亦遭惨害。

民国成立以后，人民方庆脱离革命的浩劫，希望政治上轨道，内战不再发生，从此苏息休养，与民更始。但事竟不然，内战仍是接连不断地发生，而且每次内战，居民的农事、经济，都大受影响，尤其是溃兵散乱，到处抢夺。民国五年通州兵变，溃军向南退却，一路索衣要食，并搜罗车马，沿京汉铁路的村庄，大受骚扰。民国八年段祺瑞、吴佩孚因护法问题决裂，在长辛店战争，相持数月。定县虽未被兵灾，然后方供给浩繁，征发车马，搜索粮草，人民负担甚巨。民国十三年秋季，直奉战争，其后冯军退去五原，吴军亦放弃保大，某军雄踞华北数省，时间最久。因连年用兵，需款孔急，加捐加税，其名目有讨赤费、兵事费、特别捐等项。民国十四年，某师长率部由南来，驻扎定县西关、陈蔡庄、宣村、会同一带村庄，民房都被占据，衣服财物损失甚巨。十五年五月，某军南行，大征车马，粮秣草料，供应极繁。十五年十一月，某军大队南行，时天气正寒，大雪漫漫，人马喧闻阗，行经西关，驻于明月店镇左右。军队一经驻扎，猪、羊、柴、菜，供应极繁。民国十六年九月，某军（甲）在河南战败，退到新乐县，与某军（乙）遇，两军战于杨麽山迤南地方，战事异常激烈，炮火轰天，三日夜未息。定县人民夜间听到炮击，大起恐慌，谣言四起，市面顿形紊乱。九月十三日，某军（甲）蜂蚁而至，大部驻于中军帐、陈蔡庄等村，适某军（乙）追至，某军（甲）不战匆匆北退，退到方顺桥，才与追兵接战，作拒守计。这时某军（乙）只顾乘胜追击，不料孤军深入，后方无继，又被某军（甲）包围，某军（乙）被迫退守定县县城，以待援军。这时某军（甲）忽从东道绕至东关，与某军（乙）侦骑相遇，急发枪弹，击死某军（乙）人马各一，某军（乙）侦骑南退，某军（甲）喊声大作，将县城包围。城内某军（乙）力图抵抗，激烈战事于是开始。某军（甲）首先攻破东门，夺获某军（乙）大炮一尊，但某军（乙）仍不肯退走拼命抵抗，两军在城内发生巷战，一时枪林弹雨，炮声动地，城内商民非常的惊恐，有的人逃出城外，到远处乡村避难，有的人不能逃走，就潜伏在墙限下或藏地窖中，以避枪弹。虽然，人民死于非命者，还是不少。某军（甲）一面猛烈的向某军（乙）进攻，一面捉拿苦力，逼人索钱，且战且抢。两军战争互有胜负，炮火所过，浓烟四起，断垣颓屋，一片焦土，人民伏地穴中，有三日不得食者。日暮某军（乙）退至西关，某军（甲）尾击，某军（乙）徐徐退去。九月十六日，战事方歇，忽而某军大掠数日。西关一带更是厉害。大掠数日之后，军队仍扎城关，秩序稍为安定。但在附近村庄，收劫粮料，搬运秆草。抑买猪羊，强取柴菜。后来天寒的时候，柴草日少，近处搜括不得，又到远乡搜括，弄得四境骚然。民国十七年春，某军（甲）南攻，进驻行唐、获鹿一带，与某军（乙）战，先获小胜，后又失利，退回真定，改攻山西各关。某军（乙）防守甚固，某军（甲）屡攻不得胜利，怒毙军官多人，终不能克。后来某两军合约以进，某军（甲）不战而退，退到定县，肆行抢掠，烧毁房屋。其后某军追至，激战数十日，胜负尚未决。定县县城为某军占据，设防巡守，捉苦力，修战沟，棚战壕，斫伐树木，运子弹，一如前线光景。后某军果一度绕攻县城，那时候恰巧南军开到，与某军合力攻之，某军不支，弃保阳而去。

总之，民国十余年来，内战常常发生，人民财产牲畜，损失甚巨，又加以赋税屡增，征收特别捐，抚恤捐等杂捐，人民担负日重。

第二节　古迹

定县有久远的历史，从唐尧受封（公元前2361年）的时候到现在，已有四千多年。加以历朝在这地方建国、建州、建郡、建府，都是竭力经营，十分重视。这定县真是个先进之邦，古迹丰富，自不必说。现在只把那些和现在的社会生活有关系的古迹简单的说明，以为了解现在这地方的社会生活的一种帮助，其余的暂置不提。

一　料敌塔

塔在县治以南。清康熙时，知州把它列为定州八景之一，题曰：开元宝塔。这个题名的由来，大概因它建在开元寺中的缘故。考《定县志书》所载，这塔是宋代建造的。宋真宗时，开元寺僧会能尝往天竺取经，得舍利子以归。咸平四年（西元1001年）诏会能建塔，伐材于嘉山。到仁宗至和二年（西元1055年）塔始告成，工程的始末共经过五十余年。嘉山本多乔木。因为建造这塔，山木采伐无遗。所以那时的谣谚说“砍尽嘉山木，修成定州塔”，足见当时建塔的工程浩大可惊了。塔高13级，周围64步，考这塔名为料敌的原因，据定县的旧志说是“筑以望契丹，故名”。新志说是“因可以瞭望，故名”。按这塔本因僧会能取经，得舍利子，才由真宗下诏建筑。若要说它是筑以望契丹，故定名料敌，似乎和原来筑塔的动机不符。不过宋初的北边，有辽为契丹的后裔，时时入犯。到真宗景德元年（西元1004年）就有“澶渊之役”。下诏建塔，在澶渊之役以前，本因会能取经得舍利子。及到澶渊之役，塔工告成，因外患方亟，就把塔取名为料敌，以寓触目惊心的意思，这也是很近情理的。这塔从造成到现在，已历八百余年，中间曾经重修数次，并且一再发生惨祸。如《康熙志》所载，“定俗过节登塔。明穆宗隆庆二年（西元1568年）正月十六日群往登眺。有人诈言州守且至。游众惊迫，互相拥挤，压死者二百三十有七。”《道光志》又载，“清乾隆三十八年（西元1773年）五月五日村民登塔眺望者甚众。忽讹传州牧封锁塔门。游人惊恐，拥挤而下，压死者三百余人。”从这等纪事看来，足见得这塔在社会生活中占有极重要的地位，常为一般民众登临消遣的场所。清光绪十年六月塔的东北面自颠至地已经坍塌，至今尚未修理，并且禁人登临，但是游人仍络绎不绝。这是因为人们本有一种好奇的心理，在定县的地方又只有这一个可供游散的场所。所以游人如鲫，欲禁不能。为预防危险计，只有把塔赶紧修理才好。

二　中山靖王陵

定县境内本多王陵，可惜现在大多数不能考究。惟有中山靖王陵巍然存于城内，为世人所瞻仰。中山靖王名胜，为汉景帝的第九子。景帝三年，封为中山王。在国43年薨，时在武帝元鼎四年（西元前113年）。陵在县治西二里余，高二丈上下。历岁既久，居民曾占为蔬圃。明嘉靖间，州牧倪玑开神道。清道光三十年（西元1850年）州牧宝琳又重修缭垣与墓门。

三　古众春园

众春园在县治东北，是宋韩魏公知定州的时候创建的。韩公自撰的记文里说，“……郡城东北隅，潴水为塘，广百余亩，植柳百万本，亭榭花草之盛冠于北垂，盖今宣徽李公昭亮始为之，后实废焉。予……复完而兴之。凡栋宇树艺，前所未备者，一从新意，罔有漏缺。又治长堤，筑门西南隅，以便游者，于是园池之胜益倍畴昔，总而名之曰众春园。”据《定县旧志》里说，这园经兵灾以后，曾被豪劣侵占。直到明神宗时，州牧唐祥兴寻获遗址，这园才得恢复。前清康、雍、乾、嘉诸朝相继巡幸驻跸定州，都在众春园内设置行官。道光二十七年，才下诏罢置行宫。州牧宝琳捐俸修葺，东偏立石，题曰古众春园，并在大门悬额曰韩苏公祠。祠东为雪浪斋，斋南为御书亭，西北为九曲亭。自光绪三十一年以后，这园就用作校址，初时仅办小学，后更添办师范。现在出入虽不能自由，游览的却还是络绎不绝。现在再把园内的韩苏公祠、御书亭及雪浪斋等分项叙述于下：

1．韩苏公祠　　定州立祠祀韩忠献公，是从宋元丰三年（西元1080年）起的。到哲宗元祐五年（西元1090年）载入祀典。明神宗万历十四年（西元1586年）州牧唐祥兴既恢复众春园，就在园内建祠奉祀韩公。苏文忠祠创建的年月已不可考。明武宗正德十四年（西元1519年）州牧王玑把祠移入众春园。清康熙四十一年（西元1702年）圣祖西巡，以众春园为行宫。州牧韩逢庥才把韩苏二公像移往阳公祠，并列为三。园中只设木主奉祀，这是韩苏二公合祀的起始。道光二十七年（西元1847年）罢置行宫，州牧宝琳修葺众春园，专祀韩苏，在大门上悬额曰韩苏公祠。现在所有的韩苏公祠在雪浪斋的西侧。

2．御书亭　　清康熙四十一年，圣祖西巡，驻跸众春园，御书紫阳绝句一首赐韩逢庥。逢庥就在园内构亭。把御书勒石藏于亭内，并把这亭名为御书亭。后来高宗每次巡幸，都有题咏，所勒诸石，都存置这亭中。道光年间，知州宝琳在园中寻得高宗所留“古欢堂”和“清韵轩”二石，因为要字义和景物相映合，所以把古欢堂为御书亭额，清韵轩为九曲亭额。

3．雪浪斋与雪浪石　　斋因石得名。现在斋有“古”“后”的不同，石也有三种的区分。古雪浪斋是苏文忠公自建的，后雪浪斋是明末州牧韩逢庥所建的。雪浪石除苏公自已在圃园得的以外，还有从赵州移置众春园内的后雪浪石，及在韩逢庥把苏公原来的雪浪石移置众春园内以后，人所拾得，置占斋中的小雪浪石，这种种都在下文分项说明；

甲、雪浪斋

a．古雪浪斋　　苏文忠公自建的雪浪斋在文庙后。因为后来在众春园内又有一个雪浪斋，所以把这个称为古雪浪斋。康熙时，州牧黄开运以雪浪寒斋列为定州八景之一。苏文忠公手植的双槐也在古斋内。现在这斋已为女子师范校舍的一部分。

b. 后雪浪斋　　在众春园内韩苏公祠的东侧。清康熙四十一年，知州韩逢庥把雪浪石和盆移置众春园内，才建造这后雪浪斋。斋前的槐树，也说是坡公手植，大概是附会的。

乙、雪浪石　　苏文忠公自己在后圃所得的雪浪石，原在古雪浪斋中。宋哲宗绍圣元年（西元1094年）公落职贬知英州以后，盆石也就逐渐埋没。直到万历八年（西元1580）原盆才为真定令郭衢阶至定州时所发现。原石也于十五年（西元1587年）为知州唐祥兴所发现。前清康熙四十一年，韩州牧把盆石移至众春园内安放于现今所在的位置。今按苏文忠公的自序，可以知道他得石建斋的由来。现在把苏公的自序及诗、铭，都录述于下：

苏文忠公自序：

"余于中山后圃得黑石白脉中涵水纹，有如蜀孙位孙知微所画石间奔流，尽水之变。又得白石，为大盆盛之。琢盆为芙蓉。激水其上。名其室曰雪浪斋。且勒铭于盆唇，系以诗二首。"

雪浪石铭：

"尽水之变蜀两孙，与不传者归九原。异哉炮石雪浪翻。石中乃有此理存。玉井芙蓉丈八盆。伏流飞空漱其根。东坡作铭岂多言。四月辛酉绍圣元。"

雪石诗二首：

"太行西来万马屯，势与岱岳争雄尊。飞狐上党天下脊，半掩落日先黄昏。削成山东百二郡，气压代北三家村。千峰石卷矗牙帐，崩崖断凿开土门。揭来城下作飞石，一炮惊落天骄魂。承平百年烽燧冷，此物僵卧枯榆根。画师争摹雪浪势，天工不见雷斧痕。离堆四面绕江水，坐无蜀士谁与论。老翁儿戏作飞雨，把酒坐看珠跳盆。此身自幻孰非梦，故园山水聊心存。"

"俄顷三章迄越州，欲寻万壑看交流。且凭造物开山首，已见天吴出浪头。履道凿池虽可致，玉川卷地若为收。洛阳泉石谁为主，莫学痴人李与牛。"

以上所述的是苏文忠自得的雪浪石。至于后雪浪石是前清乾隆三十一年（西元 1766 年）赵州刺史李文耀在临城县所掘得。李刺史得石以后，详请直隶总督方观成奏闻，高宗御制记文，差官移置定州众春园，置于雪浪斋前，御题曰“后雪浪石”。

清高宗御制雪浪石记：

丙戌春，直隶督臣方观成获苏东坡雪浪石并其故以闻，请移置苑囿。予曰，否否。东坡之石。宜置之东坡之雪浪斋，而此何有焉。然向过定州，斋与石非不屡形之歌，貌之图。而今又出所谓雪浪石者，真伪果孰是哉，则称今所出者，乃所谓真。稽其故，盖自康熙初年，有临城令宋广业者，自定州移此石于彼，建亭凿池，诗酒其间，而有中山一片石之句。此后亭圮石仆，鞠为茂草。衙之人以为马厩皁栈。而系马于此石，马辄咆哮躞蹀。不敢遗溲龁草。否则駊騀病以毙人异之。今牧赵州李文耀者闻其事，乃亲诣临城，掘土剔苔，沃之以水，而石之上宛露雪浪二篆题。因以告之方伯，是可信矣。夫可信在是，其不可信即在是。何以言之，东坡之石宜以东坡之诗为准。东坡之诗，一则曰，朅来城下作飞石，一炮惊落天骄魂，一则曰，异哉炮石雪浪翻。以诗质之，则向置定州者朊屯磊磊，有炮石之用焉，若今之片石高且盈丈，其不可为炮石，而非真，益明矣。既考墨庄漫录称东坡帅中山，得黑石白脉，如蜀孙位孙知微所画石间奔流云云。则兹得之临城者又实似之，而向之定州所置者，实不似焉。夫东坡去今六百余年，风流太守，一时遣兴摛辞，即瓦砾可为珠宝。而必争是非真伪于此时，是不大可笑哉。且也可移之中山而去，即可移之临城而来，又安知他日之不可复移之中山而去哉。然则向之形之歌貌之图者为均误耶，曰，不误也。形之歌貌之图者，自在东坡之雪浪石。而不在炮石片石之间也。是不可起东坡并向承予命图中山雪浪石之张若霭而一问之矣。记既成。命邮而镌诸石，以识缘起。丙戊上巳后一日，御笔。

现在置于古雪浪斋中的，向有一种雪浪石称为小雪浪石，也是黑质白纹，是在苏公原有的盆石移置众春园内以后，人才发现，安置在这古斋内的。

四　白果树

东距县署约一里，北距中山靖王陵不及半里，有一古木，高数丈，大数围。不知是什么时候长的。据《道光定州志》说是白果树，并且已经说是僵枯无枝叶。直到现在，却还高插云霄，具有昂藏气概。附近居民，只叫古树。看树的纹理，很像柏树。恐怕白果树的名字是由古柏树三字转辗误传而来的。一般人民的传说都以为先有白果树，后有定州城。近年在树根下立庙奉祀，并且沿树根四周筑墙，以资保护，因此，人对这根古树就可望而不可即了。

五　故唐城

《帝王世纪》载尧年十五佐帝挚，受封于唐，二十而登帝位。唐李吉甫著《元和郡县志》，说“定州北有故唐城，是尧所封”。后来元马端临的文献通考，明曹学佺的《天下名胜志》，及清乾隆的《部厅州县志》，立说都和李氏相同。这故唐城就是现今定县城北十五里唐城村。《水经注》里曾说滱水东经唐县故城南。现在唐城村虽在唐河南岸，但在嘉庆六年以前，原在唐河北岸。可见《水经注》里所说的故城，也就是指这故唐城说的。《定县新志》对这一点辨证甚详，可供参考。

六　安险故城

安险县的设置，从汉高祖年间为始（西元前206—前195年）。初属中山郡，后属中山国。武帝元朔五年（西元前124年）封中山靖王子应为安险侯，元鼎五年(西元前112年)因酎金事剥夺封爵。新莽时，改名宁险。东汉章帝改名安熹。熹字又有写作喜的。刘备曾因有功，选擢为安喜尉。北齐废安熹县，并入卢奴，并改卢奴名曰安熹。隋开皇初年，改安喜县为鲜虞县。并在安险故境复置安熹县。至大业初年，仍将安喜县，并入鲜虞县。从此以后，安熹县就永远废除。这安险县的设置，自汉至隋，约历八百余年，从废除到今，又已有一千三百余年了。按这安熹县废除以后既并入鲜虞，鲜虞就是现在的定县，那么安喜的故城必在定县境内可知了。《元和郡县志》以后诸书都说它在城东30里唐河之曲。查现在定县城东30里的固城村离唐河南支的故道不远(详见第一章第三节中唐河南支的故道一段)，和《郡县志》诸书所说安险故城的方位恰相符合。所以定县新志断定这固城村为安险故城，并曾详加辨证，说多可取。现在既认定这故城村就是安险县的故城，同时可以明了下面所述的几件事：

甲、旧说这村因为“屹然坚固”故取名为“固城”，这是说错的。“固”字应改作“故”字。因为这村本是安险县的故城，故名为“故城”。旧说非但没有事实可资证明，并且只能附会一个“固”字，却不能说明一个“城”字。后说就面面俱到，能够使人完全了解这个村名的由来了。

乙、旧说以为这固城是大禹治水时所筑的。现在我们既经认定这个村是前汉初年才设置的安险的故城，就知道旧说是不可信的了。推想旧说的由来，许是因为这故城的位置在于唐河之曲，《禹贡》里又有“恒卫既从”一句话，这恒水就是唐河，旧说因此就牵强附会，以为大禹疏导恒水的时候，曾筑造这“屹然坚固”的“固城”了。

丙、现在固城村中有一座塔，建筑的年代不能考究。村人传说以为是大禹筑造，用以望水的。我们只要知道塔是佛教里的一种建筑物，就可以断定大禹的时候决不会有这种建筑。不过凡是一种传说，都不是无因而起的。这个大禹造塔看水传说，和大禹治水筑城的传说有十分密切的关系，只不能断定两说的发生孰先孰后罢了。可是他们的发生，必定是因为这固城村的位置原在唐河的沿岸。由这一点，更可以证明这固城村原来的形势是和《元和郡县志》所说的在城东30里唐河之曲，及《中山记》所说的“县在唐水之曲，山高岸险，故曰安险。……”完全符合了。

七　新处故城

前汉初年，设置新处县，隶属中山郡。武帝元朔五年（西元前124年）曾封中山靖王子嘉为新处侯。元鼎五年（西元前112年）与安险侯同因酎金，被削夺封爵，光武的时候，又以这邑封陈俊为侯。后来省入卢奴，新处的名字就永不再见。这新处既说是省入卢奴，卢奴就是现在的定县，那么新处的故城必在定县境内。从前《一统志》和《方舆纪要》都以为在定州的东北。所以定县新志以为定县东北境的大辛庄许是新处的沿名。我们探究乡村的起源，这说是足供参考的。

八　陉邑故城

陉邑有很古的历史。战国时为苦陉，属中山国。西汉高祖初年，设苦陉县，是苦陉设县的起始。新莽时，改名北陉。东汉光武建武二年（西元57年）封杜茂为苦陉侯。至章帝时，改苦陉名汉昌。后来魏文帝改名魏昌。北齐废除不设，隋文帝开皇十六年（西元596年）仍旧设置，并且改名隋昌。唐高祖武德四年（西元621年）改名唐昌。元宗天宝元年（西元742年）又改名陉邑，这是陉邑的名字发生的起始。宋代以后，这陉邑县就被废除，并入无极县。现在定县城南三十余里的陉邑镇就是陉邑县的故城，是明太祖洪武二年从无极县划割定县的。

九　廉台

县南70里有村名曰廉台，据说村名由台名而来。台名又因廉颇筑以练兵而得。旧日本有一个廉颇庙，现在已经废了。不过村东半里左右，还有一个墓，说是廉颇的墓。附近的村民有时还要去烧祭的。按战国时候的中山虽曾为赵所灭，但要说廉颇曾在此筑台练兵，却没有史实可为佐证。要说他的坟墓也在这里，更觉难以凭信了。推想这等传说的由来，大概是因为廉颇是赵国的名将，很足以引起人们崇拜英雄的心理。这个廉台的传说不过是人们崇拜英雄的心理一种表现罢了。在定县境内还有种种传说，如关于汉光武的，及说北齐村外的李公墓为李牧墓，大概也都不过是这种心理的表现罢。

十　闻鸡台

台在明月店北一里上下。荒邱半亩，相传为燕太子丹过此闻鸡的地方。

十一　鸡鸣台

定县东南25里有村名曰鸡鸣台。村名的来源是因有台的古迹。台所以名为鸡鸣的缘故，据郎蔚之的《隋诸道图经》里说，“光武自蓟而南，宿此，以地卑，筑台居之，鸡鸣而去，因名。”

十二　慕容遗址

在县南八角廊村，有一土阜，高约三四丈，占地约十亩，相传为慕容氏遗址。

十三　兴国寺

寺在县署东北，众春园东南，是金大定十八年（西元1178年）创建的。现在俗名为华塔寺。定县旧志载“华塔在宋咸平中与料敌塔同建，在众春园侧。明洪武末，都督平安毁塔砖以甃城垛，销钟为戎器。”这里只说华塔在众春园侧，未曾说在兴国寺中。大概是后人因为塔和寺都在众春园的左近，相离不远，就以为塔在寺中，并且把塔作为寺名了。现在定县城内只有一个寺，凡自北来，到五台山去进香的僧徒和喇嘛往往食宿于此。

十四　康王陵

陵在白土村，就是村东的三盘山。

十五　周村古墓

墓在县南30里周村，高约4丈。墓地约有30亩，其中禁止垦殖的约占十亩。据说地下有神道约长二里许。定县旧志以为是一个姓郝的耕夫的墓：据说“光武为王郎所逐，至此遇耕夫，令伏沟内，以土覆之，乃免。即位后，耕夫已死，遂培土于冢，近冢之村犹曰陵南、陵北。耕夫郝姓，今诸郝其后也。”新志却不赞同这一说。以为近冢的村即以陵为名，足见这不是耕夫的冢，许是为赵惠文王诸陵。要知道这两说究竟谁对，只好等考古家去考究。不过这个冢的规模既然这般大，近冢的村又以陵为名，从这两点上着想，后说比前说可信的多了。

十六　杜茂墓

墓在陉邑村东，和赵熹墓东西并列。杜茂虽曾封为苦陉侯，但是后来曾改封为修侯，又降为参蘧乡侯。赵熹虽曾为中山相。但以勘薛修事不宽免。这两人的卒葬都未必在这地方。但是现在有他的坟墓，这大概都是由后人崇拜伟人的心理牵强附会而成的。现在附近的村民有时前往祭祷，这却不是由于崇拜，不过是一种求福免祸的迷信举动罢了。

十七　阳城墓与阳公祠

阳城字亢宗，唐谏议大夫，又为国子司业，因事贬为道州刺史，卒于任所。唐书载顺宗赐钱20万，官为护丧归葬北平。按唐时的北平为定州属县，即现在的完县。唐书既说归葬北平，现在定县城内何以又有阳城墓，这事诚不容易了解。墓在东街，离县治约有一里。明孝宗弘治十年（西元1497年），知州官贤立碑于通衢。十七年（西元1504年）知州李梦龙访得茔域，才出资购地，在墓上建祠立坊。清雍正十三年，州牧王大年，道光二十八年，州牧宝琳，先后重修，各立碑记。现在将阳公的事略及王、宝两刺史的碑记转录于下，以见阳公的为人及建祠可祭祀的由来。

阳公事略：

公字亢宗，定州北平人。徙陕西夏县。家贫无书，求为集贤吏，窃书读之。六年，无不通。举进士。与弟阶域隐中条山，谷不娶。远近慕其德，多从之学，闾里有争讼者，辄诣城请决。陕虢观察使李泌诣其里，与语甚悦。泌入相，荐之，召为著作郎。寻迁谏议大夫。时谏官论事多细苛。城未肯言。居位八年，莫窥其际。及裴延龄诬逐陆贽张滂等。城曰，吾谏官，不可令天子杀无罪大臣。乃约拾遗王仲舒守延英阁，上书极论延龄、申直贽等。帝欲抵城罪，以太子开救得免。帝欲相延龄，城大言曰：某为相，吾当取白麻坏之。哭于庭。帝不获相延龄，城之力也。坐是改国子司业。进诸生曰：凡学者所以学为忠与孝也。诸生有久不省亲者乎。明日谒城还养者二十辈。有三年不归者斥之。有薛约者言事得罪，吏捕迹得之城家。坐是出为道州刺史。太学生何蕃等二百余人诣阙请留。为吏遮抑，疏不得上。皆涕泣立石纪德。城至道州，治民如治家。不以簿书介意。州产侏儒，每岁上贡。城哀其生离，乃抗书论而免之。州人泣荷，以阳名子。赋税不登，观察使数诮责。州当上考功第。城自署曰，抚字心劳。催科政拙。考下下。观察使遣判官督赋至州，怪弗迎，以问吏。吏曰，刺史以为有罪，自囚于狱。判官大惊。驰入谒曰，使君何罪。某奉命来候安耳。判官辞去。又遣他判官按之。他判官不欲按。乃载妻子行。中道而逸。顺宗立。召城。时已卒。（据道光《定州志》）

王大年重修阳公祠记：

邑之有祠也，官斯土而有功德于民，与生斯地而品行卓越，表表足传于后者，并列祀典，乃流风余韵，均之不容没灭，而生于斯，卒于斯者，其感人为尤深。盖其里居阡原，历历在目，不若遥隔山川者之传闻异词也。有唐谏议大夫阳公中山人也，其因墓以为祠者旧矣。祠不详所始。明宏治丁巳，郡侯李公葺之；越四十年，大府朱公葺之；越六十年，州牧张公复葺之。韩子所谓：“乡先生没而可祭于社”，亦欧阳子所谓：“慕其名而思其人者众也”。余之莅兹土也，屡瞻祠宇，辄思理新之。岁甲寅，圮于秋霖，墙栋无一存者。乙卯春，乃鸠工庀材，为堂三楹，门一楹；崇垣屹屹，顿还旧观。乃属定之人告之曰，公之隐中条山，读书不辍，纯儒也：其争裴陆事，直臣也；及在太学，名师也；官于道，良吏也。抚字心劳一语，沁人心脾，千百世号循良者，咸诵法焉！斯言为不朽矣！其尊行美德，闻风可兴起者甚众，愿都人士经斯祠者，指而目之曰，是昔之榆屑自活，俸裁取足者也，而顽可廉。是昔之抗疏廷英，慷慨批鳞者也；而儒可立。是昔之遇盗引避，醉仆复归者也；而鄙可宽。是昔之义笃姻戚，不远千里，偕弟徒行，负榇还丧者也；而薄可敦。是昔之德行课士，定省遣归，且昆季友于，依倚终身者也；而孝弟之心可以油然生矣。夫表斯邦之懿行，以作斯邦之矜式，有司之事也。定之人昔公之桑若梓也，而能勿感与？适祠成，爰述余之崇祀乎公，以厚望于乡人者，而为之记。

宝琳重修阳公祠记：

贤大夫没而祀于乡，俾其乡之人观感而兴起，亦御世者之微权也。后或以标榜相尚，禄位相高，祀非其人，而人亦不之重：其有关于世道人心，岂浅鲜哉？定州乡贤以汉唐为盛，立专祀而俎豆弗替者，则惟唐之阳公为卓绝焉。夫公之德行文章，气节风采，照耀于史乘，亦时时见于他说。好古之士，类能慷慨尚论，感慕弗能已，而况于其乡。然而知公之人，而不知公之学，犹弗知也。慕公之人，而不知学公之学，犹弗慕也。大抵古人修身行道，独善兼善，其大端不外乎仁义；其本量不出于孝弟。公之居乡也，肫然而蔼然。事迹所著，凡古以独行传者，弗能及也。出而为直臣，为循吏，为名师，则又举人可以一端显者而兼而尽之，即莫非以仁义孝弟之道推而行之。后之人固有近其居，闻其风而兴起者乎？则必学公之学以学公之人，乃庶乎其弗失矣！祠旧与墓合。雍正间，刺史王公修葺之。经百有余年，复化为榛莽。慨然曰，欲治定则当知定所宗仰之人，与所以祀公于定之意，顾使其颓废若此耶？亟捐俸谨敬修复如旧，妥公灵即所以兴民志与!王公旧碑完好，论列公之事实甚详赡，俾仍树之祠，可弗赘述云。道光戊申秋八月记。

十八　滕文穆公墓

滕公名安上，安喜人，在元时官至国子司业。卒谥文穆。墓在县城东南十五里崔邱村。现将道光《定州志》所载事略转录于下：

少孤，克自砥砺，留心正学，有东庵类稿行于世。学士吴澄序云：根之以义理，翼之以英华，信乎有学有行者之言也。被荐，除中山教授，召为国子丞，升太常丞，拜监察御史。京师地震，上疏累数百言，反复深切，时论韪之。以疾去，寻起为国子司业。未几卒，赠昭文馆大学士，谥文穆。

十九　王贞孝先生墓

先生名文渊，卒后，学者私谥为贞孝先生。墓在唐城西原乡。他的生平事迹，道光《定州志》已经略有记载，现在转录在下面：

幼失怙。能自立。尝推择为吏，弗屑。从滕安上游，益自刻励，遂淹洽经史。事亲养志，友弟训子，门以内肃如也。作诗纡徐冲澹，得韦柳体。当代名公相推服，竟高尚不仕。卒于家，葬唐城西原乡。学者私谥曰贞孝先生。

二十　田天泽墓

墓在县城东北二十里王吕村，天泽在元时仕至翰林侍读学士，知制诰，兼修国史。

二十一　张涣墓

涣在明代，仕至都察院左都御史。号风泉，颇为时人所景仰。墓在城南，八兄村北，墓道碑在官道旁。道光《定州志》所载张公的事略，现在可转录如下：

字文甫，号风泉。嘉靖甲午举人，戊戌进士，授御史，正直敢言。首发咸宁侯仇鸾之恶，剖棺戮尸，权贵肃然。巡察陕西，诸夷绥服，条兴革六事为定制。贵州苗犯孔棘，奉命晓以祸福，五旬而苗服。诸所弹奏，不避权要。为陕西副使时，韩府与民构狱，诸司弗敢问，涣毅然决之，人目为铁面。敌入陇右，势甚猖獗，涣整练戎器，衣不解带者五十日，与战大胜之。库有羡余八百缗，守丈密启，涣悉籍诸册。擢宣府巡抚，与学讲武，信赏必罚，关节屏息，号令严明，敌人见阵列整饬，每骇愕而退。时以父年老告致，朝夕本事惟谨。父殁，哀毁骨立，平居杜门埽迹，所识贵宦道经就谒，俱不见。抵京，朝士辄问曰过中山曾见张风泉否？其令人景企如此。

二十二　何善人墓

“在疙瘩头村北唐河中，清初以义侠闻。墓在中流，数百年无冲陷之患，人咸异之。”（据《定县新志》）

二十三　郝中丞墓

中丞名浴，字雪海。墓在唐城东南隅。（据《定县新志稿》）现将道光《定州志》所载中丞的事略转录于下：

一字冰涤，志气卓荦。顺治乙丑进士，授刑部主事，能独任本曹事。寻改御史，巡按四川，巨寇刘文秀盘踞滇黔蜀中，屠戮至惨，仅留存川北一区。吴三桂等进剿，七年弗克。浴劾其纵兵焚掠，任用私人，阻塞塘报，阴蓄异志。三桂衔之。兵败，走棉州，将退保汉中，浴一昼夜七次移催，迫以不死于战，必死于法之语，始回劄保甯。时补行乡试，寇忽薄城下，乃檄将婴城，多设方略火攻，四伏遮杀嘉江，遂破贼，全川底定。先是抚臣因荒请给牛种，每头起租八石，乌道输将，人牛多毙，为疏免苦累，川民至今尸祝。三桂忌其忠鲠，惧其柄用，狡摘浴前疏，诬为冒功，遂谪戍奉天。二十二年圣祖谒陵，伏道左具奏平蜀始末，侍从为泣下，圣祖改容慰劳。癸丑三桂反，刑部尚书魏象枢，兵部尚书王崇简，先后疏荐浴材兼文武，学纯忠孝，先知巨逆，宜柄大用。特旨召还，仍补御史，首言圣学圣心为戡乱大本，休息轸恤为生民至计。条悉安秦制楚，诸路之要害。简将练兵，灭寇之先筹，所急请禁者，武官纵部兵而戕民命，有司藉谋叛以倾民家。言官纠劾，而内外诸吏废格不行，督抚权重，而坐名题补多涉私人。请买漕以苏运饷，停捐纳以养人才，皆通达国体之言。寻遣巡视两淮盐政，剔弊归公，适资兵饷急需之用。时洊饥，浴饬纲耙运稍煮赈，施药饵，全活数十万众。疏闻，叠叨嘉奖，在任即擢副都御史。旋巡抚广西，浴以哀鸿未集，抚绥更费不赀。藩司请暂动库金，又前抚臣傅以军饷动挪库帑，浴代偿未毕，忽即世。署抚某挟夙隙，诬以侵隐，坐夺职追赔。圣祖以廉洁素著，所动支并非入己，着免追取。子林上疏讼冤，诏追复原官，赐祭葬如例。

二十四　郝侍郎墓

侍郎，名林，郝中丞子。墓在城北十五里。（据《定县新志》）《道光定州志》所载侍郎事略，现转录于下：

字中美，一字筠亭，生于父浴奉天谪所。幼有志量，父被召复职，始归应试，辄冠军。康熙辛酉壬戌联捷，以父被诬侵帑之案，奔驰粤西，烟瘴万里，备历艰辛。三年，上疏讼冤，卒用昭雪，父柩始得奉旨归葬，朝论目为纯孝。嗣以中书历考功员外郎迁选司郎中，时称铁面选司。遂由礼科晋吏科历光禄太常少卿左右通政太仆卿，癸未分校礼闱，戊子典试粤西，甲午尹奉天，除民害，清疆理，合属感颂。是时距生年恰周甲子，林痛父当日冰天雪窖之苦，亲奠铁岭银冈书院，恸不欲生，闻者皆感动。旋升宗人府府丞，都察院副都御史，侃侃立朝，不苟同异。迁少司空，水曹积弊陋规，悉予革除。丁母艰，三年未尝露齿。后调少宗伯，以目疾乞休，奉优旨褒奖，并将所奏加增京官俸米如旗下例一疏，谕知在廷诸臣，加礼部尚书衔，予告致政。因有工部任内分赔之案，不敢归休，侨居京邸，雍正壬子豁免，力疾诣圆明园谢恩，以是年卒，年七十有九，道光己酉详请入祀乡贤词。

二十五　王之枢墓

墓在城东八里店。(据《定县新志》稿)他的事略，据《道光定州志》所载的可转录于下：

字恒麓，幼敏异，穿穴经史多旷解。康熙甲子乙丑联捷，年二十以庶常充戊辰会试同考官。四十年以侍读督学云南，时通省恩副贡生共候二教缺，铨选无期，循例请增添教职十二缺，而明经仕路顿开。又振兴昆明书院，刻御制训士子文，自著性理正宗，分给诸生，滇南士风由此益振。四十四年以少詹典试江南，明年充武会试总裁。戊子春以祖母陈年八十三，奏请御书锡庆堂三字于邸第，荣及先人。五十二年恭逢圣祖仁皇帝万寿，适所修历代帝王年表告成，上大嘉悦，恩赐封荫。乙未以阁部充会总裁。五十六年奉命出抚湖南，湖南赋额重于他省，疏请裁减，以属员奉行未善被议，又以各属亏项，例应分赔，羁迹楚乡。雍正十年遇恩旨宽免，竟卒于楚，年六十有五。

二十六　清泉井

井在文庙后，是韩魏公建学的时候所开凿的。相传这井的水较他井清且重。其实这也不过是物以人重罢了。

二十七　八角井

八角井在城内西北隅，俗名八角琉璃井，不知是什么时候开凿的。井北的龙王庙是明万历末年知州宋子质创建的。井上的八角亭是清道光甲辰年知州王仲槐创建的。相传清雍正初年，井中有二龙子状若蝘蜓，倏忽变幻，雨泽随降，因此俗又呼为龙井。这不过是一种迷信的话，迷信一经打破，这井就失去可以注意的价值了。

二十八　地平井

井在县东南七十五里的东内堡村西。因为水与地平，故名地平井。开凿的年代现在无可考究了。

二十九　苏过楷书

《秦蜀驿程后记》里说，“天甯寺壁旧有叔党楷法云，大帅陈公邀廉访梁公饭于天甯，率其属游企、盛仑、苏过、王执中、赵猗、韩楫、同来、孙仲举、王昭明、刘目之，皆与。癸卯九月七日过题。”天甯寺颓废已久。苏碑现在移置众春园内。楷书古劲有文风，惜已残缺不完。

三十　蛰窟二字

金大定二十二年，天甯寺僧智宗书，镌石嵌壁。现在移置古物保存所内。

三十一　段公碑

这碑现在众春园内。清道光己酉年，州牧宝琳因修州志，搜求古迹，在万岁寺的故墟搜得一块八角碑，残缺不完，仅留一半，碑文也残缺不可读。起首一行云，“大唐定州刺史段公祈岳降雨之颂碑。”大意谓段公莅任，境内醉德饱仁。家安其业，民不识吏。岁旱祈神，香焚雨降。又有云，“周桓王之后”。颂词内亦有“宗周远兮，昔侯王兮”八字。这碑上所说的段公究竟是个什么人，现在尚不知道。

三十二　周村古碣

碣在周村，已无字迹。相传旱而倒之则雨。雨久竖之则晴。其实这也不过是一种齐东野语罢了。

三十三　寿星图石刻

这个寿星图本为苏文忠的手笔。石刻现在置于古物保存所内。

三十四　阴阳竹石刻

竹为王摩诘所画。石刻今在文庙崇圣宫内。

三十五　六言诗石刻

这六言诗共四首，是明学士李光溥作的。石刻现在文庙崇型宫内。书法端遒苍劲。诗四首，照录如下：

幽鸟避人飞去。好风恋竹频来。为爱僧家庭宇。莫教踏破苍苔。

前山后山红叶。东溪西溪黄花。红叶黄花缺处。竹篱茅舍人家。

画栋珠帘云雨。玉箫金粉霓裳。千古太平影野。一声烽火渔窗。

再见封候万户。立谈白璧一双。讵胜偶耕南亩。何如高卧东窗。

三十六　风云雨露四竹石刻

竹为明隆庆初年知州余一鹏所画。石刻现在女子师范学校内。

第三节　62 村的起源

从村的起源一点说，在这东亭乡村社会区内有一种极有趣味的现象，就是，村数虽有 62，关于起源的情形却彼此一样，恰如同一个村一般。这 62 村内没有一村有具体的材料如碑记，宗谱等可以作研究起源的根据，调查时候，只好以村人的传说为主，这是第一种相同的情形。62 村在朱明以前的情形都不可考，现在所有各村的各氏族都在同一时期，由同一原因，从同一地方来的，这是第二种相同的情形。所以关于起源一点，62 村的情形可以说是非常的简单。一个社会区的内部情形有这样的一致，实在是一件很值得注意的事。现在把这 62 的起源的情形概括的叙述于下：

东亭乡村社会区内各村在朱明以前的情形，除故城和翟城二村以外，现在都完全无可考究了。据《定县新志》里说，现在的故城村就是古代安险县的故城。按安险县是前汉高祖初年设置的，直到隋炀帝大业初年才并入鲜虞县，这鲜虞县就是现在的定县。照这样看来，现在的故城村从 2100 余年前到 1300 余年前，都为县城，前后共历 800 余年。自从把县并入鲜虞，直到现在，又已经有 1300 年，所以现在的村名应该是"故城"不是"固城"，旧说"固城为夏禹治水时所筑以其屹然坚固，号曰固城"。这种说法大概是出于牵强附会的。定县新志又以翟城的村名或因丁零翟氏而来，按五胡乱华的时候，石勒命秦因为中山太守。史称"丁零翟鼠叛，石勒讨之，攻中山，获其母妻而还"（道光《定州志》卷三）。这事亦必发生在石勒据有中山的时候，约当西历四世纪的初叶。史里既称"丁零翟鼠叛"可见翟鼠早已占据这地方了。翟鼠既占据这地方，并且称兵背叛，势必有种种防御的工程如城堡等类。这种情形和翟城两字的意义都很相合，那么要说现在的翟城村就是西晋时丁零翟氏的故城，也很近理。假使这种推理不误，那么这翟城村也可以说是始于 1600 年前的一个故城了。

除以上所述故城和翟城两村以外，如夏家营、黄家营、王习营、陈村营、安家营等村何以称营；伯堡、齐堡等村何以称堡；寨里村何以称寨；名为东庞村，何以没有姓庞的，南北齐村何以没有姓齐的，大小陈村何以没有姓陈的；以及其他一切村名的来源，都因未得确实的证据，只好暂置弗论，以免陷入穿凿附会的弊病，反致失去真相。现在且把自明朝以来62村的情形说明如下：

现在62村内共有10445户，约计5.8万人，分为529族，共110姓。调查这些氏族的来源，除极小部分以外，都说是在500年前燕王扫北以后，从山西洪洞县迁来的。那些以后从他处迁来的不过占极少数。按调查的结果，529族中有217族记得他们的祖先是从洪洞县迁来的，共计75姓。

按血统比较的统一，是乡村社会的特征。现在62村内共有529族，110姓，平均每村有8.5族。一村的族数最多的如东亭镇有26族，最大的一族占全村家数的35%，次大的一族占全村家数的33%，最少的如固城村，有2族，一占全村家数的69%，一占全村家数的31%。在姓平均家数为95家。家数最多的为王姓，有1419家；次之为张、刘、李等姓，各有856、828、730家。有15姓，每姓只有一家。这种血统复杂的情形，好像是城市的社会一般。在这东亭乡区内有这种情形，大概是因为由迁徙而来的缘故。现在各村的居民，都说他们的祖先是由山西洪洞县的老鸹窝迁来的。据说这鸹窝不过是洪洞县旧有的一个村庄。当日迁移河北来的原来不尽是这一个地方的人。不过附近各县来的人也都在这里取齐，所以以后，就都说是从这老鸹迁去了。

这62村的人民所以都由山西洪洞县迁来的缘因。据说有二个：

1．靖难兵起以后，定州一带地方所受战祸非常惨酷。相传兵灾以后，全县只余3000人，甚至有人说只余300人。所以后人把这次战事称为“燕王扫北”，民间俗语又叫作“红虫吃了”，据说因燕兵的衣饰都用红色，所以称为“红虫”；又因为全县的人都被兵士屠杀净尽，所以称为“红虫吃了”。闻有某史书记载当时的情形说，“春二月，玄鸟巢于树”。按玄鸟构巢，都在人家的厅堂的。若是玄鸟要在树上构巢，那么闾里丘墟，四无人烟的景象，就不难想见了。现在62村内仅有王村有姓史的一族，共17家，据说是本地的土著，他们的祖先因用铁器裹身，藏在暗室内，所以免够能于杀戮。遭逢时乱，硕果仅存，这史氏一族真可谓得天独厚了。

2．成祖澄基以后，定都北京。这定县自经兵灾以来，四野无人，萧条不堪。到这时候，因为它是个近畿的地方，就不能不从速移民填居，以示殷实。据说那时洪洞县一带的人民恰好遭遇饥荒，因此就向定县一带地方移徙。那个时候大约是在永乐四年。

从洪洞县迁来的217族之外，有6l族记得他们祖先迁来的处所。自定县界内迁来的计44族；白河北博野县，巨鹿县，深泽县，望都县，故城县，束鹿县，河间县迁来的各有一族；安国县三族；自山西平阳府，太谷县，曲阳县的各有一族；自山东曹州一族，与新疆三族。各族迁来的时候都是一家。其余的251族记不清他们的祖先是从何处迁来的，有的信是从洪洞县来的，其余大约是住在此地年代久远的家族。

至于迁来的时期，自洪洞县迁来的是在明朝永乐年间；而在清朝雍正年间迁来的有一家。嘉庆年间2家，道光年间6家，咸丰年间4家，同治年间6家，光绪年间13家，宣统年间1家和民国以来7家。此外272家族不知道他们的祖先迁来的时期。

关于迁来的原因，有18家是因为投奔这里的亲戚，有11家移居此地做买卖，有两家到此地为工人，一家为农夫。其余的原因不详，大半说是因为在原来的家乡很贫苦，移到此处谋生比较容易。

第三章

县政府及其他地方团体

第一节　定县为模范县的由来及现在的县政府

一　定县为模范县的由来

定县之所以称为模范县，是由于县长孙发绪的提倡。孙发绪是民国三年五月里来的，五年九月里走的；虽然，只作了两年四个多月的县长；但是，他办了许多有影响的事。孙发绪不但是一个理想家，并且是一个实行者；他勇于维新，提倡教育，有模范县的建议。孙氏到任以后，就实行县政府改组，同时呈准办理模范县。所以关于种种公益事情，没有不积极创举的。孙氏亲自到乡村去访村长佐，同他们讨论兴办学校的事，把庙宇修改成为学校。在民国五年五月，就在县内各区设立筹办模范事务所，目的是帮助县公署筹办关于模范各种事务。每所设董理 4 人，由各界绅董选出，但未选上的绅董，也得贡献意见，发表言论。每所设事务员 6 人，书记兼庶务 1 人。董理由县署委任，办理一切改良或创办的事，并且陈述关于改良的意见于县公署。董理也负有指导督促事务员办理一切事务，报告进行现状于县公署的责任。事务员受县公署或董理的指挥，办理各区公益事务，并调查各村长佐是否努力进行。每月开会 1 次，招集各界绅董到事务所开模范事务会议 1 次，议决事项，呈报县公署。县公署批准以后施行。这样一来各区都筹备办学校，提倡教育、宣讲、传习、办理警察、实业、交通、财政、司法等事，很有成效。

当孙发绪筹办定县为模范县的时候，也就是米迪刚先生办翟城模范村的时候。

二　现在的县政府

1. 县公署

甲、组织的沿革　　前清地方治理行政的事，都采用多级制，省道下面，有府、厅、州、县的分别。定县本是直隶州，民国初年把多级制改为两级制，把府、厅、州完全废除，单独留县，定州才改为县。民国二年一月奉令改组县公署，以县知事为一县之长，内分内务、财政、教育、实业四科，每科设科长1人，科员2人，书记没有定额。当时县知事孙家钰虽然呈报改组，但是，到底没有实行。

前清县公署的组织，很有研究的必要，并且与县公署改组的变化很有关系，应当知道。一县之长就是知县。知县以下设宾幕、丁家、科房、班等。宾幕下设账房掌管收支。设刑名掌管杀伤斗殴窃盗等词讼。设钱谷掌管赋税稽核报销及钱债地亩等词讼。设书启掌管书札禀函。设教读教授知县的子弟读书。设征收掌管征收核算。丁家下设收发，掌管收发文件的事。设前稿掌管标差画硃。设候稿掌管签押房的事情。设班管管理监所内的看守人等。设值堂就是现在法庭的庭丁。在法庭开审时，他们站班，传叫犯人。有驿站的各县分设管号，专管马号。还有跟班、执帖、门房等。跟班就是如今的随从，执帖就是如今的传达，门房就是如今看门的。以上所讲的这些办事人员，并不是官职，也不是县署组织系统内的；是随着知县来的，随着知县走的，好像是知县私人的帮办，私人的一套工具一样。至于科房、典史、巡检、县丞、吏目、各班才是官职，才是县署内组织的系统，他们是固定的，不是活动的，知事升调，他们不发生影响。科房内设承发房，如今的外收发。各房文件出入由此承转。设兵房管军事防卫。刑房就是如今的司法科。工房管河道水利及其他工程等事。吏房管任用及罢免官吏。户房有南户房、北户房。南户房管粮租，北户房管契税杂税。典史管监狱缉捕。巡检驻县镇管弹压秩序，就是如今的警察。县丞管催征。吏目在科房之上管书吏。各班有捕班管捕贼，有快班管缉盗。有民壮知县出行，跟轿护卫。有白役管站堂用刑。关于县公署的组织下边有表说明。

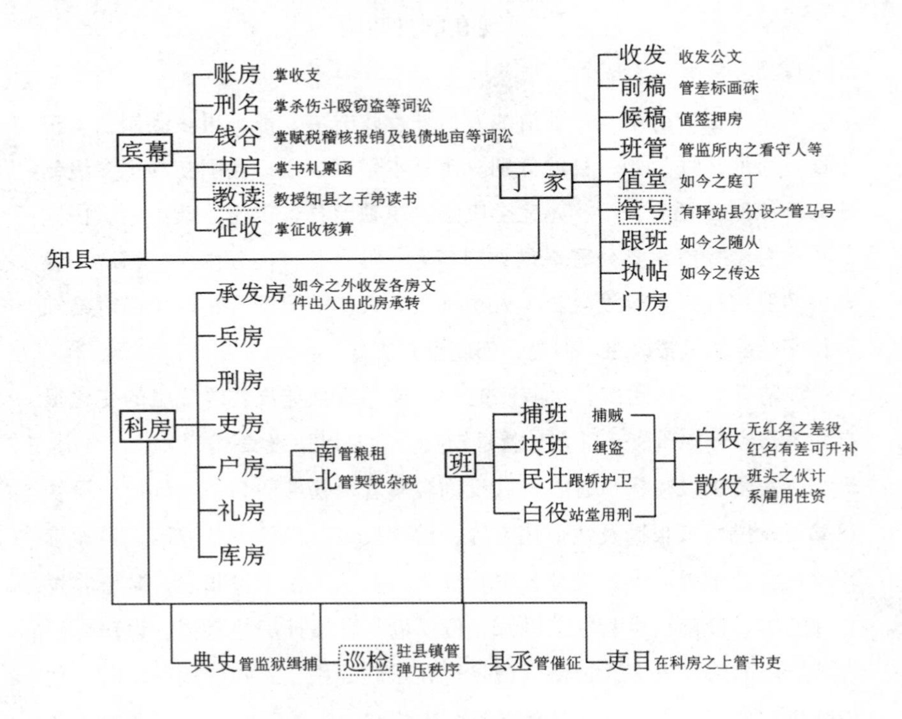

至于县署改组，到民国三年夏孙学绪做定县知事的时候，才起始实行。孙氏把署内分设 3 科，内务科、财政科，以教育实业并为 1 科。科长改为主任。又分为 6 股，各股皆设主稿员，书记共 20 人。这种主稿员与书记都是从旧日的房书选充。分管各科案卷、缮写文稿、办理田房税契的种种事情。另雇临时书记 24 人，征收田赋。除此以外，还设有收发处、管理出纳文件。设有问事处以便人民询问各种不明白的事情。收发处，问事处都是科员担任办理一切。同时并呈准办理模范县，对于种种公益事情，都为各县先导。民国九年县公署成立会议厅，专讨论民间利弊与应当创办、应当改革的事情。后来因为分科办法，颇有窒碍，所以由多数科长改为1总务科长，使各所科办事情，能互通消息，集中一处。

自孙发绪改组县公署以后，就积极筹备司法独立。民国二年春，政府下令命各县设立审检所，并设帮审员专任民事刑事诉讼审判事宜。县知事兼任检审事务，略微有点法院的雏形。后来因为人民感觉不便，到民国三年春才宣布裁撤，并颁布县知事兼理诉讼章程，改帮审员为承审员，受承于县知事。定县诉讼向来繁杂，必须设承审员2人，分管民刑案件。管狱员1人，管理监狱与看守所。并设右录事，承发吏、检验吏、庭丁、司法警察、看役种种人员。

自国民革命成功，国民政府成立，县政府的组织又经过一番改变。县行政方面共分3科，称为第一科、第二科、第三科。在科之上有县政会议，由县长，3科科长及公安局，财务局，教育局，建设局4局局长组织，每周开会1次，讨论全县各种问题，计划各种改进事业。第一科设科长1员，科员1员，书记3员，共5员。管理户籍、警卫、消防、防疫、卫生、救灾与保护森林等事项。第二科设科长1员，科员1员，书记3员，共5员。管理土地、农矿水利、道路、桥梁、工程、劳工、公营业、学校、图书馆、博物馆、公园等事项。第三科设科长1员，科员1员，书记5员，共7员。管理县政府预算、决算、征收粮银、税务、契税、募债、公产、地方财政，及本县府收发、校对、会计、产务等事项。科长月薪60元，科员月薪有40元的，有30元的，书记月薪11元。

此外有承审处，承审处是民国17年八月成立的。设承审官1人、司法主任1人、书记5人。并设有管狱员兼看守所长工人。男看守10名、女看守1名。设司法警察10名、巡长1人、警士9人。每月司法费是480元，常年经费为5760元，由省库正款拨发。

虽然提倡了多少年的司法独立，但是，总也未能完全实现。承审处可以说是掌管司法的，不应当附属在县政府组织系统之内，可是现在的司法还没有完全与内政分开。承审官有时是由县长任用的，但是多半是由高等法院委派的。就是县长任用，也得呈请高等法院批准委任。这样看来，司法好像是独立的，但是，如果仔细考察，就可知道，承审官判决一件案子，自己单独盖章不行，必得通过县长，县长通过盖章以后，才能实行。所以下表，把承审处也划入县政府组织之内，用虚线表明，意思是一半属于县政府组织系统之内，一半属于高等法院。

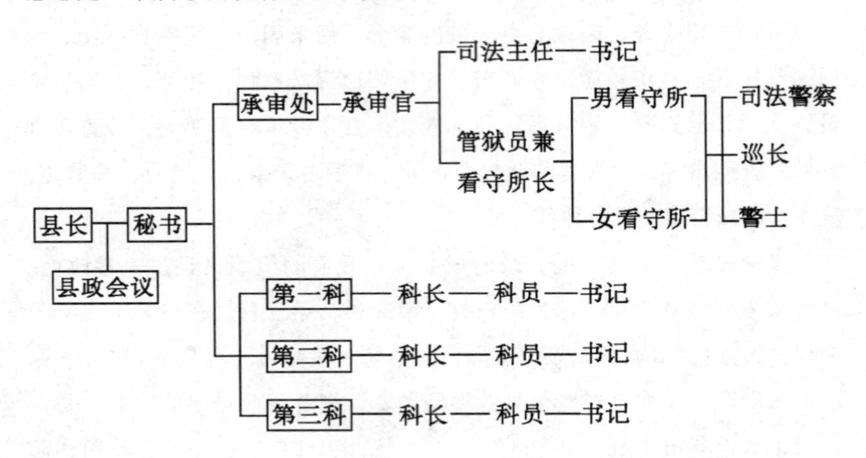

乙、县行政经费　　县行政的经费在前清时候，已难考查。民国三年一月改组后，县公署旧有收入，除解省库拨给地方各机关以外，完全留充县公署的经费。那时每月开支约1800元至2000元。三年六月奉省政府令按各县事务的繁简划分6级，定县划为第2级，每月额定经费为1100元，所有收入，除应支经费从解款内扣留外，余皆报解省库。那时因为行政经费不够开支，呈准提升1级，每月额定1300元。后来又呈准增加100元，每月共额1400元。民国八年七月奉令减政，规定每月额支1200元。县知事月薪300元，科长1人月薪100元。科员7人，有2人月薪40元，共80元；有5人月薪30元，共150元；科员薪水总计230元。书记21人，月薪共200元。公役16人月薪共112元。以上每月额支共942元，其余258元为办公费，杂费及活支的用款。

丙、历年县长任期　　从光绪二十七年五月十六日至民国十七年九月二十一日，共调县长25任，其中有1位县长任期两次。从光绪二十七年五月十六日至宣统二年十月，共调任县长 7 次，实际调任县长 6 人有 1 位县长任期两次。这 6 位县长就是王忠荫、朱乃恭、重燠、吴国栋、续绵、陈燕昌。重燠任过两次县长。这 6 位县长任期最长者为朱乃恭，任期 2 年 4 月 4 天；最短者为重燠，虽任期两次，一共只 2 月 22 天。从宣统二年十月七日至民国元年三月二十五日共调任县长 2 人。这 2 位县长就是周和鼐、林祭康。从民国元年三月二十五日至民国十七年九月二十一日共调任县长 16 位。这 16 位县长就是张梦笔、孙家钰、孙发绪、谢学霖、傅恩德、何其璋、张在田、王梦鱼、柴槛、侯炳南、边英侪、陈云官、马锡三、周景清、魏起功、赵兰馨，其中任期最长者为何其璋，任期 3 年 10 月 18 天。最短者为侯炳南，任期 1 月 14 天。关于县长到职日期、离职日期、在任日数详细情形见第 13 表。

在这 25 位县长内，任期不满 1 年者有 17 人。任期由 1 年至不满 2 年者有 4 人。任期由 2 年至不满 3 年者有 3 人。任期由 3 年至不满 4 年者有 1 人。由此可知，县长不满 1 年者为最多，没有任期在 4 年以上者。

第 13 表　定县 25 个县长到职日期，离职日期与在任日数之比较

县长姓名	到职日期	辞职日期	在任日数
王忠荫	光绪 27 年 5 月 16 日	光绪 28 年 2 月 1 日	7 月 15 天
朱乃恭	28 年 2 月 1 日	30 年 6 月 5 日	2 年 4 月 4 天
重　燠	30 年 6 月 5 日	30 年 7 月 13 日	1 月 8 天
吴国栋	30 年 7 月 13 日	31 年 4 月 6 日	8 月 23 天
重　燠	31 年 4 月 6 日	31 年 5 月 20 日	1 月 14 天
续　绵	31 年 5 月 20 日	31 年 11 月 25 日	7 月 19 天
陈燕昌	31 年 11 月 25 日	宣统 2 年 10 月 7 日	1 年 11 月 12 天
周和鼐	宣统 2 年 10 月 7 日	3 年 1 月 20 日	1 年 1 月 13 天
林祭康	3 年 11 月 20 日	民国 1 年 3 月 25 日	4 月 5 天
张梦笔	民国 1 年 3 月 25 日	1 年 12 月 1 日	8 月 6 天
孙家钰	1 年 12 月 1 日	3 年 5 月 12 日	1 年 6 月 12 天
孙发绪	3 年 5 月 12 日	5 年 9 月 26 日	2 年 4 月 24 天
谢学霖	5 年 9 月 26 日	8 年 3 月 3 日	2 年 6 月 7 天

续表

县长姓名	到职日期	辞职日期	在任日数
傅恩德	8年3月3日	9年3月5日	1年2天
何其璋	9年3月5日	13年1月23日	3年10月18天
张在田	13年1月23日	13年3月11日	1月18天
王梦鱼	13年4月11日	14年1月30日	10月19天
柴　楹	14年1月30日	14年5月9日	3月10天
侯炳南	14年5月9日	14年6月23日	1月14天
边英侪	14年6月23日	15年1月1日	6月8天
陈云官	15年1月1日	15年4月12日	3月11天
马锡三	15年4月12日	15年10月29日	6月17天
周景清	15年10月29日	16年10月11日	11月12天
魏起功	16年10月11日	17年5月15日	7月4天
赵兰馨	17年5月15日	17年9月21日	4月6天

丁、历年县长资格及年岁　　在这25位县长之中，有3位县长是前清举人出身，两位是前清贡生出身。其他9位县长之出身为两江优级师范学堂毕业，安徽官立法政学堂毕业，法政毕业，武备学校肄业，顺天高等学堂毕业，陆军军官学校毕业，保定高等师范学校毕业，日本宏文学院毕业。其余11个县长都无法查考。关于县长的年龄，也有11位无从查考。能查考的14位县长在40岁以下的有3位，40至49岁的有10位，50岁以上的有1位，详细年龄见第14表。

第14表　定县25个县长年龄之分配

年　龄	县长数	年　龄	县长数
37岁	3	46岁	1
40	3	49	1
41	1	54	1
42	1	未明	11
43	1		
44	1	总合	25

2. 公安局及附属保卫团　　定县在前清光绪二十八年就创设了警务总局，地址在南街定武公局。设巡官5名，总办1名，由直隶州兼充；设帮办1名，由督粮厅兼充；设警董2名，由本地绅士充任。全县共分5区。民国元年改组；改名为警务长公所，设警务长1名，区官5名，区长17名。民国四年又改组，改名为警察所，设所长1名由县知事兼充，设警佐1名。全县分为6区，每区设巡官1名，第一区地址在南街，定武公局。第一派出所，附在县公署内。第二派出所在东关。第三派出所在西关车站。第二区地址在南平谷村，分驻所在怀德村。第三区在东亭、翟城、大王耨均设分驻所。第四区在李亲顾、高蓬、市庄均设分驻所，邢邑子位也设有分驻所。第五区地址在明月店，分驻所在赵村。第六区地址在清风店，分驻所在西坂村，派出所设在高就村。各警区设警官1名，分驻所设副巡官1名，派出所各置巡长1名，警佐改为所长。6区共有警生239人，内有马巡24名。

民国十七年六月将警察所改为公安局，设局长1人，课长2人，课员2人，督察长1人，书记1人，会计1人，号房正副巡长各1名，巡士10名。马巡正副巡长各1名，兵士10名，本局派出所巡长1名，巡士12名。定县共分6区，每区设巡官1名，书记1名，巡长2名，马巡2名，巡士每区名数不同。每月经费1917元。全年经费23004元。

保卫团虽然是附属在公安局之下，但并不是政府设立的，乃是人民自行组织的。定县保卫团也分为6区，由县长召集各区的村长佐，定期来县讨论组织保卫团的事情。每区划分为5部，每部由各村长佐推举董事1人，共为5人。由5人再推出乡望2人，在城内机关做事的2人，共为9人。由这9人组织董事会，然后开会推举团正3人，呈县择委。

第一区现有董事5人，是民国十八年四月成立的。设团正1名，书记1名，分队长5名，副队长5名，护兵1名，号兵1名，夫役1名，团丁45名。每月经费500元。区内庄户摊款方法，由董事会计算6个月应需经费若干，然后按照区内户口议定每户应摊若干，呈县催交。第一区每户每6个月应摊大洋0．60元。第二区也是民国十八年四月成立的，董事9名，每月经费507元。每户每6个月也摊大洋0．60元。组织与团内人员同第一区一样。第三区也是民国十八年四月成立的，组织人数与第一区第二区一样。第四区也是民国十八年四月成立的，董事9人，团正1名，调查员1名，书记1名，团佐2名，班长3名，马丁2名，团丁54名，伙夫3名，差役1名。每月经费670元，区内每户每6个月摊大洋0.35元。第五区也是民国十八年四月成立的，董事7人，团内人数与第一区第二区相同。每月经费670元，每户每6个月摊洋0.60元。第六区分为东半区，西半区，东半区是民国十八年五月成立的，西半区是民国十七年十一月成立的，东半区有董事13名，西半区有董事3名，组织与第一第二区相同，经费每半区为670元，每户每6个月摊洋0．60元。保卫团有时比公安局还有力量，对于冬防很见功效。

3. 建设局及其所属机关　　建设局是由实业局改的，实业局是由劝业所改的。劝业所是民国九年成立的，由县公署选举3人，呈经实业厅委任所长1人，劝业员4人。经费每月122元。这种经费是由商会经办土布牙用，每匹抽收3.5文拨给1文开支。不足之数由亩捐改征足钱底子项下支领。那时地址暂借南街图书馆。民国十年因军队借驻，所以移到北街民房。民国十一年择定农事试验场，开始建筑劝业所。计正房5间，厢房4间，共9间。所长月薪22元，劝业员月薪各10元。自劝业所成立以来，提倡凿井，共凿大小土砖井25802口。植树17种，计3311200株。并协同第一民立工厂提倡草帽辫，统由工厂收买。

民国十四年七月奉实业厅命令把劝业所改为实业局。地址在西街路北。设局长1人，劝业员4人，事务员2人。提倡造林凿井，成绩可观。不过近年来战事很多，时局不靖，事业极难进行。

民国十七年又奉省令设立建设局，所以就把实业局改为建设局了。设局长1人，技术员4人，事务员3人。全局分为3科，有农工科、建筑科、总务科。农工科提倡改良农工事业，建筑科提倡筑路、造桥、修房等事。总务科管理局内一切事务。民国十八年全年共用经费5150元。经费来源是地方公款，向财务局支领的。局长月薪40元，技术员月薪27

元。事务员月薪24元。书记1人，月薪18元。自民国十七年十月间就起始派农工、建筑两科职员，分赴各村调查讲演。并且沿唐河巡视，要道处都强迫人民造桥。又劝导乡民植树，计约800000株之多，造井也约900口，又派各村一律修道，便利交通。

关于农业方面，计划要提倡蚕桑、造林、养蜂、牧畜、园艺、改良土壤、改良农具等事。关于工业方面，计划要提倡制油、制胰、纺纱、制纸、制骨粉肥料。改良土布及家庭工业。并要创办面粉公司、电灯公司、皮革事业。关于工程方面，计划要建筑桥梁、修筑道路、游艺场等。关于推广方面，计划要提倡农民组合，函授学校，家庭工业农民讲习会，全县农工成绩展览会。并计划整顿各村农林会及护林警察，整顿试验场。更计划创办《建设月刊》及开辟商场等事。以上的计划现在已实行者甚少。

甲、农事试验场　　定县农事试验场是民国五年创办的。择警察所前隙地20余亩，开辟成为试验场，设场长1人。地点借警察所东武库旧址。经费由棉花牙用公益捐项下支领，年收1180元，按月领取。民国八年又在塔南设棉业试验场，自开办以来，历年都有成绩报告书。至民国十七年农事试验场改为公共游戏场，所以停办。

乙、苗圃　　民国六年谢学霖县长委农事试验场场长燕兆庚筹办苗圃。每年出租价大洋166元，借女校校场地700亩，绘具图说，分段试办。民国七年变卖腾骧卫及慈氏寺的树木，用所得的款项，建筑苗圃的办公处与工人饭厅、宿舍。历次拨给公款，规划各种关于改进的事情。以试验场场长兼充苗圃主任。民国九年有省视察团到定县考察。对于苗圃的成绩，颇为称赞，训令嘉奖。民国十年呈报扩充苗圃的情形与每年分发苗木种类、数目。并拟简章改主任为管理员。民国十年划出苗圃西南角百亩，归为女校研究蚕桑之用，按十七年调查该苗圃有刺槐75000株，有中国槐6000株，右侧柏12000株，有椿树5500株，有青杨9800株，有梓树7000株，有合欢5800株，有桑树25000株。此外还有柳条96亩，德国槐31亩，农田35亩，种菜蔬与各样作物。近年来苗圃经费太少，许多计划难以实现。

4. 教育局及其所属机关　　教育局是劝学所改组成立的。劝学所成立于前清光绪三十年。州牧吴国栋会同中学监督劝办各村小学，共计办了130处。光绪三十一年，所内始设劝学总董1人，劝学员16人，都是义务职，不常住所，每人酌给车马费，每月终结报告1次。宣统二年以劝学员人数太多，责任不能专一，对于学务进行很有防碍；所以大家议决裁额发薪。把劝学员减为4人，月给薪金，使劝学员轮流住所办公。民国三年奉令取消，归县公署内教育科办理，委县视学1人担任，视察各小学。学界同人以教育科只管教育行政，劝导职务，恐难办到，所以在前劝学所旧址组织学务委员会，设学务员3人与各村村正副校董接洽办理。民国三年十一月，因感觉教育科办理学务不便，所以又将劝学所恢复。总董改为所长，月薪30元，劝学员增至5人，月薪各10元。年底成立两等小学2处，女子小学2处，初等小学37处。民国四年初等小学改做国民学校，成立男国民学校137处，两等小学6处，女子国民学校16处，并添巡行教员1人。民国五年至八年，学校数目增多，巡视难以周到，又添巡行教员1人。成立男国民学校20处，女国民学校60处，经费由亩捐项下支拨。自民国四年以后，因为洋价物价昂贵，劝学员、书记与巡行教员迭次增加，至民国十二年，经费由1100元增到1700元。把全县境分为25学区，试行强迫教育。哪个地方应当单独设立学校，哪个地方应当联合设立学校，都有一定办法。凡村庄在500户以上的，必须设立国民学校1处，学龄儿童在7岁以上、15岁以下的，都迫令入学。有田20亩的，如不令子弟入学，就罚地2亩。各村学校基金不得私自更动。

民国十二年十月奉教育厅令改劝学所为教育局，设局长1人，视学5人，教育委员4人，会计，庶务，书记各1人，共13人。地址设城内文庙，局长商承县知事掌理全县教育行政事务，民国十三年呈准施行义务教育提倡基金独立，改组男女师范，提高学生程度，增加教薪，划一教材，补习改良教法。经费全年为3948元。

民国十八年调查，局内设局长1人，督学3人，教育委员5人，会计、文牍、庶务、书记各1人。局长办理负责全局事项。督学到各村视察学校，委员催办学校，事务员办理局内事务。现全县有男初小325处，女初小95处，两级小学21处，高小2处，幼儿园1处，男师范1处，女师范1处，职业学校1处。共有学校447处。全年经费为3952元。扩充经费全年为6069元，已经备案照准，但因款项无着，尚未实行。

甲、社会教育办事处　　社会教育办事处是民国六年三月创立的。那时因为提倡办模范县，所以创办社会教育办事处，发展社会教育，改良社会风俗习惯。设主任1人，管理处内一切事项，设书记1人管理各种文件，主任的职务就是管理通俗图书馆、阅报处、古物保存所及三民主义演讲所。社会教育办事处地址在东街，通俗图书馆、阅报处、古物保存所都附属在社会教育办事处里，三民主义演讲所地址也在东街，设在社会教育办事处旁，社会教育办公处主任除兼管以上所说的这几处情外，有时还出外游行演讲。全年经费648元，通俗图书馆、阅报处、古物保存所的经费在内。社会教育办事处在民国十九年改为民众教育馆。

乙、通俗图书馆　　图书馆是民国六年三月成立的。设管理主任1人，书记1人，均由社会教育办事处兼充，完全是名誉职。主任管理馆内一切事宜，书记专管钞录、会计、庶务管事。图书共有170多种，共1200册。开馆时间每日上午9时至下午3时。平均每天阅书人数有十余人。全年经费大洋120元，有图书费，有装订费，有津贴夫役费，有煤炭费等。款项由社会教育办事处款下支用。自民国十九年后较前扩充。

丙、阅报处　　阅报处是民国元年四月创办的，设管理员1人，掌管处内一切事宜。后来创办社会教育办事处，办理人员就由社会教育办事处人员兼管。全年经费为120元，由县教育经费项下支领。处内有报8种，有《河北省政府公报》，有《定县公报》，有《教育旬报》，有《益世报》，有《国民日报》，《山西来复报》，有《无锡民众周报》，有《社会星期报》。阅报时间每日上午8时至下午4时。民国十九年以来报纸种类增加颇多。

丁、三民主义演讲所　三民主义演讲所是正俗宣讲所改组而成的。正俗宣讲所是民国元年十月成立的。设讲演员1人，专管演讲。现在讲题多关于三民主义与中外新闻。每逢集市，3、8、1、6，都有演讲。上午11时至12时。平均每次听演讲的有30余人。全年经费为288元，由县教育经费项下支领。

戊、古物保存所　古物保存所创设于民国十年。当时修筑城关马路在料敌塔南边取土，掘得唐宋时代的残碑与六朝造像多种，大家都认为有保存的必要。所以把城乡公有各种古物，大加搜集，就在社会教育办公处，附设古物保存所，分金、石、陶、木4种，造册备案，防备遗失。古物中以石类最多，金类次之，陶类木类最少。七八年来，古物也常有增加。古物保存所事项也由社会教育办事处主任兼管。现归民众教育馆。

己、教育旬报社　教育旬报社是教育会改组而成的。教育会自清光绪三十三年，就照章组织设立了。那时因为风气不开，所以士绅入会的很少。后来因为劝学所总董改由教育会选举接充，所以每到开会，新旧学界的人物，都不期而至，共有一百多人。民国以来，劝学所取消，教育会也就无形消灭。民国五年冬天，招集会员开成立大会，重新组织，改名为教育旬报社，公举田德霖为会长，赵漱芳为副会长，3年改选1次，社中出版《教育旬报》，由正副会长负责编辑，全年经费150元，旬报花费居经费大半。

5. 财务局　民国九年直隶省会议员籍忠寅这般人提倡各县设立财政所，各县风行，定县也就改自治事务所为财政所，地址租借西街白宅。民国四年旧历六月县立筹办自治事务所，公举富有经验，办事老成，向来为大众所信仰的人，四乡各1人叫做“董理”，筹备自治的事情，后来进行财政公开。民国五年旧历三月由县公署将地方款所有的油槽公益捐，高蓬牲畜牙用捐，市庄牲畜牙用捐，明月店、清风店柴菜捐，高蓬牲畜附捐，屠宰牛羊捐，八镇牲畜一分牙用捐，税契牙用，亩捐，棉花牙用捐，在城花行公益捐，亩捐改征足钱底子，清风店牛行捐，八镇牲畜附捐，猪肉公益捐，树木牙用捐，模范补助费，麻行捐，席行捐，牛马羊皮油骨捐，在城布行牙用捐，屠宰骡马捐，花生木植税各项拨进自治事务所经手管理。至于包办各项捐税，由县公署当堂投票，按票面投价最多的，预交押款，并且得有殷实铺保，才准他包办。后来事务所事情繁杂，又添会计1人。税契稽核处也附属在自治事务所内。

民国九年七月县长何其璋遵令筹办财政所，就把自治事务所改为财政所了。依照财政单行条例，公举所长1人，检查员5人，轮流值月。设出纳股，会计股，各委任司事1人，聘任文牍1人，一切收入还是自治事务所旧有的款项，税契稽核处仍是附属在内。后来因为税契的事情繁杂，何县长才委经理，在每年年终开财政会议，表决第二年度的预算案，审查本年度收支决算书，将议决事项公布在定县公报，使大家知道。各机关遵照议案，向本所支取经费，不许稍有移动。如有紧急需要的款项，须得由县长召集临时会议，经大家承认，通过以后，才许动用。各机关每月造送月报1份，由检查员稽查综核。

自民国十一年旧历十二月状纸也由财政所经理，所收进的钱，充教育经费。

民国十七年八月改名为公款局，十一月又改名为财务局。关于各年度地方税收预算与地方支出预算等项可参考县财政章。财务局十八年的经费为3222元。

第二节　县党部及其领导下的各种民众组织

一　县党部

民国十三年至十七年五月是国民党党员在定县秘密工作的时期。十七年五月至七月为筹备时期。十七年八月至十八年三月为指导时期，十八年三月以来为执行时期。民国十九年党务停顿，二十年又开始活动。

民国十八年时党部内有执行委员会，有监察委员会，执行委员会分秘书处、组织部、训练部、宣传部、党务共17人。党员共208人，其中有农人20，商人13，党务17，教员82，学生53，政界5人，军界2人，警界2人，其他14人；教员占39%，学生占25%，农人占10%，党务占8%，其他占7%，商人占6%，政界占2%，军界警界都占1%。由上看来，党员中学生与教员为最多。民国十八年党部全年经费14400元。

二　县党部领导下的各种民众组织

1. 农民协会　　农民协会是党部领导下的一种民众组织。这种组织是民国十七年十二月七日成立的。因为全国农民受压迫最深，所以组织这种农民协会，谋求自卫，并设法改良农村生活。县农民协会下有区农民协会，区农民协会下有乡农民协会。县农民协会有执行委员会，有监察委员会，议决事项，各区各乡遵照实行。执行委员7人，监察委员4人。经费无着颇不容易。

2. 商民协会　　商民协会也是党部下领导的一种组织。这种组织是民国十七年十月二十七日成立的。目的在提倡国货，挽回利权，改善商人的组织，解除商民的痛苦，促进三民主义的实现。县商民协会下有区商民协会；区商民协会下有商民分会。县商民协会设执行委员会及监察委员会。执行委员15人，监察委员5人，还有常务委员3人，由执行委员推出。

该会出席全部重要政治会议，参加各纪念大会。经费无定，办事颇困难。会址在城内北街文庙。

3. 工会　　工会也是党部下领导的一种组织。这种组织是民国十七年十一月三日成立的。目的在谋工人生活的改进，获得政治上经济上的平等自由。原来定县工人并无工会，党部成立以后，才把工会组织起来。定县总工会是由成衣工会，鞋工会，银工会，木工会，理发工会，组织而成的。最高职权的机关就是全县代表大会。由代表大会举出执行委员5

人。办理会内各种事务，没有一定的经费，临时办公费由党部津贴。常出席全县财务会议及禁烟公所评议会。每年五一世界劳动节，全体工人游行宣传。开会借用县党部会议厅。

4. 学生会　　学生会也是党部领导下的一种组织，是民国十七年十二月二十三日成立的。目的在联络感情，唤起革命的思想，养成社会服务的精神。学生会是由各学校学生会组织而成的。有执行委员会，有监察委员会，除此以外，有总务股，有宣传股，交际股，调查股，共有职员14人，办理一切事项。该会出席全县财务会议和禁烟公所会议，并参加各纪念日，游行示威宣传等运动。经费无着，由县党部津贴少许。开会地点暂借定县女子师范学校。

5. 妇女协会　　妇女协会也是县党部领导下的一种组织，是民国十七年十月二十日成立的。目的在实现男女法律上，经济上，教育上，社会上的一律平等，并参加革命运动，从事民族解放。县妇女协会下有区妇女协会，区妇女协会下又有妇女协会分会，妇女协会分会下又有小组。妇女协会里有执行委员会，监察委员会，执行委员7人，监察委员3人。该会出席县财务会议，禁烟公所会议，参加各纪念日。经费无着，每月由天足会借助11元。

第三节　旧有各种地方团体

一　农会

农会是宣统二年创办的，目的在提倡农林、保护麦苗，后来因为时局变迁，中止停办。民国三年又继续成立。设正副会长各1人，办事员2人，事务员2人。由民国七年催办乡农会，到现在逐渐成立者已有327处，设法保护麦苗树木，并派员出去调查因偷盗庄稼与树木所发生的争讼，不但调查而且帮忙处理。自民国十七年三月开办函授农民学校，补助农民科学的知识。

经费全年570元，一方面由财务局补助，一方面由该会基本地之地租入款补助。地址附属在财务局内。

二　商会

定县在前清宣统三年，就有定县内务公会的设立。民国三年商人恒安当等95家，组织分会，举王润德为总理，王思陶、米得绪为副总理。在北街租设事务所。民国四年，农商部下令改组，于是呈拟简章，商务分会才改为商会。改总理、副总理为正副会长，利用木质图章。后因拟章未合，签注发回，才准改组立案，设事务所于城内北街旧会房地，启用新式图章。民国五年部饬照现行修正法更正补报，复依法改组，呈拟简章并将图章缴销，另请颁发钤记。民国六年农商部批准立案，就旧仓房事务所改建定县商会。民国七年实业厅饬遵照部章更正会章4条，派员具领钤记，呈报启用日期，商会才正式成立，并发到公断处章程与办事细则。那年商会开常年会时，就成立商事公断处；目的在解决调解商界内一切的分争。举米得绪为处长。商会经费的来源有3种，一是会费，分3元、4元、5元3等，按等缴纳。一是印花经手费，每1000元收费7元。一是布捐，每匹抽收0.075元。正副会长都是名誉职，公断处处长1人，月薪20元，交牍月薪8元，书记月薪5元。商会与商事公断全年经费为2000元。

三　息讼会

息讼会是民国十二年十一月成立的。目的在调解讼事。成立时各机关领袖均为会员，设正会长副会长各1人，管理会中一切事务；设评议员2人，评议一切事务；设事务员2人，办理会内杂务及账目；设文牍1人，书记1人。民国十四年三月改组。成立时是在县长何其璋任内，无论什么案件都先到息讼会，息讼会评议后，调解后，如果案件解决，就无须再到县署，解决不了，再到县署。经费全年635元，由商会拨发。自改组日起解决案件约二百余件。现已有名无实。

四　天足会

天足会是民国二年成立的。县知事为正会长，教育局长，警察所长为副会长，各机关士绅为会员，都是名誉职。正副会长掌理召集开会及督促调查事宜。规定每月1号假借劝学所开会，讨论放足事情。派女调查员6人，分区调查，到各乡各村劝人放脚，劝父母不给女孩缠脚。月给车马费20元，共120元，后来规定法律，缠足罚款，现在各村女子放足实居多数，十三岁以下的女孩，几乎没有缠足的。分会地点，在各村公共地方。天足会现在已无需要，故已停办。

第四节　东亭乡村社会区62村内各村所有各种自治组织

关于翟城模范村的历史与各种自治组织，不在本节讲述，翟城模范村很重要，自治组织很多，所以另写一节，详细申明，以资参考。本节专讲东亭乡区内其他各村的自治组织。

一　东亭的自治组织

东亭的公差局是前清光绪时成立的，目的在替村中公家办事。这种公差局是村长与公直组织的，村中公款与公地所得，充作经费。民国以来，公差局将全力提倡学校，发展教育，将公款用尽，后来停办。

东亭的义仓是民国四年成立，目的在预防荒灾奇变，职员共十余人，村长与公直代管义会一切事务。凡20亩以上的农家，每亩纳粮1升，或半升20亩以下的农家，得免纳粮，遇有荒年，贫寒之家，可随意借用，但还时须稍加微利。民国十六、十七两年，因闹兵灾，所储粮食都已借出，近年没收新粮，无形停办。

东亭的学校董事会是光绪二十六年成立的，目的在办理学务保管学校基金。由董事长与董事等组织的，他们的职务在讨论学校事宜，设正副董事长各1人，董事5人。学校较前颇为发达，但是经费无着，工作很难进行。

东亭的卫生会是民国四年奉县令设立的，目的在研究卫生宣传卫生，设会长1人，会员3人，会长会员均负研究与演讲卫生的责任。现在因经费无着，已经停办。

东亭的支应局目的在支应军除，所以随时成立，随时停止。这种支应局是由村长佐与公直组织的，均负支应的责任。除村长佐外还有职员十余人多少负责支应。经费无定，随出随入，来源按地亩多少均摊，用途皆为支应兵差。

东亭的禁烟会是民国四年成立的，目的在禁吸鸦片。有会长1人，会员7人，都负调查本村吸烟的责任。因经费无着，早已停办。

二　史村的自治组织

史村的学校董事会是民国十三年四月成立的，目的在专办校务，管理学款。设正副董事长各1人，董事7人。实际工作是讨论学校事宜，提倡教育，管理学款。经费虽然不足，但是，仍能继续进行。

史村的义仓是民国十三年四月成立的，设管理员2人，管理义仓一切事务。目的在预防荒年。办法与东亭义仓一样，无须再说。因近年兵灾，现已停办。

史村的禁吸金丹会是民国十三年四月成立的，目的在禁止本村人吸食金丹。设会长1人，调查员2人，均负有调查村人的责任。因经费无着现已停办。

三　鸡鸣台

鸡鸣台的教育董事会是民国十六年成立的，目的在提倡教育，办理学校。设正副董事长各1人，董事无定额，凡对于董事会赞助帮忙的，都可以算为董事。在外求学服务的，可以算为名誉董事。董事长与董事都负有讨论学校事务的责任。因为经费无着，所以不易发展。

四　大鹿庄

大鹿庄的卫生会是民国十二年成立的，目的在清理街道注重卫生。设正副会长各 1 人，主持会中一切事务，职员 2 人协同办理。先前经费由村正村佐筹划，现在经费无着已停办。

村中其他一切事情，由村长佐学董办理。

五　大陈村

大陈村之公差局是民国十一年成立的，目的在办理公事。公差由村长公直组织的，职员一共 10 人。经费由村内各户分担，按地亩多少抽捐。关于户口、教育、卫生、地亩等事，都由公差局办理。现状如常。

六　东旺

东旺的支应局是民国十六年成立的，目的在支应兵差。由村长，公直组织的。设局长 1 人，交际员 9 人，局长管理全局事务，交际员多负与兵丁长官交际责任。经费由村长公直筹制，按每户地亩大小均摊。

七　唐家庄

唐家庄的息讼会是民国四年成立的，目的在调解本村诉讼事项。设会长 1 人，会副 1 人，会员 6 人，均负责办理息讼事情。凡村中有诉讼事发生，就先报告息讼会，由息讼会调解，不能调解者，任其自便。经费由公款中扣下。现在情形很好，平均一年不过有一两件讼息事情。

八　西建羊

西建羊也有息讼会，是民国十五年成立的，组织现状与唐家村相同。不必再说。

村中其他一切事情由村长佐，公直办理。

九　东丈

东丈也有息讼会，是民国十二年成立的。组织现状与唐家庄、西建羊相同，无须再说。

十　各村皆有的会社

各村都有保卫团，目的在保守村中治安，预防盗贼，补充县署保卫团与公安局的不及。设团长 1 人或 2 人，团员 2 人至十余人。团长管理全团内一切事情并检查团员的勤怠。普通团长都由村长佐担任，团员由村内壮丁担任。团员听受团长的指挥夜间巡逻打更，遇有盗贼合力捉捕。

保卫团的经费没有一定，有的由公款支给，有的按地亩分摊，有的按秋收后每亩收获多少，酌量出谷一升或麦半升。有的由富户随意捐出粮食，供给团员用。

除保卫团以外，各村都有青苗会的设立，每到夏秋的时候，庄稼都要成熟，恐怕庄稼被人偷窃。所以各村都设有青苗会，目的在看护庄稼，防备偷盗。组织极为简单。会长多为村长佐担任，雇村中无职业者 4 人至 6 人，叫做“看青的”。看青的每天到田间分头巡视。遇偷盗庄稼的，把它捉住，送到村长佐家，或村公会；由村长佐责问，酌定罚项。若有某家庄稼被偷，而偷庄稼人未被“看青的”捕住，某家可向地方声明并各知村长佐，村长佐验明被盗情形，由看守该处庄稼的“看青的”负责查出。如不能查出时，则由村长佐及地方共同按损失的情形，酌量扣除看青的工资。

看青的每人每日工资约在一角上下，食物自备。这种经费完全由村中公款支出。除看青的工资外，没有什么别的花销。看青的居住，没有一定的地方。普通由看青的自己选择庙宇、闲房休息。至于会所多在村公会或村长佐家里。

曹村青苗会有一定简章。曹村种苜蓿者居多，所以村人常有在田里放牛羊马猪的，也有在地里割草的。村长佐公直决定几条章程（一）在苜蓿地割草者罚洋二元。(二) 放骡马者罚洋五元。(三) 放驴牛羊猪者罚洋二元。(四) 在庄稼地内割莠草者罚洋一元。

此外还有许多村子有农林会，有天足会，组织活动都与第三节"旧有各种地方团体"内所讲的农林会、天足会相同，此处无须多讲。

第五节　翟城模范村

一　创办翟城模范村的经过

举办翟城模范村的主要人物为米迪刚先生，但发起者为其父米鉴三先生。米鉴三先生在光绪二十八年的时候，就有了村治的规划。民国成立以后，就在本村兴办教育，创办高等小学校，女子国民学校，女子高等小学校，自备所需，不费公款。民国三年夏孙发绪来定县做县长，见翟城学务发达，风俗良善，遂呈请省部创办模范村，为定县全境各村的模范。先后创设自治公所、自治讲习所、通俗讲演社、图书馆、爱国会等。当时政府要人、教育家、学者都先后来此参观，称扬赞美。那时米迪刚先生已经由日本留学归国，见日本农村的新建设、新改造，很受感动。更根据学理上村治一级应占的重要位置，组成翟城村治，以求达到他所说的"一般村治，在家与省县之间，取得显然平列之对等地位"的目的。他想改造中国，必得由村治起，因为惟有如此，才能把国家之间，联络一起。如果不讲改良农村，而想齐家治国平天下，也恐怕不容易有一贯的发展。他一方面提倡内地旧有农村的整理，又一方面提倡边荒新农村的创建。第一他想把旧有农村整理一番，使其组织划一，适用新农村的井田法，创办种种合作社，力谋村民享受的平等。第二他想酌采古代井田成法，至少可免去资本家出面包领大段荒地，造成地主佃户贫富失均的恶现象。这两种思想就是翟城村改造的基础。

翟城村的发展，可以分成四时期。米鉴三先生规划村治的时期，可以称为 "组创时期"。米迪刚先生归国以后，办理村治的时期，可以称为

“组成时期”。在村治组成，各种章程规定后，各职员努力工作的时期，可以称为“保守时期”。近年来创造与保守各分子努力进取，积极合作；又加中华平民教育促进会到定县设华北试验区，帮助定县解决定县问题，翟城村又受了一番新戟刺、新影响，同时也得了一种新助力。这个时期可以称之为“改进组织时期”。

翟城村不但在华北出名，就是在全国也很出名。山西之所以有村制，也是因为翟城村的影响。孙发绪县长升任山西省长以后，就急欲要把翟城村的一套村治，搬到山西施行，后因去职，未能办到。幸赖继任的阎锡山省长，竭力经营，以终其事。现在山西村治，在全国十几省中，居然有模范的名称。推其根源，实在起于翟城，这一点我们很可注意。

二　翟城村概况

翟城村距县城东30里，在第三自治区内。据说是1600年前的一个故城。晋时丁零翟氏称兵背叛，曾占据此地，建筑防御之城堡。现在村落之面积约计350亩。村外普通之田约9500亩，果园20亩，林地200亩，荒地约100亩，不毛沙地约1000亩，共计约10820亩，村内外所占面积合计，全村约11170亩，合20.7方里。平均每户有能耕种之田地约28亩，田块大小颇为散碎，每家大半有数块小田。不满5亩的小田块最为普通，5至9亩之田块次之，10至15亩者又次之。村内外之井数为附近一切村庄之冠，共有390口，内有村内井96口，村外井294口。因此，农产量较前大增，旱荒问题大致解决。并且村内外不能种谷之地，无不试种各种树木。翟城共有五条街道，这五条街道就是仁、义、礼、智、信。据该村民国十八年之记载：仁字街有85户，男297人，女262人，共559人。义字街有65户，男175人，女145人，共320人。礼字街有76户，男276人，女283人，共559人。智字街有70户，男189人，女137人，共326人。信字街70户，男173人，女148人，共321人。翟城共有366户，男1110人，女975人，共有2085人。平均每户有人口5.7。

翟城共有19姓，就是米、秦、张、韩、李、同、徐、刘、吕、杜、师、梁、朱、夏、渠、齐、丘、陈、赵。最大之族为米姓，共有130户，男433人，女400人，共833人，占全村人口40%。姓秦的次之，共有73户，男193人，女162人，共355人，占全村人口17%。张姓有48户，男127人，女85人，共212人。韩姓共有33户，男91人，女91人，共182人。李姓共27户，男103人，女92人，共195人。此外同姓12户，徐姓10户，刘姓5户，吕姓5户，杜姓4户，师姓4户，梁姓4户，朱姓2户，夏姓2户，渠姓2户，齐姓2户，丘姓1户，陈姓1户，赵姓1户。

据民国十七年之教育调查，本村11至24岁的青年中识字者占53%，内38%为男子，15%为女子。若只以其中青年男子而论识字者占65%，不识字者占35%；若只以女子而论识字者占36%，不识字者占64%。民国二十年来村内儿童少有不入学者，青年男子皆已识字，青年女子识字者亦日渐增多，本村在中学、大学毕业及留学者已达五十余人，其中四分之一为女子。大多数家庭皆有农村副业，村中道路此较平坦，厕所较他村洁净整齐。风习颇敦厚，鸦片及赌博等不良习惯早已绝迹，即连纸烟亦少有用者。庙宇完全改为学校。他种迷信亦渐革除。自息讼会成立以来，从无至县公署诉讼者。青年妇女皆已放足，不满15岁之女子皆为天足。以上各种成绩皆为村中领袖对于该村公益事业热心举办的结果。

三　翟城村公所与村会

村公所是翟城村的最高执行机关。翟城村自筹备村治，组织大纲规定以后，就着手建筑自治机关。民国四年七月孙发绪县长补助开办费300元建筑村公所三间，当年九月间落成。所有一切重要规约，也都相继订妥备案，议举的村长，村佐与各区区长，在十月六日推举就职，各股员均议定专人，村自治公所才得成立。向日在公差局存管的公款，尽数接收。这样一办，自治的基础才算稳定。

村内一切事务，都归自治公所执行。村长总理本所一切事务，村佐帮忙办理。设股员若干人，商承村长，分任各股事务，设书记一人专管缮写。公所为自治便利起见，将全村分为八自治区，每区设区长一人，商承村长，掌管本区一切事务。自治公所分庶务财务两股。庶务股股员四人，管理教育、保卫、户籍、劝业、慈善、土木、卫生、征兵、记录及其他不属于财务股的一切事项。财务股股员二人，管理全村纳税，银钱簿籍，出入款项，预算决算等事。公所为谋求教育普及，公推学务委员一人。学务委员遵照村会议决的教育普及计划书，执行其职权。

每日上午八点至十点，下午三点至六点为村长村佐办公时间。每日下午三点至六点，为本所各股员办公时间。每日下午三点到六点，为各自治区区长到所接洽公务时间。每日上午八点到十二点，下午一点到六点为本所书记办公时间。每星期日停止办公。

村会是由于村长村佐及各股股员各区区长组织的。会长由村长兼充，总理会务，遇有事故，村佐代理。凡关于自治重要事件，及村民的一切建议事项，均须由村会讨论裁决。村会每月开常会一次，遇有临时事故，得开临时会。

自治公所地址在翟城村十字街路。自治公所是先前关帝庙改造的。

在自治公所没成立以前，就有自治讲习所的设办。自治讲习所是民国三年十月成立的。目的在补助官治不足，研究自治，造成公民，筹办模范。自治讲所是村长提倡的，借村中前女子私塾旧址，职教员由村长与高小校长教员分担，义务讲习，不支薪水。除择讲县立公民讲习所讲义外，兼授《日本地方自治模范》一书。第一次招集村中在职人员一律入学。第一次毕业后，再招集村人识字较多者，陆续入所听讲，期望能够培养自治人才。

民国十八年该村村政组织系统如下表。

翟城村村政暂行组织系统表

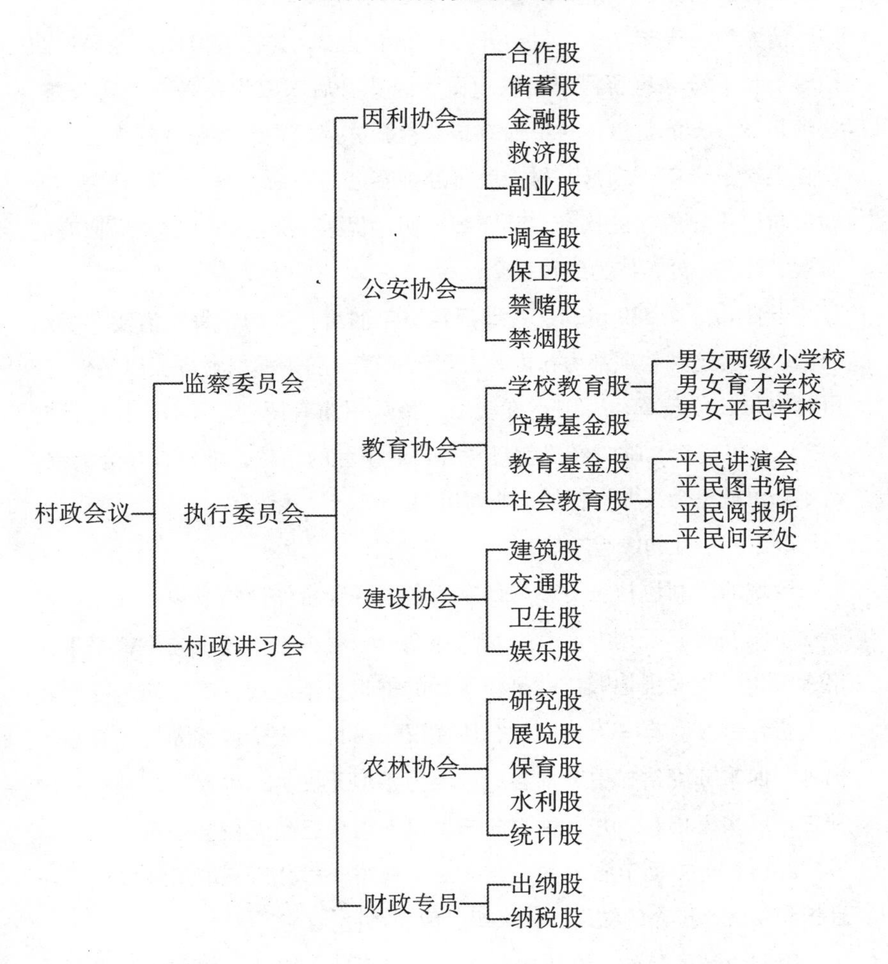

四　翟城村的自治经费与经济设施

翟城村不太富，不太贫，实在是一个极普通的农村。其所以能创成村治，经二十年的努力，能逐渐改良，不乏财源，实在不是一件容易事。在起初基本经费全凭村内领袖热心劝导，善为筹拨，把无用变为有用，把不生产的变为生产的，更按照因利而利，协作互助的意思，使生产事业发达起来，因此翟城自治经费的基础，才得稳固。

1. 自治经费

清光绪三十年冬季，村内开办初等小学校，先提入旧属公差局地四顷零五亩五分，将所得田租款项做为经费。后来因为要兴办一切公益，这项租款，不能敷用。村中旧有各项社款，都用在没有益处的事上，所以在光绪三十年十二月，村中就将迎神赛会的戏会、马会、花炮会、神棚会与驴牛户的随差款资，都详细查明，提集一处，再与公差局原有的旧款，放在一处，作为经费基金。

当日共得地 589 亩。这些地都足历年佃给村人的，每年清明节缴给佃价，起初这种款项都由村内公直轮流存管，后来移交财务股股员保管，用时由村长佐盖章，否则不许动用，款项用途有两种，（甲）临时经费（乙）常年经费。临时经费就是各种自治事务的用款，学校款项为大宗。常年经费就是为兴办一村的事业而用的。

2. 因利协社的缘起与筹备

翟城的因利协社虽然多采取东西各国各种合作社的成规；但是，最初动机实在是起于创办教育费贷用储金会。村内有米树屏先生，平素识字有限，仅能勉强记账，就是极浅近的书报也不能读，哪里知道欧美有所谓合作制度。有一天他向村公所提议，由村中先垫款派人到无极县买棉种，回来分配给村中种棉各户，因为不但无极县棉种很好，种棉各户种它可以多得棉花；并且种棉各户可以无须自己到无极县去买，一方面节省经济，一方面节省时间，岂非一举两得？村公所采取这种办法，并且扩充发展，扩充的结果，就组织了因利协社。

因利协社的目的，在乎提倡全村人民互助的精神，谋全村人民共同利益的发展。社内组织分为 4 部，以金融协社（又称平民银行）为主体，消费协社、购买协社、贩卖协社附属在内。金融协社就是全村出纳的总机关，所以凡村内公款，如学校基金，教育费贷用储金等项，都由金融部代理保管出纳，就像国家银行的代理金库一样。

社内所运用的资本有六种，（一）股款，（二）代理保管的村中公款，与各团体的公款，（三）村民的储蓄存款，（四）村民与非村民储金以外的存款，（五）公积金，（六）由他团体与银行钱号或个人借入的款项。

社内组织有股东总会，有评议委员会，有执行委员会，有监查委员会。社内一切职员都是名誉职；但是，执行委员在事务繁多时，酌支津贴。协社每到年底结账一次，除一切正当开支外，纯利按十二成分配，二成作为公积金，三成作为办事员花红，七成做为股东红利。

3. 纳税组合

民国四年十月村公所开第二次村会议，当时会长提议成立纳税组合。一方面可以唤起村民对国家尽义务的同情，再一方面可以使村民纳税便利。当即由村会议议定规约，并每区推举纳税经理二人，同区长帮办纳税事宜。民国五年春三月间，县公署征收田赋，依然由村长向公署领取底簿，将各户应纳款数一一算妥，预先通知，限定十日纳完，并且经各区长与经理人等，共为催劝。各纳户也就一一送交税金于本区区长，再由区长汇缴财务股股员，由财务股再直接交到县署。这次虽然是创举，但成绩很好，村民感觉非常方便。

4. 义仓

翟城义仓是民国三年十一月十五日成立的，目的是预防天灾奇变，和衷共济，筹救本村贫民。议定的方法很简单，每年秋收以后，按上中下三等户收集粮食，但 50 亩以下的家户酌免。上户每亩 7 合，中户每亩 5 合，下户每亩 3 合。每年将每户所出粮食，详加记载，特别捐的多的，也特别记载，为的是表彰善行。公举总经理 1 人，干事 5 人，分别管理。村内住户，得以抵押品向义仓借粮，秋收后以借九还十之法归还，总经理得与村长商酌，把积粮酌量卖出，用得款生息，以资积蓄。遇有荒年，将所积资购买米粮，连同存粮一同施放贫家，做为周济。荒年受惠之户，日后须设法偿还，实力不足之户得酌免。此种设施，可惜因近年兵灾，工作暂停。

五　翟城的教育

村治之发达，村治之成功，必得以教育做基础。没有教育简直不能建设很稳固的村治。翟城村之所以能建设村治，实在因为翟城村的教育发达，翟城村的教育可以分为两种，一种是教育行政与学校，一种是关于社会教育的种种组织。以下分述：

1. 教育行政与学校

甲、教育董事会　　教育董事会是民国十六年成立的，由教育会改组产生的。教育会是民国三年七月成立的。目的在发展教育，组织教育行政总机关，遇有教育上的障碍，就设法排除，以求收完美效果。教育会所应研究的事项有四。（一）学校教育的普及（二）家庭教育的改良（三）社会教育的要旨（四）青年道德的研究。

关于教育会的组织，除设有会长副会长外，还设有评议员 7 人，干事 4 人，任期二年。村中高等小学以上毕业的，都有为会员的义务。评议员的权限有二，一是议定总会提出的问题，一是议定会内紧急事件。教育会每年开会二次，讨论事项。

民国十六年教育会改为教育董事会，设董事长及副董事长各一人，董事 20 余人，目的与教育会相同。

教育会除了创办学校外，还有两件事是最值得说的，因为这两件事情，实在可以做全国村教育的模范。第一就是普及教育的事情，第二是办理教育费贷用储金会。

民国三年十月翟城村学界同人，因为谋求村教育的普及，由村长村佐等召集会议，共筹进行方法，议定规约十二条，公举学务委员一人。凡村内人民，凡在学龄期内的，应受国民学校教育，称为义务教育。儿童从满六岁的次日起，到十四岁止，这期间叫做学龄。学龄儿童的家长，负有督令儿童读书的责任。各区长调查该区儿童的姓名，年龄，监护人的职业，详查登记，编制儿童年龄簿，在每学年前一月，交由村学务委员，汇报村公所存查。学务委员查照儿童就学年龄，把儿童应入学的事项与日期，先通知儿童的家长，或监护人。校长受学务员所发就学儿童通知后，过入学日期一礼拜，如儿童还没入学，校长就报告给学务委员，学务委员就去劝导儿童的家长或监护人，令儿童入学。

国民学校概不收费。

光绪三十四年，村立初等小学甲班期满毕业，毕业生里有家贫无力升学的 7 人，当时米逢吉先生很怜惜他们，遂与村正副商量补救办法，拟定贷借章程，由村学校经常费下余款，每人每年贷与 18 元。使他们升入高等小学，将来能自立时除偿还外，再按章程纳利，做为公家的酬报。这种办法继续到民国元年，后来村中共同协商，研究结果以为添设高等小学比贷费与少数学生升入高等为便利，为妥当。所以筹款建筑房舍，添招高等。

关于教育费贷用储金，米迪刚先生曾发表过一篇文章，题目是“教育费贷用储金之商榷”，在这篇文章里，他提出三种具体的办法，第一是农村教育费贷用储金，第二是族姓教育贷用储金，第三是家庭教育费贷用储金。什么叫做农村教育费贷用储金？这种农村教育费贷用储金是以农村为单位的，凡家境贫寒的村民，都有享用的权利。至于筹集的方法，可按各村情形酌定。私人捐助也可，由村中公款公产内指定一部分也可，另款存储也可，或由村众合议，商定办法，分年筹集，也无不可。总之设法得笔巨款，足够贷用之目的，使村内贫苦儿童能够读书。

什么叫做族姓教育费贷用储金？这种储金是同族筹的，为同族用的，筹划的方法，是每同族除祭扫祖茔族众宴会之用外，余款存储生息，这种余款就可做同族贫苦子弟学费贷用的款项。

什么叫做家庭教育费贷用储金？中国乡间的大家庭，常容易变卖私有，所以几世家产荡尽，子孙败落。其所以如此，大半因为父兄子弟一堂，互相依赖，不事生产。一旦分居，入不敷出，数年因循，一贫如洗。所以家庭之中，应提出一部分财产，另款存储，不做别用，专为子弟学费贷用的用处。这样子弟教育可以无忧，家庭前途有望。

以上所提出来的三种，翟城创办的是头一种。

乙、学校　　翟城有育正学校，有女子初高小学校。自从中华平民教育促进会到定县办华北试验区，又帮助翟城办了育才女子学校、育才男子学校。在民国十八年有一处男平民学校，一处女平民学校，实验学校四处，两处男的，两处女的。

育正学校是光绪二十年创办的，那时只有初小一班。光绪三十一年，又由公差局提银1500元，在村东头公有地内，建筑学舍一所，讲室五间，教员室五间，厨室沐浴室各两间，七月落成，又招初小一班。光绪三十四年甲班毕业。宣统三年，学风渐开，愿入学者也多了，所以在民国元年，又招初小两班。继因乙班毕业，村内遂共同协议，由公差局又提洋2200元，增建教室三间，宿舍十二间，厨室茶室共五间，民国二年竣工，又添招高等一班。民国三年孙发绪县长来定县，不但提倡教育，并且实际工作。孙县长见翟城村学务发达特捐助两次，一次600余元，二次350元，添筑教室7间，宿舍6间，教员室储藏室食堂各3间，做为招添高等的用处。那年暑假，初等两班毕业，新筑教室又告成，所以又招考高等第二第三班。民国三年朱巡按使又补助男女学校建筑费2000元。民国四年又添教室两所，五月间高等毕业，又招高等一班。从民国四五年起，一直到了现在，逐渐改良进步，很有成绩。校舍现在共有80余间，学生有初等三班，高等三班，共150余人。初等所授科目有修身、国文、算术、体操、手工、图书、唱歌。高等所授科目有修身、国文、算术、本国地理历史、理科、体操、手工、图书、唱歌、英语。女子高级初级学校共有学生90余人，有校舍20余间，所授科目与育正学校相同。

育才学校的目的在培养村中领袖人才，办理村中的自治事务。凡高等小学毕业的男女学生及中途辍学有相当学力，愿对于本村服务的，不拘年龄，都有入学的资格。所授科目男女各有不同。男子育才学校每星期上课六日，每日授课两小时，由下午七时至九时。科目有文艺、公民、文件、地理、历史、村治、常识，一天一样，周而复始。女子育才学校每星期也上课六日，每日授课五小时，上午九时起至十二时止，下午二时起至四时止。科目有文艺、文件、历史、地理、家庭常识、家庭工艺、游艺、村治、三民主义、公民道德、珠算、习字、男子育才学校有学生40余人，女子育才学校有学生30余人。

民国十八年有中华平民教育促进会办的实验学校四处，两处男的，两处女的。平民学校两处，一处男的，一处女的，男实验学校有高级与初级两种，女实验学校也有高级初级两种。男实验学校高级有25人，每星期授课六日，每日两小时，由下午七时至九时。所授科目有高级识字课本、农业常识、应用文件、算术、公民、历史教材。初级有30人，每周授课日数与时间与高级相同，所授课程有千字课、习字、珠算、注音字母、女实验学校高级有28人，每星期授课六日，每日两小时，午前十时十二时，所授课程除农业常识外与男实验学校高级都相同。女高级虽然没有农业常识，可是有家庭常识。女初级每周也六日，每日也两小时，午后二时至四时。所授课程与男初级相同。共有学生24人。至于平民学校有男女各一处。每星期授课六日，每日两小时。男平民学校授课时间，每日下午七时至九时。女平民学校授课时间，每日下午二时至四时。所授功课为千字课。

2. 社会教育

关于社会教育翟城很注重，很提倡。成立的团体也不少，下边一一分述：

甲、爱国宣讲社　　爱国宣讲社是民国三年六月成立的，目的在激发一般人民的爱国思想。爱国宣讲社设董事一人，干事及调查各一人。凡志趣纯正，品行端谨，具有普通知识，熟谙本社情形，口齿清白，有二人以上的介绍者，都可做本社宣讲生，但须呈县长核定。通常宣讲地点就在翟城宣讲所。在村子集市的时候，就当众讲演。有时游行宣讲。宣讲有两种，一种是完备式的，一种是简便式的。完备式是的先定好日期，贴报纸，设演说场，悬旗彩，备条凳，或借学校，或借公共场所，郑重举行，简便式的是不具规模，不定日期，有时在茶馆酒铺，有时在庙会戏场，随时演讲，随地演讲。每次宣讲，都有记录，以备参考。经费除宣讲生伙食，请求发给外，其余费用都由翟城村宣讲所开支。

乙、阅报所与图书馆　　图书馆与阅报所是民国四年九月成立的。那时孙县长提倡模范，想灌输村人智识，养成优美乡风，所以合力捐助，假高等小学校右侧房院开办通俗图书馆，并附设一间报所，使村人阅览，开通知识。为节省经费起见，所有一切事务，都议由高等小学校长兼理。应备书籍，米春明、徐进两位先生捐助很多。十二月间，省公署教育主任李芹湘先生慨捐百元，孙县长也捐助书籍。馆中定有月报两份，日报三份，供村人阅览。图书馆与阅报所现在已移到自治公所内。

丙、德业实践会德业实践会是民国四年一月成立的。目的在进德修业，养成完全人格。会内分男女两部。凡村内男女，年在十五岁以上的，都可以入会，男子部借高等小学为会场。女子部借女子高等小学为会场。会内设会长一人，副会长二人，干事男女两部各四人，顾问共二人。会长总理本会一切事项。副会长佐助办理。干事商承行长，分掌各部事务顾问受会长咨询，有监督本会的责任。

男子部分夜学会与通常会两种。夜学会为冬季会，每年冬季讲习三月，以实践青年道德，修习日用生活必要的知识技能为目的。科目有修身、国文、算术、农业、教育、定县公民讲习所讲义。时间为每日下午七时至九时，星期日休息。通常会以尊重道德，躬行实践为目的，专研究道德，勤俭，兴业等事。每年开会选举本会及通常善行者各二人。被举上者发与奖品，开会时列首席，特别待遇。善行者登录于村公所善行簿内，如有不善行为时，得以干事会之议决，除去其名。

女子部分处女与妇女两部。处女部以增进女子之品学为目的，每年开会一次，以三点钟为限，由校长教员等讲演女子道德，家庭教育等。妇女部以研究家庭教育，家庭经济，看护儿童等法，以全妇道为宗旨，每年开会选举，两部善行者，也发给奖品。

丁、改良风俗会　　改良风俗会是民国四年一月成立的。目的在改善本村的风俗。改良风俗的职权，由村公所执行。村内已认为应实行的事项有六。（一）男非满 20 岁不娶，女非满 16 岁不嫁。（二）女不准缠足，其已经缠而未满 16 岁者，得一律放脚。（三）丧事的照庙说书念经糊纸人等项，概行禁止。（四）过年劳酒应注重阳历，贴宠、门香，一律禁止。（五）除丧事死者的子女，仍遵行旧礼，其余庆贺吊问，概行鞠躬，禁止跪拜。（六）其余一律迷信、风俗，都改正。

戊、辑睦会　　辑睦会是民国四年十月成立的，目的在联络村人感情，吉凶相问，患难相助，诚忱亲睦。会内设会长一人，交际员九人。会长交际员对于本会员都有劝告调查之责，关于安宁秩序，改良风俗的事情；更应当注意。会长交际员，均由会员开会选举，任期二年，但任期内有不当行为，可开会改选。会内同人如有放荡野蛮行为，紊乱风俗的，同人应互相劝诫。

己、爱国会　　爱国会也是民国四年十月成立的，目的在促进村人爱国的思想。凡是村人都有入会的资格。本会设会长一人，干事一人，管理本会一切事务。会长与干事都由本会选出，任期二年，期满得连举连任。每三个月开例会一次，会期由会长指定；遇有临时事件发生，得召集临时会议。本会有三种职务，（一）遇国家发行内国公债时，本会有提倡购买的义务。（二）遇国家征兵时，本会有劝导村人充兵的义务。（三）劝用国货，保护利权及一切有益团家的举动，会员有违背本会规约者，得酌量处罚，情节较重者得令其出会。该会现已停办。

庚、勤俭储蓄会　　勤俭储蓄会是民国四年九月成立的，目的在厚民生，美风俗，养成耐劳敦朴之风。凡是村人都得入会。设会长一人，干事八人。会长对于全会有统率处置的责任。干事佐理会长，对于全会有调查劝告的责务。会长由村长兼充，干事由区长兼充，不再选置，会员无论操何职业，须一致奋勉，不得始勤终惰。遇有婚丧等事，应当力求俭朴。会员衣食用物，均应以国货为限。会员禁止喝酒，但祝贺宴祭算例外。关于储蓄方面，会员每月至少须储蓄大洋一毛五分（铜元六十枚），多者也可。所有储金都由村公所财务股股员商承村长管理。每年年中由财务股开示清单一次，开会公布以后，清单交给本人收存。如过饥荒灾难，或购置产业，得领回储金。

辛、乐贤会　　乐贤会是光绪三十二年八月成立的，目的在联络学校家庭，取孟子乐有贤父兄的意思。乐贤会专请学生的父兄，来校研究学校家庭联络的方法，说明学生的特性，使父兄了解。每年举二次，日期由学校规定。每次开会时，将各级学生的成绩陈列，任学生的父兄观览。学校得询知学生的家庭职业及日常生活态度，对于训练管理，一定很有补助。学生的父兄借着这个会也可以得到相当的教育影响。每次开会结果，都详细记，以资参考。

以上所说的几种组织，虽然有的并不是直接的社会教育；但是，间接都有社会教育的性质，所以也都放在这节来讲。

六 翟城村的劝农事件

翟城村创办村治以来，不但对于教育与自治极为注意，并且对于农林也十分提倡。提倡凿井，规定看守禾稼规约，保护森林规约，创办各种关于农业的会，以下分述。

1. 凿井的提倡

凡地势高燥地方，雨少易成旱灾，应当设法补救。翟城地多沙质，形势较高，性质干燥，所有可耕的旱田，就是多加肥料，努力耕种，雨水充足，每亩所收的粮食，多也不过十二三斗；若是遇着旱年，收量更要大减，惟有凿井一途，倒可以挽救。但是，贫家因为经济的关系，不能凿井；富家又无志开创，观望不前。在光绪三十年至三十四年间，定县雨量骤减，农家受害颇巨，村人很以为忧。因此村正副米、徐二君与其他绅士，共同商议，讨论凿井。除自行创办外，于三十二年春，先在官地内，选择段落较大的地，开凿 8 井，使村人仿办，后来又议定奖励规约，使贫寒之家，也能凿井。凡有家境艰难愿意凿井而不能为力的，即由公款内贷给一半，等秋收后，再照章偿还。八九年来，村内增井百余眼，灌溉的园地亩数，也有 3000 上下。就是按出佃来论，有井的田地此较旱地所得租价，可以增加一倍。这是提倡凿井的第一期办法。

第一期凿井的提倡是以贷借方法促成的。后来有了成绩，村人乐为，就规定组合法。贫户几家合力共凿一井，分担经费，众擎易举，农利大兴。米迪刚先生当时曾发表过一篇文章，题目是《为施行农村凿井组合法敬告全省当局》，很引起社会一般的注意。文章的大意就是说中国实行小农制度，已经有几千年的工夫，农民多自己有田：所以地段都很零星。虽然有的富户，所有土地较多，一旦兄弟分家，又将大段变为小段。所以说这种大段地实居最少数。如果打算所有农田，均得灌溉的利益，非几家合力共凿一井不可。（一）这种凿井组合，可以酌量情形，30亩至50亩成一组，共凿一井或二井。按地势高低，水源强弱，临时由地主酌定。这种灌溉法与平常种菜的园地不同。不过在下种，不秀穗，不结实的时候，忽然天旱，可以灌溉一二次，补雨量的不足，以期收获。（二）关于当地租地均须妥订保障法。譬如当地，当主应出款凿井，但是，将来原业主赎地时必须补偿凿井费，然后才能把地赎回。租地应由地主出款；但是，得斟酌情形，增加租价，以使公道。民间如有因此起争端者，公家须按所定办法，公平判理。（三）旧凿井法，实在很有危险，有时半途而废，有时水源太弱，均不妥当。应采用新法，由县里设法请人传习，周官力奖励，一定很有效果。（四）农田凿井，应在春季；但是，在此青黄不接的时候，贫民多无能为力，如果各村村长佐，能仿照贫民银行的办法，组织一金融机关，贫民可以借款凿井，以凿井之地作抵押，春借秋还，一定很容易推行。

第三期的办法有两方面，一方面维持已凿井泉，使其永久不敝，再一方面把这种办法推广到四方。翟城村当局曾续订《翟城村保护公有井泉规约》，藉以保护公有井泉。井泉损坏以冬季冻患为甚；所以凡村有田地之凿有井泉者，无论一家租种或数家分别租种，租户到冬季应当负责棚井。一家简单，当无推诿，数家分别租种者，按所种地亩的多少，每年冬季轮流棚井；但是，每年应某家棚井，就得先报知自治公所。公有井泉，如有因冬季受损坏之处，除责成租户，按地亩多寡，分别摊款，照原式修补完整外，当年应棚井的租户，须另外受罚银五元，以示惩戒。每年某地之井，应某家棚盖，自治公所均须登录簿记，以便查考。每年在冬季上冻前、春季消冻后，村长佐须携同乡地查看一次，看看棚盖是否坚固，有无冻损。有了办法，定了这种规约，当然公有井泉，可以保护。至推广事业，米迪刚先生在他所发表的《再为凿井防旱事敬告全国官绅》，这篇文章里，说了一点具体的计划。每一农村应画一图表。把全村的耕地，按东西南北画一总图，图内将大小地段界限划清，用数目字作标记。地段内的旧有井泉或新凿井泉，用红绿点分别记出。再附一表，说明各大小地段的亩数与地主的姓名。如果是当地，就把当主与原业主分别标出，以备考核。这样一看图表，全村耕地有无井泉，便一目了然，村户地数的多少，也可以知道。至于耕地内有不适于凿井的，也应当在表内把理由说明。然后再按照住户所有地亩的多寡，那个地方应当独自凿井，那家与那家应当共同凿井，计划妥当，分年实行。一村一村的这样做去，一定很有成绩。

按民国十七年的调查，62 村共有井 6206 口。翟城村一村有井 390 口。村内饮水井 96 口，村外灌溉井 294 口。在 62 村占第一，这可以证明提倡凿井的功效。

2. 看守禾稼规约

农夫最苦，既尽人力，又虑天灾。到了五谷将熟的时候，如果被人盗取，实在不幸，受害很大。自光绪三十年起，本村村正副米、徐二君，讨论看守禾稼办法，议定规约，每到秋初，就由村中雇用八人，把全村所有禾稼，划为东西南北四段，每段二人，分段看守。如果雇役中有看守不力的，在他经管段内，禾稼被人偷窃，而没捕获，村正副与公直讨论，酌量情形，叫他赔偿。经这一番办法，禾稼的偷盗，年年减少，到了民国二年，就减用四人，只在本村边界，轮流巡视，而禾稼也没损伤被盗。关于雇役的工资，议定按亩分摊，百亩以上者，每亩须出粮七合，五十亩以上者，每亩须出粮五合，二十亩以上者，每亩须出粮三合。除工资外，如有盈余，就存做别用。

3. 保护森林规约

树木可以蔽暴风，吸炭气，化燥为雨，获利便用，所费无几，收效无穷。翟城村地多沙质，无法耕种。但是，沙深二尺，里面都是肥土；所以如果在沙土上栽种树木，一定可以获利。在光绪三十一年时，村正副就议定保护规约，提倡栽树。所有按亩摊派的秋粮，除雇人看守禾稼外，再用盈余雇用二人专任看管树木，遇有盗斫被获者，即共同照章罚办。村人因为保护法很严，所以种树之家，一天比一天多，先前荒废的沙土，现在已经变成一片森林，成绩很好。

4. 防除害虫会

在光绪三十四年的时候，秋禾未熟，忽有蠕虫发生。村中米春明先生见它容易除灭，就到各户劝男女老幼快去捕打蠕虫；那年禾苗并没受伤，虫灾也因之大减。民国四年八月，定县发现蝗虫，在城北一带。村人恐怕蝗虫飞到本村，大家商量办法，组成防除害虫会，在八月中旬，假村中半日学校，开成立大会，到会者有100多人，除举定会长一人，干事四人外，又推举八人为临时害虫防除委员。每年夏季开例会一次，研究预防及驱除害虫的一切方法。本会主要职务，可以分为三项：（甲）遇有害虫发生时，本会有提倡扑打的义务。（乙）本会有劝导人民清洁田亩，注重培养，预防害虫发生的义务。（丙）本会会员有随时巡视田亩，查见害虫报告会长，开会防除的义务。本会会员遇开会或驱除害虫时，有不到会者，酌量处罚。

5. 农产物制造物品评会

农产物制造品评会是民国三年十二月成立的，目的在改良农工，求生产发达，经济生活提高。优良产品，设法表扬；劣败产品，苦口劝戒。自民国三年十二月开会选举职员后，职员会员都努力办事，各尽其责，所有关于林业水利诸事，向来由他人办理的，现在也归本会经理提倡。开会提议的事项议决者有三种。（甲）按调查员米君报告，略谓村中园地已有3000多亩，固然有井田地每亩所收的粮数增加；但是，按所费的人力比较旱地约增两倍，这样算来，获利并不很厚。其所以如此，实在因为各农户吝惜小费，在播种时，不肯多用肥料常常浇灌，土地渐瘠，等到秋初结实，田禾日益萎弱，所以不能丰收。大家应当共同议决，由会内职员，商同各区区长，劝戒农户，多施肥料，以图实效。（乙）调查员徐君报告，略谓织造粗布向来就是村中一大宗营业。但是，织布之家相习已久，都用旧式木机，一天一人只可以织一匹到两匹布。民团二年经米君提倡铁输新式机，一天一人可以织布五匹。后来村中增添这样机器60多架，这种成绩可以说是米君的功劳，应当奖励。大家议决，特制奖牌，赠送米君，以资鼓励。（丙）经米君提议略谓新式织布机既然一天一人可以织布五匹，何不由本会发起共同集款，聘请二三工师，预备染料洋线，仿造多架机器，成立一总所。教各织户学织各样爱国布，再由总所发售，既可改良织业，又可振兴商业，将来一定能收莫大利益。后来经大家议决请村长拟定集股简章，等筹得款项，再行开办，以上所说这三项是具体的议决案，现在说一说本会应提倡的事情。本会应奖励开井；研究肥料与播种；改良农事以图进步；研究预防与捕灭害虫的方法；提倡种桑，谋蚕业发达；提倡制造物原料多用国产，以挽利权；奖励林业图雨量增加。

至于组织，凡本村公民，都可以做会员。会内设评议员9人，开大会时选出。设评议长一人，由评议员互选出。由评议长选置调查员三人以上，实地巡视，调查成绩。每年开例会二次，遇有临时事件，得由评议长召集。

七　翟城村的其他事件

翟城村除了教育，农业之外，还注意到其他的事项。卫生所的设立，共同保卫法的规定，平治道路办法的议定，足可以表现自治组织的功效。以下分述这三件事情：

1. 卫生所

农村卫生实在太不讲求，多在门旁设厕所，道旁掘臭坑。有时秽土烂柴都堆在街上。夏天一经下雨，浊气熏人，秽水满街，有害实在不小。翟城村先前也是如此。民国四年春，因为孙发绪县长时常奖励，村人很觉惭愧。所以由村长佐等，邀集村中各街人士，共同筹划卫生办法。议定由五街各推定二人定期督同各户，实行清理，无论长街短巷，除两旁依法栽树外，把秽物都扫除干净，限一月竣工。竣工后又按户山工修筑道路，以求整洁。当年十月，村公所开第三次会议时，村长等恐居户众多，日久懈怠，遂又倡办卫生所。当时就把卫生所的章程议妥，推定职员，以期照章进行，并且议定每年春夏两季，施行清洁种痘方法，预防传染病。购置痘浆的费用，由慈善捐款项下支用，施痘由卫生所长担任。

卫生所设所长一人，副所长一人，干济员五人，管理本所一切事务。村内人民对于本所有几种应遵行的事项。村人不准在街内设置厕所粪坑；不准在村内街上晒粪；不准在街内堆粪土，限于地势，不能不在街内堆积粪土的，必须在三日之内运出；每天在黄昏以前，每家各出一人，打扫门前，使沿街清洁。本所职员对于村人的卫生应尽调查与指导的责任，对于传染病有预防救护的责任。以上所说是关于卫生所的组织与职员的职务方面。

2. 霍城村的共同保卫法

翟城村的共同保卫法是民国四年十一月村公所开村会议时，由会长提出保卫案议定的。本村为谋求公共治安起见，特仿照古保甲法，编全村为五组，实行保卫。每组公推组长一人，商承村长管理本组一切事宜。除团体保卫外，并雇用更夫二名，由组长轮流督查，分街巡夜以备不虞。组内若有警报，由组长会同村公所，鸣锣集众，共同捕治。如果村中有紧急事故，因防卫致死伤者，由公所开临时会予以相当的赙奠，或养伤费，但事主不在此例。关于保卫经费，由村中人民负担。

3. 平治道路的规定

翟城村的东南两面，每面都有一水沟，地势低下，村内雨水都流到沟里。夏天一下大雨，东南两街大道，就被冲刷，且深至尺，泥泞难行，村人很以为苦。民国三年间，由村长提倡，同村人共议办法，先由公款内提 200 元，将各水沟濠口用石修治，使它高下相宜，水流便不能太猛，道路也就不易冲坏。再按户出工，分段把沟补平，月余告竣，村人都很欢喜。那时并议定平治道路规章。本村分八区，各区道路之有无损坏，由区长负调查的责任。无论那区，道路只要有点损坏，就由区长劝令区内各户，随时修治。道路如有重大破坏，不易修理时，由区长商同村公所酌办。道路两旁不准堆积粪土柴草与其他污秽等物，以致防碍交通。

八　翟城村村治对外的影响

翟城村自创办村治以来，定县他村亦受影响。民国九年何其璋县长制定全县村治大纲，使全县整齐划一，当时登载在定县公报。关于村中的组织，村中领袖的职责，村公产登记的办法，村财政的收入与支出，以至村教育及其他活动，都有详细的规定。

民国五年米君以直省会副议长的资格，乘省议会恢复后，开第二届常会时，曾参照定县已经办有成效的公民讲习所，提出议案。改名为自治讲习所，令全省各县一律设立，同时并主张改村正副为村长佐，借以提高村中领袖的身份。到所讲习数月，以为改进河北全省农村人才的预备。到民国八年春，又提倡创设一直隶全省自治筹备处，以为督促实行农村自治的总机关，不料成立两月，仅拟就一直隶全省自治第一期计划草案，因政治关系，就已停办，颇为可惜。翟城村对于山西省的影响，是孙发绪县长的努力。民国三年孙发绪到定县做县知事，对于翟城村的村治十分注意，提倡进行，非常热心。先呈准办模范村，后又呈准模范县，因此孙氏的政声，遂大有起色。民国五年共和再复，孙氏乃一跃而为山西省长。孙氏到晋后，就特别注意进农村自治，并创设村制。不料到晋不及一年就因政潮去职；但是那时村制的种子已经播满山西全省了。幸有继任的阎锡山省长，竭力经营，才有今日的山西村制。

翟城村对于云南亦有影响。在民国六年南北分裂的时候，米迪刚先生深感村治的效用不能扩张。以为西南各省如能一方面在军事上取消极的保守态度，一方面从事农村自治，切实着手进行，以巩固其社会基础；对于中国的前途，一定造福不少。西南各省中最相宜的就是云南省；因为云南的地理人物，实在有制一农村组织的可能性。所以米氏当时对于国会议员中同志南下的，极力劝他们到云南以后，设法鼓吹村治，借以树国家长治久安的预备。又因为关于农村自治的事情，在北方有山西省首先提倡；如果在南方能有云南继起创办，一时虽不能普遍全国；但是，南北互相响应，互通声气，将来一定可以推行到全国。当时并没见效果，到民国八年五月二十二日《河北日报》出版时，米氏曾作一发刊小引，对于农村自治，多有发挥。又因为对于云南施行村治有莫大的希望，所以该报出版后，就多多的赠给云南公私各机关。云南各报将村治社论遍为转载，欢迎的热烈，程度颇高。在民国十二年云南当局就颁布《云南全省暂行县行政官任用条例》其中就有提高村长资格之点，足见云南省当局对于农村自治的注意。后来又颁布《云南村自治条例》与《云南全省暂行村民会规则》。《云南村自治条例》共分十章，共分七十条。第一章总则，第二章村区域，第三章村编制，第四章村民及其权利义务，第五章村自治事务，第六章村议会，第七章村长村佐村事务员，第八章村自治经费，第九章村事务组合，第十章附则。故翟城对于云南省亦发生影响。

米迪刚先生又联络王鸿一、胡象三先生等，根据以农立国的精神，提倡西北垦殖，划一农村组织，以刷新东方文化，来解决社会上政治上一切重要问题，有六项条目。(一) 以实行西北垦殖，解决人口分配问题，(二) 以划一农村组织解决教养普及问题，(三) 以改订社会经济制度，解决经济侵略问题，(四) 以修明家庭，制度，解决道德坠落问题，(五) 以消极化解决政治改良问题，(六) 以表明国家人格，解决世界共同生活问题。他们想在西北荒边，建设许多新农村，发展村治，并且要按井田法预备一种村有公产，拿这块公田做全自治教育及一切公益事业的基金，用来发展全村事业。一方面可以建设新西北，一方面可以解决内地人口与粮食问题。

按米先生的意见，全国村治计划的实现，一方面要依赖政府的帮忙，一方面要有相当的准备。第一，国家宜设立村治育才馆，培养村治人才。第二，国家宜颁行划一全国村治条例。第三，国家宜改良钱粮纳税向例以为村治经费的后援。如果以上三种事情能够办到，全国村治划一计划一定可以实现。全国村治划一计划能够实现。民主政治国家的基础，就能稳固的建设起来了。

第四章

人口

第一节　人口总数与分布

一　人口总数

定县既然有这样久远的历史，名称和疆域又时有变迁，因此很难考察历代人口的准确数目，也不能比较其增减。按各史志与各地志所载户口，往往彼此悬殊，甚难索解。且其数目内是否包括属县户口亦无分析明文。现在只可节录历代户口数目以供参考。

据道光己酉重修《直隶定州志》所载，前汉中山国有户 160873，口 668080。后汉时有户 97412，口 658195。晋时有户 3200。魏中山郡有户 52592，口 255242。隋时有户 102871。唐定州有户 78090，口 496676。宋中山府有户 65935，口 186350。金中山府有户 83490。明编户 34 里，每里 110 户，共 3740 户。据清康熙《定州志》有户 2551，口 58380. 内有男 32580，女 25800。据雍正定州志有户 5451。据《一统定州志》所载，原额并滋生人丁共 156784。

《道光志》内所载，在道光二十五年之户口调查系按约分计，似尚详核，全县共有户 35458，口 208029，州城内户 830 有奇，口 5330 有奇。

民国以来，虽有户口之调查，亦无准确数目。每遇本县选举议员时，或遇天灾人祸放赈救济之时，每村所报户口数大半较多于实际户口数。反之，每遇苛税杂捐征兵拉夫之年，则每村报告户口数大半较少于实际户口数。据定县教育局刊行之《教育概况》中载定县十二年度户数为75208，人口为376040，十三年度户数为75425，人口为378404。又据定县十三年度内务报告中载全县户数为53000户，人口为407388人，内有男234213人，女173175人。

定县居民之来源在昔不可考。近据调查所得，定县各村居民大概皆自山西洪洞县迁来，其时在永乐年间。燕王扫北时燕赵之民随在起义抗拒。燕兵所至，屠戮甚众，直省尤甚。定州人民多死于此时，适山西洪洞县大闹虫灾，年景饥荒，于是多迁来定州落户。至于现在全县人民到底多少只可按照目下已有比较可靠之材料推算估计。

据民国十九年社会调查部之调查全县共计68474家，又据中一区农村内5255家的人口详细调查平均每家人口为5.8，即以此数乘全县家数得397149。约言之，定县全县人口为40万，恰巧为全国4万万人口的千分之一。人口密度每英方里为830人。定县城内有住户1633家，商店468家，人口总数约计1.15万人，其中男子约计6500人，女子约计5000人。西关南关与东关共有住户536家，商店194家，人口数约计4000人。城内与三关人口合计约1.55万人。453村共计住户66205家，约计38.4万人。

二　人口分布

据民国十九年之调查定县共有大小472村。但其中有19个村没有村长，乃是附属于临近的大村。最好就以一村长所管理之家数为一村，如此定县共有453村。

县城的南方村庄最多，东方次之，北方又次之，西方最少。有193村之人民进城时多入南门，117村之人民多入东门，76村之人民多入北门，67村之人民多入西门。

距城内街市中心十字街不满10里的村数为37。10—19里的村数为74。20—29里的村数为93。30—39 里的村数为113。40—49里的村数为65。50—59里的村数为34。超过59里的村数为38。最远者为本县东南角之村，约距城80里。 453村在各区内距城里数之分配见15表。

第15表　定县453村距县城内十字街里数之分配

民国十九年

距城里数	村数						
	第一区	第二区	第三区	第四区	第五区	第六区	共计
5里以下	8	……	……	……	……	……	8
5—9.9	29	……	……	……	……	……	29
10—14.9	20	7	……	……	……	1	28
15—19.9	14	19	5	……	6	2	46
20—24.9	……	10	7	……	21	14	52
25—29.9	……	12	10	……	14	5	41
30—34.9	……	13	15	……	25	35	88
35—39.9	……	1	11	……	4	8	24
40—44.9	……	1	18	16	3	10	48
45—49.9	……	……	6	1	……	10	17
50—54.9	……	……	9	20	……	5	34
55—59.9	……	……	……	……	……	……	……
60—64.9	……	……	2	28	……	……	30
65—69.9	……	……	……	……	……	……	……
70—74.9	……	……	……	7	……	……	7
75—79.9	……	……	……	……	……	……	……
80及以上	……	……	……	1	……	……	1
总合	71	63	83	73	73	90	453

453村平均每村距城里数为30；第四区最远，平均54里；第一区最近，平均10里。各区内村庄平均距城里数与最近及最远之里数见第16表。

第16表　定县各区内村庄平均距县城内十字街里数及最近与最远之里数

民国十九年

区别	平均各村距城里数	最近村庄里数	最远村庄里数
第一区	9.75	3	18
第二区	21.22	10	40
第三区	34.61	15	60

续表

区别	平均各村距城里数	最近村庄里数	最远村庄里数
第四区	53.93	40	80
第五区	25.81	15	42
第六区	32.06	12	50
全县	30.04	3	80

六区中第六区村数最多，计 90 村；第三区次之，有 83 村；第四区与第五区又次之，各有 73 村；第一区除县城及三关外有 71 村；第二区村数最少，计 63 村。

以户口之多寡论，首推第四区，计家数 15961，人口约 9.26 万人。其次为第三区，计家数 15622，约 9.06 万人。再次为第六区，计家数 13018，约 7.55 万人。第二区有 7854 家，约 4.56 万人。第五区有 7520 家，约 4.36 万人。第一区内农村家数计 6230，约 3.63 万人；若与城关户口合计，则有住户 8399 家，铺户 662，约计 5.18 万人。

第四区多大村，平均每村有 219 家，最大之村达 1200 家。第三区次之，平均每村 188 家。再次为第六区，平均每村 145 家。第二区平均每村 125 家。第五区平均每村 103 家。第一区内村庄家数最少，平均每村仅 88 家，因距城较近之故。全县 453 村合计，平均每村 145 家，最大之村计 1200 家，而最小之村仅 6 家。村的大小差别颇多。各区内平均每村家数及最大与最小村之家数见第 17 表。

第 17 表　定县各区内平均每村家数及最大与最小村之家数

民国十九年

区别	家数		
	平均每村	最大村	最小村
第一区	87.75	282	14
第二区	124.67	407	17
第三区	188.22	465	18
第四区	218.64	1200	25

续表

区别	家数		
	平均每村	最大村	最小村
第五区	103.01	410	6
第六区	144.64	850	12
全县	146.15	1200	6

全县不满100家之小村计208，占一切村数的46%。100—199家之村数计131，占一切村数的29%。200—299家之村数计71，占16%。300—399家之村数计26，占6%。400家及以上之大村计17个，占3%。由此看来，定县百家左右之小村最多，二三百家之中等村次之，大村较少。关于各区村庄家数分配之详情及其百分比见第18表。

第18表　定县453村家数之分配

民国十九年

村内家数	村数							
	第一区	第二区	第三区	第四区	第五区	第六区	共计	百分比
50家以下	26	10	10	6	18	20	90	19.9
50—99	21	21	18	9	23	26	118	26.1
100—149	11	13	3	17	16	11	71	15.7
150—199	9	6	16	11	10	8	60	13.3
200—249	2	8	10	4	3	8	35	7.7
250—299	2	2	11	13	1	7	36	8.0
300—349	……	2	6	3	1	4	16	3.5
350—399	……	……	4	3	……	3	10	2.2
400—449	……	1	3	……	1	1	6	1.3
450—499	……	……	2	1	……	1	4	0.9
500—549	……	……	……	2	……	……	2	0.4
550—599	……	……	……	1	……	……	1	0.2
600—649	……	……	……	2	……	……	2	0.4
850	……	……	……	……	……	1	1	0.2
1200	……	……	……	1	……	……	1	0.2
总合	71	63	83	73	73	90	453	100.0

第二节　人口年龄与性别之分配

关于人口的调查，曾举行两次。第一次是在民国十七年在东亭乡村社会区内62村调查了515家。举行调查之前大略估计本区小农、中农与大农等农户的数目及其百分比。然后按各种农户所占的百分比在62村内分配调查的农户数目。如此希望大致可以代表本区的情形，使避免偏重的弊病。兹把515家除无田产之38家外，477家的自有田地亩数（第19表）及其耕种田地亩数（第20表）列表于下，即可大致知道是属何种家庭。515家的自有田地共计14537亩，平均每家28亩；种地的亩数共计14194亩，平均每家29亩。自从有了较详细的田地调查以后，就知道这些家庭的经济状况较一般的家庭略高。

第19表　515家每家自有田地亩数

民国十八年

自有田地亩数	家数	百分比
10亩以下	136	28.51
10—29.9	167	35.01
30—49.9	76	15.93
50—69.9	43	9.01
70—99.9	37	7.76
100亩及以上	18	3.77
总合	477	100.00

第20表　三种农户数目及其耕种田地亩数

民国十八年

农户类别	数目	百分比	种田亩数总计	种田亩数百分比	平均每家种田亩数
自耕农	350	70.99	11477.5	80.86	32.8
半自耕农	118	23.94	2537.5	17.88	21.5
佃　户	25	5.07	179.0	1.26	7.2
总　合	493	100.00	14194.0	100.00	28.8

如此少的家庭，本可不必把年龄及性别往细处分析，但亦多少有参考的价值。下面第21表是按5年组男女之分配及其百分比。表中年龄均系真实年龄，非中国普通虚岁数之年龄。第22表特别显明男子对100女子之比率。壮年男子多于壮年女子，而老年妇女多于老年男子。

第21表　515家年龄之分配及其百分比

民国十八年

年龄组	人数			
	男	女	共	百分比
5岁以下	249	294	543	15.21
5—9	188	169	357	10.00
10—14	203	161	364	10.19
15—19	202	149	351	9.83
20—24	160	129	289	8.09
25—29	120	130	250	7.00
30—34	129	103	232	6.50
35—39	125	109	234	6.55
40—44	110	108	218	6.11
45—49	105	104	209	5.85
50—54	59	67	126	3.53
55—59	60	61	121	3.39
60—64	50	48	98	2.74

续表

年龄组	人　　数			
	男	女	共	百分比
65—69	34	51	85	2.38
70—74	21	27	48	1.34
75—79	16	14	30	0.84
80—84	4	11	15	0.42
85及以上	……	1	1	0.03
总　合	1835	1736	3571	100.00

第22表　515家人口年龄与性别之分配及性比例

民国十八年

年龄组	男女数	百分比	男数	女数	男子对100女子之比率
5岁以下	543	15.21	249	294	84.7
5—14	721	20.19	391	330	118.5
15—24	640	17.92	362	278	130.2
25—34	482	13.50	249	233	106.9
35—44	452	12.66	235	217	108.3
45—54	335	9.38	164	171	95.9
55—64	219	6.13	110	109	100.9
65—74	133	3.72	55	78	70.5
75—84	45	1.26	20	25	80.0
85及以上	1	0.03	……	1	0
综　合	3571	100.00	1835	1736	105.7

民国十九年定县实验区的工作打算在中一区积极进行，于是首先举行详细的人口调查。这次调查可以说在可能的范围内尽到了人力。预先作种种准备，设法免除一切障碍，以求精确。虽然调查了71村，共计6230家，但因为其中有6村的调查情形不十分顺利，详细分析时就未用这6村的家数，以免万一影响真相。只将可靠的65村的人口作较细的统计研究。

我们在这里也可以附带的略说一些调查人口的困难。近几年来县内征收杂捐时多半按各区各村户口之数目摊派。因此各村大半少报户口，以期减少税捐。人民对于调查有种种怀疑，怕与县政府地亩捐、房屋捐、人头捐、征兵拉夫、索要车马等事发生关系。他们有时以为调查是慈善机关要举行放赈，或给他们种种利益。因此在调查以前先招集各村村长及办事人，向他们详细解释调查的用意，解除他们的误会与怀疑。以后再分头拜访村中领袖，联络感情。在各村实行填写调查表以前，又在各村相当地点举行类似娱乐会性质之村民大会，与村中村长顺便向村民说明调查的办法和用处。最后在实地调查时，约请村中数人为乡导到各家填表。

填写表格时亦有种种宜防备之错误。调查富户时较贫户稍难，因为他们避富，故意少报。青年妇女往往不报或错报年龄。关于家内老年人往往以为将死之人无关紧要。中年壮丁怕与征兵拉夫有关，亦有时不欲报告。男孩看为宝贵，怕人知道生辰日期，摆镇物陷害；女孩无足轻重，亦易忽略过去；一二岁之婴儿尤易遗漏。夫妇年龄差别太多时，亦往往不说实话，使年龄相差不多。已婚之幼年男子有时瞒尚未娶，而未出嫁之成人女子又以为羞耻，故意遗漏。

以上种种困难，须于招集大会时或调查时设法免除。每调查一家时最好先问其家中人口总数及亲属关系，如此不能遗漏人口。然后再询问各人之年龄职业等项。不然，若遇较大之家庭，他们觉得答复很费工夫，就不免少报人口而图避免麻烦。

调查表格内文字亦力求避免误会或不痛快，例如标题不用“户口调查表”而用“拜访乡村人家谈话表”，不用“调查员姓名”。而用“拜访者姓名”，表之两旁写“若要知道用什么好方法为农民谋幸福，必须清清楚楚明白他们家里的状况”。这些地方都是极力谋得村民的好感，免除一切怀疑。

此次调查的结果非常满意。兹先把 5255 家按五年组男女年龄之分配及性比例列表于下 (第 23 表)。表中现象大致能代表华北农村人口情形。

男女之性比例为106，即106男子当100女子，男较女多6人。这与实际情形一定所差无几。5岁以下的儿童是104男当100女子。及至儿童渐渐长大时，女子死亡数多于男子。这大约是因为一般家庭爱护男孩胜于女孩的缘故。因此5—9岁儿童的性比例为109.5。10—14岁的性比例为111.3。青年女子尤少于青年男子。15–45岁间五年组的性比例均在110左右，有高至113.3者。出嫁后妇女的怀孕生产及受气均与他们死亡数目的增加有关系。45岁后性比例稍减，女子死亡数渐少，男子则渐增。大约是因女子已停止生产，而男子大半劳累年长易病。因此45—65岁的性比例均在100左右，男女数目平均。过了65岁以后，有女子渐多于男子的趋势，性比例由90减到46。如此看来女子寿命大致高于男子。

第23表　5255家按五年组男女年龄之分配及性比例

民国十九年

年龄组	男女共计		男女分计		男子对100女子之比率
	人数	百分比	男	女	
0—4	3802	12.41	1942	1860	104.4
5—9	3320	10.83	1735	1585	109.5
10—14	3018	9.85	1590	1428	111.3
15—19	2613	8.53	1388	1225	113.3
20—24	2574	8.40	1360	1214	112.0
25—29	2260	7.38	1186	1074	110.4
30—34	2089	6.81	1096	993	110.4
35—39	2024	6.61	1049	975	107.6
40—44	1963	6.41	1033	930	111.1
45—49	1846	6.02	931	915	101.7
50—54	1348	4.40	684	664	103.0
55—59	1194	3.90	593	601	98.7
60—64	920	3.00	460	460	100.0
65—69	763	2.49	362	401	90.3
70—74	514	1.68	226	288	78.4
75—79	259	0.84	103	156	66.0

续表

年龄组	男女共计		男女分计		男子对100女子之比率
	人数	百分比	男	女	
08—84	107	0.35	34	73	46.6
85—89	25	0.08	8	17	47.1
90—94	3	0.01	……	3	……
总合	30642	100.00	15780	14862	106.2

关于五年组的人数及其百分比，表中一目了然，无须重重说明。从各组的人数看来，自不满5岁起至94岁止，均整齐一律的逐渐减少。如此可知定县在近数十年内人口颇为稳定，没有重要的变动。又因本县是属农业社会，移入移出的人口亦甚少。男女的人数比较亦相差无几。

第24表特别表明小于指定年龄人数及其所占一切人数之百分比。表中(3)行为指定之各年龄，(4)行为小于指定年龄之人数。例如不满1岁之儿童计975人，占一切人口的3.18%；不满5岁共计3802人，为(2)行975加2827之和，占一切人口的12.41%；不满10岁者计6122人，为975加2827再加3320之和，占20.01%。余可类推。指定之年龄愈大，则自然人口数亦愈多。

第24表　5255家按年龄组人数之分配及小于指定年龄之人数

民国十九年

年龄组(1)	人数(2)	指定年龄(3)	小于指定年龄(3)之人	
			数目(4)	百分比(5)
不满1岁	975	1	975	3.18
1—4	2827	5	3802	12.41
5—9	3320	10	6122	20.21
10—14	3018	15	10140	33.09
15—19	2613	20	12753	41.42
20—24	2574	25	15327	50.02
25—29	2260	30	17587	57.34
30—34	2089	35	19676	64.21
35—44	3987	45	23663	77.22

续表

年龄组 (1)	人数 (2)	指定年龄 (3)	小于指定年龄(3)之人	
			数目 (4)	百分比 (5)
45—54	3194	55	26857	87.65
55—64	2114	65	28971	94.55
65—99	1671	100	30642	100.00
总　合	30642	……	……	……

瑞典人口在1890年的年龄分配比被认为是一种年龄分配的标准。把5255家按年龄组人数分配的百分比与瑞典的并列比较一下(见第25表)。定县不满1岁儿童的百分比较瑞典高，1—19岁的百分比稍低，20—39岁及40—59岁的百分比又较高，60岁及以上的百分比又减低。

第25表　5255家人口年龄分配与1890年瑞典人口之比较

民国十九年

年龄组	5255家		瑞典人数
	人数	百分比	百分比
0—1	975	3.18	2.55
1—19	11778	38.44	39.80
20—39	8947	29.20	26.96
40—59	6351	20.73	19.23
60及以上	2591	8.45	11.46
总　合	30642	100.00	100.00

从人口年龄的分配亦能大致看出一个地方人口增减的趋势。人口专家(Sundbarg)按年龄曾分配将世界上各地方人口分为三类：(1)增多类，就是一个地方的人口有增多的趋势；(2)稳定类，即一地方人口不增加亦不减少；(3)减少类，即一地方人口有渐渐减缩的倾向。若把5255家人口之百分比与上三类人口之百分比并列比较，则定县人口恰属稳定类，0-14岁之人口为人口总数的33%，15-49岁之人口为人口总数的50%，

50 岁及以上之人口为 17%(见第 26 表)。此种现象能否代表华北人口情形，尚待此后他处亦有同样调查的参考。目下尚在缺乏准确生亡统计的时候，很难对于中国人口的增减下一个结论。按照本会生亡调查已有的报告，在城关居住的 13556 人口中曾发现在民国二十年全年内出生数为 474 人，死亡数为 451 人；这样，出生率每千人中为 34.97，死亡率为 33.27。又在中一区的 47522 人口中在民国二十年七月至十二月半年内出生数为878 人，死亡数为 747 人。据调查人的观察在一年内下半年之出生人数较高于上半年出生人数。故以半年之生亡人数而推算全年之生亡率甚为不妥。此项生亡之调查工作正在试办中，很难确定准确之程度，但也可以作为一种参考。

第 26 表　5255 家人口与三类人口分配之比较

民国十九年

年龄组	人数之百分比			5255 家人口	
	增多类	稳定类	减少类	百分比	人数
0—14	40	33	20	33	10140
15—49	50	50	50	50	15369
50 及以上	10	17	30	17	5133
总　合	100	100	100	100	30642

第三节　家庭之大小与亲属关系

65 村内 5255 家，共计 30642 口，平均每家人口数为 5.8。这大约能代表华北家庭之平均大小。5255 家中有 194 家每家只有一口人，其中包括老年鳏夫或寡妇，彼等亲属皆已死绝，尚有产业可以独居生活。5255 家中以 4 口之家庭为最多，计 852 家；5 口之家次之，计 778 家；3 口之家次之；再次为 6 口之家，7 口之家，2 口之家，8 口之家。最大之家庭有 65 口。由此看来，中国虽属大家庭制度，而不满 6 口之家庭数目超过家庭总数之半，占 55%。不满 11 口之家庭占家庭总数的 91%。超过 10 口之家庭仅占 9%，超过 15 口之家庭数目极少。5255 家庭大小之分配详情见第27 表。

第 27 表　5255 家家庭之大小

民国十九年

全家人口数	家数	人口总数	全家人口数	家数	人口总数
1	194	194	20	11	220
2	402	804	21	7	147
3	675	2025	22	6	132
4	852	3408	23	8	184
5	778	3890	24	1	24
6	666	3996	25	2	50
7	534	3738	26	3	78
8	329	2632	27	3	81
9	214	1926	28	2	56
10	159	1590	30	1	30
11	130	1430	37	1	37
12	85	1020	39	1	39
13	63	819	43	1	43
14	43	602	65	1	65
15	26	390			
16	16	256			
17	16	272	总合	5525	30642
18	11	198			
19	14	266	平均每家	……	5.8

第 28 表不但表明在东亭社会区 62 村所调查 515 家家庭之大小，并特别显明小农与大农家庭之大小有何不同。按家中所有田地亩数将 515 家分为 3 类：有地 50 亩以下者，50—99 亩者，100 亩及以上者。不满 50 亩

之家庭内小家庭的数目比较其他二类为多。50—99亩之家庭内较大之家庭数目随之增多，100亩及以上之家庭内大家庭数又比较的多。不满50亩之417家庭平均每家人口数为5.96，50—99亩之80家庭平均每家人口数为10.64，100亩及以上之家庭平均每家人口数为12.94，总平均每家人口数为6.93。

第28表　按地亩组515家家庭之大小

民国十八年

每家人口数	家数				家数之百分比			
	0—50亩	50—99亩	100亩及以上	一切	0—50亩	50—99亩	100亩及以上	一切
2	21	1	…	22	5.0	1.3	……	4.3
3	54	…	…	54	13.0	……	……	10.5
4	65	2	…	67	15.6	2.5	……	13.0
5	65	2	1	68	15.6	2.5	5.6	13.2
6	66	6	1	73	15.8	7.5	5.6	14.2
7	38	6	1	45	9.1	7.5	5.6	8.7
8	51	7	2	60	12.2	8.7	11.1	11.7
9	18	10	1	29	4.3	12.5	5.6	5.6
10	13	9	1	23	3.1	11.2	5.6	4.5
11	9	9	…	18	2.2	11.2	……	3.5
12	6	8	…	14	1.4	10.0	……	2.7
13	3	5	1	9	0.7	6.2	5.6	1.7
14	2	…	3	5	0.5	……	16.6	1.0
15	2	7	…	9	0.5	8.7	……	1.7
16	2	1	2	5	0.5	1.3	11.1	1.0
17	1	1	1	3	0.2	1.3	5.6	0.6
18	…	1	2	3	……	1.3	11.1	0.6
19	1	2	…	3	0.2	2.5	……	0.6
20	…	1	2	3	……	1.3	11.1	0.6
21	…	1	…	1	……	1.3	……	0.2
22	…	1	…	1	……	1.3	……	0.2
总　合	417	80	18	515	100.0	100.0	100.0	100.0

兹把515家庭按地亩组分为6种列表（见第29表），家中人口多少与

家中地亩多少显然有直接的关系。地亩愈少之家庭，人口亦随之而愈少；地亩增多之家庭，人口亦随之而增多。亦可以说人口愈多之家庭，地亩亦随之而愈多。二者互为因果。由不满10亩家庭之平均人口4.73，增至100亩及以上家庭之平均人口 12.94。

第29表　515家六种家庭人口之平均数

民国十八年

地亩组	家数	人口总数	平均每家人口
0—9	174	823	4.73
10—29	167	1071	6.41
30—49	76	593	7.80
50—69	43	453	10.53
70—99	37	398	10.76
100及上	18	233	12.94
一切家庭	515	3571	6.93

农村的家庭组织是大家庭制度。欧美的小家庭制度尚没有影响中国的农村社会。已婚子仍与父母共同生活，结婚的弟兄亦少有分家者。因此家庭内的亲属关系颇为复杂，尤其是人口众多的家庭。兹将515家庭之各种亲属人数列表于下(第30表)：

第30表　515家庭之亲属关系

民国十八年

亲属关系	人数				人数百分比			
	0—50亩之家庭内	50—99亩之家庭内	100亩及以上之家庭内	共计	0—50亩之家庭内	50—99亩之家庭内	100亩及以上之家内	共计
男家主	411	80	18	509	16.53	9.40	7.72	14.25
女家主	6	…	…	6	0.24	……	……	0.17
妻	348	70	18	436	13.99	8.23	7.72	12.21
子	588	158	44	790	23.64	18.57	18.88	22.12
女	351	59	10	420	14.11	6.93	4.29	11.76
其他	783	484	143	1410	31.49	56.87	61.39	39.49
子媳	141	116	28	285	5.67	13.63	12.02	7.98

续表

亲属关系	人数				人数百分比			
	0—50亩之家庭内	50－99亩之家庭内	100亩及以上之家庭内	共计	0—50亩之家庭内	50—99亩之家庭内	100亩及以上之家内	共计
孙	119	93	31	243	4.79	10.93	13.30	6.80
孙女	96	93	23	212	3.86	10.93	9.87	5.94
母	108	24	5	137	4.34	2.82	2.15	3.84
弟	73	22	11	106	2.94	2.59	4.72	2.97
侄	42	34	9	85	1.69	4.00	3.86	2.38
弟妻	31	21	11	63	1.25	2.47	4.72	1.76
侄女	33	19	4	56	1.33	2.23	1.72	1.57
父	32	8	2	42	1.29	0.94	0.86	1.17
孙媳	14	10	6	30	0.56	1.17	2.58	0.84
兄	17	6	…	23	0.69	0.71	……	0.64
妹	16	2	2	20	0.64	0.23	0.86	0.56
侄媳	4	12	2	18	0.16	1.41	0.86	0.50
嫂	6	7	…	13	0.24	0.82	……	0.36
曾孙	6	4	1	11	0.24	0.47	0.43	0.31
曾孙女	3	5	2	10	0.12	0.59	0.86	0.28
妾	5	2	1	8	0.20	0.23	0.43	0.22
侄孙	1	2	3	6	0.04	0.23	1.29	0.17
祖母	3	……	2	5	0.12	……	0.86	0.14
叔父	5	……	…	5	0.20	……	……	0.14
堂弟	4	…	…	4	0.16	……	……	0.11
继子	4	…	…	4	0.16	……	……	0.11
姊	3	…	…	3	0.12	……	……	0.08
叔母	3	…	…	3	0.12	……	……	0.08
伯母	2	…	…	2	0.08	……	……	0.06
祖父	2	…	…	2	0.08	……	……	0.06
堂妹	2	…	…	2	0.08	……	……	0.06
继母	2	…	…	2	0.08	……	……	0.06
侄孙媳	…	2	…	2	……	0.23	……	0.06
义子	2	…	…	2	0.08	……	……	0.06
侄孙女	1	…	…	1	0.04	……	……	0.03
堂孙	…	1	…	1	……	0.12	……	0.03
继祖母	…	1	…	1	……	0.12	……	0.03
婿	1	…	…	1	0.4	……	……	0.03
堂弟妻	1	…	…	1	0.4	……	……	0.03
义孙	1	…	…	1	0.04	……	……	0.03
总合	2487	851	233	3571	100.00	100.00	100.00	100.00

此处家庭系包括一切共同生活之人口而言。凡与本家有密切之经济关系者虽未在家居住，亦算本家之人，例如在外谋生者或入学之学生。凡已脱离经济关系者，虽在同院居住之弟兄，亦不算为一家。凡偶尔因贫资助或来往送礼等事不算有共同生活之经济关系。若某人谋生在外，因特别缘故未能常常往家寄钱，而非其本愿，仍算本家之人。若某人谋生在外，而又娶妻生子，另成家庭，虽于年节寄钱孝顺父母，而父母已无支配其子经济之权，则父子不能算为一家。表中家主系指家中最主要的男子，而不一定是最年长的男子。家主在家中实际上担负最大的责任，收入大致也比别人多。例如家中弟兄数人共同生活，大哥年富力强，主持家务，他当然是家主。又如某家有老者年近七十，其子年龄四十上下，生有子女。若实际上此四十岁之壮丁多担负家中事务，而非老者，即以此壮丁为家主。表中女家主皆为寡妇，是因为有的家庭内只有一寡妇与其不满 14 岁之子女生活，并无其他年长亲人，即以此寡妇为女家主。若子已满 14 岁即以子为家主（本地满 14 岁之男子即能工作如大人，挣钱养家）。表中其他一切亲属称谓系指家中人与家主之亲属关系，例如家主之妻，子，女，父，母等。有女家主之家，其亲属关系是指与女家主的已死之夫的亲属关系。

515 家内有 509 个男家主，6 个女家主。家主，妻，子，女之总数为 2161 人，占家庭人口总数 3571 的 60.5%。其中最多者为子，占人口总数的 22%。其他各种亲属关系之总数为 1410，占人口总数的 39.5%。其中以子媳为最多，计 285 人，占人口总数的 7.98%，孙之数目次之，孙女又次之，再次为母、弟、侄、弟妻、侄女、父等。与家主之亲属关系共计 39 种。第 30 表内不但有各种亲属之总数及其百分比，且按地亩组分为三种家庭，详列各种家庭内之亲属人数，读者可以比较。

按 5 年组家主之年龄以 45—46 岁者为最多，40—44 岁者次之，35—39 岁者又次之。女家主在 30 与 54 岁之间。515 家主年龄之分配见第 31 表：

第31表　515家男女家主年龄之分配

民国十八年

年龄组	家主数目			百分比
	男	女	共	
15岁以下	3	…	3	0.58
15—19	10	…	10	1.94
20—24	15	…	15	2.91
25—29	24	…	24	4.66
30—34	49	1	50	9.71
35—39	63	1	64	12.43
40—44	75	2	77	14.95
45—49	84	1	85	16.50
50—54	48	1	49	9.51
55—59	48	…	48	9.32
60—64	38	…	38	7.38
65—69	30	…	30	5.83
70—74	14	…	14	2.72
75—79	6	…	6	1.17
80及以上	2	…	2	0.39
总　合	509	6	515	100.00

515家内只有一辈人之家庭计13家，有两辈人之家庭计252家，有三辈人之家庭计207家，有四辈人之家庭计42家，有五辈人之家庭只1家。

515家中兄弟皆已结婚而同居者计135家。在135家中有25个家庭彼等之父母或任何长辈人皆已故去。子已结婚而与父母同居的计242 家(即两辈人皆已结婚而共同生活)。子已结婚而仍与父母及祖父母同居的计64家(即三辈人皆已结婚而同居)。子已结婚而仍与父母，祖父母及曾祖父母同居的计4家(即四辈人皆已结婚而同居)。

人们常想中国的旧式家庭既然为大家庭制度，其每家之平均人数必然远超过西方小家庭制度之平均人数。实际并不如此。西方的农村家庭之平均人数多在4.5与5口之间。定县的平均家庭人数为5.8较西方家庭仅多一口上下。中国农村社会中大多数的家庭不满5口，而且有不少1口之家。这多半由于死亡率甚高，尤其是儿童的死亡。中国人种实在有衰弱的现象。

515家内除亲属外有71个雇佣工人，7个寄居者。

第四节　婚姻状况

东亭乡村社会区所调查的515家中，已婚者1957人，占人口总数3571的55%，未婚者1614人，占45%。已婚之1957人中，943为男子，1014为女子，其中有鳏夫80人，寡妇143人。结婚一次者计1835人，其中有男子842，女子993。结婚一次以上者计122人，其中有男子101，女子21，内有鳏夫8人，寡妇1人。已婚男子内死妻1次者149人，死妻两次者13人，死妻3次者2人；女中死夫1次者159人，死夫两次者2人；曾失偶之男女共计325人。兹将515家内已婚者之娶嫁次数列表如下(第32表)。

第32表　515家内已婚者之娶嫁次数

民国十八年

结婚次数	人数			
	娶	嫁	男女共	百分比
1	842	993	1835	93.7
2	89	21	110	5.6
3	11	…	11	0.6
4	1	…	1	…
总合	943	1014	1957	100.0

已婚的人口中有766双夫妇的初次结婚年龄有详细的统计，见下第33表。男子最低之结婚年龄为7岁，女子最低之结婚年龄为12岁。男子

在10—14 岁结婚者占 766 男子总数的 40%，15—19 岁结婚者占 35.6%，20—24 岁结婚者占 11.5 %，男子结婚之最高年龄为 51 岁。女子在 10—14 岁结婚者占女子总数的 7.7%，在 15—19 岁结婚者占 68.9%，在 20—24 岁结婚者占 21.8%，最高之结婚年龄为 38。早婚之陋习显而易见，尤其是男子。表内亦将家庭分为三组，分别统计以便比较。

第 33 表 515 家内 766 双夫妻初次结婚时之年龄

民国十八年

结婚年龄组	人数									
	0—50 亩之家庭内		50—99 亩之家庭内		100 亩及以上之家庭内		一切家庭内		百分比	
	娶	嫁	娶	嫁	娶	嫁	娶	嫁	娶	嫁
10 岁以下	4	…	3	…	3	…	10	…	1.31	…
10—14	160	42	104	10	43	7	307	59	40.08	7.70
15—19	176	321	88	162	9	45	273	528	35.64	68.93
20—24	72	116	15	46	1	5	88	167	11.49	21.80
25—29	31	9	5	1	1	…	37	10	4.83	1.31
30—34	24	1	1	…	…	…	25	1	3.26	0.13
35—39	16	1	…	…	…	…	16	1	2.09	0.13
40—44	5	…	2	…	…	…	7	…	0.91	…
45—49	1	…	1	…	…	…	2	…	0.26	…
50—54	1	…	…	…	…	…	1	…	0.13	…
总合	490	490	219	219	57	57	766	766	100.00	100.00

男子结婚年龄既然大半低于女子，如此大多数的丈夫亦较幼于妻子。在766 双夫妻中，有 533 双匹偶是夫幼于妻，占总数 766 的 69.6%，有 189 双匹偶是夫长于妻，占 24.6%，有 44 双匹偶是年龄相同，占 5.7%。夫幼于妻的 535 双匹偶夫幼于妻的平均年龄为 3.8，夫长于妻的 189 双匹偶夫长于妻的平均年龄为 7.98，766 双夫妻的总平均年龄是夫幼于妻 0.7 年即 8 个月。妻大于夫的最普通年龄为两三岁，大 4—8 岁之间者亦颇常见，最高者为 11 岁。夫大于妻的年龄则很有差别，有高至 28 岁者。贫

苦的农家大半夫长于妻，因为没有早娶妻的经济能力。富裕的农家多半妻大于夫，因为子弟们有钱早娶。兹将夫妻年龄的差数列表于下（第34表）

第34表　515家内结婚一次的766双夫妻年龄之差数

民国十八年

夫妻年龄差数	匹偶数		
	夫长于妻	夫幼于妻	同龄
0	…	…	44
1	15	40	
2	20	110	
3	9	118	
4	15	94	
5	25	70	
6	17	44	
7	8	26	
8	16	21	
9	5	7	
10	12	2	
11	3	1	
12	7		
13	4		
14	5		
15	3		
16	1		
17	3		
18	3		
19	3		
20	6		
21	4		
22	…		
23	1		
24	2		
25	1		
26	…		
27	…		
28	1		
总合	189	533	44

婚一次以上的97对夫妇之年龄差数则与初次结婚之夫妇大有不同，其中的70%是夫长于妻，21%是妻长于夫，9%是年龄相等。夫长于妻的总平均数为8岁。夫长于妻之年龄有高至46岁者，妻长于夫的年龄最高不过5岁。这是因为男子死妻后多半再娶，并且能娶少女；而女子死夫后少有再嫁者，并且是嫁给颇年长之男子。(详情见第35表)

第35表　结婚一次以上97双夫妻年龄之差数

民国十八年

	年数	匹偶数目	百分比		年数	匹偶数目	百分比
夫长于妻	46	1			10	3	
	35	1	4.1		9	5	10.3
	32	1			8	2	
	28	1					
					7	4	
	26	1			6	5	12.4
	24	1	3.1		5	3	
	22	1					
					4	6	
	20	2			3	4	13.4
	19	3	6.2		2	3	
	18	1					
				夫妻相等	…	9	9.3
	16	4					
	15	2	8.2	夫幼于妻	1	4	
	14	2			2	7	17.5
					3	6	
	13	2			5	3	3.1
	12	7	12.4				
	11	3		总合	…	97	100.0

515家中结婚一次的80鳏夫死妻时之年龄，与143寡妇死夫时之年龄见第36表。

第36表　80鳏夫与143寡妇鳏寡时之年龄

民国十八年

鳏寡时年龄组	人数							
	0—50亩之家庭内		50—99亩之家庭内		100亩及以上之家庭内		共计	
	鳏	寡	鳏	寡	鳏	寡	鳏	寡
15岁以下	…	…	…	…	1	…	1	…
15—19	3	…	…	…	…	…	3	…
20—24	3	2	2	1	…	1	5	4
25—29	5	4	…	1	…	1	5	6
30—34	5	14	1	3	…	…	6	17
35—39	7	14	1	2	…	…	8	16
40—44	5	14	…	2	…	2	5	18
45—49	10	13	…	2	…	2	10	17
50—54	6	19	2	5	…	…	8	24
55—59	8	12	2	5	…	1	10	18
60—64	7	9	1	3	…	1	8	13
65—69	4	7	3	1	…	…	7	8
70—74	1	2	…	…	…	…	1	2
75—79	1	…	1	…	…	…	2	…
80及以上	1	…	…	…	…	…	1	…
总　合	66	110	13	25	1	8	80	143

在515家内曾发现15个男子已经订婚。他们的年龄在9—11岁者4人，12—14岁者7人，15—17岁者2人，18岁及以上者2人。订婚之女子18个，其中13岁者1个，15—17岁者13个，18—21岁者4个。

515家内共有妾8个，其中在15岁时出嫁者1个，16岁时出嫁者2个，17岁时2个，18岁时2个，24岁1个。据说娶妾主要原因是为求子。

515家内发现两件离婚案子。一件是因为女家觉得是受媒人蒙蔽，看男家穷苦，遂令女儿离婚。一件是因为男家看儿媳轻浮，不受家教，致婆媳与夫妻间时相口角，感情日渐恶劣，遂实行离婚。

第五节　职业

据民国十九年的调查，全县共有大小472村。其中有19个村庄没有本村的村长，乃是附属于其他村庄之内。因此往往按普通习惯是分开的两个村，但按村单位说，两个村算是一个村，因为两村共有一个村长，县政府派差摊款时均照一村办理。如此以一村长所管理之地域为标准，则定县共有453村。定县既为农村社会，其人民之职业自然是以农业为主，约占85%左右。农业以外则有工商业等。民国十九年会调查453村各村种地外男女人民的主要及次要职业。换句话说就是要大略知道农民种地以外还作些什么事情，无论是他们的正业或副业。下列第37表指出各村种地外男子的主要职业，并且分区统计，以便比较。种地外，男子主要职业以织布为最多，以第六区为最盛，计51村；第三区次之，计32村；第五区又次之，再次的第一区，第二区，全县内共计102村。有54村男子种地外以卖木料为主要职业。以小贩为主要职业者有22村，打苇箔者1 2村，锯工12村，做粉条11村，普通木匠10村，编柳罐10村。此外各种职业及其村数看表即知。县内有361村种地外男子均有显著的其他职业。其他92小村并无特殊的其他职业。

第37表 定县各村种地外男人主要职业

民国十九年

主要职业	村数						
	第一区	第二区	第三区	第四区	第五区	第六区	共计
织布	5	2	32	…	12	51	102
卖木料	19	4	16	10	4	1	54
小贩	1	12	5	2	1	1	22
打苇箔	1	2	…	2	…	7	12
锯工	…	…	1	10	1	…	12

续表

主要职业	村数						
	第一区	第二区	第三区	第四区	第五区	第六区	共　计
做粉	2	…	2	…	6	1	11
木匠	…	2	2	2	4	…	10
编柳罐	3	3	1	…	3	…	10
商	1	5	2	…	…	1	9
织带子	…	…	…	…	1	6	7
卖菜	6	…	…	1	…	…	7
织蒲盖	2	…	1	4	…	…	7
短工	1	5	…	…	…	…	6
拾粪	…	4	…	…	1	1	6
泥工	1	…	1	1	3	…	6
纺纱	…	…	…	…	…	5	5
拉脚	3	…	1	1	…	…	5
榨油	1	1	…	…	3	…	5
养蜂	…	…	…	5	…	…	5
轧花	1	…	1	1	…	1	4
织席	…	…	…	1	…	3	4
贩猪毛	…	…	…	4	…	…	4
编筐子	…	…	…	…	3	…	3
赶脚	2	…	…	…	…	…	2
做挂面	1	1	…	…	…	…	2
贩粮	1	…	…	1	…	…	2
造车	…	1	…	…	1	…	2
烧砖	…	1	1	…	…	…	2
贩棉	…	…	1	…	…	1	2
碹工	…	…	2	…	…	…	2
刮柳子	…	…	2	…	…	…	2
编篓子	…	…	1	1	…	…	2
做爆竹	…	…	2	…	…	…	2
打绳	…	…	1	…	…	1	2
教员	…	…	…	…	…	1	1
锯碗	…	…	…	1	…	…	1
贩葱	…	…	…	1	…	…	1
铁匠	…	…	…	1	…	…	1

续表

主要职业	村数						
	第一区	第二区	第三区	第四区	第五区	第六区	共计
卖盆	…	…	…	1	…	…	1
做板凳	…	…	…	…	1	…	1
打葛褙	…	…	…	…	…	1	1
编筛子	…	…	…	…	1	…	1
编铁笊篱	1	…	…	…	…	…	1
做杈子	1	…	…	…	…	…	1
做香	1	…	…	…	…	…	1
织毯	1	…	…	…	…	…	1
贩榆皮	1	…	…	…	…	…	1
赶车	1	…	…	…	…	…	1
培山药秧	1	…	…	…	…	…	1
脚行	1	…	…	…	…	…	1
做工	…	1	…	…	…	…	
制箈箒	…	1	…	…	…	…	1
开店	…	1	…	…	…	…	1
开染房	…	1	…	…	…	…	1
吹鼓手	…	…	1	…	…	…	1
厨役	…	…	…	1	…	…	1
经纪	…	…	…	…	1	…	1
总合	59	47	76	51	46	82	361
无特别主要职业者	12	16	7	22	27	8	92

上表是男子种地外村内最多的其他主要职业。下列第 38 表是种地外各村男子其他次要的职业。其中以卖木料的村数为最多，计 29 村；纺纱次之，计 26 村；再次为小贩、织布、轧棉花、木匠、拾粪等项。有268村村中除种地外未有显著的其他次要职业。有 185 村有其他次要职业。

第38表　定县各村种地外男人次要职业

民国十九年

次要职业	村数						
	第一区	第二区	第三区	第四区	第五区	第六区	共计
卖木料	3	4	17	1	2	2	29
纺纱	…	…	1	…	…	25	26
小贩	1	7	4	…	1	1	14
织布	1	…	7	…	…	2	10
轧花	…	…	7	…	…	3	10
木匠	1	1	1	4	2	…	9
拾粪	3	3	…	…	…	1	7
短工	1	5	…	…	…	1	7
榨油	1	…	1	…	1	1	4
养蜂	…	…	…	3	1	…	4
做挂面	…	…	1	1	1	…	3
编筐篮	…	…	…	…	3	…	3
牙行	…	1	…	…	…	2	3
商	…	1	1	…	…	1	3
铁匠	1	1	…	…	…	…	2
卖菜	2	…	…	…	…	…	2
凿井	1	1	…	…	…	…	2
卖豆腐	2	…	…	…	…	…	2
拉脚	1	…	1	…	…	…	2
编簸箕	…	…	…	…	2	…	2
打苇箔	…	…	…	…	…	2	2
养兔	…	…	…	2	…	…	2
造车	…	…	…	…	…	2	2
卖布	…	…	…	…	…	2	2
织口袋	…	…	…	…	…	2	2
锯工	…	…	1	1	…	…	2
泥匠	…	…	1	…	1	…	2
抄纸	1	…	…	…	1	…	2
做镞铲	1	…	…	…	…	…	1
赶脚	1	…	…	…	…	…	1
卖花生	1	…	…	…	…	…	1
打坯	1	…	…	…	…	…	1

续表

次要职业	村数						
	第一区	第二区	第三区	第四区	第五区	第六区	共计
屠宰	…	1	…	…	…	…	1
做粉	1	…	…	…	…	…	1
攒笤	…	…	…	…	…	1	1
做椅子	…	…	…	…	1	…	1
卖凉粉	…	…	…	…	…	1	1
贩猪毛	…	…	…	1	…	…	1
编笊篱	…	…	…	…	1	…	1
作工	…	1	…	…	…	…	1
造水车	…	1	…	…	…	…	1
编锅盖	…	…	1	…	…	…	1
做爆竹	…	…	…	…	…	1	1
剃头	…	…	1	…	…	…	
卖纸花	…	…	1	…	…	…	1
卖菜籽	…	…	1	…	…	…	1
开皮条铺	…	…	1	…	…	…	1
拾柴	…	…	1	…	…	…	1
经纪	…	…	…	1	…	…	1
卖鸡子	…	…	…	…	…	1	1
打柳子	1	…	…	…	…	…	1
卖榆皮面	1	…	…	…	…	…	1
卖香	1	…	…	…	…	…	1
总合	27	27	52	12	16	51	185
无特别次要职业	44	36	31	61	57	39	268

定县女子除室内家事外多半在田间与男子一同工作。除家事及田间工作的主要工作外，其次要工作有多种手工业。他们的主要副业为纺纱，计258村（见下列第39表）；织布次之，计116村；纺纱兼织布计30村。此外有拣猪毛、织席、织带等项。有30村村内无特别副业。

第39表　定县各村女人田间工作外主要副业

民国十九年

女人主要副业	村数						
	第一区	第二区	第三区	第四区	第五区	第六区	共计
纺纱	42	43	62	24	24	63	258
织布	4	13	4	44	31	20	116
纺纱兼织布	13	3	12	…	…	2	30
拣猪毛	…	…	…	4	1	…	5
织席…	…	…	…	…	…	3	3
织带	…	…	…	…	…	2	2
刮柳子	…	…	2	…	…	…	2
缝补	…	2	…	…	……	…	2
编柳罐	2	…	…	…	…	…	2
编锅盖	1	…	…	…	…	…	1
纺羊毛	1	…	…	…	…	…	1
编篓子	…	…	1	…	…	…	1
总　合	63	61	81	72	56	90	423
无特别副业	8	2	2	1	17	…	30

下列第40表为各村妇女其他次要副业。纺纱最多，计125村；织布次之，计23村。此外有织带、织口袋、拣羊毛、做挂面等项。以上系全县男女从事各种主要职业的大概。

第40表　定县各村女人田间工作外次要副业

民国十九年

女人次要副业	村数						
	第一区	第二区	第三区	第四区	第五区	第六区	共计
纺纱	4	14	6	44	31	26	125
织布	5	41	5	23	1	48	123
织带	…	…	…	…	…	3	3
织口袋	1	…	…	…	…	1	2
拣羊毛	1	…	…	…	…	…	1

续表

女人次要副业	村数						
	第一区	第二区	第三区	第四区	第五区	第六区	共计
做挂面	1	…	…	…	…	…	1
打绳	1	…	…	…	…	…	1
做袜	…	…	1	…	…	…	1
纺织	…	…	…	1	…	…	1
打葛褙	…	…	…	…	…	1	1
教育界	…	…	…	…	…	1	1
放牛打草	…	1	…	…	…	…	1
总合	13	56	12	68	32	80	261
无特别次要副业	58	7	71	5	41	10	192

民国十八年调查东亭乡村社会区内 515 家庭时，曾问及他们的职业。下列第 41 表指明 13 岁及以上 1282 男子正业及副业之分配。为农者最众，计 1057 人，占总人数的 82. 4 %，其中种自已地或租种之农夫 993 人，为农家雇用为农工者 59 人。993 农夫内有副业者计 365 人，其中织布者109 人，兼为农工者 54 人，独立或合伙开木料厂者 39 人，轧棉花去籽者25 人，木匠 13 人。此外有做挂面，制柳罐，为经纪，开杂货店等项。为农工之 59 人内有 4 人自已家中有地少许兼为农夫，3 人有时织布。此外兼为地保、瓦匠、打土坯等工作。

1282 人中有手艺技能之精巧工人计 24 人，占 1.9%，其中有副业者 4 人。粗工 13 人，占 1%。从事商业者 41 人，占 3.2%，其中为各种铺店主人者 17 人。在学界者 67 人，占 5.2%。在军界者 15 人，占 1.2%。在政界者 7 人，警界 4 人，医药 3 人。其他共计 51 人，其中有在家赋闲不工作者 43 人，多为老弱残病者。

第41表　515家13岁及以上之男子现在职业之分配

民国十八年

正　　业	正业人数	副　　业	副业人数
农：	1057(82.4%)		
农夫	993	织布	109
		农工	54
		木厂	39
		轧花	25
		木匠	13
		做挂面	8
		制柳罐	8
		经纪	7
		杂货店	6
		卖豆腐	6
		做豆腐	6
		地保	5
		医生	5
		纺纱	5
		小贩	4
		卖馒头	4
		蒸馒头	3
		教员	3
		买杂货	3
		斗行	2
		卖纸花	2
		卖酒	2
		药铺	2
		做香	2
		瓦匠	2
		凿井	2
		贩柳条	2
		公直	2
		学董	2
		做干粉	2

续表

正　业	正业人数	副　业	副业人数
		木厂伙计	2
		卖烧饼	2
		卖油	2
		开店	1
		贩米	1
		贩木料	1
		厨役	1
		染布	1
		油房	1
		做油	1
		卖洋油	1
		打更	1
		兽医	1
		剃头	1
		造大车	1
		拉脚	1
		打坯	1
		吹鼓手	1
		喂羊	1
		农林警察	1
		卖煎饼	1
		卖菜	1
		卖面条	1
		卖油条	1
		卖鲜果	1
		做柳器	1
		卖糖	1
农工	59	农夫	4
		织布	3
		地保	1
		瓦匠	1
		打坯	1
		打更	1
		卖糖	1

续表

正　业	正业人数	副　业	副业人数
垦地	4		
种菜	1		
精工：	24(1.9%)		
织布	7		
铁工师	1		
铁路包工	1		
木匠	3	农夫	2
瓦匠	3	卖零食	1
兵工厂工人	1	农工	1
棚匠	1		
造酒	1		
制水车	1		
厨役	5		
粗工：	13(1.0%)		
编扒子	2		
烧砖	1		
钉掌	1		
差役	4		
拾柴	1		
放猪	1		
拉脚	3		
商：	41(3.2%)		
杂货制铺主	5		
染房铺主	5	农夫	4
药铺铺主	2	农夫	1
油房铺主	1		
客店铺主	1		
煤厂铺主	1		
钱局铺主	1		
棉花店铺主	1		
杂货铺铺伙	2		
首饰店铺伙	1		

续表

正　业	正业人数	副　业	副业人数
煤厂铺伙	1		
药铺铺伙	1	农夫	1
司账	1		
钱商	1		
贩卖	1		
放债	1		
小贩	7	农夫	1
瓷器店学徒	1		
杂货铺学徒	1		
煤厂学徒	1		
医院学徒	1		
估衣	1		
其他	3		
学：	67(5.2%)		
小学校长	2		
小学教员	15	农夫	1
平教会职员	1		
训政院学员	1		
学生	48		
军：	15(1.2%)		
军官	2		
军需	2		
军医	1		
书记	1		
兵士	6		
其他	3		
政：	7(0.6%)		
建设局长	1		
财务局会计	1		
户口调查员	1		
铁路职员			
定县公报编辑	1		

续表

正　　业	正业人数	副　　业	副业人数
地保	1		
邮差	1		
警：	4(0.3%)		
警察	3		
保卫团勇	1		
医：	3(0.2%)		
医生	2		
司药生	1		
其他：	51(4.0%)		
出外谋事	6		
负气外出	1		
不明下落	1		
赋闲	43		
总合	1282	…	389

亦曾调查515家内人口职业的变迁。不但调查其现在从事何种主要职业，亦同时调查其在从事目下职业前曾从事过何种职业。若始终未改换过职业，则原来与现在职业相同。若曾改换职业则调查其改换原因。下列第42表即表显13岁及以上1282男子现在职业，原来职业及改换职业之原因。关于原因颇不易探寻究竟，只将能询问出来的大概原因列于表之右边。1282人中未改换过职业者1101人，改换过职业者181人。现在从事农业的993农夫中，原来的职业即为农夫者为981人，只有12人与原来的职业不同。3人原来为商，其中2人是因家中人口少，须留在家中耕种自己田地，不得不弃商为农。2人原来织布，1人因家中人口少，1人因病，而改换为农。现在从事农工的59人中原来的职业亦为农工者22人，此外37人的职业与现在不同。35人原来的职业是农夫，其中16人因家中境况渐贫，3人地渐减少，因此不得不给人作农而得工资。情况及数目皆在表中看出，无须说明。

第 42 表　515 家内 13 岁及以上男子之现在职业原来职业及改换职业之原因

民国十八年

现在正业	人数	原来正业	人数	各种改业原因人数
农：				
农人	993	农夫	981	
		商人	3	家中人口少 2
		织布	2	家中人口少 1 病 1
		农工	1	农工收入少
		差役	1	
		铁器铺	1	家中人口少
		做豆腐	1	农事增多
		教员	1	
		布店伙计	1	被辞
		警察	1	被辞
农工	59	农工	22	
		农夫	35	贫 16 地少 3 不愿在家 1
		织布	1	贫
		剃头	1	剃头收入日减
垦地	4	农夫	4	贫 4
种菜	1	农夫	1	
精工：				
织布	7	织布	4	
		农夫	2	贫 2
		烧砖	1	窑业歇
铁工师	1	农夫	1	
铁路包工	1	开药铺	1	不愿在家
木匠	3	木匠	2	
		农夫	1	
瓦匠	3	农夫	3	
兵工厂工人	1	军界	1	
棚匠	1	棚匠	1	
造酒	1	造酒	1	
造水车	1	农夫	1	水车利大
厨役	5	厨役	1	

续表

现在正业	人数	原来正业	人数	各种改业原因人数
		农夫	4	贫 2
粗工：				
编扒子	2	编扒子	2	
烧砖	1	烧砖	1	
钉掌	1	农夫	1	
差役	4	农夫	4	贫 2 不愿做农 1
拾柴	1	拾柴	1	
放猪	1	农夫	1	
拉脚	3	农夫	3	贫 1
商：				
杂货铺铺主	5	杂货铺	2	
		农人	2	不愿做农 1
		杂货铺伙	1	积有资本
染房铺主	5	染房	5	
药铺铺主	2	药房	1	
		农夫	1	药铺利大
油房铺主	1	农夫	1	
客店铺主	1	客店	1	
煤厂铺主	1	煤厂	1	
钱局铺主	1	钱局	1	
棉花店铺主	1	农夫	1	
杂货铺铺伙	2	开杂货铺	1	赔累
		农夫	1	
煤厂铺伙	1	农夫	1	不愿做农
药铺铺伙	1	药铺伙	1	
首饰店铺伙	1	农夫	1	
司账	1	农夫	1	
钱商	1	农夫	1	钱商利大
贩卖	1	军界	1	
放债	1	放债	1	
小贩	7	小贩	1	
		农夫	5	年老 2 无地 1
		农工	1	小贩利大
学徒	4	学徒	2	

续表

现在正业	人数	原来正业	人数	各种改业原因人数
		农夫	1	
		念书	1	
估衣	1	估衣	1	
其他商人	3	商人	2	
		农夫	1	贫
学：				
小学校长	2	校长	1	
		教员	1	
小学教员	15	教员	8	
		念书	5	
		巡长	1	
		学界	1	
平教职员	1	平教职员	1	
训政学院学员	1	省署科员	1	
念书	43	念书	48	
军：				
军官	2	教员	1	军官薪优
		农夫	1	
军需	2	军需	1	
		兵士	1	
军医	1	农夫	1	
书记	1	教员	1	
兵士	6	农夫	6	贫 3 不愿做农 2
其他军界	3	军界	1	
		教员	1	
		农夫	1	
政：				
建设局长	1	学界	1	被选
财务局会计	1	劝业员	1	
户口调查员	1	小学校长	1	薪较优
铁路员	1	稽查员	1	
定县公报编辑	1	教员	1	
地保	1	剃头	1	年老
邮差	1	邮差	1	

续表

现在正业	人数	原来正业	人数	各种改业原因人数
警：				
警察	3	警察	1	
		农夫	2	不愿做农 1
保卫团勇	1	农夫	1	
医：				
医生	2	医生	1	
		农夫	1	
司药生	1	司药生	1	
其他：				
出外谋事	6	农夫	6	贫 4
负气外出	1	农夫	1	
不明下落	1	农夫	1	不愿在家
赋闲	48	赋闲	6	傻 2 哑拐 1
		农夫	32	年老 24 残疾 2 地租出 1 嗜好 1 病 1
		织布	1	年老
		入学	1	
		商人	1	年老
		警察	1	撤差
		听差	1	
总合	1282	——	1282	——

妇女的日常工作自然是在家做饭做衣。此外亦从事许多其他工作。515 家中 13 岁及以上的 1176 妇女中以田间工作为主要工作者，亦可以说为正业者，计 943 人，其中亦兼纺纱者 346 人，纺纱兼织布者 76 人，织布者 6 人，染线者 3 人。主要职业纺纱者 138 人，纺纱兼织布者 25 人。(详情见下列第 43 表)

第43表　515家内13岁及以上1176女子现在职业之分配

民国十八年

正业	正业人数	副业	副业人数
田间工作	943	纺纱	346
		纺纱兼织布	76
		织布	6
		染线	3
		做豆腐	3
		摘棉花	2
		做挂面	2
		蒸馒头	2
		佣工	2
		轧花	1
		染布	1
纺纱	138	缝纫	1
纺纱兼织布	25		
入学	3		
织布	2		
佣工	2		1
缝纫	1		
卖烧饼	1		
乞丐	1		1
普通家事	60		
总　合	1176	——	445

其他关于1176女子之现在职业，原来职业及改换职业原因等情形见下列第44表。未改换过职业者1092人，改换过职业者84人。

第44表　515家内13岁及以上1176女子现在职业，原来职业及改换职业之原因

民国十八年

现在正业	人数	原来正业	人数	改业原因
田间工作	943	田间工作	941	
		纺纱	1	
		无职业	1	
纺纱	138	纺纱	107	

续表

现在正业	人数	原来正业	人数	改业原因
		田间工作	31	年老 22
纺纱兼织布	25	纺纱兼织布	24	
		田间工作	1	年老
入学	3	入学	3	
织布	2	织布	2	
佣工	2	佣工	1	
		田间工作	1	
缝纫	1	缝纫	1	
卖烧饼	1	纺纱兼织布	1	卖烧饼利大
乞丐	1	乞丐	1	
普通家事	60	田间工作	58	老年 40 病 1 随夫出外 2
		纺纱	2	年老 2
总合	1176	——	1176	——

第六节　宗族

民国十七年东亭乡村社会区 62 村内共计 10445 家，最大之村有 458 家，最小之村有 19 家，不满百家之村 23，100—199 家之村 19，200—299 家之村 11，超过 300 家之村 9，平均每村 169 家。此 10445 家共包括 110 姓氏。其中王姓之家数最多，计 1419 家，占总家数的 14%。张姓次之，计 856 家；刘姓又次之，占 828 家；再次为李，马，赵，陈等姓。且有林、牛、程、贡等 15 姓各计 1 家。平均每姓 95 家。各姓之详细家数见下列第 45 表。

第45表　62村110姓氏每姓氏之家数

民国十七年

姓氏	家数	姓氏	家数	姓氏	家数
王	1419	冯	69	罗	8
张	856	胥	65	玄	8
刘	828	曲	61	庞	7
李	730	范	59	孔	7
马	514	申	59	甄	7
赵	457	黄	54	路	7
陈	405	薛	54	谷	5
杨	277	孟	52	蒋	5
吴	260	石	50	柏	5
史	203	董	48	鲁	5
韩	186	潘	41	彭	4
安	185	宋	40	康	4
侯	161	田	39	钮	4
萧	155	武	38	门	3
鹿	150	郝	33	桑	3
米	141	蔡	32	耿	3
秦	135	孙	31	席	3
白	134	常	31	宗	2
高	127	苏	25	元	2
郭	125	肖	25	林	1
么	122	霍	25	牛	1
许	122	邓	24	程	1
徐	114	曹	23	贡	1
邢	108	唐	23	郸	1
由	107	顾	18	哈	1
卢	104	魏	18	解	1
周	103	仝	16	锁	1
郑	100	吕	15	巴	1
贾	97	梁	15	蓝	1
齐	93	邱	15	香	1
渠	87	师	14	崇	1
胡	84	杜	12	方	1
邵	83	牟	10	屈	1
寇	80	于	9	陶	1
阎	79	朱	9		
崔	78	夏	9	总合	10445
何	76	任	9	平均每姓	95
雷	75	狄	8		

每村家数最多之大姓及家数次多之次大姓亦曾调查其家数，然后计算最大姓及次大姓之家数占本村总家数百分之几。例如某村共计270家：村中最大姓为马姓，计230家，占总数的85%；次大姓为王姓计30家，

占11%。62村中村内最大姓占本村10—19%者有2村，占50%以下者有32村只有一村占100%，全村皆为王姓。次大姓所占本村总家数之百分比最高者亦在50%以下，不满20%者有29村。关于最大姓及次大姓占全村家数之百分比之62村分配数目见下列第46表。

第46表　62村每村最大姓与次大姓所属家数占其全村家数之百分比

占全村家数之百分比	村数	
	关于最大姓	关于次大姓
10%以下	…	6
10—19	2	23
20—29	6	18
30—39	9	10
40—49	15	4
50—59	8	…
60—69	10	…

62村中村内姓氏最多者有26姓，此村共计362家。有18村每村姓氏数目皆在10以上，6—10姓者计25村，1—5姓计19村。各村姓氏数目见下列第47表。

第47表　62村内各村姓名数目

民国十七年

村内姓数	村数	村内姓数	村数
1	1	11	7
2	1	13	1
3	5	14	4
4	6	15	1
5	6	16	2
6	4	18	1
7	7	21	1
8	5	26	1
9	4		
10	5	总　和	62

在62村内曾调查162个宗族的公共财产价值。其中在500元以下者有57宗族，500—900元者有51宗族，超过1000元者有54宗族，最多者几达4000元。各宗族公产数目见下列第48表。

第48表　162宗族每宗之公产

民国十七年

公产	宗族数
500以下	57
500—999	51
1000—1499	19
1500—1999	23
2000—2499	5
2500—2999	1
3000—3499	4
3500—3999	2
总　合	162

第49表　156宗族每宗族全年之经费

民国十七年

全年公费	宗族数
10以下	31
10—19	54
20—29	42
30—39	18
40—49	5
50—59	1
60—69	2
70及以上	3
总合	156

62村内有宗祠19座。有1间屋之大小者2座，2间屋者1座，3间屋者8座，5间屋者5座，6间屋者3座。

有 2 宗祠派下之人数皆不满 1004 个宗祠派下人数是在 100—199 之间，派下人数在 200—299 者有 2 宗祠，300—399 人者有 7 宗祠，400 人者 1 宗祠，660 人者 1 宗祠，970 人者 1 宗祠，最大宗派下人数为 1110 人。

宗祠建立年数除 1 座无答案外，不满 20 年者 6 座，20—100 年者 6 座，101—200 年者 4 座，其他 3 座之建设年数为 280、288 及 356。

每宗祠由族人推举职员照管，由 1 人至 6 人不等，多为族长及年长者担任；任期有一年者，有无定期者。宗祠费用全年多在 30 左右，50—100 元者 3 祠，最多之费用达 200 元。其收入来源大多数为祠产之地租，亦有存款生利及每年公摊者。有 13 祠有田地，最少者 3 亩，最多者 60 亩，其他亩数为 5，10，12，13，17，25，30，32。

第五章

教　育

第一节　全县教育

一　全县教育的历史

定县之所以称为模范县，也是因为定县教育发达的缘故。在前清光绪二十八年，就有本县大绅王振尧、谷钟秀等倡议兴办学堂。当时知县王忠荫也极力主张，热心提倡；遂将定武书院改为定武学堂，重订教规，扩充经费。光绪三十年知县吴国栋提倡借庙办学；但因当时人民顽固不化，私塾既不能废除，学堂也难能成立。那年翟城村米春明先生被举为郡学绅，创办初等小学堂一处于翟城，为全县之倡。起初借用民房，第二年又在村东的大寺地址建筑学舍，后来又在村西关帝庙立农暇识字会。这是定县毁庙兴学的起头。从此以后翟城的学校成绩日著，更推及各村；于是城内、乡间各大镇相继仿效，推广教育。当时又加谷钟秀、米迪刚二位先生极力提倡新学，所以定县教育很有发展。直到民国三年，孙发绪先生到定县做县长，就主张毁庙兴学，常骑小驴亲赴各村讲演毁庙兴学，发展教育的利益。于是有许多村庄，都把庙宇中神像拆毁，改为学校，相继提倡起来。按调查所得民国三年定县毁庙有200处之多（详见宗教章），由此可知当时的情况了。到民国十四年，各村至少须立一初等小学校，也有的村子设立识字会与半日学校的。也有的一村不能单独设立一个学校的与邻村合办，于是定县的教育更渐有起色。自民国十三年中华平民教育促进会总会到定县来提倡平民教育，村子的平民学校也就继续创办起来。后来平教总会又划定定县为华北试验区；并划定东亭62村为华北平教试验的第一社会乡区，成立普及农业科学研究场，竭力推行平民教育。自民国十八年平教总会已由北平移到定县，施行文艺教育、生计教育、公民教育和卫生教育；以县城为中心，往四外乡村顺次普及，用社会调查所得的结果，来推广提倡解决生活的问题的教育。

二 全县教育行政

关于教育行政的机关，有教育局、教育董事会、村董事会等。教育局是民国十二年十月奉教育厅令改劝学所而成立的。设局长一人，视学五人，教育委员四人，会计，庶务，书记各一人。局长商承县知事掌理全县教育行政事务。把全县分为十二学区，城内及四厢划为特别区。特别区的教育，由全局职员负责视导。其余各学区，由教育委员受局长的指挥，分区负责视导。现局内组织少有改变，添文书一人，督学三人到各村视察学校。

教育董事会是县长与县内著名绅士组织的。县长选任著名绅士九人，共同组织董事会。职权在审议县教育的方针与计划，并筹划教育经费并保管教育财产，审核县教育的预算与决算，议决县教育局长交议事件，提议关于县教育的种种事项。

定县差不多每村都有教育董事会，是由村长佐、学董、公直及村内其他领袖组织的，人数无定。职权在筹划本村的学款及管理；并有划清本村学校基金，造具清册，报交教育局的责任。关于村内任免校长，教员；议决学校事务与办法，预算与决算；教育董事会都有权柄。

民国十七年教育局全年经费为3952元。至十八年扩充为6096元，已经备案照准，但因款项无着，尚未实行。此项经费由县公署岁入地粮税项内扣下，根据董事会的预算案支给。全县教育董事会的董事全是义务，没有经费可言。各村学校的经费，由各村董事会在各村自行筹划。但各村有高等小学校者，得由县款中八大镇牲畜一分牙用收入总数的八成，作为全县四乡高等小学校补助费，二成作为奖劝优良高等小学校用。

三　学制的变迁

在古时讲学的地方，设在文庙的旁边，有所谓“庠序”“辟雍”的名称。在元朝设“学正”(州曰学正，县曰教谕)，掌管一州的教育。明朝增设“训导”一员。每县设“学正”“训导”各一人，学员有“廪”、“增”、“附”的分别。定州廪额三十名，增广生三十名。廪生月领膳银。如有故出缺，就拿资深优等的增生补充。增生有缺，就拿每年试取的优等附生补充。附生没有定额。朝廷每省任学正一员，任期三年，到各府州行岁试，科试各一次(三年一乡举，乡举之前，学正试之，曰科试)。两试时，招集各属县文童，取进者，称为“附生”。顺治十五年，题准大州县例取十五名。定县当时是大州，所以也取十五名。康熙五十四年又增加三名，共十八名。雍正二年，题准直隶定州照府学额取进二十三名。雍正二十年议覆保定、正定各减数名。定州得在所减的增生内拨两名，均在本州属县内拨取，合原额为二十五名。赶到岁试的年头，不但考试文童，并且考试武童；文童武童取额一样。至于资格深的廪生，得贡入太学。定州贡额，三年起送贡生二名。遇到逢恩诏的年头，就以当年的正贡作恩贡，当年的次贡作正贡。附生以外，学政例取文武修生几人，以备文庙丁祭乐舞的用处，就是所说的乐舞生。

四　学校的沿革

以上所说是学制的变迁，现在说一说定县学校的沿革。以前无所谓中学或大学，高等或初等，乃是称为“庙学”与“书院”。庙学的制度，在宣统初年废的。书院废止较早，在光绪庚子以后，朝野维新的时候，就废书院改建学堂了。现在定县的省立第九中学，就是以前的定武书院。定武书院是乾隆戊午年创办的。嘉庆二十三年州牧袁俊改定武为奎文。道光二十八年州牧宝琳又把奎文改回定武。光绪二十八年，绅士王振尧、谷钟秀等把定武书院改为定武学堂。当时经费浩繁，书院旧日经费不敷开支，经理卢焴等倡收花生木植等税，兼增学田各租，仍不足用，于是又加办亩捐，并以定县围城及驿路两旁官柳也划归在经费之内。后来改名为官立中学，学生日多，约三百以上。校长李鸣铎在宣统二年不但购置地亩，并且建筑西斋东斋，共五十余间，竭力扩充，不遗余力。民国二年省公署议决，设立省立中学若干处，以广教育。定县中学逐由官立而改为省立第九中学，原来经费除学田租入尚留校动支，围城树株作为本校学林外，所有花生木植亩捐，因为属于地方性质，所以悉拨归地方应用。驿路应归官产处，路旁官柳悉数变价归校。是后校中经常各费尽支省款。后来高小毕业生日多，学校应当再加扩充。民国三年县知事孙发绪把县署后草厂地基十余亩归校，建筑楼房一所，教室四所。民国四年又购校南民宅，添建食堂。民国五年又把官柳所得卖价，添建讲堂及应用各室，改建大门，筑图书馆。民国七年又置买商场空地十余亩，作为学校园及体操场。民国十年又添建南斋，直到民国十八年，校址共有地32亩，教室8间，应用房舍200余间。肄业学生共7级，共350余人。前此毕业者共13班，450余人。

直隶高等小学的设立起于光绪拳匪乱后。光绪二十七年州牧王忠荫与绅士王廷纶、谷钟秀、马锡蕃等提议创办学堂。中学成立后，就在中学东北隅，建房十余间。招生20余名，并选中学之年龄稍幼、程度较低者，归并其中，此时已是二十八年秋。三十一年春，移到古众春园内，定名叫做定州官立高等小学堂，那时校长是燕兆祥。在雪浪斋东建讲堂五间。三十二年春又建东三斋27间。民国元年部令改堂长为校长。二年添招新生一班，共计先后所招新生凡三班。又在马佳祠后建筑西三斋15间，当年奉部令将州学学田223亩充本校基金。民国三年又借中学地20余亩(即在众春园台下)作为操场。民国四年又增招新生两班，共为六班三级。自民国四年至十一年关于学校的建筑又扩充很多。前后共计新旧建筑凡164间，地址约30余亩。截至十二年六月，共计毕业者凡13次，共623人。民国十一年正月，县长招集学务会议，推行新学制，七月将考棚师范迁到众春园，把高等附属在里边。

属于县立的女子高等小学，是创始于民国三年。当时县长孙发绪，用儒学旧舍作为教室，仅办初等二级。民国四年购校北民地七亩，扩充校舍，拟设高等。但当时因款项无着，所以用学款储蓄社之款，购用官产驿路教场等地，以其租入作为本校基金。民国五年设立高等一班，这就是有女子高等小学的创始。后来又把女工传习所归并在内，增地十余亩，增房十九间。又添设保姆养成所，师范讲习科各一班，民国七年又附设蒙养科一班。后来因女子国民学校毕业学生日众，又添高等一班。民国八年因各村女学日增，又添师范一班。民国九年保姆科毕业，添职业科一班。截至民国十一年，先后扩充校址凡二十余亩，增筑教室八所，应用斋舍杂房等共八十余间。肄业者已达八级，学生 270 余人，各科毕业生共 190 余人。民国十年教育厅饬添中等学校，又因职业科毕业，添蚕科一级。

五　全县学校

据教育局的报告，民国十二年全县有学校 451 处，教员 506 人，学生 16316 人，常年经费为 98842 元。十三年和十四年都有进步。十三年全县有学校 474 处，教员 562 人，学生 17723 人，常年经费为 144333 元。十四年全县有学校 489 处，教员 571 人，学生 18250 人，常年经费为 165473 元。见第 50、51、52、53、54 表。

第 50 表　全县各种学校的比较

民国十二—十四年

学校种类	学校数		
	民国 12 年	民国 13 年	民国 14 年
初级小学	430	448	462
高级小学	17	22	23
中等学校	4	4	4
总　合	451	474	489

第51表　全县各种学校所有级数的比较

民国年十二—十四年

学校种类	级数		
	民国12年	民国13年	民国14年
初级小学	444	469	483
高级小学	37	45	47
中等学校	5	8	9
总合	486	522	539

第52表　全县各种学校所有教员数的比较

民国年十二—十四年

学校种类	教员数		
	民国12年	民国13年	民国14年
初级小学	446	482	487
高级小学	52	66	69
中等学校	8	14	15
总合	506	562	571

第53表　全县各种学校所有学生数的比较

民国年十二—十四年

学校种类	学生数		
	民国12年	民国13年	民国14年
初级小学	14960	15974	16368
高级小学	1203	1487	1682
中等学校	153	262	300
总合	16316	17723	18350

第54表　全县各种学校常年经费的比较

民国年十二—十四年

学校种类	常年经费		
	民国12年	民国13年	民国14年
初级小学	68014	102301	112590
高级小学	23078	29550	39079
中等学校	7750	12482	13804
总合	98842	144333	165473

民国十四年全县十二学区共有学龄儿童44510其中男27883，女16627。在这44510学龄儿童中已就学者共有16256，男14041女2215。已就学的儿童数目似乎颇高，也是根据教育局的报告(见第55表)。

第55表　全县各区学龄儿童与就学儿童的比较

民国十四年

学　区	学龄儿童			已就学者		
	男	女	共	男	女	共
1	1541	925	2466	1252	154	1406
2	1892	1256	3148	1196	177	1373
3	1828	1044	2872	934	75	1009
4	1469	912	2381	525	24	549
5	3367	1976	5343	1739	355	2094
6	2261	1487	3748	1248	243	1491
7	2973	1799	4772	1300	286	1586
8	3666	2062	5728	1121	160	1281
9	1638	1014	2652	751	58	809
10	1808	952	2760	783	60	843
11	2833	1544	4377	1483	269	1752
12	2607	1656	4263	1709	354	2063
所有学区	27883	16627	44510	14041	2215	16256
百分比	62.64	37.36	100.00	86.37	13.63	100.00

民国十五年度(十五年八月至十六年七月)全县有学校493处，其中有幼稚园1处，初级小学，464处，高级小学24处，初级中学1处，师范学校2处，职业学校1处。这493校中有男校371，女校122。学生共有18330，男15571，女2759。其中以初级小学学生为最多，共16527人。(见第56、57表)

第 56 表　全县所有各种学校数

民国十五年八月—十六年七月

学校种类	学校数		
	男	女	共
幼稚园	1	…	1
初级小学	347	177	464
高级小学	21	3	24
初级中学	…	1	1
师范学校	1	1	2
职业学校	1	…	1
所有学校	371	122	493
百分比	75	25	100

第 57 表　全县各校所有男女学生数

民国十五年八月—十六年七月

学校种类	学校数		
	男	女	共
幼稚园	18	15	33
初级小学	14023	2504	16527
高级小学	1378	148	1526
初级中学	……	32	32
师范学校	109	60	169
职业学校	43	…	43
所有学校	15571	2759	18330
百分比	85	15	100

教员共有 604 人，其中男 471 人，女 133 人（见第58表）。毕业生共有 3602 人，其中男 3062 人，女 540 人(见第 59 表)，职员共有 562 人，其中男 439，女 123(见第 60 表)。

第58表　全县各校男女教员数

民国十五年八月—十六年七月

学校种类	学校数		
	男	女	共
幼稚园	…	2	2
初级小学	392	119	511
高级小学	71	6	77
初级中学	…	3	3
师范学校	6	3	9
职业学校	2	…	2
所有学校	471	133	604
百分比	78	22	100

第59表　全县各校毕业男女学生数

民国十五年八月—十六年七月

学校种类	毕业生数		
	男	女	共
幼稚园	……	…	…
初级小学	2793	524	3317
高级小学	239	16	255
初级中学	…	…	…
师范学校	30	…	30
职业学校	…	…	…
所有学校	3062	540	3602
百分比	85	15	100

第60表　全县各校所有职员数

民国十五年八月—十六年七月

学校种类	职员数		
	男	女	共
幼稚园	…	…	…
初级小学	397	116	513
高级小学	38	5	43
初级中学	…	1	1
师范学校	2	1	3

续表

学校种类	职员数		
	男	女	共
职业学校	2	…	2
所有学校	439	123	562
百分比	78	22	100

全县各校全年收入共169347元，其中男校共收入133436元，女校共收入35910元。全年支出共174005元，其中男校支出共109869元，女校共支出64136元(见第61表)。

第61表　全县各校全年收入与支出数

民国十五年八月—十六年七月

学校种类	全年收入(元)			全年支出(元)		
	男校	女校	共	男校	女校	共
幼稚园	500	…	500	500	…	500
初级小学	90393	26236	116629	91589	54566	146155
高级小学	36162	2241	38403	11622	2187	13809
初级中学	…	2211	2211	…	2189	2189
师范学校	5222	5222	10444	4999	5194	10193
职业学校	1159	…	1159	1159	…	1159
所有学校	133436	35910	169347	109869	64136	174005
百分比	78.79	21.21	100.00	63.14	36.86	100.00

全县各校共有资产1115034元，男校共984472元，女校共130562元(见第62表)。

第62表　全县各校所有资产数

民国十五年八月—十六年七月

学校种类	资　产　(元)		
	男校	女校	共
幼稚园	1720	…	1720

续表

学校种类	资　　产　（元）		
	男校	女校	共
初级小学	754790	73200	827990
高级小学	207232	24342	231574
初级中学	…	4560	4560
师范学校	13170	28460	21630
职业学校	7560	…	7560
所有学校	984472	130562	1115034
百分比	88.29	11.71	100.00

民国十六年度（十六年八月至十七年七月）全县有学校449处，男349处，女100处。较十五年度减少学校44处。男少22处，女也少22处（见第63表）。

第63表　全县所有各种学校数

民国十六年八月—十七年七月

学校种类	学校数		
	男	女	共
幼稚园	1	…	1
初级小学	325	95	420
高级小学	1	2	2
初高两级小学	19	2	21
初级中学	1	1	2
师范学校	1	1	2
职业学校	1	…	1
所有学校	349	100	449
百分比	77.73	22.27	100.00

在这449学校中，共有学生15992人，其中男13646人，女，2346人。以初级小学为最多，共12775人。以百分比计算，全县男生占全体85.33%，女生占全体14.67%（见第64表）。

第 64 表　全县各校所有男女学生数

民国十六年八月—十七年七月

学校种类	学生数		
	男	女	共
幼稚园	13	16	29
初级小学	10761	2014	12775
高级小学	119	59	258
初高两级小学	2250	83	2333
初级中学	236	76	312
师范学校	127	98	225
职业学校	60	…	60
所有学校	13646	2346	15992
百分比	85.33	14.67	100.00

在这 449 个学校中共有教员 570 人。男 503 女 67。男占 88.25%，女占 11.75%(见第65表)。

第 65 表　全县各校男女教员数

民国十六年八月—十七年七月

学校种类	教员数		
	男	女	共
幼稚园	…	2	2
初级小学	385	52	437
高级小学	9	2	11
初高两级小学	75	4	79
初级中学	17	6	23
师范学校	12	1	13
职业学校	5	…	5
所有学校	503	67	570
百分比	88.25	11.75	100.00

本年共有毕业生 8645 人，其中男 8226 人，女 419 人。男占95.15%，女占 4.85%(见第 66 表)。

第 66 表　全县各校毕业男女学生数

民国十六年八月—十七年七月

学校种类	毕业生数		
	男	女	共
幼稚园	13	15	28
初级小学	7639	314	7953
高级小学	32	25	57
初高两级小学	401	23	424
初级中学	64	19	83
师范学校	42	23	65
职业学校	35	…	35
所有学校	8226	419	8645
百分比	95.15	4.85	100.00

在这 449 个学校中共有职员 760 人。男 729，女 31。男占 95.92%，女占 4.08%(见第 67 表)。

第 67 表　全县各校所有职员数

民国十六年八月—十七年七月

学校种类	职员数		
	男	女	共
幼稚园	…	…	…
初级小学	662	25	687
高级小学	3	…	3
初高两级小学	51	…	51
初级中学	6	4	10
师范学校	3	2	5
职业学校	4	…	4
所有学校	729	31	760
百分比	95.92	4.08	100.00

全县学校共有资产 830651 元。男校 693874 元，女校 136777 元(见第68 表)。

第68表　全县各校所有资产数

民国十六年八月—十七年七月

学校种类	资产数　（元）		
	男校	女校	共
幼稚园	1750	……	1750
初级小学	417376	81947	499323
高级小学	8270	2360	10630
初高两级小学	146898	9870	156768
初级中学	67800	32600	100400
师范学校	32280	10000	42280
职业学校	19500	…	19500
所有学校	693874	136777	830651
百分比	83.53	16.47	100.00

本年全县学校共收入157457元。男校123422元，女校34035元。支出共148697元，男校115781元，女校32916元(见第69表)。

第69表　全县各校全年收入与支出数

民国十六年八月—十七年七月

学校种类	全年收入　（元）			全年支出　（元）		
	男校	女校	共	男校	女校	共
幼稚园	300	…	300	314	…	314
初级小学	66749	13708	80457	61442	12203	73645
高级小学	4234	2518	6752	4234	2888	7122
初高两级小学	22359	2200	24599	22181	1694	23875
初级中学	18000	8809	26809	17800	8967	26767
师范学校	7780	6800	14580	5810	7164	12974
职业学校	4000	……	4000	4000	……	4000
所有学校	123422	34035	157457	115781	32916	148697
百分比	78.38	21.62	100.00	77.86	22.14	100.00

民国十七年度(十七年八月至十八年七月)全县有学校447处，男342处，女105处。除高级小学增添1处，初级小学减少3处外，其余学校都与十六年相同(见第70表)。

第70表　全县所有各种学校数

民国十七年八月—十八年七月

学校种类	学校数		
	男	女	共
幼稚园	1	…	1
初级小学	317	100	417
高级小学	2	1	3
初高两级小学	19	2	21
初级中学	1	1	2
师范学校	1	1	2
职业学校	1	…	1
所有学校	342	105	447
百分比	79	21	100

在这447学校中共有学生18666人，其中男15377人，女3289人。以初级小学与初高两级小学学生为最多。初级小学共有学生15308人，初高两级小学共有2542人。以百分比计算，全县男生占全体82%，女生占全体18%(见第71表)。

第71表　全县各校所有男女学生数

民国十七年八月—十八年七月

学校种类	学生数		
	男	女	共
幼稚园	11	29	40
初级小学	12468	2840	15308
高级小学	224	52	296
初高两级小学	2437	105	2542
初级中学	120	170	290
师范学校	77	93	170
职业学校	20	……	20
所有学校	15377	3289	18666
百分比	82	18	100

在这447个学校共有教员575人，男487人，女88人。男占85%，女占15%。以初级小学的教员为最多，共435人(见第72表)。

第72表　全县各校所有教员数

民国十七年八月—十八年七月

学校种类	教员数		
	男	女	共
幼稚园	……	2	2
初级小学	363	72	435
高级小学	10	2	12
初高两级小学	77	6	83
初级中学	20	4	24
师范学校	13	2	15
职业学校	4	…	4
所有学校	487	88	575
百分比	85	15	100

民国十七年度全县全年共收入164792元，男校为134694元，女校为30098元，其中以初级小学为最多，共64580元。全年共支出153134元，男校为118557元，女校为34577元。其中以初级小学为最多，共82182元。以百分比来计算，男校全年收入占全体81.73%，女校全年收入占全体18.27%。男校全年支出占全体77.48%，女校全年支出占全体22.52%(见第73表)。

第73表　全县各校全年收入与支出数

民国十七年八月—十八年七日

学校种类	全年收入　(元)			全年支出　(元)		
	男校	女校	共	男校	女校	共
幼稚园	420	……	420	420	……	420
初级小学	75653	18927	94580	63879	18303	82182
高级小学	6250	2862	9112	6152	2862	9014
初高两级小学	27437	1730	29167	23408	1839	25247
初级中学	14400	3211	17611	14400	3211	17611

续表

学校种类	全年收入　（元）			全年支出　（元）		
	男校	女校	共	男校	女校	共
师范学校	6074	3368	9442	5868	8362	14230
职业学校	4460	……	4460	4430	……	4430
所有学校	134694	30098	164792	118557	34577	153.134
百分比	81.73	18.27	100.00	7748	2252	100.00

全县学校资产共803970元，男校668565元，女校135405元（见第74表）。

第74表　全县各校所有资产数

民国十七年八月—十八年七月

学校种类	资产数　（元）		
	男校	女校	共
幼稚园	1780	……	1780
初级小学	373285	79870	453155
高级小学	46860	2800	49660
初高两级小学	150340	8575	158915
初级中学	68000	32660	100660
师范学校	19500	11500	31000
职业学校	8800	……	8800
所有学校	668565	135405	803970
百分比	83.15	16.85	100.00

民国十八年全县共有毕业生2228人，其中男1989人，女239人。男占89.3%。女占10.7%。初级小学生有毕业生1549人，为最多（见第75表）。

第75表　全县各校毕业男女学生数

民国十七年八月—十八年七月

学校种类	毕业学生数		
	男	女	共
幼稚园	10	22	32
初级小学	1421	128	1549
高级小学	31	20	51
初高两级小学	412	50	462
初级中学	55	…	55
师范学校	40	19	59
职业学校	20	…	20
所有学校	1989	239	2228
百分比	89.3	10.7	100.00

在这447个学校中共有职员774人，男759人，女15人。男占98%，女占2%。初级小学共有职员702人，为最多(见第76表)。

第76表　全县各校所有职员数

民国十七年八月—十八年七月

学校种类	职员数		
	男	女	共
幼稚园	…	…	…
初级小学	689	13	702
高级小学	7	…	7
初高两级小学	51	…	51
初级中学	4	2	6
师范学校	6	…	6
职业学校	2	…	2
所有学校	759	15	774
百分比	98	2	100.00

第二节 东亭乡村社会区62村小学调查

这一项小学教育的详细调查是在民国十七年举行的。

一 学校与学生状况

62村的小学共有五种，有初级男子小学，初级女子小学，初级男女小学，初高两级男子小学，初高两级女子小学。初级男子小学为最多，共43处，学生共1369人。初级女子小学占第二，有14处，学生240人。初高两级女子小学只1处。学生37人最少。共计学校63处，男女学生2016人(见第77表)。

第77表 62村每种小学及学生数目

学校类别	学校数	学生数
初级男子小学	43	1369
初级女子小学	14	240
初级男女小学	2	102
初高两级男子小学	3	268
初高两级女子小学	1	37
总　合	63	2016

关于小学创办的年份，最早者是在光绪二十八年，在民国以前创办的不到三分之一，大多数是在民国成立以后创办的。民国元年至五年创办的，占48%，是因为孙发绪县长热心提倡的结果，民国六年至十年占19%(详情见第78表)。

第78表　62村63个小学创办之年份

学校创办年份		小学数				
中历	西历	男子	女子	男女合校	一切小学	百分比
光绪二十八—三十二年	1902—1906	46	…	…	6	9.5
光绪三十三—宣统三年	1907—1911	9	1	2	12	19.0
民国一—五年	1912—1916	23	7	…	30	47.6
民国六—十年	1917—1921	7	5	…	12	19.0
民国十一—十五年	1922—1926	1	1	…	2	3.2
民国十六年以来	1927	…	1	…	1	1.6
总　合	……	46	15	2	63	100.0

关于小学男女学生的年龄，1587个初级男生内年龄最低者为5岁，最高者为18岁，最多者在12岁。初级女生共290人，其中年龄最低者为6岁，年龄最高者为16岁，最多者在9岁和10岁。高级男生共128人，其中年龄最低者为11岁，年龄最高者为16岁，最多者为13岁。高级女生共11人，其中年龄最低者为10岁，年龄最高者为15岁，最多者为12岁。初高级男女学生共有2016人，其中最多者为12岁，共303人。各年龄之人数见第79表。

第79表　62村初级与高级小学男女学生年龄之分配

年龄	初级学生数			高级学生数			总学生数
	男	女	共	男	女	共	
5	1	…	1	…	…	…	1
6	23	9	32	…	…	…	32
7	117	35	152	…	…	…	152
8	143	40	183	…	…	…	183
9	208	47	255	…	…	…	255
10	204	47	251	…	1	1	252
11	236	44	280	8	…	8	288
12	246	30	276	24	3	27	303
13	142	17	159	36	2	38	197
14	115	14	129	25	2	27	156

续表

年龄	初级学生数			高级学生数			总学生数
	男	女	共	男	女	共	
15	76	5	81	25	2	27	108
16	47	2	49	10	…	10	59
17	27	…	27	…	…	…	27
18	2	…	2	…	…	…	2
19	…	…	…	…	1	1	1
总合	1587	290	1877	128	11	139	2016

62村小学各年级学生的总数为2016人，其中男生1715人，女生301人。共分六年级，由第一年级至第四年级为初小，第五与第六年级为高小。年级愈低学生数愈多。高级的人数仅占一切学生数的4.7%。各年级的男女学生数目见第80表。

第80表　62村小学各年级学生总数

年级	学生数			百分比
	男	女	共	
1	474	108	582	28.9
2	455	94	549	27.2
3	410	64	474	23.5
4	296	20	316	15.7
5	36	15	51	2.5
6	44	…	44	2.2
总合	1715	301	2016	100.0

62村小学学生家庭之主要职业，可分四种：就是农、工、商、教育。为农的有1880家，占93.3%。做教育事业的最少，只27家，占1.3%（见第81表）。

第81表　62村小学学生家庭之主要职业

职业	家庭数	百分比
农	1880	93.3
商	78	3.9
工	31	1.5
教育	27	1.3
总合	2016	100.0

62村内自男初级小学毕业由4班至6班者有9校，由10班至12班者有16校，也有毕业多至18班者。自女初级小学毕业由4班至6班者有5校，有多至9班者。男女合校之初级小学有两处，一处毕业由16班至18班，其他一处为20班。高级男子小学共有3处，其中1处已有14班毕业生。高级女子小学只有1处，已有6班毕业生(见第82表)。

第82表　62村各小学毕业班数

毕业班数	小学数				
	初级			高级	
	男	女	男女合校	男	女
尚无	1	3	…	…	…
1—3	…	4	…	…	…
4—6	9	5	…	1	1
17—9	7	3	…	1	…
10—12	16	…	…	…	…
13—15	10	…	…	1	…
16—18	3	…	1*	…	…
19—21	…	…	1†	…	…
总合	46	15	2	3	1

*　该校只两班毕业生中有女生

†　该校只六班毕业生中有女生

据62村之63处小学报告，在初级小学内男生历次毕业人数为3757，女生历次毕业人数为308，男女共4065人。高级小学男生历次毕业人数为530，女生历次毕业人数为50，男女共580人。

62村没有毕业学生的初级小学，男的有1处，女的有3处。男校以毕业25人至49人者为最多，有12处。有1处毕业学生达470人。女校以毕业25人以下者为最多，有8处。其他各种学校毕业人数见第83表。

第83表　62村各种小学历次毕业男女人数

历次毕业人数	初级小学数			高级小学数	
	男	女	男女合校	男	女
尚无	1	3	…	…	…
25人以下	3	8	…	…	…
25—49	12	3	…	1	…
50—74	8	…	…	…	1
75—99	10	1	…	…	…
100—124	10	…	1	…	…
125—149	…	…	1	…	…
162	…	…	…	1	…
200	1	…	…	…	…
334	…	…	…	1	…
470	1	…	…	…	…
总合	46	15	2	3	1

62村在民国十五年自初级毕业者共计301人，高级毕业58人。民国十六年初级共毕业254人，高级共毕业46人。两年中初级与高级共毕业659人。

近五年内63小学校学生增加的有3个学校，学生减少的有13个学校，大致不增不减的学校有47个学校，占75%。

62村于民国十五年有毕业生之初级小学计51处，其中男生毕业44班，共279人，女生毕业7班，共22人。高级小学有毕业生者4处，其中男生毕业3班，共55人，女生毕业1班3人。于民国十六年有毕业生之初级小学 48 处，其中男生毕业 42 班，共 233 人，女生毕业 6 班，共21人。有毕业生之高级小学 4 处，其中男生毕业 3 班，共 41 人，女生毕业 1 班 5 人。关于各校毕业人数之分配见第84表。

第 84 表　62 村在民国十五年与十六年中各小学毕业人数

毕业生数	小学数			
	民国 15 年		民国 16 年	
	初级	高级	初级	高级
5 人以下	15	2	26	…
5—9	30	…	18	2
10—14	4	…	3	…
15—19	2	1	1	1
20—24	…	…	…	1
25—29	…	…	…	…
30—34	…	1	…	…
总合	51	4	48	4

据各校所能记得之报告，62 村小学自创办以来，初级学生中途退学者至少计 1695 人，内男生 1467 人，女生 228 人；高级学生退学者至少 87 人，内男生 77 人，女生 10 人；总计 1782 人。因贫穷退学者占 90%，其余多半因为不以教育为重要。关于估计各校退学人数之分配见第85表。

第 85 表　62 村小学创办以来退学学生数目

退学人数	小学数				
	初级			高级	
	男	女	男女合校	初级	高级
25 人以下	17	11	…	2	1
25—29	5	1	…	…	…
30—34	11	…	…	…	…
35—39	…	…	…	…	…

续表

退学人数	小学数				
	初级			高级	
	男	女	男女合校	初级	高级
40—44	7	1	1	1	…
45—49	…	…	…	…	…
50—54	3	…	1	…	…
70	2	…	…	…	…
90	1	…	…	…	…
总合	46	13	2	3	1

62 村小学在民国十五年初级退学者至少计 215 人，高级 22 人，共 237 人；民国十六年初级退学者至少计 203 人，高级 5 人，共 208 人。关于二年内各校退学人数之分配见第86表。

第 86 表　62 村在民国十五年与十六年中各小学退学人数

退学人数	小学数			
	民国 15 年		民国 16 年	
	初级*	高级	初级**	高级
5 人以下	45	3	42	3
5—9	9	…	12	…
10—14	2	…	1	…
15—19	2	1	…	…
总合	58	4	55	3

* 有 5 个初级小学无答案

* * 有 9 个初级小学无答案

关于小学男女毕业生之出路，男子毕业后为农的占 72%，升学的占 18%，学买卖的占 6%，学手艺的占 3%，当兵或入军界谋生者几占 1%。女子毕业后的出路，约分两种，在家习女红的占 77%，升入高小继续读书的占 23%。

关于 62 村小学所放的各种假期与大城市的假期大有不同。城市中的学校都有长期的暑假，而这 63 处的小学内只有 1 个高小放暑假 30 日。63

个小学都有年假，大多数的日期为一个月。在春季放麦假的有 62 个小学，日期约为半个月，学生可以帮助家中收获麦子。放秋假的有 62 个小学，因为秋天收获庄稼学生必须在家帮忙。秋假放一个月左右的有 28 校，放一个半月左右的亦有 28 校。所以秋假日期最久，年假次之，麦假又次之，暑假最不要紧。若以全年一切放假日数来看，则放三个月左右的学校约居半数，放两个半月左右的学校约居半数。关于各校假期日数之分配见第 87 表。

第 87 表　62 村 63 个小学全年内每种假期日数

假期日数	小学数				
	年假	麦假	暑假	秋假	一切假期
10 日以下	…	4	…	…	…
10—19	…	54	…	1	…
20—29	4	2	…	4	…
30—39	59	2	1	28	…
40—49	…	…	…	28	…
50—59	…	…	…	1	3
60—69	…	…	…	…	6
70—79	…	…	…	…	22
80—89	…	…	…	…	4
90 及以上	…	…	…	…	28
总合	63	62	1	62	63

除 14 个小学外，各小学都有学田，乃是村内原有的公产拨给学校的产业。各小学学田的亩数不一，有少至半亩者，有多至 580 亩者，不到 10 亩者有 7 校，10 至 19 亩的有 7 校，20 至 25 亩的有 6 校，25 至 49 亩的有 9 校，余皆在 50 亩以上。超过 150 亩者有 3 校，亩数为 180216 和 584。各校学田亩数见第 88 表。

第88表　62村各小学所有学田亩数

学田亩数	小学数	百分比
无	14	22.2
25亩以下	20	31.7
25—49	9	14.3
50—74	8	12.7
75—99	4	6.3
100—124	3	4.8
125—149	2	3.2
150亩以上	3*	4.8
总合	63	100.0

*3小学之地亩数为180、216、584。

62村小学约有七项收入(见第89表)。按其多寡之次序，第一是地亩租金，就是学校学田租出所得的租金，用做学校经费的。有此项收入的有49校，全年收入共计6805元，占一切收入总数的41%。第二为地亩摊，是学校经费不足时，由村中各家按地亩多少，平均摊纳，以维持学校。年来因为许多学校经费多不敷用，地亩摊遂成为各校普通收入。第三为地用，是农民买卖地亩所纳的经纪费用，村中每年以25%拨归各校，用做经费。第四为补助金，是县政府每年所补助各校的经费。第五为基金利息，是学校基金所生的利息。第六是学费，62村学校每年学费收入为数很少，收费的方法，也极不一致。21处学校是按照学生家中的地亩收费，地亩愈多学费愈高。百亩以上者约缴学费七角至一元，亦有高至三元者，其余则自一角至七角分为数等。有按照学生所在年级收的，高级学费多于低级。有按照学生之家庭在本村或外村的区别而收的。外村学费高于本村。14处学校各生的学费是一律的。收学费的学校，在63学校中有44处(见第90表)，不收学费的有19处。第七为牙捐，是由青菜类所得的牙捐(如山药秧、棉花、菜捐等)内抽出一部分拨作学校经费。

第 89 表　62 村小学收入之来源

收入来源	小学数		全年收入总数(元)	百分比
	有此项收入	无此项收入		
地亩租金	49	14	6804.63	40.75
地亩摊	46	17	3916.37	23.46
地用	50	13	1838.50	11.01
补助金	14	49	1451.00	8.69
基金利息	16	47	1047.00	6.27
学费	44	19	1020.85	6.11
牙捐	5	58	620.00	3.71
总合	…	…	16698.35	100.00

第 90 表　62 村 44 个小学收学费的方法

收学费方法	学校数
按照学生家中地亩数	21
按照学生所在年级	7
按照学生家庭在本村或外村	2
各生一律	14
总　　合	44*

* 外有 19 个小学不收学费

63 处小学内全年收入款额不满百元者计 4 校。大多数的收入是在100元至 200 元之间。超过 500 百元者计 4 校，为唐家庄之初高级小学，东亭之初高级小学，翟城村之女子初高级小学及育正初高级小学。63 校收入总数为 16698.35 元。各校支出大致与收入不相上下。入不敷出时则按村中有田地者之亩数均摊。63 小学全年支出总数为 13920 元。兹将各校收入及支出款额列于一表，以资比较（见第91表）。近五年内学校之经费大致相同，无大增减。

第91表　62村各小学全年收入与支出

款额组	小学数			
	收入	百分比	支出	百分比
50—99元	4	6.4	5	7.9
100—149元	17	27.0	21	33.3
150—199元	19	30.2	20	31.7
200—249元	6	9.5	4	6.4
250—299元	5	7.9	6	9.5
300—349元	3	4.8	2	3.2
350—399元	3	4.8	…	…
400—449元	2	3.2	1	1.6
500元以上	4*	6.4	4**	6.4
总合	63	100.0	63	100.0

*　4小学之全年收入为680,853,1763,2200元

**　4小学之全年支出为584,680,1680,1160,1573元

63小学全年支出13920元，内薪水为7760元，占总额的55.8%，其他为校役工资，图书仪器等项(见第92表)

第92表　62村小学全年各项支出款额

支出项目	支出款额(元)	百分比
薪金	7760	55.8
工资	675	4.8
图书仪器	567	4.1
其他设备	619	4.4
杂费	4299	30.9
总合	13920	100.0

63小学有工人的学校只有12处。只有1个工人的有9校，有2个、3个、5个工人的，各有1校。这19个工人中有8个工人是短工，有11个工人是全年的。短工最少的工资在一年内为4元，最高的工资为10元。全年的工资最少的为24元，最高的工资为70元。

63小学校舍，以5至9间者为最多，共34处，占54%，10至14间

者次之，计 13 处，占 20.6%，在 25 间以上的有 2 处(见第 93 表)。

第 93 表　63 个小学校舍间数

校舍间数	小学数	百分比
1—4	11	17.4
5—9	34	54.0
10—14	13	20.6
15—19	1	1.6
20—24	2	3.2
25 以上	2	3.2
总合	63	100.0

这 63 处学校校舍，属于村有的共 61 处，属于私有的 2 处。63 处学校校舍中，有 4 处也作为村中办公用的，有 16 处同时作为平民学校用的。

62 村小学全年被教育局视导之次数不同。在民国十六年内视导过 1 次的有 3 处，视导 2 次的有 27 处，视导 3 次的有 11 处，视导 4 次的有 21 处，视导 5 次的有 1 处。

二　小学教员

26 村内男小学有 1 个教员的，有 39 校，有 5 个教员的，只有 1 处。女小学有 1 个教员的有 12 校。男女合校有 1 个教员的有 1 处，有 2 个教员的有1处，共 2 处。合计起来，63 小学中有 1 个教员的共 52 校，为最多。 63 小学共有男教员 68 人，女教员 10 人，共 78 人(见第 94 表)。

第 94 表　62 村小学教员数目之分配

教员数	小学数			
	男	女	男女合校	总和
1	39	12	1	52
2	4	3	1	8

续表

教员数	小学数			
	男	女	男女合校	总和
3	1	…	…	1
4	1	…	…	1
5	1	…	…	1
总合	46	15	2	63

关于62村小学教员的诞生地，生于学校所在村庄的，男22人，女6人，共28人，占35.9%。定县其他地方的，男41人，女4人，共45人，占57.7%。可见本县生的为最多。其他别县的占数很少(见第95表)。

第95表　小学教员诞生地之分配

教员诞生地	教员数			
	男	女	男女共	百分比
学校所在村庄	22	6	28	35.9
定县其他地方	41	4	45	57.7
河北省望都县	3	…	3	3.8
河北省宁津县	1	…	1	1.3
河北省内邱县	1	…	1	1.3
总　合	68	10	78	100.0

78小学教员中20岁以下者，男有7人，女有3人，共10人，占12.8%。20至24岁者，男24人，女5人，共29人，占37.2%。25至29岁者占24.4%。年龄最高之女教员不满40岁，年长之男教员超过70岁(见第96表)。

第96表　62村小学教员年龄之分配

年龄组	教员数			
	男	女	男女共	百分比
20岁以下	7	3	10	12.8
20—24	24	5	29	37.2

续表

年龄组	教员数			
	男	女	男女共	百分比
25—29	18	1	19	24.4
30—34	5	…	5	6.4
35—39	2	1	3	3.8
40—44	…	…	…	……
45—49	3	…	3	3.8
50—54	3	…	3	3.8
55—59	2	…	2	2.6
60—64	2	…	2	2.6
65—69	1	…	1	1.3
70—74	1	…	1	1.3
总　合	68	10	78	100.0

78个小学男女教员已婚的共71人，占91%。未婚的共7人，占9%(见第97表)。

第97表　62村已婚及未婚之小学教员数

婚姻	教员数			
	男	女	男女共	百分比
已婚	66	5	71	91
未婚	2	5	7	9
总合	68	10	78	100

78个小学男女教员中有41个是定县师范学校毕业的，有14个是省立第九中学毕业的，有6个是定县女子师范学校毕业的。其余也有定县毕业的，别县毕业的。总之，以本县学校毕业者为最多(见第98表)。

续表

兼任事项	教员数		
	在本校作事	在校外作事	在校内外作事共
平校教员	…	10	10
总理校事	1	…	1
本村学董	…	1	1
为农	…	1	1
财务局职员	…	1	1
总合	1	13	14

第98表　62村小学教员毕业学校之分配

毕业之学数	地址	教员数	百分比
定县师范学校	定县	41	52.6
省立第九中学	定县	14	17.9
定县女子师范学校	定县	6	7.7
前清秀才	定县	2	2.5
保定育德中学	保定	2	2.5
省立第八中学	易县	2	2.5
东亭高级小学	定县	1	1.3
翟城高级小学	定县	1	1.3
望都省立师范学校	望都	1	1.3
培基中学	保定	1	1.3
志存中学	保定	1	1.3
保定监狱学校	保定	1	1.3
省立第七中学	正定	1	1.3
泊头省立师范学校	沧县	1	1.3
天津师范讲习所	天津	1	1.3
天津自治研究所	天津	1	1.3
湖北医药讲习所	湖北	1	1.3
总　合	……	78	100.0

78个小学教员中从事教育5年以下的有43人，5至9年的有17人。

78 个小学教员中从事教读在 5 年以下的有 45 人，5 至 9 年的有 19 人。78 个小学教员中在本校任事 5 年以下的有 71 人，5 至 9 年的 5 人，10 至 14 年的有 2 人(见第99表)。

第 99 表　78 个小学教员从事教育，教读及现在学校任事年数

年数	教员数从事教育	教读	本校任事
5 年以下	43	45	71
5—9	17	19	5
10—14	8	5	2
15—19	5	6	…
20—24	2	1	…
25—29	1	…	…
30—34	…	…	…
35—39	1	1	…
40—44	1	1	…
总合	78	78	78

78 个小学教员担任 2 至 4 个科目的有 9 人，5 至 7 个科目的有 23 人，担任 8 至 10 个科目的有 37 人，为最多，占 47.4%。担任 11 至 13 个科目的有 9 人(见第100表)。

第 100 表　62 村 78 个小学教员担任科目数

担任科目数	教员数	百分比
2—4	9	11.5
5—7	23	29.5
8—10	37	47.4
11—13	9	11.5
总　合	78	100.0

78 个小学教员每周担任 15 小时以下的有 3 个教员，占 3.8%。担任 30 至 34 小时的为最普通，有 41 人，占 52.6%。有一个教员担任到 40 至 44 小时(见第 101 表)。

第101表　62村小学教员每周担任课程小时数

每周担任小时数	教员数	百分比
15 小时以下	3	3.8
15—19	6	7.7
20—24	13	16.7
25—29	14	17.9
30—34	41	52.6
35—39	…	…
40—44	1	1.3
总合	78	100.0

78个小学。教员中，教读外兼任其他事项的有14人。有10人兼任平校教员。有1人兼任本校校事总理。有1人兼任本村学董。有1人为农。有1人兼任财务局职员（见第102表）。

第102表　小学教员教读外兼任事项

兼任事项	教员数		
	在本校作事	在校外作事	在校内外作事共
平校教员	…	10	10
总理校事	1	…	1
本村学董	…	1	1
为农	…	1	1
财务局职员	…	1	1
总合	1	13	14

64个初级小学教员中，最低的薪水全年由40至59元者有7人，男5人，女2人。最高的薪水全年由120至139元者有5人，都为男性。14个两级小学教员中，最低的薪水全年由100至119，者男1人。最高的薪水全年由160至179元者有男6人。一切小学教员，最低的薪水全年由40至59元者共7人，占9%。最高的薪水全年由160至179元共6人，占7.7%。最多的是全年薪水由80至99元者共23人，占29.5%。100至119元者次之，计18人，占23.1%（见第103表）。

第103表 62村小学教员之薪金

全年薪金	初级小学教员数		两级小学教员数		一切小学教员数	百分比
	男	女	男	女		
40—59元	5	2	…	…	7	9.0
60—79	10	2	…	…	12	15.4
80—99	22	1	…	…	23	29.5
100—119	14	3	1	…	18	23.1
120—139	5	…	1	2	8	10.2
140—159	…	…	4	…	4	5.1
160—179	…	…	4	…	6	7.7
总合	56	8	12	2	78	100

78个小学教员家庭，5口以下的有男教员的家庭8个，女教员的家庭3个，共11个，占14.1%。5至9口者有男25家，女2家，共27家，占34.6%。有三家男教员家庭人口由30至34口之多(见第104表)。

第104表 78个小学教员家庭之人口数

家庭人口	教员数			
	男	女	男女共	百分比
5口以下	8	3	11	14.1
5— 9	25	2	27	34.6
10—14	18	2	20	25.6
15—19	7	1	8	10.3
20—24	7	2	9	11.5
25—29	…	…	…	…
30—34	3	…	3	3.9
总合	68	10	78	100.0

大多数已婚之小学教员皆属青年，故子女不多。尚无子女者计7人，有1孩者18人，2孩者20人，最多者为6个子女，只1人。71个教员共有男孩61个，女孩51个，合计112个(见第105表)。

第105表　71个已婚小学教员之子女数

子女数目	教员数
0	7
1	18
2	20
3	6
4	5
5	2
6	1
无答案	12
总　合	71

78个小学教员家中，没有田地的只有1名女教员。有田地20亩以下的，男10人，女3人，共13人。有田地20至39亩的，男15人，女4人，共19人，占24.4%。40至59亩的计16人，占20.5%。有田地100亩以上的，男9人，女2人，共11，占14.1%(见第106表)。

第106表　62村小学教员家中田地亩数

田地亩数	教员数			
	男	女	男女共	百分比
无	…	1	1	1.3
20亩以下	10	3	13	16.7
20—39	15	4	19	24.4
40—59	16	…	16	20.5
60—79	6	…	6	7.7
80—99	12	…	12	15.4
100亩以上	9	2	11	14.1
总合	68	10	78	100.0

78个小学教员家中无家产的，只有1名女教员。有2000元以下家产的男11人，女2人，共13人，占16.7%。2000至3999元家产的，男16人，女3人，共19人，占24.4%。有10000元以上的家产的，男7人，女1人，共8人，占10.3%(见第107表)。

第107表　62村78个小学教员家产之价值

家产	教员数			
	男	女	男女共	百分比
无	…	1	1	1.3
2000元以下	11	2	13	16.7
2000—3999	16	3	19	24.4
4000—5999	14	1	15	19.2
6000—7999	11	1	12	15.4
8000—9999	9	1	10	12.8
10000及以上	7	1	8	10.3
总合	68	10	78	100.0

第三节　62村中学及中学以上学校毕业生的调查

民国十七年，62村内找得出中学毕业及中学以上教育程度的人有44村，找不出中学毕业的人有18村。翟城村有中学毕业及中学以上的教育程度者，男33人，女11人，共44人，为各村之冠，平均村中每8.5家有1个中学毕业者。东亭有中学毕业男子25人，女子4人，共29人，在62村内占第2位，平均每12.5家有1个中学毕业者。62村共有中学毕业及中学以上的教育程度者308人内，男子276人，女子32人，每33.9家有1中学毕业者。平均每村中学毕业男子4.5人，女子0.5人，合计5人。兹将各村中学毕业与中学以上学校毕业男女人数，及每个毕业者在本村平均所当家数详细列表如下(见第108表)：

第108表　62村每村内中学毕业及中学以上程度之男女人数

民国十七年

村　名	人数			每一中学毕业生所当家数
	男	女	共	
翟城	33	11	44	8.5
东亭	25	4	29	12.5
东旺	15	5	20	16.0
东庞	15	4	19	17.3
齐堡	15	1	16	28.6
帅村	12	3	15	20.2
夏家营	10	…	10	5.5
东丈	10	…	10	18.2
土良	9	…	9	19.4
北祝	9	…	9	30.7
小淡河	8	…	8	13.1
陈村营	8	…	8	13.8
鸡鸣台	8	…	8	20.0
赵祚	7	…	7	13.1
小齐家庄	6	…	6	4.8
王家庄	6	…	6	13.3
西堤阳	6	…	6	26.7
小流	6	…	6	27.7
吴家庄	6	…	6	35.0
元光	3	3	6	50.0
马家庄	5	…	5	54.0
刘良庄	4	…	4	39.5
大羊平	4	…	4	43.0
大陈村	4	…	4	45.3
伯堡	4	…	4	47.5
大鹿庄	3	1	4	67.5
西建阳	4	…	4	69.0
唐家庄	4	…	4	73.0
东王习	3	…	3	64.0
黄家营	2	…	2	21.5
东汉	2	…	2	30.5
曹村	2	…	2	41.0

续表

村名	人数			每一中学毕业生所当家数
	男	女	共	
东马头	2	…	2	48.5
寨里	2	…	2	110.0
东建阳	2	…	2	139.5
李村店	2	…	2	142.0
北齐	2	…	2	163.0
小辛庄	2	…	2	174.0
小陈村	2	…	2	53.0
南角羊	1	…	1	98.0
大洼里	1	…	1	132.0
南齐	1	…	1	180.0
辛兴	1	…	1	183.0
王村	1	…	1	185.0
东堤阳	无	无	无	
史村	无	无	无	
土厚	无	无	无	
西王习	无	无	无	
王习营	无	无	无	
师家庄	无	无	无	
西汉	无	无	无	
小洼里	无	无	无	
药刘庄	无	无	无	
北角羊	无	无	无	
杨家庄	无	无	无	
寺羊平	无	无	无	
吴羊平	无	无	无	
霍羊平	无	无	无	
安家营	无	无	无	
西马头	无	无	无	
固城	无	无	无	
城旺	无	无	无	
所有村庄	276	32	308	33.9
平均每村	4.5	0.5	5.0	……

62村内中学毕业男女的现在年龄，由15至19岁者，男26人，女5人，共31人。20至24岁者为最多，男90人，女18人，共108人，占35.1%。25至29岁者，男80人，女8人，共88人，占28.6%。30至34岁者计47人，占15.3%。年龄最高者亦不满60岁(见第109表)。

第109表　62村内中学及中学以上学校毕业男女现在年龄之分配

年龄组	人数			
	男	女	共	百分比
15—19	26	5	31	10.1
20—24	90	18	108	35.1
25—29	80	8	88	28.6
30—34	47	…	47	15.2
35—39	11	1	12	3.9
40—44	7	…	7	2.3
45—49	10	…	10	3.2
50—54	3	…	3	1.0
55—59	2	…	2	0.6
总合	276	32	308	100.0

62村内中学毕业男女辍学时的年龄，15至19岁者，男45人，女8人，共53人，占21.4%。20至24岁者最多，男120人，女13人，共133人，占53.7%。25至29岁辍学的计39人，占15.7%。亦有高至40岁以上者(见第110表)。

第110表　62村中学及中学以上学校毕业者辍学时之年龄

辍学时年龄组	人数			
	男	女	共	百分比
15—19	45	8	53	21.4
20—24	120	13	133	53.7
25—29	36	3	39	15.7
30—34	10	1	11	4.4
35—39	9	…	9	3.6
40—44	3	…	3	1.2
所有年龄	223	25	248	100.0

另外有无答案者8人

兹将62村内中学及中学以上程度的308人分为三类讨论之。第一类为中学毕业后即未升入大学，若升入大学或专科学校亦读至毕业为止者。此类男女合计247人。第二类为中学毕业后修业者，即升入大学或中学以上专科学校而未毕业即中途退学者，计男子9人。第三类为中学毕业后现在尚肄业专科学校或大学者，计男45人，女7人，共52人(见第111表)。

第111表　62村内中学及中学以上学校毕业，中学毕业后修业，及现在肄业之男女人数

中学毕业类别	人数		
	男	女	共
中学及中学以上毕业	222	25	274
中学毕业后修业	9	…	9
中学毕业后现肄业	45	7	52
总合	276	32	308

62村内中学及中学以上毕业之男子共222人。所学门类以师范为最多，共74人。普通为第二，共64人。织染最少，只1人。修业者共9人，所学门类以普通为最多，共5人。医科与路政为最少，各1人。肄业者共42人，所学门类以法科为最多，共18人，医科占第二，共10人。总计所学门类以普通与师范为最多，各75人，各占28.1%。其次就是法科和医科。法科共41人，占15.3%。医科共29人，占10.9%。最少者为法文、自治、织染等门。详细情形见第112表。

第112表　62村内中学及中学以上毕业者，修业者及现在肄业者所学门类与每门人数(男)

民国十七年

所学门类	毕业人数	修业人数	肄业人数	人数	
				总计	百分比
普通	64	5	6	75	28.1

续表

所学门类	毕业人数	修业人数	肄业人数	人数	
				总计	百分比
师范	74	…	1	75	28.1
法科	21	2	18	41	15.3
医科	18	1	10	29	10.9
工业	10	…	1	11	4.1
农业	9	…	…	9	3.4
商科	3	…	1	4	1.5
土木工	…	…	4	4	1.5
路政	2	1	1	4	1.5
军事	4	…	…	4	1.5
体育	3	…	…	3	1.1
理化	3	…	…	3	1.1
法文	2	…	…	2	0.8
自治	2	…	…	2	0.8
织染	1	…	…	1	0.4
总合	216	9	42	267	100.0

无答案者计毕业 6 人，肄业 3 人，共 9 人

62 村内中学及中学以上程度毕业之 222 人中，只毕业于中学而未升学者为最多，计 57 人。中学毕业后又毕业于师范讲习所者次之，计 41 人。毕业于普通大学者又次之，计 39 人。中学毕业后又升学而修业者共 9 人，以修业于普通大学者为最多，计 7 人。肄业于专科或大学者共 45 人，以肄业于普通大学者为最多，计 34 人。三类合计 276 人中以入普通大学者为最多，共 80 人，占 29%。中学次之，共 59 人，占 21.38%。师范讲习所又次之，共 41 人，占 14.86%。详情见第113表。

第113表　62村内中学及中学以上程度毕业者，修业者及现在肄业者所入学校种类与每种人数(男)

学校种类	毕业人数	修业人数	肄业人数	人数	
				总计	百分比
普通大学	39	7	34	80	29.00
中学	57	…	2△	59	21.38
师范讲习所	41	…	…	41	14.86
师范学校	27	…	1	28	10.15
高等师范	13	…	…	13	4.71
甲种工业	6	…	…	6	2.18
法政专门	3	1	2	6	2.18
大学预科	2	…	2	4	1.45
高等工业	4	…	…	4	1.45
甲种农业	3	…	…	3	1.09
医学专门	3	…	…	3	1.09
交通大学	2	…	1	3	1.09
农业专门	2	…	…	2	0.72
财商专门	2	…	…	2	0.72
法文馆	2	…	…	2	0.72
医科大学	2	…	…	2	0.72
军医学校	2	…	…	2	0.72
留学日本	2	…	…	2	0.72
译学馆	1	…	…	1	0.36
司法储才	1	…	…	1	0.36
医药专门	…	…	1	1	0.36
工业专门	1	…	…	1	0.36
师范大学	1	…	…	1	0.36
工业大学	1	…	…	1	0.36
法政大学	1	…	…	1	0.36
兽医学校	…	1	…	1	0.36
军政学校	1	…	…	1	0.36

续表

学校种类	毕业人数	修业人数	肄业人数	人数	
				总计	百分比
讲武堂	1	…	…	1	0.36
武备学校	1	…	…	1	0.36
军官教导团	1	…	…	1	0.36
留学法国	…	…	1	1	0.36
留学美国	…	…	1	1	0.36
所有学校	222	9	45	276	100.00

△高级中学

62村内中学毕业男子现在（民国十八年）肄业于保定河北大学者为最多，计16人。肄业于北平朝阳大学者共13人。有1人留法，1人留美（见第114表）。

第114表　62村内男子现在肄业中学及中学以上学校、地址及每校人数

现在肄业学校	地址	人数
河北大学	保定	16
朝阳大学	北平	13
北洋大学	天津	3
河北省立第九中学	定县	1
河北省立第六中学	保定	1
北京国立师范学校	北平	1
北京法政专门学校	北平	1
北京中国医药专门学校	北平	1
北洋法政专门学校	天津	1
清华大学	北平	1
畿辅大学	北平	1
中法大学	北平	1
北京交通大学	北平	1
齐鲁大学	山东	1
法国留学	法国	1
美国留学	美国	1
所有学校	……	45

62 村内中学毕业男子修业于河北大学者共 4 人，在其他学校者共 5 人。(见第115表)

第 115 表　62 村内中学毕业男子修业之学校、地址及每校人数

修业之学校	地址	人数
河北大学	保定	4
朝阳大学	北平	1
畿辅大学	北平	1
北京交通大学	北平	1
北京法政专门学校	北平	1
兽医学校	北平	1
总　合	……	9

中学毕业后在大学修业者共 9 人。关于他们所学之门类，及离校后从事各种职业人数见第116表。

第 116 表　62 村内中学毕业后各门类修业男子现在从事各种职业之人数

所学门类	从事职业人数					人数
	赋闲	学校教员	学校职员	医生	无答案	
普通	3	…	1	…	1	5
法科	1	1	…	…	…	2
医科	…	…	…	1	…	1
路政	1	…	…	…	…	1
所有门类	5	1	1	1	1	9

62 村内中学及中学以上毕业男子最后毕业之学校为定县师范讲习所者为最多，共 41 人。毕业于定县河北省立第九中学者次之，有 40 人。毕业于保定河北大学者有 23 人，又次之。其中有毕业于日本者 4 人，毕业于法国者 1 人。共 222 人。详情见第117表。

第117表　62村内中学及中学以上毕业男子最后毕业之学校、地址及每校人数

毕业之学校	地址	人数	毕业之学校	地址	人数
定县师范讲习所	定县	41	省立第一师范学校	天津	1
河北省立第九中学	定县	40	省立第八师范学校	正定	1
河北大学	保定	23	宣化师范学校	宣化	1
保定高等师范学校	保定	11	河北大学预科	保定	1
定县师范学校	定县	9	朝阳大学预科	北平	1
保定志存中学	保定	6	北京高等师范学校	北平	1
保定甲种工业学校	保定	6	保定医学专门学校	保定	1
省立第四师范学校	顺德	6	北京医学专门学校	北平	1
朝阳大学	北平	6	大阪医学专门学校	日本	1
北京国立师范学校	北平	5	河北法政专门学校	保定	1
省立第二师范学校	保定	4	北洋法政专门学校	天津	1
天津高等工业学校	天津	4	巴黎法政专门学校	法国	1
育德中学	保定	3	天津工业专门学校	天津	1
保定甲种农业学校	保定	3	保定讲武堂	保定	1
中国大学	北平	3	保定军官教导团	保定	1
国立北京大学	北平	3	晋军随营武备学校	山西	1
保定高等师范附属中学	保定	2	河北军事政治学校	北平	1
保定农业专门学校	保定	2	司法储才馆	北平	1
北平财政商业专门学校	北平	2	译学馆	北平	1
陆军军医学校	天津	2	保定优级师范学校	保定	1
北京法文馆	北平	2	北洋大学	天津	1
北京医科大学	北平	2	北京师范大学	北平	1
北京交通大学	北平	2	民国大学	北平	1
日本留学(何校不详)	日本	2	天津工业大学	天津	1
河北省立第六中学	保定	1	北京法政大学	北平	1
河北省立第八中学	易县	1	山西大学	山西	1
北京志存中学	北平	1	早稻田大学	日本	1
北京畿辅中学	北平	1			
天津觉民中学	天津	1	所有学校	…	222
盐山中学	盐山	1			

62 村内中学及以上程度之男女，最后所在学校之地址以定县为最多，共 108 人，占 35.2%。在保定者有 95 人，占 30.9%。在北平者有 67 人，占 21.8%。有 4 个在日本的，有 2 个在法国的，有 1 个在美国的(见第 118 表)。大致说来，地址愈近，人数较多。

第 118 表 62 村内中学及以上程度之男女最后所在学校地址之分配

最后所在学校地址	人数			
	男	女	共	百分比
定县	91	17	108	35.5
保定	88	7	95	30.9
北平	60	7	67	21.8
天津	16	…	16	5.2
顺德	6	…	6	2.3
日本	4	…	4	1.3
山西	2	…	2	0.6
法国	2	…	2	0.6
易县	1	…	1	0.3
正定	1	…	1	0.3
盐山	1	…	1	0.3
宣化	1	…	1	0.3
张家口	…	1	1	0.3
山东	1	…	1	0.3
美国	1	…	1	0.3
总合	275	32	307	100.0

这 222 人或在中学毕业，或在大学毕业，究竟他们毕业后所作的事业是否是他们所专门学的东西，是一个值得注意的问题。第 119 表是要试一试答复这个问题。表之左边按所专各门类人数之多寡为序列各门类。表之右边即所学各门类人数之总数及百分比。表之上边详列毕业生离校后所作各种事业。表之下端即从事各种事业者之总数及百分比。表之中间各数目是表明所作事业与所学门类之关系。例如以师范(包括教育学)

为主科者共 74 人。其中作学校教员者占大多数，计 49 人，为学校职员者 1 人。他们所作的事业与他们所学的科目有直接的关系。此外有赋闲 10 人，为农者 7 人，及从事其他职业数人。彼等所作事业与所学门类有的多少有些关系，亦有关系不甚显然的。再例如学路政的只有 2 人，而皆为铁路职员，所用皆所学。又如为律师者 2 人皆在法科毕业。关于其他各种职业与所学门类之关系，从表中可以看出来。

第 119 表 62 村内中学毕业及中学以上各门类毕业之男子现在从事各种职业之人数

所学门类	从事职业之人数																	各门类人数	百分比
	学校教员	赋闲	农业	军界	医生	学校职员	铁路职员	文牍	党部职员	法院职员	律师	矿务局职员	工厂职员	商业	养蜂	主笔	无答案		
师范	49	10	7	…	1	1	…	2	1	1	…	1	…	…	…	…	1	74	33.3
中学	12	24	7	12	…	1	…	1	…	…	…	…	…	…	…	…	…	57	25.7
法科	5	5	…	…	…	1	1	1	2	2	2	…	…	…	…	…	2	21	9.4
医科	1	6	1	…	8	…	…	…	…	…	…	…	…	…	…	…	2	18	8.2
工业	4	1	4	…	…	…	…	…	…	…	…	…	1	…	…	…	…	10	4.5
农业	3	1	4	…	…	…	…	…	…	…	…	…	…	…	1	…	…	9	4.0
普通	2	2	…	1	…	…	…	…	…	…	…	…	…	1	…	…	1	7	3.0
军事	…	1	1	…	…	1	…	…	…	…	…	…	…	…	…	…	1	4	1.8
商科	1	1	…	…	…	…	…	…	…	…	…	…	…	…	…	…	1	3	1.3
体育	2	…	…	…	…	…	…	…	…	…	…	…	…	…	…	…	1	3	1.3
理化	3	…	…	…	…	…	…	…	…	…	…	…	…	…	…	…	…	3	1.3
自治	1	1	…	…	…	…	…	…	…	…	…	…	…	…	…	…	…	2	1.0
法文	…	…	…	1	…	…	1	…	…	…	…	…	…	…	…	…	…	2	1.0
路政	…	…	…	…	…	…	2	…	…	…	…	…	…	…	…	…	…	2	1.0
织染	…	1	…	…	…	…	…	…	…	…	…	…	…	…	…	…	…	1	0.4
无答案	…	3	…	1	…	…	…	…	…	…	…	…	…	…	…	1	1	6	2.7
所有门类	83	56	24	15	9	4	4	4	3	3	2	1	1	1	1	1	10	222	100.0
百分比	37.3	25.2	10.8	6.7	4.0	1.8	1.8	1.8	1.3	1.3	1.0	0.5	0.5	0.5	0.5	0.5	4.5	100.0	……

62 村内中学及中学以上毕业女子最后毕业之学校以定县女子师范学校为最多，共 14 人。毕业于保定省立第二女子师范学校者有 6 人，次之，共 25 人。（见第120表）

第120表　62村内中学及中学以上毕业女子最后毕业之学校、地址及每校人数

毕业之学校	地址	人数
定县女子师范学校	定县	14
省立第二女子师范学校	保定	6
定县女子中学	定县	1
保定医学专门学校	保定	1
北京美术专门学校	北平	1
北京师范大学	北平	1
北京平民大学	北平	1
所有学校	……	25

62村内女子现在肄业于定县女子中学者有2人，中学毕业后又肄业于北京平民大学者2人，共7人。关于彼等所学门类见第121表。

第121表　62村内女子现在肄业中学及中学以上学校、地址、每校人数及所学门类

肄业学校	地址	所学门类	人数
定县女子中学	定县	普通	2
北京平民大学	北平	普通	2
张垣女子师范学校	张家口	师范	1
北京师范大学	北平	师范	1
朝阳大学	北平	普通	1
所有学校	……	……	7

62村内中学及中学以上各门类毕业之25女子，学师范科者有21人，其中从事于学校教员者13人，赋闲者8人(大致已出嫁)。其中学医科者1人，现从事看护妇。学美术者1人，现为教员(见第122表)。

第122表　62村内中学毕业及中学以上各门类毕业之女子现在从事各种职业之人数

所学门类	从事职业人数			各门类人数
	学校教员	赋闲	看护妇	
师范	13	8	…	21
中学	…	1	…	1
医科	…	…	1	1
美术	1	…	…	1
无答案	…	1	…	1
所有门类	14	10	1	25

第四节　62村文盲与识字人数之调查

一　民国十七年文盲调查

62村约有1万家。此次按照人力与时间之所能及，只能调查500家，包括家内11至50岁的人口(为中国普通计算法，较实际年龄略低一年半)。即在民国十七年冬季平民学校指导员往各村视查平民学校时携带问题表，用撞遇法调查每村家数的5%，特别注意普通农家。凡在初级平民学校毕业者，或在其他学校读书超过二年者，即算为非文盲。凡在初级平民学校读过一二月者，或在其他学校读书不满二年者，即用文盲测验，考查其程度。测验方法是从农民千字课内用抽样法选出“土，母，先，物，约，恒，票，盛，物，照，面”十个字。凡能读对一个字的音，又能讲明它的意思的，就得5分。二者缺一，即得2.5分。两样都不能办到，即得零分。如此讲读测验的完全分数等于50分。再用听写测验。凡能听教员念一个字而能完全写对的，即得5分。不能完全写对，只差一两划而能辨认的。即得2.5分。完全不能写的，即得零分。如此听写测验的完全分数亦为50分。凡能得100分的为非文盲，得50分以上的为半文盲，不及50分的仍算为文盲，与绝对文盲列为一等。如此进行，在五百家中共调查了1752人。内有1094男子，658女子。11至50岁的1094多子中有绝对文盲560个，占51%；半文盲71个；非文盲463个，占42%。女子中有绝对文盲619个，占94%；半文盲3个；非文盲只36个，占5.4%。男女合计，绝对文盲1179个，占总人数的67.4%；半文盲74个，占4.2%；非文盲499个，占28.4%（详情见123表）。

第123表　11—50岁之1752人口中文盲与非文盲数目之比较

教育程度	男子		女子		男女共	
	数目	百分比	数目	百分比	数目	百分比
绝对文盲	560	51.2	619	94.1	1179	67.4
半文盲	71	6.5	3	0.5	74	4.2
非文盲	463	42.3	36	5.4	499	28.4
总　合	1094	100.0	658	100.0	1752	100.0

此处有一点应当说明，即定县人口之性比例为106男子当100个女子。此次五百家内所调查的658女子数目与1094男子数目比较，显然的遗漏了不少的女子，因为乡村家庭很不愿意外人来调查妇女，尤其是大姑娘与少妇。妇女数目既少；其中非文盲之比例数又低，则男女合计之非文盲总数必偏高，因男子的总数目偏高。若根据已知之性比例来推算，既然有1094男子则有1032女子，男女合计为2126。按上表女子中非文盲及半文盲占5.9%。以5.9%乘1032则得61个非文盲及半文盲。61个识字女子加534识字男子(463+71=534)得595非文盲及半文盲男女总数。再以2126男女总数除595得28%，即11至50岁之人口中有28%非文盲及半文盲，如此绝对文盲为72%。此推算之数目与表中32.6(4.2+28.4=32.6)识字者与67.4绝对文盲稍有出入。因表中妇女的数目遗漏，男子数目偏高，而男子绝对文盲比例数又远低于女子中的绝对文盲比例数。结果总人口的绝对文盲百分比较实际情形亦偏低，反之而识字者的百分比偏高。因此推算的两个百分比，大致是实际情形，即绝对文盲占72%，非文盲及半文盲占28%。62村之教育状况较其他地方稍强，故非文盲之百分比亦稍高于其他地方。

此573非文盲及半文盲或简称为识字者入学的年数，男子以三年者为最多，计124人；四年者次之，计116人；女子亦以三或四年者为最多；男女合计十年以上者只有27人，不满三年者亦不少（详细数目见第124表）。

第124表　537非文盲及半文盲入学年数

入学年数	男子数	女人数	男女合计
1年以下	77	2	79
1	30	4	34
2	54	6	60
3	124	10	134
4	116	16	132
5	47	1	48
6	25	……	25
7	15	……	15
8	11	……	11
9	4	……	4
10及以上	27	……	27
无答案	4	……	4
总　合	534	39	573

此573识字的人中能看得懂普通报纸者有368人，其余205人虽然认识报中许多字，但很不容易明白全篇之重要意义。其中388人大致能看懂普通县政府所出的告示，其余185人难看得懂。441人能记账，319人能写普通信（详情见第125表）。

第125表　非文盲及半文盲运用文字之能力

运用能力	人数			
	看报	看告示	记账	写信
能	368	388	441	319
不能	205	185	132	254
总　合	573	573	573	573

第126表是要显明识字和不识字与家中贫富的关系。表之左边列他们教育的程度，上端列家中有多少亩田地(是他们8岁至12岁时的家中田亩)，中间显明各种田亩不同之家庭内绝对文盲及识字者数目。例如表内家中有田地不满25亩者总计726人，其中非文盲只有123个，占726人的16.9%(见人数百分比部分)，半文盲45个，占6.2%，绝对文盲竟多至558个，占76.9%。再看有田百亩及百亩以上者总计93人，其中非文盲占大多数，计54人，占58.1%，半文盲3个，占3.2%，绝对文盲36个，占38.7%。若将此表细看，尤其是百分比部分，即可发见地亩少的家庭内，绝对文盲之百分比远高于非文盲及半文盲之百分比之合，而地亩多的家庭内，非文盲及半文盲百分比之合高于绝对文盲之百分比。与非文盲相对之百分比行内，自左而右，亦即自田亩少者至田亩多者，为16.9%，31.7%，45.6%，51.0%，58.1%，有逐渐增高之趋势；反之再看与绝对文盲相对之行，为76.9%，63.4%，52.9%，42.9%，38.7%，有渐次低落之倾向。由此看来，家中田亩数增加，识字者亦随之而增加；田亩数减少，识字者亦随之减少。贫富与教育程度有密切的关系。

第126表　文盲与家中所有地亩数之关系

教育程度	人数						人数百分比					
	家中有田25亩以下	25—49亩	50—74亩	75—99亩	100亩及以上	共计	25亩以下	25—49亩	50—74亩	75—99亩	100亩及以上	共计
非文盲	123	116	62	25	54	380	16.9	31.7	45.6	51.0	58.1	27.7
半文盲	45	18	2	3	3	71	6.2	4.9	1.5	6.1	3.2	5.2
绝对文盲	558	232	72	21	36	919	76.9	63.4	52.9	42.9	38.7	67.1
总合	726	366	136	49	93	1370*	100.0	100.0	100.0	100.0	100.0	100.0

*外有382人之地亩

近数十年来，定县人民多令子弟入学，因此识字的人数一年多一年，文盲一年少一年，这种趋势可以从第127表看出来。所调查之11至14岁的人中，识字者超过半数，占本组内人口总数的57.3%。15至19岁的人中，识字者亦超过半数，占本组人数51.2%。20至24岁的人中，识字者不及一半，占39.1%。超过30岁的人中，识字者均在20%左右。如此看来，幼童中识字者之百分比高于青年中识字者之百分比，青年中识字者之百分比又高于壮年及老年者。可知近年人民较从前更注重教育。

第127表　年龄组内识字人数之百分比

年龄组	各组内识字人数百分比
11—14	57.3
15—19	51.2
20—24	39.1
25—29	28.8
30—34	22.1
35—39	18.2
40—44	22.2
45—49	20.3

此573识字的人中以在初级小学毕业或修业者为最多，计243人，入过私塾者132人，入过平民学校者63人，在高小毕业或修业者30人，在识字会（为孙发绪县长所提倡举办者）读过书者25人，半日学校及夜校读过书者4人，中学毕业或修业者8人，师范毕业或修业者6人，其余皆为专科学校及大学毕业或修业者。女子中之90%为初级小学毕业者。

问及560绝对男文盲未入学之原因，回答因家贫读不起书者285人，因工作太忙无暇入学者237人，两项合计522人，占总人数95%。忙的原因大半仍是因为穷，贫者不得不为糊口而忙，二者是一而二、二而一的，总之，究竟是因为贫穷而不能入学。问及女子未读书的原因，多数亦是回答因为贫或忙，亦有回答因为从前没有女学，现在虽有女学而离村太远，上学不便。亦有不少的人回答父母不赞成女子入学者。此外因为病、哑、或瞎不能入学者男子中有3人，女子2人。

560非文盲及半文盲中，中途辍学之原因亦以贫或忙为最多，父母不注意多读书次之，因高级学校离家颇远而不愿升学6人，因读书太笨4人。此外为父亡，女子出嫁，或病等原因。

问及识字者谁叫彼等入学，回答父令读书者457人，祖父33人，自动入学 31 人，母 14 人，伯父 6 人，兄 5 人，叔父 4 人，曾祖父及伯母各 1 人。

大致说来，识字者多来自人口多之家庭。非文盲之家庭人口数平均为 7.3（是他们 10 岁上下时家中之人口），半文盲之家庭人口数为 6.7，绝对文盲之家庭为 6.3 。

识字者亦多在入学多的人之家庭内发现。非文盲之家庭内平均有 2 个人过学者，半文盲之家庭内平均有 1 个人过学者，绝对文盲的家庭内平均有 0.7 个人过学者。500 家内平均每家有 1.2 个读过书的人（是被调查者 10 岁上下时之情形）。

父母之存在与否与儿童之入学亦多少有些关系。在 8 岁时父母全在之儿童中未入学者占 66%，父母不在之儿童中未入学者占 77%。

儿童入学与否与家长识字与否极有关系。识字家长之家庭内，被调查的人中 49%为非文盲或半文盲，51%为绝对文盲。家长不识字之家庭内，被调查的人中 25.6%为非文盲及半文盲，74.4%为绝对文盲。可见若家长识字则多令儿童入学，家长不识字则少令儿童入学。

家长职业与儿童入学亦颇有关系。家长为农之家庭内，被调查的人中 67%为绝对文盲，家长为粗工之家庭内，被调查的人中 82%为绝对文盲，家长为商之家庭内，52%为绝对文盲，在教育或军政界作事的家长之家庭内，文盲之百分比皆在 29 以下。

家庭内文盲数目与村内有无平民学校之关系尤为显然易见。有平民学校之村庄则识字者多，无平民学校者则识字者少。

在民国十七年春季会调查中华平民教育促进会办公处所在之翟城村内识字与不识字者数目。此次调查只包括 374 家内之 11 至 24 岁之青年男女（此次岁数系真实年龄）。被调查之 365 青年男子中，识字者计 236 人，占青年男子总数的 65%，不识字者 129 人，占 35%；被调查之 257 青年女子中，识字者 92 人，占 36%，不识字者 165 人，占 64%。青年男女合计 622 人，其中识字者 328 人，占 53%，不识字者 294 人，占 47%（大约青年女子内有不愿叫人调查而遗漏者，如此则令识字者之百分比稍偏

高)。(详细男女数目及其百分比见第 128 表)

第 128 表　翟城村 11—24 岁识字与不识字者之比较

教育程度	人教			人数百分比		
	男	女	男女共	男	女	男女共
识字	236	92	328	65	36	53
不识字	129	165	294	35	64	47
总合	365	257	622	100	100	100

又同时调查东亭乡区经济中心的东亭镇内 150 家的男女青年。被调查的 11 至 24 岁的 129 名青年男子中，识字者计 78 人，占 60%，不识字者 51 人，占 40%。被调查之 91 名女子中，识字者 34 人，占 37%，不识字者 57 人，占 63%。男女青年合计 220 人，其中识字者 112 人，占51%，不识字者 108 人，占 49%。详细男女数目及其百分比见第 129 表，翟城与东亭两村为中华平民教育促进会首先推广平民学校之地，故识字青年人数之百分比，较任何其他乡村为高，不能代表大多数农村情形。

第 129 表　东亭镇 11—24 岁识字与不识字者之比较

教育程度	人教			人数百分比		
	男	女	男女共	男	女	男女共
识字	78	34	112	60	37	51
不识字	51	37	108	40	63	49
总合	129	91	220	100	100	100

二　民国十八年入学人数之调查

民国十八年春季举行详细调查 515 农村家庭时(参看第 4 章第 3 节)，附带调查每家内所有人口受教育之程度。515 家内共计 3571 人，其中入过学校者计 811 人。此 811 名受过教育者内最低之年龄为 5 岁(真实年龄)。于 3571 人口内年龄在 5 岁及以上者计 3028 人。入学之 811 人为

3028人的27%。5岁及以上之男子共计1586人，其中入过学者为751人，占总数的47%。5岁及以上的女子共计1442人，其中入过学者为60人，占4.2%。此62村地方教育情形较定县其他各区稍为发达，故识字人数之百分比亦较他处稍高。

此811名受过教育者入学之年数见第130表。入学不满1年者计62人，占一切人数的7.6%，入过1年至不满2年者计78人，2年至不满3年者99人(见表之右部)。以入学3年和4年者为最多，计149和121人，占18.4%和14.9%。入学最久者为21年，计2人。 811人中现已离校者593人，内有男子562人，女子31人(见表之左部)。现仍入学者计218人，内有男子189人，女子29人(见表之中部)。关于现已离校及现仍入学男女入学之年数，皆可自表内清清楚楚的看出来。

第130表 515家内受教育者入学之年数

入学年数	人数									
	现已离校			现仍入学			所有入过学者			
	男	女	共	男	女	共	男	女	共	百分比
1年以下	8	1	9	44	9	53	52	10	62	7.64
1—1.9	42	3	45	24	9	33	66	12	78	9.62
2—2.9	61	6	67	29	3	32	90	9	99	12.21
3—3.9	116	10	126	19	4	23	135	14	149	18.37
4—4.9	93	3	96	24	1	25	117	4	121	14.92
5—5.9	62	3	65	7	1	8	69	4	73	9.00
6—6.9	27	1	28	13	…	13	40	1	41	5.06
7—7.9	43	3	46	11	…	11	54	3	57	7.03
8—8.9	39	…	39	2	1	3	41	1	42	5.18
9—9.9	16	…	16	2	…	2	18	…	18	2.22
10—1.9	15	…	15	2	…	2	17	…	17	2.10
11—11.9	6	1	7	2	…	2	8	1	9	1.11
12—12.9	8	…	8	2	…	2	10	…	10	1.23
13—13.9	4	…	4	1	…	1	5	…	5	0.62
14—14.9	5	…	5	2	…	2	7	…	7	0.86
15—15.9	7	…	7	1	1	2	8	1	9	1.11

续表

入学年数	人数									
	现已离校			现仍入学			所有入过学者			
	男	女	共	男	女	共	男	女	共	百分比
16—16.9	1	…	1	2	…	2	3	…	3	0.37
17—17.9	3	…	3	1	…	1	4	…	4	0.49
18—18.9	3	…	3	…	…	…	3	…	3	0.37
19—19.9	1	…	1	…	…	…	1	…	1	0.12
20—20.9	…	…	…	1	…	1	1	…	1	0.12
21—21.9	2	…	2	…	…	…	2	…	2	0.25
总合	562	31	593	189	29	218	751	60	811	100.0

只以593个现已离校者而论，其中42%的入学年数不满4年，32%的入学年数在4至6年(详情见第131表)。

第131表　515家内受过教育而现已离校者之入学年数

入学年数组	人数			
	男	女	共	百分比
4年以下	227	20	247	41.65
4—6	182	7	189	31.87
7—9	97	3	100	16.86
10—12	30	1	31	5.23
13—15	16	…	16	2.70
16—18	7	…	7	1.18
19—21	3	…	3	0.51
总合	526	31	593	100.00

关于811人在各种学校毕业之人数，或在各种学校修业而即中途退学之人数，及现在肄业于各种学校之人数，可自第132表看出来。在初小毕业后未升学，与在初小修业及现在初小肄业者合计384人，占总人数的47%，其中有338男子，46女子(见表之右部)。初小毕业后入过高小，或在高小毕业后即辍学者计97人。曾在私塾受教育者亦甚多，计

247 人，占 30%，其余在中学，在中学以上学校，在平民学校，在识字会毕业、修业及现肄业之男女人数详列表中。

第 132 表　515 家内受教育者所入学校之种类

学校种类	人数												
	毕业			修业			肄业			所有入过学者			
	男	女	共	男	女	共	男	女	共	男	女	共	百分比
初小	33	2	35	170	20	190	135	24	159	338	46	384	47.35
高小	41	4	45	28	2	30	21	1	22	90	7	97	11.96
中学	26	1	27	8	…	8	8	1	9	42	2	44	5.43
中学以上	3	…	3	…	…	…	9	…	9	12	…	12	1.48
私塾	…	…	…	245	2	247	…	…	…	245	2	247	30.45
平民学校	3	…	3	1	…	1	16	3	19	20	3	23	2.84
识字会	…	…	…	4	…	4	…	…	…	4	…	4	0.49
总合	106	7	113	456	24	480	189	29	218	751	60	811	100.00

有中学以上程度者计 12 人，他们所入的学校见第133 表。其中以入保定河北大学者为最多，因此校距定县百余里，入学方便的缘故。

第133 表　515 家内有中学以上程度者所入之学校

学校种类	人数
河北大学	5
朝阳大学	2
交通大学	1
中法大学	1
高等师范	1
高等工业	1
艺术专门	1
总合	12

811 人内在 5 岁即开始入学读书者 49 人，6 岁时入学者 139 人，7 岁时计 164 人，8 岁时 154 人，9 岁时 122 人(均为真实年龄)。其他年龄入学之人数及其百分比见第 134 表。年幼时入学者多半入普通的小学或从前的私塾，年纪很大方入学者多为平民学校及识字会的学生。

第 134 表　515 家内受教育者开始入学时年龄之分配

入学年龄	人数			
	男	女	共	百分比
5	43	6	49	6.04
6	131	8	139	17.14
7	156	8	164	20.22
8	141	13	154	18.99
9	113	9	122	15.04
10	74	4	78	9.62
11	33	5	38	4.68
12	20	3	23	2.84
13	11	2	13	1.60
14	11	…	11	1.36
15 及以上	18	2	20	2.47
总合	751	60	811	100.00

811 人辍学离校时之年龄，以 12 和 13 岁为最多，计各 89 人，多为初小毕业后即不再升学，11 岁之人数次之，14 岁之人数又次之。其他各年龄离校男女人数及其百分比见第135 表。

第 135 表　515 家内受教育者离校时年龄之分配

离校时年龄	人数			
	男	女	共	百分比
7	9	…	9	1.88
8	13	1	14	2.92
9	22	1	23	4.79
10	44	5	49	10.21
11	56	5	61	12.71
12	85	4	89	18.54
13	84	5	89	18.54
14	54	2	56	11.67
15	24	1	25	5.21

续表

离校时年龄	人数			
	男	女	共	百分比
16	23	…	23	4.79
17	11	…	11	2.29
18	11	…	11	2.29
19	2	…	2	0.42
20	6	…	6	1.25
21	3	…	3	0.63
22	2	…	2	0.42
23	2	…	2	0.42
24	1	…	1	0.21
25 及以上	4	…	4	0.83
总合	456	24	480	100.00

关于修业 480 人之中途离校之原因，回答由于贫者 163 人，由于忙者 161 人，大致还是因为穷。其次是因为所读的书已足普通的需要，即谋生或理家。在小学，在中学及在私塾半路退学的人数，及其种种原因见第 136 表。

第 136 表　515 家内受教育者离校之原因

离校原因	人数			
	在小学	在中学	在私塾	共计
贫	84	2	77 *	163
忙	84	4	73 * *	161
理家	20	…	25	45
学问足用	1	…	29	30
种地	3	…	25	28
学徒	5	…	7	12
不注重多念	5	…	6	11
家中人少	7	…	3	10
病	2	1	1	4
笨	3	…	1	4

续表

离校原因	人数			
	在小学	在中学	在私塾	共计
学校停办	2	…	…	2
不第	…	…	2	2
内战	…	1	1	2
当兵	1	…	…	1
学医	…	…	1	1
学针黹	1	…	…	1
母死	…	…	1	1
学校远	1	…	…	1
家中防其潜入军队	1	…	…	1
总合	220	8	252	480

* 内有在“识字会”者2人

** 内有在“平民学校”者1人，“识字会”2人

15家中田地不满50亩的家庭计417家，其中有受教育者的家庭计236家，占417家的57%，其余43%的家庭内没有识字的人。家中有田地50亩至不满百亩的计80家，其中79家，或99%家，是有入过学校的人，只有1家内没有识字的人。有田百亩及超过百亩的18家内，各家都找得出识字的人(见第137表)。如此看来，家内田地亩数的多寡与家内有无受教育者大有关系。总起来说，515家内有333家，或说65%家，是有受过教育者。

第137表　515家内受教育者之家庭与家中自有田地亩数之关系

家中田地亩数	家数	有受教育者之家庭	
		数目	占总家数之百分比
50亩以下	417	236	56.59
50—99.9	80	79	98.75
100亩及以上	18	18	100.00
总合	515	333	64.66

再看家中所有田地亩数与平均每家学生数，开始入学年龄，及入学年数之关系。50亩以下之家内，平均每家入过学者之人数约为一个(见第138表)。50亩至不满百亩者，平均每家约有三个半入过学者，较不满50亩之家庭平均多两个半入过学者。100亩及以上的家庭内平均有四个半入过学者，较前又增一个人。如此看来，家中田亩愈多，识字的人数亦随之增加。田地不满50亩之家庭内开始入学之平均年龄约为9岁，50亩至不满百亩之家庭内平均约为8岁，百亩以上者平均约为7岁。如此看来，较富之家令其儿童入学早，较贫之家令其儿童入学迟。50亩以下之家内所受教育者平均入学年数约为4年，50亩至不满百亩者平均入学年数约为6年，较前约增2年。百亩及以上的家庭平均入学年数约为7年，较前又增1年，几为不满50亩家内平均入学年数之倍数。如此可以证明富农家内子弟入学之时间较久，贫农家内子弟入学之时间较短。总之，农民经济能力与他们的教育程度有密切的关系。

第138表　515家内受教育者与家中自有田地亩数之关系

家中田亩数	平均每家入学人数	开始入学之平均年龄	入学之平均年数
50亩以下	1.08	8.81	3.92
50—99.9	3.48	7.82	6.11
100亩及以上	4.50	7.15	7.26
总合	1.57	8.31	4.96

第五节　民国十九年识字人数之调查

一　中一区识字人数之调查

民国十八年中华平民教育促进会办公处由翟城村移至城内考棚，以定县全县为实验区；因此首先注重县城所在之中一区。民国十九年春季遂在此区举行大规模之人口调查，同时调查人民之教育程度。本区除县城及附近四关外，共有大小71村，计6000余家。除不甚可靠6村之家庭外，共得5255家，包括30642人口。

30642人口中现尚入学读书者计1369人，内有1267名男子，102名女子。其中5至9岁者573人，10至14岁者589人，15至19岁者153人，20岁及以上者54人(均为真实年龄)。各年龄组内识字之男女人数见第139表。

第139表　5255家内现尚入学男女年龄之分配

年龄	现尚入学人数		
	男	女	共
5—9	524	49	573 *
10—14	552	37	589
15—19	141	12	153
20及以上	50	4	54
总合	1267	102	1369

* 内有5岁34人，6岁92人

30642人口内受过教育而现已不在学校读书者计3047人，内有2931名男子，116名女子。其中5至9岁者128人，10至14岁者426人，15至19岁者520人，20岁及以上者1973人。各年龄组内男女详细数目见第140表。

第140表　5255家内现已离校男女年龄之分配

年龄	现已离校人数		
	男	女	共
5—9	126	2	128 *
10—14	387	39	426
15—19	478	42	520
20及以上	1940	33	1973
总合	2931	116	3047

* 内有6岁男1人

65 村 5255 家庭内之 30642 人口中，受过教育者，或说识字者(不拘认识的字数如何少)，合计 4416 人，内有 4198 名男子，218 名女子(见第 141 表之中部)。5 至 9 岁组内识字者计 701 人，占 5 至 9 岁 3320 人口总数的 21.1%。10 至 14 岁人口总数为 3018，其中识字人数为 1015，占 33.6%。本年龄组中识字男子计 939 人，为本组 1590 男子总数的59.1%；本组中识字女子计 76 人，为 1428 女子总数的 5.3%。其他年龄组内男女识字人数，及其占男女人口总数之百分比，可清楚的在第 141 表看出来。总起来讲，5 岁及以上的 26840 人口中识字的人占 16.5%。若以 7 岁及以上的 25501 人口作标准，其中识字者计 4289 人，占 17%，与 5 岁以上者之百分比相差不多。若只以 5 岁及以上之男子而论，识字者共计 4198 人，占 13838 男子总数的 30.3%。若以 7 岁及以上的 13123 男子数目为标准，其中识字者计 4071 人，占 31%。若只以 5 岁及以上的13002 女子而论，其中识字者计 218 人，占 1.7%。若以 7 岁及以上的12378 女子而论，其中识字者亦为 218，占 17%。

第 141 表　5255 家内受过教育之人数

民国十九年

年龄组	人口数			受过教育之人数			各组人口中受过教育人数之百分比		
	男	女	共	男	女	共	男	女	男女共
5—9	1735	1585	3320	650	51	701	37.5	3.2	21.1*
10—14	1590	1428	3018	939	76	1015	59.1	5.3	33.6
15—19	1388	1225	2613	619	54	673	44.6	4.4	25.7
20 及以上	9125	8764	17889	1990	37	2027	21.8	0.4	11.3
总合(5 岁及以上)	13838	13002	26840	4198	218	4416	30.3	1.7	16.5

*　6—9 岁组中受教育者占 25.2%。
7—9 岁组中受教育者占 29.3%。

定县城内识字人数之百分比，当然高于城外村庄。于调查之 1633 家内 5 岁及以上者约计 7900 人，其中受过教育人数约计 2600 人，占 33%，文盲占67%。5岁及以上的男子约计4100人，其中受过教育者约计2400人，占59%，文盲占41%。5岁及以上的女子约计3800人，其中识字者计221人，占6%，文盲占94%。详细数目及百分比见第142表。若以城内7岁及以上之家庭内7500人口为标准，其中识字占34%，文盲占66%：男子中识字者占61%，文盲占39%：女子中识字者占6%，文盲占94%。民国十九年春季城内12至25岁的文盲总数约计1400—1500人，其中女子占三分之二，男子占三分之一。

第142表　定县城内家庭人口中受教育者之人数

年龄组	人口数			受过教育之人数			各组人口中受过教育人数之百分比		
	男	女	共	男	女	共	男	女	男女共
5—9	569	476	1045	334	72	406	58.7	15.1	38.8
10—14	466	358	824	381	68	449	81.8	19.0	54.5
15—19	447	358	805	328	42	370	73.4	11.7	46.0
20及以上	2617	2652	5269	1364	39	1.403	52.1	1.5	26.6
总合	4099	3844	7943	2407	221	2628	58.7	5.8	33.1

附近城门之西关、南关、东关(北关无人家)合计536家庭。总人口中5岁及以上约计3000人，其中识字者有971人，占32%，文盲占68%；男子约计1500人，其中识字者894人，占58%，文盲占42%；女子约计1480人，其中识字者计77人，占5.2%，不识字者占94.8%。若以7岁及以上之人口为标准，其中识字者占33%，文盲占67%；男子中识字者占60%，文盲占40%；女子中识字者5%，文盲占95%。

二　全县文盲与识字者数目

全县397000人口内到底其中文盲与识字者各有多少，是为本会推广平民教育重要的问题，若要得一个完全确实的详细数目，非有若干的调查员和长久的时间不可，这是难以办到的。为目前实用和需要起见，亦可以根据已经知道的事实推算这些数目。

全县人口除去不满7岁的幼小儿童外(真实年龄)，约计300300人(等于397000人口总数的83.2%)。按中一区65村5255家的调查，7岁及以上的人口内，识字者占17%，文盲占83%；男子人口中识字者占31%，不识字者占69%。女子人口内识字者占1.7%，文盲占98.3%。又根据熟于本县教育情形者的意见，和参考本调查部在各区的调查的结果，知道本县各区教育发达情形稍有不同。县东第三区提倡教育，设立小学为最多，成绩在各区中占第一。县北第六区次之，县南第四区又次之，再次则为中一区(城内及四关除外)，第二和第五区不及他区。城内及四关又较各区为强。大致说中一区教育情形在各区中为中等，不算最好的，也不是最次的。再者，各区虽稍有不同，而所差有限，因此中一区的识字与文盲百分比大致可以代表全县。惟有其中女子教育情形在此区村庄内赶不上第三区、第六区和第四区，且所差颇多。因此中一区女子识字的百分比1.7，在全县内比较起来稍偏低。根据已有参考之事实当略增至2.5%，方为合适。如此估计全县识字及文盲数目的结果如下。

全县7岁及以上的人口约为330300人，其中识字者占17%，推算数目约为5.6万人；文盲占83%，推算数目约为27.4万人。7岁及以上男子计170100人，其中识字者31%，数目约为5.2万人；不识字者占69%；数目约为11.8万人。7岁及以上之女子计160200人，其中识字者占2.5%，数目约为4000人；不识字者占97.5%，数目约为15.6万人。(详情见第143表)

第143表　定县7岁及以上之人口中文盲与识字者数目及其百分比

	男女合计		男子		女子	
	数目	百分比	数目	百分比	数目	百分比
文盲	274150	83	117950	69	156200	98*
识字者	56150	17	52150	31	4000	2**
总合	330300	100	170100	100	160200	100

*　97.5

**　2.5

中华平民教育促进会所最注意者为全县人口中12至25岁的95800(等于人口总数397000的24.13%)男女青年。要达到除文盲的目标，首先尽力除去青年文盲。因此要知道全县文盲青年数目甚为重要。此数目亦按照上段方法估计，即先根据已有之事实推算12至25岁人口中识字者和文盲数目的百分比。结果为男女合计识字者占26%，不识字者占74%。若只以男子而论，其中识字者占44%，不识字者占56%。若单以女子而论，其中识字者占6%，不识字者占94%。从推算的百分比中即可以理会青年中识字人数的百分比高于7岁及以上人口中识字人数的百分比，文盲人数的百分比则较低。这是当然的现象，因近十五年来的教育状况较以前发达，青年中识字的数目自然日渐增加，文盲日渐减少。全县12至25岁的青年约计95800人，其中识字者占26%，推算数目约为2.49万人；文盲占74%，数目约为7.09万人。12至25岁的男青年约计5.08人，其中识字者占44%，数目约为2.24万人：不识字者占56%，数目约为2.84万人。12至25岁的女子约计4.5万人，其中识字者占6%，数目约为2500人；不识字者占94%，数目约为4.25万人。详情见第144表。中华平民教育促进会计划在三年之内铲除7万青年文盲。打倒2.8万青年男文盲，此较容易办到。最困难者为此4.2万女青年文盲。不但乡间习惯不易改变，即何处去找此若干女教员。该会人员必须绞尽脑汁卖尽力气，方能成就这项空前之事业。

第144表　定县12—25岁青年中文盲与识字者数目及其百分比

	男女青年合计		男青年		女青年	
	数目	百分比	数目	百分比	数目	百分比
文盲	70890	74	28360	56	42530	94
识字者	24910	26	22420	44	2490	6
总合	95800	100	50780	100	45020	100

第六章

健康与卫生

与农民健康与卫生有关系的事项极多，不能在短时期内详细调查，仅将关于农民衣、食、住、行、医药、疾病、清洁等显然的情况大略叙述，聊供参考。现本会卫生教育部的专门人材正与社会调查部合作从事精密的公共卫生及生命调查，不久即可有相当的成绩。

定县自普遍掘井灌田以来，农产物增加，大多数农民仅能饱粗食暖粗衣，在最低生活水平线下面活着，以不挨饿为侥幸，视饱食暖衣为福境。农民食品以小米、白薯为大宗，所食菜蔬有白菜、萝卜等物。所用调和甚少，除盐不得不用外，仅能吃少许之香油和醋。除元旦、端阳、中秋三节外，全年几不见肉类。所吃食品和所穿衣服多为本县土产。有地三十亩左右，6口人之农家的全年各种生活费大略如下：食品170元，燃料20元，衣服15元，其他房屋，应酬，烟酒，家具，娱乐，拜神，卫生，教育，公差，兵差及各项杂费约计40余元，一切费用总数约计240—250元(详细情形参看本书农民生活费章)。公众卫生及个人卫生习惯尚谈不到，三房(厨房、卧房、茅房)情况，一塌糊涂。农民之营养既然不足，对于天然良好空气，日光及饮水不能充分利用，疫疠疾病又任其传染，致身体显衰弱状态。人民所患疾病最普通者为肠胃症、肺痨、四六疯、眼病、皮肤等病。全县肯为人治病之医生约400余人，平均每村1人，本事自然都不很高明。全县药铺400余处。可幸本县缠足恶习已渐革除，15岁以下之女子已无缠者。大多数人民也知道种痘的好处。不幸近来嗜好白面、金丹、海洛英者日渐增加；不但影响人民的身体，且增加种种不良习惯。兹把关于健康及卫生各方面情况分述于下。

第一节　农民的食品

普通农家的食品在全年各季中颇有不同，大约可分为三个时期。阴历九月至次年正月为一时期，二月至四月为一时期，五月至八月为一时期。所用食品的种类和数量在三时期不同。在工作忙的暖季时农民每日吃三餐，早饭在八点钟，午饭在一点钟，晚饭在七点钟。在没有用力气工作的冷季时，则大多数农家每日改吃两餐，午饭在九点钟，晚饭在五点钟，午间可以吃点白薯。若有吃三餐的，也是有一顿饭很轻。

九月至正月，因为少有工作，多吃小米粥和蒸白薯。此外有各种豆类、高粱、荞麦、玉米等。所用的菜有白菜，晒干的红萝卜叶子和白萝卜叶子，此外间或有蔓菁、黄菜、酸菜少许。每日食品数量中白薯约占十分之四，小米十分之三，杂粮十分之二，菜占十分之一。若一家内有老年夫妇，中年夫妇和两个小孩，六口之家的各种食品数量大略如下：白薯七斤上下，小米两斤多，杂粮一斤四五两，白菜和干菜两三斤。贫苦的家庭把这几种东西都放在大锅内，放上盐，用水煮成粥，也有时加几滴油在里面。然后各人拿大碗取食。往往每日如此，食法大同小异。只求吃饱足矣，不能谈到滋味和营养的分配。

二月至四月，农人渐渐忙起来，也得多吃颇能耐饿的东西。此时期小米的数量增加，约占食品总数量十分之六，杂粮占十分之二，晒干的白薯片占十分之一，萝卜干占十分之一。若以全家六口人每日食品数量来论，则小米约将近五斤，白薯干两斤半，杂粮一斤上下，萝卜干一斤，渐有小葱，菠菜，小白菜，韭菜，豆芽等青菜。

五月至八月，农民终日田间工作，食品尤须耐饥，小米数量增到食品总数量的十分之八，杂粮占十分之一，青菜占十分之一。每日全家约用小米七斤半，杂粮一斤四两，青菜有北瓜、豆角、莨荙、黄瓜、茄子等。

关于调和，自九月至正月时期内，普通一农家每月用盐四斤半，五分钱的醋，五分钱的香油和花生油。自二月至八月时期内调和渐增，每月用盐约五斤，一角钱的醋，一角钱的香油。关于肉类全家在一年内约用十斤上下，其中大半用于三节，猪肉最多，牛羊肉次之，鸡鱼等则极少见。每年一家也许用四五十枚鸡蛋，大半是款待亲友。

定县产枣、梨、葡萄、桃、杏、西瓜、甜瓜等物。一家在全年内约用枣十斤，梨五斤，柿子十五斤，杏桃等四斤，葡萄一斤，西瓜一两个，甜瓜和菜瓜四斤，花生和瓜子约两三斤。

关于食品的卫生知识和清洁农民是不大理会。往往以为食物若叫苍蝇落在上面吃了，倒是与人有益。“不干不净，吃了没病”等样的说法，随时可以听见。现在把乡村间普通所常吃的各种食品和年节时所用的特别食品一一的简单叙述于下，供研究食物者的参考。

小米　农民种谷子是在阴历三月里，至八月收获。把谷穗在禾场上轧出谷粒，然后就用大碾子把谷粒碾了，把谷粒皮去了，谷皮一去，就叫小米。农家普通都用小米煮粥或煮干饭。也有的农家把小米磨成面，和上水；做成馒头，又称窝窝头，蒸着吃的。也有的农家用小米面做成饼子贴在锅上，连蒸带烤的。春冬两季，小米粥、小米饭是农家的主要食物，间或有吃小米面馒头、小米面饼子的。夏秋两季农忙的时候，农家主要的食物是小米粥、小米饭。小米是定县乡村最主要的食品，养料很好，且颇耐饿，为本地土产。

杂面　农家把白豆与少许黄豆混在一起，用碾子轧碎。轧碎后，用水把它湿润。湿润以后，再用碾子轧之使它成为面粉。做杂面的时侯，用水把面和好。和好以后，仍就放在面盆里用湿布盖好，不叫它发干。

然后一块一块的取出，放在面板上。用手把面揉成圆形，再轧成圆扁；再用面杖擀成圆片。在擀面的时候，面板上必得撒上面粉，免得把所擀的面片粘在面板上。把面擀好以后，用刀切成细条。擀的很薄，切的很细，这就叫做“杂面”。吃的时候，把干的面条下在锅里煮熟。有时乡民在面里下上菜和小米，煮好了一块吃，这个叫做“杂面饭”。有时面里只加蔬菜，不加小米，农家吃杂面多在冬春两季。

高粱饼子　农家在阴历三月种高粱，八月就可收获。高粱有红高粱，白高粱两种。用红高粱可以做红高粱面饼子，用白高粱可以做白高粱面饼子。做法同做小米面饼子一样。先把高粱用碾子轧碎，用水湿润，再轧成细面粉。做时用水把细面粉和起，用手把软面团揉成一个一个的饼子。有时上锅蒸，有时上锅贴。蒸的叫做蒸饼子，贴的叫做贴饼子。

荞麦面河落　河落床是用榆木、槐木或枣木做的，高约二尺八寸，长四尺，宽二尺四寸。用时把此简单木机放在大锅上面。床身是一长条四方木头，正在锅中有一上下之圆孔，谓之床池。孔的底端有许多小孔之铁片，孔上端是空的。床身的上头有一木把，谓之压把。把上正对着床孔有一圆长压锤，与孔大小适合。把可在床架上上下活动。用荞麦面和水，用手揉成细长面团。把细长面团放在河落床的面池里，再用手把河落床的压把提起，往下一压。面池里的面，因为受压，自然要从面池的底孔流出。河落床下放一大锅，锅里煮水，河落压在锅里煮熟。叫做河落的缘故，大约是因为以锅内之水为河，而许多面条落在河里。然后从锅内用笊篱捞出放在碗里，再加上酱油、醋、葱、蒜拌着吃。有的农家一边煮河落，一边煮蔬菜，煮熟以后，两下拌着吃。夏天多煮豇豆，秋天多煮西葫芦，冬天多煮大白菜。农家四季都有时吃河落。

山药面河落　农家压河落也有用山药面做的。定县人称白薯为山药。农家秋后把山药块用刀切成薄片，晒在房上。晒干以后，装在布口袋里，放在地窖里过冬。到了来年春天，把晒干的山药片用碾子轧碎成面，就叫做山药面。把山药面用水和起，杂以少许榆皮制的面纷。山药面压河落不容易成条，榆皮面有一种粘性，能使山药面的河落成为细条。榆皮面的做法是乡下人把榆树枝，榆树根砍下，把老皮剥了，只要里边的嫩皮。晒干以后，用铡刀铡碎，再用碾子碾成细面，这就叫做榆皮面。

荞麦面条　农家把榆皮面与荞麦面用水和在一起，多加荞麦面，少加榆皮面。和好以后，把面一块一块的放在面板上。把面揉成圆扁，用面杖擀成圆片，再用刀切成细条。切成细条以后，就下在锅里煮熟。煮熟以后，拌上酱油和醋吃，有时拌大酱吃。

碾转　碾转的做法比较费事。在阴历四月二十几的时候，大麦还不十分成熟。农家把它拔下，把穗砍下。再用木刀把麦穗击碎，用大孔筛子一筛。筛完以后，麦粒就可选出。然后把麦粒放在锅里，用火干炒。锅里略微放水少许，使麦粒不致炒糊。炒时火力不宜太大，也不宜太微。炒完以后，把麦粒用碾子碾轧。碾完以后，把麦粒外皮用簸箕扇去。麦粒去皮以后，再上磨一磨，因为麦粒是湿的，所以用磨一磨，就磨成粗短圆条。磨成圆条以后，放在大碗里用莴苣菜或大葱拌好，再加上油、盐、酱、醋，这就叫做碾转。普通农家都在四月底吃碾转。有的农家把碾转晒干了，全年什么时候吃都可以。吃的时候，用温水洗湿，然后用油、盐、酱、醋、拌着吃。有时用油炒着吃，比拌着吃还香。

榆钱与榆叶　农家用榆钱 (即榆树花) 做榆钱糕吃。他们把榆钱由树上采下，用水洗净。然后用水把高粱渣和起，把洗净榆钱拌在高粱渣里，再把它调和一起，放在笼屉里蒸成糕，这就叫做榆钱糕。农家常用榆叶做疙疸。把榆叶采下用水洗净，然后再和上碎高粱米或碎小米用锅一蒸，蒸熟以后，拌盐、蒜吃。

苜蓿芽　农家用苜蓿芽做疙疸吃。在苜蓿芽最嫩的时候，农民采下用水洗净，再用碎米和起，用锅一蒸，蒸熟以后，拌盐、蒜吃。

包子　农家多用荞麦面、小麦面、山药、黑面做包子吃。黑面是用小麦与白高粱磨成的。包子馅多用白菜、萝卜、胡萝卜、北瓜、莨苺菜、莨苺菜根等。做法先把菜用水洗净，再用刀剁成碎末，然后放在磁盆里。吃素馅的，就把菜里拌上盐和豆油。吃肉馅的，就把剁好的肉馅用豆油、酱油拌好，然后再把菜末拌在一块。馅子预备好了以后，就和面预备擀皮。把面和好，在面板上用刀切下一块，用手揉成圆条。再用刀切成一个一个的小块。然后用手揉成一个一个的圆球，再用手压成一个一个的圆扁。再用擀面杖擀成一个一的圆片，然后把和好的馅子，用筷子夹在面皮上，再用手包好，包成一个一个的包子。上锅一蒸，蒸熟后加醋少许。

白面条　农家把麦子磨成面，用水和好，做成面团。然后用面杖擀成薄片，再用刀切成细条，用锅煮熟。加醋与酱油吃。

馒头　农家蒸馒头，有用麦面做的，有用稷米面做的，有用小米面做的。最普通的是用小米面与白高粱面两种混起来做的。做馒头的方法，虽然简单，但是必得有经验，因为碱水和的一多，面就发黄，碱水和的一少，面就发酸。碱水必得合适，才能不黄不酸。发面是用水和面，再加上碱水，把碱水与面肥和在面里，放在面盆里，盆上放块湿布，然后把面盆放在锅台或热炕上，使它发酵。发酵以后，把面做成一个一个的馒头，放在笼屉里蒸熟。

粽子　农家到了阴历五月初五的端阳节，各家都包粽子吃。粽子做法是先把黍米用水淘净，再把红枣用水洗净，然后用苇叶包成一个一个三角形的粽子。上锅煮熟。吃时把苇叶取下，有时蘸白糖或红糖吃。

黏糕　把黍米用水淘净，再把红枣用水洗净。然后将黍米与红枣混在一起，放在笼屉里，上锅蒸熟。有时蘸白糖或红糖吃。

茶面　农家把大米用磨磨成粉碎，再加下少许芝麻。和好以后，再用锅炒干。这就叫做“茶面”。吃时用水把它煮成稀粥。

饺子　饺子有煮饺子与蒸饺子两种。煮饺子也叫做水饺，蒸饺子也叫做蒸饺。农家常用白面与荞麦面包饺子。饺子馅有荤素。普通多用白菜、萝卜、胡萝卜、北瓜等。饺子皮与包子皮一样做法，不过包子的形状是圆的。饺子的形状是半扁圆的，包子竟是蒸的，没有煮的；饺子有蒸的，有煮的。

折饼　农家用小米面和水，做成稀面。把锅摆在火上，锅上擦抹猪油。这个锅是当中凸起，四边凹下的，所以一把稀面放在锅的当中，自然会向四外流下。这时把锅盖盖好，五六分钟以后，就能摊熟。摊熟一层再摊一层，这饼很薄，可以折起，所以叫做折饼。

玉蜀黍面饼子　玉蜀黍有春玉蜀黍与秋玉蜀黍两种。春玉蜀黍在阴历六月二十前后可以收获，秋玉蜀黍在阴历八月二十前后可以收获。收获以后，用碾子把玉蜀粘粒轧下，再用筛子把玉蜀黍粒筛净。再用磨把玉蜀黍粒磨成面。做时用水把面和起，用手做成长圆形的饼子，有时上锅蒸，有时上锅贴。

菜粥　农家春夏秋冬所种的蔬菜不同，所以四季的菜粥也不同。春天多用萝卜条煮粥；夏天多用莨莛菜，萝卜条煮粥；秋天多用北瓜、小白菜煮粥；冬天多用白菜煮粥。煮粥所用的米，多用小米、白豆两样。做法是先把小米、白豆用水淘洗干净，下锅先煮，然后把菜切成细条，用水洗净，下锅后煮成菜粥。

米粥　菜粥是用米和菜煮的，米粥是只用米煮的。农家做米粥普通都用小米，有时用大麦米。有时小米粥里加上白豆。

烙饼　农家烙饼多用麦面、荞麦面，也有用山药面的。做法是先把面用水和好，然后用手揉成一个一个的圆球，再用面杖擀成圆饼。然后在圆饼上撒上碎盐和豆油。再把圆饼一个一个的卷起，卷成细圆条，再把细圆条卷成一个圆盘，用手把圆盘一压，再用面杖一擀，就成了一张饼。把锅里放油，锅下烧火，再把饼放在锅里烙熟。

疙瘩　疙瘩有用麦面做的，有用荞面做的。做法是先把面用水和好，稀和稠都没关系。再把锅水煮开，如果面和的稀就把它慢慢倒在锅里，自然就成了一粒一粒的面疙瘩。如果面和的稠就用筷子一条一条的拨到锅里。有时只煮疙瘩汤，有时疙瘩汤里煮萝卜条、北瓜条、白菜条等，这就叫做疙瘩菜汤。

甘薯　甘薯又名红薯、白薯，或山药，是本地农家冬季常吃的一种主要食品。吃法有煮，蒸，烤的分别；也可以切成片晒干，然后压成面粉，搅以榆皮面压河落条吃。

白菜　农家在立秋种白菜，立冬收获，为农家冬季主要的菜蔬。普通用白菜做菜汤、菜粥或包子馅的。差不多农家冬季每天吃白菜。

萝卜条　萝卜条是农家冬春两季主要的食品。农家在阴历七月里种萝卜，九月底收获。农家把萝卜用水洗净，用刀切成薄片，放在院里晒干。晒干以后，用锅蒸熟。蒸熟以后，再重新把它晒干。用时把干萝卜片放在水里洗泡两三次，然后用刀切成细条煮食。

茴香　农家种茴香的很多，是夏天一种好菜。农家有时用油盐炒茴香吃，有时用它做饺子馅吃。普通都在阴历二月二十前后种茴香，四月底可以收获。

黄瓜　黄瓜是夏天的一种好菜。农家普通都生吃，有时用盐腌着吃，有时做菜汤吃。普通二月初种黄瓜，四月底可以开始收获。

红豆　红豆是夏天的一种好菜。农家普通都煮红豆拌盐吃，有时用油炒着吃，有时做饺子馅吃。普通都在阴历二月二十前后种红豆，五月初就可开始收获。

扁豆　扁豆又称芸豆，也是农家夏天的一种好菜。农家普通都煮扁豆拌盐吃，有时用油炒着吃，有时做饺子馅吃、种扁豆的时期，收扁豆的时期，都与红豆一样。

西葫芦　农家种西葫芦的很多。是农家夏天的一种主要菜蔬。普通都把它切成块，用油水煮着吃。有时把它切成细丝和在面里，蒸馍馍吃，有时用为饺子馅。普通都在阴历二月二十前后种西葫芦，四月底就可开始收获。

韭菜　韭菜是农家春夏两季的一种菜蔬。普通多用盐腌着吃，炒着吃的也有，做饺子馅吃的也有。种韭菜一年可以割几次，由二月底割起一直可以割到六月底，半月割一次，一块田里三年种一回。

莴苣　莴苣菜是农家夏天一种普通菜蔬。有时腌着吃，有时拌盐葱吃。普通在二月中种莴苣，四月底可开始收获。

葱　农家普通每年都种葱。农家炒别的菜时，都用葱来调和味。也有用盐腌着生吃的，也有蘸酱生吃的。

干瓜　干瓜是农家夏天的一种蔬菜。农家用为包子或饺子馅。普通都在二月底种，五月底就可收获。

咸菜　农家把收获的萝卜，胡萝卜用水洗净，用盐腌过两个月以后再吃。咸菜能长久不坏。

酸菜　农家把萝卜叶用刀切碎，用水洗净，然后把萝卜叶放在大锅里一煮，煮到七八成熟捞出。同生萝卜条搅拌在一起，放在大缸里。过三四日，再把大缸里倒满凉水，盖好缸盖。十天以后，就变成酸菜。吃的时候用盐搅拌。

莨莛菜　莨莛菜是夏天一种好菜。农家有用莨莛菜做汤吃的，有用它腌好生吃的，或蘸酱吃的。普通种莨莛菜都在阴历二月，收获在四月底，五月初。

蒜　农家差不多家家种蒜。普通都用为做调和滋味的菜。阴历二月里种，五月里就可收获。

炖肉　农家在年节时或办婚丧喜事时常炖猪肉吃，炖牛肉的也有，但是很少。炖肉的方法是先把肉放在锅里煮熟，再用刀切成长片。切完以后，再放在锅里，加上白菜、粉条、海带、酱油、花椒等煮熟。以下所列一切肉类食品，都是农民不常吃的东西。

炒肉片　先把肉切成薄片，放在碗里，用冰洗净。再把猪油放在锅里烧热，里头放上葱花。炒时把肉倒在锅里，再倒上油炒熟。

煮丸子　先把肉切成块，再把肉剁成肉酱。把肉酱放在碗里，加上酱油和绿豆粉面，用筷子搅均匀。然后一个一个的做成圆球的丸子，锅里放油，倒上开水，煮开时把丸子放在锅里煮熟蘸酱油吃。

炸丸子　做法与做煮丸子的方法一样，不过是一个是煮的，一个是油炸的。炸丸子吃的时侯蘸花椒盐。

溜丸子　锅里放油烧热，把做好的生肉丸放在锅里一炸，然后把用水和好的绿豆粉面倒在锅里，再倒上酱油、葱花、蒜末，一齐炒拌，四五分钟后即溜好。

炒肉丝　炒肉丝与炒肉片的做法一样，不过炒肉丝所炒的是细长肉丝。

第二节　农民的衣服

普通农家内，衣服费最多者是青年夫妇。一个青年男子和一个青年女子的衣服费差不多，男子因为多在田间工作，穿的此较费，而女子穿的虽然不很费，但因质料比较美丽而会多费钱。一个青年全年的衣服费约四五元，一个老人全年的衣服费约三元上下，一个小孩的全年衣服费约两元。普通家庭约有五个被窝，一个约值四元，能用十余年。每家约有褥子四个，每个约值一元半。兹将成年男女及小孩所穿的衣服大略分述于下。

一　男人的衣服

春季开始的时候，男人在家里普通都穿粗布小棉袄、棉裤，以蓝色最多。棉袄、棉裤都是一元二三毛一件。以后天气微暖和一点，就换夹袄、夹裤，也是粗布做的，蓝色最多，价值一元钱一件。农民下地作工时所穿的衣服，也同在家穿的衣服一样，不过普通都穿破的、补的或旧的。

夏季天气炎热，农民就穿单衣服，粗布小汗衫。普通白色最多，淡黄的次之。夏天农民多赤脚，不穿袜子，也有不穿鞋的。单裤也是白色最多，淡黄色次之，也有穿灰色的，不过极少。下地工作时多穿破的、补的或旧的。普通农民在地里工作多不穿小汗衫，只穿一条裤子，露着胸背，太阳曝晒，汗流全身。普通小汗衫一件值洋六毛，单裤一件也值洋六毛。每年一人穿两身裤褂，也有穿三身裤褂的。

秋季普通都穿小夹袄、小夹裤，价值两元钱一身，一元钱一件。

冬季农民普通穿粗布棉袄、棉裤，蓝色最多。棉袄有三种，一种是小棉袄，一种是大棉袄，一种是半大棉袄。年轻的多穿小棉袄，一般农民多穿半大棉袄，老年人多穿大棉袄。普通大棉袄一件值洋约三元。半大棉袄一件值洋约两元。农民所扎的粗布腰带，普通都是黑色的。一条值洋六毛。普通农民的袜子，有单棉两种。多是白色粗布做的。单袜一双值洋二毛。农民一年有穿两双的，有穿三双的。这种袜子底子颇厚而硬，所以十分坚实耐久。棉袜一双普通值洋三毛。普通农民的布鞋，也有夹棉两种。普通都是黑色粗布做的。夹鞋一双值洋五毛，农民一年有穿三双的，有穿四双的。棉鞋普通也都是黑色粗布做的，农民一冬有穿一双的，有穿两双的，每双值洋八毛。

农民在过年的时候普通都穿新棉袄、新棉裤。农民冬天多不穿马褂，到了新年就有许多穿的。马褂有用高阳布做的，染成黑色，一件值洋一元三四角钱；也有用直贡呢做的，一件值洋三元五六角钱。

论到衣服的样式，普通农民夏天所穿的小汗衫都是对襟的，年老的农民多穿大襟的小汗衫。一般农民在春天冬天多扎裤脚，夏秋两季多不扎。因为天气热。每副裤脚带子值洋一角左右。

夏天农民的内衣普通三四天一洗一换，春秋两季二十天左右一洗一换，冬天一月一洗一换。冬天贴身的衣裤内少有没虱子的。

二　女人的衣服

女人在春季开始时多穿小棉袄和棉裤，天气渐暖时穿小夹袄和夹裤，用粗布做的，蓝色和青色最多，也有用花条布做的。内衣是白色的最多，样式是大襟的，没有对襟的，小棉袄或棉裤每件值洋一元五毛。到了耕种的时候，女人多下地工作，换稍旧的衣服穿。

夏季女人穿单裤和单汗衫，粗布做的，蓝色和白色最多，也有花条布作的，但是较少。普通汗衫一件值洋八毛，单裤一件值洋六毛。汗衫的样式是大襟的，没有对襟的。贴身穿的小汗衫与背心多是白色粗布做的，也有用花条布做的，其样式有大襟的，也有对襟的。小汗衫一件值洋四毛五分，背心一件值洋三毛。夏天女人多下地工作，浇水灌溉，所以多半都换旧衣服穿。

秋季女人穿夹袄和夹裤，普通都是粗布做的，深蓝色最多，灰色次之，黑色与花条布的最少。夹袄一件值洋一元两毛，夹裤一件值洋一元。秋天女人也下地工作，摘棉花，摘烟叶，收谷子等，所以多半都换旧衣服穿。

冬季女人除了穿棉袄和棉裤以外，还有穿棉套裤的。套裤只有两个裤腿，没有普通裤子的上半段，上边钉几条带子，穿的时候把它套在裤子外边，把套裤上的带子系在裤腰带上，然后底端再扎上裤脚带。普通年青少妇穿套裤的很少，年老的女人穿套裤的很多。普通套裤多用洋布作的，也有用洋缎子做的，不过很少。颜色是青的最多。一双套裤值洋一元五六毛，同棉裤的价钱差不多。因套裤穿在外边，所以少用粗布，多用好一点的布做。女人有穿套袄的，较比里边的棉袄肥大得多，普通是用洋布做的，青色最多。蓝色次之，都是大襟的。一件值洋两元。

农家妇女所穿的鞋袜有两种，一种是天足妇女所穿的，一种是缠足妇女所穿的。天足妇女所穿的鞋袜，当然比较得大些，缠足妇女所穿的鞋袜当然是小。普通的袜子有三种，就是单袜子、夹袜子和棉袜子。普通的鞋有四种，就是单鞋、夹鞋、棉鞋和套鞋，天足妇女所穿的夹鞋一双值洋四五毛，棉鞋一双值洋六七毛。夹鞋一年有穿三双的，有穿四双的。棉鞋一年有穿两双的，有穿三双的。鞋的颜色普通都是黑的，粗布做的，也有洋布做的绣花的。天足妇女的袜子，都是白色粗布做的。单袜子一双值洋一毛，夹袜一双值洋一毛五分，棉袜一双值洋两毛。单袜、夹袜一年有穿两双的，有穿三双的。棉袜一年普通都穿一双，穿两双的很少。缠足的妇女所穿的单鞋，是蓝色粗布做的，下边有个薄底。这种鞋妇女穿着并不落地，睡觉的时候都不脱下。因为一经脱下，缠脚条子就要散开。她们下地的时候，在单鞋外边再套上一双套鞋。套鞋是蓝色粗布做的最多，鞋上有绣花的。这种套鞋有木底的，有布底的，布底是很厚很硬。至于夹鞋、棉鞋，有软底的，有硬底的。妇女穿硬底的夹鞋、棉鞋，可以下地。穿软底的夹鞋、棉鞋，必得穿套鞋才可以下地。夹鞋棉鞋也是用蓝色粗布做的最多，用青色灰色粗布做的也有，不过较少。

普通缠足妇女的单鞋每双值洋五分，软底夹鞋每双值洋一毛，硬底夹鞋每双值洋二毛，软底棉鞋每双值洋一毛五分，硬底棉鞋值洋二毛五分，木底套鞋每双值洋三毛，布底套鞋每双值洋二毛五分左右。普通一年每个缠足妇女要穿五双单鞋，十双夹鞋，两双棉鞋，一双套鞋。妇女穿鞋较费，因为妇女做鞋很方便，自已找一块布头，就可缝一双鞋。再说妇女喜欢好看，自已鞋子稍微破点，就想换双新的，所以穿鞋比男子费的多。

缠足妇女的袜子，普通都是白色粗布做的。单袜每双值洋五分，夹袜一双值洋八分，棉袜一双值洋一毛二分。普通每年每个缠足妇女要穿六双单袜子，三双夹袜子，两双棉袜子。

缠足妇女的裹脚条子，普通长三尺五寸，宽三寸。一只脚里一个裹脚条。多用白色洋布做的。也有用白色粗布做的。洋布做的一双值洋三毛，粗布做的一双值洋两毛。

过年的时候，乡村妇女多穿新衣服，年轻少妇有穿红绿裙的，也有穿各色花布的。年老妇女多穿黑蓝灰色的高阳布或直贡呢的棉袄。

乡村时髦的妇女，在春天常穿浅蓝色高阳布褂子，黑布裙子。夏天穿白色或花条布的褂子，黑布裙子。秋天穿浅蓝或浅灰色的褂子，黑布裙子。冬天穿白布袄或灰布袄，黑布裙子。

女子的内衣，春秋两季十天一洗一换，夏天三五日一洗一换，冬天半月一洗一换。大多数的人长虱子。

三　儿童的衣服

小孩生下来的时侯大人就用一块宽二寸，长一尺五寸的布把小孩的肚脐包好，一方面保护孩子肚脐不使透风，再一方面使小孩的腰挺直，不使弯曲。除此以外，大人还预备棉花套子把小孩裹起，外边用蓝布被子包好，再用带子绑起，只把小孩脑袋露在外边。棉花套子里边也用一个蓝布褯子垫好，小孩粪尿都可拉在褯子上，就不致脏了棉花套子。小孩到了满月的时候，大人给他穿上对襟小袄，连脚开裆裤。外边还是包上蓝布褯子。男孩子的对襟小袄与连脚开裆裤，普通都是蓝色洋布做的，花布做的也有，不过很少。女孩子的对襟小袄与连脚开裆裤，普通都是花洋布做的。蓝布褯子普通都是粗布做的，二尺见方，也有用高阳布做的。普通小孩的对襟小袄，每件值洋二角，连脚开裆裤每件值洋二角，褯子每块也值洋二角。

到了小孩会走路的时候，就添上鞋袜，不再穿连脚开裆裤，只穿开裆裤。在冬天大人常给小孩子做个小马褂与风帽等。普通马褂多是黑色粗布做的，风帽多是红色粗布做的。袜子多是粗布做的，有蓝色有白色。鞋多是粗布做的，也有洋布作的，黑色与蓝色的最多。鞋上也有绣花的。小孩的马褂一件值洋五毛，风帽一个值洋三毛，小鞋一双值洋一毛，小袜子一双，也差不多值洋一毛。到了六七岁，大人有给小孩子做长衫的。这时男孩虽然还有穿开裆裤的，但是女孩子却是没有穿开裆裤的了。春夏两季女孩多穿花条布或印花布的衣服，男孩多穿白或黄色的衣服。秋冬两季女孩男孩多穿蓝色和青色的衣服，穿花条和印花布的衣服较少。

小孩的内衣，春天五六日一洗一换。夏天二三日一洗一换。多数小男孩子夏天都不穿衣服，所以也用不着换衣服。秋天八九日一洗一换。冬天半月一洗一换。

以上的成人男女和儿童的衣服是普通一般的状况，也可以说是农民中等人家的情况。乡村也有富户财主，他们也穿绫罗绸缎，贵重皮衣，样式也很时髦，但这种人家不多。

第三节　农民的住房

定县农家大致都有自己的房产，租房或典房住的很少。此外有的贫农借住亲戚或朋友的房子，只在农忙时帮助工作，或尽守望相助的责任。富裕和人口多的家庭自然房屋偏多，贫穷或人口少的家庭房屋偏少。在调查东亭乡村社会区 515 家的时候会询问每家现住房屋间数（详细数目见下列第 145 表)。

第 145 表　515 家内房屋间数之分配

房屋间数	家　数	房间总数	房屋间数	家　数	房间总数
1	7	7	14	9	126
2	42	84	15	7	105
3	91	273	16	8	128
4	44	176	18	7	119
5	68	340	18	1	18
6	62	372	20	3	60
7	37	259	21	5	105
8	37	296	23	2	46
9	23	207	24	1	24
10	14	140	25	1	25
11	15	165	34	1	34
12	21	252			
13	9	117	总合	515	3478

表中显然有 3 间屋子的农家为最多，计 91 家。农村内的一座房子大致包括 3 间屋子，两端的 2 间多为住屋，当中 1 间主要的用处是做饭。其次是 5 间的家庭，计 68 家，这多半是一家内有两座房子，3 间屋的一座和 2 间屋的一座。再次多的是 6 间的家庭和 4 间的家庭。在 515 家中 1—5 间的家庭计 252 家，几占总数之半，这多半是偏穷的小农户。6—10 间的家庭计 173 家，占总数三分之一，这在农村中算是中等的家庭。超过 10 间屋子的家庭计 90 家，约占总数六分之一，这些多是农村中小康及颇富的农家。超过 15 间屋子的家庭仅占总家数的 6%，超过 20 间的家庭仅占 2%。

515 家内共有卧室 1548 间，平均每家 3 间。家内有 2 间卧室者为最多，计150家，占总家数的29%。有3间卧室者次之，计122家，占24%；有1间卧室者又次之，占20%；再次为4间，6间，5间；最多者12间（详细数目见下列第146表）。

第146表　515家内卧室间数之分配

卧室间数	家数	百分比
1	104	20.19
2	150	29.13
3	122	23.69
4	49	9.51
5	28	5.44
6	33	6.41
7	6	1.17
8	15	2.91
9	2	0.39
10	4	0.78
12	2	0.39
总合	515	100.00

调查时亦会询问各家卧室内在冬季睡觉人数，后来因为麻烦，只问每家睡觉人数最多的那一间屋子睡多少人。每间睡觉人数多至6口者计18家，每间睡5口者63家，每间睡4口者158家，每间睡3口者181家，每间睡2口者91家，每间睡1口者4家（详细数目及家数百分比见下列第147表）。

第147表　515家内冬季各家卧室睡觉人数

每间睡觉人数*	家数	百分比
1	4	0. 78

续表

每间睡觉人数*	家数	百分比
2	91	17.67
3	181	35.15
4	158	30.68
5	63	12.23
6	18	3.50
总合	515	100.00

* 室内睡觉人数最多之屋

农民多半有自己的房屋。在中一区调查的5255家内有自己房产的计5193家，租房住的仅22家，借房住的计40家。凡租住和借住的家庭的屋子间数未有超过7间者。

现在将富农、普通农和贫农住房的内容分别略述于下。

农村中富户的住宅有前院、中院、后院、菜园、收获场等。房屋多半是抹灰的平顶，房屋的墙多半是用土坯建筑的，但房子周围墙壁的外面有砖一层。没有砖的部分多在土坯上面抹一层白灰。房屋里边的地多半是土地，少有砖地。普通这种房屋从外边量每间长1丈4尺，宽1丈2尺，高1丈1尺。从里边量每间长1丈2尺，宽1丈零5寸，高9尺。每间价值普通约七八十元，可用由80年到100年。普通富农的房屋有15间到20间，其中有卧房、厨房、仓房、农具房、碾房、磨房、畜房、饲料房、工人住房，车棚。此外有猪圈、厕所、鸡窝、柴门、大门、菜园、收获场等。卧房里有土坯建筑的炕，普通炕长1丈零5寸，宽5尺5寸，高2尺2寸。炕的当中有洞，可以烧火。夏天常下雨，炕上发潮，普通四五日烧炕一次。冬天天冷，每天烧火两次，使屋里炕上都能温暖。仓房里专为贮藏粮食用的。农具室里贮藏农具如锄，犁，锹，耙等。磨房里有磨，碾房里有碾子，都为轧面粉用的。饲料房为饲养牲口之用。工人室是工人睡觉、休息、吃饭的屋子。畜房是牲畜育养的房屋。车棚是放车的地方。猪圈里有猪棚、猪坑。猪棚是用土坯盖的，上边有苇草的棚子，平常猪就在棚里卧着。猪棚普通长5尺，宽4尺，高5尺。猪棚前边就是猪坑，猪坑普通长1丈2尺，宽5尺，深5尺。猪坑四边筑2尺多高的墙，使猪不得跳出。农家把脏水、坏烂菜叶、粪尿、肥土等都倒在里边，一方面可以喂猪，一方面可以做肥料。往往厕所与猪圈相连，猪可以吃人的粪。普通每间房子有一个窗户，窗户有的是玻璃的，有的是糊纸的。家人卧室里的窗户用玻璃的渐多。工人室、仓房、农具室里的窗户都是糊纸的。普通窗户长4尺5寸，宽4尺。主要屋子夏天糊冷布避苍蝇蚊子，外挂竹帘蔽日光，使屋子凉快。冬天里边挂厚棉帘，保护屋子温暖。工人屋子的窗户在夏天多不糊纸。下面列一普通富农的院落图。

普通农家有一个院子，也有有两个院子的，有院墙，屋顶也是抹灰的平顶。房子的下层是用砖建筑，约离地一尺多高。房子离地1尺以上的墙壁是用土坯建筑。房屋里边是土地。从外边量每间长1丈3尺，宽1丈1尺，高1丈1尺。从里边量，每间长1丈1尺，宽9尺，高9尺。每间价值普通约50元，可用四五十年。这种农家的住房约有十间上下。院内有卧房，厨房，堆房，车棚，厕所，猪圈，大门。卧房里都有土炕，普通约长9尺，宽5尺5寸，高2尺2寸。朋友来的时候让在卧室内谈话。夏天因为常下雨，炕发潮湿，所以隔几天要烧干一次。冬天寒冷，每天要烧一两次。上房普通都是3间，两边两间是卧房，当中的一间是厨房，也往往同时是牲口房。所以有时这一边做饭做菜，那一边就喂马喂驴。这一边骡马粪尿，堆了满地，臭气熏人；那一边小菜水饭，萝卜菜粥。夏天天气炎热，苍蝇满屋，提不到卫生。我们也就可以想像那旁边的两间卧房的空气与卫生怎么样。较好的农家就另外盖一间牲畜房。买不起牲口的人家，耕种是用人工，有时短期借用邻人的牲口。堆房专堆各种农具与破烂东西，有时也堆草、萝卜片子和山药片子。没有仓房的农家往往把粮食存在卧房里。他们的厕所是土坯建筑的，与猪圈相连，猪可以吃人粪。车棚就在大门洞里。普通每间卧室都有一个窗户，窗户多是纸糊的，在下端当中有一条玻璃。普通长3尺5寸，宽3尺。夏天

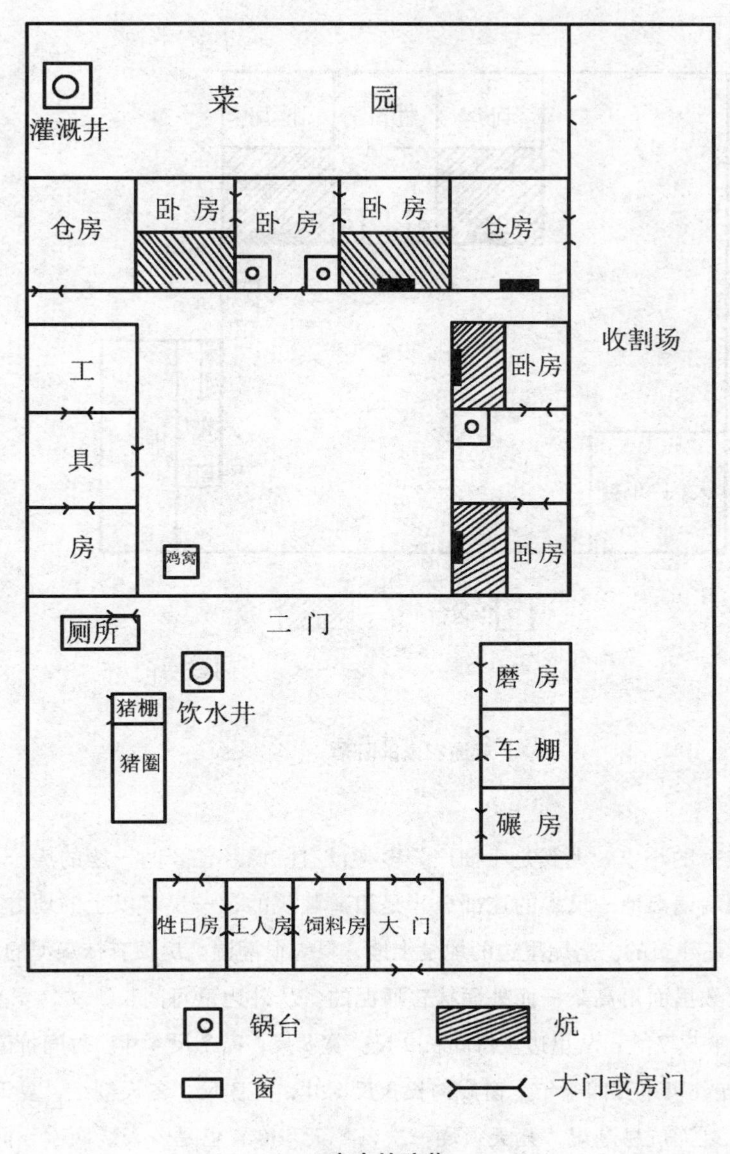

富农的院落

开窗，冬天不开。夏开的苍蝇蚊子出入颇便利。兹将普通农家院落情形列图如下：

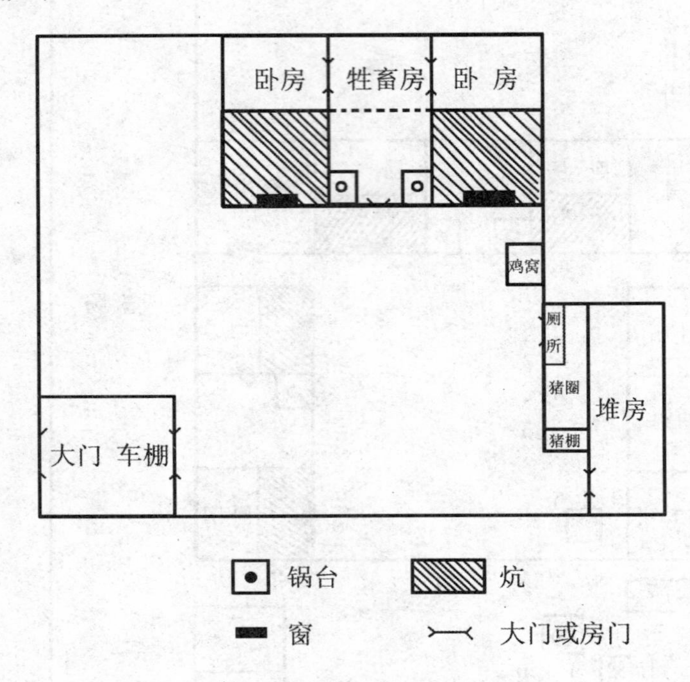

普通农家的院落

贫穷的小农，尤其是小佃户，多半没有院墙。住3间一座的房子。房屋的墙壁离地一尺多的这部分，是用砖建筑的，一尺多以上的地方，是用土坯建筑的。房屋里边的地是土地，夏天很潮湿。房顶有抹灰泥的，也有少数里面用高粱杆而外面抹普通泥的。从外边量每间长1丈，宽9尺，高8尺7寸；从里边量每间长9尺，宽8尺，高7尺4寸。每间价值约35元，可用三四十年。窗户约长3尺5寸，宽3尺，冬天糊纸，夏天透天。夏天炕易潮湿，几天须烧一次，冬天寒冷，也是一天烧两次，同时做饭。卧房和厨房外，有猪圈和相连的厕所。

第四节　其他普通卫生与健康状况

除了已经叙述的与农民健康有密切关系的以外，现将农村内普通卫生及健康的状况略加说明，包括街道、厕所、清洁、缠足、疾病、医药等项。

关于乡村的道路，没有负责的机关或团体来修筑和保护，多是任其自然变化；因此村外的大车路多半凹凸不平，常积泥水，村内的街道也多不洁净。村内街道普通宽约 15 尺到 20 尺。农家多在自己门口两旁栽种树木，夏天可以有荫凉，并且树长大了可以卖钱，多是柳树、杨树、槐树、椿树和榆树。夏天下雨的日子，乡村街道泥泞难行，高洼不平，通行不便。在秋天收获的时候，杂草满地。往往农民在家门口街道旁边晒晾大粪，臭气满街。

乡村的男厕所普通都建筑在院外，或靠街道的墙边，自街上出入。女厕所普通都建筑在院里，并且常与猪圈相连，大小便完全落在猪圈里与猪粪及其他秽物打成一片。男厕所普遍没有顶，女厕所普遍有房顶。普遍都用土坯建筑厕所墙壁。也有的是高粱杆编的篱笆。里面在地下挖一个 3 尺长，2 尺宽，4 尺深的土坑。土坑上面有一层盖，盖当中留一长孔，即大小便落下的地方。等到坑内满了粪尿时即淘取出来，约每隔三四个月之久一次。往往厕所内的小便从里面流到街上，有碍行路，又有气味。苍蝇往来其中自然是方便的。有许多农民以为凡是苍蝇落上吃过的食品人吃了更没病。有时厕所与井相离很近，农民不知道注意。

曾在 3 村内调查 175 口井与最近厕所之距离。距离不到 40 尺者占大多数，有近至 10 尺以下者（详细数目见下列第 148 表）。

第148表　175口村内井与厕所之距离

民国十八年

厕所距井尺数	井　数	百分比%	厕所距井尺数	井数	百分比%
10尺以下	7	4. 0	60—69	12	6. 9
10—19	22	12. 6	70—79	3	1. 7
20—29	41	23. 4	80—89	3	1. 7
30—39	40	22. 8	90—99	…	…
40—49	18	10. 6	100及以上	14	8. 0
50—59	15	8. 6	总合	175	100. 0

农民多把秽物秽水倒在猪圈里，做为肥料。

农村的男子在夏天可以在河里或晚上在井台旁边洗澡，冬天很少有沐浴的机会。至于乡间妇女就是在夏天也不能像男人可以到井台去洗个痛快。屋内也没有一个洗澡的方便地方，她们仅能有时用一盆温水把上身衣服脱下来洗一洗，下身差不多是永远不洗。有的以为洗下身是羞耻，还有的以为洗下身要受风生病。至于漱口刷牙等习惯在大多数的农民家里是谈不到的，仅有少数入过学堂或在大城市做过事回家的才有这种习惯。春秋两季乡民多在早六点半钟起来，晚八点半钟就寝。夏季普通在早四点半钟起来，晚九点钟就寝。冬季普通早七点钟起来，晚八点或八点半钟就寝。

定县妇女关于缠足恶习现已彻底革除。其原因由于民国三四年间孙发绪为定县县长，强迫禁止女子缠足，自村中领袖人的家庭做起，推广全村。凡违章暗缠而被查出者不但罚钱而且惟村长是问。至今定县幼女已无一缠足者。在民国十八年曾调查东亭乡村社会区中515家内女子缠足和天足的人数。除未达缠足年龄之294小孩外，其余1442女子中缠足者909人，天足者533人。可注意的是5—9岁的169个幼女内完全是天足，已无一缠足者。10—14岁的161个女子中只有9个缠足的，15—19岁的149个女子中亦仅有29个缠足者。我们细看下列之第149表，即可了然在各年龄组内缠足者占总人数的百分比自幼女起至老年妇女止，其百分比是逐渐增高由百分之零渐增至5.6%，19.5%，59.7%，直至40岁以上妇女组的99.2%。反过来说，就是缠足最多者不过是已经没有办法的年长妇女，青年妇女内天足甚多，幼年女子已经是完全天足。

第149表　515家中按年龄组女子缠足及天足人数

年龄组	人数			缠足者占总人数之百分比
	天足	缠足	共计	
5—9	169	无	169	0
10—14	152	9	161	5. 6
15—19	120	29	149	19. 5
20—24	52	77	129	59. 7
25—29	24	106	130	81. 5
30—34	6	97	103	94. 1
35—39	6	103	109	94. 5
40及以上	4	488	492	99. 2
总合	533	909	1442	63. 0

515家中仅发见3个尚留发辫的男子，他们的年龄分别是46、48和55。

定县人民近年来颇知种痘的好处。民国十九年本会卫生教育部曾为本县9984个人种痘，其中男子占78%，女子占22%。被种痘的人数中学生甚多，占总数的42%。以年龄论，6岁以下的有2004人，6—10岁者1072人，11—15岁者1096人，其余皆16岁及以上者。

调查的515家中有聋子6个，哑巴2个，双目盲3个，一目盲4个，跛腿6个，左臂不能动2个，手不能动2个。

农民的营养不足，疫疠疾病又任其传染，许多人的身体显衰弱状态。曾于民国十八年在中一区调查5255家内所得各种疾病人数、死亡人数与死亡原因，并请本会卫生教育部的专家合作分析，可以大略的知道农民普通最常得的都是些什么病。至于患病者的数目，尤其是死亡人数，不免有遗漏的，因为农民不高兴这种调查，往往所说的疾病也很不清楚。再者农民说有病时均系颇重之病。因此这种材料仅能稍供参考而已。无论如何，按所得结果，在能调查出来的患病的1415人中，以患肠胃症的为最多，共计354人，占总数的25%，其中死去50人。肠胃症内又分泻肚、痢疾、肠热病等。其次最多者为眼病，据本会有经验的医生估计本县有痧粒眼者约占总人口数至少达60%以上。因家庭内彼此传染。可是定县所出的眼药驰名全国。再次为疮伤，肺痨，呼吸病，抽疯，喉症、疹子，骨节炎，疟疾，皮肤病，天花，瘫痪及脑出血，臌症，产后夹杂症，牙痛，神经病，花柳病，耳病与其他杂病。大略情形见下列第150和第151两表，也许于研究农村卫生的人有点用处。

第150表　民国十八年内中一区5255家所得各种疾病及死亡人数之分配及百分比

病源	得病人数	死亡人数	共计	百分比
肠胃症	304	50	354	25. 02
泻肚	82	13		
痢疾	62	9		
肠热症	14	…		
其他肠胃症	146	28		
眼病	200	…	200	14. 13
疮伤	116	18	134	9. 47
肺痨	67	61	128	9. 02
肺病	…	3		
其他痨病	67	58		
呼吸病	78	14	92	6. 50

续表

病源	得病人数	死亡人数	共计	百分比
抽疯	39	50	89	6.26
脐疯	…	13		
其他	39	37		
喉症	57	14	71	5.02
疹子	38	21	59	4.17
骨节炎	41	…	41	2.95
疟疾	26	…	26	1.84
皮肤病	18	…	18	1.27
秃疮	11			
癣	2			
疥疮	5			
天花	9	6	15	1.06
瘫痪及脑出血	9	4	13	0.92
臌症	6	5	11	0.78
产后夹杂症	4	6	10	0.71
牙痛	10	…	10	0.71
老病	…	9	9	0.64
神经病	8	…	8	0.56
花柳病	4	…	4	0.28
耳病	3	…	3	0.21
其他	82	38	120	8.48
总合	1119	296	1415	100.00

第151表　民国十八年内中一区5255家296人死亡原因之分配及其百分比

病源	死亡人数	百分比
肺痨	61	20.61

续表

病源	死亡人数	百分比
肺病	3	
其他痨症	58	
抽疯	50	16.89
脐疯	13	
其他	37	
肠胃症	50	16.89
泻肚	13	
痢疾	9	
其他肠胃症	28	
疹子	21	7.09
疮伤	18	6.08
呼吸病	14	4.73
喉症	14	4.73
老病	9	3.04
天花	6	2.03
产后夹杂症	6	2.03
臌症	5	1.69
暴死	4	1.35
其他	38	12.84
总合	296	100.00

关于疾病还有一点材料，也可以稍供参考，就是在调查东亭乡村社会区内515家的时候也询问他们家中人口现患何病。此次调查亦无医生的察验，仅靠农民的口述，自然不能精确，可是也可以大略知道他们的普通疾病。其中所患病症按多寡之次序为眼病，肠胃症，痨症，精神病，

疮伤，梅毒，痞积，疝气，流行性感冒，痔漏等病。其中男女患病人数见下列第152表。表内其他病症包括一切不很清楚之病症，如气喘，咳嗽，腿疼，月经病，腰疼，心痛，虚弱，头痛，四肢痛，牙痛，脱肛，气鼓，痰闷，下痿，气串筋，胸痛，肝气，遗精等症。

第152表　民国十八年内515家中所患各种疾病人数及其百分比

疾病种类	人数			
	男	女	共	百分比
眼病	16	18	34	22.4
肠胃症	8	9	17	11.2
痨症	4	7	11	7.2
精神病	6	2	8	5.3
疮伤	5	2	7	4.6
梅毒	3	…	3	2.0
痞积	2	1	3	2.0
疝气	2	…	2	1.3
流行性感冒	1	1	2	1.3
痔漏	1	…	1	0.7
杂病	35	29	64	42.1
总合	83	69	152	100.0

亦曾询问515家中在民国十三至十七年五年内所能记忆死亡之人数及死亡之原因。自然此种调查尤易遗漏，更没有推得死亡率的奢望，仅希望知道死亡原因的大略情况，就是这一点也离精准的程度颇远。分析的结果以婴儿抽疯死的为最多，再次为疹子，痨症，痢疾，天花，肠胃症，痞积，白喉，流行性感冒，疮伤，产褥热，精神病，破伤风，梅毒等病。这些家庭所肯报告之死亡男女人数及其死亡原因详情见下列第153表。亦可藉此知道调查的困难。

第153表　民国十三至十七年内515家中曾患各种疾病及其他原因死亡人数及百分比

死亡原因	死亡人数			
	男	女	共	百分比
抽疯	47	22	69	19.5
疹子	26	12	38	10.7
痨症	12	15	27	7.6
痢疾	17	7	24	6.8
天花	11	12	23	6.5
肠胃病	14	8	22	6.2
痞积	12	9	21	5.9
白喉	5	2	7	2.0
流行性感冒	3	4	7	2.0
疮伤	4	2	6	1.7
产褥热	…	5	5	1.4
精神病	2	1	3	0.8
破伤风	1	…	1	0.3
梅毒	1	…	1	0.3
杂病	13	11	24	6.8
其他原因	3	2	5	1.4
未答	35	37	72	20.3
总合	206	149	355	100.0

515家所报告的355个死人中不满11岁的小孩有243个。他们死亡的原因有特别注意的必要。兹即按照从农民口中所说的原因，不加修正的列表如下(第154表)。我们从表中至少可以得到儿童死亡的主要病症是抽疯，疹子，天花，痞积，痢疾等病；其中有的不是因为得病，乃是饿死，冻死，坠井，噎死，疯狗咬和惊吓等原因。

第154表　民国十三至十七年内515家中不满11岁之儿童因各种疾病及其他原因死亡数目之分配

年龄		儿童死亡数目																										百分比
		抽疯	疹子	天花	痞积	痢疾	泻肚	喉症	产后死	惊吓	肺病	内伤	冻死	坠井	饿死	大头瘟	疯狗咬	霍乱	噎死	瘟病	伤风	牙疳	疮	便血	胎毒	热病	未答	一切病症	
1岁以下	男	18	2	2	…	2	2	…	2	1	…	…	…	…	…	…	…	…	…	…	1	…	…	…	1	…	6	37	26.34
	女	11	1	2	…	2	1	…	4	…	…	…	1	…	1	…	…	…	…	…	…	…	…	…	…	…	4	27	
1	男	1	5	1	…	2	2	…	…	…	1	1	…	…	…	…	…	…	…	…	…	…	…	…	…	…	2	15	10.29
	女	1	3	1	…	…	1	…	…	…	…	…	…	…	…	…	…	…	…	…	…	…	…	…	…	…	4	10	
2	男	9	10	5	2	2	…	3	…	…	…	…	…	1	…	…	…	…	…	…	…	…	1	…	…	…	4	37	24.28
	女	5	6	4	1	1	2	1	…	…	…	…	…	…	…	…	…	…	…	…	…	…	…	…	…	…	2	22	
3	男	7	3	…	1	…	1	1	…	…	…	…	…	…	…	1	…	…	1	…	…	…	…	…	…	…	5	20	14.40
	女	1	1	4	2	1	1	…	…	1	…	…	…	…	…	…	…	…	…	…	…	…	…	…	…	…	4	15	
4	男	4	3	1	4	3	…	…	…	1	1	…	…	…	…	…	…	…	…	1	…	1	…	1	…	…	…	20	10.29
	女	…	1	…	1	…	…	…	…	1	…	…	…	…	…	…	…	…	…	…	…	…	…	…	…	1	1	5	
5	男	1	2	…	2	2	…	1	…	…	…	…	…	…	…	…	…	1	…	…	…	…	…	…	…	…	1	10	5.77
	女	…	…	…	1	1	…	…	…	…	…	…	…	…	…	…	…	…	…	…	…	…	…	…	…	…	2	4	
6	男	1	1	1	…	2	…	…	…	…	…	…	…	…	…	…	…	…	…	…	…	…	…	…	…	…	…	5	4.12
	女	…	…	…	2	1	…	1	…	…	…	…	…	…	…	…	…	…	…	…	…	…	…	…	…	…	1	5	
7	男	1	…	…	…	…	…	…	…	…	…	…	…	…	…	…	…	…	…	…	…	…	…	…	…	…	…	1	1.23
	女	…	…	…	2	…	…	…	…	…	…	…	…	…	…	…	…	…	…	…	…	…	…	…	…	…	…	2	
8	男	1	…	1	…	…	…	…	…	…	…	…	…	…	…	…	…	…	…	…	…	…	…	…	…	…	1	3	1.64
	女	…	…	1	…	…	…	…	…	…	…	…	…	…	…	…	…	…	…	…	…	…	…	…	…	…	…	1	
9	男	…	…	…	1	…	…	…	…	…	…	…	…	…	…	…	1	…	…	…	…	…	…	…	…	…	…	2	0.82
	女	…	…	…	…	…	…	…	…	…	…	…	…	…	…	…	…	…	…	…	…	…	…	…	…	…	…	…	
10	男	1	…	…	1	…	…	…	…	…	…	…	…	…	…	…	…	…	…	…	…	…	…	…	…	…	…	2	0.82
	女	…	…	…	…	…	…	…	…	…	…	…	…	…	…	…	…	…	…	…	…	…	…	…	…	…	…	…	
总合		62	38	23	20	19	10	7	6	4	2	1	1	1	1	1	1	1	1	1	1	1	1	1	1	1	37	243	100.00

用问题表方法调查生亡率，在现在农民知识的程度之下大约是不可能的。我们也曾试问了这515家。所得的结果是在3571人口中于民国十七年全年内照他们所报告的出生人数是163，死亡人数是92。假定此数确实则每千人中出生率为46‰，死亡率为26‰。据专家的推测死亡率一定不止于此。但我们也可以知道这是最低的数。据现在本会生亡调查股

的最近报告出生率为35‰，死亡率为33‰。不久另有详细报告。按照515家的调查，死亡的时期以阴历五月内为最多，三月次之，四月又次之；再次为六月，九月，七月，八月，十月，十一月；死人最少之月份为正月，十二月和二月。

关于已婚妇女的生产力，就是不同年龄的结婚妇女已经生过多少子女，其中死亡多少，现存多少，是在中国很难调查的一件事。也许用问题表的方法不易办到可靠的程度。无论如何，我们也曾试问了一次，虽然未必可靠，但也把结果发表在这里，供参考的用处，因为在中国的材料甚为缺乏，也希望引起人的注意。在515家内曾询问过981个已婚的妇女。分析时把14—29岁青年的妇女，30—45岁的中年妇女和46岁及以上的妇女分开统计。凡超过46岁的妇女大致说是已经停止生育的。14—29岁的301个妇女共产生383个子女，死亡107个子女，尚存(即在调查时)276个子女。30—45岁的314个妇女共产生1342子女，死亡434子女，尚存908子女；平均每妇女生产4.27子女，死亡1.38子女，尚存2.89子女。最可注意的是大致已经达到不能生育年龄之46岁及以上之366个妇女的子女数目。他们在一生中共产生1748个子女；其中死亡616子女，尚存1132子女；如此平均每妇女在结婚期内共产生4.78子女，死亡1.68子女，尚存3.09子女。自然在产生的数目中没有报告小产数目，多半也没有包括生下即死之婴儿。但我们至少可以知道每个农妇在一生中平均至少产生约5个小孩。多半确实的数目也许比5还高，因为报告时不免有遗漏的。详细数目见下列第155表。

第155表　按年龄组981个妇女产生、死亡及现存子女数与平均每妇女产生、死亡及现存子女数

妇女年龄	妇女总数	产生子女数	死亡子女数	现存子女数	平均每妇产生子女数	平均每妇死亡子女数	平均每妇现存子女数
14—29	301	383	107	276	1. 27	0. 36	0. 92

续表

妇女年龄	妇女总数	产生子女数	死亡子女数	现存子女数	平均每妇产生子女数	平均每妇死亡子女数	平均每妇现存子女数
30—45	314	1342	434	908	4.27	1.38	2.89
46及以上	366	1748	616	1132	4.78	1.68	3.09
总合	981	3473	1157	2316	3.54	1.18	2.36

在已婚之14—29岁的301个妇女中尚未生育子女者有104个，其中大多数是新婚尚不满一年者；有1个子女者计80个妇女，有2个子女的计69个妇女，最多的已有5个子女计3个妇女。最有价值的是看46岁以上的妇女的子女数目。366个妇女内有14个妇女终身没有生育子女；最普通的子女数目是3个，4个或5个子女，最多的数目是一个妇女产生12个子女。按3年龄组981个妇女关于产生子女数目之分配，关于死亡子女数目之分配与关于尚存子女数目之分配等详情见下列第156表。

第156表　按年龄组981个妇女产生、死亡及现存子女数目之分配

子女数目	妇女数目								
	关于生产			关于死亡			关于尚存		
	14—29岁	30—45岁	46岁及以上	14—29岁	30—45岁	46岁及以上	14—29岁	30—45岁	46岁及以上
0	104	10	14	213	105	114	127	20	17
1	80	20	12	70	90	83	101	45	43
2	69	44	32	17	58	68	48	70	76
3	30	36	62	1	34	47	21	64	91
4	15	62	50	…	15	28	4	62	76
5	3	55	64	…	10	15	…	39	37
6	…	40	47	…	1	8	…	10	14
7	…	29	39	…	…	3	…	4	6

续表

子女数目	妇女数目								
	关于生产			关于死亡			关于尚存		
	14—29岁	30—45岁	46岁及以上	14—29岁	30—45岁	46岁及以上	14—29岁	30—45岁	46岁及以上
8	…	9	19	…	…	…	…	…	5
9	…	5	13	…	…	…	…	…	1
10	…	3	13	…	1	…	…	…	…
12	…	…	1	…	…	…	…	…	…
13	…	1	…	…	…	…	…	…	…
总合	301	314	366	301	314	366	301	314	366

民国十九年调查5255家的详细人口时，曾询问每家在民国十八年内曾产生子女之母亲的数目，共得992个母亲。再继续询问这992个中的每个母亲结婚的期限和在结婚期内共计已生过多少子女及现存多少子女。调查的结果是992个母亲共产生过3053个子女，死亡805子女，现存2248子女。992个母亲结婚年限的总数等于11815年，如此平均每母亲结婚年限等于11.9年。平均每母亲每3.9年产生1个小孩。平均每母亲已产生3.1个小孩，已死亡0.8个小孩，现存2.3个小孩。虽然不敢说可靠的程度如何，但实在有可注意和参考的价值。

民国十九年曾调查全县医生与药铺数目。城内有普通中国旧式药铺13个，定州自制的眼药铺3个，眼药作坊2处，西式医院6处。453村内共有医生446个，中式药铺375个；第三区最多，第四区次之。自然这些医生的资格与本事多属平庸，凡肯为人看病的都算为医生。各区内医生和药铺数目见下列第157表。

第157表　定县各区医生数及药铺数

民国十九年

区　　别	医生数	药铺数
第一区	41	29
第二区	38	41
第三区	165	116
第四区	88	93
第五区	30	28
第六区	84	68
全县	446	375

平均每村约合一个医生，但有226个村庄没有一个医生，多半是小村。有119村每村内有1个医生，有52村每村内有2个医生，有27村每村内有3个医生，有18个村每村内有4个医生，一村内最多之医生数目为9个。医生数目在农村分配情形见下列第158表。

第158表　定县各村医生数目之分配

民国十九年

医生数	村数	医生数	村数
无	226	6	2
1	119	7	1
2	52	8	1
3	27	9	2
4	18		
5	5	总合	453

青年医生在农村内不多，不但由于缺乏经验，也因为出入于家庭颇不方便，尤其是为女子看病。年龄以超过45岁者为最合适，30—45岁也

很不少。446个医生年龄之详细分配见下列第159表。

第159表　446个医生年龄之分配

民国十九年

年龄组	医生数	百分比
25岁以下	11	2.5
25—29	27	6.1
30—34	33	7.4
35—39	49	11.0
40—44	44	9.94
45—49	66	14.8
50—54	76	17.0
55—59	36	8.16
60—64	61	13.7
65—69	14	3.1
70—74	17	3.8
75—79	10	2.2
80及以上	2	0.4
总合	446	100.0

民国十七年曾调查东亭乡村社会区内62村的医生概况。区内共有90个医生，平均每116家有1个医生。62村内有20村没有医生，一村有1个医生者计17村，一村有2医生者计13村，一村有3医生者计6村，一村有4医生者计2村，一村有5医生者计3村，一村有6医生者计1村，平均每村有1.5医生。

90个医生中年龄不满40岁者17人，40—49岁者24人，50—59岁者30人，60岁以上者19人。

90个医生中专治内科者58人，外科者13人，内科兼外科者11人，特别治小儿疾病者 2 人，治目疾者 2 人，治疗牲畜者 2 人，专治疯犬咬伤者 1 人，专治妇女病症者 1 人。

90 个医生中行医年数不满 10 年者 6 人，10—19 年者 22 人，20—29 年者 34 人，30—39 年者 15 人，40—49 年者 9 人，50—54 年者 4 人。

90 个医生内旧式中医 85 人，新式西医 3 人，此外 2 人兼用一种秘密之巫术治病。

普通医生为人看病少有收医费者，大半治好者到年节时送 5 角至 1 元钱之礼物以表谢意而已。有时医生同时自己开小药铺，如此在售药时赚利。大多数的医生仅以行医为附带的事业，而不是赖以生活的正业。

第七章

农民生活费

本会在翟城村设立办公处，开始进行简单的工作以后，首先想要明了这一带地方农民生活的程度。于是就在翟城本村及附近的两个村庄内一共接洽了 55 家，愿意我们以每日家庭记账的方法研究他们全年的生活费用。他们家里的人大半是不识字的，向来也没有记过账。我们在每村请一位本村的人为我们的职员，随时到他们的家里替他们填写每日的各项收入与支出。账簿与笔墨等物都是我们预备，只求他们费些时间告诉记账人员，也请能自己记账的家庭尽力填写。自然这是一件很难办到完善地步的事情。有的家庭始终免不了有多少的怀疑，大半的家庭渐渐就觉着麻烦了，尤其是在他们农忙的时候。无论如何，都勉强的记了一周年之久，其中有 27 家是从民国十七年阴历三月初一日起至十八年二月底止，有 5 家是从十七年二月起至十八年一月止，有 1 家是从十七年四月起至十八年三月止，有 1 家是记十七年全年。期满以后我们详细看了一遍，发现其中有 21 家的账内有的遗漏主要项目，有的日期不全，也很不易补充，最好舍弃不用。其余 34 家的账簿比较的可靠，虽然有些地方遗漏，尚可以合理的方法补充，大致可以代表农民过日子的情形，因此值得我们费工夫来分析。我们先叙述 34 家的普通情况，再总论一切主要支出，然后分论各项支出。

第一节　34户周年记账农家之概况

34家中最小之家庭有两口人，最大之家庭有12口人，7口之家为最多，5口者次之，4口与6口者又次之。合计205口，其中有106男子，99女子。平均每家为6口，3.1男子，2.9女子。

只以家庭人口数目来定家庭的大小尚不甚准确，尤其是比较各家消费的时候。同是6口之家，但各家人口之性别或年龄大半不同。一个20岁的青年与一个3岁的小孩在各种消费上相差甚多，同年男女的一切消费也多半不等。因此欧美研究生活费的专家已经想出解决的方法，就是将男女老幼不一的人口折合为一种单位。此项单位普通皆以成年男子为计算标准，就是折合家内一切人口等于多少成年男子，因此称此单位为“等成年男子” (Adult-male-equivalent)。现在中国尚没有根据调查研究制定一种折合的单位标准，本书即采用阿特瓦特 (Atwater)计算法。此法是根据食品消费量制成的。主要的原则是不满12岁之同年男女幼童的消费相等，12岁及以上则男之消费较多于女子。详细折合方法如下表。

折合各年龄之男女等于“等成年男子”单位计算法

年龄	等成年男子数	
	男	女
2岁以下	0. 30	0. 30
2—5	0. 40	0. 40
6—9	0. 50	0. 50
10—11	0. 60	0. 60
12	0. 70	0. 60
13—14	0. 80	0. 70
15—16	0. 90	0. 80
17及以上	1. 00	0. 80

例如有 6 口之家，夫之年龄为 30 岁，妻 29 岁，子 7 岁，女 3 岁，父 70 岁，母 68 岁。按上表折合则夫为 1.00，妻为 0.80，子为 0.50，女为 0.40，父为 1.00，母为 0.80，此家共计 4.50 等成年男子。

34 家之 205 口人共折合 161.2 等成年男子单位，平均每家 4.74 等成年男子。按实际人口数及按折合等成年男子数家数之分配的比较见下列第 160 表。

第 160 表　34 家家庭之大小

家庭人口数	家数	家庭人口折合等成年男子数	家数
2	1	2 以下	1
3	2	2—2. 9	3
4	5	3—3. 9	9
5	7	4—4. 9	6
6	5	5—5. 9	8
7	8	6—6. 9	4
8	2	7—7. 9	2
9	2	8—8. 9	1
10	1		
12	1		
总合	34	总合	34

34 家 205 人口内的儿童比较的少，15—30 岁的青年偏多，尤其是男子；不满 15 岁的男童有 28 个，仅占总人口的 14%。，不满 15 岁的女童有 27 个，仅占 13%，15 岁及以上的男子有 78 个，占 38%，女子 72 个，占 35%。男女年龄之分配及与家主之各种亲属关系之人数见下列第 161 表。

第161表　34家人口之亲属关系与年龄之分配

人口关系	人数	百分比	年龄组	人数		
				男	女	共
家主	34	16.6	5岁以下	12	12	24
妻	29	14.1	5—9	7	8	15
子	52	25.4	10—14	9	7	16
女	28	13.7	15—19	19	10	29
儿媳	15	7.3	20—24	11	10	21
母	11	5.3	25—29	13	10	23
弟	9	4.4	30—34	4	5	9
孙女	8	3.9	35—39	3	5	8
孙	5	2.4	40—44	6	3	9
父	4	1.9	45—49	7	8	15
兄	2	1.0	50—54	4	7	11
嫂	2	1.0	55—59	4	3	7
弟妻	2	1.0	60—64	2	3	5
侄女	2	1.0	65—69	2	2	4
祖母	1	0.5	70—74	1	1	2
妹	1	0.5	75—79	1	4	5
			80—84	1	1	2
总合	205	100.0	总合	106	99	205

34家内15岁及以上之150人中尚有未结婚者33人，其中男子22人，女子11人。15一19岁未结婚之男子14人，女子9人；20一24岁未结婚之男子5人，女子2人；25—29岁未结婚者只有男子2人，超过30岁未结婚者只有男子1人。

34家内有48双夫妻，其中妻长于夫者占63%，夫长于妻者占31%，夫妻同年龄者占6%，平均妻大于夫9个月。

34家15岁及以上之78人中除5人外皆以经营田地为业。此5人之职业1人为学校教员，2人经商，1人在铺店学徒，1人为人作长工。经营田地者亦多同时或在农闲时从事他种工作。有7人以织布为副业，4人为日常用品小贩，2人宰猪，此外打土坯、制香、制纸、制锡壶、放羊、轧棉花、卖木料、赶车等工作各有1人。妇女在农忙时亦从事田间工作，农闲时大半纺线，亦有织布者。

34家主要之收入当然是农场的盈余，在记账之一周年内共计6740.49元，平均每家198.25无。最少之农场盈余为66元，最多之盈余为325元，大多数家庭之农场盈余在200元左右。次要之收入为各种副业收入及人口中从事经商或教育者之人款，34家共计1052.15元，平均每家30.95元。34家中有此项收入者计24家，最多之一家收入达150元，普通多半不满50元，50—100元者有3家，超过百元者有4家。34家再次要之收入为卖出之牲畜及其副产物，共计996.71元，平均每家29.32元。有此项收入者共计27家，每家皆有卖猪进款，大多数的家庭有卖鸡蛋进款，9家有卖木料进款，3家卖驴，1家卖马。34家中有租出一部分自己田地者，共收租金139.44元，平均每家合4.11元。有田租收入者计8家，最少者收入3.5元，最多者收入50元。

此外34家之收入内尚包括假定之房租收入一项。此处须略为说明。假定房租的用处是如此计算才可以将住自己房屋者与租房住者的费用比较，也可以与其他中外各处生活之研究便于比较。例如某家住自己房10间，若将此房出租全年能得40元，如此即假定此家每年支出房租40元。既然此家的支出项下全年内多了40元，必须同时在此家的收入项下亦加上40元方为合理。换言之，即假定此家租住自己的房子，因此支出方面有估计的房租，而收入方面亦有出租房屋的进款。

34家中实际租出房屋的只有1家，且各家都是住自己的房屋，没有租住的。按村民的估计，一间无廊的土房每月租金约1角5分，全年将近2元；每间带廊的土房每月约收租金2角，全年约合2.5元；无廊砖房每月每间可租3角，全年约3.5元；有廊砖房每间每月可租3角5分，全年约合4元。如此计算，34家全年共有假定房租收入630.1元，平均每家18.53元。

34家全年内一切收入总数共计9558.89元，平均每家计281.14元。收入最少之家庭全年计89元，最多之家庭计486元。

34家耕种之田地，即农场面积总数，共计1062亩，平均每家农场计31亩，最小之农场面积为8亩，最大之农场为60亩。1062亩中包括自有田产977亩，当进田地53亩，租种田地32亩。34家中有25家是完全自耕种，有5家耕种自己田产兼耕种当进田地，有2家耕种自有田产兼耕种当进田地与租进田地，有2家耕种自有田产兼租种田地。总之，34家都是有田产的，其中有9家兼种当地或租地的，并且有8家租出田地的，租出地亩数未详。按照这一带地方62村大规模调查的结果，平均每家田场为23亩，而平均每记账家庭之农场亩数为31亩，由此可以知道大约34家的平均生活程度尚稍高于一般的生活程度。并且在记账的周年内农作物的收获也比较好，又没有遭遇特别的天灾人祸，大致农民是过的比较太平日子。这也是应常注意的一点。(34家周年收入总数及农场之大小见下列第162表)

第162表　34家农场之大小与周年收入总数

种地亩数	家数	周年收入总数	家数
10亩以下	1	100元以下	2
10—14	5	100—149	1
15—19	3	150—199	5
20—24	2	200—249	3
25—29	4	250—299	8
30—34	4	300—349	6
35—39	5	350—399	6
40—44	4	400—449	1

续表

种地亩数	家数	周年收入总数	家数
45—49	3	450—499	2
50—54	1		
55—59	1		
60—64	1		
总合	34	总合	34

第二节 34家生活费总论

34家在一年内一切支出款额总数共计8249.72元，平均每家支出242.42元，最少之一家支出为107元，最多之一家为360元。各家支出总数见下列第163表。

第163表 34家各家周年支出总数

周年支出总数(元)	家数
100—149	3
150—199	7
200—249	9
250—299	7
300—349	5
350—399	3
总合	34

平均每家全年支出之242.64元内最多之首项支出为食品费，共计167.97元，占支出总数的69.23%。吃饭的费用竟超过所有生活费的三分

之二，从这里已经大致可以看出农民生活程度的低陋。其次最多之支出为燃料费，共计 19.56 元，占总支出的 8.06%；再次为假定的房租(解释见本章第一节)，共计 18.53 元，占 7.64%；再次为衣服费，共计 14.86 元，占 6.12%；其余支出为各项杂费，共计 21.72 元，占 8.95%。

食品费内米面杂粮之支出竟占去 81%，菜蔬占去 13%，调和仅占 3%，肉类仅占 2%，水果仅占 3‰。杂费内以应酬费为最多，然全年亦不满 5 元，次多之各项杂费次序为兵差摊款、烟、酒等嗜好，村内公益摊款，婚丧特别事项，娱乐，家具，医药，烧香拜神，卫生，教育等项。各项主要支出数目见下列第 164 表。

第 164 表　34 家全年各项支出总数与每家平均支出数

各种出款	34 家支出总数(元)	每家平均支出数(元)	百分比
食品	5710. 89	167. 97	69. 23
米面杂粮	4670. 77	137. 38	
菜蔬	718. 09	21. 12	
调和	169. 00	4. 97	
肉类	124. 16	3. 65	
水果	19. 47	0. 57	
其他	9. 40	0. 28	
燃料	665. 03	19. 56	8. 06
房租*	630. 10	18. 53	7. 64
衣服	505. 24	14. 86	6. 12
衣服	467. 24	13. 74	
被褥	38. 00	1. 12	
杂费	738. 46	21. 72	8. 95
应酬	152. 53	4. 49	
兵差	84. 74	2. 49	

续表

各种出款	34家支出总数(元)	每家平均支出数(元)	百分比
嗜好	76. 17	2. 24	
公差	68. 89	2. 03	
特别	59. 99	1. 76	
娱乐	57. 82	1. 70	
家具	55. 19	1. 62	
医药	41. 35	1. 22	
信仰	23. 79	0. 70	
卫生	20. 77	0. 61	
教育	18. 32	0. 54	
杂项	78. 90	2. 32	
总合	8249. 72	242. 64	100. 00

* 假定的估计房租

上表是将34家总起来看，不论贫富或家庭大小的分别。兹按34家之全年收入分为3组，则收入不满250元者有11家，250—349.9元者有14家，350元及以上者有9家。试看3组内每家平均生活程度有什么差别。自然我们要知道家数既然这样少，不一定能十分代表一般的情况。看下列第165表，34家之平均入口数等于6，平均等成年男子数为4.7口。各组人口数有随组增加的趋势，第一组为4.6口，第二组增至6.1口，第三组增至7.7口。这里有可注意的一点，就是大致收入多的家庭人口亦多；也可以说，人口多的家庭收入也随之增多，二者互为因果。这是家庭收入虽多而未必生活程度亦较好的一个主要原因。

第165表　按收入组34家全年五项支出平均数目及其百分比

收入组	家数	每家平均		每年平均支出数					每家支出总平均数
		人数	等成年男子数	食品	燃料	房租	衣服	杂费	
(1) 250元以下	11	4.6	3.6	129.43	15.49	11.90	10.87	12.76	180.41
(2) 250－349.9	14	6.1	4.7	170.38	21.51	20.20	16.15	26.28	254.48
(3) 350及以上	9	7.7	6.2	211.32	21.50	24.20	17.72	25.57	300.28
各组合计	34	6.0	4.7	167.97	19.56	18.53	14.86	21.72	242.64
	百分比								
(1) 250元以下	32.35	…	…	71.74	8.58	6.59	6.02	7.07	100.00
(2) 250－349.9	41.18	…	…	66.95	8.45	7.94	6.34	10.32	100.00
(3) 350及以上	26.47	…	…	70.37	7.16	8.06	5.90	8.51	100.00
各组合计	100.00	…	…	69.23	8.06	7.64	6.12	8.95	100.00

各组内五项支出皆随组之次序递增，例如食品由第一组129元增至第二组170元，再增至第三组211元。这是因为收入与人口数随组递增的结果。

兹以每组每家平均用费为百分总数，来看各组内五项之百分比是多少。表内食品之百分比第一组虽较高于第二组而与第三组所差无几，第二组较低于其他两组。这实在不能说收入较多的家庭生活费亦较少，因为三组的百分比没大差别，亦无显著的增加或减少的趋势。按已往生活费专家研究的结果是家庭的生活程度愈高则食品费所占的百分比应当愈少。

燃料的百分比稍有随组减少的趋势，房租的百分比稍有随组增加的趋势，衣服费的百分比无大差别，杂费的百分比稍有递增的趋势。按原则说，凡生活程度高的家庭，杂费的百分比应亦随之而高，适与食品费之百分此相反。总之，从三组各项百分比的比较看来，各组的生活程度大致相同，家庭收入总数的多少没有发生大的关系，只就这34家少数的现象是如此，若要精确的知道，须将研究的家数增多，尤其是添上有地一二百亩的家庭，才可以断定。关于按收入组34家各项杂费支出平均数，见下列第166表。

第166表　按收入组34家全年各项杂费支出平均数

收入组	家数	每家平均		每家平均支出费(元)												每家杂费支出总平均数
		人数	等成年男子数	应酬	兵差	嗜好	公差	特别	娱乐	家具	医药	信仰	卫生	教育	杂项	
(1)250元以下	11	4. 6	3. 6	2. 96	1. 61	1. 06	1. 20	1. 41	1. 15	0. 77	0. 65	0. 42	0. 35	0. 09	1. 22	12. 76
(2)250-349. 9	14	6. 1	4. 7	5. 24	2. 89	2. 40	2. 36	3. 18	2. 13	1. 83	1. 25	0. 94	0. 73	0. 97	2. 36	26. 28
(3)350及以上	9	7. 7	6. 2	5. 18	2. 97	3. 44	2. 52	…	1. 70	2. 48	1. 86	0. 68	0. 74	0. 41	3. 61	25. 57
各组合计	34	6. 0	4. 7	4. 49	2. 49	2. 24	2. 03	1. 76	1. 70	1. 62	1. 22	0. 70	0. 61	0. 54	2. 32	21. 72

从下列第167表可以大致看出家庭的人口愈多，不但不能提高家庭之实际生活程度，反有使生活程度降低的趋势。换言之，家庭人口增多非为家庭之福，实为家庭之累。表内按家庭中等成年男子数之多寡分为四组，第一组内平均每家等成年男子等于2.67，第二组为4.47，第三组为6.28，第四组为8.15。每家收入平均数是随组之次序递增，而每等成年男子之收入平均数随组递减，等成年男子最少之第一组收入平均数为69.48元，渐减至最多等成年男子之第四组48.90元，相差20余元。由此看来，人口愈多之家庭虽然全家之收入比较亦愈多，而每等成年男子收入平均数反愈减少。全家总支出与每等成年男子支出平均数之比较亦颇与收入之趋势相同。每家全年支出平均数随组之次序增加，每等成年男子之平均支出却随组之次序减少，第一组为56.43元，第四组减少至43.96元。关于食品费竟亦表示同样现象。人口愈多之家庭自然食品费总

数亦愈多，但每等成年男子之食品费随等成年男子数之增加而递减，第一组为 38.41 元，第四组为 32.22 元。食品费等于总支出之百分比在前 3 组所差甚少，而第四组反略增高，亦可以证明家庭人口之增加实有碍于家庭及个人之福利。

第 167 表　34 家按等成年男子组每家全年每等成年男子平均收支数及食品费之比较

等成年男子组	家数	每家等成年男子数	收入平均数(元)		支出平均数(元)		食品费平均数(元)		食品费等于总支出之百分比
			每家	每等成年男子	每家	每等成年男子	每家	每等成年男子	
(1) 1. 50—3. 49	7	2. 67	185. 61	69. 48	150. 76	56. 43	102. 60	38. 41	68. 06
(2) 3. 50—5. 49	17	4. 47	273. 33	61. 14	232. 05	50. 59	161. 44	36. 11	69. 57
(3)5. 50—7. 49	8	6. 28	352. 01	56. 10	316. 62	50. 45	215. 36	34. 32	68. 02
(4)7. 50 及以上	2	8. 15	398. 55	48. 90	358. 26	43. 96	262. 62	32. 22	73. 30
总合	34	4. 74	281. 15	59. 30	242. 64	50. 56	167. 97	35. 43	69. 23

34 家之全年平均收入为 281.15 元，平均支出为 242.64 元，则平均盈余数为 38.50 元。按在调查之时期内未有特别之天灾人祸，因此 34 家经济状况尚较普通年稍佳。在下列第 168 表内可以看出收入不满 250 元之 11 家内，全年收入与支出比较尚有盈余者 5 家，亏短者 6 家，平均每家亏短 11.21 元。第二组之 14 家内盈余者 10 家，亏短者 4 家，平均每家盈余 45 元。第三组内 9 家皆有盈余，平均数为 100.89 元。第一组内有 6 家在调查期内借款，其中有亏短者 4 家，6 家之借款数为 15 元、20 元、30 元、40 元与两个 50 元。第二组内有亏短之 1 家借款，数目为 20 元。34 家全年内共借款 225 元，平均每家 6.62 元(未包括在收入项内)。

第168表　按收入组34家盈亏平均数

入款组	家数	自收入减去支出(元)				全组平均盈余（+）或亏短（-）
		盈余		亏短		
		家数	平均数	家数	平均数	
(1) 250元以下	11	5	22.77	6	40.43	- 11.71
(2)250—349.9	14	10	62.13	4	22.83	+45.00
(3)350及以上	9	9	100.89	…	…	+100.89
总合	34	24	68.46	10	33.39	+ 38.50

第三节　食品、燃料、住房与衣服

食品消费以米面为大宗，米面中以甘薯、小米、豆类、高粱、荞麦等为主要食品。平均每家全年用小米1017斤，每等成年男子全年用215斤，平均每日约合九两半。平均每家全年用鲜甘薯2008斤，每等成年男子全年用423斤，每日约合1斤3两。农民不但烫或蒸鲜甘薯吃，也把甘薯切成细片，晒干保存。有时将干片、小米与菜类放在一起，熬成菜粥。大多数的干片是又轧成面粉，做成饼、窝窝头或河落条。除鲜甘薯外，平均每家全年用甘薯片495斤，每等成年男子全年用104斤，每日约合五两。除上述大宗食品外，34家中每家在全年内都用小米、豆类、高粱、荞麦与黍子。在全年内有29家用玉米，32家用大麦，26家用稷子，7家用大米。平均每家全年所用米，面，甘薯等物共计4202斤，费用共计137元，每日约合11.5斤，费用约计3角8分；每等成年男子全年用886斤，费用共计29元，每日约合2斤7两，费用约计8分。

34家平均每家全年内所用一切菜蔬共计1920斤，费用共计21元，平均每日约合5.5斤，费用约合6分；每等成年男子全年用菜405斤，费用4.5元，每日约合1斤2两，费用约合1分2厘。所用菜蔬中以白菜、北瓜、莀苤、萝卜片为大宗。平均每家在全年内用白菜 822 斤，每等成年男子全年用 173 斤，每日约合半斤。平均每家全年用北瓜 625 斤，每等成年男子全年用 132 斤，每日约合 6 两。平均每家全年用莀苤203 斤，每等成年男子全年用 43 斤。平均每家全年用萝卜片 155 斤，每等成年男子全年用 33 斤。此外菜蔬有葱、茴香、菠菜、鲜萝卜、韭菜、豆角等物。

平均每家全年一切调和费用共计 5 元，每等成年男子全年费用 1 元，每日约合 3 厘，仅值铜元一枚。调和中最主要者为盐，全年每家用 36 斤，每等成年男子全年用 7.6 斤，每日约合 3 钱多重。平均每家全年用醋 4.5 斤，黑油 4 斤，香油仅 1.8 斤。此外有酱、花椒、姜、糖等少许。

平均每家全年所用一切肉类仅 22 斤，每等成年男子全年用 4.6 斤，平均每日仅合 2 钱重。除一年内三个节日外，即新年、端午、中秋，全年几乎不见肉类。所用肉类中以猪肉最普通，牛羊肉次之。

所用瓜果类内以西瓜、枣、甜瓜、梨为最普通。兹将 34 家平均每家及每等成年男子全年所用各种食品重量与费用列表于下(第 169 表)；且在表之右半表明用各种食品之家数及其等于总家数之百分比，与每家平均数量及用费。

第 169 表　34 家全年内各项食品平均数消费数量及平均费用

食品名称与种类	34 家合计				用此项食品之家庭			
	平均数量(斤)		平均费用(元)		家数	等于总家数之百分比	每家平均数量(斤)	每家平均费用(元)
	每家	每在家食饭之等成年男子	每家	每在家食饭之等成年男子				
米面类	4202. 35	886. 35	137. 37	28. 98	34	100. 0	4202. 35	137. 37
甘薯	2007. 53	423. 42	20. 08	4. 23	34	100. 0	2007. 53	20. 08
甘薯片	495. 17	104. 44	14. 85	3. 13	34	100. 0	495. 17	14. 85

续表

食品名称与种类	34家合计				用此项食品之家庭			
	平均数量(斤)		平均费用(元)		家数	等于总家数之百分比	每家平均数量(斤)	每家平均费用(元)
	每家	每在家食饭之等成年男子	每家	每在家食饭之等成年男子				
小米	1017.22	214.55	61.05	12.88	34	100.0	1017.22	61.05
小麦	146.84	30.97	11.20	2.36	34	100.0	146.84	11.20
豆类	127.63	26.92	8.08	1.71	34	100.0	127.63	8.08
高粱	111.15	23.45	5.39	1.14	34	100.0	111.15	5.39
荞麦	98.34	20.74	5.59	1.18	34	100.0	98.34	5.59
黍子	56.32	11.88	2.95	0.62	34	100.0	56.32	2.95
玉米	50.90	10.74	2.42	0.51	29	85.3	59.68	2.84
大麦	38.07	8.03	2.31	0.49	32	94.1	40.45	2.46
稷子	34.68	7.32	1.72	0.36	26	76.5	45.35	2.25
白面	8.96	1.89	0.80	0.17	15	44.1	20.31	1.82
大米	4.23	0.89	0.38	0.08	7	20.6	20.57	1.83
卷子	2.06	0.44	0.16	0.04	18	52.9	3.89	0.31
挂面	1.59	0.33	0.20	0.04	15	44.1	3.62	0.44
烧饼	1.23	0.26	0.12	0.03	25	73.5	1.67	0.17
面食	0.25	0.05	0.05	0.01	10	29.4	0.84	0.17
芝麻	0.17	0.04	0.02	0.00	1	2.9	5.60	0.51
菜蔬类	1919.66	404.89	21.12	4.46	34	100.0	1919.66	21.12
白菜	821.88	173.35	7.69	1.62	34	100.0	821.88	7.69
北瓜	625.00	131.82	3.13	0.66	34	100.0	625.00	3.13
莨莛	202.68	42.75	1.15	0.24	34	100.0	202.68	1.15
萝卜片	155.47	32.80	6.57	1.39	33	97.1	160.18	6.77
葱	48.32	10.19	0.42	0.09	32	94.1	51.34	0.45

续表

食品名称与种类	34家合计				用此项食品之家庭			
	平均数量(斤)		平均费用(元)		家数	等于总家数之百分比	每家平均数量(斤)	每家平均费用(元)
	每家	每在家食饭之等成年男子	每家	每在家食饭之等成年男子				
茴香	30.35	6.40	0.37	0.08	27	79.4	38.22	0.47
菠菜	9.29	1.96	0.11	0.02	4	11.8	79.00	0.98
萝卜	6.91	1.46	0.06	0.01	3	8.8	78.33	0.65
韭菜	2.38	0.50	0.04	0.01	7	20.6	11.57	0.22
豆角	2.79	0.59	0.03	0.01	3	8.8	31.67	0.35
茄子	1.79	0.38	0.02	0.00	2	5.9	30.50	0.30
豆芽	1.56	0.33	0.05	0.01	15	44.1	3.53	0.11
黄瓜	0.80	0.17	0.01	0.00	6	17.6	4.50	0.06
海带	0.79	0.17	0.14	0.03	26	76.5	1.04	0.18
干粉条	7.80	1.65	1.22	0.26	32	94.1	8.29	1.30
蒜	0.77	0.16	0.03	0.01	4	11.8	6.50	0.29
豆腐	0.74	0.16	0.04	0.01	15	44.1	1.69	0.10
香菜	0.03	0.01	0.00	0.00	1	2.9	1.00	0.03
干菜	0.29	0.06	0.02	0.01	1	2.9	10.00	0.75
调和类	48.30	10.19	4.97	1.05	34	100.0	48.30	4.97
盐	36.13	7.62	3.47	0.73	34	100.0	36.13	3.47
醋	4.47	0.94	0.15	0.03	32	94.1	4.75	0.16
黑油	4.05	0.86	0.61	0.13	34	100.0	4.05	0.61
香油	1.85	0.39	0.46	0.10	33	97.1	1.90	0.48
酱	0.59	0.13	0.11	0.02	23	67.6	0.88	0.17
花椒	0.57	0.12	0.04	0.01	24	70.6	0.81	0.06
姜	0.21	0.04	0.05	0.01	24	70.6	0.30	0.07

续表

食品名称与种类	34家合计				用此项食品之家庭			
	平均数量(斤)		平均费用(元)					
	每家	每在家食饭之等成年男子	每家	每在家食饭之等成年男子	家数	等于总家数之百分比	每家平均数量(斤)	每家平均费用(元)
团粉	0.19	0.04	0.03	0.01	7	20.6	0.90	0.14
糖	0.14	0.03	0.02	0.01	11	32.4	0.42	0.07
猪油	0.10	0.02	0.02	0.01	4	11.8	0.82	0.21
肉类	21.62	4.56	3.65	0.77	34	100.0	21.62	3.65
猪肉	15.09	3.18	2.74	0.58	34	100.0	15.09	2.74
牛肉	4.88	1.03	0.71	0.15	27	79.4	6.15	0.90
羊肉	0.91	0.19	0.10	0.02	8	23.5	3.88	0.43
鸡蛋	0.46	0.10	0.04	0.01	1	2.9	15.60	1.37
猪肝	0.24	0.05	0.05	0.01	1	2.9	8.00	1.50
马肉	0.04	0.01	0.01	0.00	2	5.9	0.65	0.22
瓜果类	14.64	3.09	0.57	0.12	34	100.0	14.64	0.57
西瓜	4.47	0.94	0.04	0.01	9	26.5	16.89	0.17
枣	4.33	0.91	0.22	0.05	34	100.0	4.33	0.22
甜瓜	3.31	0.70	0.07	0.01	15	44.1	7.50	0.15
梨	1.15	0.24	0.14	0.03	27	79.4	1.45	0.18
柿	0.71	0.15	0.04	0.01	17	50.0	1.41	0.08
杏	0.49	0.10	0.03	0.01	10	29.4	1.66	0.11
桃	0.06	0.01	0.01	0.00	3	8.8	0.64	0.12
葡萄	0.06	0.01	0.01	0.00	3	8.8	0.73	0.06
山里红	0.04	0.01	0.00	0.00	3	8.8	0.43	0.00
橘	0.03	0.01	0.01	0.00	1	2.9	1.00	0.32

续表

食品名称与种类	34家合计				用此项食品之家庭			
	平均数量(斤)		平均费用(元)		家数	等于总家数之百分比	每家平均数量(斤)	每家平均费用(元)
	每家	每在家食饭之等成年男子	每家	每在家食饭之等成年男子				
其他	3.58	0.76	0.28	0.06	31	91.2	3.93	0.30
榆皮	2.16	0.46	0.13	0.03	6	17.6	12.23	0.72
碱	0.68	0.14	0.05	0.01	18	52.9	1.29	0.10
麻糖	0.50	0.11	0.06	0.01	16	47.1	1.07	0.12
糖果	0.20	0.04	0.03	0.01	14	41.2	0.49	0.08
冰糖	0.03	0.01	0.01	0.00	4	11.8	0.21	0.05
花生	0.01	0.00	0.00	0.00	1	2.9	0.25	0.03
各类食品总计	6210.15	1309.83	167.96	35.43	34	100.0	6210.15	167.96

平均每家全年燃料费19.56元内以所烧柴草费为最多，煤费次之，煤油费又次之，再次为洋火费。平均每家全年共用柴费15.16元，最少之家全年用6元，最多之家用25元。平均每家用煤费2.26元，无煤费者14家，煤费最多之家用10元，最少之家用1元。34家皆用煤油，平均每家全年用13.58斤，费用共计1.90元；每日仅合半两多，铜元2枚。有的家庭全年仅用煤油5.5斤，最多者用25斤，多在冷季天短时用，夏季几乎不用。平均每家全年用洋火55盒，费用共计2角5分，最少之家用20盒，最多之家用110盒，吸烟之家庭较费。

34家共有房屋229间，估价共计12300元；平均每家6.74间，估价362元，平均每间约值54元。229间中前面有廊之砖墙房屋计23间，无廊之砖房计104间，有廊之土房计3间，无廊之土房计99间。每间有廊砖房普通约值90元，每间无廊砖房约值60元，有廊土房约值70元，无廊土房约值40元。若出租，每间有廊砖房租价每月约3角5分，每间无廊砖房或有廊土房每月约3角，无廊土房约1角5分。

34家内有6间与有8间屋子者各计7家，有4间与有5间者各计5家，最少有房3间，最多有房15间。每家房屋估价最少120元，最多者达920元。各家房屋间数与房屋价值见下列第170表。

第170表　34家各家房屋间数与房屋价值

房屋间数	家数	房屋价值	家数
3	3	100—149	1
4	5	150—199	2
5	5	200—249	8
6	7	250—299	3
7	1	300—349	4
8	7	350—399	4
9	1	400—449	4
10	1	450—499	3
11	1	500—549	2
12	1	550及以上	3
13	1		
15	1		
总合	34	总合	34

34家平均每家全年内衣服及被褥费共计14.86元，其中被褥费占1.11元，此年内只有9家有被褥费。平均每家全年内买本地土布86尺；价值5.99元；每家买自县外输入之洋布或本国布10尺，价值1.10元；每家买棉花4.56斤，价值1.82元。平均每家全年鞋费2.56元，袜子费1.47元，带子费2分，操衣1角1分，帽子9分8厘，皮衣5角2分，洋纱1角6分。有两家制操衣，10家买帽子，有两家买皮衣，1家买洋纱，4家买带子。

第四节　杂费

杂费中以应酬费为最多，就是对亲友与邻人的来往交际费。农民遇亲友有婚丧等事时多送卷子馒头等物为贺礼，平均每家全年有此项费用1.46元，最少之家用6角4分，最多之家用4元。农妇生小孩时亲友多买烧饼油条为贺喜礼物，平均每家全年内有此项费用7角4分，最少之家用2角，最多之家用1.50元。平日亲戚来往多送糕点，平均每家全年用5角2分，有13家无此项费用，最多者全年用糕点费1.60元。其他送礼包括在年节时买肉送给看病之医生，喜事送幛子，生小孩送鸡蛋等费用。此外其他交往用现款者有赏新妇之拜钱及新年之拜年钱。外祖母给外孙或舅父给外甥之钱，及干父母给干儿女之钱，谓之岁钱。

34家平均每家全年摊兵差2.94元。

嗜好费中有酒、旱烟、纸烟与茶叶。34家全年内多少皆有些酒费，有在平日饮酒者，有只在年节用少许，或款待亲友者。平均每家全年用烟叶4.48斤，有旱烟费者共计26家。平均每家全年用纸烟7.7盒，每盒10枝，有纸烟费者共计12家。平均每家全年用茶叶将到一两，只有7家有茶叶费。

平均每家全年内摊公差2元，包括学校及保卫团等费用。

有1家有丧事费，共用洋13元。有两家还债，一为31元，一为15.50元。

娱乐费中以赶庙会时花钱较多，看戏次之；此外有看变戏法、赌博、捐助走会、养鸟、听书等项。

家具费内包括一切日常用器费，平均每家全年仅用1.62元。

平均每家医药费1.22元，有此项用费者共计24家，最多者全年用5.70元。

关于信仰费，平均每家全年用烧纸2.9刀，每刀88张，用黄表纸

1.22刀，每刀96张，用香2.66封。神纸费包括新年时所用天地神、门神等费。

卫生方面之费用大半属清洁费。34家皆有胰皂费，8家买手巾，1家买脸盆，两家有牙刷与牙粉费，3家有刮脸费，3家有洗澡费。

平均每家教育费约半元，有此项费用者计19家。

兹将34家各项杂费总数，每家平均数，有各项费用之家数列表于下(第171表)。

第171表 34家全年各项杂费

杂项种类	34家合计(元)		有此项费用之家庭	
	费用总数(元)	每家平均费用(元)	家数	每家平均费用(元)
应酬	152. 53	4. 49	34	4. 49
卷子	49. 56	1. 46	34	1. 46
烧饼	25. 14	0. 74	34	0. 74
点心	17. 60	0. 52	21	0. 84
其他送礼	32. 99	0. 97	34	0. 97
其他交往	19. 99	0. 59	21	0. 95
岁钱	7. 25	0. 21	14	0. 52
兵差	84. 74	2. 49	34	2. 49
嗜好	76. 17	2. 24	34	2. 24
纸烟	13. 10	0. 39	12	1. 09
旱烟	26. 77	0. 79	26	1. 03
酒	34. 75	1. 02	34	1. 02
茶	1. 55	0. 05	7	0. 22
公差	68. 89	2. 03	34	2. 03
特别	59. 99	1. 76	34	1. 76
丧葬	13. 49	0. 40	1	13. 49

续表

杂项种类	34家合计(元)		有此项费用之家庭	
	费用总数(元)	每家平均费用(元)	家数	每家平均费用(元)
还债	46.50	1.37	2	23.25
娱乐	57.82	1.70	34	1.70
赶庙会	25.65	0.75	34	0.75
看戏	18.70	0.55	34	0.55
赌博	8.70	0.26	3	2.90
走会捐	0.40	0.01	2	0.20
养鸟	4.00	0.12	2	2.00
听说书	0.25	0.01	2	0.13
看变戏法	0.12	0.00	3	0.04
家具	55.19	1.62	34	1.62
饭勺	2.80	0.08	30	0.09
锅盖	2.60	0.08	21	0.12
筷子	4.90	0.14	34	0.14
笊篱	2.60	0.08	32	0.08
酒壶	0.70	0.02	3	0.23
灯笼	0.69	0.02	4	0.17
风箱	4.40	0.13	2	2.20
盘子	2.86	0.08	12	0.24
小刀	0.80	0.02	4	0.20
盒子	0.50	0.02	2	0.25
桌子	3.85	0.11	2	1.93
板床	3.00	0.09	14	0.21
搓板	0.66	0.02	5	0.13
碗	6.67	0.20	32	0.21

续表

杂项种类	34家合计(元)		有此项费用之家庭	
	费用总数(元)	每家平均费用(元)	家数	每家平均费用(元)
盆	2. 35	0. 07	16	0. 15
灯	1. 20	0. 04	10	0. 12
斧	1. 35	0. 04	3	0. 45
席	4. 40	0. 13	6	0. 73
锅	1. 76	0. 05	3	0. 59
缸	3. 40	0. 10	2	1. 70
罐	0. 20	0. 01	2	0. 10
斗	1. 00	0. 03	2	0. 50
升	0. 26	0. 01	2	0. 13
水壶	1. 04	0. 03	2	0. 52
剪刀	0. 40	0. 01	2	0. 20
箩	0. 41	0. 01	2	0. 21
锅篦	0. 12	0. 00	1	0. 12
香炉	0. 15	0. 00	1	0. 15
匙	0. 12	0. 00	3	0. 04
医药	41. 35	1. 22	24	1. 72
信仰	23. 79	0. 70	34	0. 70
烧纸	9. 90	0. 29	34	0. 29
黄表纸	4. 43	0. 13	28	0. 16
香	4. 52	0. 13	34	0. 13
爆竹	2. 58	0. 08	17	0. 15
锡箔	1. 07	0. 03	4	0. 27
假银元	0. 10	0. 00	1	0. 10
神纸	0. 15	0. 00	4	0. 04

续表

杂项种类	34家合计(元)		有此项费用之家庭	
	费用总数(元)	每家平均费用(元)	家数	每家平均费用(元)
供品	1. 04	0. 03	1	1. 04
卫生	20. 77	0. 61	34	0. 61
手巾	2. 45	0. 07	8	0. 31
胰皂	8. 67	0. 26	34	0. 26
洗脸盆	1. 00	0. 03	2	0. 50
牙粉	0. 30	0. 01	2	0. 15
牙刷	0. 45	0. 01	2	0. 23
剃头	5. 76	0. 17	34	0. 17
刮脸	1. 04	0. 03	4	0. 26
洗澡	1. 10	0. 03	3	0. 37
教育	18. 32	0. 54	19	0. 96
书	7. 36	0. 22	19	0. 39
笔	2. 50	0. 07	18	0. 14
纸	2. 60	0. 08	16	0. 16
黑	0. 78	0. 02	8	0. 10
墨盒	0. 30	0. 01	1	0. 30
石板	0. 38	0. 01	3	0. 13
砚台	0. 20	0. 01	2	0. 10
字帖	0. 08	0. 00	2	0. 04
学费	4. 12	0. 12	3	1. 37
杂项	78. 90	2. 32	34	2. 32
苇叶	0. 47	0. 01	4	0. 12
葛褙	0. 07	0. 00	1	0. 07
红纸	1. 06	0. 03	21	0. 05

续表

杂项种类	34家合计(元)		有此项费用之家庭	
	费用总数(元)	每家平均费用(元)	家数	每家平均费用(元)
喜画	0.10	0.00	1	0.10
纸花	0.15	0.00	8	0.15
铁丝	0.57	0.02	2	0.07
桐油	1.69	0.05		0.85
针线	2.54	0.08	29	0.09
颜料	0.14	0.00	3	0.05
花纸	0.12	0.00	3	0.04
画	0.46	0.01	8	0.06
日记本	0.08	0.00	1	0.08
窗户纸	0.38	0.01	3	0.13
蜡	0.05	0.00	1	0.05
麻	0.29	0.01	2	0.15
钉	0.27	0.01	6	0.05
印花票	0.45	0.01	1	0.45
木头	10.02	0.30	3	3.34
杂货	0.31	0.01	1	0.31
头绳	1.41	0.04	23	0.06
扇子	0.07	0.00	1	0.07
玩具	0.41	0.01	1	0.41
算卦	0.10	0.00	2	0.05
赶集	2.81	0.08	19	0.15
送号	0.08	0.00	1	0.08
染布	1.54	0.05	6	0.26
锥鞋	0.40	0.01	1	0.40

续表

杂项种类	34家合计(元)		有此项费用之家庭	
	费用总数(元)	每家平均费用(元)	家数	每家平均费用(元)
做衣手工	0.53	0.02	1	0.53
打绳	0.61	0.02	2	0.31
枪及缨	0.42	0.01	1	0.42
修理家具	0.31	0.01	2	0.16
猪	47.77	1.41	17	2.81
鸡	3.22	0.10	4	0.81

第八章

乡村娱乐

娱乐是人类社会生活中一种不可缺少的活动，不但能使人的身体与精神双方面都得到安慰与康健，并且能陶冶德性，培养人格。更是一种良好有趣味的社会教育，例如：开通民智，增进知识，养成良好的习惯，参加社会的生活，都可以由娱乐方面入手办理，而收事半功倍的效果。城市的娱乐虽是重要，乡村的娱乐尤其重要，因为乡村的生活简单，各种文化的机关缺乏，社会团体的生活太少。这样，农民除了耕种收获，娶妻生子，新年酬酢，逛庙烧香，墙根底下谈天等等以外，很少有别种复杂社会的生活，尤其是社会的娱乐。从调查所得，我们知道定县乡村的娱乐，很是缺乏。今把它概括起来，分为：儿童娱乐、成人娱乐、秧歌、大戏和新年各种娱乐会等。

凡想改良农村的，对于乡村的娱乐不能不加以注意，以求用娱乐来提高农民的生活，改良农民的习惯，增进农民的知识，启发农民的团体及社会的意识。因此把所采集这几种乡村娱乐，列在后面，以作留心乡村生活的参考材料。

第一节 儿童娱乐

1. 打顺　在空阔的地方，聚集十人上下，分成两伙，例如甲乙两伙，每伙各占一处有树木墙角等类的地方，叫做“庄”。双方距离约在三丈远近。先有一伙作受罚的，例如甲伙是受罚的；甲伙再在本伙里指定一人为“受罚人”。乙伙知道哪个是受罚人以后，再听到甲伙说“得啦”二字，这时乙伙全体动员，竭力去捕受罚人。甲伙一方面保护受罚人，不使乙伙捉住。一方面拥护受罚人去抢乙伙的“庄”。如果甲伙在抵御之外，拥护着受罚人到乙伙所占的地方，摸着所指定的庄一下，就叫“占庄”。这样就算乙伙输了，应当各回各伙的地方，重新再玩。要是受罚人在没有占庄以前，竟被乙伙捉住，乙伙人就用拳打他，直等到受罚人说出“顺”字来才停止。这就叫作“打顺”。

2. 数脚　在空地上，聚集十余个儿童，举出一个“数脚人”；其余儿童，都排列成行；坐在一块横木或台阶上；都把两脚伸出。然后数脚人站在对面，口里念着“盘脚儿盘，盘三年,三年整，烙花饼，花饼花，一担茄子两担瓜;你吃个儿，我吃个儿，咱们俩个做买卖儿。”按照语句的顿挫，用他自己的右脚，从这头向那头挨次数他们的脚。说到末句的时候，他的脚落到哪只脚上，那个人就把被数着的那只脚掣回。然后数脚人照样从头再念一遍，数一次。每次如此。脚也每次减少一只，先把两脚掣回的，称他为“大官”；次掣完两脚的，称他为“二官”；最末剩一双脚的算输。数脚人就用拳打他的腰背，口里并说：“小勺煎鸡蛋儿，问问大官吃几片?”那个大官回答说吃几片，数脚人就打受罚人几下。再照样问二官， 也是这样。

3. 浇花　在一块空地或草场，聚集十余个儿童，举出一个“浇花的”（手里拿一节秫秸），一个“偷花的”，另举一个人蹲下做“花心”，其余儿童用两手按在做花心的儿童的头上，作为是“花瓣”。这时浇花人围着花行走，口里念着："浇花来！浇花来！大年初一消灾来！一葫芦水，两葫芦水，浇的花儿龇了嘴。一葫芦汤，两葫芦汤，浇的花儿兹了秧梆，梆，睡觉去。"浇花人一面念着，一面用手在各儿童的头上做浇水状。众儿童的手也慢慢地往上举，仿佛花儿渐渐开放的样子。说到梆梆二字时，就用所拿的秫秸做打更状。然后站在一旁伪作睡觉形态。这时偷花人轻步走上来，围着他们行走几圈，再故意把脚步放重。这时浇花人问道"做什么的"？偷花人回答说"拾大粪的"，说完便拉一人到一边去。浇花人走过来一看，说道，"我这花儿怎么少了一枚，谁偷去了?"说完，再把头一次所念的，所做的，照样来一遍，偷花人再偷一遍，如此轮流到偷完为止。

4. 摸瞎打鬼　在一块空地或草场，聚集十余个儿童，将一人的两眼用带子遮蔽；别的儿童偷着用拳打他，遮眼的儿童乘别人打他的时候，就势向前急去追捕，以摸着打他的那人为止。被摸的儿童，再遮上双眼，继续游戏。

5. 猫捕鼠　在草场或空地上，聚集十人至二十人，从中举二人为"猫"，一人为"鼠"。其余的儿童携手成圈，每二人距离的空间算作鼠洞。鼠在洞里藏着；猫在洞外等着。鼠每次都从猫不在的地方迅速的突出来。外面的猫发觉鼠已出洞，就急力追捕；捕着的时候，当鼠的就算输了；以后另换一人作鼠。如果老鼠绕过四五人后，当猫的还不能捕获老鼠，当猫的就算输了；再另换二人当猫，继续游戏。

6. 耍子儿　这种游戏，多半是女孩们玩耍，并且无论什么地方都行。先预备五块用碎砖瓦或石类磨成小棋子大小的子儿。只要有两个人就能玩，多了就得分对去玩。在玩之先，要讲好是"玩灵的"、"玩笨的"。灵的是在抓子儿的时候，除应当抓起的子儿之外，不许碰着别的子儿。笨的就随便了。还有在玩的时候，把撂在地上的四个子儿之中，指定两个距虽较近的子儿后抓起来，这叫"粘粘儿二"。这时那耍子儿的，就得乘着子儿抛上去的时候，一次把那两个距离很远的子儿同时抓在手内；然后再反手接那才抛去要落的子儿。完了之后，再把地下的两个子儿分两次抓起算完。还要做“粘粘儿一”。这粘粘儿一就更难了!是对方在四个子儿里选出三个不同方向距离又远的子儿，让他一次先抓起来，而把一个粘住，在第二次再抓。还有几套歌子随在每一个动作时要唱的，虽然是很难玩，可是颇感兴趣。

开始玩的时候，大家都蹲下来；先要的人右手拿着五个子儿，先往上抛去一个，约一尺多高。这时乘空把其余的四块放在地上，再反手把抛上去的子儿接住。然后再往上抛去一个，乘空急把地上的四块之中的二块，抓在手里；再反手去接住抛上去的子儿。此后再抛每次就拾一个。拾完之后，再从头抛一个，拾二个；抛一个，拾一个的去玩。如果要互相为难的时候，就用上面所说的“粘粘儿”法作限制，那就不按前头的次序去拾了。这样连续的玩下去，谁有一次接不着或抓不起，就得停止，让对方照样再玩；谁多谁赢，少的算输。至于随唱的歌子，也选两套录在下面：

你一我一，见面作揖，你二我二，不打苞儿绣穗；你三我三，织布抛拴；你四我四，吃鱼择刺；你五官我五官，小笊篱捞水饭；你六我六，吃馍馍就肉；你七我七，赶紧的追你；你八我八，八对对八；你九我九，十升一斗；满了完了，追了赶了。

啊零零对，对零；你一我一，慢慢儿着追你。啊一一对，对一；你二我二，咯啷儿（即隐僻地）配对。啊二二对，对二；三月三织牡丹，牡丹花真好看。啊三三对，对三；四油线儿稠，稠线儿四瓣儿。啊四四对，对四；大五小杵，种黄瓜小锄。啊五五对，对五；你六我六，吃馍馍就肉。啊六六对，对六；你七我七，七老婆骂鸡。啊七七对，对七；你八我八，八老婆看家。啊八八对，对八；你九我九，十升一斗。啊九九对，对九；你十我十，石榴花儿开的迟。拿出大把，拿出本对；本愧，一层，架鹰；鹰架上，一层。啊一一对，对一；二根儿，借针；针借，黄叶。啊二二对，对二；三月三，织牡丹，牡丹花真好看。啊三三对，对三；你四我四，照格儿写字。啊四四对，对四；你五我五，吹笙打鼓。啊五五对，对五；你六我六，张飞卖肉。啊六六对，对六；你七我七，七老婆骂鸡，啊七七对，对七；你八我八，八老婆看家。啊八八对，对八；你九我九，二人喝酒。啊九九对，对九；你十我十，石榴花开的迟。

7. 缕缕疙疸（即行走中流落下的疙疸之意） 在空地或草场，聚集十数个儿童，有一个充作缕缕疙疸人；其余儿童携手成圈，然后蹲下。缕缕人用带子一条，在一头结成疙疸，藏着绕圈行走，看那个儿童不注意，就把那疙疸放在那个儿童的后边地上。放下后，不动声色的再走一圈。如果那个儿童还没有发觉，缕缕人就拾起疙疸来打他，他就急忙起来紧跑，转过一周再到原处蹲下。因为后边缕缕人追赶打他要到原处为止。这样缕缕人就重新再做。如果那个儿童已经发觉缕缕人把疙疸放在他的身后时，就赶紧拿起疙疸接着做缕缕人去绕行。此时他所留的空位就被先一个缕缕人占去。后充缕缕的人再如前做。如此更替进行。不过缕缕疙疸的时候，其余儿童只许手摸不许回头望看。

8. 星星月亮 在草场地上，聚集十个以上的儿童，有一人用手遮蔽别一个儿童的双眼，其余儿童站在一边。游戏开始时，这些儿童从被遮的儿童面前一个跟着一个的经过，并且各做一种形态；如指星星，指月亮，开步，打拳……。同时遮人的儿童把各儿童所做的形态，挨次告诉被遮的儿童；可是并不说出姓名。等到都过完后，遮人的儿童就说："摸摸，合合，猜着了是你哥哥。"说完把被遮儿童撒开，让他猜那个儿童是作那种状态。如果猜对，那被猜着的儿童就替他去遮眼，照样去做。如果猜不中，他还得遮目再猜，非得猜对，然后才能了事。

9. 闯拐 这是两个人的游戏，人多亦可，并且随便在什么地方都行。先由两个人用手各把右腿盘起，左脚着地站稳。两人单腿跳着，用膝盖互相对闯，那个被闯到右脚着地的算输。如人多时继续再和赢的比较。

10. 缕缕豆儿 在空地或院中聚集十余个儿童，推一人做"缕缕人"，一人做"猜豆人"。其余儿童排列成行，都把手缩在袖里。缕缕人拿小砖一块作为是豆儿，挨次与排列的儿童接手，作出交接的样子。同时随便递给排中的一人，不让猜豆人看见，然后让猜豆人猜那个人的手里有豆，向他讨要。如果猜对，被猜的儿童就替他做猜豆人，猜不对还继续再做。

11. 打球 这是两人以上无论在什么地方都可以玩的游戏。先预备一个用线缠成的球，或皮球亦可。由一人用手拍打这球，嘴里数着数目。也有时在拍打时做出种种式子，如拍一下球转一回身；或迈一双腿等类。直到手没拍着球为止，记住共拍多少下，后一个人也要照他的样子、数目去拍。多者为胜，不够算输。

12. 打杠子 这种游戏只用二人。在草场或空地作约一丈远近的距离；二人各占一头，每头地上都放一标准物，如铜元、小砖等物。二人相互用铜元或圆铁片照准对方标准物打去，打中的算赢，不中的没事，如是继续来回相打。

13. 苏马庄 在黄昏或月夜的时侯，聚集十人到二十人，找一块草场或空地，只要有树木、墙角、碌碡、石椿等物的地方都可。先由一人站在树木、墙角等任何东西的前面，作为占“庄”。其余人都散立在四周围。演时是由占庄的人口中呼着“苏”的声音前去向四周捉人，能够在“苏”声不断的时候捉住一人，那末其余的人都可以打那被捉的人，并送到庄前让他向月儿磕一个头就算了事，然后重新再玩。要是占庄的在没有捉到人，又没回到所占的庄上的时侯，声音中断；这样，其余的人也都来赶着打他，除非他跑回本庄，用手摸着庄的时候才停止打他。

14. 打官骡 聚集七人至十余人，找一个有木桩或树的院里或草场上，选一人做“官骡”用手握着树伏下身去。其余的人围着他，在他不防备的时候都可以乘机打他。他就用脚乱踢，被他踢着的就替他做官骡。如此循环做去。不过这种游戏是危险的。

15. 捉迷藏 在黄昏以后，聚集十几个人。找一处障碍物最多的地方，把人分成两组，一组做藏的，一组做捕的。两组议决共捉若干人。然后捉人的一组站在指定的“庄”前，等着藏的一组全去藏好听见发出“得啦”的口号，除预先定好留一人看庄，防备人偷着占庄之外，全体出发去到各处捉人。如果把所议的人数，全部捉住拖回，一个不多，一个不少，就算赢了。多捕少捕，或被人把庄占去，都是算输。

16. 哭黄雀　在院里或空地聚集十余人，分成两组，对面站立，相隔约一丈多远。先由甲组出一人作为“哭的”，到乙组用种种笑话或奇怪状态去哭（即装哭引人笑)。这时乙组的人如果被他引得发笑，就把笑的人拉到甲组去。要是向这人哭，他不笑，可以再向别一人去哭。若是这一组里都没被他引笑，那就由乙组里出入再到甲组去哭。结果那组拉的人数多算赢，人少的一组算输。

17. 跑麻绳　在空地或院里，聚集十几人至二十几人，分成两组；对面排成横队，相隔约三丈多远。每组各举一人作为“说话的”。如甲组说话的人先叫阵，就说“野鸡翎”。乙组说话的接说“跑麻绳”。甲组再说“麻绳开”。乙组接着又说“将你那小鸡撒过来”。这时甲组遂出一力大之人，向乙组横队跑着闯去。闯开横队算赢，闯不开算输。

18. 鹞子拿家雀　在院里或草场上，聚集十几人至二十余人。其中举出二人，一做鹞子，一当家雀，其余的人都携手成圈。演时鹞子在后追，家雀在前跑，二人围在圈外追赶着。如果鹞子在三圈之内能追上家雀，那个家雀就算鹞子的人，鹞子就算是赢了。三圈追不上家雀，鹞子就算是输。

19. 拜太阳　在正午的时侯，找一块空地，聚集十余人或二十余人。随意举出两人一做追的一做跑的。其余的人都携手成圈。然后两人在圈外围着追跑。如果跑的被追的追上，跑的就得向太阳作三个揖，叩一个头，作为罚他。

20. 瞎子捉兔　在宽敞的地方，聚集二三十人，任意选出两人：一人当瞎子，用手巾遮住眼睛。一人当兔子，其余的人都携手成圈。瞎子和兔子都站在圈子当中，由一人发出号令，瞎子首先说“一”；兔子回答说“二”；这时瞎子就向着兔子的声音去追捕他。捕着兔子算输。如在相当的时间里，瞎子始终没捉住兔子，瞎子就算输了。不论谁输了，都由圈子里再举一人替代他。

21. 抬杠官　在旧历正月里，聚集六个人，预备木杠两根和一把茶壶，一个茶碗。然后选出一个能唱的人做“官”，一人做夫役，四人做抬夫。演的时候，四个抬夫一人一头前后各二人互相搭着肩的抬着，当官的两只脚分站在两根杠上，或坐在一边。任凭抬杠的人如何颤动，总不能掉下来。同时这官还要唱着各种难曲，做出各种舞态。夫役在后边提着壶，拿着碗跟随着。唱曲的时侯，是做官的先唱，夫役、抬夫也随着唱。这样到各处游行。

22. 鹰捕小鸟　在院中或空地聚集十四人，从中选出五人；一人做鹰，四人做小鸟，其余九人，分成三伙，每伙三人，都携手作圈，直立不动，作为是小鸟的窝巢。每个窝巢只准住一个小鸟。那剩下的一只，就在窝巢以外。做鹰的只准在外边，无论如何不许进入鸟窝。这样预备好以后，告诉鹰知道，鹰就奋勇直前捕捉在外边的小鸟。小鸟奔跑，不使老鹰捕获。到不得已的时候，被追的小鸟，可以随意跑进哪个窝巢去避难。这时那窝巢里原住的小鸟，就得赶快飞出。鹰看见后飞出的小鸟，再去追捕，小鸟再跑。直到鹰追上小鸟为止。追上小鸟后，小鸟就向鹰行一个敬礼作罚。

23. 捉曹操　这是室内的游戏，最好用八个人。如果人数不足时，可以从关、张、赵、马、黄五将之中，倒着缩减。玩法是用八个纸条，把刘备、诸葛亮、关公、张飞、赵云、马超、黄忠、曹操等八个人名分着写在条上。然后把字向里揉成球，混堆起来，让在座的八个人，各人随意检选一个。打开看过，无论拿着什么都不要动声色，尤其是拿着曹操的。这时拿着诸葛亮的，可以在五将之中随便指派一人，赵云也好，张飞也好，叫他去捉曹操(就是去猜谁是曹操)。如果被派的那个人捉住了曹操，曹操就要受罚；如果猜不着，被派的也要受罚。受罚的方法，就是由孔明问刘备应当打几板，刘备说打他几板，然后孔明再派人执行惩罚。

24. 背弓射箭　在空地或院中聚集十数人，分成两组(例如甲乙两组)。分站在距离丈余宽的地方。每组各出一人说话。演时，甲组的说话人先说：“背弓。”乙组说话人答道：“射箭。”甲组再问“射的谁”？乙组指定甲组中的一人说“射的某某”。同时乙组跑出一个力大的去抢甲组某某。甲组见乙组来抢，百般围护着被抢的人。乙组若把指定的人抢过来算赢，否则算输。

第二节　成人娱乐

一　男子的游戏

1. 踢毽子　这种游戏，是最有益的健身柔软连动。大致多在冬季和正月间玩耍。先预备公鸡毛一束，用布或皮子把它绑在制钱上，人们相互着用两脚踢起，能够玩出种种不同的样式。例如：用右脚由背后踢起，从左肩上过到面前，这叫“苏秦背箭”。要是踢起之后，将两腿交叉着跳起来，再用叉在后面的脚踢起，这叫“剪子股”。还有“仙人过桥”、“孤树盘根”等许多名称，都是用种种方法去接住或踢起。在踢起之后，有时也能用头、颈、背、眉、膝、鞋底等处去接住。最忌用手去接。玩的时候，许多人围起来传着踢，以毽子落地为输。要是几个人互相比赛数目的时候，有的不玩花样，是以开始踢起直至毽子落地为止，多者为胜。

2. 打秋千　用木杠做成秋千架，在横木的上面，系绳两条，下端系一块横板。游戏的时候，人站在横板上，两手握绳，前后用力摇荡，越荡越高，好似凌空飘飞一般。这种游戏在每年正月的时侯最多。

3. 耍钹　这种游戏是旧历正月间玩的。共用十几个人；一人打着鼓，再有几人敲着铙，其余的人每人手持大铜钹一对，先站成一定的式子。听到鼓声一起，除拿铙的随着鼓点敲打不动外，所有耍钹的人，一面也要随着鼓点敲钹；一面还要耍成种种玩拳式的样子，并且这许多人总是一律的。演时忽紧忽慢须与鼓点合拍，动作也很整齐好看。可见事先的演习也很费时间。

4. 耍河叉　叉是古时一种兵器。耍的人手持河叉，围绕全身旋转不定的舞着，并做出种种的姿势。最精彩的能用手脚把叉飞起，然后用脚或腰臂等处再接住。这样起落不定，上下翻飞，甚是好看。有时是一人独耍，有时多人对耍。这种游戏也是在正月里最多。

5. 闯拐 这种游戏的方法与儿童娱乐第九项同。

6. 荷子灯 这是旧历正月里夜晚的游戏。先用铁丝做成莲花的样子，糊上粉红色的纸，里头点上蜡烛。游戏的时候，要在宽阔的场上。一共十几个人；每人拿一个或两个荷子灯，随着锣鼓走成种种样式，如剪子股、大圆圈、一字长蛇、二龙出水等类。步度的快慢，按时不同，都须与鼓乐合拍。在每一停顿的时候，用灯和人能凑成各种字形或其他形式。这样练习好了之后，再到各处去公演。

7. 擦冰 擦冰是冬季的游戏。乡村里有冻上冰的壕坑，农民就在上面做擦冰的游戏。擦冰的人先由远处跑来，到冰上时一脚在前一脚在后的立着溜。随跑随溜，总是直走。有的在鞋底绑一铁片或铁条，一脚擦着，一脚蹬着的跑。要是没有壕坑，就在地上掘一个长沟，沟中注水，隔夜成冰也可以玩耍。

8. 打𣽽 这是二人以上的游戏。每人各拿一二尺长的木棒一根。先在地上画一横线，在距横线约三四尺或五六尺之间，再画一"十"字。然后都把木棒放在"十"字的前面，如扇形，其棒头相聚处向着"十"字。这时由任何一人持棒在"十"字后向横线的方向打这些木棒，以木棒距横线远的，先去窜𣽽。窜𣽽之先，众人把木棒仍作扇面式放在横线后边。因为防窜𣽽的把木棒打过横线，所以把扇形的边缘向着十字。窜𣽽的人拿起自己的木棒，站在十字上向着横线的方向打那些木棒，必须把排列的木棒冲过横线；同时不使自己的木棒随着越过去，能够这样就算是赢。然后再看被打过横线的木棒的远近，就按先远后近的次序去作窜𣽽的。要是自己同别人的木棒一齐过了横线，或是别人的没过去，自己的过了横线，那就由距横线较近而没过去的人再做窜𣽽的，重新再打。有时也轮流着击打，各人先占一数目，按着次序一打二，二打三，三打四的循环不已。这种游戏，多行于秋冬两季。

9. 夹吃挑担 这是二人走棋式的游戏。先在地上画一个棋盘，如(第一图)每人用五个子，预先放好，然后依次走子。走到甲的两子夹着乙的一子的时候，就叫作"夹吃"。那被夹的子就被甲吃起，换成自己的子再走。如果乙的两子在两头，甲的一子恰巧走到中间，这就叫作“挑担”。甲也将两头的乙子吃起换成自己的子，这样走着看谁的子先被换完，谁就算输。这种游戏，多行于夏季。

10. 鸡毛蒜皮　这也是二人走棋的游戏。先在地上画一个棋盘（如第二图)，每人各用四子，放在盘上成四角形。走动时如距自己的子四步的地位，有对方一子，就依鸡毛蒜皮四字，将自己的子一连移动四步；口念一字，走子一步，走到四步，正当对方之子，就把对方的子吃起。若在四步的地位没有对方的子可吃的时候，每次只准走动一步。这样走去先被吃完者为输。这也是夏季的游戏。

11. 搿连　这是二人对着的游戏。先在地上画一个棋盘（如第三图)，然后各用一种不同的子，按次向盘上互搿一个。不论横竖或斜线上，如能三个搿成一行，就叫作“乘上”。这样，就把对方不成连的子压住一个，如此继续搿子，直到满盘为止。然后把被压的子，完全除去，盘上也就有了空地位，再接着互相走动。如果通盘搿满以后，双方没有压子，那就各人随便去掉一子，以便“走连”，“走连”的意思，就是设法把自己没有乘上的子，走成三子一行。乘上之后，仍然吃起对方一子。先被吃完者算输。这也是夏季的游戏。

第一图　　第二图 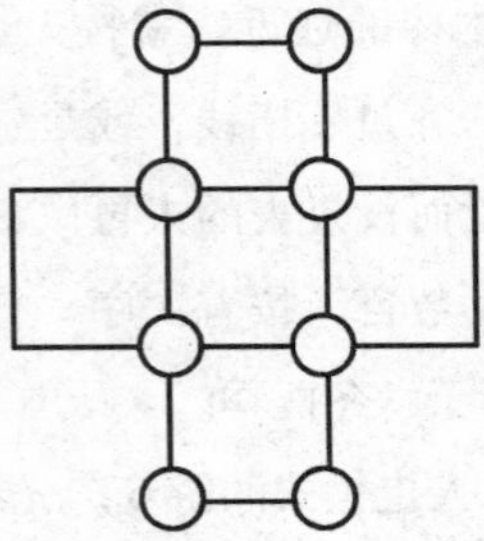　　第三图

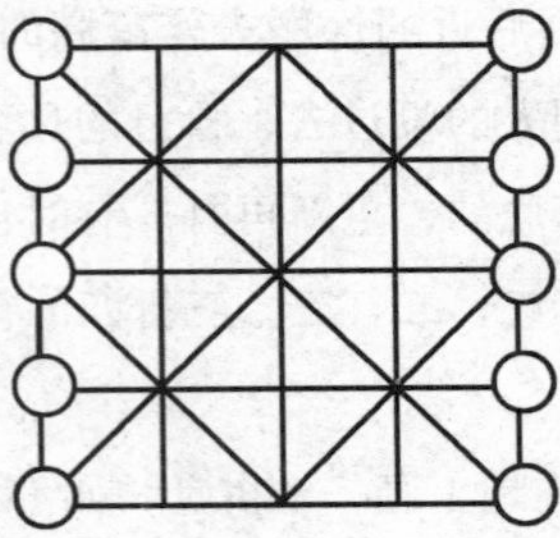

二　妇女的游戏

1. 打懒老婆　用一块小短圆木，一头削成尖形。另备绳鞭一根，用鞭上的绳将小圆木由尖处向上缠绕好了。然后就地把小鞭猛的抽回，于是小圆木便尖头向下旋转不已。如见有停歇的样子，再用小鞭抽打几下，便又继续不断的旋转起来。有的一人独打，也有许多人用它比赛，是以旋转工夫大的算赢。这种游戏，多行于春冬两季。

2. 打球　这种游戏的方法，与儿童娱乐第十一项同。

3. 打秋千　这种游戏的方法，与本节男子游戏的第二项同。不过妇人们要打，都是家中立秋千架的才行，要是村中立在街上的秋千架，妇人和十五六岁以上的女子就不肯去打了。

第三节　秧歌

一　秧歌的沿革

据定县的传说，秧歌的起源是宋朝的苏东坡编的，定县北部，黑龙泉附近的苏泉村、东板村、西板村、大西涨、小西涨等村的农民多以种稻为生。苏东坡治定州时，看见他们在水田工作甚为劳苦，就为他们编了歌曲，教他们在插秧的时候唱，使他们忘了疲倦，这就是秧歌名称的起源。不久就传遍了定县，男女老幼都会唱了。农民多半不识字，就一代一代的口传下来。苏东坡也万没想到后来秧歌竟变成了戏剧。当时他所编的多半是一个或几个短歌。后来歌词一定是渐渐改变，离本来的面目愈去愈远。现在也难考察他原来的秧歌究竟是什么辞句与是否和现在声调相同。后人随时又编了许多不同的秧歌。亦不知在那一时代有人把秧歌变为表演的小戏，又配上音乐。后来秧歌竟慢慢的成为正式的戏剧了。据老人说，从前的秧歌比较现在的文雅，自前清以来，秧歌的腔调、辞句和表演日趋于粗俗淫荡。官厅曾经禁止演唱，但始终无效。

定县秧歌表演的方式和声调与北平一带地方的秧歌大不相同。最主要的分别是，北平唱秧歌的人脚底下绑上三四尺高的木棍，叫做踩高跷，并且是在街上游行演唱。主要的角色有“陀头和尚”，手拿一对木棒，在前引路，一面走一面打，后边都按照他打的快慢来走路。他的后面有“傻公子”，傻公子的媳妇“老作子”、“小二格”等角色。所唱的都是短歌，或随时说些趣话，演些逗笑的动作。定县的秧歌没有向上面所说的表演方式演进。它完全不用高跷，不在街上游行。没有固定的几种角色，歌词也不那样简短。定县的秧歌，从歌曲变为表演的方式，大约是始而仿效唱对花、莲花落或蹦蹦戏之类，继而摹仿普通大戏。不但是在固定地点演唱、而且有棚有台，出将入相，有在“高腔”、“梆子”、“二簧”，等戏外另树一帜之势。至于定县的秧歌从苏东坡时起至现在止，如何自简单的短歌渐变为整本大套的故事，如何自简单的表演一步一步变成现在的戏剧，皆待专家的考察研究。这种细密的工作不是我们在短时间内所能办到的。

二　秧歌的现状

现在秧歌的表演与大戏相似。主要的角色分青衣、须生、老旦、花旦、花脸、小生、小丑等。所用的乐器有鼓、锣、钹、旋子四样。定县各大村都有能唱秧歌的人，其中善唱的就联合起来，组织秧歌会，普通称为义合会。由会中置办乐器、帘帐、行头、彩饰以及各种应用物品。会员中一部分是前台上管音乐的，一部分是后台内化妆的，画脸谱的，管衣箱的，一部分是出台演唱的，这些人多半平日为农，或从事他种职业，到演唱秧歌时来临时帮忙。会员中也有极少数以唱秧歌为主要职业或副业的。唱得好的人也收徒弟，亦无一定年限，乃是随时学习。徒弟必须是记忆力很强的聪明青年，因为只靠口头传授，少用写本。

每年秧歌最盛的时期是在旧历新年。此时正当严冬已过，天气渐暖，新春开始的时候。农民无不高兴鼓舞呈一种所谓家家欢乐过新年的现象。

大半的村庄都要在正月内演一次秧歌。此外各种庙会或节日，亦多演唱秧歌助兴，演唱一次普通一连唱四日，最少三日，亦有长至十日者。请秧歌会的十几个人演唱，每日约需用费10元左右。四天用40元左右，此外搭戏棚戏台亦需15元左右。亦有极少数从村庄不请秧歌会而自己临时组织一班人员演唱，向秧歌会租用一切应用物品。无论何人演唱，一切费用都由村中供给，按地亩之多寡挨户均摊，不能出现款者亦可以米面等食品替代。

秧歌不但是定县一般人最高兴的、最普遍的消遣，尤为妇女户外不易多得的娱乐。演唱秧歌的村庄的住户大半借此机会请他们外村的女亲戚，特别是姑奶奶、外孙、外孙女等人，来村里家中住几天，款待他们。因此演唱秧歌也是给与亲戚来往的一个机会。本地有人说青年妇女喜看秧歌，并不是与他们有益，因为秧歌多有淫词浪语，并且往往有乡村无赖分子借端生事。可是我们亲自看了几次秧歌，并没理会什么了不得的不良影响，不一定比城市内的大戏、小戏或莲花落等显得坏。只因朴实的农民总以为凡关乎男女爱情的表演就是坏的。编者曾记得前二年中华平民教育促进会某次给农民演了一短篇外国电影。他们看到一个青年男子与一个青年女子拉手的时候，一个农人说，这张片子是荤的，及至看见父亲和他的女儿亲嘴，都以为是了不得一桩事，在他们看来更是大荤而特荤了。他们对于秧歌的判断，也不过就是这种中国旧礼教的观念。可是官府曾禁止过他们演唱，而他们毫不介意，一到年节仍是大唱而特唱。这是表明他们在一种极单调的生活里需要一些娱乐。秧歌是满足这种欲望的，若能把现在已有的秧歌改良一下，可以成为很好的一种社会式教育。

三　秧歌的分类

搜集的秧歌约可分为六类，即爱情类、孝节类、夫妻关系类、婆媳关系类、诙谐类与杂类。

1.男女爱情类　在男女爱情类的秧歌里表示女子有“好马不备双鞍韂，烈女不嫁二夫郎”的观念。只要婚姻一定，即当始终不变。但并不是没有例外，也有羡慕自由恋爱的故事。中国的社会素来注重读书人，说起来总是士农工商，士居第一，在科举时代平民一样可以金榜得中，做官为宦。今天是平民，明天就可以为宰相；今天是乞丐，明天就可以中状元。中了状元，做了官宦，不但可以光宗耀祖，就连乡里也增了声价。因此一般女子喜欢嫁给金榜得中及做官为宦的男子。女子尤其喜欢嫁给皇帝。有三出秧歌都是因为女的看见男的身上有真龙出现，就上前讨封。

2.孝节类　凡表演孝或节的秧歌，都归这一类。这类秧歌表现数要点，由这数点可以看出中国社会关于孝节的伦理观念。中国极重孝道，孝子为人所敬，孝能感动天地鬼神。有因重孝甚至活埋自己的儿子。有时“无后为大”这种观念重于守节，宁可失去贞节，也得要子孙。如“倒听门”这出秧歌就是表现这一点。也有时女子因为要在将来报仇雪恨，亦可忍气吞声暂时不顾贞操，并且往往有神仙保佑，帮助达到尽孝守节之目的。

3.夫妻关系类　这类夫妻关系的秧歌，表现中国夫妻间的道德，夫妻间的伦理，以及夫对妻，妻对夫的观念。从这些秧歌中看出来，夫是妻的主人，妻是夫的奴仆，甚至于可以说妻是夫的财产。夫妻间的地位不平等，夫有休妻的权柄，妻无休夫的权柄。如果妻不生子，夫就可以休她。生子是结婚的主要条件，这种观念也是受了“不孝有三，无后为大”的影响。有时夫休妻非出己愿，是由于母亲的命令。婆媳间起了冲突，婆母可以随便打骂儿媳，也有时命令儿子把儿媳休了，儿子因孝母，不敢违背，宁愿孝而不顾妻。做媳妇以被休为奇耻，无法回家，没脸见人，因此就引起两种结果，一种是哀告丈夫收下，就是丈夫娶妻买妾，自己也都情愿。一种是自己剃发为尼。如果休妻是由于婆母的缘故，要想收回休妻的命令，不是儿子所能办到的。有时因小姑或他人劝解的缘故，也许使她婆母收回休妻的命令。夫有卖妻的权柄，可是有时妻被卖之后，还能体贴丈夫、爱丈夫，至终还跑回原夫家来过日子度这一生。

4.婆媳关系类　凡是表演婆媳关系与因婆媳关系所发生的其他关系都归这一类。从这类秧歌可以看出女儿一出了嫁，就算归了人家，好像把东西卖给买主的一样。婆母对于儿媳有莫大的威权，娘家对于她就没有多少权柄了。在一个家庭里做媳妇先要受婆母的管辖，听婆母的命令，其次才听丈夫管辖。有时婆媳闹意见，儿媳受虐待，两家亲戚却要因此起了冲突，不相往来。做媳妇的在婆母在时，一点主意都拿不了，只有听从命令而已。做儿媳妇的愿意婆婆早早死了，她好当家做主，没人再给她气受，而她可以给她的儿媳气受。凡婆婆没做过的事，也不许儿媳做，婆婆没享过的福，也不许儿媳享。

5.谐谑类　凡是表演滑稽、诙谐、挑戏、调情的秧歌都归这一类。这类中例如“锯缸”、“王小赶脚”、“武搭萨做活”、“顶砖”、“顶灯”、“杨文讨饭”、“王妈妈说媒”。“锯缸”是表演妖魔王大娘与土地爷所变的锯缸匠的故事。“王小赶脚”是表演二姑娘骑驴，王小赶脚在路上互相挑戏调情的故事。“武搭萨做活”是表演武搭萨懒惰的长工与女主人为工钱争吵的故事。“顶砖”是表演商天宝怕老婆，给老婆顶砖的故事。“顶灯”是表演张岐山因好赌被老婆管着，怕老婆，给老婆顶灯的故事。“杨文讨饭”是表演杨文因吃喝嫖赌把家财荡尽回家同妻子到大街唱莲花落谋生的故事。“王妈妈说媒”是表演王妈妈到东庄秃大姐那里说媒的故事。

6.杂类　杂类中有的是纯粹的本地秧歌，有的是从大戏改变的秧歌，例如“借髢髢”、“借女吊孝”、“崔光瑞打柴”等是纯粹的本地秧歌。至于“薛金莲骂城”、“关王庙”、“坐楼杀惜”、“庄周扇坟”、“白蛇传”等出是本着大戏重编的秧歌。近年以来，秧歌的范围有扩大的趋势，不但把本地的事情用秧歌表演出来，并且把外来的大戏也渐渐放在秧歌的范围里，这种秧歌是根据大戏的故事，而编成秧歌的词句表演出来。

兹选录七出秧歌于下，即可代表各类秧歌之性质。

四　各类秧歌选录

1. 打鸟

王子白　小小的鱼儿未成龙，落在深山泥洼中。生在皇宫院，长在帝王家，饥吃玉米饭，渴喝翰林茶。生，小王古存思想起来，好不愁闷人也。

王子唱　小王落泪好伤情，瞒怨父王是真龙。条龙条凤龙国母，要害小王命残生。把小王绑在龙庭上，声声要斩不留情。不该着人死有神救，救出海外逃命生。不会行路学行路，不会登程学登程。走了一里哭一里，走了一程哭一程。哭哭啼啼高庄上，太湖石坐着一老公。老公缺子无有后，留下小王作螟蛉。一年四季把衣换，送到南学把书攻，上学念的百家姓，然后念的三字经。五经四书全念过，师傅又叫我把文通。头一篇文章作的好，第二篇文章不犯重。第三篇文章写差了个字，怒恼师傅动无明。师傅打了四十大板，羞的小王睡朦胧。头一梦梦见神说话，第二梦梦见女花容。第三梦梦见去打鸟，打鸟的王子喜事冲。小王醒了是个梦，不知是吉可是凶。怀里揣上泥丸弹，臂膀挎上宝雕弓。迈步走出南学外，回头就把学门封。今天不上别处去，荒郊以外打鸟生。

妙梅唱　来了妙梅一枝花，心里欢来心里喜，梳洗打扮前去观花。慌忙拆开青丝发，黄杨木梳手中拿。左拢右梳的盘龙凤，左梳右拢的水墨云儿。盘龙凤里加香草，水墨云儿里麝香薰。左边一撮乱头发，梳了个蚂螂来戏水。右边一撮乱头发，梳了个蜜蜂儿采花心。后颈一撮乱头发，梳了个童儿拜观音。蜜蜂儿采花人人所爱，童儿拜观音爱死个人。脑瓜顶儿上一撮乱头发，梳了一座小庙儿。小庙儿里头神三座，刘备关老和张飞。江南的官粉润满面，苏州的胭脂涂嘴唇。耳朵上戴的是铃铛坠，滴啷当啷的九莲针。身穿一件大红袄，腰扎着一条裙。仙人过桥杉木底儿，两头儿着实当间儿空。脚尖上缀着花缨缨，花缨缨上缀着个花嗝铃。脚后跟上把着青谷穗，青谷穗上落着“青驴驹儿”(俗名蝈蝈)。两根须儿六条腿儿，喽兹喽的喝露水。向前一走叮当儿响，往后一退响咯吱儿。身上穿戴我不表，一到花园观花儿。迈步走出绣帘外，出了住宅来到园门。迈步就把园门进，我到花园里散散心。一边开的老来少，一边开的串枝莲。影壁墙上爬山虎，芍药牡丹在两边。各样的花儿观不尽，养鱼池里观一观。红鱼赶着绿鱼儿跑，黑鱼儿赶着绿鱼儿蹿，五色金鱼儿全有对，就是妙梅十六七的姑娘受着孤单。妙梅留落凉亭儿上……

王子唱　小王这里着眼斜。太湖石坐着一美女，顶小也下不了十五六，顶大也不过十七八。头上青发如墨染，鲜红的绳儿抹根扎。江南的官粉她润满面，苏州的胭脂嘴唇擦。耳朵上戴的铃当坠，叮啷当啷的九莲针。身上穿一件红大袄，八幅罗裙腰中扎。观见上来观不见下，观不见小姐金莲它多么大。一阵小风儿罗裙抄起，露出来了金莲三寸大。有心上前把她戏，没有法儿怎么戏弄她。小王说罢回去罢，该死的鸟儿叫喳喳。怀里掏出泥丸弹，弯弓就在手中拿。去的直来照的准，将鸟儿打在树底下。打鸟儿打在花墙里，看看小姐说什么。

妙梅唱　妙梅这里着眼斜，观见个鸟儿直噗啦。上头没有黄鹰叫，底下又没有猫儿掐。什么能人把你害，害的鸟儿染黄沙。用手拾起这只鸟，原是大嘴白脖儿山老鸹，隔着墙儿才说扔，墙外边站着个俏皮冤家。有心给他扔过去，恐怕冤家取笑奴家。将鸟儿撂在流平地，我看你只顾打来，怎么着拿。看你什么人来拾鸟，打鸟的人们说什么。妙梅留落太湖石上……

王子唱　小王抓住墙头草，鹞子翻身向上爬。小王跳在花墙里，舒手就把鸟儿拿。拾起鸟儿向回走……

妙梅唱　闪过妙梅把你拦下。你又不秃来又不瞎，来在我花园里做什么?你不是偷花就是盗柳，你不是戏俺就是偷看奴家。呐喊一声人来到，人多手众把你拿，把你拿到公堂上，四十大板一面枷。板子打的你的肉，枷板枷的你重刑法。思一思想一想，小小年纪要尬为什么?

王子唱　小王这里笑哈哈，叫声小姐听根芽。要打官司咱俩去，耻笑不过咱两家。

妙梅唱　一见公子会讲话，一心盘盘你的家，家住那州并那县，你爹的名姓娘姓什么?

王子唱　提起家来家不远，皇宫内院有我的家。我父姓王，王员外，母亲吃斋行善家。

妙梅唱　我问你家乡弟兄有几个，你是排行第几名?

王子唱　上没有三兄下没有四弟，所生小王我自家。

妙梅唱　你在家是否要过妻，你娶的妻子是谁家？

王子唱　小王生来面容丑，长的丑陋没人寻咱。

妙梅唱　闻听公子没有娶过，我妙梅十七八姑娘也没有婆家。有句话儿想着讲，恐怕公子你不从下。

王子唱　有什么玉言请你讲出口，讲在当面我从下。

妙梅唱　有心跟你婚姻配，怕你公子不从下。

王子唱　你愿意来我愿意，缺着个媒婆在当间。

妙梅唱　你愿意来我愿意，还要媒人干什么。

王子唱　此处不是缘法地，

妙梅唱　走，走，走，到在花园架根底下。

王子唱　小王只在头前走，

妙梅唱　一不羞，二不臊，十六七的姑娘跟着他。

王子唱　依顺花园来的快，

妙梅唱　别走了，别走了，来在花园根底下。

王子唱　小王扑拢三堆土，

妙梅唱　折了三个花枝儿当香插。

王子唱　没有纸来烧花叶，

妙梅唱　没有供飨的供黄沙。

王子唱　小王跪在平川地，

妙梅唱　咱排排年纪差不差。奴家二八一十六，

王子唱　小王二九一十八。我比着小姐大两岁，

妙梅唱　大两岁来小两岁，你就搭着奴家。

王子唱　早知道打鸟好，不在南学把弓拉。

妙梅唱　我要知道观花有好处，不在绣帘来观花。

王子唱　你要是不来发疟子，

妙梅唱　你要是不来疟子发。

王子唱　你要是不来你先死，

妙梅唱　你要是不来你染黄沙。

王子唱　磕罢头来平身起，

妙梅唱　妙梅离了就地下。

王子白　小王爬花墙，

妙梅唱　妙梅进绣房。

王子白　爹娘要问你，

妙梅白　打死也不承当。公子请哪!

王子白　请哪!

2. 蓝桥会

魏魁元白　上学抱书本，下学拜圣人。远望南海思忖中，家有梧桐招凤凰。绣帘以里出美女，南学也出状元郎。字表魏魁元，南学读书，走过前去。

魏魁元唱　魏魁元正在上房里，忽然一事想心中。欠身离了坐，迈步出了我家门。依顺大街来的快，南学不远眼头里。迈步就把南学进，我跟南学上灯盏。打开一本经书看，又打开唐诗观一观。魁元念书多一会，歇息歇息……

蓝瑞莲唱　蓝瑞莲领了婆母娘的命，一到井台把水担。黄杨木担子拿在手，慌忙挂上二只钩环。丈二的井绳忙搭上，身子一斜滚上肩。迈步走出厨房外，大门不远到跟前。迈步走出大门外，依顺盘道出了山。丈夫姓周周俞子，奴家的名儿蓝瑞莲。丈夫五十单三岁，奴家二九一十八年。咱丈夫脓袋鼻子哈啦嘴，一个耳朵少着半边。一条胳膊半条腿，四指长的辫子赶成毡。立着好像磨地鬼，蹲着好像大磨盘。到了夜晚上不去炕，奴家不拉他还蹬砖。到了白天还好受，到了夜晚同床以里把我熬煎。丈夫得了粘床的病，一到井台把水担。一步两步莲花步，三步四步菊花仙。五步六步芍药像，七步八步霸王鞭。九步十步十样锦，前走九步后退三，走了个珍珠倒卷帘，走了个葫芦大传蔓，行在路北行在路南。井台上栽的垂杨柳，汉白玉石砌栏杆。迈步就把井台上，梢担撂在这一边。丈二的井绳拿右手，慌忙挂上一只钩环。来下一系龙头摆尾，俄后噗哧来上翻。蓝瑞莲打上一桶水，另后再挂这只钩环。来下一系照样如此，来上一提是一般。蓝瑞莲打上两桶水，只使的蓝瑞莲汗溻了衣衫。蓝瑞莲留落在井台上，歇息歇息再回家园。

魏魁元唱　南学里来了魏魁元，一边走着一边想。想起夜晚一梦间，梦见蓝桥出俊景。一到桥上把景观，正走着用目望，蓝桥不远到跟前。迈步就把蓝桥上，我在蓝桥观一观。观观前观观后，观了左边观右边。八十的老翁江边站，二八佳人洗衣裳，观景观的旧年景，不知新景在那边，魁元说罢蓝桥下，观见俊嫂把水担，头上的青丝如墨染，鲜红的绒绳儿末根缠，偏花正花一边一朵，鬓角里斜插白玉簪，江南的官粉润满面，苏州的胭脂涂嘴间，耳朵上戴的是盘龙坠，钩套钩来环套环，身穿着一件大花儿氅，八幅的罗裙结在腰间。观见上观不见下，观不见俊嫂小金莲。此处讲话当不了，当不了井台把话言。迈步就把井台上，来在俊嫂以面前，走上前来施一礼，……

蓝瑞莲唱　蓝瑞莲弯腰施一礼，并礼相还。莫非是小公子失迷了路，莫非是观景忘家园?

魏魁元唱　不是我观景失迷路，不是我观景忘家园。观景观的我渴极了，我借俊嫂一井泉。今天用了你的水，临走奉还几串钱。

蓝瑞莲唱　蓝瑞莲在东大道上我施舍茶水，小公子喝口冷水我不要钱。蓝瑞莲只在一旁闪，……

魏魁元唱　惊动了学士魏魁元。上前把着杉木桶，我跟井台把水餐。心中不渴难用水，偷看俊嫂的小金莲。魁元用了三点水，…………

蓝瑞莲唱　井台上气坏了蓝瑞莲。你心中不渴强用我的水，偷看奴家是为那般。

魏魁元唱　光顾喝水忘记了，没跟俊嫂盘家园。问声俊嫂那厢住，家乡住处你对着我言。

蓝瑞莲唱　喝了我的凉水不滚白着走，你盘问我的家园是为那般。我娘家住在华山后，我婆家住在华山前。

魏魁元唱　你丈夫姓什么对着我讲，俊嫂的名字对着我言。

蓝瑞递唱　奴家的丈夫周俞子，奴家的名儿蓝瑞莲。

魏魁元唱　你丈夫的年庚对我讲，俊嫂的年庚对我言。

蓝瑞莲唱　咱丈夫五十单三岁，奴家二九十八年。

魏魁元唱　好你丈夫五十单三岁，好你二九一十八年。妻小夫大年庚不对，活活的就把俊嫂熬煎。

蓝瑞莲唱　虽然丈夫年纪大，抓髻夫妻的也不嫌。

魏魁元唱　四处斜斜没有人走，井台上调戏女天仙。有句话我想着讲，恐怕俊嫂不耐烦。

蓝瑞莲唱　有什么话你讲出口，讲出好话我耐烦。

魏魁元唱　有心跟你婚姻配，成不成的莫把脸翻。

蓝瑞莲唱　一句话说的蓝瑞莲恼，手指着公子骂几言，你家也有姊和妹，跟你姊妹去配姻缘。蓝瑞莲井台上骂破了口……

魏魁元唱　越骂魁元越喜欢。俊嫂你不把婚姻配，有一辈古人对你言。昔日有个樊梨花，她跟杨丑配下姻缘。她跟小将打一仗，爱上小将薛丁山。回马刀劈了杨丑鬼，她跟小将配姻缘。俊嫂不把婚姻配，红花能开几日鲜。

蓝瑞莲唱　好马不备双鞍子，好女不嫁二夫郎。

魏魁元唱　好马也备双鞍子，好女也嫁二夫郎。

蓝瑞莲唱　马备双鞍没有好马，女嫁二夫也不贤。

魏魁元唱　马备双鞍有好马，女嫁八夫也为贤。俊嫂不把婚姻配，听着魁元表家园。我是河东魏学士，我的名字是魏魁元，好地也有几十顷，楼房瓦房几十间，冬天有锦被，到了夏天纱纹幔。想吸烟有人打火，想喝水叫丫环。俊嫂不把婚姻配，耽误你青春美少年，别怨魁元。

蓝瑞莲唱　一句话说的我没了主意，心眼里忽扇好几忽扇。背地里想想我丈夫周俞子，眼角斜斜魏魁元。二人同是男子汉，咱丈夫不如公子长的好看。罢罢舍了大夫周俞子，咱跟公子配姻缘。

魏魁元唱　既然是肯把婚姻配，咱跟蓝桥盟誓愿。魁元只在头前走，

蓝瑞莲唱　后跟着没有主意的蓝瑞莲。

魏魁元唱　迈步就把蓝桥上，

蓝瑞莲唱　咱跟蓝桥盟誓愿。

魏魁元唱　魏魁元作揖……

蓝瑞莲唱　蓝瑞莲拜，

魏魁元唱　双膝跪在地平川。我许小姐三更鼓，

蓝瑞莲唱　我许公子三更天。

魏魁元唱　三更鼓来在蓝桥上，

蓝瑞莲唱　听跟蓝桥配姻缘。

魏魁元唱　磕罢头平身起，

蓝瑞莲唱　蓝瑞莲立在地平川。盟了誓愿咱就想走，

魏魁元唱　慌忙就把小姐拦。盟了誓愿你就想走，你拿着什么作个证见。魁元就把证见要……

蓝瑞莲唱　难住奴家蓝瑞莲。我给婆母娘来挑水，拿着什么作个证见。我来头上摸一把，摘下奴家的凤头簪。久后若有凤头簪在，要饭的花子我也不嫌。我把金簪付过去……

魏魁元唱　魁元接在我手间。得了证见就想走……

蓝瑞莲唱　闪过奴家把你拦。你得了我的证见就想走，你拿着什么作个回还。奴家就把回还要……

魏魁元唱　难着河东魏魁元。我到蓝桥土来观景，拿着什么作回还。低下头想巧计，撕下蓝衫作回还。久后若有蓝衫在，烧火的丫头我不嫌。我把蓝衫付过去……

蓝瑞莲唱　瑞莲褪在袖儿里边。

魏魁元唱　辞别小姐走下去，

蓝瑞莲唱　井台上抛下蓝瑞莲。我一见公子他去了，给我婆母娘还把水担。黄杨木担子拿在手，慌忙挂上两只钩环。丈二的井绳忙搭上，身子一斜滚上肩。迈步就把井台下，依顺盘道上了山。蓝瑞莲挑水走下去……

3. 安儿送米

安儿白　老娘出门去，常常挂心中。七岁的小孩子，南学去苦攻。要知国家事，还得去读书。

安儿白　我乃七岁安儿，自老娘被祖母赶出门去，实教我常常挂心。那一天尼姑前来化缘，她言说老母现在她庙中，不知真假，今天我背着祖母探望一遭，就此前往。

安儿唱　安儿一阵好伤情，想起我老娘珠泪倾。连把祖母来埋怨，埋怨祖母心不公。无故的把我生身的老娘赶出门去，母子活离各西东。就打老娘被赶在外，我那狠心的奶奶才把米来供。一天供我一升米，十天供我米十升。我应当吃一碗来吃半碗，当吃一升来我吃半升。一个月积下一斗米，今日逃学到庵中。欠起身来离了座，回头再叫众学兄。要是我奶奶把我找，你们就说我在南学把书攻。要是先生把我问，你们就说安儿在家中。拴住口袋背起米，口袋背在我的肩中。安儿走出南学外，大街上人多乱哄哄。心中着急躲藏着走，要叫奶奶知道了不成。迈大步走出村庄外，来到双阳岔路中。安儿正在朝前走，噗冬栽倒地流平。

安儿哭介　叫一声我那难见面的老娘呀！孩儿背米探望于你，背我也背不动，我难见面的老娘！

安儿唱　安儿一阵好伤情，难见面的老娘我叫不应。孩儿背米把你探，安儿能说不能行。两手按地忙爬起，口袋攒在我手中。拉拉扯扯往前走，来到师傅山门中。口袋撂到山门外，再叫声师傅开门庭。

安儿白　老师傅开门来，老师傅开门来！

尼姑白　门外那个？着，去了！

尼姑唱　尼姑禅堂正捧经，忽听的门外有人声，合上经本不虑字，打个问讯往外行。老尼姑走出禅堂外，一句道言想心中。扫地不伤蚂蚁命，爱惜飞蛾纱罩灯，池中有鱼钩不钓，谁家买鸟放长生。闲言少叙来的快，来到自己山门庭。开开门来朝外望，原来是姜家的年幼的小玩童。看着玩童他年纪小，说一句瞎话把他糊弄。你不在南学把书念，你到在山门为何情。

安儿唱　我老娘可在你庵里，我老娘可在你庵中。

尼姑唱 你老娘没在我庵里，

安儿唱　到叫安儿好伤情。孩儿背米将母探，不知道老娘在那里受着苦情。安儿哭的如酒醉……

尼姑唱　哭的尼姑好伤情。叫声安儿你起来吧，你母亲就在我庵中。

安儿唱　老娘现在你庵里，就请你保俺母子来相逢。

尼姑唱　叫声安儿你宽心放，我保你母子得相逢。领着安儿前殿进，叫声三娘你是听。

尼姑白　三娘走来？

三娘白　去了!

三娘唱　三娘正在禅堂里，忽听的老师傅唤一声。三娘走出禅堂外， 想起夜晚一梦中。夜晚之间得一梦，梦见安儿到我庵中。着那冤家扑了一把，两手怀抱扑了个空。这也不过是做梦胡思乱想，谅安儿找不到这庵中。三娘不表梦中语，见了老师傅问安宁。三娘来到前殿里，再叫声师 傅你是听。

三娘白　老师傅将三娘唤出有何话说？

尼姑白　无事不把你唤来，我且问你，你终朝每日哭哭啼啼为何情?

三娘白　师傅是你不知，我终朝每日哭，哭的是我那七岁的孩儿。盼，盼的是我那无娘的儿呀！ (哭介)

尼姑白　三娘不要恸哭，你那七岁的孩儿现在探望你来了。

三娘白　老师傅不用你讲出口来，我就明白。你看着我终朝每日哭哭啼啼不过是给我两句宽心的话罢了！

尼姑白　你那冤家当真是探望你来了。

三娘白　老师傅开天地之恩，保俺母子见上一面哪！

尼姑白　安儿现在前殿以里，你母子相见去罢！

三娘白　老师傅请回。我儿在那里？

安儿白　老娘在那里？这是老娘？

安儿唱　是我不知道哭来不知叫，嗓子里叫一声难见面的娘。自说咱母子不得相见，现在见面亚赛沙里澄金一般同，我那难见面的娘呀!

三娘唱　苦命的儿呵！哎！三娘一阵泪珠倾，怀抱着小冤家大放悲声。在家下你奶奶她可好?…….

安儿唱　你问我奶奶为何情?

三娘唱　虽说你奶奶心肠狠，那一个做媳妇的忘了婆婆的情。在家下你爹爹好不好?……

安儿唱　你问我爹爹又为何情?

三娘唱　论到你爹爹不该把他问，常言道一日夫妻百日恩。再问声冤 家你好不好?……

三娘白　你为何不言，你为何不语?

三娘唱　苦命的儿来苦命的儿，就知道冤家受苦情。你不在南学把书 念，找到我庵中为何情?

安儿唱　正跟老娘来讲话，想起了口袋还在山门中。安儿走出了大殿外，观见了这口袋泪洒胸。上手攒住布袋口，拉拉扯扯往前行。口袋撂在 大殿里……

三娘唱　连把冤家问几声。莫非是你奶奶给我的米?……

安儿唱　我奶奶并没有疼娘的情。

三娘唱　莫非是你爹爹给我的米?

安儿唱　我爹爹亦没有疼娘的情。

三娘唱　想必是狗子你偷了来的米，畜生你逃学到庵中。说了实话还罢了，不说实话为娘不答应。

安儿唱　未从说话我搭下了躬，养儿的老娘要你听。我祖母听了外人的闲话，把我生身的母亲赶出门庭。自打我的老娘出门去，狠心的我那奶奶才把米来供。一天她供我一升米，十天她供我米十升。应吃一碗我吃上半碗，应吃一升我吃半升。一个月积下一斗米，孩儿我逃学来到庵中。孩儿要是偷来米，必定是细米一般同。孩儿要是积下的米，必定是大的大小的小，青的青来红的红。我的老娘要是不凭信，你打开口袋看分明。

三娘唱　三娘抓出细米看，果然不是一般同。就知冤家有了疼娘意，积下细米送到庵中。站在前殿一声叫，再叫师傅你是听。冤家背米将我探，给我冤家口袋倾。布袋付给我儿手，好叫冤家早回家中。

尼姑唱　三娘耐耐等一等，我给安儿口袋倾。小米子直往瓦罐里倒，把罐倒了个尖顶顶。把这个口袋交给你，打发你那冤家回家中。

三娘唱　手拿口袋向外递……

安儿唱　安儿不接着手迎。在此庵中我来的时候少，玩耍一回我再回家中。安儿说罢到后殿玩耍……

三娘唱　倒叫三娘我吃一惊。光顾玩耍不要紧，他奶奶要找到庵中了不成。老师傅你把冤家找，

尼姑唱　听罢三娘讲一遍，我找安家小儿童。站在前殿一声叫，再叫声安儿你是听。

安儿唱　安儿后殿正玩耍，忽听的老师傅唤一声。安儿走出了后殿外，老师傅你唤我为何情？

尼姑唱　你老娘着我把你找，找着你叫你回家中。

安儿唱　你怕我吃了你庵中的米，我嚼你一升，还你二升。

尼姑唱　别看安儿年轻小，说出话儿来不中听。叫声安儿你跟我走，见了你老娘说分明，(转向三娘)你叫我把你的冤家找，他讲出话来不中听。三娘安儿快走吧，出家人不落那污名。

三娘唱　听罢老师傅他讲一遍，连把闯祸的奴才叫几声。你那是背米把我探，你是给为娘惹灾星。刚才讲话你把师傅来得罪，快到老师傅面前去陪情。老师傅你不看僧面看佛面，不看水情看鱼情。叫声师傅你看一看，我母子两个跪在地流平。

尼姑唱　尼姑回过头来看，果然是他母子跪倒地流平。安儿跪着跪折了你的腿，三娘跪着我心疼。三娘安儿起来吧，出家人不与你一样儿行。这不是口袋交给你，打发安儿回家中。我把口袋递过去……

安儿唱　安儿不接着手迎。

三娘白　天道已晚你还不与我走去!

安儿白　我宿了吧?

三娘白　小冤家再三不走却是为何?

尼姑白　依着我他就走了。

尼娘白　依着你他怎么就走了?

尼姑白　粉皮墙现有挽手一把，摘下来，打他几下，他就走了。

三娘白　是你慢、慢、慢着，我那冤家好心好意探望于我，岂能打我那苦命的儿呀!

尼姑白　你那里打慢些，我这里拉紧些，难道还教你打着不成吗?那本是吓唬于他!

三娘白　老师傅好些看待。安儿天道已晚还不与我走去!

安儿白　孩儿宿了，明天再走。

三娘白　你若不走吃为娘一场好打。

安儿白　罢了，狠心的娘呵!孩儿南学念书，背书不过，也要挨打。孩儿回家用饭，祖母不教吃，赶到前院，也要挨打。孩儿背米探望母亲，实指望有些好处，不想到老娘见儿也是要打。我那狠心娘呀!

安儿唱　安儿一阵好伤情，狠心的老娘尊上几声。都说探娘有好处，你照着孩儿下绝情。孩儿我哭来哭去哭渴了，要喝师傅茶一盅。

三娘唱　小冤家讲话渴急了，劳动师傅把茶烹。

尼姑唱　听罢三娘讲一遍，到住后面看分明。尼姑说话烹茶去……

安儿唱　连把老娘问几声。老师傅他待你好不好，老师傅他待你行不行?

三娘唱　提起师傅她待我好，桩桩件件有恩情。吃饭吃的一样儿饭，夜晚困眠一铺儿行。

安儿唱　既然师傅她待你好，师傅来了我陪情。站在前殿把她等，

尼姑唱　来了尼姑把茶烹。尼姑烹茶前殿进，来了安儿面前迎。一杯香茶往外递……

安儿唱　安儿不接着手迎。师傅转上受我一拜，施礼跪在地流平。拜你不为别的事，你待我老娘好恩情。残茶剩饭别喂狗，着我老娘把饥

充。破衣烂鞋别损坏，着我老娘隔风寒。安儿久后得了好，一重恩德报答十层。叩罢头来平身起，再叫老娘你是听。老娘给我米口袋，今天孩儿回家中。说罢走出前殿外，一边想来一边行。忽然心中想一计，不知道能行不能行。今天我母子见一面，不知何时再相逢。着脚蹬住米口袋，把袋子撕了一个大窟窿。一来着老娘缝口袋，二来母子得相逢。安儿来在大殿里，母亲老娘你是听，安儿走的慌唐了，山门钉把口袋挂了个大窟窿。叫声老娘缝口袋，缝上口袋我回家中。

三娘唱　我把口袋接在手，不由心中犯叮咛。我有心给冤家缝口袋，婆母娘知道我的针线了不成。劳动师傅给他缝吧……

尼姑唱　我给安儿把口袋缝。拿起针来上线，上边补上一个大补丁。看这安儿他不愿意走，三娘你送出他大门庭。

三娘唱　叫声安儿你头前走，为娘送你到山门庭。

安儿唱　走出师傅山门庭，

三娘唱　再叫孩儿你是听。

三娘白　我母子好比一群鸡，每日寻食在山里。黄鹰过来蹈一掌，东的东来西的西(哭介)罢了！儿呀！

4. 王明月休妻

王明月白　老来缺子女，恨天不公平。头带一叶巾，身穿绣团花。有财必有宝，称起员外家。本人王明月，家住河南，洛阳县人氏，老来缺子无后，稳坐前庭，愁死人也！

王明月唱　洪武爷坐南京，风调雨顺，明明的老徐达治国安邦。表不尽洪武爷明君有道，明一明贤良女解劝夫郎。东庄刘员外请我饮酒，俺二人酒席筵前论家常。他言说有财无儿充不起富户，有儿无财能充刚强。他有着四个儿席前斟酒，只急得我王明月脸上无光。脸红脖儿紫回家下，我打量我自己好不悲伤。王明月在前庭自思自叹……

张小姐唱　有京东张小姐在此上房。张小姐在上房我学习针凿，只听得老员外他回到家乡。我放下钢针我不把活来做，迈寸步来走出上房。

张小姐进前庭开言便问，问一问老员外为着何事面带愁容。

王明月唱 狗贱人不必来把我问，因为你不生养气满胸膛。东庄刘员外请我去赴宴，俺二人酒席筵前论开家常。他言说有财无子充不起富户，有子无财能充刚强。我脸红脖儿紫回家下，我打量我自己好不悲伤。怒一怒写一封无情的书信，休门在外，我另娶别妻生养儿郎。王明月坐前庭数骂张氏……

张小姐唱 你只气得张小姐粉面佳人气个焦黄。张小姐自幼儿着了气我耐忍不住，转身来走进前，尊一声我的夫郎。你倒说东庄刘员外请你饮酒，你们二人酒席筵前论家常。老员外你有财没有儿充不起富户，若有儿无财能充刚强。众朋友有儿女在席前鼓掌大笑，直急的老员外你脸上无光。你脸红脖儿紫回到自家下，回来坐下在前庭堂。张嘴说出两句丧兴的话，实叫为妻我羞臊难当。那人家有儿女前世修道：老员外你无儿我无女怨只怨咱们那辈子没烧过高香。老员外抬头看榆林树曲直不等，老员外你伸出十指有短有长。世界上无儿女那不光你我，有三亲并六故缺少儿男。你着我作活万般不能差，常言说养儿女有份数不独口讲。

王明月唱 张小姐说此话冷言恶语，王明月怒狠狠骂一声无良。狗贱婢你在前庭等，我写休书一到书房。走出了前庭门以外，来到自己一书房。桌上铺着砚和纸，一管竹笔拿手上。上写着王明月休妻张氏女，下写着张氏太不良。不嫌你脚大并脸丑，俺为不生儿不养女不长胸膛。说话休书写完毕，不多一时走出书房。这本休书给你，狗贱人出门去快给我腾房。

张小姐唱 张小姐见休书我魂飞天外，泪珠儿止不住淌在我的胸膛。走向前来忙把休书捡，无奈何顶在我头上。张小姐走向前双膝跪倒，尊一声老员外你听端详。想当年在老伙同居度日，你为妻做活我当头行，到后来分了家咱各顶门户，岂不知直使得为妻我孤凄劳伤。咱们分的是空宅院破房一所，我打水你挑泥咱夫妻二人才做成院墙。清晨起套上磨我前去作饭，做熟饭卸了磨我前去采桑。采了桑喂上蚕我才把饭用，饭又冷菜又凉不入我这饥肠。蚕老了有丝停又停不住，种地浇园麦焦黄。

慌忙的为妻入地拔麦，你为妻搬铡入麦头，摊了满场。打清麦子入了囤，麦秸根子滑秸也收拾停当。你为妻三伏天气也到机房去织布，一织织到天秋凉。好绫罗缎匹织了满箱满柜，做成的衣服顶柜满箱。又恐怕员外你穿着不好，不能咯吱吱的穿身旁。为妻我经心作意好好做，你看你穿着又不大又不小有多么漂亮。时兴的鞋儿多做上几对，可脚儿的袜子多做上几双。老员外你那时候走到大街上，凡看见你的没一个不夸着为妻我手艺高强。咱全凭着口里浅肚里饿积下了富户，人口少土地多咱积下了余粮。到来年遭荒旱这米粮贵，老员外又把集赶，粜粮食万贯置下田庄。好土地咱要下数千百顷，好宅院咱盖下几百间房。进大门只听得鹅鸭乱叫，老员外坐在当院数半天也数不尽咱这骡马牛羊。河南府你称起是富足员外，你为妻受苦只一面的指望。老员外自幼你好赶集上庙，众朋友他请你去吃酒浆。天晚了不回来差人把你找，又怕老员外你吃醉酒躺在路旁。要见君子人他把你唤起，要遇见小人他扒了你的好衣裳。要遇见好乡亲他把老员外搀到家下，你为妻着了忙，慌慌张张迎接到大门上。上前头我拉住老员外你的手，咱夫妻手拉手儿一到上房。到上房铺开红绫被，二人枕高高的垫起，又恐怕老员外舍了酒脏了你的衣裳。老员外醒酒来观只见老员外心中不悦，你为妻着了忙到大街请名医开药方煎药熬汤。你一顿饭吃不下去我放心不下，我格外加油醋做料三片鲜姜。你为妻我今年三十七岁开花没败，你就是娶妻买妾我不拦挡。你娶到家来你叫他当家主计，我愿意让他占大我占小我占个偏房。堂楼上有女客叫陪伴，我愿在下边去下厨房。好香油共美味你俩所用，我愿意吃上两碗粗米糟糠。好绫罗美缎匹你俩穿戴，我愿意穿上两件子粗布衣裳。堂楼上红绫被你俩去睡，我愿意在下边搭草铺睡凉炕跟丫环同床。望只望产生一男共半女，为的是咱夫妻百年后有人承丧。王员外你今天无故休了我，我怎见我那一双二老爹娘。一双爹娘就算好见，又怎见我那嫂嫂和兄长。我那一双哥嫂也算好见，要有外人来问我，我又拿什么话儿挡。老员外你发个善心留下我，你自当三吊钱买了一个老梅香。张小姐跪前庭苦苦哀告……

王明月唱　只哭的王明月转回心肠。走上前把休书撕他个粉粉烂碎，普天下没有我妻这样的头等贤良。走上前来深施一礼，双膝跪在前厅上。祷告祷告多祷告，祷告空中神灵听其详。久后我再说休妻的话，苍天爷加罪我死在外乡。

张小姐唱　我一见老员外他把愿许，张小姐喜婆娑的笑脸开，尊声夫郎。走上前把员外急忙拉起，老员外且落坐你听着为妻唤唤梅香。在此前庭落了坐，再叫声丫环……

张小姐白　丫环走来！

丫环白　去了！

丫环唱　小丫环正在厨房里，忽听得奶奶唤了一声。梅香我撂下了钢刀不切菜，见了奶奶问分明。小丫环走出厨房以外，来到奶奶的上房中。奶奶唤我丫环为何事，对着丫环说其情。

张小姐唱　叫一声丫环快装酒，你急忙装酒到在厨中。

丫环唱小丫环听说不怠慢，我慌里慌张去把酒装。小丫环走出上房以外，不远来到一厨房。怎大的宝瓶装好酒，两个磁杯拿手上。小丫环装酒往回转，我来到奶奶一上房。进上房我与那爷爷奶奶满上酒。

张小姐唱　咱们一见丫环满上了酒，老员外咱二人吃几杯水酒解愁肠。

王明月唱　头杯酒不喝敬天地，

张小姐唱　二杯酒儿敬灶王，

王明月唱　三杯酒儿不可用，

张小姐唱　咱敬敬上方张玉皇。

王明月唱　因为无儿常舍饭，

张小姐唱　因为无女常舍衣裳。

王明月唱　因为无儿修桥补路，

张小姐唱　因为无女修盖庙堂。

王明月唱　在上房盼儿儿不到，

张小姐唱　不知多怎才见儿郎。

青龙报名，白虎报名(词白)玉主登殿陪伴伺候。请！

玉皇白　上方金鸡叫，下方海水潮。玉主在位稳坐龙殿。差那李长庚查那善恶文簿，不见到来。青龙白虎大开南天门！

青龙白虎白　啊！

李长庚唱　下方查得善恶簿，查得善恶文簿启奏上神。驾祥云来的快，不多时来到南天门。隔竹帘望不见玉皇老主，两边站的老少二臣。李长庚跪在龙心宝殿，下方查来的善恶簿子呈君主。

玉皇唱　善恶文簿铺在龙心书案，查来的善恶文簿我看原因。抬头观见山东地面，山东地面妖魔贼寇成了群。我在金殿一声叫，单叫青龙你听真。将你发在山东地面，半夜三更剪草除根。抬头观见山西地面，山西地面出了不良人。有一个王小行恶不行善，他打骂爹娘咒骂四邻。白虎发在山西地面，正当午时挖苗断根。抬头观见湖北地面，三年不落雨，苦坏了黎民。李长庚发在湖北地面，正当午时降雨三分。耳鸣眼跳心不定，抬头又见河南洛阳地面人。河南有个王明月，修桥补路修盖庙堂大善人。王明月到有九子的命，眼下无子断绝根。在龙殿吹法气，有语再叫送子娘娘神。金童玉女赐给你，命你送子到洛阳明月家门。袍袖一撣退龙位……

送子娘娘唱　在龙殿下了送子娘娘。今天领了玉帝旨，明日送子到洛阳。尘埃以上画双十字，五色祥云我忙驾上。驾动祥云我来的快，不远我来到河南洛阳。收住云头我拦云尾，我轻轻落在楼板上。我站在那楼上问一问……

张小姐白　儿啦啊！

送子娘娘唱　只听得他夫妻盼儿郎。一双儿女忙赐下，一个比着一个 强。今天回在玉皇殿，见着玉皇禀其详。

张小姐唱　张小姐三十七岁恭贺大喜，唏唏哈哈这嗒这嗒。

王明月唱　生一儿来养一女，喜欢我们两个当上爹娘。叫声贤妻你跟我走……

张小姐　咱到在门外夸儿郎。

王明月唱　领我妻头前走，

张小姐唱　咱夫妻走出这座上房。

王明月唱　说话走出了大门外，

张小姐唱　张小姐没有劲，慌忙着靠在这门板上。

王明月唱　站在门外高声叫，

张小姐唱　再叫声婶子老大娘。

王明月唱　终朝每日好佛行善，

张小姐唱　生一儿养一女抱在胸膛。

王明月唱　我的儿题乳名叫庆寿，

张小姐唱　小丫头题乳名叫做桂香。

王明月唱　我的儿成人长大高官作，

张小姐唱　小丫头成人长大占个娘娘。

王明月唱　我为儿要下千顷地，

张小姐唱　为丫头栽下了万棵桑。

王明月唱　千顷地来儿承受，

张小姐唱　万棵桑来女歇凉。

王明月唱　夫妻夸儿多一会，再叫我妻……

王明月白　妻啊！

张小姐白　夫啊！

王明月白　夫妻夸儿多时，随丈夫还家去吧！

张小姐白　你慢，慢着，曾记得在此前庭以里，你在上边坐着，我在下边跪着，到此如今，你抱着你那儿子，我抱着我那女孩，有什么脸面回家来！

王明月白　哈哈哈哈，嗳！妻呀！有两句言语你可知晓？

张小姐白　那两句言语？

王明月白　人打高处走，水往低处流。不看起我的脸面，看起咱一双儿女的脸面上，咱就还家！

张小姐白　也是啊！不看起员外你的脸面，看起一双儿女的脸面，咱就得还家。还家咱就还家！

王明月白　湛湛青天不可欺，

张小姐白　别笑话穷人穿破衣。

王明月白　财帛儿女谁不想，

张小姐白　夫啊！

王明月白　妻啊！

张小姐白　一双儿女天赐的。

王明月白　好吗！好一个一双儿女天赐的。夫妻望空一拜啊！

5.四劝

王素真白　从把小妹叫，未曾送过河。一去二三里，烟村四五家。亭台六七座，八九十枝花。本人王素真，自从把小妹接过河来，不知道她婆母放了几天假，不免把小妹唤来问她一声便知明白。小妹走来！

妹　白　忽听大哥唤，上前问根源。大哥唤来哪边使用？

素真白　没事不将你唤来，小妹落坐！

妹　白　谢坐！

素真白　从把小妹接过河来，不知道你婆母放了几天假？

妹　白　放了十天假。

素真白　现在你住了几天了？

妹　白　住了九天了。

素真白　现在假期就满，我有心把妹送过河去，不知你心下如何！

妹　白　大哥你当真？

素真白　当真！

妹　白　果然？

素真白　果然！

妹　白　你就杀了小妹了！

妹　唱　忽听大哥把我送，倒叫二姐泪如梭！

素真唱　叫小妹莫悲泪，大哥送你怕什么？嘱托小妹我备马去……

妹　唱　前厅抛下二姐我。一见大哥前去备马，我到绣帘换衣裳。二姐说罢把衣裳换，换罢了衣裳回家去。旧衣更下新衣儿穿上，半新不旧的打在包裹里。抱着包里向外走，好性的嫂嫂你听着。我说今天大哥把我送，紧记住过节过令前去接我。我把嫂嫂嘱托过，大门以外等等大哥。二姐站在大门外……

素真唱　来了素真拉马呵。拉马拉在大门以外，观见小妹泪如梭。走上前来勒住马，请一声小妹上马呵！

妹　唱　二姐上马包裹递，

素真唱　素真撒马接包裹。

妹　唱　二姐打马头前走，

素真唱　后跟着娘家你的大哥。

妹　唱　二姐打马荒郊以外，

素真唱　叫小妹有什么伤心话对着我说。

妹　唱　叫声大哥你不知道，你屈死的小妹对着你说。咱父本是王员外，河北有个丈子坡。两家儿爱好做下亲事，看了好日把妹娶过。我只说寻了个大财主，不料想寻了个利害小姑刁婆婆。今天到了他家去，光想着死来不想着活。你小妹要死在阴曹地府，给你的小妹争装裹。给你小妹装裹争上，你小妹死在阴曹地府忘不了大哥。你要不给我把装裹争上，活活的屈死你小妹我。二姐哭的亚如酒醉……

素真唱　一旁哭坏了你的大哥。叫声小妹催马走，路途以上把你劝说，埋怨埋怨多埋怨，埋怨说媒的张媒婆。咱一双爹娘死的早，留下小妹你和大哥。小妹长到十八大九，来了媒人张媒婆。三言五语说停当，看了好日把妹娶过。我只说寻了个大财主，有的吃来有的喝；想不到小妹过门以后，寻了个利害小姑刁婆婆。你婆母倒有六十多岁，他莫非还活六十多。你小姑也有十八大九，不等几年把她聘过。他死的死来聘的聘，丢下小妹你再吃喝。多年的小道踏成大道，多年的水沟冲成大河。多年的柳条长成古树，多年的媳妇当了婆婆。你要听了大哥劝，小妹要死了我争装裹。小妹寻了无常死，你大哥以后百话不说。叫小妹你催马走，不等一时要过河。

妹　唱　二姐打马把桥上，

素真唱　兄妹二人过了河。

妹　唱　在马上用目望，

素真唱　不远就是丈子坡。

妹　唱　二姐打马村庄进，

素真唱　来到你婆家大门呵！走上前来勒住马，叫声小妹下马呵！

妹　唱　扳鞍离镫把马下，

素真唱　素真拉马递过包裹。你家去先问你婆母娘好，不良的小姑你也问过。

妹　唱　我有心叫大哥家下去用饭，这点主儿也不敢做。

素真唱　你大哥临来用过了饭，又不饥来又不渴。我有心家下问你婆母娘好，我跟你婆母大大的不和。嘱托小妹拉马去，

妹　唱　大门上抛下二姐我，我在此处莫久站，那一个丑媳妇怕见婆婆。二姐说罢大门进。

6. 王妈妈说媒

王妈妈白　哟！天上下雨嘭啦啦，下得地儿泥泞噗喳。房儿也倒屋儿也塌，砸的孩子叫喳喳，抱起他来哄哄他，吃吃为娘的大妈妈；叶哑叶哑又叶哑。房檐一棵草，刮风四下倒，谁给我点吃，我就跟着谁跑。我乃王妈妈是也。有心到外边说媒，就可前去！

王妈妈唱　王妈妈坐在草房里，忽然一计想心里。东庄上有一个秃大姐，说到西庄没有毛的。我站起身来离了坐，迈片脚走出草屋里。我来到当院一声叫，叫声三儿四儿你们听端的。你们在家看门户，为娘我出门说条媒去。我不多一时走出村庄外，说媒的歌儿想到心里。那一天我到厨房去，我说的扫帚娶了笊篱。那一天我到磨道里去，我说的上磨石家里没有妻。上石动来下石不动，下磨石不动是一个死的。那一天我打菜园里走，我说的小葱子娶了莴苣。说媒的歌儿我不表，东庄儿就在

眼头里。进了村庄来的快，我来在大姐大门基。走上前来推门户，大姐里边上着门哩。站在门外一声叫，待叫声大姐！

王妈妈白　嗳！你瞧上着门子，不免叫上一叫。插着门哩就是有人。大姐开门来！

大姐唱　大姐正在绣帘里，忽听的有人叫俺家。我扎上钢针盘绒线，绒线就在样册里夹。打一个转身床边下，小金莲扎在当地下。一边走着心中想，我想起二老爹娘没有在家。大姐长到十七八九，并没有一人说个婆家。对门子有一个小细姐，做姑娘长到二十八。娶的不过三年二载，怀抱小子胖达达。我迈动金莲来的快，来到自己门楼底下。走上前来我开门户，十指尖尖把插棍拉。出的门来我抬头看，原来是说媒的王八他妈。

王妈妈白　我给你一蒲扇！

大姐白　蒲扇就打着人啦？正是一巴掌。

王妈妈白 我说怎么漏空啦。大姐你跟我开玩笑哪！

大姐白　没有！

王奶奶白　没有！你怎么说是王八他妈？原是王奶妈。

大姐白　我说差了，王八他妈叫什么？

王妈妈白　王妈妈。

大姐唱　王妈妈就是王妈妈。门外不是讲话之处，一到绣帘把话儿发。领着妈妈大门进。

王妈妈唱　后跟着说媒的！

王妈妈白　你这人家才不说理哪！

大姐白　怎么不说理呢？

王妈妈白　你们怎么把一截子木头安在当道？

大姐白　那是门限子，对你说那是门坎！

王妈妈白　俺家怎么没有门限子？

大姐白　你说你家呵？你那是栅栏门口！安着小栅栏，清晨起来，一抬连那个门限子都抬过去了。

王妈妈唱　后跟着说媒的我这王妈妈。

大姐唱　领妈妈来到绣帘里，

王妈妈唱　走进来说媒的王妈妈。

大姐唱　我给妈妈打下坐，

王妈妈唱　坐下说媒的王妈妈。

大姐唱　一见妈妈落了坐，我给妈妈去打茶。

王妈妈唱　乡里的妈妈茶不惯，不用饭来不用茶。来来回回光见你，怎么不见你的爹爹和你的妈妈。

大姐唱　爹爹清晨把集赶，母亲串亲戚也没有在家。

王妈妈唱　只听得他一双爹娘没有在，说媒的王妈妈白来了。王妈妈站起身来就讲走。

大姐唱　闪过我大姐拉住了她。

王妈妈白　我没说你这小丫头子，你是诚心跟我开玩笑吗?

大姐白　那一个跟你开玩笑啦?

大姐唱　又闪过大姐往回拉。有什么话儿你对着我讲，爹妈回家我学说给他。

王妈妈唱　我有一句话儿恐怕妨碍着你，

大姐唱　嗳!叫妈妈，你莫非是给大姐说着一个婆家。

王妈妈唱　小小的年纪你嘴头儿尖，你不怕外人把你笑话。

大姐唱　绣帘里讲话咱娘儿俩，谁要笑话谁是怎么大的。

王妈妈白　是个怎么大的盘子吧!

大姐唱　叫妈妈，谁要笑话谁是怎么大的一个老王八。你说的那女婿好不好，对着大姐你就夸上一夸。

王妈妈唱　叫声大姐你落坐，细听着王妈妈把女婿夸。额戴着一顶缎帽翅，在上边安着算盘疙瘩。身穿着袍子鹦哥绿，又穿着马褂青哈喇。漂白的袜子明缉脸，鱼鳞缎鞋一撒拉。不高不矮匀路个儿，白光的小脸蛋儿没有疤拉。画眉笼子不离他的手，缎子荷包像浮鸭。头年里上学他把书念，今年武学就把弓拉。他要是上京去赶考，不进一个状元也进一

个探花。你要问他好像那一个，小模样长的就像他呵！(任意指台下一人)

大姐唱　就像他来就像他，他要是娶我我就嫁他。过上三年并二载，管保他小伙子当了王八。这个女婿说停当，我就得送给一双绣鞋上头纳花。

王妈妈唱　女婿不好兴你打倒，

大姐唱　绣鞋也兴你摔打。

王妈妈唱　我告辞大姐向外走，

大姐唱　小大姐我在后边送妈妈。

王妈妈唱　出的门来拦着路，叫声大姐听根芽。你爹娘要是回家下，我的话儿你学给他。辞别大姐回家下。

大姐唱　抛下大姐在门楼底下。我不免回到绣房里，爹娘来了……

7．借髢髢

张四姐白　哎呀！左梳洗，右打扮，梳洗打扮去擀面，擀得一片两三斤，雪花就在空中转。雪花落在庙脊上，好像一座金銮殿。擀了个五片六七片，雪花又在空中转，雪花落在扁担上，好像一根斩人剑。擀了个八片九片十来片，雪花又在空中转，雪花落在裤裆里，好像鬓连胡子带炒面。房檐一棵草，那一边刮风，往那一边倒。奴家张四姐，俺娘家起了个四月四的庙会，捎信叫我逛庙去。到外边借点衣服。要不思念逛庙这还罢了，思念起逛庙的事来，好不愁煞人也！

张唱　张四姐坐在草房内，忽然一事想到心里。想当年俺也是个小财主。万贯家财有东西，实指望配个好女婿，想不到配了个王八汉子好押宝的。许多的东西全卖净，当了簪环和首饰。许多的衣服当卖了去，那如今他穿着那条红绸棉裤都是我的。那一日黑夜输的苦，精光的身子跑到家里。不叫门来隔墙跳，钻到被窝里冰凉的。老头子不把别的讲，他倒说老婆子你给我张票子。俺娘家起了四月四的庙，捎信带信叫我逛庙去。不免来到王大嫂家下，到了她家借点东西。闻听说那东西王大嫂家里有，她不定借给不借给。欠起身来离了坐，迈步走出草屋里。走出穷门来的快，来到王大嫂的大门里。来在当院一声叫，再叫声大嫂——

张白　嫂子你做什么哩?

内白　干什么哩！我们坐着忙着，忙着坐着哩！

张白　你看你这老蹄子！这话是怎么说着哪?忙着坐看，坐着忙着哪！

内白　坐着纺棉花哩！

张白　可不是吗！立着纺不了。嫂子你们逛庙去不！

内白　俺不去。没人管饭吃。

张白　这借衣裳得讲究会借不会借，她说不去，我们再说借衣裳就好借了。王大嫂把那个衫子褂子借的我两件子吧?

内白　没有好的啦，像那打兔子网似的。

张白　那你还怎么穿哪?

内白　俺不穿，净当外差。拿着吧?

张白　回头我们再拿着。

张唱　当院辞别王大嫂，辞别大嫂，我那妯娌。衫子褂子全借下。摸了摸头上没戴的。听说这四妹子有，她也不定借给不借给。豁出老脸碰上一碰，来到四妹子的大门里。走上前来推门户，四妹子里边上着门哩。站在门外一声叫，再叫声妹妹……

张白　妹妹开门来!

内白　没人!

张白　没人，没人怎么关的门哪?

内白　那是隔壁的。

张白　有人没人这门是两样，有人里边插着，没人外边划着。(推门介）这门里边插着哪，里边有人。想系深宅大院使的声小，四妹子!

内唱　李四姐正在绣房里，忽听的有人叫门哩。在绣房听不出谁来叫，到在门外看看去。扎上钢针盘绒线，绒线盘在样册里。打个转身床沿下，走出自己绣房屋里。不用人说就知晓，不是取东来就是借西。迈动金莲来的快，来在自己大门里。用手开放门两扇，门外站着一个老草鸡。

张白　咳！我得打你一蒲扇。

李白　那蒲扇就打痛人啦，那是一巴掌。

张白　我说怎么漏风哪。你成心跟我开玩笑哇！

李白　那一个跟你开玩笑啦！

张白　你不跟我玩笑怎么说我是草鸡！

李白　我看你那头上扎蓬蓬的好像一个老草鸡！

张白　我也说说我们当年梳这个平三套，二八俏，倔不起来，小簪抄，马尾纂，一道沟，小燕尾，小蓬头。我给你把我这穿的再说说。当年我净穿这红绸子，绿衫子，十三太保的坎肩子，二龙戏珠的坠圈子，挂红缨的脚尖子。到了夏天穿这顺青的裤儿，白光的褂儿，走动拿着小翎扇，走一步打一扇，你看闹派儿不闹派儿。想我那时候擦粉，外号叫八匣粉，俊女儿，小白桃，就是我。到而今光景萧条了，也就讲究不起了！

李白　小家主儿梳头，唾沫就是油。遇见风一吹，扎蓬蓬的活像个老草鸡。

张白　没有这么大的草鸡。若有这么大的草鸡，筐里头卧不下。若是下出蛋来，离不了这么大个(用手比李势)。还是叫老嫂子。

李唱　老草鸡一改老嫂子。门外不是咱讲话处，讲话到在绣房里。四姐就把大门进，

张唱　后边跟着姓张的。

李唱　在此绣房先落坐，

张白　闪过老身来推你。

李白　想是拜！

张白　我不推起你来，怎么拜呢?

张唱　我推起你来我好拜你。

李唱　你轻易不到我家下，老嫂子不是好串门子的。到在我家有何事，对着妹妹把话提。

张唱　我未曾说话好凄惨，叫了一声坠子——

李白　妹子！

张白　妹子你没带着坠子！

李白　到是妹子！

张唱　再叫声妹妹要你听的。想你们命强寻了个好女婿，张四姐命不济寻了个王八汉子好押宝的。想当年俺家是个小财主，万贯家财有东西。许多的东西输了个净，到如今老头子他穿着红绸棉裤是我的。那一日黑夜输的苦，精光着身子跑到家里。不叫门来他隔墙跳，钻到被窝里冰凉的。老头子不把别的讲，他还说老婆子给我张票子。俺娘家起了个四月四的庙，捎信带信叫我上庙去。衫子褂子全借下，头上缺着花髻髻。耳听说髻髻四妹妹有，借给我髻髻上庙去。

李唱　要提起髻髻我到有，髻髻不是好容易来的。人家睡觉我不睡觉，打三更熬半夜，纺棉花掉线子，手指头拧的。铜钱赚了数十吊，银子赚了七两七。都说苏州城里髻髻样儿好，苏州城里打的髻髻。自打髻髻打到家下，到如今没戴还是新的。借我别的我借给你，借我髻髻是不能的。

张唱　一见四妹不借给我，这倒叫张四姐心中不欢喜。不借髻髻闯去罢，摸摸头上没有戴的。常说人贫没有志，还得上前说好的。未曾讲话……

张白　四妹！这哈哈哈哈！(笑介)

张唱　满脸带笑，开言再叫妹妹我那妯娌。你把髻髻借给我，梳洗打扮去上庙，回头我难为不了你。

李白　走！

张白　你借给我了就走。

李唱　你说此话烦恼了姓李的。叫了声姓张的，我有心借给你戴，拿到你家去梳洗，孩子们多来没规矩。

李白　我那老嫂子哪！

李唱　恐怕你揉坏了花髻髻

张唱　坏不了来坏不了，听我把话说给你。你把髻髻借给我，拿到

我家去梳洗。大的大姐去玩耍，老二推在当院里。插上门去梳洗，

张白　四妹子！

张唱　怎么着就揉坏了花髢髢

李唱　揉不坏，揉不坏，就是不肯借给你。四月里天气没正经，不是下雨就是刮风。老嫂子走在中途路，

李白　老嫂子！

李唱　恐怕你淋坏了花髢髢

张唱　淋不坏来淋不坏，听我把话说给你。我家有把黑老破伞，临行放在褥套里。他要下雨我支起伞。

张白　四妹子！

张唱　怎么就淋坏了花髢髢

李唱　淋不坏来淋不坏，听着妹妹说给你。我把髢髢借给你，梳洗打扮上庙去。你大哥在槽头拉过那喔啦呱啦大叫驴，你那驴儿不会走，老嫂子驴上不会骑。

李白　老嫂子！……

李唱　恐怕你摔坏了花髢髢

张唱　摔不坏来摔不坏，听我把话说给你。俺家驴儿也会走，老嫂子上边我会骑。……

张白　我那四妹子!......

张唱　怎么着就摔坏了花髢髢

李唱　摔不坏来摔不坏，就是不肯借给你。有心借给你髢髢戴，拿到家里上庙去。你身子高庙门低，未曾进门不把头来低，……

李白　老嫂子！

李唱　恐怕你碰坏了花髢髢

张唱　碰不坏来碰不坏，听我把话说给你。身子高庙门低，进庙门来我头先低。未曾进门弯弯腰，回头就把髢髢摸……

张白　四妹子！……

张唱　怎么着就会碰坏了花髢髢

李唱　碰不坏来碰不坏，听我把话说给你。你烧不了香还不了愿，哥嫂请你去赴席，不会用酒强用酒，好酒用个醉醉的。走在中途舍了酒，

李白　老嫂子！……

李唱　恐怕你脏坏了花髻髻

张唱　脏不坏来脏不坏，听我把话说给你。烧不了香还不了愿，哥嫂请我去赴席，不会用酒我不用，好酒用不了醉醉的。路途以上舍不了酒。

张白　四妹子！……

张唱　怎么就脏坏了花髻髻

李唱　脏不坏来脏不坏，就是不肯借给你。

张白　闹了半天你倒是借我呀，四妹子！借给我戴戴得啦！

李白　我可不是——不借给你！

张白　你若不借给我，我就揭你的短！

李白　你揭我短，我借过你的什么东西?

张白　你借过我的大磁盔小磁盔，马尾罗捣蒜锤。

李白　你没借过我们的吗?拿当票子去，光票子就这么一大卷了！

张白　揭短也揭不住人家，说不得，你若是不借给我，今日不同往日。

李白　今天你敢把我怎么样?

张白　新做的衣裳不穿，我给你下了跪了！

李白　老嫂子，看起你这大的年纪跪在面前背后的，我借给你罢。

张白　你借我，就给你磕个头吧！

李白　等着！

李唱　叫声老嫂子等一等，你等着妹妹取髻髻。回过头来转过脸，三簧钥匙拿在手里。用手打开描金柜，那髻髻匣子抱怀里。把这髻髻交给你，你可别叫王八汉子当了我的。髻髻匣子交过去，

张唱　我把匣子抱怀里。这会比那会真欢喜。梳洗打扮，打扮梳洗上庙去。我若是上庙回来了，我当了……

李白　你拿过来罢，你还没戴哪，就想当我的。

张白　哎哟！我那个妹子！你没听准，我说早早给你送回来。

李白　勤借勤还，再借不难。

张唱　哎哟！妹妹！梳洗打扮上庙去，我若是回来了，送张票子。

李白　一见老嫂子他去了，倒叫李四姐心中挂记。四姐回到绣房里。

第四节　大戏

乡村的娱乐除了秧歌与正月的各种娱乐会，如武术会、龙灯会等含有社会的表演的性质外，就要算是唱大戏了。演戏与神庙发生极大的关系。乡下人因为想求神保佑、降福、除灾和降雨起见，所以总拿烧香、还愿、唱戏为报酬、乞灵的必需事项。于是唱戏与酬神，成了不可分离的事情。

还有在新年的时候，乡村搭台演戏，虽然为的是村庄大家快活消遣一下，但是，如果稍加留神，还可以找出有祭神的痕迹。新年无论那一村演戏，若是不在庙会的地点，也要在戏棚以外另搭神棚，位置是与戏棚相对，里头供着神位。乡人一方面来烧香还愿；一方面来看演戏，借此消消积年的苦闷。

除了新年演戏以外，平常乡人为求雨还愿，也有时唱戏(在信仰章里有一节专讲庙会)。说到大戏种类约有三种。要按农民欣赏的程度来分，当以“梆子腔”为最。它的腔调词句虽然粗野鄙俚，但因妇女小孩们都听得懂，站在很远的地方也听得清，所以乡间多欢迎它。其中有时附带演唱“二簧”，农民因为不甚了解，声调又低，就不甚欢迎了。因此本地也没有专演二簧的班子来演。其次，要算“老调”、“四弦”、“河西调”，三种混合的班子了。因为这三种腔调有些相近，所以会唱一种的就能唱三种。它的腔调简单，词句浅白，不过其中也有很少的文言，这也是居在第二的原因。第三种是高昆班，就是演唱“高腔”与“昆腔”。这种戏的腔调是雄壮浑厚的。可是因为它的词句文雅，字韵含混，农民听了格格不入，便觉无味。所以演唱这种戏的很少。至于演唱的人员有时也不约请外人或戏班。在新年的时候，大家为凑热闹，就互相约请本村会演戏的人来组织。租了应用的行头、锣鼓、彩衣等物就演唱起来。一方面为自己消遣，一方面在村中尽点义务，也教村里的人大家都快乐快乐。要是约请戏班来搭台演唱，一切费用由村中按户分摊。普通庙会或乡村每次唱戏多是四天，这四天的开销合计起来，总在一百三四十元左右。演戏人员的报酬，就要五六十元。

演戏用的戏棚，普通长六七丈，宽二三丈，高一二丈。戏台上悬灯挂彩，也很显目。拉胡琴和打锣鼓的人们，都坐在台上的右边。戏棚的对面，就是神棚。这棚约有两丈多长，高和宽也各有一丈多。里头放着供桌，烧着香，上着供。在棚里当中贴着一张红纸条，上头写着所供的神名。戏棚的两旁，预先有人安放许多大车，预备自家妇女小孩们坐着看戏的。那从远处村子坐车来的妇女小孩们，到了戏棚，把牲口喂上，就坐在原车上看戏，也倒方便。四外做小买卖的很多，还有剃头的，演西洋景的等人也都赶来做生意。乡下看戏的妇女小孩很多，都表现着新年的新气象；妇女擦着满脸脂粉，戴着几朵红花，梳着油光的头。小孩们穿着花衣裳、新鞋袜，男的戴着各式的帽，女的点着红嘴唇，用各色绳缠着辫子。坐车的坐车，步行的步行，拥拥挤挤，争先恐后，非常热闹。爱看戏的人有从十七八里地赶来的，若听说戏好就是妇女们也从二十多里远的村子来看看，可见乡下人对于娱乐的兴趣。

大戏对于乡村社会的影响很大。因为它在乡村社会里是一种最普通的社会表演的娱乐，也是一种乡村社会教育。固然有的戏给乡民一种尽忠尽节一类的旧思想。可是有的戏也能给她们一种新经验，新刺激，新知识。乡民的生活不但简单而单调无味。日出而作，日入而息，男人在田里种地，女人在家里做活，没有什么消遣，没有什么娱乐。所以能够调剂他们的干燥生活的，也全赖每年中演唱戏剧。

大戏既是一种乡村不可少的娱乐，在这改善农民生活的高潮中，如果能够加以改良，一定可以收到很好而有效的结果，以上所说，都是一种普通概况，至于实在的情形，举例如下以备参考。

一 定县西街灯会演戏记录

定县西街灯会于民国十八年阴历正月十四至十六的三天，在财神庙里，就原有的戏台上搭了席棚，唱了三天大戏。一方面要使财神爷欢喜欢喜；一方面借着新年的时候给本城人民一种娱乐，这个灯会每到新年，就有首事的人们自动的组织起来，然后置办演戏应用的东西。三天演完，大概要用一百多元的开销。用费的来源是由本街公摊，家家有份。所搭的戏棚，高约三丈五尺，与戏棚前面相连的席棚，宽约三丈，长六丈。戏台的大小是前台与后台的面宽都是三丈，进深是前台两丈，后台一丈。席棚里挂着红绿彩绸，和各色的灯笼。灯笼的形式很多，有莲花、扇面、螃蟹等类的样式。都是用纸糊成，画上各种颜色，白天虽不觉得甚好看，到了夜晚，点起蜡烛，才显出辉煌灿烂。戏台上正中摆着一张桌子两把椅子，上头都铺着红布，在桌布上还绣着仿佛对联似的两句话，是“富贵平安”，“年年如意”。表现一般人希望发财过太平日子的心理。场门上的两幅台帘是红布做的，上边缀着青布飘带。中间的大幔帐上，画着仙童仙女驾着五彩祥云。在上场门的前面坐着拉胡琴和打锣鼓的一班作音乐的人们，手下并预备着当用的乐器。他们在演戏以前，先敲三通锣鼓，每通约隔半点多钟，为是让人知道开演的时候快到了。在下午三点钟就开始敲头通锣鼓，在没敲以前席棚底下已经有很多的人们都站在那里候着看戏。等到敲完二通锣鼓的时候，来的人就更多了，这时男女老少都在拥挤着。说到穿戴，男的差不多都是蓝布大衫，有的套着洋缎马褂，头戴瓜皮小帽。女的多是花洋布的衣裳，有的穿青布棉裤，梳洗着油光的头，戴着各种纸花儿，脸上擦着胭脂粉。小孩们也都穿着花布和其他颜色的新衣裳。这一切人们喜喜欢欢，都表现着活泼的新气象。至于秩序方面是男子都挤在台的前面，不过青年的人们总不肯落后的。妇女们都站在两边和后面。还有一般卖烟卷、糖果、花生、老豆腐，以及各种儿童玩物等类的小生意，都摆列在戏棚和走道以外的地方。可是他们在那没人来买的时候，也是不肯把看戏的机会错过去。再说每天所演的戏剧，因为在城内要雅俗共赏的缘故，所以梆子以外添演高腔和二簧两种。今把其中一天晚间所演的戏名录在下面，以见一斑：(1)《水漫金山寺》，(2)《夫奴求灯》，(3)《探亲顶嘴》，(4)《独木关》，(5)《花子拾金》。

二　曹村新年演戏记录

曹村在定县城东36里，离翟城一二里，是个小村庄。十八年正月十四至十七日演了四天热闹的大戏。远村来的人很不少，妇女也很多。

在村外空地上搭好了戏棚和神棚，戏棚约长八丈高二丈宽四丈，神棚约长二丈、宽一丈、高一丈五尺。戏台是三丈见方，不过前台进深是二丈，后台进深是一丈。戏台的前边挂着两盏煤气灯和些个五色灯笼。幔幛与帘子都很讲究，上头绣着游龙戏凤，仙女捧桃，余外还有五色锦花，绿柳红桃镶衬着。右边台帘上绣着“阳春”二字，左边台帘上绣着“白雪”二字，当中幔帏上绣着“歌舞楼”三个大金字。神棚里挂着八角玻璃，每个角上都挂着红绸飘带，随风飘荡着。当中摆着一张桌，上头供着三盘馒头，五碗菜。馒头每盘四个，都点着红点。五碗菜是面条、粉条、白菜、豆腐丸、白扣肉。上面都插着一朵红纸花，纸花底下有两个绿叶。前面还摆着香炉蜡阡，炉里点着几柱香，蜡阡上也点着红蜡。在供桌正中的席上，贴着一条长红纸，上头写着“供奉全神之神位”。这种全神就是综合佛教和道教里的神佛的意思。棚外贴着一副对联，写着“乐神德崇朝而至”，“喜蝗虫旦夕不留”，横批写着“酬神德”三字。从这副对联上我们足可以知道乡民自己无法驰除害虫，靠着老天爷的心理。在神棚的左右各有茶棚一座，都是约长二丈五尺，高一丈五尺，宽一丈。其中可以容下二三十人。里头预备有八仙桌、椅凳、茶壶、茶碗、火炉、水缸等物。乡人看戏看乏了，可以到茶棚来饮茶休息，然后再接续看戏，有很多乡民是一方面来看戏，一方面来拜神的。到神棚里烧香叩头，焚祭黄纸的，总是继续不断，亦可见香火之盛了。

在演戏的头一天，村里的人家就都把自己的大车，安放在戏棚两边，预备亲戚和家里的妇女小孩坐着看戏。还有临时从远村来的妇女，也都坐在原来的大车看戏。在没开戏之前，先要祭神，由首事的人们捧着“疏”，后面跟着戏班里扮好的几个角色，一并在神前烧香，敬礼，焚疏。然后这几个角色对着神位唱几句词，小鼓、笛子等乐器在吹打着，外面就放起鞭爆来。这种礼毕之后，接着就打三通锣鼓，才开始演戏。这时男男女女，老老少少，坐车的、步行的，也都赶来看戏。这样演了四天，每天上午、下午、夜晚、共演三场，统共费用约140元，事后再由各家分摊。

所演的戏剧，都是四弦、老调和高胜。如“棋盘会”，“卖绒线”，“金铃记”，“大上吊”，“忠保国”，“小王出家”，“拾万金”，“伍子胥过江”等。

第五节　新年各种娱乐会

定县在新年的社会表演，除了大戏与秧歌以外，还有各种娱乐会，如七巧灯会、龙灯会、武士会、狮子会等。都是在新年以前自动的组织起来，各处募捐约人，置办行头，锣鼓及一切用品。然后在会所练习纯熟。到了正月十四、十五、十六在街上各机关、各会所、各处空地去表演，任人观看，颇为热闹。

龙灯会、七巧灯会，都是在夜晚表演的，龙灯会是专耍龙灯。这灯是用竹篾和纸糊成的龙形，里面点上蜡烛，用人举着戏耍。七巧灯会也是耍灯的一种游戏，有许多人举着各样的灯笼，游行舞动，停止时用灯堆成多种形式。武士会、狮子会，都是在白天表演的。武士会是许多练拳术的，表演各种拳法和刀剑之类。狮子会除了表演狮子舞跳与狮子滚绣球以外，开场时还有小车子、跑旱船等等的游戏。以上各种娱乐会在表演的时候都有锣鼓相衬，有节有段。下面把调查各种娱乐会的实情略为叙述，供读者参考。

一　鳌山灯会记事

鳌山灯是烟火的一种。它的名称，据一般农民传说，是由《封神演义》而来。考《乾淳岁时记》所载："元夕二鼓，上乘小辇，幸宣德门，观鳌山，山灯凡数千百种，其上伶官奏乐，其下为大露台，百艺群工，竞呈奇技，缭绕于灯月之下。"足见此灯有很远的历史。其灯用各种色纸和竹节扎好，糊成山妖水怪，鸟兽鱼鳌，千奇百样的形状。历年在废历正月十四、五、六日夜间燃放，以庆丰年，为元宵节民众的娱乐。

据一般人传说，鳌山灯是定县发明的。在前清同治年间，有纸匠张某，独出心裁，发明该灯。以后由东街士绅，醵金映演。最初扎糊各种灯具，费去白银五百余两。后来因耗费太大，屡演屡停。近十数年来，因为天灾兵燹相继，更不敢轻举。至十九年时重新整顿，费用四百余元，方能表演。在民国二十年所用各种灯具，多系去年备物。

会中的组织，计有会员94人，分为两部；一部为演员计56人，专司映演各种技术和奏音乐。一部为司事计38人，专管理灯会中一切事务。会中人员，都是纯粹义务，并且捐资于会，耗财买脸，由于嗜好这种游艺的缘故。此种灯会颇能表现团结的精神。

会场在定县东街职业学校门前。搭席棚一座，长七八丈许，高二丈余，宽五丈左右。一面做成假山状，外面用色纸糊成，仙洞禅林，细巧玲珑。一面搭成佛殿，和假山遥遥相对。内供神三位："天地全神之位"，左右两旁是"风神火神之位"。中间悬十数条绳，为耍各样灯的走线。棚的两旁，悬挂各样花灯，鲜明灿烂，秀丽可观。

鳌山灯的种类很多，因变化无穷，而名称也很繁杂。今把所调查的一部分名称列在下面："三角寺"，"月明楼"，"武财神"，"五福堂"，"风火山"，"狐狸院"，"桃花舟"，"牡丹亭"，"忠孝牌"，"虾蟆"，"鱼篮"，"葡萄"，"圆雷"，"祺鱼"，"二龙戏珠"，"狮子夺球"，"白鹤落地”，“哪吒闹海”，“瓶蝴路飞”，“石榴百子”，“田夫得兔”，“太子卧莲”，“五子捕蝶”，“五子同乐”，“鱼龙变化”，“瓶升三级”，“世世如意”，“加官进禄”，“梁山牌塔”，“㐂龙脱壳”，“洞宾牡丹”，“鱼龙鸟飞”，“五子登莲”，“鱼蓝仙花”，“刘海戏蝉”等。

鳌山灯表演时的变化，真是千奇百怪，活动如生。兹举鱼龙变化一幕，略加说明，以供参考。先由假山的走线系出红色大龙并鱼五尾，在棚里空间游动。然后点烧药系，作燃花状，炮声一响，霎时脱壳于地，变成五条金龙，往来盘旋，活动如真。并和以音乐，以助兴趣。

表演鳌山灯的日期，是在废历正月十四、十五、十六日的夜间。但这三日中，要以十五的夜间为最繁盛。是日晚上，全城空巷，观者塞途。就是邻近的保定、唐县、新乐、望都、曲阳、安国等处，来看灯的人也很多。真是红男绿女，结队成群，人烟辐辏，车马喧阗。

二　七巧灯会

定县每到旧历正月有七巧灯会在街上游行表演。民国十八年正月十四、十五、十六夜晚演了三天，很是热闹。在演灯的晚上大街小巷都是来来往往看灯的人，其中以小孩和青年男子们为最多，就是妇女和老年的人们也是兴高采烈，欢天喜地的去看灯笼会。当锣鼓的声音从远处传到了耳边，灯光映照在天空上发亮的时候，人们都在翘首企足地望着。等到锣鼓的声音渐渐的近了，天上的亮光也慢慢的从远处的树梢移动过来，就看见灯光缭乱，这时灯会便从鼓乐喧天，人声嘈杂中拥挤前来。在前面有四个人高举着四个长方形的白纸灯笼，每个灯笼上都写着“七巧灯会”四个鲜红的大字。随后有七八个人敲着锣鼓，颇为整齐。再后就是一队演灯的人，一共有十四个，分成两组，每组七个，都穿着花衣，戴着花帽。每组有两人拿着大号三角灯，一人拿中号三角灯，两人拿小号三角灯，还有一人拿四方形灯，一人拿斜方形灯。每个灯笼上面都画着“荷叶莲花”，“喜鹊闹梅”，“金鱼游水”，“蝴蝶牡丹”等类的花卉。演的时候，锣鼓敲得格外响亮。男女老少都围成一个圈子。有的看不见就爬到树上，或站在墙头。这时演灯的人，随着锣鼓敲的点，手拿着灯，动作起来。先围着场子绕圈慢走，以后鼓点和动作就渐渐紧凑起来，快慢都中节奏。有时一人一手举起灯笼，众人围着舞蹈。有时走成二龙出水，然后各人互走剪子股。有有时像蝴蝶穿花，有时像牡丹荡影。种种姿态，无奇不有，五花八门。让看的人眼花缭乱。忽然锣鼓一变，耍灯的人也就立刻分成两堆，一边一堆，将灯捧起，隐着身子。只见两边灯光闪烁，并不见耍灯的人。原来两边灯笼所堆成的，一边是老人垂钓的模样，一边是樵夫担柴的状态。人们就惊奇喝彩。这样演完，又到别处去演。如此绕遍四街，走遍各处，到了半夜方才散去。

三　龙灯会

龙灯会也是定县新年娱乐的一种。每年正月十四、十五、十六的夜晚都有龙灯的表演，很是热闹。龙灯是用竹篾和纸糊成的，有头有尾，有须有鳞，有牙有爪，非常壮丽。龙身各段中点着蜡，辉煌闪烁，亦甚可观。表演的时候，由耍龙灯的人将头探入龙身，分段举起，仅露下身在地上行走，作出种种游动的姿态。举龙头的与举龙尾的连贯一起，不使间断。行走的时候，摇头摆尾，忽起忽落，在抬头张口时好像喷云吐雾，曲身伸爪好像作势追珠，有时像翻江闹海，有时像飞舞天空。龙灯前边有人举着一个纸糊蜘蛛，诱龙进退舞动，称为“龙戏蜘蛛”。在龙舞跳的时候，锣鼓齐奏，一方面使看热闹的人发生兴趣，一方面龙的舞跳也有节奏。

四　武士会

武士会也是定县新年的一种含有社会表演的娱乐。十八年阴历正月十五他们也出来表演了一番。在武士会快到的时候，街上人山人海，红男绿女，扶老携幼，拥拥挤挤，非常热闹。远远的就见国党旗随风飘扬着。内中参加着武士会的长枪、大戟等类的兵器，真是威武非常。到了表演的地方，就见有拿着大刀短棍的，抱着长枪大戟的，捧着七星宝剑的，拿着短刀钩拐的，其中有的是赤手空拳，也有袒露着胸背，合算起来总有七八十人。每人的头上都用红蓝绸子包着，再用别种颜色的细带扎好。还有鬓边插着花，或腿上缠着花裹腿的，形形色色，五花八门。到了开演时。场子被人们挤得很小，简直不能表演。于是有一个演员，手里拿着一根长绳子在一头拴着一个铁球，把绳子拿在手中就抡将起来。越抡越放绳，人们也就随着往后退，场子才越来越大了。这时演艺的人才各拿各的兵器，聚精会神的表演起来。先练的是各种拳法，如揸拳、对拳、太祖拳、罗汉拳等，都是非常熟练。随后就演单刀、花枪、宝剑、双钩等兵器，闪烁夺目。飞腾窜跳，身法敏捷。最后还有短棍破三枪，空手对大刀，单刀破花枪，空手夺双刀。在交锋的时候，刀来枪挡，枪来刀迎，上下翻腾，左右躲闪。 眼快手快，身子轻便。各种姿势，使人看的眼花缭乱。看玩艺的人们万头攒动，鸦雀无声，不愿拥挤，不怕灰尘。演完一场观众鼓掌喝彩一回，非常热闹。此外还有卖吃食与玩物的小贩很多，有提篮的，有挑担的，都是追随着武士会。武士会跑到那里，他们就卖到那里。武士会由早晨十点钟出来表演，到下午六点钟才回去。

五　狮子会

狮子会也是定县新年的一种娱乐。民国十八年阴历正月十四日就有狮子会会头手拿着木匣，里头装着许多红纸帖，帖上写着“恭贺新春节喜”，下面写着“狮子会会末人等同拜”字样；去到各机关、各会所、各士绅住宅，一一拜递，并说“狮子会今天要来庆贺春节”。说完不久，就听见锣鼓喧天，由远往近而来，看热闹的人也随着蜂拥而至。这时先由狮子会的人把场子开演好了之后，于是就见人群里拥出一辆小车来，车上有一人假设坐着的样子，放着两只假腿，穿着靴子，他的真腿却在地下走着。他头上戴着前清的纬帽，身上穿着带补子的长袍，脸上画着两个黑墨的眼镜，嘴上抹着两撇小须子，手里拿着破毛扇，眉开眼笑，弄鼻弄嘴的招人大笑。车后一个扮作老头的推着车，一个扮作老婆的在前拉车，青布包头，插着一朵红花，耳朵上戴着一双大环子，脸上抹着胭脂粉，身上穿着花衣裳，袖子肥，滚花边，下面红肥裤，红鞋袜。她一边走，一边笑，并做出种种调情的状态，很可笑。还有个扮作丑角的，在车的前后左右胡蹦乱跳。这时推的推，拉的拉，窜的窜，跳的跳，一齐动作起来。各人有各人的姿态样式。并且老夫老妇互相耍戏，互相调情，眉来眼去，动手动脚。他们有时围着场子跑，忽进忽退。有时停在当中，不拉不推，二人一问一答互作戏语。他们种种动作都与锣鼓的声音相应。作到招笑的时候，看热闹的人们也就喊好助兴。演了十几分钟才完。演完了小车子接着就是跑旱船。旱船是用许多柳竿做成的。周围缝上各种花布。一个男子扮作少妇的模样，身穿花衣，头戴首饰，面擦官粉，唇点胭脂，站在船里，带船行走。船上故意放两条假腿，穿着红小鞋盘在船上，就像少妇坐在船上一样。另有扮撑船的一人，武生模样，手拿着浆做摇船的样子。少妇带船绕场有时快跑，有时慢走，前进后退，左右摇荡，都与锣鼓相合。这两样都是开场的游戏。并没有演多大的工夫就全完了。

这个时候看热闹的人，越来越多，越挤越密，原来的场子也就越来越小了。帮会的人向大家报告狮子要出场了，请大众往后退退。场子这才开扩大了。就见人丛中走出一对狮子，一红一绿，张牙舞爪，摇头摆尾，从容不迫地舞踏而来。这狮子乃是用竹篾和纸做成的，外面画上颜色，添上尾，点上眼，很是雄猛。腹内是空洞的，每个用两个人在里边举着，耍来耍去。另外还有一个做狮奴的人，手拿一棍，在两个狮子的当中玩耍。在他玩棍的时候，狮子也就随着作出种种舞跳的样子，每在昂首摇尾举脚落步的时候，都能点点中节。并有锣鼓相诱，是一种规行矩步有节奏的跳舞。又有人举着两个绣球在前面引诱狮子前进，绣球引诱狮子，狮子也追逐绣球，这叫“狮子滚绣球”。狮子在场中跑来跳去，有时缓步摇头，有时伸爪舒身，有时一个匍匐于地，一个昂首蹲身；纵身高跳，好像飞跃深渊；作势猛扑，又像捕獐捉鹿。这样耍了半点多钟的工夫，观众随时都在喝彩。在这个地方耍完之后，又到别的地方去耍。所到之处，都预备些茶水、点心，招待他们。

第九章

乡村的风俗与习惯

第一节 婚事

一 结婚的年龄

男子的结婚年龄普通从 13 至 15 岁，有早至 10 岁左右者，有迟至 30 岁者。富家多早婚，贫家多晚婚。

女子的结婚年龄普通都比男子高，从 15 至 18 岁者最多，有早至 13 岁者，少有超过 20 岁者。家里贫寒的，有五六岁就送出做童养媳的。婆家养活她，教导她，使用她，等她长大再行结婚。

我们从男女的结婚年龄与调整所得的结果，都能知道定县乡村的男女结婚，大多数夫幼于妻。媳妇大三四岁是很平常的，亦有大到七八岁的。

二 定婚的手续

男女的婚姻都是父母规定、媒人介绍的。两家把男女的年岁、生日、时辰，写下交给术家推算，如果男女八字相合，婚姻就由此而定。如果男女的八字不合，就是男女二人都很合适，也是不能定婚。八字合好以后，男家用拜匣盛大红书，红书上写着男女的年岁、生日、时辰与年月日，由媒人送到女家，女家再出一允帖，由媒人带到男家。这样男女就算定了婚；男女两家就算结了亲家；有的时候，还有指腹定婚的；就是两家都要生养小孩，又是世交，所以在小孩没有出母腹以前，两家大人就预先约定。一男一女，结为亲家，两家都是男孩，结成兄弟；两家都是女孩，结成姊妹。

三 换书，催妆，铺床

迎娶日期由男家择吉规定，发出一娶帖送到女家；女家也择吉回答，双方同意，这就叫“换书”。有时男家富户在换书时略备币帛簪珥，送到女家；女家也回书籍笔墨等类作答。迎娶的头一天，男家用白面蒸大包子 24 个，整猪半个，食盒子一个，里头盛面条、大米、干粉、咸盐等等礼物；一同用大车送到女家，这叫作“催妆”。媒人也随着前去。礼物送到女家后，女家把所有礼物都一一收下，不过把猪割下半块，只留一半，那半带回男家。女家又把妆奁的红箱交给媒人带到男家，当日晚间请一位父母双全，子女众多，丈夫尚在的妇人，将新人卧室内的被褥安置整齐。她一边扫炕，一边口里随着说道：“这边扫，那边扫，姑娘小子满炕跑。”她放被褥的时候又说道“这边推，那边推，小子姑娘一大堆。”这一层手续叫作“铺床”。

四 迎娶

迎娶的那一天，男女两家都用白纸糊房，结灯挂彩，设席招待亲戚朋友，非常热闹。迎娶的时候，前边打灯笼的与放爆竹的引路。打灯笼与放爆竹的后边，就是打旗的，打锣的，打鼓的，吹喇叭的。打旗，打锣的都在地下走着；作鼓乐的在车上奏着。鼓乐后边就是娶亲客人所乘的轿车，一个跟着一个，慢慢地走着。最后有两个彩轿，一个红轿，一个绿轿。新郎乘红轿到女家迎接新娘，叫作“迎娶”。新郎到了女家，女家送客人派人出去迎接，手托点心四碟，提酒一壶，酒杯三个，在新郎轿前奠酒三杯，请新郎下轿。新郎下轿以后，引新郎到客房入座。敬上香茶果点，休息休息。最后摆上筵席招待新郎与娶客。有的时候，因为女家贫寒，或工夫短促，就不预备筵席招待，仅敬上茶点而已。吃完了酒饭以后，女家又献上“插花”“披红”。把插花戴到新郎的帽子上，披红多挂在新郎的轿前。有的时候，也把它披在新郎的身上的。插花披红，献给新郎以后，新娘这就预备上轿了。新娘多半都是穿红缎子或是红绸子的衣裳：裙子、裤子，头上戴满红花；脸上擦着粉；嘴上点着大红唇；打扮成一个美人。这个时候，锣鼓一敲，喇叭一吹，新娘就上轿了。这时新娘却坐红轿；并在新娘的轿后，系上一把铜壶，里边盛满水，轿一边走着，水一边滴着，叫作“长流水”。取男女两家亲戚往来不断的意思。这个红轿，就是新郎迎娶坐来的。后来新郎换坐绿轿，伴着新娘的红轿了。迎娶回去，不顺原路，绕出多少里地，经过几个邻村，才回男家。女家有的用送车四辆，送客二人，送新娘到婆家。有的用陪轿一乘，女送客一人坐着，另外有两人骑马在新娘轿前走着，叫作“顶马”。新娘的轿前，另有一人提茶壶的，扶着轿杆，预备新娘路上渴了，好喝茶水。虽然如此，新娘在路上喝水的极少，除非新娘渴的要死，她并不张口要水。至于新娘的妆奁，另有女家人预先抬送，不跟轿子一齐送走。

五 礼仪

新郎临上轿的时候，向天地神位行三叩头礼。娶亲回来，下轿以后，仍向天地神位行三叩头礼，并焚纸祭祷。新娘下轿以后，再用小轿抬到天地神前，表示朝拜的意思。然后在另一间屋里，有人把新娘接下轿来，让她梳头洗脸。梳洗完了，再请新娘上轿，抬到洞房。新娘到洞房下轿的时候，鼓乐齐奏，并且在街门两旁焚烧两小束谷草，表示新娘进门，日子像火一样的越烧越旺。

迎娶的那一天，亲友都来庆贺送礼。正午的时候，摆上筵席招待亲友。亲友吃饭以后，先由女家送客人请男家长亲一同到天地神位前边，满了酒杯，叫作“满喜盅”。敬天地神三杯，再满了酒杯，敬长亲三杯，最后对施一礼，并说“恭祝亲家大喜之日”。施礼道喜以后，一同到新房看看，看完回来，亲戚朋友都照样给新郎的长辈满喜盅敬酒，闹个热闹。当天晚上新郎新娘入洞房，朋友亲戚闹洞房的很多，有时通宵不叫新夫妇安静。

迎娶的第二天，新妇回娘家，叫作回门。男家用轿车或太平车两辆，送新郎新妇到亲家去。女家预备酒席招待，饭后由女家一男人引新郎到女家长亲面前，一一介绍，介绍的时候，对施一礼。女家敬上茶点，新郎稍微休息休息，这就同新妇乘车同归。到家以后，由男家一女人引新妇到附近同族拜见同族长辈，新妇拜见行拜见礼，长辈给新妇赏钱，叫作“拜钱”。

新妇过门后四日，女家打发轿车两辆，把新郎新妇接到女家。新郎在女家连住六天，这叫“住六”。女家每天预备好菜好饭，酒肉招待。到了第六天男家自发车辆把新郎新妇接回。在成婚第一年的正月初六或初八，女家又发车辆把新郎新妇接到女家，一直住到正月十六。每天也是酒肉款待，这叫作“住十五”。普通女家只接新夫妇一次，也有连接三年三次的，俗语说“三年以内新妇不看婆家灯。”

新妇头次作鞋，家里大小一人一双，叫作“遍家鞋”。到了端阳节，女家预备角黍、鱼肉、瓜果，送到男家。重阳日女家邀请女眷，用糖、栗、枣，和面蒸花糕，一尺多大，送到男家，叫作“缀花糕”。

六 婚娶礼物

婚娶所送的礼物，种类很多。有食盒，有荤礼，有屏画，有对联，有仪幛，有纸画，有衣服，有拜钱，有现金等。最近的亲戚多在男家喜日、女家回门的日子，送食盒、荤礼。有钱的人家，所送的食盒，还算讲究，里头盛着印红花的馒头、花卷、粉条、猪肉，价值约在 2 元左右。贫寒人家送不起这样的食盒，有的只送一篮子花卷、馒头、粉条而已。女家的至亲，多在办事的前几天，送给姑娘衣服、首饰。有钱的人家所送的衣服、首饰，有时值四五十元，最少也值五六元。普通约为七八元。

乡亲朋友多送喜幛、对联、纸画、屏画等。对联的价值由1毛到5毛，普通约3毛。喜幛的价值由1元到10元，普通为两三元。纸画的价值约在5毛上下。屏书的价值由1元到2元。现钱份子最多有送4元的，最少有送50枚铜子的。幛子都是多人合在一块送的，有绸的，有缎的。对联上都是写些吉祥话儿。纸画，屏画多是画着“麒麟送子”、美人、胖小儿的画。足见中国人对于娶妻生子的思想了。至于新妇所得的拜钱，普通都是铜元50枚，最多1元，最少不过10枚而已。

在婚娶的日子，男女两家都请一附近能写字的邻居作“上礼者”。在院子里放一个方桌，预备笔墨、砚台，另外预备红纸几张，钉成一本纸长方账簿式的礼单，面上写着“迎亲礼单”，与年、月、日。亲友来贺喜的，先到这个地方上礼。上礼者就把礼物收下，并在礼单上记明。送“干礼”的(现钱份子的意思)差不多都是朋友，所以朋友少的干礼也就少了，乡村有一个俗语，叫做“追往”，意思就是说朋友家里有事，自己给朋友家送礼，赶到自己家里有事的时候，朋友自然也要送礼的。这样互相往来，联络感情，就叫做追往朋友。

七　婚娶办事的费用

婚娶办事的费用，可以分男家与女家来说。普通除了乡民纳妾以外，正式的结婚，很少有聘金的。男家大宗的费用，就要算是酒席、聘礼与新郎置办的新衣服了。上户人家的酒席，普通每桌4元上下。中户与下户人家的酒席普通每桌2元以上，按调查所得，上户酒席一项最多八九十元，普通都在50元上下，中户与下户酒席普通都在20元以上。男家聘礼多与食盒一齐送到女家。聘礼都是簪子首饰等。上户所送的聘礼约值10元到20。中户所送的聘礼约在10元以内，下户因为贫寒，常是不送聘礼。新郎置办迎娶的衣服，也是因贫富而有分别。上户普通从40元到50元，中户普通从20元到30元，下户普通在5元以上，15元以下。除了这几样大宗的开销以外，还有修理新房费、赁家具费、赁轿费、香烟费、酒费等等。按调查所得，这几样费用合计起来，也得20元左右。

女家大宗的费用，就要算是酒席、嫁妆、衣服、首饰了。女家的酒席费用与男家的酒席费用相差不多，所以不用再说。

女家普通多预备箱、镜、瓶、钟等，给新娘作嫁妆。上户的嫁妆费用约100元上下，中户约50元上下，下户约15元上下。女家给姑娘做的衣服，富家贫家很有不同。上户普通都预备皮、棉、单、夹，四季的衣服，还有裙子，不是绸子的就是缎子的。就是衣服一项，上户普通就要用200元上下，中户普通100元上下，下户普通40元上下。至于首饰，现在因为不大时兴，所以乡民也不大喜欢它。首饰多半是镯子、簪子、戒指等，少有金的，就是上户也都是给姑娘打银首饰。有的家给姑娘买手表，替代首饰的。上户普通要用100元上下，中户40元上下，下户10元上下。除了这几样大宗费用以外，还有修理费、赁家具费、烟酒费等，合计也得20元左右。

按以上所说，我们可以粗粗的估计一下。顾体面的男家费用合计起来，办这一回喜事，上户约用200元上下，中户约用100元上下，下户约用40元上下。顾体面的女家办这一回喜事，一切费用统计起来，上户约用400元左右，中户约用200元左右，下户约用70元左右。这虽然是一种粗粗的计算，但是我们足可以看出来，女家嫁一个姑娘，不管是上户、中户、下户，都比男家娶一个媳妇费用多一倍。乡下人愿意养男孩，不愿意养女孩，这是其中的一个原因。他们以为女孩养活大了，还得嫁给人家作媳妇，让人家使用着。不但这样，嫁一回姑娘要比娶一个媳妇花钱还多，那真是太不上算。

第二节　丧事

一　丧葬的琐俗

1. 含银铃　在人将要气绝身死的时候，家人用一个小银铃系上一条线，把银铃放在死人嘴里，把线露在嘴外。贫寒人家没有银铃，都用小铜钱替代。

2. 门幡　人死以后，按照死人的岁数，预备白纸的张数，重叠起来，剪成三联，捆在棍上，把末尾的那条下垂，挂在街门一旁，死男挂在街门左边，死女挂在右边，叫做“门幡”。表示家里死人的意思。

3. 倒头饭　在人死后，用小米烫饭，拿一个黑碗盛着，叫做“倒头饭”。入殓停灵以后把碗和饭都扣在棺盖上。

4. 打狗棒和喂狗饼　在人死后，用麦面捏在秫秸杆上，作成棒锤的形状，一共用七根，插在倒头饭里，叫做“打狗棒”。“喂狗饼”，也是用面做成七个饼。在入殓的时候，把它都放在死人的手里。据说是死人的魂灵赴阴曹时，必须经过恶狗村，恐怕狗咬，所以给死人拿着“打狗棒”和“喂狗饼”。

5. 遮阳　在死人的床前，用纸糊一个屏板，叫做“遮阳”，绑在灵桌上。意思是人死算阴，恐怕见阳，所以用屏板把阳遮住。

6. 照尸灯　死人的床前，用一个旧式铁灯点黑油，昼夜不熄。阴幽惨淡，黯然生光。有人吊祭，也就在灯上点纸。叫做“照尸灯”。意思是照着道路，使灵魂不迷路径。

7. 灵桌　在死人的灵前，放一个单桌，上边放着果供香炉照尸灯倒头饭香纸等类，叫做“灵桌”。

8. 烧马　在人死的第二天夜里，用纸糊成小轿车与小马，约有二尺多高，二尺多长。在夜深人静，万籁无声的时候，拿到村外路口，向着城内焚烧，叫做“烧马”。意思是使魂灵乘着到城隍庙去。

9. 开光明　在入殓之先，用棉蘸水擦死人的脸，又用金簪点水划死人的眼睛，叫做“开光明”。

以上所说的，都是关于丧葬很琐碎而不能免的习俗。并且这些事物，也不是礼仪上所必需的，大半偏于迷信。但是来源很远，相习成风，竟有不知其用意的地方。

二　丧葬的筹备

家里遇着丧事，就应当把管事人和办事人预先请好。乡下人差不多都请认识字的亲戚朋友帮忙。他们最先就要雇人搭席棚赁家具等项。还得预备酒肉菜面，叫厨子，作酒席，等着招待亲戚朋友。用纸糊宅院库柜骡马轿车牌楼狮子将军公园箱子。箱子里放进一包一包的食物，什么米面盐菜干粉饺子等。都是平日死人所喜欢吃的东西，意思就是说，死人虽然到了阴曹地府，也能住宅院，有箱柜，使骡马，坐轿车，逛公园，吃好的，喝好的，享受平安快乐。

此外还得预备一起或两起鼓乐，每起七八人。到了出殡的那天，好叫他们吹打。这种鼓乐竟是吹唱各种戏曲，如梆子腔、高腔、丝弦等，这种戏曲分“清唱”与“彩唱”两种。“清唱”是不搭台，不穿形套，只是一边口唱，一边奏乐而已。“彩唱”是搭棚搭台，穿上形套演唱。有时富家预备两起叫作“对台”。

还要预先请好僧道，到时超度死人魂灵。预备灵轿，雇好抬轿的，到出殡时抬着。

三　礼仪

1. 穿衣　人在要气绝身亡的时候，家人便把预备的衣服拿来，给他穿上，这种衣服叫做“寿衣”，据说，要是给他穿晚了，他的灵魂就已经去了，到阴间简直就没有衣服穿。衣服的材料，有好有坏，全看死人的家里是穷是富。无论冬夏都是棉衣。男子普通都是大帽、外套和官靴。女子不戴帽子，只用一块黄布，箍在顶上，下身束起一件裙子。男女扎腿束腰，都用一缕线，不用带子。

2. 上床铺　人死以后，家人就把他从炕上移到床铺上去。床上铺着褥子，这褥子的面是黄色布做的，褥子的里是蓝布做的，褥子中间填上棉花，把死人移到床上以后，给他枕上木枕，把他平常所枕的枕头，放在床底下。死人身上不盖被，只用一纯蓝布或蓝绸子蒙上，叫做“蒙帘”。等到入殓以前，把蒙帘的一头，撕下一尺多长，叫做“撕富”。

3. 报庙　死人移到床上以后，家人都暂不哭泣，默默无声。孝子到五道庙去，焚香点纸，叫做“报庙”。孝子“报庙”以后，就立刻回家，一路必须大声哭喊，不许间断，一直哭到床前。

4. 贴阴阳状　用一张棉纸，当中写上死人的姓名、年岁；左边写死人的生日、时辰，右边写死时的年月日时。写好以后，把它贴在死人停床的门旁，男左女右。这叫作“阴阳状”。

5. 丧帖　家里遇有丧事，就出报丧帖，通知亲戚朋友。丧帖的格式有两种，一是单帖，一是全帖。丧帖的样式如下：

单帖式

先考/妣痛於　　年　　月　　日　　時壽終

正/内寢哀此

訃

聞

孤/哀子〇〇〇泣血稽顙

期服孫〇〇〇泣血稽顙

6. 孝服　家里遇有丧事，孝子、孝女、孝妇都穿白鞋、白孝挂，腰里束着白孝带，孝子戴着白孝帽，孝女孝妇戴着白孝包头。其余家里晚辈，男的戴孝帽(用一块长方形白布做的)，鞋蒙白布。女的戴孝首帕(用一块长条白布做的)。亲戚朋友来吊祭的，本家就给他们一个人一块白布，戴在头后，用帽压着。子女给父亲穿二年半孝，给母亲穿三年孝。

7. 入殓　有钱的人家，在人病到危险的时候，就早把棺材预备妥当。贫寒人家有的因为手里没有钱，东借西借，这才办好。有的家里太贫寒了，没钱买棺材，只好募化。普通在人死的第二天，就把死人移入棺材叫做“入殓”。“入殓”以前，先在棺材底上铺洒一层细灰，灰上再铺一层棉纸，铺好以后，再把棺材抬到死人床前，孝子拿着许多纸钱、纸银币和小铜钱，完全都散布在棺材里，叫做“垫背钱”。洒完了钱以后，孝子一边叫着“爹(或娘)动动吧”，一边亲手把死人移到棺材里。安放已毕，立刻就把空床搬到外边空地，三天不许动它。统通安排好了，这就要盖棺了。把棺盖好，把木楔一钉，活人与死人就再不能相见了。棺材也不能再打开了，入殓以后，大大小小，绕着棺材痛哭一场，很是悲惨。

8. 送盘缠　人完了殓的那天晚上，到了夜深人静的时候，把预备好的纸糊车、马、车夫，在马的身上有一个口袋，里面装些纸钱和铜钱，都摆在街门外的大路上。车马安放的位置，使头向着城里，据说是死人的灵魂都先到城隍庙去。在车马的周围洒灰一圈，叫做“灰栏”。在灰圈上留一小口，说死人的灵魂就在这里登车。在路旁摆上一张桌子，桌子上摆三

全帖式

不孝某罪孽深重不自殞滅禍延

顯考清授〇〇大夫歷任（此處叙歷任官職）

某某府君慟于民國〇〇年〇月〇〇日即陰歷〇〇年〇月〇〇日〇时壽終正寢距生于〇〇年〇月〇〇日〇时享壽幾十有幾歲不孝某隨侍在側親視含殮遵禮成服玆擇於〇月〇〇日即陰歷〇月〇〇日〇时發引暫厝

預日家奠另期安葬叨在

鄉年友寅誼世戚
寅誼哀此訃聞

〇月〇〇日即陰歷〇月〇〇日領帖

孤哀子〇〇〇泣血稽顙

齊衰期服孫〇〇〇泣血稽顙

服期姪〇〇〇拭淚頓首

大功服姪孫〇〇〇拭淚頓首

功服姪孫〇〇〇拭淚頓首

緦服姪孫〇〇〇拭淚頓首

碗饺子，还摆上一个镜子、一块手巾、一盆洗脸水，说是给死人饯行的。

这个时候孝子在家里守着棺材，其余的家人都到土地庙里去，他们拿着一把扫帚和死人的一件衣服，还有人拿木棒，可是不许点火把、打灯笼。到了庙里，他们都一齐跪下，拿扫帚的人把扫帚放进庙里，然后把死人的衣服一铺盖上，好似捉住死人的魂灵一般。他们拉着扫帚往回就走，嘴里念着“爹(或娘)上车去。”那拿木棒的人在前面耍着，一直回到家门口。这时孝子也出来了，拉扫帚的把扫帚放在饭桌旁边，大家齐声的说道“爹(或娘)洗洗你的脸，照照镜子，吃些东西上车去吧。”说完了以后，用一把火点着纸糊车马，一齐焚烧。死人的灵魂就从此乘车到城内城隍庙去了。

9. 吊祭　普通吊祭，亲戚朋友多拿“纸钱”“冥资”。有行四叩首礼的，有行三叩首礼的，普通都说“神三鬼四”，所以行四叩首礼的居多。孝子跪在灵左，吊者行完了礼，孝子也匍匐叩谢。

10. 礼物　普通亲戚来吊祭，所送的礼物，多是“大饭”、“素食盒”、“荤食盒”、“三牲食盒”、“全席”、“仪幛”、“挽联”、“果供”等。朋友多送“挽联”、“现金”、“纸钱”等。“现金”普通多送洋一元或铜元一百枚。“荤素食盒”、“全席”、“幛子”、“挽联”等，价值与婚礼所送的差不多，不用再说，“纸钱”的价值约费两三毛而已。

11. 出殡　出殡的那一天，丧家雇吹鼓手，在门口敲锣打鼓，大闹起来。有钱的人家搭台唱戏，热闹的很。把预备好的纸糊的各种东西，都一件一件的摆在大门外头，等着拿到坟地去烧。有钱的人家，还请许多僧道念经，每起8人或10人，有时也有12人、16人的。预先给他们在本村或村外借一庙宇或闲房，请他们在那里休息。到了出殡的以前，僧人道士们都穿上法衣，戴着帽子，手里拿着乐器。有的吹笙，有的吹笛，有的吹管子，有的打云锣，在街上一边走着，一边奏乐。来到灵前，有一“领众”对灵默诵真经，在灵前上香，发“疏”超度，如此往返数次，超度数次，叫作“参灵”。

到要出灵的时侯，孝子在灵前的小盆里烧纸，烧完以后，把盆对灵前摔碎，叫作“摔献”。意思是说，不能再献亲了。家里没有小盆的，就用瓦替代。

“摔献”以后，把灵抬到大𫐐上，用大杠横在𫐐里，杠的前端是龙头式，后端是凤尾式。这种大𫐐有时用32人抬着，有的用36人抬着。还有一种灵车，是孝子在当中，本族和亲戚在两旁共同拉着，直到坟地。

在出殡的时候，长子执引魂幡，导灵前行，其余晚辈都拿着丧棒，同哭送殡。乡亲多在村子的路口，放一个小桌，上头放纸钱、酒果、猪头、小鸡等物，灵柩到时，众乡亲对灵叩拜，孝子匍匐叩谢，名曰“路祭”。沿路抛撒纸钱叫作“买路钱”。

12. 葬期　中等以上的家庭遇有丧事，分殡埋与不殡埋两种。殡埋的家庭，多在人死第七日出殡埋葬，叫做“一七”。中等以下的家庭，有在人死第二日或第三日出殡埋葬的，有的家庭当天就埋的。不殡埋的家庭，在“一七”开吊叫做“办七”。殡埋日期，后来另外规定。有时因为迷信风水，殡埋延至半年、一年、三年、五年，甚至于延长十年。不过现在这种风俗，已经渐渐失去它的重要与势力了。

13. 圆坟　坟冢有砖垒成的，有在地上掘成坑的，棺材到坟地，把棺材放进坑去，叫做“下葬”。下葬以后，孝子用三铁锨土首先填埋下去，然后土工随着把土填到坑里，再继续堆高，做成坟头。殡埋第三日孝子孝妇等，拿着纸钱、果供，再到坟前哭奠上祭。不但祭奠，并且把坟头上的土，堆的圆满周正，这叫作“圆坟”。

14. 三七与五七　人死以后第21天，叫做“三七”。第35天，叫做“五七”。“三七”、“五七”两天，孝子孝妇等都要上坟烧纸，哭泣祭奠。过这两天以后，就非等到清明、十月初一，或死人的忌日，不再上坟烧纸了。

四　殡埋办事的费用

殡埋费用多少，因家境的贫富而定，我们可以把它们分成三类。第一是富户，第二是普通户，第三是贫户。富户普通棺椁费就得150元左右，最多约300元，最少约100元。死人衣衾费普通100元上下，最多约

150元，最少约80元。酒席费、音乐费、棚费三项普通约在150元左右，最多约300元，最少约100元。其余杂用如孝衣、纸扎、供物、灵车、烟酒、僧道、执事酬劳等项费用，普通也得150元左右，最多约200元，最少100余元。

普通户棺木费通常约30元左右，最多约60元，最少约20元。死人衣费通常约15元，最多约30元，最少约10元。酒席费、音乐费、棚费三项，通常约30元左右，最多约80元，最少约20元。其余杂费普通约30元左右，最多约60元，最少约20元。

贫户棺木费普通约15元，最多约30元，最少约10元。死人衣衾费普通约10元，最多约15元，最少约三五元。酒席费、音乐费、棚费普通在10元左右，其余杂费普通在5元上下。

总计起来，富户普通办一回丧事，要用500元左右，普通户要用100元左右，贫户要用三四十元。在乡下办丧事，糜费这么许多的钱，实在是一件应当设法改善的事情。因为有不少的家庭必须典房卖地或借贷为终身之累的。

五　扫墓

乡村里有一种合族上坟的风俗。每年清明与十月初一，村庄里同族的人都联合到一起，组织成会，上坟祭奠。到了时候，招集同族所有的男人，上坟烧纸，祭祀祖先，然后大家在一块大吃大喝一顿，叫做“吃会”。一方面联络感情，一方面商量本族应当进行的事情。组织的情形，一一述明如下：

1. 经费　上坟扫墓的费用，都用祖宗的遗产做基本金。每次的经费多少，全看本族的公地收入与钱财多少而定。如果经费充足，“吃会”预备的菜饭也很丰富，全族的男人都可到会，不过限定年龄，从多少岁以上的。有的会并不限定岁数，只许从能托碗吃饭的男孩以上，都有到会的资格。妇女与不能托碗吃饭的小孩，都不许到会。如果经费太少，会中就要限制每家的人数，有时不但限制人数，并且到会的人还得缴纳份子。有时一个份子铜元10枚，有时20枚。

2. 职员　每次开会都有会首一人，敛首二人或四人。会首是同族各家轮流担任的，任职一年为限。敛首是每次接会的时候，会员大家选举出来的。除了会首，敛首以外，还有人专管账目和会中公务。这人多是年长，族中各样事情都非常明白，并且富有经验，又能写字的。这人也是大家公推的。

会首为每次“吃会”的主人，筹备一切。敛首专经管出入钱财与购买物品。有时不用厨子，敛首还得亲身做饭。

3. 公款　本会的公地，有出佃给别人家的，每年所收的租价，就充作会里经费。公地也有时由本族各家轮流承种的。会里的钱财，有的放给别人，求得利息，利率就无一定。有时会首、敛首分用，利息有一定，普通月利一分半。

4. 上坟时期　每次到了合族上坟的日期，会首都预先通知本族各家，让他们预备到坟地祭祖。合族的人在清早就都齐集在会首家里，同往坟上烧纸，祭奠，放鞭炮。族人有无故不上坟的，会里也有一定罚规。普通罚酒一斤或二斤，作为警戒。至于坟地有什么应当修理的，树木有什么应当补种的，公地怎样出佃，以及其他一切关于本会各种问题，都可以在“吃会”大家共议，大家讨论，设法解决。

第三节　新年及其他节令

一　新年的风俗

1. 除夕　在阴历腊月三十那一天，乡村里家家男女老少都穿上新衣服，预备过年。贴春联、贴纸花、贴门神、贴灶王、贴天地神，糊灯笼，预备香、纸、香炉，洒扫院子、街道，到处都让它洁净，表现新年的新气象。妇女们也都忙着收拾屋里的一切东西。然后还得剁馅，和面，包饺子。到了夜里，在天地神，灶神，财神，与祖先灵位等等地方，烧香、点灯挨次行跪拜礼。这时候在街门口挂着明亮的灯笼，院中一旁的高竿上，也挂有一个灯笼，叫做“天灯”。街上、院中都是灯光闪闪，辉煌灿烂，很有趣味，拜了神灵以后，家里男女老少，同族长幼，聚在一堂，欢呼畅饮，叫做“喝年酒”。还有提着酒壶，拿着酒杯，到各亲戚家喝酒，足闹的。这次除小孩外，全家都不睡觉，一边吃，一边喝，一边说，一边笑，终夜都是这样，这叫“熬岁”。并且都在院中地上撒芝麻秆，叫做“撒岁”。

2. 元旦　从三十晚上燃放鞭炮，通宵不绝地直到大年初一早晨。这时候男女老少都忙着梳洗，穿上新衣服，尤其是小孩子穿的衣服更鲜艳。在梳洗穿戴好了之后，开始第一件事就是在天地神、财神、灶神与祖先等处，供上馒头、花卷、肉菜、饺子等项。然后焚香，点烛，烧黄钱纸，放鞭炮，合家跪拜行礼。拜完神佛祖先，小辈又向长辈顺序拜年，行叩首礼。拜完了年，合家吃饺子。吃完以后，老老少少就都到附近同族或邻家分头去贺年，很是热闹。男子与媳妇都出去拜年，惟有闺女就不出去拜年，这是一种习俗。可是新媳妇要有家人领着出去拜年，不行叩头礼，仅行拜手礼。但是对于家中长辈必得行叩头礼。

3. 其他风俗

甲、吊挂与灯笼　新年正月里，许多的村庄，都把有字或有画的布旗，在街上横着悬起，用绳串着。每隔三四家悬一挂，叫作“吊挂”。街道越长越直，“吊挂”也越多，远看层层飘荡，很是好看。这种风俗很久了，可是我们并不知道它的起源。据村人说村里有一种会保管这种“吊挂”，到了新年正月，会里的人就自然把它挂起，借以点缀新年的盛景。这种“吊挂”专挂白天，夜晚换上五彩灯笼，闪烁辉煌，非常壮观。

这种“吊挂”是用白布做的，长约两尺五寸，宽一尺三寸，四周镶着各色的围边，底下连着两个长三角。每一挂有的用四个旗，有的六个旗，至多一连八个。挂起来随风飘荡，上下翻飞，好似古时安营下寨的旗号一样。有的挂旗两面都写字的，有的是画，有的一面是字一面是画。上面的字多数是成套的古诗。至于画呢，有人物，有山水，有鸟兽，有戏剧，差不多是着色的。并且每一个旗上面，都题着一句诗，大致都从

《龙文鞭影》，《千家诗》和《唐诗》，摘下来的。还有简单的，是在每一个旗上，按画意写上一个字，四个旗就连成一句吉祥话，或成语。可惜保管“吊挂”的人，多半不认识字，有时把旗的位置胡乱挂起，词句颠倒，念起来也就不像一句话了。

乙、串亲戚　一过元旦，亲戚朋友，家家互相往来，叫作“串亲戚”，所以各家都要预备肉、茶、馒头、饺子等好招待亲友。在正月十五以前不串亲戚的，就在家里作种种游戏。有的赌博，有的打秋千，有的下棋，有的打拳，这样足足闹到十五，并且村里有女婿住十五的，是从十一或十二，将女儿、女婿们接到家来居住，过了十五才走，每日款待他们，有的特邀本村绅士作陪。

丙、灯节　阴历正月十四、十五、十六三天，差不多的村庄都有玩艺庆祝灯节，有的村子搭棚唱戏，有的唱灯歌，有的耍龙灯、耍狮子、耍七巧灯，还有闹各种玩艺的，如跑旱船、丑车子、演武术、耍河叉等，非常热闹。到了正月十六，因为是农家佣工上工的日子，主人所预备的好菜好饭，就便款待他们，借以表示欢迎，是希望他们将来工作的努力。

二　其他节令

1. 二月二　二月初二叫做“龙抬头”日，乡民用新灰撒在井边上，再由井边引到院墙与屋里，叫做“引龙”。又用竹竿或木棒打屋里四壁，为的是驱毒虫。

2. 三月三　三月三日念书的人都出去踏青。日暖风和，桃李含笑，多携酒在野外宴饮。

3. 清明　清明日是乡民合族上坟祭祖的一日，并且祭完以后在会首家里开“吃会”，借以讨论本族的各种问题。各界亦多有于此日植树，借以提倡造林。

4. 五月五　五月五日是“端阳节”。家家的门前，都插着艾和杨柳条，并用红纸剪成“葫芦”，贴在门上。把五彩丝线，系在小孩的衣扣上，叫做“百岁索”。大人小孩都戴点艾叶，衣襟上佩挂“茧虎”、“葫芦”等，并吃角黍、喝雄黄酒。亲戚朋友都互送角黍，作为礼物。

5. 六月六　六月六日家家都晒书籍，晾衣服。

6. 七月七　七月七日妇女都穿针乞巧。并说这一天是牛郎会织女的日子。

7. 七月十五　七月十五叫做“中元节”。家家都带着瓜果到坟上祭墓。

8. 八月十五　八月十五是“中秋节”。定县各村的农家对于“中秋节”，非常重视，所以也格外热闹。普通在中秋节，都是过三天，饭食特别讲究。现在把中秋节的详细情形，说在下边：

八月十四日，是中秋节的第一天。这一天农民预备各种食物，如馒头、粽子、各种点心、月饼、菜、肉与果品等类。家里还有做面条，轧河落吃的，很是忙碌。

八月十五日，是中秋节的正日子。农家吃的饭食比十四还丰美，还讲究。差不多是早饭吃面条，馒头，粽子等。午饭吃菜，肉，馒头等。这天不但家人是这样，就是所用的工人也是这样。并且表示优待他们的意思，到了吃饭的时候，主人把他们请到屋里，给他们斟酒、布菜、盛饭，请他们大吃大喝一顿。吃完了午饭以后，主人给他们每人一个篮子，里头盛着馒头十个，点心半斤，月饼半斤，梨两个，葡萄一挂，让他们带回家去，使他们家里的人，也感觉主人优厚的意思。到了夜晚，银月辉煌，主人预备菜、酒，邀请工人与工人的原介绍人和附近邻人，同坐赏月，欢呼畅饮。在这时候，就共同着把来年的工资和续订与否商量妥协，有的预先由介绍人向双方接洽好了在此时正式发表的。因为多数工人都是在这晚上或十月初一要把这事决定好了。完事之后，家里就在月亮升到天空的时候，在院里对着月亮放一张桌子，上头放一个香炉，几个盘子，盘子里摆满了月饼、点心、葡萄、梨等供品。并且焚香，烧纸，向月跪拜，叫做“供月”。拜罢以后，所供的东西，合家分食。

八月十六日，是“中秋节”的末一天。乡村各家的午饭大致都吃饺子，也有酒和果品。

9. 九月九　九月九日是“重阳节”。有的人们在这天出去登高，吃花糕，喝菊酒。

10. 十月朔　乡村妇女们在这天剪纸做衣，到坟上祭墓，把所做的纸衣在坟前焚烧，叫做“送寒衣”。意思是天气渐渐的寒了，给故去的人送几件衣服来御寒。

11. 冬至　乡村念书的学生，都在冬至这天拜师长，像拜年似的。

12. 腊八　十二月初八日，叫作“腊八”。家家都用五谷、枣、栗做粥，叫作“腊八粥”。

13. 腊月二十三　十二月二十三日，是祭灶的日子，家家吃糖果、大扫除，使屋子院子各地方，都干净整齐，预备过年。

第四节　关于迷信的习俗

一　关于农事的迷信

1. 元旦泡豆　在除夕日农家把秫秸一节，用刀劈开两半，在每半个秫秸里边，隔相当的距离，挖十二个小坑，每个小坑里放一小白豆。作好以后，仍把两半的秫秸合在一起，用绳束好，不要白豆落出。然后就把它投在水缸里，到了元旦的早晨，从水缸取出来看。由秫秸的一头数，第一个小坑里的豆，算是正月。第二个小坑里的豆，算是二月。如此类推，一直到十二月。那个小坑里的豆儿被水泡涨，那个月的雨水就大。那个坑里的豆儿没被水泡涨，那个月的雨水就小。

2. 二月二摔高粱籽　农民把所留下的高粱穗在二月二摔种。他们说这一天摔的种，将来种出高粱来，不长红油病。

3. 三月三种葫芦　农民多在三月初三种葫芦，据说这天种的葫芦不长斑。

4. 防猪瘟　在猪瘟传染的时候，农民用一块红布尖，绑在一根棍上，把它插在猪圈门旁，说是可以避免传染。

5. 长虫过道　在久不下雨的时候，农民看见道上有长虫(蛇)走过的痕迹，就知道是要下雨。

6. 收获敬神　农家在场上收获粮食的时候，先要向农神上供，焚香、烧纸、并放鞭炮，为的是求着多多收获。

7. 收获时忌说不利语　农夫在场里收获粮食的时候，不愿意别人问他每亩收粮食多少。更不愿意别人问他粮食快要收完没有。他们认为这类话，都是不吉利的。恐因一语之错，少打几斗粮食。

8. 野外撒饭　农忙的时候，农人在地里做活，离家很远，不能回去吃饭，家里就要送饭到地里。在吃饭以前，先盛一勺饭，撒在地上，叫做敬“青苗神”。据说田里有一位“青苗神”手拿小鞭，绕地行走。吃饭不敬他的，他就用小鞭打庄稼穗，叫庄稼不茂盛。凡是吃饭敬他的就使庄稼茂盛。

二　关于避灾害与危险的迷信

1. 元旦拜东　新年元旦早晨，在太阳没出来的时候，自己一人在院中向东叩头，这一年可以免去蝎子螫。

2. 戴柏枝　正月十五是“灯节”。许多妇女都在这天剪柏枝插在鬓边或辫子上，说是一年不长虱了。

3. 正月不剃头　有舅父的正月不剃头，说是剃头伤舅。

4. 龙抬头　二月二日在太阳出来以前，还没有起来的时候，农民有在炕上顶着枕头，心时默念“二月二，龙抬头，未曾龙抬我先抬，蝎子蚰蜒不敢上身来。”一连默念三遍，这样一年不受毒虫的螫咬。

5. 插鸡　二月二日还有用秫秸做出许多小鸡形状，插在屋里墙上，意思是用它来吃蝎子。如此这一夏季的蝎子可以减少。

6. 端午戴艾　“端午节”农民都在大门旁插艾，妇女摘艾尖戴在鬓旁，或插在辫上，可以避毒免灾。

7. 吃饭不扣碗　正吃饭的时候，不许把碗扣在桌上，据他们说扣碗的要得噎食。

8. 新妇带黑豆　新妇在出嫁的那一天，自己身上暗暗的带上许多黑豆，到了婆家下轿进新房的时候，把黑豆撒在看热闹人的身上和屋子的四周围，防备有凶星。

9. 路口撒米　妇人产小孩快到满月的时候，娘家就把她接回家中，在回家以前，暗带许多小米，每过路口就撒一把，据说是不过满月的产妇，恐怕路口被祟。

10. 防瘟疫　乡村有瘟疫的时候，农民就用桃树枝作成一个小弓，用五色线作弓弦，另有一块红布尖都悬在门上，说是可以避瘟疫。

11. 带黑豆　当腊月二十三日晚间，祭完了灶的时候，把供在灶王前的神马饲料里的一种黑豆，用小红布袋盛起，缝在腰带上，就可以免灾。

三　关于丧事的迷信

1. 吃岁数饼　人死第二天，用白面做成小圆形饼，数目是按死人的岁数为准，(死人多少岁就做多少饼)这叫做“岁数饼”。在夜间焚烧马的时候，把饼一齐焚烧。到了第二天，农民拾去给小孩子吃，说是可以给小孩壮胆。

2. 带钱　死人入殓的时候，孝家撒在棺材里的“垫背钱”，有时帮忙的朋友捡起一个拿回家去，用线系好，给小孩带上，说是可以早日成人。

3. 扫材　遇有丧事，在出灵以前，本家人用扫帚簸箕把棺材上的土扫下来，叫作“扫财”。意思是说财不外去。

4. 下食罐　有丧事的人家，用一小罐(就是治病用的火罐)，里头装一个馒头。殡埋的时候，另在坟墓里，棺材的头部挖一个小洞，把小罐放在里头，叫做“下食罐”。意思是说死人去世以后，还有饭吃，不致饿着。

5. 妇人抱土　在人死殡埋以后，家中送殡妇女，把掘坟墓的土，用衣襟包一把，带回家去。意思是抱财土回家，家里必要发达。

6. 男人从原路回家　死人殡埋以后，所有送殡的男子，都从旧路回家，不走近路，也不回头。

7. 纸钱擦癣　死人出殡的时候，在沿路上撒纸钱，有长癣的人就把它捡起，一路用它擦癣，并不回头，说是可以把癣治好。

其余如含银铃、倒头饭、打狗棒、烧马等等关于丧葬的迷信，可参看本章的丧事节。

四　关于婚事的迷信

1. 被角放枣栗　男子要成婚的时候，家里给他作新被，在被的四角都放上枣和栗子，然后缝好，据说是盼望新夫妇早立子的意思。

2. 点谷草　成婚的那一天，男家预备谷草两束，放在大门两旁，等到迎娶回来的时候，家人把谷草一齐焚烧，这是祝成婚以后，家境如火地兴旺起来。

3. 抛迈门糕　在迎娶新妇进门的时候，男家有一人拿一块粘糕，往上抛去，叫做"迈门糕"。意思是说新妇过门后，家境年年高。

4. 门限置鞍　新妇下轿的时候，在门限上放一马鞍，新妇从上迈过，这是祝新妇过门后，步步平安。

5. 照妖镜　新妇在上轿以前，当胸必要藏着一面古铜镜，或平常的镜子，叫做"照妖镜"。有这镜子妖魔就不敢侵犯她了。

6. 成婚夜不熄灯　成婚的第一夜，洞房里的灯，要一夜长明，不准吹灭，相传新夫妇谁要先把灯吹灭，谁就先死。所以二人谁也不吹灯，一直到天明。

还有别的关于新婚里的迷信风俗，可以参考本章婚事节。

五　关于仙鬼的迷信

1. 下神　农民得了邪病或病重的时候，家人就请一个顶大仙的妇人治疗。来的时候多在夜间，并且先把预备出来的屋子遮的很严密，始终不许点灯。还要在炕桌上供些熟鸡蛋和烧酒。等这妇人来到之后，先要烧香请仙，把香烧完不要，她便坐在炕沿的桌旁，给大仙留着炕里正座。

忽然有点响声，就说大仙来了，家人忙着叩头，请大仙饮酒、吃鸡蛋。也能听见吃喝的声音。然后由顶仙的妇人请问大仙说："这人得的是什么病？"于是就听大仙似说似唱的答道"这个人得的是〇〇病。"这样一问一答的好久，所有得病的原因，治疗的方法和几种简单的药品，都给说清。那声音的细弱，好像女子。有时大仙还用一只毛烘烘的小手，替病人按摩。据说这是欺骗乡民的一种口技。

2. 拜狐仙　乡民有平日敬拜狐仙的，按时给它烧香、叩头、供奉食品、衣物、有时也请它治病。

3. 燎星　在除夕的晚间，有的村庄里人家，要请祖先回家过年。到时由家里的男人和小孩手拿着谷草，到祖先的坟地，先把谷草点着，再挨着次序向坟头叩拜，嘴里还说"老爷，老奶奶回家里吃水饺子"。祭完之后，便往回走，一路上不许谷草熄灭，嘴里仍不断的叫着"老爷，老奶奶回家吃水饺子"。到家，就把谷草焚在门外，只留一根，供在屋里祖先牌的前面，并供些食品。这样每天三餐的供奉到五天，再焚纸把祖先送回坟地，这叫做"燎星"。但是这种风俗并不普通。

4. 结阴亲　无论男女，到了成年时期，没有结婚就死去的人，家里因着孤男孤女不入祖坟的习俗所限，又不忍把他们埋在地边上独受凄凉，又因为他们没有结过婚，家里总觉得对不住他们，要想着给死人继子立后，接续香烟，这才有"结阴亲"之说。当青年男子死去的时候，他家便一方面选择承继人，一方面托人物色以先死去青年女子的人家，然后由介绍人说合，有的也讲究年貌、门户。说妥之后，就叫新承继的孝子，手拿纪幡，上写着死去新妇的姓名、年岁、生日、时辰。有的坐一辆车，前往女家迎接死妇的灵柩回来。女家也预备纸钱、纸锞、坐车相送，到男家的村外再一同举殡葬埋在祖坟里。要是女青年死的时候，阴家也托人寻一已死未婚的男人，给他们结合，也是如此办理。至于做这门"阴亲"的人家，也有由此往来很好的。

5. 门口撒灰　农家死人，附近邻家都要在门口横着撒一条灰，意思是恐怕死人的阴魂跑到自己家里来。

6. 糊窗留孔　秋后天凉，农家都要糊窗，可是在十月初一以前要把窗户糊好，就得在窗上的一角留一小孔，等到过了初一以后再补着糊上。据说酆都城到七月十五日把鬼放出来，散在各处，直到十月初一就得回去。若早把窗户糊好，不留一孔，那就把鬼糊在屋里了。

其余关于鬼的迷信，可以参看本章丧事节。

六　其他的迷信

1. 泰山石敢当　农民因避免不利，或其他的灾害，常在自己住房墙垣适当地方，立一石柱，或砖一块，上刻“泰山石敢当”字样。并把字用朱砂染了。亦有在石柱顶上刻一虎头的。据风水先生说，这块石头应当七尺五寸高，在冬至前后，择一龙虎日，把石立上。因“石敢当”是禁压不祥者，在宋时曾发现唐石铭一，文曰：石敢当，镇百鬼，厌灾殃，官吏福，百姓康，风教盛，礼乐张等句。这样看来，它的根源很远，意义显明，不过何以加上“泰山”二字，就不详了。有的石上写“姜太公在此”的。据说周时姜太公会斩将封神，一切凶神、恶鬼、妖怪都很怕他，见他的牌匾都得远避。

2. 缝衣衔物　自己身上的衣服，因为一时不慎，以致撕破。如不脱下来缝补，就在别人给他缝补的时候，他自己嘴里应当衔着一样东西，如筷子、秫秸等物。不衔的就要被贼偷。

3. 元旦五更不提名　农家除夕要有睡觉的，到了元旦早晨，家里打算要叫醒来，不能叫他的名字，最好用东西的声音把他惊醒。据说要是提名，被叫的人必患红眼。或也许把臭虫叫来，那么这一年的臭虫必多。

4. 奶奶庙讨小儿　农民有久不生养小孩的，要到庙会买个小泥人，拿到奶奶庙里烧香，叩头，默默祷告。然后把小泥人拿回家里，放在炕席背后，说是就可以得子。

七　几种迷信的概况

1. 巫觋　巫觋有男有女，多以请大仙附体，给人治病，驱除妖邪为名，愚惑老乡民，借着得些钱财。做这种事业的人，多是无业无识的乡下人，他们不但宣传，而且号召。所以乡村许多人受他们迷惑，受他们影响。

巫觋在治病以先，要烧香叩头，请大仙附体。然后这人就改变声调，做出种种怪态。要是给人念咒驱邪，就用一个桃木钉子（用桃树枝削成的钉子），在病人身上各处乱钉，虽然不是真往肉里钉，有时也要着上几下。病人受了这种苦痛、这种暴刑，他那能忍受，一定要叫苦，要说胡话。这样一来，巫觋便说妖魔邪鬼在他身上附着，乡民愚昧无知，也就相信。至于治病的事，大致和下神一样。

有时坟地闹邪，乡民也就沿用巫觋的方法，拿桃木钉子钉在坟头上，说是可以驱邪。

2. 卜筮　农民多信卜筮，如“算卦”、“批八字”之类，所在皆有。因为乡村的婚姻、买卖田地、修盖房屋及其他等事，都要经过卜筮，然后才决定。

普通卜筮有四种，一是“金钱课”，二是“批八字”，三是“抽签”，四是“麻衣相”。“金钱嗥”是用制钱摇出正面反面，然后再按“金钱课”书来卜吉凶。“批八字”是把年岁、生月日、时辰，交给算卦的先生去批算，他就可以告诉你每年的吉凶。乡村农民要给儿女订婚，也得先把男女的八字交给他们批一批，合适以后，才能定婚。“抽签”是借着把“抽签”来推算的，算卦的先生有很多的书籍，如《子平》，《大六壬》，《小六壬》，《奇门遁甲》，《水镜集》等。他们借着这个来推算。“麻衣相”就是相面的。他们多半是认识字，常看各样相书，练习口才，给人相面。在人的体格和面部，以及五官的位置、气色、精神，都能说出人的功名利禄和荣辱休咎来，不过以上各种卜筮，都是瞽者，和一般无业的穷书生或走江湖的人等，一条糊口的道路罢了。

3. 堪舆（风水）　乡村人家死了人，要在新置的坟地葬埋，必得请风水家选择地龙生气茂盛的地方，指定地穴，叫作“安穴”。“安穴”以后，还得“调向”，就是按着地形与水法、天干地支、五行生克制化，指定最适宜的方向。例如地是南北的，应当调什么方向才算适宜。地是东西的，应当调什么方向适宜。他们用“罗盘”依照八卦的标准，定好了方向，才能葬埋。

据风水家说，选择葬地，实在是件极难的事。头一件应当学“寻龙”，“寻龙”就是寻视龙脉。学会了“寻龙”以后，才能学“安穴”。风水家有这么一句话，“十年寻龙，二十年安穴。”由此可知看风水的不容易，又说地龙在地里走，距水很近，就是所谓“水不离龙，龙不离水”。选择的地点，应当在龙水交接的地方才适宜，不过已经埋过人的坟地，就可以挨着次序去葬埋。虽也有请风水先生看的，也就省事多了。

还有年代久远的坟地，次序容易混乱，因此也有“抢葬”的。就是后人不按次序，任便选好的地方葬埋。也有经风水家看出原有的坟地，气脉不好，或是年代太久，没有地方“安穴”，那么农家就得另外预备新的坟地。据说风水家如果安穴安的好，调向调的好，这家一定兴旺发达。农民因为没有什么知识，所以就迷信他们。

第五节　乡村其他的风俗

一　关于生小孩的风俗

乡村农家生小孩的时候，都要请一位本村对于生产小孩有经验的妇人，到家帮忙。普通这样妇人都在四五十岁，是本村最有名望的收生婆。他们并不拿收生当做一种营业，不过是善意的帮助人而已。小孩落生以后，赶紧给产妇做小米饭汤吃，叫作“定心汤”。同时急忙派人带着东西到产妇娘家道喜。所带的东西，在早先的时候，生的是男孩，就带一本书，生的是女孩，就带一朵花。这不过是拿着东西作标记，到娘家报信而已。到了现在，无论小孩生的是男是女，到娘家道喜的，总是拿着一本书，不再拿一朵花了。娘家得信之后，当时拿些鸡蛋，装在篮里，让道喜的人带回，并且给他几个喜钱。普通所给的喜钱是铜元一百枚，财主富户也有给几元钱的。

至于产妇所吃的东西，普通人家都是小米饭、芝麻炒盐、煮鸡蛋等，有钱家里的产妇，当然要吃些滋养料丰富的东西了。到了产后的第三天，同族亲戚和近邻们，都来道喜送礼。所送的礼物，多是鸡蛋、芝麻、烧饼、麻糖和油炸果等。产妇的娘家也带许多东西来，不过是鸡蛋、白面、挂面等类，都是给产妇吃的。并且也做些小花衣裳给小孩穿。到了第九天，家里要做好了席面，预备招待亲戚朋友，因为这天小孩的姥姥、姨母等亲戚，家里的同族、邻居和朋友，都要来道喜，并且送许多礼物。还要在吃饭的时候，所有来道喜的同族、亲戚、朋友，都给家主满喜盅，表示庆贺。关于礼物一项，也有种种的不同，大致说来，中等以上的家庭，普通都送些银东西，给小孩戴，像是手镯、脖锁、大银钱等类。在上边还都要刻上“长命富贵”一类的吉祥话。其次还有送喜幛的，也不在少数。中等以下的家庭，都是给小孩钱，普通都是五十枚铜元。

在这第一个月里，生人或怀孕的妇人，都不许到产房里去。因为他们若进到产房去，有时产妇的奶(即乳浆)就不好了，有时也许不来了，这叫作“蹬嘴头”。如果有人在无意中走进产房，已竟蹬了小孩嘴头去的时候，那么进屋的人，就得同产妇换换腰带。仿佛这样产妇的奶就能恢复过来似的。其实蹬了嘴头去的倒有，用腰带把奶换回来的很少。不得已时也得想别的方法救济才行。还有“填圈”、“糊窗”等话，都不许当着产妇说，也是预防奶水不来的一种禁忌。

到了满月那一天，娘家必套车来接。普通都是小孩的姥姥亲身来接，如果实在没有工夫，就是产妇同族最亲近的人来接。在她们回娘家的时候，还有一种不普通的习俗，就是每到一个十字路口，产妇就撒一把米、一把钱，撒米的意思，是恐怕没满月的产妇路口被祟。撒钱为的是给初次过路的小孩向鬼神买路用的。所撒的米差不多都是小米，撒的钱以先是小钱，现在都撒铜元，不过是多少的分别罢了。听说定县城内西街，有一个财主得了小孩，到了产妇满月回娘家去的时候，在路口撒过一次洋钱，可见这种习俗的重要和财主在迷信上的挥霍了。产妇带着小孩回到娘家，住过一百天；然后就回到婆家，给小孩剃头。

二　关于生日的风俗

乡下人的生日因为贫富、长幼而有不同，所以过生日的情形也都不一样。小孩子到周岁的那一天，家里预备一本书、一朵花、一块土、一个小锄，要是女孩多加上一把剪刀。把这些东西，都放在天地神前边，然后全家向天地神烧香叩头。再把小孩抱在天地神位前，让他随意拿一样东西。如果拿书，将来一定爱读书。拿花，男的必好女色，女的必不务正。拿土的不能成人，拿锄的必尽力种地。女孩拿剪刀，将来会做活。这是小孩一周岁生日的情形。

十几岁的小孩过生日，并没有什么礼节和讲究。不过家里煮几个鸡蛋，买几个烧饼，取其圆满的意思。到吃饭的时候做些面条大家吃吃，取其长寿的意思而已。

成年人过生日，除去吃一顿面条之外，子女对于他和他对于父母，都没有什么表示。一切也都和平常一样。

老年人过生日，有的倒是十分讲究。家里从头几天就忙起，和办喜事一样的预备好菜好饭。并且有请一班奏细乐的，在院子里随时奏乐。也有搭台唱大戏的，招待附近各村的农民都来看戏。这天是亲戚、朋友都来送寿礼，并且当面给老人拜寿。这样锣鼓喧天扰扰攘攘的热闹一天，也有酒席摆到三天才完事的。至于寿礼的种类，普通多是白面蒸的桃子、寿联、喜幛等物。还有人缘好，孚众望的人，到了作寿的时候，有的由几个人，有的由合村恭送一块匾额。到时本人的子弟等要带着乐工出外迎接进来，在院中陈列多时。然后仍用人抬着，子侄们跟随着，奏着乐器，在本村游行一周。意思是夸耀。不过这样办寿的在乡村很少，尤其是送匾的更不多见。若说到一般的老人过生日，也只于在当天有几家近亲，像是已出嫁的女儿和外孙男女等前来，大家共同吃点好饭食，谈谈说说而已，并且很少有拜寿和送礼的。

三　关于送号的风俗

定县乡村有一种的风俗。凡是十五岁以上的男子，在家长故去之后，或家长虽在，家中由他当家，村户有事也都由他出头办理。因此，为与别人往来方便起见，朋友们就请村中有学识的人给他起号相送。送号的时候，都在阴历每年正月举行。到时所有村中没有号的男子，共同找一个适宜地点，预备酒菜。请送号的朋友们和起号的先生大吃大喝一顿，算是酬谢。然后由起号的先生，用红纸把所起的号，按着格式给他们各写一张。一齐贴在街道墙壁上，或分贴各人的家门外。并且燃放鞭炮，作为庆祝。这种风俗，颇有古时冠礼的意味。

在送号之后，接着产出一件有趣味的事来。就是送号本来是为叫的，可是乡民因为恭敬的缘故，都不完全叫号。必须把号上加一个“老”字，再把号的第二个字去掉。譬如送的号叫“益友”，别人不叫他“益友”，只

送號帖式

恭賀

姪
〇〇翁〇老先生〇令郎 印〇〇字〇〇雅號之喜
孫

揚名四海(或名播中山)

〇〇〇
眷友〇〇〇同拜
〇〇〇

叫他“老益”，而他便谦逊的自称为“洛益”。这不但互相称呼是这样，就是一切契约文件上的名字，也是“张洛益、李洛友”的写着。因此，年深日久便把他自己原来的名字和号的下一个字，一并都忘了是很多很多的。

四　关于坟地埋葬的风俗

1. 拔坟　乡民因为原有的坟地气脉不好，或年代已久没有“安穴”

的地方，必得另置新坟地。在置妥之后，如果要把旧坟里埋葬的正系祖先移到新坟地去，就叫作"拔坟"。若因年久棺材腐烂，无法搬移的时候，就把新坟应占的正穴里，放一个小棺材，里面装进一个长木板作成的牌位。在牌位的上面用朱砂写上"显考〇府君讳〇〇字〇〇之灵位"字样。然后也照样堆成坟丘，这就算替代搬移一样。不过所移的世系，都是很近的，自己的父亲、祖父，至远到曾祖为止，再远的就不移动了，

2. 埋葬的情形　一个坟地里，大致可容四五穴到二十穴。要知道坟穴的多少，完全在置坟地的时候由风水家按气脉看定，坟地的大小，要以坟穴多少为标准。如果所置的坟地很大，能安的穴数很少，也是多半荒废着。至于埋葬排列的次序，也有一定。夫妻都是并葬，同辈的列一行，以左为上，依次右排如下式：

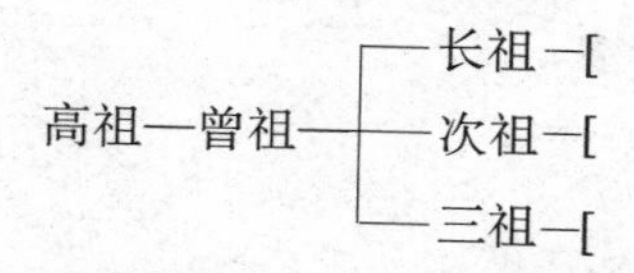

埋葬掘穴的时候，按棺材形状，在地上掘一个四尺多至五尺深的长方坑，把棺材放下去，再用土掩好，地上作成坟头，坟头的大小也看家中景况来定，因为景况好的要从别处拉土来堆坟，所为显着大而壮观，还有把所掘的长方坑，用砖在四面和坑底砌好，等把棺材放在里面之后，再把上边砌起砖镟，叫作"砖套"，这是保护棺木的方法。

坟头与坟头的距离不可太远，平常都是相隔三四尺。意思是如果太远，恐怕事业不能继续，有上气不接下气的危险。

乡村在坟墓前面立碑的不少，也有立碑楼的。坟地里树木，多是柏树和杨树，也有栽杜树和柳树的，罗列成行，甚是幽静。

关于埋葬还有一种风俗，就是没有结婚的男女死了不准入坟，只在本家地里选一个地头埋葬。要能在死后结"阴亲"才许埋在坟地里。

3. 公葬地　乡村里有一种不能归私人的公地，如荒地、沙地或庙基地之类。有的村庄因为要免去村中孤独的男女和小孩死了无处埋葬的缘故，就把这项公地，改为公葬地。凡是村里死了没有坟地或不许入他们

祖坟地的人，就可以在公葬地随便选择一块埋葬。因为他们没有秩序的随便埋葬，所以又称之为“乱葬坟”。这种公葬地并没有经费，也没有人去管理，只是很少的村庄里一种慈善事业而已，

第六节　歌谣

歌谣不但能描写乡民的生活与习惯，并且能表现乡民的愿望、思想、信仰与传统的教训，现把定县所得的歌谣写在下面：

一

小儿饥寒找母亲，
不知嬉乐无他心。
离母不过一日时，
哭啼要找自母亲。
见母忧时自亦忧，
孝亲之心实是真。
待至成人娶妻后，
有了能力不赖亲。
与妻日日以取乐，
离开一日如一旬。
自小亲母无可比，
此后乃有两样心。
想不起来自母亲，
只想起来与妻亲。
如此之人失孝心，
不能算是一个人。

二

马尾鹊，尾巴长，

娶了媳妇忘了娘。

把娘背的山沟里，

把媳妇背到炕头上。

稻米饭，浇肉汤，

不吃不吃也盛上。

三

拨灯棍，打灯台。

爷爷要了个后奶奶，

脚又大，嘴又歪，

气的爷爷发楞呆！

奶奶，奶奶您走吧！

爷爷好了你再来。

拨灯棍，打灯花，

爷爷娶了个十七八，

又擦粉，又戴花，

欢喜的爷爷啃脚鸦。

四

小伙子，媳妇多，

一年娶了十五个。

好的通卖了，

丢下一个拙老婆。

叫刷锅，不刷锅，

蹬着锅沿骂婆婆；

叫刷碗，不刷碗，

拿起碗来洗洗脸；

叫刷瓢，不刷瓢，

跳的瓢里洗洗脚；
叫刷瓮，不刷瓮，
蹬着瓮沿骂公公；
叫浇园，不浇园，
拿起辘轳来玩玩拳；
叫改沟，不改沟，
蹬着沟沿骂叔叔。

五

小纺车，忽喇喇，
婆婆死了我当家。
烙薄饼，炒丝瓜，
上上门儿可吃吧！
吃了个饱，撑了个楞，
到了人群里走不动。
推也推不动，拉也拉不动，
叫声大娘快救命。

六

剩饭难饱，
后老婆子难管。

七

小闺女，上梯子，
老鹳锛了眼珠儿。
爹也骂，娘也骂；
嫂子出来说；
锛了吧！锛了吧！

八

扁豆角儿串满架，
背着包袱上娘家；

爹出来抱包袱，

娘出来抱娃娃；

嫂子出来一扭搭，

嫂子嫂子你别扭，

立时来了立时走。

有咱爹娘还来遭，

没咱爹娘两分手。

九

锛子锛，凿子凿，

柳罐头儿，菜瓜瓢。

温热水，烫狗毛，

烫了一千又一千。

王母娘娘上刀山，

刀山有个白老道，

问问大姊要不要？

十

大脚板，刮唧唧，

到了婆家不受屈。

十一

大姑多，婆婆儿多；

小姑多，舌头儿多，

十二

棉花桃儿，地里蹦(蹦即裂开)，

亲近姥姥疼外甥，

妗子看见把眼瞪(妗子即舅母)，

妗子妗子你别瞪，

瞪不瞪不中用。

十三

二月二，龙抬头，
天子耕地臣拉牛；
正宫国母来送饭，
五谷丰登太平秋。

十四

庄家主本是忙，
头着走动背粪筐。
一年拾了几石粪。
使的地里满现劲。

十五

大白面，马尾罗，
什么饭食什么活，
不教吃，咱就磨，
看是耽误的谁的活。

十六

墩三墩，掩三掩，
不怕当家的买大罐。

十七

庄家主儿，打早起恋黑。
房上搂泥，防备风雨摧。
地弱最怕多使粪，
勤又勤镑几回，
那怕那荒草把苗围。

十八

早封粮，
自在王。

十九

早赶集，

迟赴席。

二十

种地不使本儿，

越种越着紧儿；

种地不使粪，

一年一年瞎胡混。

二十一

羊马年多种田，

预备鸡猴那二年。

二十二

天不怕，地不怕，

谷子地里保着驾。

二十三

黑间阴，白日晴，

打的粮食没处盛，

二十四

有钱难买五月的旱，

六月连雨吃饱饭。

二十五

六月六，看谷秀。

春打六九头。

二十六

立冬不搬菜，

莫把老天怪；

霜降不绑葱，

莫怕里头空。

二十七

鹦哥儿，啊唔！

干么呢?采花呢。

花呢？卖啦。

钱呢？花啦。

绳串儿呢?当街门儿上挂着呢。

几架高？两架高。

骑红马，架银刀；

银刀快，切白菜；

白菜长，赶群羊；

羊不走，赶群狗；

狗不乖，叮儿当儿过门来。

二十八

二十年前他去偷，

钢刀切了木人头，

儿孙自有儿孙福，

何用给儿孙做马牛。

二十九

人投人，鸟投林，

和尚投的出家人，

落地梆子投光棍。(落地梆子即流氓)

三十

有钱不娶活人妻，

要地不要顺道的。

三十一

跟着好人学好人，

跟着师婆学下神。

三十二

姨儿亲，皮儿上亲，

姑姑亲，骨头上亲。

三十三

明了，鸽子起咧，

蓬了，老鹳打鸣咧，

雨了，孩子大人都该起了。

三十四

瞎子的口，没量儿的斗。(瞎子系指算命者)

你只问，他只有。

三十五

饥了甜如蜜，

饱了蜜不甜。

第七节　乡民的几种习惯

一　烟

1. 烟的种类　乡民所吸的烟，有三种。一是纸烟，二是旱烟，三是鸦片烟。

2. 烟的来源　纸烟，完全是做小买卖的，从定县城市运到乡下去，到各村庄贩卖。旱烟，有的是做小买卖的运去的，有的是乡民自己种的。鸦片烟，都是乡村吸食鸦片的人自己从定县城里买去的。听说定县城里药房也有代卖鸦片的。

3. 纸烟的种类 从调查所得，乡村普通流行的纸烟，只有几种，如："第一烟"，"大鸡烟"，"婴孩烟"，"哈德门烟"，"大联珠烟"，"佛手烟"，"爱国烟"，"红锡包烟"等。

4. 吸烟的人数　从调查所得，乡村吸烟的实在不少。吸纸烟的多是绅商，学界和游手好闲的流氓。吸旱烟的多是农民。两样比较，吸旱烟的多，吸纸烟的少。吸鸦片的多是乡村富户，占数极少。有的村子吸鸦片烟的有一两家，有的村子有三四家不等。还有许多村子并调查不出来有吸鸦片的。至于妇女吸烟的，很不多见。

5. 烟的消费　按调查所得，吸纸烟的一人每月约在一元二角上下，吸旱烟的一人每月约在四角上下。吸鸦片烟的一人每月约在七八元上下。(民国十八年)

6. 旱烟的制法　农民把所种的烟草叶，用一长绳挂起来，在日头下晒干。晒干以后，揉成碎末，就可以吸。有的农民不用日头晒，用锅焙烟。

7. 旱烟的用具　吸旱烟的，用一个“烟锅子”，一个“烟袋”。用烟锅子吸烟，用烟袋盛烟。

8. 烟的价值　纸烟每盒自14枚至24枚。旱烟每斤80枚至100枚。鸦片每两四元至五元。(民国十八年)

9. 吸烟的影响　纸烟与旱烟对于农民实在没有什么重大的影响，不过消耗他们些个金钱而已。至于鸦片，影响就十分重大了！农民不但耗费金钱，并且伤害身体，消磨光阴。有的农民因为吸食鸦片，不但自己的名誉扫地，就是他家里也弄得七乱八糟。有的还要吃白面、金丹、打吗啡，那更是危险可怕了。

二　酒

1. 酒的种类　乡民所喝的酒，普通有两种：一是“茶酒”(俗称白干)，一是枣酒”。除了这两种普通酒外，还有“瓶酒”和“黄酒”。瓶酒是用瓶子装着卖的。这种瓶酒也有数种，如：“二锅头”、“松醪”、“葡萄酒”、“状元红”等。都是论瓶卖的。黄酒普通吃的很少，都用它做药引和调菜味。

2. 酒的来源　乡村里有小铺带卖酒。他们是从定县城里，或直接到清风店、容城等处的烧锅购买，运到乡村去卖。农民也有自已到城里和清风店等处购买的。

3. 吃酒的人数　按调查所得，关于吃酒的，可以分为三种：一是痛饮的，二是常饮的，三是少饮的。痛饮是喝醉酒发酒疯的。这样的人占极少数。常饮的是用酒作消遣，在吃饭以前或没有事的时候，要喝上几杯作乐的。这样的人农民里很多。少饮的就是平常不大喝，到了年节，喝上几杯。这样的人也不少，因为到了年节，农民都要吃上几杯的。

4. 酒的价值　茶酒每斤二角五分，(民国十八年) 枣酒每斤一角六分，瓶酒每瓶约三角多，黄酒每斤四角多。

5. 喝酒的影响　酒对农民没有什么重大的影响，因为我们知道痛饮的极少。常饮的因为有节制，对于身体并无重大损害，不过耗费金钱而已。少饮的是在年节借酒欢乐，当然更没有害处。总之，酒在乡间并没有什么很大的害处，有时还是农民干燥生活里的一种消遣。

三　赌博

按调查所得，赌博最盛时期在阴历正月间。赌博的种类很多，有开宝、骨牌、骰子、麻雀、纸牌等。因为乡村没有正当的娱乐，赌博的当然要多。有的村庄如翟城，虽在正月也禁止赌博，违者由警察逮捕。有的村庄如东丈，正月初十后才禁止。有村庄如北祝，过了正月初五村长就实行禁止。

赌博在乡村的影响很大。有的真拿房子地亩来赌输赢，闹得家败人亡。可是这样人占极少数。有的小孩学会了赌博，就不做正经事，专去赌博。长大了就是乡下的流氓。虽然赌房子赌地的和小孩迷上赌博不务正业的很少，但是这种恶劣影响实在很大，应当设法禁止。

四　缠足

按调查所得，定县乡村妇女缠足的，还是不少。不过有一种现象我们觉得非常满意。就是十五岁以下的小姑娘简直看不见缠足的。翟城缠足的与天足比较，一半一半。姑娘们也是没有缠足的。这样子下去，缠足的风俗不久也就灭绝了。因为现在只 有上点岁数的妇女是缠足，其余差不多竟是天足。

第十章

信仰

第一节　全县信仰概况

定县一般民众，尤其是妇女，崇拜偶像，几乎无所不信。各村大致皆有庙宇。民国三年孙发绪县长破除迷信，将很多的寺庙改为学堂。近数年来因天灾人祸不断发生，人民求助于鬼神的念头又虔诚起来，新庙宇也随之而修盖起来。但入过学堂的青年对于宗教的信仰显然的薄弱。中学以上教育程度的人有任何宗教也不信的趋势。有组织的宗教团体有回教、天主教、耶稣教、救世军等。此外有各种秘密道门，如背粮道、九功道、坐功道、金香道等。兹将各种信仰情况大略分述于下。

据民国十九年的各村概况调查，全县尚存在庙宇至少有879座，在城关者计22座，在453村内者857座。城内大庙为城隍庙、瘟神庙、大道观、八蜡庙、兴国寺、财神庙、关岳庙、三义庙、文庙等。兹将453村内各种寺庙数目列表于下（见第172表)。表内庙宇名称皆按照村人习惯的称呼，也许不是本来真正的名称，其中最多之庙宇为五道庙，计157座，关帝庙次之，计123座，再次为老母庙、南海大士庙、三官庙、真武庙、奶奶庙、龙王庙、玉皇庙、马王庙、虫王庙、药王庙、观音庙、三义庙等。

第 172 表　定县 453 村内各种寺庙数目

民国十九年

寺庙类别	数　目	寺庙类别	数　目
五道庙	157	关岳庙	2
关帝庙	123	佛寺	2
老母庙	102	佛爷庙	2
南海大士庙	80	狐仙庙	2
三官庙	48	北斗庙	1
奶奶庙	45	九神庙	1
真武庙	41	弥勒庵	1
龙王庙	32	天齐庙	1
玉皇庙	22	天地庙	1
马王庙	21	五将庙	1
虫王庙	20	大王庙	1
药王庙	14	瘟神庙	1
观音庙	13	白塔寺	1
三义庙	13	阎王庙	1
大寺	13	韩祖庙	1
龙母庙	12	显兴寺	1
菩萨庙	9	四杰庙	1
土地庙	7	慈云寺	1
二郎庙	7	佛祖寺	1
老君庙	6	苍山院	1
太公庙	5	五灵庙	1
河神庙	5	三清观	1
孔子庙	5	禹王庙	1
岳王庙	4	天台寺	1
全神庙	4	苍姑庙	1
三皇庙	4	报恩寺	
城隍庙	3	高阁庙	1
仙姑庙	3	木塔寺	1
七神庙	3		
天仙圣母庙	2		
清真寺	2	总和	857

庙的大小不一，平均每庙不过两间屋子。

据本会农业推广员的调查全县有庙会的庙宇至少有50座，城内6处，西关与东关各1处，第一区农村内5处，第二区1处，第三区9处，第四区10处，

第173表 定县庙会地点及日期

民国二十年

庙会地点		日期	
		月	日
城关	城隍庙	1	16
	西关	3	8
	高台庙	3	23
	东关	3	28
	瘟神庙	5	5
	南街	5	13
	西苍	7	12
	仓门口	8	15
第一区	西朱谷	2	8
	西市邑	3	3
	水磨屯	3	15
	唐城	3	18
	会同	10	15
第二区	北紫荆	2	2
第三区	东亭	1	26
		9	26
	齐堡	2	10
	大礼	2	19
	刘良庄	2	19
	东旺	3	15
	北齐	3	21
	北旺	3	24
	大辛庄	9	17
第四区	李亲顾	1	15
	东王郝	3	3
	北高蓬	3	8
	良村	3	18
	油味	3	25
	南疃	4	15
	寨里	4	18
	刑邑	4	18
	市庄	4	25
	钮店	6	13
第五区	西甘德	1	18
	明月店	2	4
		2	19
		9	19
	忽村	2	10
第六区	内化	3	15
	台头	1	21
	大西涨	2	18
		2	28
	清风店	2	22
		4	12
		9	22
		10	27
	大白尧	2	26
	西潘	4	8
	西板	4	28
	小西涨	9	15

第五区6处，第六区11处。兹将各庙会地点及阴历日期列表于下(第173表)。

全县共有和尚24个，平日从事耕种庙产。有时死人之家约请诵经，每人每夜约得1元。全县道士共有15个，其中有妻者12个，无妻者3个。平日亦以种地为业，有时也到死人家庭诵经。

县内回教徒约计7000人，在本县已有300多年的历史。城内清真寺有阿衡1位，学徒4人。教徒居住地点多半集中，团体甚为坚固。寺内人员每日均按规矩礼拜5次，第一次在黎明时约用半小时之久，午间一次用两小时，晡时一次用三刻钟，暮时一次用半小时，宵时一次用两小时。每星期五这一日凡有工夫的教徒均至寺内朝真，即礼拜。朝真前必先沐浴。沐浴又分大洗小洗。据教徒说小洗的次序是 (一) 先用右手持汤瓶，左手洗肛门与肾之外部；(二) 左右手互换洗濯；(三) 漱口3次；(四) 溯鼻3次；(五) 洗面，上自发根，下至颏下；(六) 自指尖至肘洗3次，先右后左；(七) 洗头顶三分之一；(八) 以左右食指洗左右手之内部，再以左右拇指洗耳之外部；(九) 以右手持汤瓶，左手洗两足，先右足后左足。以上谓之小洗，又谓之沐。大洗或浴的器具是用悬吊之罐向下冲洗，其次序是：(一)洗两手； (二) 漱口3次；(三) 溯鼻3次；(四) 洗面；(五) 洗头；(六) 灌耳3次，先右后左；(七) 冲洗项部 (八) 冲洗两臂；(九) 冲洗两肋至脐；(十) 冲洗自脐至膝；(十一) 自膝至足；(十二) 冲洗周身。女教徒礼拜前亦须另在一处沐浴。回教徒之饮食与习惯虽与常人稍异，但与其他人民相处无大妨碍。

天主教自宁晋县传入定县。在1820—1840年间本县之东朱谷村大半皆为教徒。后大遭逼迫，驱逐教士，至今村人已无一天主教徒，但亦不拜偶像。后有董主教在1860年得恭亲王的帮助，准许随便传教。至1870年董主教死时，在正定府教区内，包括32县，已有教徒21594人，其中定县教徒有794人。1904年在定县之南车寄始建教堂。现在全县已有大小教堂42处，其中较大者为南车寄、会同、邵村、西建阳、大堡自疃、小召等处。目下本县教徒约有1100家，5800人，其中在城内者有36家，130人。在城外者散布于58村内。城内大教堂系在民国十八年建造。现有艾司铎，法国人，主持教务。此外有中国司铎1人，传道先生3人，守贞之姑奶奶1

人。教友数目每年均有增加，贫家居多。全家人口或家主人教最为欢迎，妇女和少年不甚欢迎，恐其不能自由，半途改变。城内教堂设小学1处，学生40余人。每遇兵灾时教堂热心收容妇孺，因此县人甚为感激。关于救济水旱灾祸及一切慈善事业，教堂均极力合作。因此村民往往因为要得便宜而愿入教。例如民国三年孙发绪强迫各村设立小学时，城东报名学道者忽增万余人。他们希望借教堂势力不办学校。后因艾司铎不随彼等之愿，结果真正教徒只余五六百人。关于经费的来源从前大半出自法国，欧战以后多半来自美国。教堂现在每年经费约2000元，其中自本县教徒捐助者约百元左右。农村中各小教堂每年自教友所集捐款至多约七八十元：至少二三十元。赵县的天主教堂已能自立，而定县教徒颇贫，离自立的程度尚远。

定县基督教公理会成立于1901年，为保定公理会之分会。现有孙牧师主持会务，外有布道员2位。县内共有乡会13处，每处有聚会地点，职员及教友至少10人。全县共有教友525人，其中男子315，女子210。城内有36家，48教友，城外320家，477教友。教友分布于58村内，第一区有6村，第二区7村，第三区9村，第四区26村，第五区1村，第六区9村。民国十七年该会曾设立平民学校 5 处，教友多系识字者。目下每年经费约1200 元。每年每教友捐助会款五六角。

定县救世军为北平总司令部之一区部。城内北街有会堂 1 座，正副队长各 1 人，队长为一西人。全县内教徒共计 400 左右。

西关有神召会，亦为基督教之一派，有一瑞典牧师主持会务，外有布道员 1 人。现尚无会堂，租民宅办公。

以上系零星的材料，未有详细的调查。

第二节　62 村信仰调查

一　庙宇

民国十七年曾调查东亭乡村社会区内 62 村的庙宇。据村民所能记忆，原有庙宇数目共计435座，其中存到现在尚有神像的庙宇只有104座。其余331座庙宇，有的房屋已被拆毁，有的只神像已毁而房屋改为它种用处。年久失修自行损坏者占少数，有意毁坏的占大多数。被人毁坏的庙宇多在光绪二十六年发生教案以后，许多庙宇渐改为学堂及村中办公地方。特别是在民国三年孙发绪县长毁庙兴学，一年之内曾将200处庙宇改为学堂，民国四年改为学堂45处。原有庙宇中的寺没有一座不被毁坏。兹将原有327座毁坏的年份列表于下，此外4座之日期不可考(见第174表)。

若把原有庙宇数目与家数比较，有的村庄每数家即合一座庙宇，有的每一二十家即合一座庙宇，有的三四十家合一座庙宇，总平均数为每24家合一座庙宇。目下庙数约等于原有数目四分之一，每一百家庭合一座庙宇。过半数的村庄已经没有一个庙宇。兹将各村原有与现有庙宇数目及其所当家数列表于下(第175表)。

第174表　62村历年毁坏庙宇数目

民国十七年

毁坏年份		庙宇数
西历	中历	
1882	光绪8年	1
1889	光绪15年	1
1899	光绪25年	1
1900	光绪26年	27
1902	光绪28年	1
1904	光绪30年	6
1905	光绪31年	5
1906	光绪32年	1
1907	光绪33年	1
1908	光绪34年	5
1909	宣统1年	3
1910	宣统2年	10
1911	宣统3年	6
1912	民国1年	4
1913	民国2年	2
1914	民国3年	200
1915	民国4年	45
1916	民国5年	1
1917	民国6年	5
1926	民国15年	1
1928	民国17年	1
总合	…	327

第175表 62村每村原有与现有庙宇数目及其所当家数

民国十七年

村号数	家数	庙宇数目		平均每庙宇所当家数	
		原有	现有	原有庙宇	现有庙宇
32	160	6	…	26. 7	……
33	160	7	…	22. 9	……
34	158	7	7	22. 6	22. 6
35	156	9	4	17. 3	39. 0
36	132	7	…	18. 9	……
37	120	6	…	20. 0	……
38	110	3	…	36. 7	……
39	105	5	…	21. 0	……
40	98	7	…	14. 0	……
41	97	2	1	48. 5	97. 0
42	92	8	8	11. 5	11. 5
43	82	6	…	13. 7	……
44	80	1	1	80. 0	80. 0
45	67	4	…	16. 8	……
46	66	1	1	66. 0	66. 0
47	64	8	…	8. 0	……
48	61	5	4	12. 2	15. 3
49	56	1	…	56. 0	……
50	55	2	…	27. 5	……
51	53	5	1	10. 6	53. 0
52	52	4	…	13. 0	……
53	51	4	…	12. 8	……
54	50	6	2	8. 3	25. 0
55	48	3	3	16. 0	16. 0
56	45	3	2	15. 0	22. 5
57	43	4	1	10. 8	43. 0
58	37	6	4	6. 2	9. 3
59	30	2	…	15. 0	……
60	29	3	…	9. 7	……
61	28	7	3	4. 0	9. 3
62	19	2	…	9. 5	……
所有村庄	10445	435	104	24. 0	100. 0

续表

村号数	家数	庙宇数目		平均每庙宇所当家数	
		原有	现有	原有庙宇	现有庙宇
32	160	6	…	26.7	……
33	160	7	…	22.9	……
34	158	7	7	22.6	22.6
35	156	9	4	17.3	39.0
36	132	7	…	18.9	……
37	120	6	…	20.0	……
38	110	3	…	36.7	……
39	105	5	…	21.0	……
40	98	7	…	14.0	……
41	97	2	1	48.5	97.0
42	92	8	8	11.5	11.5
43	82	6	…	13.7	……
44	80	1	1	80.0	80.0
45	67	4	…	16.8	……
46	66	1	1	66.0	66.0
47	64	8	…	8.0	……
48	61	5	4	12.2	15.3
49	56	1	…	56.0	……
50	55	2	…	27.5	……
51	53	5	1	10.6	53.0
52	52	4	…	13.0	……
53	51	4	…	12.8	……
54	50	6	2	8.3	25.0
55	48	3	3	16.0	16.0
56	45	3	2	15.0	22.5
57	43	4	1	10.8	43.0
58	37	6	4	6.2	9.3
59	30	2	…	15.0	……
60	29	3	…	9.7	……
61	28	7	3	4.0	9.3
62	19	2	…	9.5	……
所有村庄	10445	435	104	24.0	100.0

原有的庙宇中以五道庙为最多，计68座，老母庙次之，计54座，再次为关帝庙，真武庙，三官庙，奶奶庙等。兹将原有及现有各种庙宇数目列表于下(第176表)，庙之名称皆按村民习惯的俗称呼。

第176表　62村内原及现有每种庙宇数目

民国十七年

庙宇名称	数目		庙宇名称	数目	
	原有	现有		原有	现有
五道庙	68	17	韩祖庙	1	1
老母庙	54	19	三清庙	1	1
关帝庙	40	10	八蜡庙	1	…
真武庙	37	11	五神庙	1	…
三官庙	32	9	周公庙	1	1
奶奶庙	22	5	龙母庙	1	1
玉皇庙	22	1	老君庙	1	1
龙王庙	21	4	刘秀庙	1	…
药王庙	18	5	文庙	1	1
马王庙	17	3	城隍庙	1	1
大寺	12	…	齐天大圣庙	1	1
虫王庙	9	1	罗汉庙	1	1
观音庙	7	2	佛爷庙	1	1
二郎庙	6	1	凤凰寺	1	…
三义庙	5	…	净业寺	1	…
土地庙	4	1	弥勒寺	1	…
太公庙	4	1	洪门寺	1	…
五龙圣母庙	3	…	兴元寺	1	…
三皇庙	3	1	福长寺	1	…
七神庙	3	…	白马寺	1	…
五圣老母庙	2	1	龙泉寺	1	…
瘟神庙	2	…	开明寺	1	…
永宁寺	2	…	安乐寺	1	…
崇宁寺	2	…	小寺	1	…

续表

庙宇名称	数目		庙宇名称	数目	
	原有	现有		原有	现有
佛光寺	2	…	天真寺	1	…
河神庙	2	1	兴福寺	1	…
李靖庙	1	…	大佛寺	1	…
苍姑庙	1	…	坐佛寺	1	…
老张庙	1	…	地藏庵	1	…
天仙圣母庙	1	…	尼姑庵	1	…
财神庙	1	1			
北岳庙	1	…	总合	435	104

一座庙宇内所供奉的神像往往不是一种，乃是多种。但其中总有一个主要的神位。原有435座庙内主神最多者首推五道，计68座庙宇，南海大士次之，再次为关帝、真武、佛、三官、三仙等神像。各种主神详细数目见下列第177表。

第177表　62村庙宇内供奉之主神数目

民国十七年

供奉之主神	数目	供奉之主神	数目
五道	68	李靖	1
南海大士	61	苍姑	1
关帝	40	财神	1
真武	37	北岳	1
佛	36	韩祖	1
三官	32	三清	1
三仙	23	龙母	1
龙王	3	周公	1
玉皇	22	八蜡	1
药王	18	老君	1
马王	17	五神	1
虫王	9	刘秀	1
杨戬	6	孔子	1

续表

供奉之主神	数目	供奉之主神	数目
刘关张	5	城隍	1
土地	4	老张	1
太公	4	罗汉	1
七神	3	孙悟空	1
三皇	3		
五圣老母	3		
瘟神	2	总和	435
五圣老母	2		

庙内神像有塑像与画像之别。原有庙宇内有31座图像的庙宇，现有庙内有26座。原有庙宇内塑像者计396座，现在庙宇内塑像者78座。原有及现有庙宇内塑像数目见下列第178表(图像及不知偶像之庙宇除外)。原有庙内不满5塑像者为最多，计255座，其中又以有3像者为最多，5—9像者计93座，10—14像者计26座。现有庙内亦以不满5像者为最多。原有396庙宇内偶像总数为2157个，现有78庙宇内偶像总数等于

第178表　62村原有及现有庙宇内偶像数目

民国十七年

偶像数	庙宇数		偶像数	庙宇数	
	原有	现有		原有	现有
5像以下	255	57	30-34	3	…
1像	54	20	35-39	…	…
2	1	1	40-44	1	…
3	199	36	45-49	…	…
4	1	…	50-54	…	…
5-9	93	15	116	1	1
10-14	26	4			
15-19	5	1			
20-24	7	…	总合	396	78
25-29	3	…			

404个，现有塑像数目等于原有数目的19%。

除无答案之3庙宇外，原有432庙宇之房屋间数共计899，现有104庙之房屋间数为171。以1间屋之小庙为最多，3间屋之庙次之，最大之庙30间。各庙房屋间数(见下列第179表)。

第179表 62村原有及现有庙宇之房屋间数

民国十七年

房屋间数	庙宇数		房屋间数	庙宇数	
	原有	现有		原有	现有
1	303	86	11	1	…
2	12	3	12	1	…
3	79	12	15	1	…
4	2	1	17	1	…
5	5	…	20	1	…
6	14	…	30	2	1
7	5	…			
9	2	1			
10	3	…	总合	432	104

敬奉各种庙宇之原因不同。大致说来435座庙中为祈福免祸而敬奉者占113座，包括老母、观音、七神、五神、三皇、三清、城隍、罗汉、土地、五圣老母等庙及各寺庵。为招魂追悼而敬奉者为68座五道庙。为祈求降雨者有玉皇、龙王、五龙圣母、老张等50座庙。为镇邪祟者有真武、二郎、齐天大圣、太公等48座庙。为祈祜子嗣者有23座奶奶庙。为祈免疾病者有18座药王庙。为祈免畜病者有17座马王庙。为祈免虫灾者有虫王、八蜡等10座庙。为祈免瘟疫者有2座瘟神庙。为求财者有1座财神庙。此外则为普通的崇敬、包括关帝、三官、三义、老君、文庙、周公、刘秀、韩祖、北岳、李靖、苍姑等85座庙。

关于各家敬神费用不易详细考察。估计一个普通家庭的全年敬神费用约在五六角左右，有 40 亩地上下之农家约在 1 元左右，50 — 100 亩之农家约 2 元左右，百亩以上之农家三四元。关于公众敬神费用尚能调查。62 村自民国十二至十六年五年的公众敬神费用共计 7756,元，平均每年 1551 元。62 村每村平均在 5 年内用 125 元，每年用 25 元。为免虫灾（如蝗虫）而敬虫王，所用款额达 996 元，此项举行包括 15 个村庄。再次有 10 个村庄为求雨敬拜龙王，用去 1151 元。有 14 个村庄为求免兵灾而敬神，用去 649 元。此外是为免雹灾、病灾、水灾等原因而敬神。关于敬神用费包括焚香、上供、演戏等项。兹将五年内各种敬神原因，加入村数及用费数目列表如下（第 180 表）。

第 180 表　62 村五年内公众敬神之各项用费

民国十七年

敬神原因	有此项用费之村数	用　费	
		五年内总数（元）	每年平均数（元）
庙会	6	2300	460.00
求雨	14	1551	310.20
显圣	3	1150	230.00
免虫灾	15	996	199.20
免兵灾	10	649	129.80
免雹灾	1	600	120.00
免病灾	3	440	88.00
免水灾	1	70	14.00
总合	…	7756	1551. 20

关于各种庙宇的由来不是我们短时期内研究的范围。现在仅能顺便把我们所能打听出来的和农民传说的，稍微大略的叙述一下各种庙宇的性质和用处而已。

五道庙里供五道神，是人死归阴时报告的地方。乡民家里死人那天晚上，家人妇女亲丁都携烛纸、灯火、酒食等到五道庙去。到了五道庙里，他们把纸贴在墙上。贴到那个地方纸不落下来，那个地方就有死人的魂灵。家人就在那个地方燃灯设供，追祭死人。灯灭以后，家人哭泣回家叫“照庙”。

关帝庙里供的是三国时关羽，就是普通所说的关老爷。乡民大都向他求福免祸，常有到老爷庙求签的。据说阴历六月二十四是关老爷的生日，乡民多去叩头烧香。五月十三日是关公单刀赴会的日子，所以乡民有给他搭台唱戏的。

老母庙里供奉老母，老母就是南海老母或南海观音，又名南海大士。乡民多向老母求免疾病，并说老母能保佑人民平安，所以乡民多崇拜她。

三官庙里所供的神，有天官、地官、水官。据说这三官就是尧、舜、禹。天官是尧，因为尧拜天；地官是舜，因为舜耕地；水官是禹，因为禹治水。

真武庙里供的是真武大帝。真武大帝手下有龟蛇二将把门。真武庙是属于压镇邪祟的。据说真武能捉妖镇邪，所以一般乡民凡有邪魔妖鬼等事都求真武保佑。

奶奶庙多半就是天仙圣母庙。奶奶庙里供有三神，一是大奶奶，一是二奶奶，一是三奶奶；所以乡民普通都称奶奶庙为三奶奶庙。奶奶庙是属于祈佑子嗣的。乡民没有儿子，家里妇人就到奶奶庙里去求子。求子的妇人身上戴一条红线，红线上系着一个小钱。到了庙里先烧香叩头，焚点黄纸。烧完了香纸，就把那条系小钱的红线套在奶奶神龛前摆着的泥娃娃的脖子上，把线一套，把钱一紧，就把它提溜起来，系在腰带上，带回家去。把泥娃娃放在褥子底下，不叫别人知道。如果隔了一年半载，真有了小孩子，那个妇人就得买一个泥娃娃，或是做一个布娃娃，亲自到庙里去烧香祝谢，把娃娃还到庙里去。仍是放在奶奶神龛前边。所以有的妇人抱娃娃，有的妇人还娃娃，奶奶庙里总是有娃娃。有时抱的多了，还的少了，看奶奶庙的人就买娃娃摆在那里，为的是给人家抱。

玉皇庙里供的是玉皇大帝。一般人想他什么都管，为诸神中最高者。因此乡民格外崇拜他。

龙王庙里供的是水神龙王爷。乡民说龙王爷住在海里的水晶宫，能把海水吸上天去然后就能往陆地上下雨。龙王有海龙王、江龙王、河龙王、井龙、雨龙王等。乡民在天旱的时候，常向龙王求雨，有时特别给龙王唱戏。

药王庙里供的是药王爷。乡民有病时，常到药王庙里求药王治病。有的乡民把庙里香灰包上一包，带回家去当药煮着吃了治病。

马王庙里供的是马王爷，一般乡民说他能统辖一切家畜。所以家畜有病时乡民求它治病，家畜没病时乡民求马王保护家畜平安。

虫王庙里供的是虫王爷。农民信他管辖一切虫类。乡间闹蝗虫的时候，乡民成群打夥的到虫王庙里烧香叩头，求虫王保佑自己的庄稼。有时乡村连年闹蝗虫，乡民就要给虫王搭台演戏，求他把蝗虫收回。如果多少年不闹蝗虫，乡民也有办武术会、竹马会的，在村子里敲锣打鼓玩耍一天，为的是杯酬谢虫王。

观音庙里头供的是观音菩萨。乡民信她救苦救难。

二郎庙里供的是二郎杨戬，就是《封神》上所说的二郎爷。二郎养有仙犬，能捉妖怪。乡村发生奇奇怪怪的事情，都到二郎庙里求二郎爷镇邪。

三义庙里供的是刘备、关羽、张飞。

土地庙里供的是土地爷。乡民都说土地巡视村里各家的行为。乡村家里死人，有的到五道庙去的，有的到土地庙去。

太公庙里供的是姜太公，就是《封神》上所说的姜子牙。

五龙圣母庙里供的是五龙圣母。据本地人说这庙的五龙圣母是定县本地人，她生了五条龙，所以人家想她是神，修庙敬拜她。

三皇庙里供的是三皇，就是天皇、地皇、人皇。

七神庙里供的是北斗七星。乡民信他能治病，救难，赐财。

瘟神庙里供的是瘟神爷，俗称瘟元帅，蓝脸红发，都说他能传布瘟疫。所以乡间闹瘟疫的时候乡民都到瘟神庙里去求瘟神保佑。

靠近有河的村庄常修河神庙，说能管理河水。因此乡民拜他，使河水不要氾滥，免得村庄闹水灾。

李靖庙里供的是李靖，就是《封神》上的托塔李天王。乡民信他能镇邪。

老张庙里供的是老张。传说老张这个神是很奇怪的。他是一半人形，一半怪态，是有长尾的。有一次他犯了罪，把玉皇大帝怒恼了，把他压在一个大石头底下。老张愤恨不忿，一用力把身子攒出，不幸把尾巴弄断。所以乡民都叫他“秃尾巴老张”。他能呼风唤雨，平常夏天的暴雨就是他的把戏。

财神庙里供的是财神，又称为增福财神。财神有文财神，有武财神。商店供的很多，乡下供的少些。

韩祖庙里供的是韩祖。据说韩祖在深州、饶阳等处显过圣。有一年深州、饶阳大旱，到了荞麦播种的时候，下了一场大雨。但是农民缺乏荞麦种子，不能播种，很是忧虑。后来韩祖下来撒种，农民这才有了收获，定县农民对韩祖信仰极深。

三清庙里供的是《封神》上的三清。

八蜡庙里供的是八蜡。古来有所谓八蜡之祭，每逢到了田事告成的时候，就祭八蜡。八蜡就是(一)先啬(神农一类的神)，(二)司啬(后稷)，(三)农(古来对于田种有功于民间的官)，(四)邮表畷(就是田间的小亭祭古时劝农官“田畯”用的，因“田畯”在田间督催农民耕种，并且又能显灵)，(五)猫虎(猫虎能吃野鼠野兽，保护田苗)，(六)坊 (堤坊之类)，(七)水庸(沟城之类)，(八)昆虫(就是螟螽之类，祝它不害田苗)。八蜡庙也是由此而来。

北斗庙里供的是北斗七星，敬拜者多为读书人。

九神庙里的九神是九层天上的神，能使人死后的灵魂享福。

苍姑庙里的苍姑是妇女敬拜的神，能叫她们善于针黹。

周公庙里供的是周公。

龙母庙里供的是龙母娘娘、雷公、风婆。龙母娘娘是管下雨的，雷公是管打雷的，风婆是管刮风的。乡民对于龙母信仰很深。

老君庙里供的是太上老君，又名太上真君。做铁器的铺子多供奉他。

刘秀庙里供的是刘秀，就是汉光武。

文庙里供的是孔子。

城隍庙里供的是城隍爷。古人祀城隍本来是求城隍保护城垣坚固的意思。七月二十四日是城隍诞辰，相传这一天是筑城之始。现在城隍庙里多塑有阎罗殿，刀山剑树，牛头马面，很失原意。乡民信他是阴间的神。

齐天大圣庙里供的孙悟空，是从西游记来的。乡民信他能捉妖镇邪。

此外未加解释的庙宇，有的一看就可以明白，有的无从考察，尚待继续的研究。

62村的一切庙宇内现在没有一个和尚或尼姑。有1个村内有3个道士，有3个村各有1个道士。其中没有一个是不娶妻的死居道士，他们都是伙居道士。平时种田，有时出去到死人的家里念经，每次可得数角。

关于被毁坏庙宇的现在用途，其中有135座曾调查清楚。135座中有57座现在用为学校校舍，47座已售为私产，8座改为村中更夫房，8座为村中公用房，3座已变为村中公地，2座存储公物，2座为村立农林会，2座村中公共租出，2座为村中事务所，1座为村自治所，1座为公共林场，1座为中华平民教育促进会借用为办公处，1座道士居住。

二　庙会

农村内各庙会的由来颇久，很难调查成立的时期。目下一切庙会不但在开庙的日期人民可以敬神烧香，许愿还愿，求神保佑，也是借此机会享受多种娱乐，打破单调生活。并且临时所成的集市可以活动经济。有的庙会连庙已经不存在，只为买卖东西，看看热闹而已。每遇某村庙会临近的时候，村子里办事的人就召集会议，讨论庙会的办法。商量好了办法，就按村中住户的贫富，地亩的多少，按家敛钱，做为办庙会的经费。如果所敛的钱不够，再按户分摊；如果敷余，把所余的款项存在公差局，就是村公会，算为公款。普通庙会，都是四天，也有长到半月的，也有短到两三天的。庙会开的时候，有时演戏非常热闹。有的庙筑有现成的戏台，有的须临时搭台。台前两旁，摆列大车，妇女在上头坐着看戏的。到了开庙的时侯，村子的人都来烧香逛庙，男男女女，老老幼幼，都是欢欢喜喜的来来往往。别的村子的人，也有许多坐大车来上庙的，一方面焚香敬神，看看大戏；一方面买点东西，瞧瞧亲戚。有的是本村的人邀请来的。到庙会来卖东西的很多，简直是一个大集市，包括农具、铁器、布匹、化妆品、食品、玩具等物。普通每次庙会大约得开销一百二三十元，在乡村这样的一笔款项，也就算不小。

庙会有几种显然的利益。每逢庙会多半演戏，农民平常生活很苦，单调无味，借着庙会可以看戏解闷。乡民也借着庙会可以把冬季农闲时候做出来的家庭工业产品如柳器、扫帚、柳竿等，拿到庙会上卖。又可以在庙会上买些应用的东西。再者，乡民的亲戚朋友，平日无事，不常往来。借着庙会的机会，朋友亲戚可以互相见面。有庙会的时侯，村内办公人也可以向铺店与做小买卖的敛钱。有时除去开销还有赢余，也是村中的一笔进款。

自然，庙会也有弊端。显然庙会是增加乡民的迷信。往往也有无赖借端生事。并且庙会上有赌博的习惯。庙会的时候亲友来往固然有好处，但往往应酬耗费很大。有的贫寒家里没有敷余粮食，因为庙会应酬亲友讲面子的缘故，甚至于买粮食或借粮食，感觉痛苦。

关于庙会内容并未详细研究。仅将四村庙会几方面显著的表面状况大略说明于下。

1. 北齐庙会　这是第三区最大的一个老庙会，拜的是韩祖，乡村传说从前有一年深州、饶阳一带地方闹旱灾，天不下雨，没有法子播种。到了荞麦播种的时候，才下大雨，可是农民因为缺乏荞麦种子，还是没有法子播种。这个时侯农民非常焦急。有一天来了一个老头，带了许多荞麦种子，农民都争着买，可是那老头并不要钱，并且对农民说，我现在不要你们钱，我知道你们都没有钱，等秋收以后再给我钱。农民问他姓什么，住在什么地方；他说他姓韩，住在定县北齐村东路北。说完了他就走了。那年的荞麦长的很好，收获极多。农民深深感那老头的恩德。到了秋收以后，并不见那老头去要钱。有的农民心想当初要不是老头卖我们荞麦种子，怎能有今天；所以大家凑起钱来，派人到北齐村给老头送去。送钱的到了北齐，在全村都打听遍了，也没有一个韩老头；只在村东路北有一座小韩祖庙。韩老头说他住在村东路北，韩祖庙也在村东路北，同时北齐村里又找不着这个人，所以农民信是韩祖显圣。这样一来，一个传十个，十个传百个，附近的村子与深州、饶阳、博野一带都传遍了。农民把所凑的钱把韩祖庙重新修盖起来，并且创办庙会。现在每到庙会、祁州、深州、饶阳、博野、蠡县等处农民来烧香还愿的很多，非常热闹。

每年有庙会四天，从三月二十一日到三月二十四日。每次庙会，村子都向大小铺户敛钱，充做演戏的经费。每次戏价约开销六十元，搭棚与别的杂费约开销五十元。有时除用费外还有敷余，就归入村中公款。

乡民都拿韩祖庙会当一个节来来过。到了庙会的日子，附近村庄的农人放工，学生放假。家家预备粽子、馒头、河落面，就像过节一样。家家都到庙会去，只留一两人看家而已。在庙会那几天，村子许多人都把远处的亲戚朋友接来逛庙会，并且预备好菜好饭相待。庙会上非常热闹，男男女女；老老少少，烧香的，买东西的看戏的，逛庙的，拥拥挤挤，真是人山人海。

乡村人民对于韩祖迷信极深。在三月二十那一天，乡村人有因病许愿的，从家门口起十步一头，一直叩到韩祖庙里，有时甚至一步一头叩到韩祖庙里。他们在二十夜里并不回家，就坐在那里，叫做“坐夜”。二十这一夜，满庙里都是坐夜的；二十一这一天，乡民给韩祖挂袍的，打扇的，焚香化纸的很多。给韩祖挂袍就是做一件纸袍到庙里给韩祖挂上；给韩祖打扇就是做一把纸扇子给韩祖放在手边。在韩祖庙的旁边有一个香火池，池里香火继续燃着。凡是逛庙会的人，都先到庙里跪拜叩头。韩祖神像前边挂着一大盘香，地上放着一个菠萝，跪拜的人随便扔钱，叫做“油钱”，庙里有老道专守着这个油钱菠萝，恐怕有人把钱偷去。庙内除了正殿主要的韩祖以外，还有圣庙、齐天大圣庙、药皇庙、玉皇庙、三教堂、混元殿、黄姑庙、奶奶庙、乡民都是先拜韩祖，然后再去拜别的神。

主要的买卖多系装饰品、农具、食品、牲口等项。据民国16年的调查，装饰品可以分几种：卖洋布的有80多处，卖首饰的有30多处，卖绸缎的有6处，卖各种洋货的有15处，卖纸花的有6处，卖竹货的两处。农具类有几种：卖扫帚的50处，卖铁器的35处，卖木货的很多，占有十亩地大的面积，卖皮货的15处，卖石头的3处，卖粪叉的10处，卖风车的3处，卖竹篓的5处，卖筐子篮子的10处，卖柳罐的7处，卖苇箔的7处。食物类也可以分几种：卖河落面的12处，卖卷子的15处，卖锅饼的7处，卖各种肉类的14处，茶铺10处，酒摊5处，卖其他各种食物的30处。此外有剃头20个，算命的10个，卖艺的3处，说书的5处，观西洋景的6处，卖药的8处。牲口市很兴旺，每次庙会牲口市的牲口都不下2000匹上下，有牛、驴、马、骡等牲口。赌博场前几年很兴盛，此次庙会只有三四处压宝的。

庙会上的税捐是县里一宗大收入。各乡各镇都有包税的人替县里收税。县里同包税的人定好一个额数，如果包税的人收的比所定的多，包税的人就可以把多出来款子留下；如果收的比所定的少，包税的人必得把所少的款子补上。包税的必得按着所定的额数，往县里送款。会上的牲口税，木货税，都按6%计算的，里边有3%的牙用。在买卖牲口与木货的时候，有许多人过来给买主卖主说合价钱，成全买卖。这些说合买卖的人，也是税上的人，这3%的牙用，就是给他们的。价钱讲好以后，就要到收税的那里去上税。普通收税的地方都在牲口市的旁边，他们搭一个席棚，有四五个人在那里收税。如果一个牲口卖了100元，就得上6元的税，买主给3元，卖主给3元。如果在讲价的时候卖主说明净落100元，买卖讲好以后，买主就得把那6元拿出上税。如果买主说明只出100元，买卖讲好以后，卖主就得上那6元的税。上完了税以后，收税的把那牲口的笼头上绑一条红色或绿色的绳子，作为上过税的标记。买主并不当时给钱，卖主也不当时要钱，不过在上税的地方记上姓名，记上住址，买主找了保人，就算完事。然后买主把钱送到收税的人那里去，卖主到收税的人那里去取钱。木货上税也是这样，木货卖出以后，必须到上税的地方上税。上税以后，上税的人就跟着买主卖主一同到木货场。收税的人提着几个罐子，里头盛着红绿颜色水，到了木货场，把红绿颜色抹在木货上，这就代表已经上了税。至于其他物品，如扫帚，铁器，柳罐，叉子等都上3%的税。

北齐庙会所占的面积，约有150亩左右。每日到会的人数估计约10000人上下。不但本县的人能来的都来，而且有许多人是从祁州、深州、饶阳、博野、蠡县等地方来的。

庙会以后村中办公人即将庙会收入与各项支出开列清单，贴在庙外墙上示众。民国十六年四月初六日所贴的清单上的总数共计大洋112.5元，铜圆5829枚。兹将其各项支出按原有次序及数目列表于下：

2. 东亭庙会　民国十六年简单的调查东亭镇九月的庙会。东亭镇每

支出项目	款额	
	大洋（元）	铜圆（枚）
戏价	60.0	…
押贴彩（唱戏赏钱单贴）	4.0	…
煤气灯	2.0	200
麸料	…	500
报单供礼（唱戏以前到庙里供神）	…	204
碗	…	50
盐与香油	…	490
洋油与大炭	2.5	…
烟煤	2.0	68
铺堂草料（唱戏睡觉地方的铺草）	1.0	229
蜡烛	…	244
秫秸	1.0	…
花草钱	…	159
搭棚	17.0	…
戏捐	4.0	…
进城办事	…	105

续表

支出项目	款额	
	大洋（元）	铜圆（枚）
彩画神	1.0	300
搭台	10.0	489
鞭炮香纸	…	1414
铜盖笊篱	…	77
租桌凳	…	150
请兵饭钱	8.0	…
杂费	…	1150
总合	112.5	5829

年有两次庙会，九月一次，正月一次。九月这一次庙会不过有七八年的历史，虽然有庙会的名称并没有庙宇，也没有临时敬神的举动。在七八年以前，东亭镇的村民以为办庙会可以向大小铺户敛钱，是村中一笔进款，又可以借着庙会买卖东西。还有的乡民因为好赌博所以喜欢办庙会，借着庙会可以招引好赌人开赌场，从中取利。

每年有4天的庙会，九月二十五日到二十八日。所有用费都是在庙会时向大小买卖敛的。一次庙会支出约用100元，其中戏价60元，搭棚与其他费用约40元。有敷余即归入村中公款，遇不足时再由各户均担。

东亭庙会没有北齐庙会那样热闹。关于东亭庙会的买卖，卖木货的很少，卖柳竿的有6处，卖大车的有6处，卖首饰的9处，卖绸缎的5处，卖各种洋布的30处，卖皮袄12处，卖纸花的3处，卖箱匣的5处，卖洋货的5处，卖饼的3处，卖卷子的8处，卖肉的5处，酒摊3处，卖各种零星食物25处，茶馆6处，卖皮条的7处，卖小孩玩具的7处，卖毡子的7处，剃头的15个，算命的5个，卖铁器的10处，卖艺的3处，说书的3处。牲口市的牲口约在1000上下。关于赌博方面，压宝的7处，打烟卷票的5处，抽签的10处。

庙会所占的面积约有50多亩。到庙会的人数每日约5000人上下，多是附近十余村的人。

3. 药刘庄庙会　在民国十八年调查的时候，药刘庄的庙会只有两年的历史。民国十六年冬天，药刘庄的村长佐商量要把村西一棵很大的柳树锯下卖了，拿卖得的钱来兴办学校。因为当时有人反对，没有实行。到了转过年的正月，有人对村人说他有一天做了一个梦，梦见神仙说村西大柳树将要显神，柳树皮可以治一切病症。后来村人多去烧香叩头，请柳树神治病。恰巧有的病人刮柳树皮煮了喝了，果然痊愈。村长佐也不敢再提议卖柳树了。

这样一来，一村传一村，附近各村都知道了。各村的人多来祈求，因此村中就办庙会，给柳树神演戏。

村中还有人说他一天出去拾粪，走在大柳树下，忽然不能动转，站在那里一天。村人把他带到家里问他，他说他曾说过不信神灵的话，今天走在大柳树下，就不能动转，一定是大柳树显圣，所以怪罪下来了。因此村人办庙会，给柳树神演戏。

村中又有人说，无极县有个病人，行路经过这棵大柳树，他看这棵柳树很高大威武，所以就跪下给它叩头，向它祈求，后来病体痊愈。这个病人把这件事情告诉村人，村人才替它唱戏，并且也有很多人向它祈祷求药。

每年有四天庙会，从三月初二日到三月初五日。关于经费，全村先合摊150元作为办庙会的用费。戏价4天计60元，搭棚和别的用费共计40元。庙会举行的时候，向柳树神烧香祈求的很多，都放香钱，这是一笔进款。村中也可以向大小买卖敛钱，又是一笔进款。

关于布置，村西田地里搭一个大棚，一座戏台。对着戏台搭一座神棚，神棚里供着神位，神位前边供着各种点心、菜、肉。凡来上供的都把供礼与自已姓名写在一条黄纸上，贴在棚壁。戏台后边搭杂货棚一座，专为做买卖摆摊的用处。戏台西半里地，就是大柳树，那里也搭一席棚，把大柳树盖住。这个席棚里也摆一个供桌，同神棚里设备的一样。村里与行人路口，都挂满了黄纸灯笼，晚上点着。戏台前两边摆列大车，妇女小孩坐在上面看戏。

凡是来求大柳树神的，都先向大柳树烧香叩头祷告祈求。就有人把包好的柳树皮递过来，拿了包，给了香钱就可以走。回家把柳树皮用水煮了，给病人喝了治病。各村来求柳树神的很多，男女老幼，拥挤不动。有送布匾的，上写“有求必应”，“真灵”，“佛光普照”，“保佑一方”等字样。这些布匾挂满了柳树。

神棚里有招待的人，男有男招待，女有女招待。还有司账员，谁来上供，就把供礼记下。

庙会演戏前几天，村中就通告全村住户，住户也就接亲戚请朋友来看戏，预备好菜好饭，大吃大喝。到了庙会，农人和学校都停止工作，为的是上庙会。

关于买卖，有卖本地布和洋布的5处，卖首饰的3处，卖纸花的3处，卖洋货的6处，卖饼的3处，卖河落面的3处，茶铺3处，酒摊3处，卖零星食物的14处，卖肉的3处。关于赌博有压宝的4处，抽签的2处，抓纸卷的5处。此外还有剃头的2处，卖小孩玩具的6处，卖烟卷的11处。

庙会所占的地方都是农田，约30多亩。庄家被蹈坏的很多。每天到庙会的人数约4000上下，多是附近十几个村庄来的。

4.东旺庙会　东旺庙会是年代很久的一个古庙会。东旺村里有一个城隍庙，座北向南。据现在人传说，这庙先头很灵验。乡民有病或是不能解决的事情，到城隍庙里焚香祷告，病可痊愈，事可解决，所以有人主张发起庙会。

庙会每年有四天，从三月十五日到十八日。经费也是从村中各家摊来及庙会上大小买卖敛来的。每次开销都在100元上下，戏价搭台费用都在其内。

庙会所占的面积约在30多亩，每天到庙会的人数约4000上下，情形大致与其他庙会相同。

三　其他宗教团体

关于寺庙的情况已略如上述。此外在62村内属回教者共计255家，1415人；属天主教者77家，305人，不一定全家皆为教徒；属基督教者6

家，32人。回教徒散布于5个村内，其中1村有210家，1村40家，其他3村共计5家，天主教徒散布于7村内，其中1村有36家，有两村各计14家，两村各计5家，1村2家，1村1家。有两村有基督教徒，1村有4家，1村2家。

62村内又有佛教会和数种所谓道门团体，其中有的非常秘密。有的虽不很秘密，但也不欢迎外人打听内容。因此调查非常困难，但也多少知道一些内中情形。兹先将民国十七年关于各种团体所能发见的人数列表于下（第181表）。

一个村庄不限一种道门，有时可以发见数个团体。可是一个人只能属一个团体，不能同时加入两种团体。各道门的规矩颇严，关于团中的秘密绝对不许告知外人，上不传父母，下不告妻子。据村中人说在道门的多系老道学的人，游手好闲者，脾气特别者，缺乏子嗣者，年老寡妇及无知妇子。

第181表　62村内加入各种秘密宗教团体之人数及有此种团体之村数

民国十七年

团体名称	加入人数	有此团体之村数
普济佛教会	845	13
背粮道	570	6
圣贤道	243	22
九功道	109	5
老师道	106	13
理门	90	16
香门道	28	3
坐功道	9	1
静心道	7	1
金香道	5	1
总合	2021	…

普济佛教会的人数共计854，散布于13村内。据本地人说这个普济佛教会的始祖是一位和尚，名叫普济，在各处传教，极其热心，信徒很多。后来普济到五台山去修行，就在那里坐化。信徒入教时，都得先向会里捐钱，相信死后可以得救。

属背粮道的共计570人，散布于6村。传道的常常背着粮食到村庄人家里劝教，因此人们就称呼它“背粮道”。每月十五日女信徒背粮劝道，每月十六日男人背粮劝道。又常在每月初一、十五两天自己带着粮食到一定的地方会餐，会餐以后，男女大家在一起唱诵道歌，静坐修练，说是这样修练，可以使双目放光，能看见死人。

圣贤道的信徒共计243人，散布于22村。信徒有男有女。道里有一种规矩，就是不许吃狗肉、鸽子肉、大雁肉。信徒常常静坐，暗诵道歌，修行来世。本地人说圣贤道是在光绪二十四年由唐县三尊佛山一位王当家的传入定县。信徒每年按四季选一适中地点开道场，有当家的向大众讲道，同诵道歌。

九功道有109人，散布于5村内，男女信徒都有。此道禁吃五荤。人们传说信了这个道门以后，就能推卜未来吉凶，又能修炼得眼睛明亮，能看见已往死去人。有时候乡民家里死人，就花钱请九功道门里人到家去给死人来世求福。据本地人说九功道是在咸丰二年十月由山东泰山崔道祖传到唐县城南。至咸丰四年正月传入定县城北一带地方。二年后又传到城东一带地方。近数年不甚发达。信徒没有一定集会地方，亦无定期。有时农民请此道中人治病。若果然治好就在此家开道场，借此机会向农民宣讲道义。

老师道有106人，分布于13村内，男女都有，与背粮道相似。此道亦禁吃五荤，信徒也能卜未来吉凶，眼睛亦能见死去之人。乡民也请他们给死人求福。信徒也常静坐诵道，求来世福气。道友见面，无论男女老幼，都互称老师。有此道之村庄皆有一位老师傅。每月初一日在老师家中聚会。据会中人说前清顺治年间在山东省少游山有一董四疯子是老师道祖，曾奉顺治帝命令游行农村传道。后同顺治赴五台山修行。定县老师道系在道光二年从安国县李老师传来。

理门有90人，分布于16村。他们供奉菩萨，并且里头又分派别，如五仙门、八斗门等。有的供奉长虫、黄鼠狼之类。凡是在理的都禁止喝酒，吸烟。据内中人传说理门始于康熙年间，是一位杨祖提倡起来的，其宗旨讲正心修身，克己复礼。理门中人每年选一相当地点，安坛了愿，每年拿斋份六七角作为膳费。若有赢余归入公所。在了愿这一天由旧理门中人介绍新加入者，亦拿斋份，并且随意捐助油钱。后由领众举行加入典礼，默传道言，保守秘密，上不传父母，下不告妻子，从此戒烟戒酒。理门组织有领众一人专司传道，挡众一人司监察事，承办数人管理公所杂务。

香门道有28人，分在3村，有男有女。据说由无极县传入定县。信徒在每月初一、十五两日夜静时焚香，连叩八百多头，才算完事。他们集会没有定期，亦无一定地点。有人给人治好了病，就在那家开会，宣传道义。

坐功道在1村内有9个信徒，男女都有。此道专讲静坐默思。据说能炼的灵魂可以出游。他们供奉大仙，借仙治病，很能敛钱。彼等传说此道明末时由西湖传到南京，后传至深泽县王姓家中。顺治六年王某到唐县城北修行。他的徒弟齐某在顺治末年传入定县。信者每日坐功三次，一在五更时，一在正午时，一在半夜子时。有当家的为道首。在每年正月、五月、九月的十五日信徒在当家的家中集会。赴会者都拿礼钱交给当家的作为费用。

静心道在1村内有7人，男女信徒都有，也是讲静坐默思，安心养性。据说此道颇似坐功道、金丹道、绝户道。

金香道在1村内有5人男女信徒都有。据说与香门道相同。

此外在62村内某村有12人在万国道德会。他们供奉的神像不止一种，有释迦牟尼、穆罕默德、耶稣、孔子、老子。据会中人说此会为山东省姜其章创办的。民国十二年传到定县，不但乡村人民加入的很多，而且城内各机关的人也有入会的。此会也很秘密，有一定地点及时期开会。

又有一种秘密会叫“好事会”，男女都有。光绪三十二年由安国县传到定县。每年正月十九日开会一次。搭席棚为会场，里面挂上神像。并且预备各种娱乐，如演戏、跑马、要猴、武术、高晓、旱船、丑车等游戏。会员向一切神像叩头三个，缴纳布施及油钱。只发现四家的人为此会会友。

关于民间各种迷信可以参看本书乡村的风俗与习惯章。

第十一章

赋　　税

说到我国的赋税，真是千头万绪，纷乱已极。在此纷乱之中，我们要想寻出一个系统清清楚楚地说明它的源流变革，颇是一件不容易的事情。至若要求得它税收的情形，知道一个确实的数目，更是难上加难。因为年来政局不定，征收机关更动无常，案卷多不完全，过去一两年征收的情形，有时就无法查考。所以关于本章材料虽经多方尽力搜集，但仍有残缺不大完全之处，殊为憾事！

本章范围，是属定县部分的赋税，主要目的是要想知道定县人民每年的担负多少。因此，凡直接或间接规定县人民负担的税务，都搜罗在内。并一面说明它的源流变革，借此或者亦可考求一国赋税的大概情形。我们都知道，我国的赋税，制度紊乱，征收不均，种种苛捐杂税，层出不穷。究竟紊乱不均苛扰繁杂到如何地步，也许此篇亦可贡献给阅者诸君一个简单的概念。

兹为便利起见，将本章分为国税，省税，县地方捐三项说明。国税即中央政府收入的税，省税即河北省政府收入的税，县地方捐即定县地方收入的捐税。兹将各种税捐按此分别归类，列表如下：

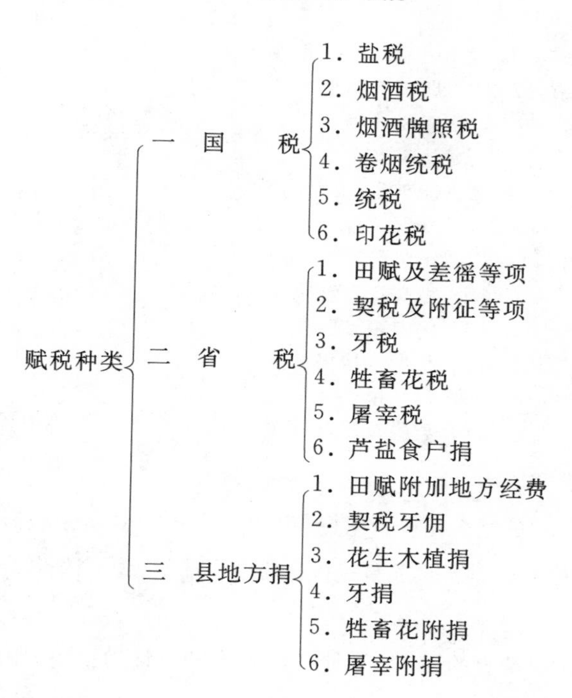

上表所列，统以现在为断，其有以前存在现已废止的税捐，则从略。至于调查未得的，因征收数不知道，无法统计，亦不列入。三项中，国税项未调查得的计有关税火车货捐等数项(关税等根本无法调查)；省税则比较完全；地方捐税可说应有尽有，无一缺者。最后调查之时期系民国十九年。

现在更用上表所列各项税捐，按它们赋课的性质，分为直接税、间接税、行为税三种。大概说来直接税系以财产及营业为赋课的基础，税的担负即直接归纳税者本人；间接税则系以货物及消费为赋课的基础，以含有转嫁的性质，税的担负不归纳税者本人，最后该消费的人负担；行为税系以行为为赋课的基础，论其担负，一部属直接税，一部属间接税，兹按此亦列一表如下：

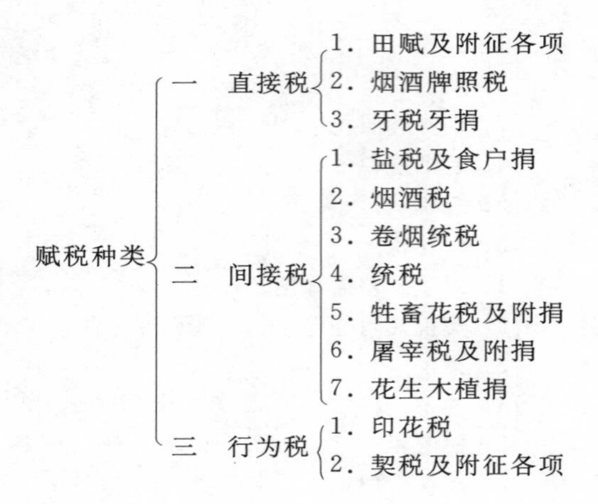

上表间接税中的牲畜花税及附捐与花生木植捐，此等杂税杂捐，一部分虽属间接税,但一部分又属直接税，此种很难归类，今姑且列入间接税中。

此外尚有临时征收的税捐，最近三年所有的，计为验契、田赋中附征的各种军事特捐、烟酒税中附征的军事特捐和赈款及县地方征收的村捐等。今亦按上面的分类，列表于下：

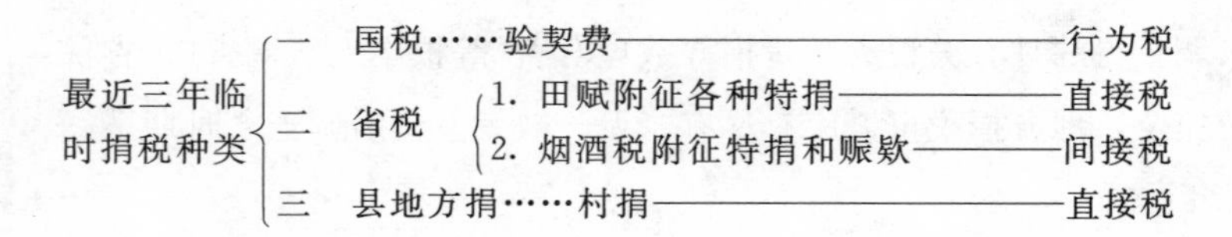

上面各表的分类，是预备在后面将各种税捐的征收数统计出来后，按此分类分别比较一下，看定县一年担负的国税、省税、县地方捐每项有多少，或者一年担负的直接税间接税行为税每种又有多少，使阅者能一目了然。

第一节　国税

国税中除关税等数项未调查得外，现计有6项：（1）盐税；（2)烟酒税；（3)烟酒牌照税；（4）卷烟统税；（5）统税；（6）印花税。以下即分别说明。惟为便利起见，即将烟酒牌照税合并烟酒税中。此外尚有临时举办的验契，亦属中央收入之一，此因与省税中的契税有连带关系，亦将它移在下节契税中说明。

在此有一点须说及的，关于各税征收所用的年度，有用会计年度的，亦有用年份的，即每年由一月一日到十二月三十一日，不大一律。至于招商包办的税捐，更有既非会计年度，亦非年份的，譬如包期由上年十月到今年九月，即按此包期的习惯作为年度。大致从民国十八年起后一般改用会计年度的渐渐的多了。以下省税与县地方捐情形均同。

一　盐税

盐税的起源很早，在三代时即有，至于战国专卖制度已行。不过后来税法渐渐的坏了，到前清可说坏已达于极点。税制繁杂，税率不均不必说，不肖官商更朋比为奸，弊害百出，人民受苦不堪。清末虽筹划改革，但不久革命事起，遂即中止。民国成立又议整理。二年十二月，颁布盐税条例十三条，定全国盐税每百斤为2.5元，分区实行。七年三月，修正条例又公布，改为盐每百斤课税3元。因为盐为卤质，中途运输，不免有所抛耗，故在第五条并规定，课税衡量每斤于法定库平十六两外，得加耗盐八钱。此为民国以来整理的大概情形。整理后，税收继续增高，已于国税上占一极重要的位置了。

我国产盐场地，遍各行省，共计十一区，销行各有引地。运盐的情形，各区不同，约可分官运、商运、民运三种。现在因官运流弊较多，皆趋重于商运、民运两途。不过商运任少数商人之操纵垄断，其弊害亦很难说。

按定县销行的盐，是属天津长芦盐场范围，该场概系招商承运。定县包运盐商有两家：一为南号在城内南街；一为北号，在城内北街。南号销盐地面，占全县三分之二，北号占三分之一。两号原本一家，后因意见不合才分了家。现在北号已歇业，全归南号运售。不过北号歇业后，从前北号所辖的地面，由它处侵入的盐就增多了。据最近在南号调查，十八年全县所销的盐，约五千余包。若加上他处来的盐，大约至少有5500包。每包重471斤，共计2590500斤。

长芦的盐税，三年初为每百斤收税2元，是年冬间实行征收2.5元，后又加为2.75元，皆就产地征收，此为正税。另外尚有种种附征，如产捐销捐整顿捐等，至十七年八月，河北省府下令一律裁撤归并，改收捐款一道，定名芦盐食户捐。捐率为每包8元(此系省的收入，详见下节省税六芦盐食户捐)，每百斤约合1.7元，与正税所征2.75元并计，每百斤已征到4.45元，每斤合四分四厘五。按现时售价（民国十九年)每斤八分七(此系定县盐号所定的价)，是税捐所征已占售价之半有多，课税之重，于此可见。一般人民负担如此重税，平常尚不觉察者，以盐原来成本极轻，税捐又是就场征收，加于售价之中，未直接征于食户，故人民往往不察也。

现在我们计算定县一年担负的盐税究有多少(单是正税，附捐不计)，我们就十八年销盐的数目，按每百斤征2.75元计，当有71238.75元，为数已很有可观。若再加上附捐44000元(可参考下节六芦盐食户捐)，则到115238.75元之多，很可惊人了。

二　烟酒税

1.沿革　我国在秦以前，禁令本来很严；秦以后，始设酒榷，乃有课税之说。至于烟之课税，则起于前清海禁大开的时候。其时烟草从吕宋传到我国，流行颇广，各常关才着手同酒类一并征税。清光绪末年，因为财政的支出，复设立烟酒税捐，烟酒于是有了专税，不过当时税率甚轻。

烟酒原是一种消耗奢侈物品，各国课税都很重，多有超过原价以上，以示寓禁于征的意思。我国自民元以后，亦有改革。二年冬，财政部乃于烟酒税捐之外，创办牌照税。四年五月，又举行烟酒公卖的制度。到此时烟酒的课税，共计已有三种，今分别说明于后：

甲、烟酒税捐　各省的烟酒税捐，种类不一，名目繁多。查河北省现行有烧锅税(一称烧锅课)、烟酒税(俗呼征收税)数种。烧锅税是专对酿酒商人所征的一种制造税。在民国初年，每座每年普通纳税银 42 两。现在按季缴纳，每年分四季，每季多系 15 元。定县烧锅商，向不发达，仅清风店有烧锅商两家。至于烟酒税，则是征收出产的烟酒，按出产烟酒的多少来纳税，可说是一种出产税。民国初年，关于烟草，每百斤统征洋 2.2 元；酒类，烧酒每百斤征 2.2 元，黄酒枣酒酪酼酒酼则减半每百斤征 1.1 元。到现在，税率略有增加，从前征 2.2 元的，现(民国十九年)征 2.5 元；从前征 1.1 元的，现征 1.25 元。另外规定一种洋酒税，详见后。

乙、烟酒牌照税　烟酒牌照税是对于贩买烟酒商人所征的一种税，系营业税的性质，此属直接税范围。民国二年，成立该税。当时政府筹议加征烟酒两项，但以各省课税方法不一，若仅加征而不改良，反于税收前途有碍，所以后来才于烟酒税捐之外，另创该税。兹将当时颁布的条例节录于后，以供参考：

贩卖烟酒特许牌照税条例(共十五条)

第一条　贩卖烟草或酒类之营业，分为下列之二种：

第一种　整卖营业，凡以烟草或酒类大宗批发于零卖商人者为整卖营业。

第二种　零卖营业，凡以贩卖烟草或酒类零星售于消费者，为零卖营业。其种类如下：

一　甲种零卖营业，开设一定之店肆，以零卖烟草或酒类为全部分或大部分营业者。

二　乙种零卖营业，开设一定之他种店肆，以零卖烟草或酒类者。

三　丙种零卖营业，无一定之店肆，于道旁或沿户零卖烟草或酒类者。

第二条　欲为前条之营业者，须赴该管征收官署领取牌照。

前项之牌照，由财政部颁发，国税厅转给。

第三条　持有前条牌照者，每年依下列定额纳税：

整卖营业	40 元
甲种零卖营业	16 元
乙种零卖营业	8 元
丙种零卖营业	4 元

兼营整卖与零卖，或兼卖烟草与酒类者，须领取两种特许牌照，各依定额纳税。

第四条　前条之税额分两期完纳：

第一期　一月一日至一月末日

第二期　七月一日至七月末日

……

第十条　无特许牌照者为第一条之营业时，除依第三条之规定缴足税额并补足特许牌照外，处以下列之罚金。

一　初犯者，处以一期税额之三倍之罚金。

二　累犯者，处以全年税额之三倍之罚金；三犯以上者，不得复为第一条之营业。

前项之规定，于兼营业整卖与零卖，或兼卖烟草与酒类，仅领取一种特许牌照者，准用之。

……

民国十五年，直隶烟酒事务局又改订税率，计：整种牌照改为全年60元，即每期30元；甲种牌照改为全年24元，即每期12元；乙种牌照改为全年12元，即每期6元，丙种牌照改为全年6元，即每期3元。另加印丁种小贩执照一种，全年2元，即每期1元。是各种税率，较前都已提高。

十八年国民政府财政部修正新章颁出，税率增加更多，分的种类亦较细。至缴纳的期间每年则分四季，于一、四、七、十等月每月一日至十日内行之。每次须将牌照换领一次。兹将该项章程关于税率规定一段，节录于此，以见一斑：

国民政府财政部修正烟类营业牌照税暂行章程

整卖营业：

甲　卷烟厂商之分公司及经理分销处，每季牌照税洋100元。

乙　各种制卖土烟店及烟草行，每季洋40元。

丙　经理各种烟类批发店，每季20元。

零卖营业：

甲　开设店肆营业一切烟类者，每季牌照税洋12元。

乙　他种商店，大部分兼营一切烟类者每季8元。

丙　他种商店零售一切烟类者，每季4元。

丁　设摊零卖烟类者，每季2元。

戊　零售烟类之负贩者。每季5角。

国民政府财政部修正土酒类营业牌照税暂行章程

整卖营业：

甲　每年批发在二千担以上者，每季收费32元。

乙　每年批发在一千担以上者，每季收费24元，

丙　每年批发在一千担以下者，每季收费16元。

零卖营业：

甲　开设店肆贩卖一切酒类者，每季收费 8 元。

乙　他种商店兼售一切酒类者，每季收费 4 元。

丙　零售酒类之设摊者，每季收费 2 元。

丁　零售酒类之负贩者，每季收费 5 角。

章程中并规定各项牌照逾期不领的，由征收机关催征，并征催征费，计：整卖 4 元；零卖甲种 8 角，乙种 6 角，丙种 4 角，丁戊种各 2 角。如依限到该管稽征所自行换领的，除应纳照税应贴印花外，每牌照一张，只交印刷费洋 7 厘，此外别无花费。

烟酒牌照税现在规定由商人包收，因税局派员稽征，困难较多。定县在民国十七年以前，尚没有采用此种制度；十七、十八两年间，乃由县中牌照税局分区招商包办。至十九年一月，定县全境烟酒牌照税稽征所成立，该所亦系商人承包。

章程中对于不领牌照的烟酒商人，惩罚虽严，但实际违反规定暗中偷卖的仍不少。此种人大概是小本营业的居多数。至如设有铺面，营业较大的，当然难于隐瞒。

丙、烟酒公卖费　民国四年五月，政府又谋整顿全国烟酒，统一征税办法，于是本各国专卖之意。定出官督商销的公卖制。当开办之初，财政部内设立全国烟酒公卖局，各省筹备设立省局分局，积极进行，截至是年九月止，各省局已先后成立。是年十二月，并将全国公卖局，改为全国烟酒事务署。与财部划分，独立管理各省公卖局，一切进行，尚属顺利。公卖实行以后，从前的烟酒税捐牌照税捐等，亦次第归并公卖局征收。兹将当时公布的全国烟酒公卖暂行办法，及烟酒公卖栈组织法，节录于下，以资参考：

全国烟酒公卖暂行办法（共二十一条）

……

第三条　凡本国制销之烟酒，均应遵照本章程办理。

第四条　各省设烟酒公卖局。酌量烟酒产销情形，划分区域，设置分局，名曰某省第几区烟酒公卖分局。

第五条　公卖分局于所辖区域内，分别地点，组织烟酒公卖分栈，招商承办，由局酌取押款，给予执照，经理公卖事务。

第六条　凡商民买卖烟酒均应由公卖分栈代为经理。

第七条　已设公卖局的地方，应将原有之烟酒各项税厘牌照税及地方公益捐等，暂由公卖局代收分拨。

第八条　公卖局应酌量商情，给予公卖分栈以相当之经费。

第九条　公卖分局每月于所辖区域内，先期规定烟酒公卖价格，陈报各该省局核定后，通告各分栈遵照实行。

第十条　烟酒销售，应由公卖局核计其成本利益，及各税厘捐等项外，酌量加收十分之一以上至十分之五，定为公卖价格，随时公布之。

第十一条　凡分栈发售烟酒，如有私自增减公卖价格者，应由分局处以相当之罚金。

……

第十三条　商民如私卖烟酒，当照另定稽查专章，从严惩罚。

……

第十七条　凡商店贩卖烟类酒类，均须于包裹及盛储器具上，分别贴用公卖局印照，方准出售，以便稽查，如查有印照与货数不符者，应照另章罚办。

第十八条　凡在本省运销，经甲区公卖局检定，贴有印照者，如运至乙区时，勿庸再贴。其运至他省销场，仍应由该处分卖局检定价格，加贴印照。

……

烟酒公卖栈组织法(共二十一条)

……

第三条　各省烟酒公卖分栈各于本区域内，有组织公卖支栈之权。

……

第十条　烟酒公卖分栈及支栈，应按照主管公卖局规定价格，经理本区域内各商店烟酒买卖事宜。

第十一条　烟酒公卖分栈及支栈，应通知本区域内各商店，须将每月产销烟酒之数目及种类，先期估计投栈报明。

第十二条　烟酒公卖分栈及支栈，接到各商店报告时，应即前往检查，分别粘贴印照，加盖戳记，并代征公卖费自十分之一以上至十分之五以下，其费额由公卖局定之。

……

第十七条　烟酒公卖分栈，应由各主管公卖局，按月于各该栈代征公卖费内提给二十分之一，以示鼓励。其支栈应得之利益，由该区域内之公卖分栈算给。

……

又据征收公卖费规则第二条载，各区域内的公卖费，以从产地征收为原则，销地专重缉私。公卖费率，各省轻重不一。当时直隶所征的，为按价格值百抽二十。现行的费率，是按重量计算，烧酒每百斤征洋 2 元，黄酒枣酒酪醯酒减半征 1 元，烟叶烟丝每百斤亦征 2 元。

烟酒公卖费与烟酒税中，在民国十五、十六年间，尚附加有一种军事特捐，捐率按税费 60%附征，如征收 100 元的税或费，军事特捐就应征收 60 元。至十七年夏，河北省政府成立，是年八月即议决将该项特捐，改为账款，减半征收，并限期加征一年为止，当于十八年停征。此两项皆属省方的收入，因为便利计，故在此处一并叙及。

除上数种税以外，晚近尚成立一种洋酒税。洋酒是特种物品，故单独规定。凡中外机制的酒，统称为洋酒，税率按售价值百抽三十。由售洋酒商人，购买机酒印花，粘贴瓶上，才能出售。此与前三种税性质稍有不同。

现在各种税的征收，不归公卖局了，公卖局的名目已取消，改为烟酒事务局。事务局的权限，与从前公卖局一样，公卖局牌照税烟酒税捐仍一并归他征收。一省设一省局，省之下划分各区设立区局。现定县属河北第十五区烟酒事务分局管辖，局设深县。前述之定县全境烟酒牌照税稽征所，即隶属于该局之下。

税局征收各种烟酒税，因为稽征的困难，所以多招商包收。现将河北烟酒事务局公布的包征通则，择要录此：

河北烟酒事务局烟酒税费包征通则(共十六条)

第一条　本局所属各县烟酒税费及烟酒牌照税，依照本通则分别招商包征。但本产烧酒税费及洋酒类税，不在包征之列。

第二条　包征各项烟酒税费应采用投标方法，投标税则另定之。

第三条　具有下列资格之一者，得包征各项烟酒税费。

甲　烟酒商行

乙　殷实商户

丙　家道殷实信用素著之商人

第四条　包商包征各项税费，于核准后，应即取具殷实铺保两家以上之保结，连同承保书，一并呈送该管分局转呈省局备案。以凭填发包征凭证。

第五条　包征烟酒税费，以一年为期，由该管分局长依全年包额，按淡旺月酌量分配，报由省局核定，列入包征凭证内。包商即依照所列数目，于每月二十日以前，如数解缴。如有延迟逾一个月以上者，应即撤销其包征资格。

第六条　承包烟酒税费者，应按全年包额预缴十分之二作为保证金，准于包期最后两个月抵缴税款，如有半途撤销者，其所欠税款，得由保证金内扣抵。

第七条　包征牌照税者，以半年为期，须依投中包额预缴三分之二税款，方准开征。下余三分之一，上半年于三月二十日以前下半年于九月二十日以前，扫数缴清。如有迟交或交不足额情事应即撤销其包征资格。

第八条　包商得于包征区域内，设立稽征所卡受该管分局长之指挥监督，办理征收事宜。

……

现在定县除关于烧酒与洋酒按章程不能包征外，其他概招商包收。至于各种征收方法关于牌照税系按营业的大小分等，年按四季缴纳，烧锅课是烧商酿酒商人按座纳缴，年亦分四季。此两种前面已经叙述过，此外公卖费与烟酒税征税方法，则系按产销的数量缴纳。关于酒类，产销的数量即由酿酒商人自报，税局随时派人稽查，每年亦分四季缴纳。至于烟类，则于交易时征收税额归收买的人担负。但零星交易，征收亦感困难，所以亦多由收买商人自报。按收买烟草的商人，多为贩卖烟草商家，按他报销的数缴纳税款。因为是自报，当然以多报少希图少纳税款的，亦在所难免。

公卖费既在产地征收，以后运往他处销售，按规定即不能再征，但过有效期间，年月日斤额不符的，不在此限。至于由外省贩运入境的烟草，如一次征足的，亦不能重征；未征足的，则须照补。

二　征收数

现在征收税款，计算方法，除牌照税与洋酒税另征当另计外，其他烟酒税捐与公卖费两种，因系一道征收，故计算时多不分，仅按征收货物的品类来分列。计定县关于此项分列为烧酒税费课酼烧酒的酒税，公卖费，烧酒课三种枣，黄等酒税费(即枣，黄酪酼等酒的酒税和公卖费两种。此项无课，因多系农家于冬季兼酿，少有专业酿造，故不征)，烟叶烟丝税费(即烟叶的烟税和烟叶烟丝的公卖费两种。此项当无所谓课。叶丝因烟叶已纳过税，故只纳费一种)三种，和牌照税与洋酒税共计五种。

第182表　定县民国十七与十八年两年烟酒税各项征收数

项别	十七年征收数(元)	十八年征收数(元)
1. 烟酒牌照税	2300	8016
2. 烧酒税费课	1074	1094
3. 烟叶等税费	575	700
4. 枣黄等酒税费	383	652
5. 洋酒税	2	4
总合	4334	10466

各种征收数总计(附加账款未列入)，十七年为4334元，十八年10466元(见第182表)。实际定县担负的当不只此数，见下洋酒项说明。十六年因系驻军自征，无案可稽，故确数不可知，但据闻与十七年差不多。各种税中征收最多的是牌照税，十七、十八两年，都占全体收入的半数以上。至于烧酒税费课一项，在他县都是大宗的收入，在定县烧商不发达，只清风店有两家，故收数每年仅千零数十元。烟叶税费一项，亦因定县产烟甚少，仅子位镇一带有少数农家栽种，税额亦不多。枣黄等酒税费，则以此等酒系农家小规模酿造，出酒有限，征税当然较少。其余洋酒一项，定县几全由保定购来，已来保定购贴印花，归保定税局收入，故定县所收者每年仅数元，几等于零。定县洋酒每年销行颇多，若实际算来，定县人民对于此税的负担，当然不在少数。

至于省方十七年在税费中附加的赈款，按十七年征收的税费计算，大致有570余元(七十年的税费见第182表2.3.4三项，共计2032元。但其中包含有烧锅课约120元需减去，减去后得1912元。然后按此数用30%计算，即系赈款之数)。十六年附加的军事特捐，约倍于此数，有1100余元之谱。此两项皆应归入省收入中。

三　卷烟统税

卷烟统税是一种特种消费税，为国税之一。此税特设征收机关，期间还不久。现在(民国十九年)全国设有卷烟统税总处，各省分设卷烟税局，经管税收事宜。河北省的卷烟税局，设在天津。征收方法，是就厂征税，粘贴印花。税率因为卷烟是奢侈消耗物品，当然较重。据章程规定，是以海关估价为标准，按价缴纳32.5%。现在把国民政府财政部所颁布的现行条例附此，我们就可知道它的内容。

财政部征收卷烟统税条例(共八条)

第一条　凡一切卷烟及烟叶制成之货品，除国内工制之烟叶烟丝外，均应照本条之规定，完纳卷烟统税。

第二条　卷烟统税为中央国税，由财政部于相当地点，设立全国卷烟统税总处征收之。其各省厅设卷烟税局，由总处酌量筹设，呈部核定。关于前项统税上之验查缉私事务，由该原处办理之。

第三条　凡一切进口之卷烟及以烟叶制成之货品，除缴纳海关税进口税百分之七五外，应按照海关估价，别纳卷烟统税32.5%。凡一切在本国境内设厂制造之货品，应由主管机关以海关估价为标准，缴纳卷烟纳税32.5%，准其行销各省及各租界商埠，不再重征他项税捐。

第四条　关于卷烟粘贴印花事项，由所在地卷烟税局，派员驻厂监贴。不论在租界商埠之内，或租界商埠之外，销售卷烟，其箱上均应贴有印花，违者以私论。

……

在民国十六七年间，尚有卷烟吸户捐一项。此项吸户捐，规定是在统税以外另征。十七年夏间，河北省政府成立，捐局由河北省府派员接收。同时中央之卷烟统税局亦欲接收，因此彼此发生争执。结果暂归河北省府接收过去。是年十二月，省府并颁布暂行条例十三条，如下：

河北省卷烟吸户捐征收暂行条例(共十三条)

第一条　本省为辅助教育经费，于卷烟特税外，征收卷烟吸户捐，由河北全省境内吸户征收之。

第二条 卷烟吸户捐率，定为按货价征收百分之四十。

第三条 计算卷烟价值以各卷烟商最小包装为标准。

第四条 征收卷烟吸户捐方法，以粘贴捐票行之。

第五条 吸户应纳之捐款由贩卖商店负代征责任，其详细办法另定之。

……

第八条 旅客入境，随带卷烟以五十支为限。逾限者须照本条例之规定，补贴捐票。

第九条 为监督征收卷烟吸户捐得设立卷烟吸户捐总局，其组织规则另定之。

第十条 为征收卷烟吸户捐，得于河北省境内划分区域，设立分局。

第十一条 各分局得按事务之繁简，分设经征所，并于运输孔道设立查验所。

……

此项吸户捐既属河北省政府收入，本来应该归入下节省税中；但因为存在期间不久，十八年三四月间即取消，故下节即不载入，特在此地略为一叙。

卷烟是一种消耗的东西，定县一年究竟销售多少，我们若不调查，还惹不起我们的注意。据最近在城内卷烟商号调查，每月约销 100 箱左右(每箱 100 包，每包 50 盒，每盒 10 支，共计每箱合 5000 盒)，数目颇为不少。按普通销行最多的小孩牌烟价钱计算，每箱大概售 160 元，一月此项的消耗就有 16000 元，一年将近 12 万元之多。至于所纳的统税，据调查的商号说，一年大致在 4 万元左右。我们若按小孩牌烟每箱所纳的税 29.25 元计算，每月 100 箱，该 2925 元，一年亦是 35100元之多。

至于征收吸户捐时代，销行定县的烟，普通每盒(十支一盒)所贴的捐票，是六厘、八厘、一分二。闻每年捐额，较统税尤多，总计不下5万元云。

四　统税

1. 沿革　统税即从前的厘金，是一种货物通过税的性质。征收的范围很广，举凡一切通过厘卡的货物，除特别规定免税的而外，差不多全要征收，故又有百货厘金之名。厘金二字，即按金取一厘(1%)之谓，创始于前清咸丰三年。其时洪杨事起，饷源枯竭，于是雷以诚首先开办于扬州，以后各地转相仿效，收入颇巨。最初原打算事平即废，但行之既久，便根深蒂固，成为定例了。迄到同治光绪的时候，更是局卡星罗，遍于全国，物物征税，节节留难。加之讹索中饱种种弊病，其阻碍商运，遗害人民，实非浅鲜。有人谓，百数十年来，赋税之中，万恶所归，以厘金为最，此话诚非过甚。

到民国来，此种制度，依然存在，虽中间曾有数次的整理，但仍不是根本的办法。且省自为政，甚有变本加厉的。民国六年，政府曾规定治标的办法：改订税则。同年财部并通令各省，调查货物产销数目价值及税额等，以为改征产销两税的准备；又拟订土布及机制仿造洋货免厘的办法，以振兴国内产业，种种措施，虽言整理，但皆事不彻底，实际上仍无多大裨益。且土布等免厘，所谓提倡国货，以与洋货竞争，实则洋货输入内地，纳子口半税后，便可畅销无阻。厘金之害，只能于本国商民，与洋人无涉。试问此种枝枝节节免厘的办法，于事何济？

近年各省厘金，又多改称统税，两者实质仍一。惟征收手续，比较从前稍为简单，从前厘金遇卡抽收；现在规定凡货物于第一次经过之局，一次征足，经过其他各局时，查验无误即放行。至于税率系按货物种类分别一一订定，由财厅颁发各局遵守。征收方法，由商人先行报税，税局即按报税单上所列货品征收，并填给厅制四联税单。如遇有则例未载的，即按货物估价以5%完纳(各种货物的税率，可见第183表，但只是一部分)。

近年裁厘加税的声浪(按裁厘加税之说，发生于先绪二十八年中英商约。该约对于裁厘加税，规定颇详。未几美日诸国商约成立，亦有同样的条款。但因此，厘金与关税，竟成不可解的连缀关系，以改革内政之权，似乎变而为对外的一种义务去了)，甚嚣尘上。十七年十二月，国民政府并有五省裁厘会议之召集，拟定裁撤期间，分为三期施行，第一期为十八年二月，第二期四月，第三期六月。裁撤后，举办特种消费税。意固甚善，不幸以政局关系，直至现在(民国十九年)各省仍迟迟未见实行，可叹!

2. 征收数　统税之征收，系依运输的路线，设局办理，不是以一地方为范围，限定征收一地方的货物。故欲调查一地方负担此税的确数，比较困难。按定县的货物，由外运来，不外两路：一北路，由天津北平或保定运来，即在天津北平或保定统税局投税；一南路，即石家庄，则在石家庄统税局投税。据闻北路来的货物，较南路多得多。可惜北路的税收，完全未调查得。兹仅有南路，在石家庄税局纳税的部分。至由定县往外运的货物，因所纳的税，实际不归定县人民负担，故不计入。

现在看第 183 表，十八年全年石家庄税局所征运定的货物种类共计 28 种，税银总数 2461.77 元，其中税量多的是杂药材一项，约有 1403 元，占总数一半以上；其次为大兴棉纱，有 234 元，占总数差不多十分之一；其他如猪毛约 215 元，熟铁货约 174 元，亦算不少。

观南路运来的货物，大概属药材、竹类、铁货等居多数，其他如绸缎、布匹、洋货、茶糖、海味等则很少，或者完全没有。北路则反是。论定县外来的货物，大多数是从北路来，如天津，如保定，皆是最大来源的地方。故此路岁收当不在少数，推测至低限度总在 1 万元以上。今即以 1 万元计，与南路合共亦有 12461.77 元。

第183表　定县民国十八年负担之统税一览*

征税货物	数量	税率	年征税银
1. 大兴棉纱	19500斤	每百斤1.200元	234.000元
2. 大兴粗布	2160斤	每百斤3.000	64.800
3. 猪毛	43081斤	每百斤0.500	215.405
4. 新轿车	1辆	每辆6.000	6.000
5. 竹片	52330斤	每百斤0.100	52.330
6. 竹帘	450挂	每百挂2.000	9.000
7. 杂药材	140252斤	每百斤1.000	1402.520
8. 桐油	290斤	每百斤1.400	4.060
9. 铁锅	356口	每百口3.000	10.680
10. 驮货	240口	每百口0.800	1.920
11. 生铁货	7570斤	每百斤0.200	15.140
12. 熟铁货	43380斤	每百斤0.400	173.520
13. 粗磨刀石	3360斤	每百斤0.120	4.032
14. 石磨	7副	每百副0.700	4.900
15. 粗草帽	1976顶	每百顶2.500	49.400
16. 熟漆	134斤	每百斤5.000	6.700
17. 切面机	1架	每架1.500	1.500
18. 火石	4500斤	每百斤0.100	4.500
19. 黄瓜干	500斤	每百斤2.200	11.000
20. 硬煤	40吨	每吨0.300	12.000
21. 灯罩	400斤	每百斤0.300	1.200
22. 小料瓶	40个	每个0.003	0.120
23. 颜料瓶	260个	每百个0.250	0.650
24. 黑白碗	700个	估价按百分之五纳税	
25. 粗竹器	2400斤	估价按百分之五纳税	
26. 粗竹货	2050斤	估价按百分之五纳税	176.393（24—28合计）
27. 缸盖	100个	估价按百分之五纳税	
28. 杂木料	15吨	估价按百分之五纳税	
总　合	…	…	2461770

* 此仅是经过石家庄税局在该局纳税的部分。

五　印花税

1. 沿革　印花税为行为税之一种，创始于荷兰，后来英法等国转相效办，遂普行于全世界，大家都认为良好的税法。我国在前清光绪中叶，即拟创办，但以当时朝野人士，不知印花税为何物，致未实行。光绪三十三年，度支部又筹划，先在直隶省试办，后天津商会反对，乃展期一年，指于期满日各省一律施行。到时各省督抚复奏请从缓。故此税在前清，终未实现。民国元年，始由财政部颁布税法十三条。二年三四月间，京师及外省次第承办。后又力谋推广，在财部内设印花税处，在各省区分设印花税处，税收已年有起色。

按定县印花税开办，亦在民国二年间，惟最初数年，收数不多。查民国六年五月，谢知事学霖呈报每年认销 4000 元(各县印花税，系由省派定额数承销)，计自呈报之日起，至次年六月底止，为期已一年余，然销售仅 400 余元。八年份派额 6000 元，实征亦只 436.17 元。因当时一般人民尚不了解此税的性质，如何贴用，大家亦没有习惯，故推行较难。以后渐渐明了，销数乃旺。观九年份实征就增加到 1019.83 元，十年份亦到 1052 元(八、九、十，三年征数见下第 185 表)。此后每年都有往上增涨的趋势。

以前此税，各县由县知事经征，每年由省派定额数承销，每三月或半年考核一次(时财部颁有各省区考核印花税划一办法，规定盈绌比额报告表以为考核标准)。后乃由省分区设局办理。现定县属河北第六区印花税分局管辖。该局奉省局委令成立于民国十七年八月，局设定县。除定县外，尚辖高阳、安国、行唐、平山、曲阳、无极、新乐、唐县、完县、灵寿、博野、望都、阜平共 14 县。定县境内，设有代销处 4 所，以送有委令为凭。代销处得按代销额数，支领 5%手续费。如为专员办事处，得支领 1 成。税局经费，则统按 2 成坐支，代销处手续费，都在此内开支。至于每月销行状况，仍有盈绌比额报告表，以定考成。

兹将国民政府财政部印花税暂行条例附此，以见一斑。

国民政府财政部印花税暂行条例

(民国十六年八月中央政治会议议决施行)

第一条　凡本条例所列各种契约簿据及人事凭证，并第四类特种物品，均须遵照本条例贴用印花，为适法之凭证。

第二条　前条所列应照本条例贴用印花之各件，分为四类，税额如下：

第一类　　十五种：

发货票，寄存货物文契之凭据，租赁各种物件之凭据，抵押货物字据，承种地亩字据，当额在四元以上之当票，延聘或雇用人员之契约——以上七种，各贴印花一分。

铺户所出各项货物凭单，租赁及承顶各种铺底之凭据，预定买卖货物之单据，租赁土地房屋之字据及房票，各项包单，各项银钱收据——以上六种，银数在一元以上未满十元者贴印花一分；十元以上者贴印花二分。

支取银钱货物之凭折——每个每年贴印花一角。

各种货物所用之账簿——每册每年贴印花一角。

第二类　　十四种

提货单，各项承揽字据，保险单，各项保单，存款凭单，公司股票，交易所单据，汇票，银行钱庄所用支票及性质与此相类似之票据，遗产及析产字据，借款字据，铺户或公司议订合资营业之合同，不动产与卖契据，承领或承租官产执照——以上十四种，银数在一元以上未满十元者，贴印花一分；十元以上未满一百元者，贴印花二分；一百元以上未满五百元者，贴印花四分；五百元以上未满一千元者，贴印花一角；一千元以上未满五千元者，贴印花两角；五千元以上未满一万元者，贴印花五角；一万元以上未满五万元者，贴印花一元；满五万元者贴印花一元五角，五万元以上，不再加贴。

第三类　　四十五种：

出洋游历护照——贴印花二元

出洋游学护照——贴印花一元

出洋侨工护照——贴印花三角

国内游历护照——贴印花一元

行李护照——贴印花一元

运送现金护照——贴印花一元

免税护照——贴印花一元五角

子口单——贴印花一元五角

三联单——贴印花一元五角

普通官吏试验合格证书——贴印花一元

高等官吏试验合格证书——贴印花二元

专门学校以上各学校毕业证书——贴印花五角

专门学校以上各学校修业证书、转学证书——各贴印花一角

中学校毕业证书——贴印花三角

中学校及与中学同等之学校修业证书、转学证书——各贴印花四分

留学证书——贴印花一元

检定小学教员证书——贴印花一角

受试验教员科目成绩证明书——贴印花一角

考准医士证书——贴印花一元

通译人证书——贴印花五角

请求入国籍志愿书、保证书——各贴印花二角

请求入国籍禀书——贴印花一元

取得国籍之许可执照——贴印花二元

新闻发电执照——贴印花一元

人民投递官署呈文申请书——贴印花一角

婚书——贴印花四角

人民请补请分执业田单——此照亩额贴用印花：五亩以下，三分；十亩以下六分；五十亩以下，三角；一百亩以下，五角；一百零一亩以上，每百亩加贴五角。在一百亩以上而有零数者，其零数亦作一百亩计算。

储蓄会单据——每件贴印花一分

甘结切结——贴印花一角

保结及各项担保字据——贴印花二角。载有银数者，按照第二类各项保单税额，贴用印花。

电力汽力火力水力等机器事业或轮船汽车脚踏车等公司营业执照——各分甲乙丙三级贴用印花。

甲级三元，乙级二元，丙级一元，其资本在一万元以上者为甲级；

在五千元以上未满一万元者，为乙级；不满五千元者为丙级。

轮船汽油船汽车脚踏车等执照——轮船汽油船汽车，共价值满一千元者，贴印花二元，不满一千元者，贴印花一元。脚踏车执照，每件贴印花二角。

各项营业执照——此照资本分别贴用印花，计分二元，一元，五角，二角，一角，四分，二分七级。资本在五万元以上者，为第一级；在一万元以上未满五万元者；为第二级；在五千元以上未满一万元者，为第三级；在一千以上未满五千元者，为第四级；在五百元以上未满一千元者，为第五级；在一百元以上未满五百元者，为第六级；不满一百元者，为第七级。

旅馆客栈执照——其资本在五千元以上者贴印花二元；在一千元以上不满五千元者，贴印花一元；不满一千元者，贴印花五角。

募工承揽人特许执照——贴印花四元

人力车执照——贴印花一角。自用者，贴印花三角（营业者奉令缓办，自用者照章贴用）。

轿车执照——马车执照，贴印花一元；运货大车骡车肩舆执照，各贴印花二角；把手小车免贴。

乐户执照——分甲乙丙三级贴用印花；甲级三元，乙级二元，丙级一元。

运送客货之航船快船执照——贴印花一角

各种采矿执照——五十亩以下，贴印花二元；五十一亩至一百亩，贴印花五元；以次每加一百亩，加贴五元。在一百亩以上而有零数者，其零数亦作一百亩计算。

烟酒营业牌照——分特甲乙丙四种贴用印花：特种一元，甲种五角，乙种二角，丙种一角。

卷烟洋酒运照——贴印花四角

各种行帖——分上中下三则：上则二元，中则一元，下则五角。

戏券游艺券——券资每位在五角以上者，贴印花二分；不满五角者，贴印花一分。

局票——贴印花一角

第四类　　四种：

洋酒印花税——照价值百分之三十贴用印花(已划归烟酒事务局征收)。

奥加可印花税——每一百斤贴印花十二元(已划归烟酒事务局征收)。

汽水印花税——舶来者每一磅瓶，贴印花二分；每半磅瓶，贴印花一分。土制者照此减半。

爆竹印花税——照价值百分之二十贴用印花(缓办)

第二条　国家所用之契约簿据及其他凭证，不贴印花。但有营业性之各种官业，仍依本条例贴用。

第四条　应贴印花之各件，应于交付或使用前，依本条例贴用印花。同时就印花适当处，加盖图章或画押。

第五条　凡应贴印花之各件，不贴印花，或贴用时未盖章画押者，每件处以一百元以下十元以上之罚金；贴不足数者，每件处以五十元以下五元以上之罚金。均酌量情形办理。

第六条　印花税票除第四类印花式样另定外，其票类如下：

一分赭色　　二分绿色

一角红色　　五角紫色

一元蓝色

第七条　业经贴用之印花，不准揭下再贴，违者处以一百元以下十元以上之罚金。

第八条　伪造或改造印花税票者，按照刑律伪造纸币例处罚。

第九条　本条例自公布日施行

2．征收数　定县印花税，在未设第六区分局的时候，归县政府经征。查民国十六年征收2941元，十七年一月至七月征收1000元，是年八月，第六区分局奉令设立，九月开办，每月派额400元，但九、十两个月无销数，由十一月至年底销950元。本年共计销1950元。十八年一月至八月，派额改为每月800元，九月至年底改为每月600元，计平均每月派额733.3元。是年共销6340元，平均每月销528.3元(销数见第184表)。十八年的销数较十六年增加一倍有余。

第184表　定县民国十六至十八年三年印花税征收数

年别	征收数(元)
民国十六年	2941
民国十七年	1950*
民国十八年	6340

*　本年税收，中间因设立税局，八、九、十三个月停顿，故只有一至七，十一至十二，共九个月。

按第六区分局所辖其他十三县，十八年全年销数共50183元，平均每县合3860元，与定县较，相差太多。

定县前几年的销数亦不多，在民国九年与十年间，不过千零数十元，八年不过数百元(见第185表)。到近年来，因推行方法比较严密，故增加甚多，十八年致有六倍于九与十年的数了。

第185表　定县民国八至十年三年印花税征收数

年别	征收数(元)
民国八年	436.17
民国九年	1019.83
民国十年	1052.00

六　总结

定县负担的国税，现计有六项。征收之数，以民国十八年而论，共计135606.52元(见第186表)，其中竟以盐一项占最多数，占总数之52.5%。须知盐为吾人日常生活所必需，在各国多已废止此税，或减轻税率，独于吾国尚倚为收入大宗，殊非体恤民生之道。其次较多的为卷烟统税，占总数的25.9%。卷烟为消耗物品，论税是应该加重的，不过区区一县就有如此一笔税收，可见一年人民对于此项消耗之巨。并且卷烟多为外人制造，我国多消耗一分，流入外人的金钱即将多增加一分，其损失甚不赀。盐税卷烟统税而外，税收多的就要算统税了。表中所列1.2万余元之数，尚是最低的限度，但亦有总数的9.2%。论统税原是一种恶税，阻碍商运，妨害产业，将来终应该取消为是。

至于税收最少的是烟酒税费一项。实际烟酒税费当不只此数，因为其中洋酒税一项在保定所缴纳的，未有计入(可参考前二烟酒税征收数项)。

第186表　定县民国十八年担负之国税*

税之种类	征收数(元)	百分比
1. 盐税	71238.75	52.5
2. 烟酒税费	2450.00	1.8
3. 烟酒牌照税	8016.00	5.9
4. 卷烟统税	35100.00	25.9
5. 统税	12461.77**	9.2
6. 印花税	6340.00	4.7
总　合	135606.52	100.0

*　此外有验契费一项，因不是常有的，当另外计算，故未列入表上。

**　此项数中有一部分是估计的，仅最小限度之数。

按第186表所列国税，尚未有关税等数项在内。此数项为数恐不在少。此外尚有验契的征数，因为不是常有的，亦未计入。据十八年开办的验契，收数有2527.9元（见下节二契税征收数），如一并算入，当有138134.42元（可参考后面第231与第232两表）。

至于民国十六与十七年两年国税的数目，因为有几项不完全，此处暂不列表。

在此有须说明的，关于国税的收入，在平常统一的国家当然归中央无疑；不过在现时的中国，各省往往截留，不一定解到中央。

第二节　省税

按省税计有六项：(1)田赋，(2)契税，(3)牙税，(4)牲畜花税，(5)屠宰税，(6)芦盐食户捐。以下即分别说明。此外临时征收的税捐，民国十六至十八年三年有田赋中附征的各种特捐，烟酒税中附征的特捐和赈款两种。前一种即在田赋款中叙及，后一种已在前节烟酒税中附带说明。

一　田赋

考我国田赋制度，最为复杂，因为数千年来的积习，陈陈相因，错综变化，已漫无系统之可言。如地亩的大小既不一，税率的高低更因地质的不同，历史的习惯，分为三等九则，以至数十百则不等。省典省既不一致，县与县亦不相同。即一县之中，凌乱无章，差别亦巨。论其赋课的性质，本为一种收益税，但里面包含的丁银，又近似人头税。其他杂税附加，混入正税中者尚多，年代久远，亦无从分辨。至于田地的名称，更纷繁不堪，欲一一稽考其由来，殊非易易。因为政府向来就没有积极整理，所以在人民负担极不公平，在国家则租税极不正确。无粮黑地，又所在皆是。国家收入，遂大受影响。根本上的解决，舍实行清丈改订科则外，别无他策。惟兹事体大，断非短时间所能实现。

1. 沿革吾国田赋，在夏称为“贡”，殷称为“助”，周称为“彻”。后来改名田赋，以征取民财，是以田为率。田赋可别为二类：一曰地丁，一曰漕粮。所谓地丁者，地系地亩，丁系人丁。古者赋出于地，役出于丁，此为地丁所由起。地丁居田赋的主要，漕粮不过少数。漕粮所以与地丁别为二者，以地丁向系征银，而漕粮则派征本色(征米、豆、谷、高粱之属)，依水次之便而运输的。考漕运之制，起于两汉，盛于唐宋，均用转输之法，明时则用民运，清始改为官收官兑。惟兑运之际，吏胥需索，经费浩繁，咸以折征为便。咸同以来，各省渐次改征折色(即征银)。定县素无漕粮之征故兹不详叙。

地丁漕粮而外，尚有租课一项。租课原属征租性质，与田赋有别。其地了率为国有或公有之产。国家之征收此项租课，俨如地主之收佃户地租，故曰租课，以其非赋税的性质。定县租课，概属旗人产业(故亦称旗租地，详见下文)。不过至民国十五年，已奉令升科，将地分等定出价格，即由租户给价承买，同于民田。从前课租，现则课税，已入田赋范围了。

地丁既占田赋的主要，兹为详明起见，当有细述之必要。现先述地赋一项。地赋的变更，我们考查，当溯自明代。明代科征，其类凡三，如下：

甲、正赋　正赋中包含六项(1)夏税，(2)秋粮，(3)马草，(4)马价，(5)草料，(6)站银。夏税为小麦丝绢之折征，秋粮为粟米花绒之折征(今之上忙下忙，即近于夏税秋粮之分)。至马草马价草料三者，俱因养马始有此名目。马草起源较早，于税粮内折征，以十五角为一束计算。马价源于明洪武初令天下养马而起。先是岁解孳生马若干匹，嗣于嘉靖十一年，乃按马价改征折色，是为马价。草料者，明万历年间，裁革种马(按明马政，马有三目，即种马儿马骡马是)，每匹征草料银一两，即草料之由来。正赋六项中，关于马的即居其三，谚所谓钱粮马匹者以此。其余站银一项，亦为明代所新增。明初设水驿马驿递运所急递铺名目，初由州县按银均派，嘉靖二十七年，兵部议与税粮并征，是为站银加入田赋之始。定县为诸省通衢，驿费自重。

乙、杂办　杂办本役而非赋，其目凡二：(1)均徭，(2)里甲。均徭者为县以上至于部寺各役的取给，内分三差：(1)银差——专供县以上至于部寺差役杂项各费；(2)力差——专供本府本县各差役杂项(3)听差——专供礼部坐派历日及祭犊各项。每差各县所摊不过数十两而已。至于里甲，则专为本县杂费之用，内分三支：(1)额支——供本县春牛桃符公宴岁修文庙各费；(2)待支——供科举花红旗匾公车及朝觐等费；(3)杂支——供过客下程油炭等费。前两支每县各数十两不等，后一支每县二三百两不等。万历条鞭以前，役与赋分；条鞭制行，乃并役于赋，一征之外无所科扰了。

丙、加银　加银为条鞭以后所增。明季以东事日棘，有天津及旅顺兵饷之增，旋又有马价、胖衣(戏剧所用的内衣曰胖衣)、绵绒、芝麻四项添入。计所增凡六，号曰加银。天启崇祯两朝尚有加的，至清初概行取消；惟六项仍如故，且税率有较明稍增者。今则悉入正供，已分辨不出是一种附加了。

计以上正杂加三项，额内地每亩约征一钱三分二，亦有比此稍多的(参看第187表)；额外地(额内额外说明，详见下文)亩征不等，多则一钱三分余(此种地很少)，少则一分(参看第188表)。

以上是属地赋。兹再述丁银。丁银内尚包括匠银一项，所以亦称丁匠银。丁匠银明于地粮以外特征之。清初则摊丁匠于地，地丁之称始此。征丁的制度，本古代力役之征，性质近乎人头税。唐杨炎变租庸调为两税，是已开以丁入税之渐。明代分丁为三等九则，以下下丁为标准折合，每下下丁征银一钱(亦有不折合，仍按原来标准征收的)，与地粮分别经收。丁数按五年一编审。迄康熙五十二年，乃下诏以现征钱粮册内有名人丁，定为常额，是后滋生人丁，永不加赋。当时本县并归并各衙新旧人丁，共计88111丁，共征丁银8864.5两。至匠银一项，系明洪武二十六年，营造宗庙宫殿，集天下之匠于京，初则征派，继则输纳班银。定县为33.75两。雍正二年，定摊丁于地之制，丁匠遂摊入地粮内合并征收。其摊法系就一省的丁匠，按一省的地赋平均摊算。直隶计每两地赋摊银0.207027两，定县共摊8063.757两。定县以丁多之故，实际较原有丁匠(共数 8898.25 两)少摊 800 余两(根据《定县新志稿·赋役篇》所载，该志编成于民国十七年)。

以上地丁合计，额内地平均每亩约征一钱六分，额外地约征二分四厘(参看第 189 表)。

此外复有地闰丁闰耗羡之说。地闰丁闰是遇闰加征的地赋丁银，闰月之年，亦同正供。地闰按亩加征，额内地大率每亩加银三厘四毫七有奇。额外地平均约加五毫三丝三(参看下文地闰亩征说明)。丁闰向随丁征，摊丁于粮后；则按地丁每两加征七厘九毫四有零。至于耗羡之说，其来亦久。明代正税外有倾镕耗银。雍正二年，遂定各县耗例，尽提以充公。每粮银一两征一钱三分，亦有征六分或完全不征的。民国来，因改用阳历，无闰月之说，三年遂将地丁二闰悉数蠲除，耗羡亦随同取消。本来地丁征闰，于理不通之极。闰月之年，虽时间上多一月，但地的收益，未见增加，何能增加地的赋税？所以取消后，不但制度上简便，即税则上亦较称公允了。

以上说的，全关于地丁方面。现一述租课。租课在征租时代，以其系征租性质(换言之，即征租不征赋)，故丁匠闰银皆不加，仅加耗羡，仍按每两一钱三计算。有并耗羡亦不加的。租率每亩因地有不同，多数均一钱余(见第 193 表)。升科后，租改为赋，赋当较轻，平均每亩约征二分九厘(见第 194 表)，与额外亩征相差无几(因两者亩之大小，大致相同)。

现已将田赋各项经过的情形，大体说明。至征收时期，则无论地丁租课，每年概分两忙，即所谓上忙下忙是也。上忙大约在春间，下忙约在秋收后。应征之银，上下忙各征一半。至于征收费用，县政府按 3%提支。

粮户凡完粮后，即由粮房掣发串票为凭。票系两联，式样见下：

串票*式样

串票

定縣政府爲奉令借徵十九年上忙糧租及帶征十八年全年警學捐差徭各欵

村花戶

銀數	兩 錢 分 釐
折洋數	元 角 分 釐
每畝四十八文警學捐錢數	千 百 文
每兩八百文警捐錢數	千 百 文
每元一百二十八文差徭錢數	千 百 文

附記：串票每張銅元四枚；銀錢市價照當日牌示；如有錯誤重徵五日內更正；經征人

中華民國十八年 月 日給

糧戶須知(一)糧多地少或地多糧少均速來縣登記更正(二)過糧務必隨帶紅契証明

廣字第 號

存根

定縣政府爲奉令借徵十九年上忙糧租及帶徵十八年全年警學捐差徭各欵

村花戶

銀數	兩 錢 分 釐
折洋數	元 角 分 釐
每畝四十八文警學捐錢數	千 百 文
每兩八百文警捐錢數	千 百 文
每元一百二十八文差徭錢數	千 百 文

附記：串票每張銅元四枚；銀錢市價照當日牌示；如有錯誤重征五日內更正；經征人

中華民國十八年 月 日

(糧票有關產權)(妥爲保存查考)

* 串票中所载差徭与警捐征收钱数(全年)，因为是依粮银一忙元两数为标准计算，故皆照原来捐率加了一倍，此是计算时当然的手续，实际对于捐率并没有加增(原来捐率按全年粮银计，差徭系每元征 64 文，警捐系每元征 400 文，可参考田赋附征各捐)。

现在粮银已改为折征银元，此在民国三年即起始。先是民元间，政府欲谋征税统一方法，下令各省，凡征收田赋，改两为元。币制未颁布以前，元两之换算法，由财政部酌定公布之。三年，直隶省规定，粮(即地粮漕粮)每两折征二元三角，租则折征二元(租以二元计者，以租重于赋之故。升科后仍同于粮按二元三角计）。同时取消耗羡及地丁二闰。此可谓为变更田赋最巨之与。耗闰取消，诚属便利。不过银两折征，无形中粮不啻每两多征六钱余，租则亦多四钱余(按洋一元合银七钱二，所以二元三，实合银一两六钱五分六；二元，实合银一两四钱四)，一则加至半倍以上，一则亦几至半倍了。

2.征地种类及各种亩数与征额　定县的征地，现在我们可以分额内地、额外地、租课升科地三大类。前两类即所谓地丁征地，后一类即从前之租课地。现在升科后，则称为租课升科地。这不过是大概的分法，若再分析，各类中又可分若干种，总计不下七八十种，各种赋率皆不等，头绪异常纷杂。兹为简单明了起见，按其性质，一一归类，列为下表：

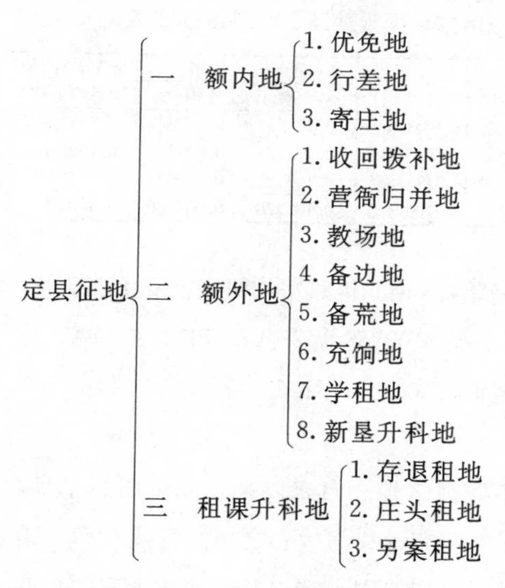

额内地多为明万历以来原有的征地，即所谓原额地；额外地大率是清乾隆时才陆续增入的。额外本屯卫无粮之田(自宋以来，有以屯田给军实之说，此屯卫的来源也)，清顺治十六年废除屯卫，后遂移为拨补之用。因当时近畿一带地方，有圈占之说，圈占以给王公及八旗勤劳将士。其时屯卫既废，遂取其地以拨补被圈之家(定县系拨补房山良乡二县被圈者)，以偿其失。后乃逐渐收回，略同民地。定县额外之地，多属此。

今先将额内三种，分别说明如下：

甲、优免地　士绅之地，有赋无役，纳正供不纳杂办，是谓优免。清顺治十四年，撤去优免，一律改为行差。定县所有优免地的亩数及地丁亩征与总额等，见第187表。

乙、行差地　普通民人之地，赋役并征，是谓行差。行差地丁亩征同优免。定县行差地亩数，及地丁征银，在额内三种中为最多，约占全体80%。

丙、寄庄地　寄庄者，系客民置产于异籍，地寄此处，粮寄它处之谓。故赋率较重。(各项详见第187表)

表187表　定县额内各项地亩数，征银数及平均每亩征银数

征地项别	亩数(亩)	征银		地丁征银合计(两)	平均每亩征银		地丁合计平均每亩征银
		地赋(两)	丁匠银(两)		地赋(两)	丁匠银(两)	
1. 优免地	20751.000	2738.107	566.862	3304.969	0.131951	0.027317	0.159268
2. 行差地	214828.500	28346.748	5868.542	34215.290	0.131951	0.027317	0.159268
3. 寄庄地	30005.000	4296.387	889.468	5185.855	0.143189	0.029644	0.172833
总合	265584.500	35381.242	7324.872	42706.114	0.133220	0.027580	0.160800

以上额内三种统计，共地265584.5亩。地赋平均每亩征0.13322两，共征35381.242两；丁匠平均每亩征0.02758两，共征7324.872两，总合地丁平均每亩征0.1608两，共征42706.114两。

次述额外八种如下(见第188表)：

甲、收回拨补地　定县古本四战之地。自宋以来，以屯田给军实，诸卫屯田，分隶各县，而定独多。清初遂移为拨补之用。乾隆时起，渐次收回。收回之因亦不一：有受补之户绝嗣入官，及因他故入官的；有受补后，愿将所受拨补之地，卖归本县人民的；亦有已成荒地，受补之家呈请退回，后又开垦的；复有已归拨补，而又退还原户的：凡此种种，皆收回拨补的原委也。本县此项地特别多，占额外全体70%以上。地赋亩征不等，有多至七分六，有少至一分，平均约为二分余。丁匠亩征平均约四厘七。

乙、营卫归并地　此项即上面所述的屯卫地（即营卫地），未用于拨补，后并入本县的。亩数亦不少，在额外八种中居第三位。地赋亩征一分，或一分余，平均一分有零。丁匠亩征二厘零。

丙、教场地　此项地为前时练兵习武之用，亩数不多。地赋亩征一分，丁匠亩征二厘有零。

丁、备边地　《明会典》有河北诸省输边仓米麦之文，而它边有备边籽粒地，此即备边所由来。地赋平均亩征一分，丁匠亩征二厘零。

戊、备荒地　备荒地不见于史志，起源无从考悉。疑备荒为本县所自有，或即用以输纳仓谷以备荒年的意思。地丁亩征同备边。

己、充饷地　此地起源亦无从稽考，或者即屯田的变名。地赋亩征三分，丁匠亩征六厘余。

庚、学租地　此是一种学田，从前归定武书院所有。亩数在额外八种中为最少。性质近于租课，故地赋亩征一钱三分二，丁匠亩征约二分七厘，较其他特重。

辛、新垦升科地　此项大率为河淤地或其他荒地，后来开垦升科，故名新垦升科地。地的亩数不少，在额外中居第二位。地赋多亩征一分，亦有征至一钱三分余，平均为一分零。丁匠平均亩征二厘有奇。

第188表　定县额外各项地亩数，征银数及平均每亩征银数

征地项别	亩数（亩）	征银		地丁征银合计（两）	平均每亩征银		地丁合计平均每亩征银（两）
		地赋（两）	丁匠银（两）		地赋（两）	丁匠银（两）	
1. 收回拨补地	257546.274	5905.120	1222.519	7127.639	0.022928	0.004747	0.027675
2. 营卫归并地	15570.210	156.268	32.352	188.620	0.010036	0.002078	0.012114
3. 教场地	527.090	5.271	1.091	6.362	0.010000	0.002070	0.012070
4. 备边地	6196.392	61.964	12.828	74.792	0.010000	0.002070	0.012070
5. 备荒地	2503.500	25.035	5.183	30.218	0.010000	0.002070	0.012070
6. 充饷地	1313.550	39.407	8.158	47.565	0.030000	0.006211	0.036211
7. 学租地	87.000	11.484	2.377	13.861	0.132000	0.027322	0.159322
8. 新垦升科地	71877.280	736.640	152.504	889.144	0.010249	0.002122	0.012371
总　合	355621.296	6941.189	1437.012	8378.201	0.019518	0.004041	0.023559

以上额外八种统计，共地355621.296亩。地赋平均每亩征0.019518两，共征6941.189两；丁匠平均每亩征0.004041两，共征1437.012两；

总合地丁平均每亩征 0.023559 两，共征 8378.201 两。

我们看了上边额内额外的地亩数和地丁征额，不免要发出疑问：为什么额内的地亩少（约占额内外总数 43%）而征银反多（约占额内外总数 84%），额外的地亩多（约占额内外总数 57%）而征银反少（约占额内外总数 16%）？在表面上固然是额内的赋率重，额外的赋率轻；但实际上，却不是这么一回事。实际因为亩的大小有不同，额内皆大亩（俗称大地），额外多小亩（俗称小地）的缘故。据乾隆十八年《赋役书》所载，明万历以来的原额地（即额内地），分上中下及下下四则，共折正地三千四十余顷（据《明史·食货志》载，明宣宗时，因地额溢于旧，始有折合之说）。惟折合之数，《赋役书》及《定县旧志》（即《道光志》）均不详。兹据《新志稿·赋役篇》所云，始知上地折合系以三亩五分折一亩，中地以五亩折一亩，下地以七亩折一亩，下下地以十四亩折一亩。秦以来，中国定制皆以 240 弓为一亩（定县现行步弓，以部颁为准，每弓当工部营造尺 5 尺）。北方田赋，因有折合之说，遂号定制为小亩，折合者曰大亩。此大小亩所由分。额外诸地，以后来增入，无折合之说，故多小亩。亩多而赋反少，就是这个原故。

兹总计额内外，共地 621205.796 亩。地赋平均每亩征 0.068129 两，共征 42322.431 两；丁匠平均每亩征 0.014105 两，共征 8761.884 两（因额外诸地陆续增加，故丁匠亦较前增多）：总合地丁平均每亩征 0.082234 两，共征 51084.315 两（见第 189 表）。

表 189 表　定县额内与额外征地亩数，征银数及平均每亩征银数 *

征地项别	亩数（亩）	征银		地丁征银合计（两）	平均每亩征银		地丁合计平均每亩征银（两）
		地赋（两）	丁匠银（两）		地赋（两）	丁匠银（两）	
额内地	265584.500	35381.242	7324.872	42706.114	0.133220	0.027580	0.160800
额外地	355621.296	6941.189	1437.012	8378.201	0.019518	0.004041	0.023559
总　合	621205.796	42322.431	8761.884	51084.315	0.068129	0.014105	0.082234

* 额内额外亩之大小，既参差不齐，则上表所列亩数及每亩征银各项，就很难看出它们比较的真正价值。因为田地没有实行清丈，也是没有办法的事情。比如额内之分四则折合，时间已久，究竟各则地亩多少，各志亦无记载。已无可查考。并额外也不纯全是小亩。所以额内的亩数究竟应化为额外若干亩，我们实无从算出。因此只好仍用它原来的亩数。将来再实地详细调查。

以上额内外亩数与征银，皆嘉庆以前之数。嘉庆以后，地尚有开除的。开除的原因大率是水冲沙压，发生于嘉庆十四年、二十四年，及咸丰八年、光绪六年各年；亦有少数是从前代征新乐县地，民国来拨还了的缘故。因水冲沙压开除的，在额内有21361.131亩，应除地丁银3451.696两；在额外有11304.868亩，应除地丁银542.466两。因拨归新乐开除的，在额内无；在额外有2680.101亩，应除地丁银39.144两。合计额内共除地21361.131亩，共除银3451.696两；额外共除地13984.969亩，共除银581.610两：总合额内外，共除地35346.100亩，共除银4033.306两(见第190表)。

第190表 定县额内与额外地应开除之亩数及征银数

地别	开除之亩数		合计开除亩数	开除之地丁银数		合计开除地丁银数
	因水冲沙压	因拨归新乐		因水冲沙压	因拨归新乐	
额内地	21361.131亩	…………亩	21361.131亩	3451.696两	…………两	3451.696两
额外地	11304.868亩	2680.101亩	13984.969亩	542.466两	39.144两	581.610两
总合	32655.999亩	2680.101亩	35346.100亩	3994.162两	39.144两	4033.306两

此外又有铁路占据地亩，每岁由平汉路局咨送粮银于县(共计银76.937两)。以不在开除之列，故不计入。

以上通计，额内开除后，现有地244223.369亩，征银39254.418两；额外开除后，现有地341636.327亩，征银7796.591两：总合额内外，现有地共585859.696亩，征银共47051.009两(见第191表)。

第191表 定县额内与额外地原有亩数及征银开除后实剩之亩数及征银

地别	亩数			征银		
	原有	开除	结余	原有	开除	结余
额内地	265584.500亩	21361.131亩	244223.369亩	42705.114两	3451.696两	39254.418两
额外地	355621.296亩	13984.969亩	341636.327亩	8378.201两	581.610两	7796.591两
总合	621205.796亩	35346.100亩	585859.696亩	51084.315两	4033.306两	47051.009两

以上各数，皆根据《新志稿·赋役篇》所载额内外各项地共60余种，一一计算而来。但算出之数，与现在实在征收数目，稍有出入。据《新志

稿》所载的实征数目是：粮地共586866452亩，粮银共47002.956两。据本年在县政府调查，粮银实征数目又为46981.634两(粮地未详)。今一并录此，以作参考。

以上额内外地，除征地丁而外，尚有耗羡及遇闰加征之闰银诸目。虽各项在民国三年取消，但其征收数目，究有多少，亦应知道。耗羡系按粮银每两加征一钱三分，亦有少数征六分或完全不征的。计额内外共征5516.897两(根据《新志稿·赋役篇》所载，但额内与额外未分，见第192表)，平均每亩征0.009417两。地闰则按亩加征，额内优免与行差每亩俱征0.003472两；寄庄稍重，每亩征0.003768两。计额内共征852.529两。额外地闰的亩征，《新志稿》未述及，即征收总额多少亦无记载；旧志上，征收总额虽载，但与丁闰混合，不过还有办法分出。兹求得当时的额外地为349390.753亩，地闰为186.347两(参看《旧志·卷二十赋役篇》11至17各页)由是得亩征的平均数为0.000533两。现在即用此平均数来计算现在额外地的地闰，所得之数，当无大差误，得数是182.092两。合计额内外地闰为1034.621两。至丁闰一项，向随丁征。摊丁于地后，则按地丁每两征0.007941两。计额内丁闰311.719两，额外61.913两：合计额内外丁闰共373.632两。总合额内外地丁二闰共为1408.253两，平均每两征0.002404两。

第192表　定县额内外征地(开除后的)加征之耗羡及地丁二闰并其平均每亩加征数

征地类别	亩数	加征羡银(两)	平均每亩加征耗羡银(两)	加征闰银		加征闰银合计(两)	平均每亩加征闰银(两)
				地闰(两)	丁闰(两)		
额内地	244223.369	5516.897	0.009417	852.529	311.719	1164.248	0.004767
额外地	341636.327			182.092	61.913	244.005	0.000714
总　合	585859.696	5516.897	0.009417	1034.621	373.632	1408.253	0.002404

上面已将额内外情形说清楚，兹再述租课升科地一项。此项地原分三种如下(见第193表)：

甲、存退租地　是项租地，皆为旗产因事退出(如地主已绝等)，交州县暂为经租，以俟拨还旗人者，故名存退。现则一律升科。地不多，仅602亩。课租时代，租银亩征不等，平均约一钱零四厘余，共征62.813两。丁匠闰银不加，仅加耗羡，仍按每两加一钱三，计共加8.166两。

乙、庄头租地　以前凡承租旗产，率有庄头(清初多田者，往往以地归旗，号曰投充，亦庄头类也)，而庄头例有赐给之田。赐给之田，仍须纳租，不过租率甚轻。但日久常有拖欠事情。旗人无法，亦交由州县代征。此即庄头租地的来源。定县此项地有1423.2亩，现已一律升科。未升科时，租各不同，平均每亩约征四分五，共计征收63.346两。至丁匠闰银亦不加，只加耗羡，每两仍按一钱三计，共加8.235两。

丙、另案租地　另案者，皆旗人有罪查抄入官之产。既属查抄，租与地当为国家所有(上两项存退与庄头之征租，系政府代租性质，租与地仍为旗人所有)。此项地有3570.81亩，在租课地三种中为最多，占全体60%以上。现亦一律升科。课租时代，租银亩征多在一钱三四分，亦有征至二钱有余者，平均约为一钱四分六，计共征521.379两。丁匠闰银不加。耗羡亦无。

第193表　定县租课地各项未升科时的地亩数、租银数及平均每亩租银数

项别	亩数(亩)	租银(两)	平均每亩租银(两)
1. 存银租地	602.00	62.813	0.104341
2. 庄头租地	1423.200	63.346	0.045510
3. 另案租地	3570.810	521.379	0.146011
总　合	5596.010	647.538	0.115714

总合上三种地，共5596.01亩。未升科时，每亩平均征租0.115714两，共征银647.538两。此外加耗羡共16.401两(已于民国三年免征)。

上面租银数目，与实有的数目稍有不符。据民国十五年征收田赋报告表上所载，实有额数计644.376两，是较原额减3.162两。减之原因不详。至于亩数当时有无变更，亦未得知。

升科以后，地的亩数，据本年在县政府调查，为5584.11亩。此与原额较，少11.9亩。至于赋为164.012两，因赋较租轻，故少。计平均每亩赋银0.029371两(见第194表)，约当从前租课亩征的四分之一。若与额外地征收地丁平均亩征较，则稍重，约重六厘(额外平均亩征0.023559两)。

现在所有的征地都已说过，特在此列一总表将它们现有的亩数和征银记出，并将征银折洋，又看它们平均每亩征洋多少。我们看第194表，亩数统计是591443.806亩数，征银47215.021两(额内与额外地的亩数与征银，仍根据前面第191表所列之数)。征银折为洋元数(每两统按2.3元折合)，是108594.548元。平均每亩征洋额内为0.369683元，额外0.052489元，租课升科地0.67554元。后两种因为亩的大小差不多，所以平均亩征数比较相近；前一种以是大亩的关系，故亩征较重。至于三种地平均，每亩征0.183609元。

第194表　定县各种征地现有亩数征额及平均每亩征收数

征地类别	亩数	征额		平均每亩征银	
		银数(两)	折洋*	银数(两)	折洋*
额内地	244223.369	39254.418	90285.161	0.160732	0.369683
额外地	341636.327	7796.591	17932.159	0.022821	0.052489
租课升科地	5584.110	164.012	377.228	0.029371	0.067554
总合	591443.806	47215.021	108594.548	0.079830	0.183609

* 按政府规定粮银每两折合2.3元

3.附征各捐　田赋中附征比较很多，常设的有四：属于省的有一，即差徭是也；属于地方的有三，即亩捐，亩捐底子钱，加征警款是也。今分别说明于后：

差徭性质等于从前的杂办，在前清时已有。计所包含的有所谓差钱、大车折价、大季草折与大季麦麸折四项。清末本一律裁免，到民国初，又次第规复。向来由各村交纳县署，民国五年始摊入地粮内征收。计此项收数当时共有钱6893.296千，摊入地粮每元摊64文，随上下忙缴纳。从前此款一部分归县，现则完全解省。

亩捐一名警学捐，为光绪三十三年十月知州陈燕昌所开办。因当时举行新政，无常年的款，遂将村捐约捐(约是村的集合，合许多村为一约，比区的范围小)正名核实，改为亩捐，禀准征收。每亩每年征收钱48文(此处所谓亩，是以小亩中等地为标准，其他皆按此折合计算)，大致一两粮银合900文，亦分上下忙随粮缴纳。所以一种警学捐者，以该款系用于警学的缘故(警占8成学占2成)。至亩捐底子钱，是因为亩捐征收制钱，习惯钱无足数，每百文实数只有98文，故民国八年、九年间，乃有此项底子钱之征收，按亩捐每一千文征20文计算。实则所谓征收底子者，亦不过托名。现在交纳亩捐，谁还给制钱，还有什么不足数之说？再加征警款一捐，系民国十六年因警款不足才加收的。一名加征亩捐，意思即是亩捐的加征，按粮银每两加收400文，亦随粮分两忙交纳。以上三项，均完全为地方款。民国十八年，三项已合并，改称地方经费。因为地方上经费的困难，所以改为地方经费后，即比从前加征一倍有多。从前三项合计，每年每两粮银不过征收钱约1300文余；现在每两粮银则征收铜元280文，即钱2800文，每两粮银约多征1500文。

现住我们将各种征数合为亩征，并折合为洋，看平均每亩征洋多少。观第195表，地方经费一项，各种地平均每亩征收0.054518元，差徭则为0.002866元：合计0.057384元。我们若把正赋和附征一并计算，平均每亩征收是0.240933元。

第195表　定县各种征地平均每亩正赋附捐征收数之比较*

征地类别	正赋(元)	附捐(元)			正附总计
		差徭	地方经费	合计	
额内地	0.369683	0.005771	0.109768	0.115539	0.485222
额外地	0.052489	0.000819	0.015585	0.016404	0.068893
租课升科地	0.067554	0.001055	0.020058	0.021113	0.088667
平均数	0.183609	0.002866	0.054518	0.057384	0.240993

* 本表附捐各数，统以第194表正赋平均每亩征收数为根据计算的。计算出之数，原为钱数，兹按十八年银元每年兑换4100文，换为银元。银元时有涨跌，故折合之数，各年当不一律。

以上差徭和地方经费两种，是每年随田赋固定带征的。此外临时附征的，近两年亦常有。如十五年的讨赤费，十六年的讨赤特捐与讨赤军事善后特捐，十七年的讨赤军事善后特捐与战役抚恤特捐等皆是。此是奉直军与国民革命军作战时所征收的。捐率除抚恤特捐按粮银每两附收一角外，其他均按粮银每两征收2.3元，征收之数，刚好同粮银一样。粮银每两折合为洋元时，亦是2.3元。所以粮银征收多少，此项附捐亦可征收多少，实际不啻把粮银加了一倍。并且十六年，还是征收两次，上忙征讨赤特捐下忙征讨赤善后特捐，实际这年附征的数就二倍于粮银。平常一两粮银年只要2.3元的，在这年正附并计就要6.9元，三倍于从前之数。定县一年征收的田赋是10余万元，十六年征收的，单是此项附捐就到20余万元。即以十七年而论，讨赤善后特捐与抚恤特捐都是在上忙一次征收的，上忙正粮只征一半，如一两粮银征一半是五钱，合洋1.15元，而此两项附捐则征收全年，每两粮银一征2.3元，一征1角，共计2.4元，运正粮就是3.55元。我们试想，平常一两粮银一忙只征1.15元的，现在却要征3.55元，加增三倍有多。负担之重，于兹可见。

我们若计算它平均每亩的负担，以十六年为例。十六年正赋和特捐并计，是三倍于平时正赋的数。平时每亩负担的正赋，平均是0.183609元，三倍就是0.550827元。如加上差徭亩捐等项(是年亩捐、亩捐底子钱及加征警款，尚没有改为地方经费。按当时亩捐等的捐率并银圆兑换率每元3750.7文，计算它们平均每亩征收数，共为0.028052元。再加上差徭的平均每亩征收数0.003133元，合计0.031185元。差徭的平均每亩征收数，亦按当时的银圆兑换率计算，故与第195表所载的不同)，平均每亩征收的共0.582012元之多。一时税率过重，人民甚感痛苦。

上项特捐，至十七年五月，国民革命军克复河北，第三集团军总部财政处始通令豁免。不过十九年战事发生，又有军事特捐之加征，闻仍按从前办法征收，惟每两粮银系加征2元云。

田粮中除以上附征外，尚有一种串票费，因征收田粮，例须掣发收执，即串票，故有串票费的征收。从前每张串票，收钱5文，至民国十五年改收铜圆2枚，旋又改为4枚，十八年河北省财政厅，仍令各县一律改为2枚。至收得之数，县政府留七成六，省占二成四。定县全年所有串票，约计28.5万张之多。

4.征收数　定县最近数年的田赋，每年都是预征下年的。自民国十五年下忙预征十六年全年田粮起，以后皆一年预征一年。观第196表，十六年征收数(即预征十七年之数)共108190.637元，十七年(预征十八年之数)共108190.636元，十八年(预征十九年之数)共106755.346元。

第196表　定县自民国十六至十八年三年田赋征收数的比较

征地类别	民国十六年征收数(元)		
	上忙	下忙	合计
额内外地	54028.879元	53784.530元	107813.409元
租课升科地	188614	188.614	377.288
总合	54217.493	53973.144	108190.637
	民国十七年征收数(元)		
	上忙	下忙	合计
额内外地	54028.879	53784.529	107813.408
租课升科地	188.614	188.614	377.228
总合	54217.493	53973.143	108190.636
	民国十八年征收数(元)		
	上忙	下忙	合计
额内外地	53007.525	53370.593	106378.118
租课升科地	188.614	188.614	377.228
总合	53196.139	53559.207	106755.346

* 表中所列各年征收数，都是预征下年之数。十六年上下忙，是预征十七年上下忙；十七年上下忙，是预征十八年上下忙；十八年上下忙，是预征十九年上下忙。

至各年未完数，看第197表，十六年为244.349元，占全税额约0.23%；十七年为244.350元，可说与十六年相等；十八年较多，为1679.640元，占全税额1.55%。各年未完之数，即于次年催征。

第197表　定县自民国十六至十八年三年田赋已完数与未完数的比较

征地类别	应征税额	民国十六年	
		已完数	未完数
额内外地	108057.758* 元	107813.409 元	244.349 元
租课升科地	377.228	377.228	…
总合	108434.986	108190.637	244.349

征地类别	民国十七年		民国十八年	
	已完数	未完数	已完数	未完数
额内外地	107813.408 元	244.350 元	106378.118 元	1679.640 元
租课升科地	377.228	…	377.228	…
总合	108190.636	244.350	106,755.346	1679.640

* 为民国十九年在县政府调查之实征税额，银为46981.634两，折合洋元如表所列之数。

关于附捐收数，见第189表，差徭及亩捐各项统计并串票费，亦计算在内(串票费虽名为串票的印刷费，不是随田粮按银两或地亩附征，但实际征收之数，多过印刷的成本，故一并列入附征数中)，十六年征20624.264元，十七年征19052.591元，十八年征36502.992元。十八年因亩捐三项已改为地方经费，捐率增加，故是年征收特多。惟是年串票费一项，因改收两枚，为数减少。附捐中差徭与亩捐等，虽随预征正粮附征，但都是各征各本年内的，不属预征。

第198表　定县自民国十六至十八三年田赋附征各捐征收数的比较*

项别	十六年征收数	十七年征收数	十八年征收数
1. 差徭	1822.349	1683.477	11667.094
2. 亩捐	10614.116	9805.267	
3. 亩捐底子钱	212.282	196.105	33578.041
4. 加征警款	5225.517	4827.306	
5. 串票费	2750.000	2540.436	1257.857
总合	20624.264	19052.591	36502.992

*　表中亩捐、亩捐底子钱及加征警款三项地方款，包含有代征地征收的数在内。按代征地，即代征良乡房山地，因既系代征，故前面各表俱未载及。此处以是地方款为地方收入，当一并计入。

又表中各数，俱原为制钱数，统按各年银元兑换率分别换为银元(十六年每元换3750.7文，十七年换4060.1文，十八年换4100文)。十六年换与十七年的征收数，论钱原来是一样的，因折合银元的关系，才有多少之不同。至十八年所列之差徭与串票费的征收数，不是实征之数，是取上年的数目合算的(串票费十八年改收二枚，当按上年之数折半换算。)特此说明。

讨赤费等临时特捐的收数，见第199表，十五年共107813.409元(即从是年下忙起，上忙尚未征收)，十六年因为征收两次，数特别多，共215626.818元；十七年亦有65717.994元。此项特捐，十七年五月停止，是年下忙已无，即上忙亦未征收齐。

第199表　定县自民国十五至十七年三年田赋附征各项临时特捐的征收数

项别	民国十五年征收		
	上忙	下忙	合计
讨赤费	…元	107813.409元	107813.409元
讨赤特捐	…	…	…
讨赤军事善后特捐	…	…	…
战役抚恤特捐	…	…	…
总合	…	107813.409	107813.409

续表

项别	民国十六年征收数		
	上忙	下忙	合计
讨赤费	…元	…元	…元
讨赤特捐	107813.409	…	107813.409
讨赤军事善后特捐	…	107813.409	107813.409
战役抚恤特捐	…	…	…
总合	107813.409	107813.409	215626.818
	民国十七年征收数		
	上忙	下忙	合计
讨赤费	…元	…元	…元
讨赤特捐	…	…	…
讨赤军事善后特捐	62979.744	…	62979.744
战役抚恤特捐	2738.250	…	2738.250
总合	65717.994	…	65717.994

* 十五年下忙(即预征十六年全年田粮)旗租正处分升科，奉命预征蠲免，故讨赤费当无。十六年大概亦因处分未完，讨赤持捐与善后特捐俱未征收，不然，就是未算在内。因为与正赋核对，刚好只有额内外之数，没有租课升科地之数。此种特捐以时过境迁，查致案卷颇感困难，故所列之数，我们只好视为大概的数目。

现在看第200表，正赋附收以及临时特捐各项总计，十六年共征收344441.719元，是年临时特捐的收数项，几二倍于正赋之多；十七年共192961.221元，是年临时特捐虽只在上忙征收一次，但亦有全年的正赋一半有多；十八年临时特捐已取消，故只有143258.338元，惟此年附捐增加，占正赋三分之一有多。至于三年的收数，平均每年为220887.093元。

第200表　定县自民国十六至十八年三年田赋正附及临时特捐各项征收数的比较

项别	十六年征收数(元)	十七年征收数(元)	十八年征收数(元)
正赋	108190.637	108190.636	106755.246
附捐	20624.264	19052.591	36502.992
临时特捐	215626.818	65717.994	…
总合	344441.719	192961.221	143258.338

以上关于田赋各项的收数，除附捐中亩捐、亩捐底子钱、加征警款三项(即现在的地方经费)为县地方收入外，其他皆为省方所有。临时特捐系省中筹给的战费，亦应归入省的税收中。串票费虽有一部分归县政府，但县政府的经费，向来划入省中开支，故亦应归为省有。以是计算，省方所收田赋各项(见第201表)，十六年有328389.804元，十七年178132.543元，十八年109680.297元，平均每年205400.881元。在各种省税中，当然以为最大的收入。

第201表　定县自民国十六至十八年三年田赋正附及临时特捐各项征数属省部分的比较

项别	十六年征收数(元)	十七年征收数(元)	十八年征收数(元)
正赋	108190.637	108190.636	106755.346
附捐	4527.349	4223.913	2924.951
临时特捐	215626.818	65717.994	…
总合	328389.804	178132.543	109680.297

二　契税

契税是田房买卖或典当时，承买或承典者所纳的一种税。凡田房买典成交后即须到县投税，盖所以确定权利的意思。契税的经过很复杂，到现在正税中有附加学费，此外复有牙佣与契纸价注册费诸名目。契税税率，各省情形不同。民国十九年时，河北省买契正税与附加学费共为6分6厘，牙佣按习惯规定为6分(买主出3分6，卖主出2分4)，两者已达12分6厘(即契价的12.6%)；典契则正税与附加为3分3厘，牙佣2

分(承典者1分2，出典者8厘)，合计亦至5分3厘(即契价5.3%)。另尚有契纸价5角，注册费1角。税率不可谓不重。此外更有所谓验契之说，名虽为整顿税务而设，实则有时不过借此敛财而已。

买典田房的人，鉴于负担之过重，故常发生舞弊情事。即税契时，串同卖方人等，将价值少报，以图少纳税款。此种弊端，不独河北各县为然，即其他各地，亦在所难免。

1. 沿革　契税的起源颇早，元时已有契本费一项。明代契本有额，亦征税款。在前清据《清户部则例》所载，置田房价银，每两纳税3分，加耗银3厘；至典当田房，如在十年以内的，则概不纳税。是买契有税，典税尚无税之可言。清初定县阖境常年所征，不过银四五百两上下(根据《定县新志稿·赋役篇》所载)，可见其时收入尚无足轻重。清末官府忽重视之，税率遂日有增加。至近年来，税收已至二三万之多矣。兹就其经过情形分别说明于次：

甲、买契　买契在光绪三十二年以前，税则仍为3分3厘，以3分解司，留3厘于县以办公。至三十二年，乃加本府中学费(即现在定县之省立第九中学)1分6厘5毫，共为4分9厘5毫。契税之有附加税，即自此始。三十四年，定例州县征收经费，以正税一成留支，余九成解省。宣统二年，部分各省田房契正税一律加税，每两4分零5毫，合前之3分3厘，已为7分3厘5毫，合附加之1分6厘5毫，每两征收至9分之多，实为从来所无。而胥吏复以契中制钱1千作银1两反复折合，实折9分为18分，民以为累。宣统三年，藩司始札令银契征银，钱契征钱，严禁折征的弊病。但税率仍如故。民国三年正月，正加学费乃共减二分，以广招徕。正减7厘3毫，加减9厘(指宣统二年正税所加的税，非指附加学费)，即正加税减后为5分7厘2毫；学费减3厘7毫，即减为1分2厘8毫。行至十月，新契仍复旧制，旧契则减为3分9厘3毫。四年，又规定不论新旧，正加税务2分5厘，学费1分6厘，共征6分6厘。六年，税如故，而改6分为税，改6厘为学费。直至民国十九年尚未有所变动。至6分税中，县政府则留支2%征收费。

乙、典契　田房典当，本暂时押抵性质，交易未定，从来无税契之说。据清例所载，典当田房之在十年以内的，概不纳税。乃光绪二十六年，始令典当者须用官纸契尾（官纸契尾的经过见下），然仍不投税。光绪三十四年，定例不分新旧，典当契均照买契减半投税，每两征税1分6厘5毫，外加学费8厘，共2分4厘5毫。宣统二年，部令买契既为9分，典当应一律加至6分。至民国四年，乃减为2分8厘，正税2分，学费仍为8厘。六年，以中央有买六典三之规定，遂改税为3分（征收费用亦是在正税中提2%），附收学费3厘，共3分3厘，仍得买契之半。然此例一行，置产的人多不肯出此无益之费，宁买而不典。贫者有时急不暇择，则减值以典，而税仍出于贫者。各县典契税之无一畅旺者，是因为税率不公平的缘故。

以上仅说的买典契的正税与税中的附加，此外额外的需索，光绪以来所增的尚有下列数项：

甲、契纸价　从前民间习惯，买典田房，成立契约，均系购用私纸，其报官投税与否，征收官署无从查考，故后来有官发契纸的规定。民间购用此种官发契纸，须纳纸价，即所谓契纸价是也。现在契纸价中，包含有契纸与从前的契尾两种费。契尾的起源很早。乾隆十四年，规定契纸后，例黏藩司所发契据，名曰契尾。定县旧例，号制钱10千以上之契曰大契，10千以下名小契。大契契尾，每张制钱80文，小契半之。光绪十六年，始定官发契纸之令，每张制钱50文。其时与契尾并行。至三十年，契纸由制钱50文增至百文；契尾由制钱80文增收银3钱，以1钱8分解省，余则留县办公。宣统三年，藩司改定契纸为三联，一曰正契，二曰副契，三曰契尾，契纸契尾自此合而为一，总收库秤4钱，以六成解司，四成留县。民国三年冬，又改定凡旧契（三年二月一日以前成立之契曰旧契，以后曰新契。此处指未税之旧白契而言）百元以上的，收纸价1元；百元以下50元以上收5角；50元以下30元以上收2角；不足30元免收。新契则一律收洋1元。旧契已税的，以加验契注册故，皆免纸价。旋又改买与新契及补税旧契，一律收纸价5角，以八成解省，二成留县充办公经费。到现在仍照旧办理。

此外尚有注册费(此是投税时的注册费，与后面所说的验契注册费有别)一项，系民国六年直隶财厅所规定(见修正直隶契税条例施行附则中)。凡投税各契，均须一律注册，收费1角。以五成解交财厅，以五成留县备用。此所以纸价5角之外，尚有1角注册费也。

乙、牙佣　凡田房买典，必有人从中说合，说合的人，一般俗称为牙子。何以称为牙子？因为他说的时候，想拉拢两方，费话很多，意思就是他费了不少的口齿，齿即牙，故称他牙子。再有一解，一般比喻交易买卖，如种子的发芽。常说，芽子发得出或发不出，意思就是说交易之能成或不能成。芽子之能出与否，与说合的人很有关系；因是后来称说合的人就直呼之曰牙子，即芽子之转。牙子与人说，当然不能白说，如事说成，必有佣钱，此佣钱即所谓牙佣是也。田房买典牙佣，向由民间习惯，官府从不过问。光绪三十年，始定官牙纪(官牙成立后，仍有私牙。私牙只是与人说合；官牙则系是一种见证人，说合的事他不管，让私牙为之。便牙佣则归官牙收，收来仍给一部分与私牙。官牙所以别称官中，以别于私牙的意思。官中在定县，又俗名官尺)，发卖官纸，每牙每年例交工料制钱3千文(牙子须领尺，用以丈量土地。工料即尺子之工料费。卖则领尺不过有名无实，所谓工料者，即叫官牙纳捐的意思而已)，是为政府干涉牙佣之始。民间旧习，买契出牙佣5分，买主担负3分，卖主担负2分；典契2分，承典者1分2厘，出典者8厘。宣统三年，由自治员规定5分牙佣中，私中代笔取其二，官中取其一，所余2分提充自治经费。民国四年，又改定阖县六区官中29名，分六等领帖于财厅，其缴捐领帖纳税等手续，悉照牙帖例办理(见下牙税项附载之《直隶省整顿牙税章程》)。并增买契牙佣为6分，买主出3分6厘，卖主2分4厘，取消私中代笔。官中取2分，余4分交县，内解省者1分，充学费者3分。典契仍旧，官中取7厘，余1分3厘皆充学费。七年省令取消官中，改称田房交易监证人，以各村村正副或学董兼充。以牙佣2分归各村学费，4分交县；县以1分5厘解省，以2分5厘充学费。典契以7厘充各村学费，以1分3厘交县；县以5厘解省，8厘充学费。此清季以来牙佣之大略情形。

丙、验契 考验契之制，肇始于民国二年的划一契税章程。其办法：凡旧契无论买典或已税未税，均须一律呈验。契价之在30元以上的，收查验费1元，注册费1角；惟契价在30元以下的，仅收注册费。三年五月，改30元以下的号小契，亦加收查验费5角。旋又定凡补税旧契，即于所纳税内，照章提解，不再收验注二费。验费以九成解省，以一成留县办公，当时收入至巨。定县自三年五月至二十月，即上解一项已达5.2万余元。至十六年，直隶财政厅颁布之《直隶省整理契税暂行简章》，更有所谓贴用印花的办法。凡属民间不动产契据，无论成契远近，已未税验，均须一律查验，按照契价，依率贴用印花(即查验期内成立之新契，亦须于投税时，同时登号粘贴印花)。契价之在50元以下的，贴印花1角；在100元以下，贴2角；100元以上至300元，贴5角；300元以上至500元，贴1元；500元以上至1000元，贴2元。再多亦不累进。章程系十六年八月公布，但至次年二月，来验者仍寥寥无几。当时定县县公署以上宪严催，刻不容缓，乃拟定以村庄为单位办法。村庄之在500户以上1000户以下的，至少须呈验红契3000张；200户以上500户以下，至少1500张；50户以上200户以下，至少500张。并限各村正副于半月内汇送来县，雷厉风行，民殊以为苦。迄后河北省政府成立，认为办法不当，乃明令取消。嗣以国民政府财政部颁有《验契暂行条例》(该条例本于十六年十一月即已颁布，不过其时河北省尚未隶属国府范围)，验契又于十八年二月举行。时河北各县，甫经战事，并迭遭灾荒，民生凋敝，各县对此，皆相继表示反对，致有96县民众代表在北平之大请愿(又为发行公债等事)。本来条例规定验契以三个月为限，逾限即受增价之处分。河北省府乃变通办理，分作三期举行，以十八年二月至四月为第一期，四月至六月为第二期，六月至八月为第三期。后又延展以二月至五月为第一期，五月至八月为第二期，八月至十一月为第三期。其第一期内未及呈验之契，归入第二期内，一并查验，仍准免增纸价。定县实际开办，已迟在十一月，现奉令截至今年七月底止，为结束之期。

以上是契税、牙佣、契纸价、验契等经过的大概。验契一项，本来是中央的收入，因与契税有连带关系，故一并在此说明。兹将现行《契税简章》及《验契条例》附后，以供参考。

河北省契税暂行简章

（民国十八年四月河北省政府公布）

第一条　凡买典田房者，应遵照本章程之规定，完纳契税。

第二条　凡买典田房者，须于契约成立六个月内，赴县政府报税领契。

第三条　买典各契，应征税率如下：

1.买契按价征税六分，附加学费六厘。

2.典契按价征税三分，附加学费三厘。

3.买典每粘契纸一张，征收纸价五角。

凡推契[1]准用典契之规定。

第四条　契价税款一律以银元计算。其民间习惯有写钱数者，应按市价折合银元。

第五条　典契税由原业主于限满赎产时，归还税费全额之半于承典人。

第六条　先典后买之买契，得以原纳税额割抵买契税。但以承典人买主属于一人者为限。

第七条　买典田房成交时，应由监证人于草契上加盖戳记。

第八条　监证人负催令当事人于限内投税之义务。倘循情隐匿或串同舞弊者，应照应纳税额处以二倍以下之罚金。

第九条　买典各契成立后，如逾限不税或匿价投税者，应照契税

[1]　凡属租课地（租课地详见前田赋项）的佃户，有愿耕种时，将地推出去，即将地转让与别人的时候所立的契约，就名推契。

条例第七、八两条[1]处罚。其罚金以五成解库，五成留县。如系被人举发者，应由留县五成内提一半奖给举发人。

第十条　买典田房所用草契纸[2]，由财政厅规定式样，饬县仿制，转发应用。每草契纸一张，收铜元十枚，以一半给监证人，一半由县拨充印制工料费[3]。

第十一条　各县经征契税，如能溢额，准就溢征款内提支一成五奖金，尽数留县。其经征比额另定之。

……

国民政府财政部验契暂行条例

（十六年十一月公布）

第一条　国民政府为证人民不动产所有权之契据，特颁行本条例。

第二条　在本条例施行以前成立之不动产旧契，无论已税契未税契，均应一律呈验。

第三条　呈验前项旧契，无论典卖，均应一律注册新契纸，每契纸酌收纸价一元五角，注册费一角，附收教育费二角（中央地方各半）。其不动产价格在三十元以下之契据，只收注册费。

第四条　本条例施行以后成立之新契，仍照现制办理。

[1] 契税条例第七条，即逾限不税者，除纳定率之税额外，如逾限在六个月以上，处一倍罚金；一年以上，处二倍罚金；二年以上，处三倍罚金。第八条，即匿价投税者，除另换契纸，改正契纸，补缴短纳税额外，并处以下列之罚金：匿报契价十分之一以上未满十分之二者，处以短纳税额一倍之罚金；十分之二以上未满十分之三者，处以短纳税额二倍之罚金；十分之三以上未满十分之四者，处以短纳税额三倍之罚金；十分之四以上未满十分之五者，处以短纳税额四倍之罚金；十分之五以上者，处以短纳税额五倍之罚金。

[2] 草契纸与前面所说五角一张的官契纸有别。这不单是价钱的不同，性质上亦各有异。草契纸是田房交易成后，书写契约所用的纸；官契纸是投税时所领，用以粘于草契之后的。

[3] 按现在定县草契纸费，却收的是一角。以五分归县政府作印料费，二分五归教育局手续费（因此项契纸由教育局代售），余二分五归各村学费。

第五条　呈验期限，以本条例实行之日起三个月为限。

第六条　凡逾限补行呈验者，每迟一个月递增纸价十分之一。

第七条　所有旧契不呈验者，于诉讼时不能作为凭证。如经人告发或官厅查出者，加倍征收纸价。由财政部咨请司法部通饬查照。

第八条　各县办理验契，按照所收之额，准百分之五作为征收经费。各县县长办理著有成绩者，另给百分之一为奖励金。其办理不力者，由部咨行该省政府撤任。如有舞弊情事，依法惩办。

第九条　各省财政厅办理验契，提百分之二点五为办公费；各验稽核员提百分之一点五为薪公等费。至所收各县验契收入，按旬报解财政部。

……

2.征收数　契税在省税中亦占一笔大宗的收入。买典契各项如正税附加及牙佣(留县及留归各村部分亦算入)纸价注册费等统计，十六年共征收 17317.723 元，十七年 22462.322 元，十八年 33091.101 元，一年比一年增加，平均每年 24290.382 元。买契与典契比较，当然买契占多数，平均每年征收数中买契占 89.3%，典契占 10.7%。三年中的百分比都差不多，没有什么变动(详见 202 表)。

第 202 表　定县自民国十六至十八年三年
买典契税佣纸价及注册费各项征收数的比较

项别	民国十六年征收数(元)		
	买契	典契	合计
1. 正税	5980.076	737.052	6717.128
2. 附加学费	598.011	73.707	671.718
3. 牙佣解省部分	1495.020	122.842	1617.862
4. 牙佣留县部分	2491.700	196.547	2688.247
5. 牙佣留归各村部分	1993.390	191.978	2185.368
6. 契纸价	2413.000	451.500	2864.500
7. 注册费	482.600	90.300	572.900
总合	15453.797	1863.926	17317.723
百分比	89.2	10.8	100.0

续表

项别	民国十七年征收数(元)		
	买契	典契	合计
1. 正税	8350.528	1039.545	9390.073
2. 附加学费	736.851	88.527	825.378
3. 牙佣解省部分	1824.126	147.542	1989.668
4. 牙佣留县部分	3070.210	236.067	3306.277
5. 牙佣留归各村部分	2456.168	206.558	2662.726
6. 契纸价	3006.500	567.500	3573.500
7. 注册费	601.300	113.400	714.700
总合	20603.683	2398.639	22462.322
百分比	89.3	10.7	100.0
项别	民国十八年征收数(元)		
	买契	典契	合计
1. 正税	12446.938	1635.900	14082.838
2. 附加学费	1224.693	163.590	1408.283
3. 牙佣解省部分	3111.720	272.650	3384.370
4. 牙佣留县部分	5186.200	436.240	5622.440
5. 牙佣留归各村部分	4148.960	381.710	4530.670
6. 契纸价	2830.000	555.500	3385.500
7. 注册费	566.000	110.300	677.000
总合	29534.511	3556.590	33091.101
百分比	89.3	10.7	100.0
项别	平均每年征收数(元)		
	买契	典契	
1. 正税	8925.847	1137.499	10063.346
2. 附加学费	859.852	108.608	968.460
3. 牙佣解省部分	2149.622	181.011	2330.633
4. 牙佣留县部分	3582.703	289.618	3872.321
5. 牙佣留归各村部分	2866.173	260.082	3126.255
6. 契纸价	2749.833	524.667	3274.500
7. 注册费	549.967	104.300	654.867
总合	21683.997	2606.385	24290.382
百分比	89.3	10.7	100.0

定县一年的买典契共有多少张数，我们看注册费或契纸价征收的数

目就可看出。注册费不论契为买与典大小，每张统征洋1角，契纸价则每张统征5角。我们看第203表注册费一项，十六年买契征482.6元，典契90.3元，我们即可知道这年的买契有4826张，典契903张，买典契共5729张。十七与十八年亦是一样，看它们的注册费，十七年有买契6013张，典契1134张，共7147张；十八年有买契5660张，典契1110张，共6770张。平均每年买契约5500张，典契1049张，共约6549张；买契占84%，典契占16%。

我们看此契纸的张数，若与正税（或牙佣部分）的征数比较，不免要发出疑问：为什么契纸这样多，正税才征收这一点?似乎不大相当。例如平均数中，买契每年有5500张，典契1049张，买契的正税才8925.847元，典当的正税1137.499元，买契每张仅合1.6元余，典契每张纸1.1元光景。买契的正税不是按契价征收6%，典契征收3%吗?如是每张契纸价才合30元左右，不太少么?这有缘故。因为平常契纸都有写钱数的习惯，钱贱银贵，故折征银元，数就少了。兼之契纸上写的价值，多半是瞒了价的，如一亩地值100元，不过写钱数十串，所以准此征收，数当更少（买典田房的人少写契价，固然少纳一部分税款；但在村中学款方面要多报效一点：实际还是少纳有限。其中不瞒价的，当然也不乏其人）。实际田地买卖，亩数多的也很少，平常几亩的居多数，不到一亩的也有。所以契纸虽多，而税收不能如我们理想所有之数。至于瞒价的事情，现可说已成通弊，政府中人未尝不知道，但也没有办法。到十八年春间，始把纸价上写钱数的习惯明令取消，税收较前稍有增加。

至于正税与附加学费，买契正税6分，附加6厘；典契正税3分，附加3厘；是买典契的附加，都相当于正税的十分之一。惟十七年附加的征数与正税的征数，买典两项都有不大符合之处（见第202表）。我们看买契正税征额8350.528元，典契正税1039.545元，照十分之一计算，买契附加应有835.053元，典契附加应有103.955元。但原来数目比较此数稍少，也许本年实解的只有此数。

契税各项中，除牙佣一部分留归县地方用外（买契牙佣6分，留县

2分5厘，留归各村2分；典契0牙佣2分，留县8厘，留归各村7厘)，其他皆悉数解省(契纸价二成，注册费五成，虽是留县，但是留充县政府办公经费，不是归县地方动用，故应一并列为省的收入)。计解省之款，十六年共12444.108元，十七年共16493.319元，十八年共22937.991元，平均每年17291.806元(见第203表)。

第203表　定县民国十六至十八年三年契税属省部分的比较

年别	征收数(元)
民国十六年	12441.108
民国十七年	16493.319
民国十八年	22937.991
平均每年	17291.806

此外尚有验契的收入(十六年验契一次，系贴用印花，收数未查得)，计自十八年十一月开办之日起，截至今年五月底止，共查验大小契纸3100张，共收纸价(按章程规定，30元以下的小契免收纸价。但现在仍改收5角)注册费教育费2592.8元(见第204表)。验契已快到结束之期，收数仅此区区，可见投验者之不踊跃。若与从前每次验契收数动辄巨万较，相差实在太远(教育费要30元及30元以上的大契才收，每张收2角，用此可以推算出大契有649张，小契有2451张。大契仅占20.9%小契占79.1之多。由此可证明大契之少，普通都是30元以下的小契居多数。在此附带要说明的，我们若以大小契的张数分别求它们的纸价，求出之数与原数稍不符。如原数无误，则教育费一项或许有误，教育费或较实数稍多。教育费较实数稍多，意思即是求得的大契亦要较实数稍多一点。换言之，实际有的大契恐还没有649张之多，小契则恐多于2451张之数)。

第204表　定县验契各费征收数*

(民国十八年十一月开办，至十九年五月底止结算)

项别	征收数(元)
1. 纸价	2153.0
2. 注册费	310.0
3. 附收教育费	129.8
总　合	2592.8

* 此表所列之数，系截至五月底止，距结束之期，尚有两月，特此说明。

验契各费，除附收教育费中央与省各半外，其他皆悉数归中央收入，计中央共应收2527.9元，省应收64.9元，当分别计入国省税中。

三　牙税

牙税近似一种营业税。征收的范围很广，凡市场买卖交易的货物，只要是经牙子为媒介的，统要征收牙税。如杂粮、棉花、土布、席麻、牲畜、树木，甚而至于柴、菜、水果、口袋、线带子等，无一不在应征之列。从来民间习惯，货物交易，买卖两方，多由一中间人为之说价，并过秤量斗等事。此中间人俗名曰牙子，一称牙纪，别称经纪。牙子之来历与前契税中田房买典的说合人之称牙子同。牙子与人说合，从中取得佣钱，官府后来亦即承认之，并颁布章程，发给牙帖，准伊正式收佣纳税。此所纳牙税，即所谓牙税是也。

牙税抽佣，系按货物分行办理，各抽收各本行范围内的货物。如棉花行，则抽收所辖地面凡关于棉花的佣钱。每逢集市，牙纪即上市介绍交易(多雇用牙伙代办)，交易成就，即可循习惯向买方或卖方索取佣钱。佣钱收来后，即以之缴纳税款。从前缴纳税款的办法，系按领帖等第以定缴款之多少；自民国十四年起改为投标包办，则依各人所投标额缴纳。缴纳后，如有盈余，即归他赚；如万一不敷，则归他赔。此为牙纪收佣纳税的情形。关于税之经征，各县由县政府主持，以县为范围办理。

至于牙税征收的货物为什么这样的广，亦有原因。在前清充当牙商请领部帖，本来限制颇严。但后来，积久弊生，或则期满不换，或则无照私征，各县知事，明知此弊，乃欲从中分利，往往私给谕帖。人民无知，遂任其需索，久则习为自然。造后整顿牙税章程颁出(民国四年，直隶省颁布，见下)，不管有帖无帖，凡习惯之已征收者，概给新帖，许其征收，征收范围，因此就扩大了。

1.沿革　考牙税一项，在清初即有。不过其时征收范围较小，税收亦微。定县牙税，据乾隆十八年赋役书所载，当时阖境常年所征，仅银7.45两。旧例全县牙纪共54名，每名率纳银1钱，间有1钱5分者。后以牙纪散亡者多，此区区7两余之牙税，尚每每无着，致岁由有司垫解(见《定县新志稿·赋役篇》)。可见其时该项税收之不足重轻。光绪二十年，勒牙行分六等认捐，自100两至5两凡六等。统定县斗级牲畜花布各牙纪认捐的，凡52名，共1062两，名为牙纪盈余。是为牙税发越之始。不过行之既久，弊端遂出，牙行领帖的规定，直视同具文。光复以后，财部本拟厘定划一章程，以资遵守；嗣以各地生活程度不同，民生担负不一，恐难支配得当，致未实现。民国三年三月，始由财部电令各省，按照当地情形，妥拟章程报部。四年，直隶省拟定整顿牙税章程十三条，其重要条文录如下：

直隶省整顿牙税章程

第一条　本章程以整顿牙税，划一税则为宗旨。凡旧有牙纪从前所领司帖，厅帖，县谕，或仅有县给腰牌，均应一律取具殷实商铺两家，或同业三家保结，换领新帖，照则纳税，免纳帖捐。

前项牙帖由财政厅制定之。

牙帖式样见后面。

第二条　本省牙帖有效期间，以五年为限。满五年后，应照第三条规定，缴纳帖捐，另换新帖，方准继续营业。如有呈请新充之户，经本院知事认为有添设之必要时，得照第一条取保，第三条纳捐后，给以新照。

第三条　本省牙帖捐分为下列六等：

一等300元，二等250元，三等200元，四等160元，五等120元，六等80元。牙帖捐于领换新帖时，一次缴之。

第四条　本街牙税，每年应纳税额如下：

一等160元，二等120元，三等100元，四等70元，五等40元，六等20元。

第五条　前条税额，每年分两期完纳。第一期定为六月一日至六月末日，第二期定为十二月一日至十二月末日。如有滞纳，应按月递加原额十分之一。两月后再不缴纳者，传同原保押追，并追销牙帖。

……

第七条　牙纪领换新帖，每张须缴纳帖费大洋1.2元，以一半留为县署办公，一半解缴财政厅，作为印刷及委员催办各项之需。此外不得需索分文，违者准其控究。

第八条　换帖之标准：

原认盈余满100两，或年计牙用收入在350元以上者，应领一等帖。

原认盈余满80两，或年计牙用收入在300元以上者，应领二等帖。

原认盈余满60两，或年计牙用收入在250元以上者，应领三等帖。

原认盈余满40两，或年计牙用收入在200元以上者，应领四等帖。

原认盈余满20两，或年计牙用收入在150元以上者，应领五等帖。

原认盈余满20两以下，或年计牙用收入在150元以下者，应领六等贴。

前项标准，二者但取共一。

……

第十二条　如有不领牙帖，私行营业者，除由本县知事查明其经过期期内取得用钱，悉数充公外，仍须酌量惩办。

……

分等第时代之牙贴式样

等牙帖

直隸財政廳為發給牙帖事查直省牙行至為
紊亂茲特擬定章程重行整理凡屬從前所領
無論司帖廳帖縣諭或僅有縣給腰牌一律換
領新帖按則納稅共有新開之戶亦准一體給
領以昭劃一茲據　　縣　　地方　　取保並
繳原領請領換前來經本縣知事查明許可合行
發給帖張收執須至牙帖者

計開

牙戶籍貫	牙戶姓名	營業種類	課稅標準	
			原認盈餘數	每年收入牙佣數
		行		
繳納帖捐數	年納稅額	納稅定期	具保行號	
		第一期六月 第二期十二月		

中華民國　　年　　月　　日

自此章程颁布后，定县所有牙行，共计 59 行，牙纪 59 名。帖捐约三千五六百元，年税二千零数十元 (详见下)。因为各行没有统一，征收情形，非常复杂。如关于牲畜，就所谓猪行，牛行，骡马行，或骡马驴行等等。各集市各就其征收货物即设立一行。故同是征收某项货物，此集有一行，彼集亦有一行，各自为政，异常凌乱 (民四、民五两年起，税中又陆续附加地方公益捐，名为牙捐。用途不外办理教育与自治。此为县地方的收入，别详于下节，兹不赘)。此种办法，直至民国十四年九月为止，仍照旧未变。至捐税数目，每换一次帖，稍有增加。计算民国十四年四月为换帖之期，统计牙行共 64 行，牙纪 64 名，帖捐为 6200 余元，年税为 2200 元之谱 (详见下目)。据调查 (十四年七月间，县中派各区巡官调查各集市牙税征收情形，调查后有报告。此处是根据彼等的报告而来) 当时征收税率斗行大多数为每斗铜元一枚 (由卖方出)，或二枚 (买卖主各出一枚)，间亦有抽四五枚的；布行每匹为六枚，或洋二仙 (合五枚) 不等 (都归卖方出)。以上斗行与布行所抽的，合之物价，皆没有到百分之三。至其余各行，大概说来，多按物价百分之三征收，何方担负，没有一定，有一方独认的，有双方分担的，甚有两头抽三分而至百分之六的，极不一律。此当时的大概情形。

是年，直隶整理牙税新章颁布，现定招商投标包办，废除从前分等缴纳帖捐帖税的办法。其第一条载：本省牙税秉承财政部化散为整之主旨，招商包收，以期增加收入。第二十二条载：新牙行成立后，所有领有牙帖帖限未满各牙纪，无论领帖换帖长缴之帖捐帖税，均按月算还，以示体恤。因此章程之颁布，定县旧牙行，于是年九月末日即告终止，新牙行于十一月一日正式成立，新牙招包，总分八行，故亦称八包税，八行名称如下：

甲、牲畜行(即骡、马、驴、牛、猪)。

乙、棉花棉花籽行(即棉花、穰花、棉花籽)。

丙、布行(即土产之白布、紫花布、金砖布、蓝方布)。

丁、斗行(即杂粮)。

戊、油饼柴菜水果口袋线带子行。

(a) 油之种类　限定花生油、棉籽油、芝麻油三项。

(b) 饼之种类　限定麻饼一项。

(c) 柴之种类　限定劈柴、树枝、秫秸、豆秸、干草、芝麻、高粱茎七项。

(d) 菜之种类　限定白菜、萝卜片，山药三项。

(e) 水果之种类　限定梨、杏、桃、柿、葡萄、沙果六项。

以上五项，无论何种，凡沿街叫卖者，及五十斤以下者，皆不得抽用。

(f) 口袋线带子之种类　限定口袋线带子两项，以赴清风店集市大宗发售者为限。此外凡沿街叫卖，及零星出售者，概不抽用。

己、花生席麻行(即花生、苇席、线麻、茱麻、麻绳)。

庚、树木油漕牛马羊皮骨行

辛、猪毛鬃行

最后庚、辛两项，树木油漕牛马羊皮油骨行与猪毛鬃行，在十四年七月定县公署公布的投标规则中，尚未列入。迄九月增补条款出，始将两行加上。兹将此两章程附此，以见一斑。

定县牙税投标规则(共二十八条节录于下)

第一条　本县牙税遵照财政厅颁发整顿牙税新章，招商包办。

第二条　包收范围，以定县境内牲畜行，棉花籽行，布行，斗行，油饼柴菜水果口袋线带子行，花生席麻行，分为六项。每项得总牙行一名，招商承包。

……

第七条　商人有买卖行为，经由牙行介绍，以及评价过斗、过秤时，方得抽收牙佣。

……

第十二条　投标税额以银元为本位。

……

第十四条　………至牙行内幕如何组织，概归牙行自理。

……

第二十一条　包商得标后，于五日内，须先缴包额全数的五成。其余五成，取具当地相当铺保，方准承办。接办后，每三个月缴全额之二成五，两次交清。交款不依期限，或不足数，即生成铺保代缴。

……

第二十三条　牙行应领牙贴，由财政厅制定，由县呈请核发，每张收帖费银十元。牙行所用之牙纪，名曰牙纪，由牙行自由选定，将花名造册，于十五日内送县转呈财政厅，按名发给执照，每张收照费银一元。

……

牙帖与执照式样，见下面所附的图。

第二十六条　承包期限暂以一年为限，期满另行投标。

……

民国十九年之牙伙执照式样

執照

河北省財政廳爲發給執照事茲據　　縣
呈報　　牙行由商人　　得標包辦選
定　　爲牙夥合給執照以憑帮辦須至執
照者

中華民國　　年　　月　　日

此聯交牙夥收執

民国十九年之牙贴式样

牙帖

河北省財政廳爲發給牙帖事茲據　　縣
呈報　　牙行招商投標包辦以商人
標認大洋　　爲最多數應准承
包包期自中華民國　　年　　月
日起至　　年　　月　　日止爲滿合
給牙帖以憑營業須至牙帖者

包商
鋪保

中華民國　　年　　月　　日

此聯交牙行收執

定县增补牙税投标条款(共十五条节录如下)

一、各牙行投标之最低标额，呈奉财政厅核准，分列于下：

1. 牲畜行全年正税以 8100 元为率(公益捐以 6390 元为率)。

2. 棉花棉籽行全年正税以 6100 元为率(公益捐以 4104 元为率)。

3. 布行全年正税以 1636 元为率(公益捐以 1635 元为率)。

4. 斗行全年正税以 5522 元为率(公益捐以 742 元为率)。

5. 油饼柴菜水果口袋线带子行全年正税以 3475 元为率(公益捐以 3475 元为率)。

6. 花生席麻行全年正税以 2643 元为率(公益捐以 2643 元为率)。

7. 树木油槽牛马羊皮油骨行全年正税以 3512 元为率(公益捐以 732 元为率)。

8. 猪毛鬃行全年正税以 1200 元为率(公益捐以 750 元为率)。

…………

●各投标人无论认投何项牙税，均先缴最低标额正税公益捐共数百分之十作为保证金(所缴之保证金,得标后,准算入应缴款内;如不得标,照数退还)。

●各投标人所投标额，在最低标额以上之最多数为得标。

……

●牲畜、棉花籽、油饼、柴、菜、水果、口袋、线带子、花生、席、麻、树木、牛马羊皮油骨各项牙用，统按物价抽收百分之三，即每百元抽用三元。无论向来习惯之为多为少，嗣后概按三分抽用。其牙用之担负，应查照本地习惯，向由何方出用，仍循习惯办理。如系分担，统数合为三分，非向买卖两方各抽三分也。

●棉花牙用，现奉通令，特别规定。凡原抽牙用超过三分者，一律改按三分抽收，不准再多。其向来抽足三分，按诸地方情形，实无窒碍，亦准照旧办理。其向来抽用不足三分者，准照习惯抽用，不必定收三分。

●粮食、土布两项，已奉通令准予变通办理，悉照向来习惯，不必拘定章纳三分用。但其他牙用，不得援以为例。

……

●油槽按户之大小抽收，大户全年收钱十二千文，小户全年收钱六千文。

……

看了上边两种规程，我们就可知道当时筹办新牙行的大概情形了。至于牙行投标，时在县公署大堂举行，每届期满，由县知事先期布告通知。凡欲充当牙商者，即行报名投标。八行每行总包与一人，共取八人。得标之牙商，领帖组织牙行，雇用牙伙，即可开始征收牙用。有时牙商因所辖地面广大，不能兼顾，又分包一部分与他人，此当时招商投包的状况。以后，十六、十七、十八几年中，仍照旧办理，没什么变更；惟最低标额一项，各年有不同(各年规定最低标额数目,可参考第208表)。

十八年四月，河北省政府颁发《牙税暂行简章》十九条，内容则与前稍异。最重要的，是税则担负的规定，地方附加税限制等。这与各县的牙税现状有关，兹特摘录于下：

河北省牙税暂行章程

……

第二条　本省征收牙税，以各县原有之牙行为限。如有大宗行货，非呈准财政厅不得添设。

第三条　各县原有铺擒、絮套、柴、草、麸子，荆条、农盖、菜子、要货嫁妆以及埠头起卸小脚等行，或物属细微，或事近苛扰，应一律免征。

第四条　牙税按物价百分之三征收，由买卖主双方负担，买主三分之二，卖主三分之一。

零星交易，共应纳税款不及一角者免征。

第五条　牙税应按物价折征银元，不得以货物抵收(如买卖粮食吃合子等旧习，应即革除)。

第六条　第四条规定税款，应完全解库。如县地方有必须附加征收者，应由县长呈请财政厅核准后，方得照加。但至多不得超过正税之半。

第七条　牙行征收牙税，除正税附加税外，不得再收牙用。前项征收牙税之牙行，得就所收正款内，提给百分之五征收费。

……

第十一条　牙行承包牙税，以一年为期。……

……

第十三条　凡地方各种机关及在职人员，概不得承包牙税。

第十四条　牙行收税，如巧立名目，违章浮收，一经查觉，或被告发，由县政府照浮收之数，处以十倍以下之罚金。其情节较重者，并得取消牙行资格，没收其押款。

第十五条　买卖商人，如有漏交牙税，查明后，除照章补税外，按应交牙税数目，处以五十倍以下之罚金。其未领贴照私充牙行者，除追出私收牙税外，按其所得数目，处以十倍以上二十倍以下之罚金。

前两项处罚事件，应由县政府核办，牙行不得私自处罚。

第十六条　牙行应领之牙帖，及牙伙应领之执照，均由财政厅制发。牙帖每张收费十元，执照每张收费一元，均按五成留县，五成解财政厅。

第十七条　凡罚金以三成给举发人，三成留县政府，四成解财政厅。

……

第十九条　本章程经省政府公布后，自十八年七月一日施行。

上项章程，现在已陆续有变更，关于第四条税率一层，本规统按百分之三征收。但十八年五月（即章程颁布后一月）十日省政府委员会议决，棉花、土布、绳席及纸四项牙税，应变更税率，暂照百分之一征收。同月三十一日省府又议决将粮牙税亦援案办理。因为这几项都有关平民的生计。并纸与土布，尚有关国货的前途，所以税率有减轻的必要。

至该条中第二项，不及一角免征的规定，现则取消（见十九年三月六日《大公报》）。这大概是此种零星交易不及一角的税款甚多，如免征，不免有影响税收前途也。

再第七条第二项，牙行得提及百分之五征收费一节，在前省府委员会第十五次临时会议改为此项征收费划拨一半充县政府经费，一半始归包商。近又议决将该项条文完全取消。理由是，牙税招商投标，系属包办性质，当无给予牙行征收费的必要（亦载十年三月六日《大公报》）。

不过此地须说明的，上面章程虽是如此规定，但实际上仍未完全照此办理。因为积习太深，一时很难更改。如简章第四条，规定牙税按物价百分之三征收，由买主出三分之二，卖主出三分之一；以及后来对于棉花、土布、绳、席、纸，（定县尚无纸牙行）及粮食等项提出，改为百分之一征收等等，在定县就未尽依此实行。我们看了下边所列各牙行征收税佣的情形(此系大概情形，不一定全县各集市都完全是这样，因各集市彼此常有不同)；就可知道：

甲、牲畜行　税率为百分之三(据民国十七年六月调查，以下均仿此)，由卖方负担(因买卖之牲畜，除牙税外，尚有牲畜税，牲畜税归买方缴纳，故牙税归诸卖方)，现仍照旧。

乙、棉花棉籽行　税率为百分之三，多归卖主出。现棉花已遵新章改为一分，棉籽仍照旧。

丙、布行　税率系按匹计算，每匹布抽洋二仙不等(此二仙不能完全归牙纪得，尚须给一部分与各布号堆栈，作为他们的酬劳)，由卖方负担。现仍照旧，没有遵新章一分办理。因每匹所抽的，比之物价，向来没有到百分之三，亦不过在一分左右光景，故未改。

丁、斗行　税率系按斗计算。普通粮食大概每斗由买卖双方各出铜元四枚，稍贵的粮食如芝麻之类，每斗则各出铜元八枚。亦因每斗所抽的,合物价没有到百分之三，故现在亦是未改。

戊、油饼柴菜水果口袋线带子行　税率为百分之三，归卖主缴纳，亦有买卖两方各抽三分的，共为百分之六。现在仍循旧习办理。

己、花生席麻行　税率为百分之三，花生归卖方缴纳(因买方已有三分的花生木植捐)，席麻大概亦归卖方缴纳。

庚、树木油槽牛马羊皮油骨行　油槽税率系按开油槽户之大小分头等二等，头等纳钱十二千文，二等纳钱六千文。至树木与牛马羊皮油骨系按物价百分之三抽收，由卖主负担(树木一项买方已有花生木植捐三分。按木植即指树木)。现一切均照旧。

辛、猪毛鬃行　税率百分之三，卖方负担，现亦照旧。

我们从上边可知道，征收税佣，八行各有不同，有时同行亦因物因地而异，极不一律。有不按物价征收的，有按物价征收而超过三分的，有为三分而不一定依买二卖一交纳的。至棉花土布等数项，有遵令改为一分的，也有沿旧习办理而不一定刚好一分的，亦有仍照三分抽用完全未改的。总之一切所行，可说仍是从前的习惯，并未因章程之颁布而有何更改。这都是积习太深的缘故。一层也是牙商任意需索，买卖之家怕麻烦不与他们计较，故纵有章程亦等于具文了。

再第六条，限制地方附加(即指牙捐而言)不得超过正税之半一节，亦未实行。在定县附加不但超过正税之半，甚有多过正税的。由来已久，并关系地方收入，如减为正税之半，则短少之额，如何挹注。所以此层更难办到。

至于牙商征税，论到弊病，亦很多。如斗行有所谓合子，牲畜行有所谓绳钱及票钱等名目，即是他们滥征的恶习。所谓吃合子者，即牙商对于粮食买卖，除应征正税之外，犹勒取少许粮食，归为他私人进财，俗名就叫吃合子。至绳钱票钱，则是买卖的牲畜，凡买妥后，须系之以绳索以为标记，买家更须写税票(因买方须纳牲畜税也)，记明价目税额等，以是牙商即从中索费，名曰绳钱票钱。此亦是他们饱私囊的一种方法。此外如油饼柴菜水果口袋线带子行等，亦有种种额外浮收之弊。十八年三月，河北财政厅乃训令各县，对此等恶习严行取缔，以后此风始稍戢。

2. 分等第时代的牙行数目及缴纳的捐款　定县各牙行，在民国十四年九月以前，俱是分等领帖，支离破碎，凌乱不堪。以民四、民十四两年为例，此两年皆是换帖之年，在民四全县有 59 行，民十四有 64 行(见第 205 与第 206 表)。那时设立牙行，差不多全以集市为单位，看某一集市有那些应征税的物品，即可分别一一设立，所以各集市间彼此不相统属。我们看民十四年所有牙行的种类(第 206 表)，即可知道其繁杂情形之一般。

以各集市为单位计算牙行的数目，民四年县城共有牙行 10，明月店 9，清风店 7，以此三处为较多；其他三、四行，一两行不等。十四年，县城为 9，清风店明月店各 7，仍是此三处占多数(仍见 205 与 206 表)。

第205表　定县民国四年各集市所有各种牙行数目及缴纳之税额

地名	所有牙行数*											牙行数合计	年纳税额（元）
	按种类分配					按领帖等第分配							
	牲畜行	棉花棉花籽行	布行	斗行	油饼柴菜等行	第一等	第二等	第三等	第四等	第五等	第六等		
1. 县城	3	1	1	3	2				1	1	8	10	307.00
2. 清风店	2	1	1	2	1		1		3	2	1	7	503.50
3. 明月店	4	1	1	1	2					4	5	9	315.50
4. 李亲顾	2	1		1						1	3	4	115.10
5. 市庄	2			1	1					1	3	4	100.00
6. 北高蓬	2	1†		1							4	4	117.00
7. 子位村	2		1†	1							4	4	117.00
8. 砖路			1					1				1	100.00
9. 东亭	1	1		2							4	4	80.00
10. 邢邑				1†						1		1	40.00
11. 大辛庄	1			1					1		1	2	90.00
12. 大鹿庄				1							1	1	20.00
13. 五女集	1	1		1							3	3	75.10
14. 高就村	1										2	2	58.50
15. 东内堡		1									1	1	20.00
16. 张谦村				1							1	1	20.00
17. 满里村					1△						1	1	20.00
总合	21	8	5	18	7		1	1	5	10	42	59	2098.70

*　尚有县城之五等酒行及砖路之六等炮竹行各一，均以不在现时八行范围，故未列入。

†　该行包含有布庄在内

†　该行包含有棉花在内

△　该行包含有棉杂粮（属斗行）在内

第 206 表　定县民国十四年四月各集市所有牙行之种类及数目

地名	所有牙行		行数
	种类	领帖等第	
1. 县城*	骡马行	6 等	9
	驴牛行	6 等	
	猪行	6 等	
	棉花行	6 等	
	布行	6 等	
	斗行	5 等	
	斗行	6 等	
	斗行	6 等	
	花生油饼柴菜水果行	6 等	
2. 清风店†	骡马驴行	4 等	7
	猪行	5 等	
	棉花行	4 等	
	布行	4 等	
	斗行	2 等	
	稻米行	5 等	
	口袋线带子行	6 等	
3. 明月店	骡马行	5 等	7
	驴行	6 等	
	牛行	5 等	
	猪行	5 等	
	棉花行	5 等	
	斗行	6 等	
	花生油饼梨行	6 等	
4. 李亲顾	骡马驴行	5 等	5
	牛行	6 等	
	猪行	6 等	
	布行	5 等	
	斗行	6 等	

续表一

地名	所有牙行		行数
	种类	领帖等第	
5. 市庄	骡马驴牛行	5 等	
	猪行	6 等	
	棉花行	6 等	
	斗行	6 等	
6. 北高蓬	骡马驴牛行	6 等	4
	猪行	6 等	
	花布行	6 等	
	斗行	6 等	
7. 子位	骡马驴牛行	6 等	4
	猪行	6 等	
	棉花行	6 等	
	斗行	6 等	
8. 砖路	猪行	6 等	3
	棉花行	6 等	
	布行	3 等	
9. 东亭	骡马行	6 等	3
	棉花行	6 等	
	斗行	6 等	
10. 邢邑	骡驴猪行	5 等	2
	杂粮花布行	5 等	
11. 大辛庄	骡马驴牛行	6 等	2
	斗行	6 等	
12. 大鹿庄	棉花行	6 等	2
	斗行	6 等	
13. 五女集	骡马驴牛行	6 等	2
	斗行	6 等	
14. 高就	骡马驴牛猪行	6 等	2
	斗行	6 等	

续表二

地名	所有牙行		行数
	种类	领帖等第	
15. 东内堡	棉花行	6 等	1
16. 大五女	棉花行	6 等	1
17. 西丁	棉花行	6 等	1
18. 张谦	斗行	6 等	1
19. 寨西店	斗行	6 等	1
20. 油味	斗行	6 等	1
21. 沟里	棉花油饼梨果行	6 等	1
22. 吴村	棉花籽行	6 等	1
总合	……	……	64

*　尚有五等酒行一，以不在现时八行范围，故未列入。

†　尚有牛行一，因未领牙帖，于民国四年经人告发，将应纳牙税，改为认缴公益捐(即牙捐)，以不属牙税，故不列入。

以现时八行分类计算，民四关于牲畜行有 21，棉花棉籽行 8，布行 5，斗行 18，油饼柴菜水果口袋线带子行与花生席麻行共 7；十四年，牲畜行 24，棉花棉籽行 13，布行 4，斗行 19，油饼等行与花生等行共 4 (见第 205 与第 207 表)。两年俱以牲畜行占最多数，当全体三分之一有多；其次为斗行，再其次为棉花棉籽行。牲畜的贸易，在北方较多，棉花是定县出产大宗，粮食则为生活所必需，买卖当盛，故关于此三项的牙行数都不少。至油饼等行与花生等行，当时征收的内容，没有现在这样广，席麻等项尚未征及(惟已有牙捐)。其他树木油槽牛马羊皮油骨行与猪毛鬃行，则完全未设(惟树木油槽行各项，当时亦已有牙捐)。

第207表　定县民国十四年四月所有牙行数目及缴纳之帖捐与税额

牙帖等第	牲畜行			棉花棉花籽行		
	牙行数	缴纳帖捐数	年纳税额	牙行数	缴纳帖捐数	年纳税额
第一等	…	…元	…元	…	…元	…元
第二等	…	…	…	…	…	…
第三等	…	…	…	…	…	…
第四等	1	160.00	97.50	1	160.00	97.50
第五等	7	840.00	335.50	1	120.00	58.50
第六等	16	1280.00	372.10	11*	880.00	229.25
总合	24	2280.00	805.10	13	1160.00	385.25

牙帖等第	布行			斗行		
	牙行数	缴纳帖捐数	年纳税额	牙行数	缴纳帖捐数	年纳税额
第一等	…	…元	…元	…	…元	…元
第二等	…	…	…	1	250.00	120.00
第三等	1	200.00	100.00	…	…	…
第四等	2	320.00	140.00	1	160.00	70.00
第五等	1	120.00	40.00	3†	360.00	138.50
第六等	…	…	…	14	1120.00	322.85
总合	4	640.00	280.00	19	1890.00	651.35

牙帖等第	油饼柴菜水果口袋线带子及花生等行			合计		
	牙行数	缴纳帖捐数	年纳税额	牙行数	缴纳帖捐数	年纳税额
第一等	…	…元	…元	…元	…元	…元
第二等	…	…	…	1	250.00	120.00
第三等	…	…	…	1	200.00	100.00
第四等	…	…	…	5	800.00	405.00
第五等	…	…	…	12	1440.00	572.50
第六等	4	320.00	80.00	45	3600.00	1004.20
总合	4	320.00	80.00	64	6290.00	2201.70

*　内有一行包含有布在内，原名花布行（可参看206表北高蓬所有牙行栏内），今即归入棉花行中。

†　内有一行包含有花布在内，原名杂粮花布行（可参看206表邢邑所有牙行栏内），今即归入斗行中。

至若以领帖的等第来分类计算，民国四年一等帖无，二、三等帖各一，四等帖五，五等帖十，六等帖四十二；十四年一等帖仍无，二、三等帖各一，四等帖五，五等帖十二，六等帖四十五。两年俱以六等帖占最多数，差不多有全体四分之三，其次为五等帖。可说帖的等第小的，数目较多；等第大的，数目较少。(亦见第205与207表)。

至于帖捐数，民四年约有3600元，民十四有6290元。民四因为整顿章程新颁布，规定凡属旧牙换帖，皆免纳帖捐，仅新牙领帖者缴纳，故捐数当少。民十四则无论新旧，一律照纳，故较多。至年税民四为2098.7元，民十四为2201.7元，相差无几(仍见第205与207表)。本来年纳税额，按规定是依等分为20元，40元，70元等级缴纳；但事实上，有时看牙纪所报余数，稍为多一点的，即将税额分别提高。如六等帖中，有纳29.25元的，亦有35.10元的；五等帖中，有58.50元的等等。

我们若以集市为单位，计算各集市年纳的税额，以民四年为例(见205表)，县城系307.0元，清风店503.5元，明月店315.5元。以清风店为最多，占全县税额24.0%；其次为明月店与县城，明月店占15%，县城占14.6%。

以牙行类别计算，取十四年为例(见207表)，则牲畜行年纳税额最多，计805.10元，占全税额之36.6%；其次斗行，为651.35元，占29.6%；再次为棉花棉籽行，为385.25元，占17.5%；其他布行占12.7%，油饼等行占3.6%。

3. 投标时代八行的包额　牙税在民十四年十月，改为招商投标包办后，全县统一，共分八行。按招商投标，向有最低标额的规定，每年各行的最低标额，多半取上年实包的数，作为标准。至于每次标额，皆系统合牙税牙捐而言，因牙行统一为八行后，牙捐已合并在牙税一道包收，并年中有定额，故不分别规定(惟十四年刚开办，牙捐是分别规定的。至于牙捐内容，详下节第二款)。

我们看定县民十六至十八三年的最低标额(第208表)，十六年八行共37092元，十七年36345元，十八年56527元。十六、七两年，俱是取的上一年的实包数。惟十八年，则因为该年五月间，河北财政厅有训令到各县，将牲畜牙税最低标额加五成，其余牙税各加三成，至斗秤两行(按秤即指油饼柴菜水果等行)，亦应按各县营业状况，将标额分别提高，故是年各行皆增加甚多。不过标额突然增高，实际各行投包之数，无一及额的。

第208表　定县自民国十六至十八年三年牙税(包含牙捐)最低标额与实包数的比较*

牙行名称	十六年		十七年	
	最低标额(元)	实包数(元)	最低标额(元)	实包数(元)
1. 牲畜行	11400.0	11410.0	11410.0	11420.0
2. 棉花棉籽行	4370.0	4510.0	4510.0	4370.0
3. 布行	1820.0	1825.0	1825.0	1530.0
4. 斗行	5692.0	5695.0	5695.0	5696.0
5. 油饼柴菜水果口袋线带子行	3610.0	3960.0	3960.0	4.360.0
6. 花生席麻行	4500.0	3710.0	3710.0	3830.0
7. 树木油槽牛马羊皮油骨行	4700.0	4230.0	4230.0	4610.0
8. 猪毛鬃行	1000.0	1005.0	1005.0	1566.0
总　合	37092.0	36345.0	36345.0	40382.0

牙行名称	十八年		平均每年实包数	
	最低标额(元)	实包数(元)	金额(元)	百分比
1. 牲畜行	21630.0	18130.0	14653.3	36.3
2. 棉花棉籽行	5681.0	4500.0	4460.0	11.1
3. 布行	1989.0	1540.0	1631.7	4.0
4. 斗行	8,554.0	5,750.0	5,713.7	14.2
5. 油饼柴菜水果口袋线带子行	5675.0	3465.0	3928.3	9.7
6. 花生席麻行	4979.0	3850.0	3796.7	9.4
7. 树木油槽牛马羊皮油骨行	5993.0	5620.0	4820.0	11.9
8. 猪毛鬃行	2036.0	1458.0	1343.0	3.3
总　合	56527.0	44313.0	40346.7	100.0

*　表中包含牙捐在内

计十八年实包数(税捐合计十六，十七两年均同)，八行共44313元，十七年共40382元，十六年共36345元。十六、十八两年皆不及额，十六年相差约700余元，十八年则相差到1.2万余元。惟十七年超过，有四千零数十元。至于各年此较，却年有增加，每年增加四千元之谱。平均每年的包数为40346.7元(仍见208表)。

各行比较，包数最多的，要算牲畜行，以平均每年的包数为例，占八行总额之36.3%。其次为斗行，占14.2%。再次为树木油槽等行与棉花棉籽行，各占11%有余。树木油槽等行包数之所以多者，因为其中树木一项，为交易的大宗，数当不少。至包数最少的，为猪毛鬃行，仅占3.3%。

至于最初改投标包办两年的包数，十四年八行共51000元，十五年共37092元。十四年是因为刚改投标，标额规定很高(参看前增补牙税投标条款第一条)，包商亦以为有利可图，所以包数特别多。闻后来各商皆赔累不堪云。

以上各数，均税捐并计，兹将民十六至十八三年的税单提出(牙捐为县地方款，则在下节中述之)，计十六年收数，八行共7482元；十七年，共11519元；十八年，共15450元(见第209表)。十八年所有之数，较之十六年二倍还有多。至于平均每年的收数，为11483.7元。我们若以此数与民四，民十四分等第时代的牙税比较，民十四年税为2201.7元，帖捐数为6290元，每年帖捐合1258元(按帖捐系每五年换帖缴一次，不是年年缴纳)，总计不过3400元，较现在要少好几倍，民四更少。其所以然者，一则是现在牙行范围扩充，一则是现在物价增高，故税收现在当然较多。再一层，现在改用投标办法，包商彼此竞争，标额提高，亦是重要的原因。税收增加，固然政府方面蒙利，不过包商以高价包来，为营业关系，不得不想尽方法征收，因此其间的弊病就很难免。

第209表　定县自民国十六至十八年三年牙税正税的征收数

牙行名称	十六年收数(元)	十七年收数(元)	十八年收数(元)	平均每年收数(元)
1. 牲畜行	2910.0	4920.0	8630.0	5486.7
2. 棉花棉籽行	610.0	470.0	600.0	560.0
3. 布行	325.0	1030.0	1040.0	798.3
4. 斗行	1395.0	1396.0	1450.0	1413.7
5. 油饼柴菜水果口袋线带子行	660.0	1060.0	165.0	628.3
6. 花生席麻行	710.0	830.0	850.0	796.7
7. 树木油槽牛马羊皮油骨行	667.0	1047.0	2057.0	1.257.0
8. 猪毛鬃行	205.0	766.0	658.0	543.0
总　合	7482.0	11519.0	15450.0	11483.7

关于牙行雇用牙伙，牙伙的人数，见第210表，此是民国十五年的，大概八行共有70人之谱。

第210表　定县民国十五年八行牙伙人数

牙行名称	牙伙人数
1. 牲畜行	17
2. 棉花棉籽行	4
3. 布行	5
4. 斗行	7
5. 油饼柴菜水果口袋线带子行	23
6. 花生席麻行	9
7. 树木油槽牛马羊皮油骨行	5
8. 猪毛鬃行	…*
总合	70

* 猪毛鬃行牙伙人数未详，故略。

四　牲畜花税

1.沿革　牲畜花税为杂税中的大宗。征收范围为贸易的牲畜及棉花两项。原称牲畜花布税，包有布一项在内。民国十七年，国民政府财政部鉴于征布类皆系国产土布，为提倡国货起见，始将它明令免征。故现改称牲畜花税。

牲畜花税在清初，据《赋役书》所载，分为牛驴税与猪羊花布烟油税两种。是烟油尚与牲畜花布混合一起征收。后又新增马税一项。清初定章，凡贸易的牲畜，系按价值百分抽三。后来将三种合并，惟烟油除外，逐定名牲畜花布税。

该税自民国四年起，经孙前知事发绪改用投标包办(在县署投标，投标章程与其他的大致相同)，分八镇牲畜花布税，高蓬邢邑牲畜花布税，市庄牲畜花布税三种招包。征收的区域第一种为城内及清风店等八镇各集；第二种为高蓬、邢邑、怀德等集；第三种为市庄集。当初八镇税归正堂官，高蓬、邢邑税归西厅，市庄税归东厅，相沿至今，仍分别包办。

八钱税因地面较广，后来更按六区分包。税率牲畜仍为值百抽三，由买方担任。凡买卖经牙子说妥后(因牲畜尚有牙税，故有牙子说价，牙税归卖方出，见前牙税款)，即到收税处写税票，记明价目和税额。如系骡马牛等牲，则敷之以绳索，用作标记；猪羊则用红色水打印，至棉花与布的税率，大概系按值百抽一，亦由牙子说合(棉花与布亦有牙税)，买主担负。现布一项已免征(该税有附捐即牲畜花附捐，详见下节第三款)。

兹将现行牲畜章程附后(惟只有牲畜税章程，未见棉花税章程颁布)，以见一斑。

河北省牲畜税章程(民国十八年四月省府委员会通过)

第一条　凡购买牲畜者，应遵照本章程之规定纳税。

第二条　牲畜税以下列各种为限：

(1)骡；(2)马；(3)牛；(4)驴；(5)猪；(6)羊；(7)骆驼。前项牲畜，不分大小牝牡，一律照征。

第三条　牲畜税照买价值百抽三，由买主在交易场所之征收所完纳之。

……

第五条　凡第三条规定税额，应完全解库。如各县地方有必须附加征收者，应由县长呈请财政厅核准后，始得照加，但至多不得超过正数之半。

……

第七条　凡购买牲畜如有偷漏及匿报价值者，除照章补税外，处以应纳税款十倍以下之罚金。经征人员如有浮收滥征情事，应照现行刑法从严惩处。

前项处罚事件，均须由县政府办理。

……

第九条　本章程经省政府公布后，自十八年一月施行。

2. 包收数　此税民十六至十八三年的包数(见第211表)，十六年共计18780元，十七年22020元，十八年22928元。收数年有增加。十七年布一项虽取消，但收数竟多于上年3000多元。三年平均，每年的收数，为21242.7元。在省税中，居于第三位。

第211表　定县自民国十六至十八年三年牲畜花税包收数*

项别	十六年包收数(元)	十七年包收数(元)	十八年包收数(元)
八钱牲畜花税	17040	19920	20000
高蓬邢邑牲畜花税	1260	1620	2133
市庄牲畜花税	480	480	795
总合	18780	22020	22928*

*　十六年布尚未免征，故当时仍包含有布在内。

在民国十至十二年三年的收数(见第212表)，十年共11214元，十一年12492元，十二年15206.4元。此三年的平均数，为12970.8元，虽比现在三年为少，但在当时说，能超过万元，税收就算很有可观了。

第212表　定县民国十至十二年三年牲畜花布税包收数

项别	十年包收数(元)	十一年包收数(元)	十二年包收数(元)
八镇牲畜花税	9720.0	10920.0	13260.0
高蓬,邢邑牲畜花布税	1116.0	1140.0	1404.0
市庄牲畜布花布税	378.0	432.0	542.4
总合	11214.0	12492.0	15206.4

以上各数，尚未将附捐计入，附捐的收数亦不少，如一并计入，数当更多(详见下节牲畜花附捐款第222与第223两表)。

至于此税分三项包收，包数最多的是八钱牲畜花税，差不多每年都占全税额十分之九左右，其他两项不过共占十分之一之谱。这因为八钱所辖区域较大之故。

五　屠宰税

1. 沿革　屠宰税即屠宰牲畜时宰户所纳的税，其起源较牲畜税为后。牲畜税在乾嘉以后，各省即先后开征。屠宰到清末，始行创设，以充自治费用，然亦仅限于东南数省。民国初元，亦未积极推行。至民国四年间，乃由财部设法整理，并颁发简章，通行各省，创令开办。简章大要如下：(1) 屠宰税以猪牛羊三种为限。猪每头征洋三角，牛一元，羊二角。但向征之数有超过者，仍依旧。(2) 前项税额，由屠宰户完纳。不分牲大小及冠婚丧祭年节，屠杀者一律照征，如有附收地方公益捐，不得超过正项之数。(3) 征收所，由各县知事委托相当人员办理。

嗣于五年十二月，后边颁布《修正屠宰税简章》十条，将牛一项取消，以宰牛有妨农事。并牛猪羊三项税收中，牛的收数亦甚微，故不如将牛税取消，而增加猪羊的税率。修正章程如下：

财政部修正屠宰税简章

第一条　屠宰税以猪羊两种为限，应征税额如左（但各省向征之数有超过左额者，仍依其旧）：1. 猪每头大洋四角，2. 羊每头大洋三角。

前项税额由宰户完纳，不分牝牡大小及冠婚丧祭年节，宰杀者一律照征。如有附收地方公益捐，不得超过应征税额之数。

……

第三条　凡屠宰猪羊，均须先期赴征收所完纳屠宰税，领取执照，方准宰杀。

……

第五条　违犯本章程第三条之规定者，一经查出或告发，每猪羊一头照税额二十倍处罚。征收经手人如有扶同舞弊及浮收侵蚀者，照所得之数以百倍处罚。征收官如有前项情弊，照征收厘税考成条例第十六条处罚。

第六条　告发漏纳屠宰税者，查实后，准于所取罚金内提十分之五作赏费。

……

第九条　征税所由各县知事委托相当人员代办，不限定额。其一切办公经费，准由屠宰税项下提百分之五开支，不另支薪。

……

上面章程第一条规定的税率，在直隶《修正屠宰税施行细则》中，稍有变更。细则第二条载，猪每头大洋三角，羊二角，牛二元，骆驼、马八角，驴六角。是征收范围扩大，不只猪羊二种。

按定县屠宰税(税中有附捐一，名屠宰附捐，此为县地方款，详见下节县地方税捐中)，系民国五年三月间开办，开办时即采用招商投标方法(投标规则，与其他税捐投标规则大致相同)，由县署主持。现仍照旧。税的范围，如直隶施行细则所规定，惟骆驼一种甚少，未征收。投标分为三项办理，即屠宰猪为一项，屠宰牛羊为一项，屠宰骡马驴又为一项，每项全县整包与一人。后来(大约在民国十四、十五年间)每一项又改为分区招包。包商缴款办法，系按年额先交一半，余三月为一期，两期交清。

十四年直隶财厅奉令整理税务，后通令各县，将税则增加一倍征收，计猪每头大洋六角，羊四角，牛马及骡驴以有关农务，每头则征四元，此乃寓禁于征的意思。

迄十八年四月，《河北省屠宰税章程》颁布(章程附后)，内容又有变更，骡马驴等不准屠宰征税。故定县十八年包收，已无屠宰骡马驴一项。并自是年起，猪与牛羊两项，亦合并办理，统名屠宰税，不再分猪的屠宰税与牛羊的屠宰税了。

河北省屠宰税章程

第一条　凡屠宰牲者，应遵照本章程之规定纳税。

第二条　屠宰税照下列种类税额征收之。1.猪每头六角，2.羊每只四角，3.菜牛每头三元。

前项税款由屠户完纳。不分大小牝牡及年节婚丧祭祀，宰杀者一律照征。

凡不在本条所列之牲畜，如驴马骡骆驼等类，一律不准屠宰违者重惩。

第三条　凡宰户逐日所宰之牲畜种类及数目，均须先期向征收所报明领取执照，方准宰杀。如不领照而私自屠宰，一经查出或被告发，除令照章补税外，每头照应纳税款，处以十倍以下之罚金。

经征人员如有浮收滥征情事，应照现行刑法，从严惩处。

前项处罚事件，均须由县政府办理。

第四条　凡屠宰牲畜，如已在本管征收所纳过税款领有执照者，无论运赴何县销售，概不重征。但须向本管征收所声明种类数目及运销地点，领取运单，方能起运。如查无运单，或有运单而无执照者，应照第三条之规定，处以罚金。

……

第六条　凡第二条规定税款，应完全解库。如县地方有必须附加征收者，应由县长呈请财政厅核准后，方得照加，但至多不得过正税之半。

……

第十条　本章程经省政府公布后，自十八年七月一日施行。

2. 包收数　定县屠宰税最近三年的包数(见第213表)，十六年共计3938.5元，十七年4691.5元，十八年屠宰骡马驴一项虽取消，但仍有5000.0元，每年可说都有增涨。至于三年平均每年的收数，为4543.3元。

第 213 表　定县民国十六至十八年三年屠宰税包收数 *

项别	十六年包收数(元)	十七年包收数(元)	十八年包收数(元)
屠宰猪税	2238.5	2414.5	5000.0
屠宰牛羊税	1200.0	1597.0	
屠宰骡马驴税	500.0	680.0	…
总合	3938.5	4691.5	5000.0

* 十八年猪与牛羊两项已合并，骡马驴一项即已取消。

在民国十、十一、十二各年的收数(见第 214 表)，十年有 2431.5 元，十一年有 2896.5 元：比现在的收数少得很多。惟十二年突然增高有 4215.0 元，略等于民十六至十八年三年平均每年的收入了。

第 214 表　定县民国十至十二年三年屠宰税包收数

项别	十年包收数(元)	十一年包收数(元)	十二年包收数(元)
屠宰猪税	1290.5 [1]	1531.0	2251.5
屠宰牛羊税	781.0 [2]	1005.5	1445.0
屠宰骡马驴税	360.0	360.0	518.5
总合	2431.5	2896.5	4215.0

屠宰税各项中，税收最多的，为屠宰猪税，各年都占全收入的半数以上。至民十八年，猪与牛羊已合并包收，不能分析。

以上所述各数，仅是正税，附加的地方捐(即屠宰附捐)尚未计入。按此项捐款各年收数，差不多等于正税，故若两者并计，当二倍于上面之数(详见下节屠宰附捐款，第 226 与第 227 两表)。

六　芦盐食户捐

芦盐食户捐是盐税的附捐，因河北销行的盐都是长芦盐，故称芦盐

[1] 本年原包的是 800.0 元，因屠宰猪附捐包 1781.0 元，超过正税，按章程不合，乃由附捐内拨 490.5 元，各得 1290.5 元。表中所列，即拨后之数。

[2] 本年原包的只 700.0 元，亦因此项附捐包 862.0 元，超过了正税，后分拨各得 781.0 元。表中所列，亦拨后之数。

食户捐，盐税为国家的收入，此项食户捐则为河北所有，成立于民国十七年八月。当时颁有征收简章七条，兹节录于此：

河北省征收芦盐食户捐简章

(十七年八月十四日河北省府委员会议决施行)

第一条　本省为整顿财政统一附捐起见，将旧日所收各项芦盐捐款裁撤归并，改收捐款一道，定名为芦盐食户捐。

第二条　自芦盐食户捐实行征收之日起，凡照旧章由长芦盐运使署代征之产捐、销捐、整顿捐、省钞基金捐，暨京榆一带芦盐食户饷捐局征收之食户饷捐，一律取消。

第三条　此项芦盐食户捐，应按包征缴，捐率定为每包国币八元，由盐商先行代缴，加入售价，转向食户抽收。但每斤加价，以国币二分五厘为限，不准额外滥加。

第四条　此项芦盐食户捐，应作为教育建设及省钞基金之用，其分配方法另定之，仍由财政厅统收统支。

……

观第三条载，捐率定为每包国币8元，所谓每包，它的重量是471斤，即每471斤要征收8元，每百斤约征1元7角，每斤合1分7。此1分7由盐商代缴，加入售价中。民十九年盐的售价每斤8分7(定县盐号出售的价)是纳的捐就占了差不多五分之一。即吾人买盐一斤，付价8分7中，即有五分之一是纳的捐款。

从定县一年所销的芦盐，大概至少有5500包(参看前节第一款)，每包征收8元，共应征44000元。因盐为人人生活所必需故积少成多，数当不少。

七　总结

定县负担的省税，正附并计，共可得9项，见第215表。民十六至十八年三年征收的数目，十六年共计 199407.594 元，十七年共计 21113.368 元，十八年计 219996.288 元，平均每年征收 210180.750 元。在十七、八两年，契税各项及牙税牲畜花税屠宰税等，征收的数俱有增加，故此两年的总数亦增加，尤以十八年增加更多。

第 215 表　定县自民国十六至十八年三年担负之省税†

税之种类	十六年征收数(元)	十七年征收数(元)	十八年征收数(元)	平均每年征收数(元)	
				金额	百分比
1. 田赋	108190.637	108190.636	106755.346	107712.206	51.2
2. 差徭及串票费	4572.349	4223.913	2924.951	3907.071	1.9
3. 契税正税及附加	7388.846	10215.451	15491.121	11031.806	5.2
4. 契税牙用解省部分	1617.862	1989.668	3384.370	2330.633	1.1
5. 契纸价及注册费	3437.400	4288.200	4062.500	3929.367	1.9
6. 牙税	7482.000	11519.000	15450.000	11483.667	5.5
7. 牲畜花税	18780.000	22020.000	22928.000	21242.667	10.1
8. 屠宰税	3938.500	4691.500	5000.000	4543.333	2.2
9. 芦盐食户捐	44000.000*	44000.000*	44000.000	44000.000	20.9
总合	199407.594	211138.368	219996.288	210180.750	100.0

†　尚有其他临时征收之税捐，因为不是常有的，当另外计算，故未列入。

*　芦盐食户捐在十六年及十七年前半年的时候，尚未成立，其时系征收各种旧捐；但旧捐的收数不详，今即以食户捐征收之数权作为旧捐征收数，列入表中。

各项中征收比较多的，当首推田赋一项。以平均每年收数而论，占总数之 51.2%。如将附征的差徭及串票费加入，则占 53.1%。其次为芦盐食户捐。盐为吾人日常生活所必需，而附加的捐款，竟达 4 万余元，占总数之 20.9%。在省税中居一重要位置。再其次为牲畜花税，占 10.1%。牙税与普通人民生计甚有关系的税，亦有 5.5%。契税亦不少，如将牙佣纸价并计，有 8.2%，在省税中占第四位。将来如能再加整顿，数当更多。

第 215 表所列各数，尚未将临时征收的税捐计入。按临时征收税捐，十六年有田赋中附征讨赤特捐与讨赤善后特捐共 215626.818 元（见第 199 表），及烟酒税费中附征的军事特捐约 1100 元（见上节第二款第二目），两项合计共 216726.818 元；十七年有田赋中附征的讨赤善后特捐与战役抚恤特捐共 65717.994 元（亦见前第 199 表），及烟酒税费中附征的账款约570元(亦见上节第二款第二目)，两项合计66287.994元；十八年有验契附加的教育费64.9元(见本节第二款第二目)，平均每年合9435.904元(可参考后面第231表)。此项数竟差不多占常设税捐一半之多，十六年并且超过，如此偌大一笔收入，若用于其他有益的事业犹可，今竟几乎全用在战费方面，则未免太对不住出钱的老百姓了。

上面所述临时征收之数，如与各年常设税捐并计，十六年共有416134.412元，十七年277426.362元，十八年220061.188元，平均每年有304540.654元，为数可算不少。(可参看后面第232表)

第三节　县地方捐

定县的地方捐，现所有的共计6项：(1)田赋附加地方经费，(2)契税牙佣，(3)花生木植捐，(4)牙捐，(5)牲畜花附捐，(6)屠宰附捐。以上6项，除花生木植捐系特设征收外，其他皆附在各种省税中抽收，以下即分项说明。惟为便利起见，地方经费与契税牙佣两项，已将它们分别移在上节田赋与契税两项中附带叙述。

此外尚有村捐一项，此虽是一种临时征收的捐款，但因为近年来每年都有，并且在县地方收入上占一极重要的位置，故当与上数项一并分别说明。

一　花生木植捐

1．沿革　花生木植捐亦称花生木植麻饼等捐，简称即花生木植捐，系地方特捐之一种。征收货物为市场交易的花生木植并麻饼等。捐率按物价值百抽三，由买方负担，年中收数颇不少。该捐成立甚早，在前清光绪二十九年即开办，向归县立中学管理。自民国四年中学改为省立后，乃由县政府招商投标包办，拨充地方学款之用。最初招包采用整包办法，全县包与一人。至民国七年，因各商所投标款均不及额，较之往年且更相差过半，显是有意把持。当场县知事即与参加各绅议定，从本年起改为分区投包，即依照本县划定警区分作6区办理。不过此种办法仅当年实行，翌年又停止。十五年乃又议决仍恢复分包办法。行至如今尚未变。

至包收规则，历年大致相同。兹将民国十七年八月定县县政府公布的投标条款录后，以见一斑。

定县花生木植捐投标条款(共十三条)

1. 定县各区花木植麻饼等捐，每年包款以银元为率。所有各项陋规，一律革除。

2. 凡各区花生木植新旧车辆折卖房间以及各色麻饼，均按三分抽收，不得额外多索。

3. 投票柜设于本县大堂，即于是处开标。

……

7. 所投标额，以在本县预定标准以上数目之最多者为得标人。零数以十元为度。

8. 开标后，得标人须在县妥觅殷实连环铺保两家，立定包帖，由铺保盖章，并先交百分之十押金，随交一个月捐款。倘过三日不交，即由次多数者承包。

……

11. 此捐包款，于每月初十日以前交齐。倘包捐人不得已中途退办，前六个月按七成折算，后六个月按三成折算。

12. 包捐人倘有不照定章，额外多索及欺诈情事，即将押款充公，另行传案惩办。如民间偷漏，亦准包捐人指名禀请究追。

13. 包捐人如将包得捐务分包与人者，须将所立合同或包帖照抄一份，会同分包人呈县备案。否则无效，即告诉亦不受理。

我们从上面章程，可以知道该捐包收情形的大概了。凡包商得标，均由县署给谕，包期以一年为期。有时包商从县中包来，以征收地面广阔，自己不能兼顾，乃又分包出去。包商征税，是逢集市庙会经收。集市上凡并于此类货物之买卖，经牙子说妥后(因此数项货物都有牙税，故有牙子来说。牙税归卖方缴纳。详情见前节牙税)，卖主即随同牙子到收税处纳税，写税票，记明货物的数量、价值，并应纳捐额及买者的姓名等。如系木货，则涂以红色或绿色水，以表明收过捐的意思。有时买卖主彼此商妥，隐瞒收税人，希图漏税者亦有之。此该捐征收时情形也。

2. 包收数　花生木植捐历年包收数，大体上说来，有与年增多的趋向。见第216表，民六民七几年，每年不过四千余元至六千元光景；至最近三四年，则达一万数千元，较前增至两三倍之多。增多的原因，我想最重要的，是近年物价腾贵的原故。该捐之抽收，系按价值百抽三，物价既增，税收当然畅旺也。

第216表　定县历年花生木植捐包收数的比较

年别	包收数(元)
民国六年	6070
民国七年	4484
民国八年	6170
民国九年	5560
民国十年	7670
民国十一年	10010
民国十二年	12580
民国十三年	16282
民国十四年	13200
民国十五年	12680
民国十六年	11818
民国十七年	13553
民国十八年	17156

该捐分区包收，各区包数以民国十六至十八年三年的平均数来说，最多的是第三区和第一区，其次是第五区，最少的是第二区。统计各区

此三年的平均数为14175.6元(见第217表)。在县地方税捐各项中，除地方经费(即亩捐各项)及牙捐牲畜花附捐而外，当以此项收数为多。

第217表　定县自民国十六至十八年三年花生木植捐各区包收数的比较

区别	十六年包收数(元)	十七年包收数(元)	十八年包收数(元)	平均每年包收数(元)
第一区	2305.0	2670.0	3770.0	2915.0
第二区	1016.0	1176.0	1310.0	1167.3
第三区	2021.0	2861.0	3870.0	2917.3
第四区	2340.0	2200.0	2250.0	2263.3
第五区	2476.0	2416.0	2770.0	2554.0
第六区	1660.0	2230.0	3186.0	2358.7
总合	11818.0	13553.0	17156.0	14175.6

二　牙捐

1.沿革　牙捐即牙税的附加捐，亦称牙行公益捐，为县地方捐的大宗。定县各种牙捐之成立，多在民国四五两年间。一时因举办自治，设立学校，地方需款，陆续呈准征收(有几种牙捐先于牙税成立，即牙捐成立时，该项牙税尚未创办也)，征收机关为自治事务所。征收方法，系招商投标包办(投标规则与其他税捐投标规则大致相同)，最初牙税尚未采用此种制度。税率多在牙税中按三抽一，即办牙税之牙纪例抽3分后，由包牙捐的牙商在他所抽3分中抽1分(即物价的1%)，此1分即捐也。亦有几种按3分征收的，因为这几项的牙税彼时尚未成立，仅有捐而无税，故捐率较重。

民国十四年牙税改为投标包办后，牙捐亦奉令合并牙税内包收，不再另行包办了(投标时两者总合投一个数目，不是分开投两个数；惟十四年初开办，是投两个数目。投标条款见前节牙税项)。每年牙捐款额，由县署按照旧案拨交地方，即牙捐往常包收多少，现在仍拨交多少。至于税率，以前牙捐既是在牙税中按三抽一，现在合并，当然合抽3分，无所谓三抽一的说法，其余有几种牙捐原抽3分的，现加上牙税3分，有合抽6分的，由买卖双方分担，以习惯难于更改也(这几种除有牙税外，都没有其他的税，故税率较重，可参考前节牙税项各牙行征收税佣的情形)。

牙税改为招商投包后，总分八行，牙捐合并在内，自然亦按八行分法。兹将八行牙捐经过的情形，说明如下：

甲、牲畜行牙捐　牲畜行捐，从前分八镇牲畜捐(一名八镇牲畜一分捐)，高蓬邢邑牲畜捐(一名高蓬邢邑牲畜一分捐)，市庄牲畜捐(一名市庄牲畜一分捐)3种。这是从牲畜税的分法而来(见前节牲畜花税)，为什么不照牲畜牙税来分?因为那时牲畜牙税尚没有统一(尚是照领帖等第纳税的时代)，异常复杂，全县分立至十数行之多。牲畜牙捐采用招商投包制度，倘若亦随它这样分，实在很不便，所以才依牲畜税办法办理（那时牲畜税亦是招商投包)。

此3种牙捐之成立，系在民国四年，因学款不足，呈准征收。八镇牲畜牙捐指定专作补助四乡两等学校之用，其余两种则为设立女工传习所(后改名女子师范传习所，即今之县立女子师范)经费。三项均招商投标包办。捐率按三抽一，即办牙税之牙纪向卖户抽收3分后，由办捐的人在他所抽3分中抽1分(合物价的1%)。

当时牲畜牙捐，除上述3种外，尚有清风店牛牙捐一项，系清风店牛牙有名郝老国者，未领牙帖，私抽牙佣，民国四年经骡马牙行黄树槐告发，时以地方需款孔急，经系前知事发绪权宜饬令认交公益捐洋20元，留备办理自治事宜之用，此清风店牛牙捐之来历也。此项牛牙捐以无牙税之故，所抽3分，全为牙捐捐率。后来仍援案办理。

民国十四年，直隶整顿牙税新章颁出，定县所有牙行，统合为八行，将牙捐亦并八行内包收。以上所述4种牲畜牙捐，即合在牲畜行牙税内并包，统称之曰牲畜牙捐。此现在牲畜行牙捐之大略也。

乙、棉花棉籽行牙捐　棉花棉籽行牙捐，系民国五年六月因设立农事试验场禀准征收。时各牙应得牙用，均已按照三分之一认交公益捐，故该项牙捐亦仿照各牙办法办理(即在3分牙捐中抽提1分)，牙捐归卖方出。征收方法仍为招商投包。民国十四年八行成立，于是即并合棉花棉籽行牙税内包收，每年款额由该行税收项下拨补。

丙、布行牙捐　布行牙捐大约成立于民国初年，由商会经收。最初在牙佣项下每匹抽提1文(因布牙佣是按匹数征收)，嗣于民国六年以筹办乙种实业学校(由职工传习所改办)加为2文，后又增为3.5文，以1文归乙种实业学校，以1文归劝业所(即现在的建设局)，余1.5文为办理工厂并商会补助费之用。十四年八行成立，即附在布行正税内并包，不再由商会征收了。

此外尚有县城布行牙捐一项，此为民国五年县城布行刘福泰，以每年得佣若干，除交牙税外，盈余若干，以三成交作地方公用而起，数不甚多，并年无定额。以后八行成立，即统入八行中。

丁、斗行牙捐　斗行牙捐，成立较迟。民国十四年，牙税成立八行，此项牙捐始因筹实业经费的缘故设立，附在斗行正税中包收。

戊、油饼柴菜水果口袋线带子行牙捐　此项牙捐，最初只有清风店柴菜捐与明门店柴菜捐两项。清风店柴菜捐未成立的时候，该集每逢集市，关于柴菜类物品因无专人说牙(按其时柴菜尚未征收牙税)，屡有口角，故乃于民国五年禀请招商投标开征，充作阅报所宣讲所经费。至明月店柴菜捐系由赵涌泉禀请仿照清风店办法办理。查此款未投标之先，即由明月店学校年收捐钱30余串。包定后，呈请补助，五年七月批准年拨钱200串。捐率两项俱为值百抽三，由卖户负担。因其时柴菜类尚无牙税，故捐率较重也。十四年，油饼柴菜水果口袋线带子行成立，于是始有所谓油饼柴菜水果口袋线带子行牙捐，将从前分散者统合为一。该捐亦如其他牙捐办法，附在正税内并包，每年照拨。

己、花生席麻行牙捐　此项牙捐，最初为席行捐麻行捐两种。席行捐系民国四年十月因将席差取消，详请抽收，作为祀天祀孔以及关岳祭祀等费，余拨充地方自治事务所之用。征收方法，亦系投标包办。捐率值百抽三(其时席与麻俱未征牙税)，由卖户缴纳。至麻行捐则成立于民国五年八月，亦因麻绳差取消，禀请招商征收(款由麻行摊认)，作为筹办警察协会小学观摩会运动会之用。十四年，花生席麻牙行成立，花生席麻数项牙捐，遂合并征收，附正并包矣。

庚、树木油槽牛马羊皮油骨行牙捐　树木油槽牛马羊皮油骨行牙捐，在民国十四以前，树木油槽牛马羊皮油骨各项，尚系分立(民国十四年以前各项尚未征牙税)。树木牙捐于民国四年成立，因筹办自治之故(筹办六区模范事务分所)。捐率值百抽三，卖主负担。油槽牙捐为开办女子高小无款，于民国五年八月创办。头等槽年抽12000文，二等槽年抽6000文，由开油槽之户缴纳。牛马羊皮油骨牙捐，亦成立于民国五年。因无专人过秤论价，屡有口角，乃于是年七月禀准征收。捐率仍为值百抽三。旧历每月初一日曾当堂发放孤贫口粮，即系此款。以上三项牙捐，征捐方法，均招商投包。十四年，树木油槽牛马羊皮油骨行牙税成立，三项即归并正税包收矣。

辛、猪毛鬃行牙捐　猪毛鬃行牙捐在民国十四年开始成立，是年猪毛鬃行牙税开办，该项牙捐乃随同并征。

以上是八行牙捐经过的大概情形。此八行牙捐，在民国十四年起，统包含在牙税内征收，不另外包抽了，所以十四年起以后的捐率，没有分别规定，统在牙税所抽几分中(各行税率见前节牙税)。款额由牙税包来照拨。

此外尚有须说明者，在民国十四年以前，除上述各种牙捐外，别有牙捐学款一项，由各村自行经收，为各村初高小学经费。成立期间，先后不一，大约在民国初年已陆续禀县开办(由县呈教厅备案)。征收范围至广，举凡上面所述各行牙捐应征之物，可说全包含在内。征收的方法，大概由牙记抽用后，除交牙税牙捐外，另认交一部分与各村，即所谓学款是也。有几种彼时尚无牙税或牙捐的，如猪毛鬃等，此项学款已在征收。至于何村收何集市的，当然各有界限。十四年八行成立，全县归为统一，牙捐并在八行正税内，故此项学款亦不能例外，统合在牙捐内随正并包，每年由牙捐款内拨交各村，额数准照从前所收之数共10915元支付。

2.包收数　牙捐既合并在牙税内包收，故招商投包时，规定的最低标额(最近三年最低标额数见前节牙税第208表)，即统括牙税牙捐而言，没有分别规定(惟十四年例外)。并且牙捐额数有一定，已有成案，每年不过照拨而已。额定之数连牙捐学款在内共计28863元，自十四年起，以后各年都没有变更。各行之数亦一定，看民国十六至十八年三年额数(第218表)，只牲畜行十七年与十八年加增了1000元，布行在这两年则减了1000元，一增一减，所以总数仍未变。若以此数与民国十六至十八年三年的牙税比较，各年都多过牙税。民国十六至十八年三年牙税每年平均收数为11483.7元，要少于牙捐1.7万余元。

第218表　定县自民国十六至十八年三年牙捐额数

牙行名称	十六年额数(元)	十七年额数(元)	十八年额数(元)
1. 牲畜行	8500	9500	9500
2. 棉花棉籽行	3900	3900	3900
3. 布行	1500	500	500
4. 斗行	4300	4300	4300
5. 油饼柴菜水果口袋线带子行	3300	3300	3300
6. 花生席麻行	3000	3000	3000
7. 树木油槽牛马羊皮油骨行	3563	3563	3563
8. 猪毛鬃行	800	800	800
总合	28863	28863	28863

各行牙捐之数，以牲畜行为最多，因他包数本来就多，差不多占全体捐额三分之一。其次为斗行与棉花籽行。最少的，十六年是猪毛鬃行，十七与十八两年则为布行。

在十四年以前，牙捐尚未并入牙税的时候，牙捐的包数，我们看民国五和六两年的(第219表)，民国五年共17631.5元，民国六年共19143.1元。当时的包数，什九都是包钱数，表中所列已折合为银元。若论钱数，民国五年为23700余串，又银元464元，民国六年为22400余串，又银元536元。民国六年的钱数，本来少于民国五年约千二三百串，但因折合银元的关系，民国六年每元换钱少，反多了1000余元。

第219表　定县民国五与六年两年牙捐包收数

种类	五年包收数(元)	六年包收数(元)
1. 牲畜行	5472.6	5335.5
八镇牲畜牙捐	4964.5	4729.1
高蓬邢邑牲畜牙捐	444.0*	516.0*
市庄牲畜牙捐	44.1	70.4
清风店斗牙捐	20.0*	20.0*
2. 棉花棉籽行	1328.7	1520.6
棉花棉籽牙捐	1328.7	1520.6
3. 布行	4418.3	5056.5
布行牙捐[1]	4342.2	4969.4
县城布行牙捐	76.1	87.1
4. 斗行	…	…
斗行牙捐[2]	…	…
5. 油饼柴菜水果口袋线带子行	495.0	566.5
清风店柴菜牙捐	225.8	258.4
明月店柴菜牙捐	269.2	308.1
6. 花生席麻行	2139.2	2340.6
席行牙捐	1003.0	1346.7
麻行牙捐	1136.2	993.9
7. 树木油槽牛马羊皮油骨行	3777.7	4323.4
树木牙捐	2547.4	2915.4
油槽牙捐	874.2	1000.5
牛马羊皮油骨牙捐	356.1	407.5
8. 猪毛鬃行	…	…
猪毛鬃牙捐十	…	……
总合	17631.5	19143.1

* 有此符号的，原包收时即为银元数。其他无此符号的则系钱数。

今统按各该年的银元兑换率(民国五年每元兑换制钱1381.8文，民国六年兑换1207.4文)换为银元。

民国五和六两年的包数，若与现在比较，亦不算少。因为当时各村行抽收的牙捐学款，尚未计在内；并且斗行牙捐与猪毛鬃牙捐，亦未成立。

[1] 此项布牙捐，归商会自收，增减无定，故所列仅是一个大概的数目。

[2] 斗行牙捐与猪毛鬃行牙捐，彼时尚未成立，故无。

此两年牙捐，倘按现时八行分类统计，仍以牲畜行占最多数，两年都在总数四分之一以上，三分之一不到一点。布行却居了第二位，亦有四分之一稍多。树木油槽牛马羊皮油骨行居第三位，有五分之一以上。

三　牲畜花附捐

1. 沿革　牲畜花附捐一种牲畜花公益捐，为牲畜花税的附加捐。本名牲畜花布附捐，因布一项已于民国十七年奉令免征，正税改称牲畜花税，故附捐亦当随之而改。查该捐在定县，系民国四年开办。因是年正税改用投标包办，投标之数超过详报之额，乃由地方各绅议定，将超出之数拨为地方公益捐，以充自治经费，是即附捐的起源也。以后即随正税同时投标包办。包商抽税，税捐共按值百抽三(花则共按值百抽一)，并未分别抽收，款由买户负担。

正税牲畜花税按征收区域，分八镇牲畜花税、高蓬邢邑牲畜花税、市庄牲畜花税。附捐随正税亦分八镇牲畜花附捐，高蓬邢邑牲畜花附捐。惟市庄牲畜花税一项无附捐(虽无附捐，但税率仍同)。八镇牲畜花附捐更随正税分6区招包。详见前节牲畜花税。

2. 包收数　该捐民国十六至十八年三年包数(见第220表)，十六年共计11988元，十七年17052元，十八年19740元，每年都往上增长。三年平均每年包数，系16260元，约当此三年正税平均每年的包数四分之三有多(按正税此三年平均每年的包数为21242.7元)，在县地方捐中，牙捐与田赋附加地方经费外，当以此为大宗。

第220表　定县自民国十六至十八年三年牲畜花附捐包收数*

项别	十六年包收数(元)	十七年包收数(元)	十八年包收数(元)
八镇牲畜花附捐	10788	15492	17600
高蓬,邢邑牲畜花附捐	1200	1560	2140
总合	11988	17052	19740

*　十六年布尚未免征，故当时仍包含有布在内。

至民国十至十二年三年的包数(见第221表)，则在一万至一万二三千元左右，与十六年的不相上下，惟不及十七与十八两年。此三年的平均数是11778.4元。

第221表　定县民国十至十二年三年牲畜花布附捐包收数

项别	十年包收数(元)	十一年包收数(元)	十二年包收数(元)
八镇牲畜花布附捐	9269.3*	10905.9*	11800.0*
高蓬,邢邑牲畜花布附捐	1080.0	1080.0	1200.0
总合	10349.3	11985.9	13000.0

* 有此符号的，原系制钱数，今统按各年的银元兑换率(民国十年每元兑换制钱1580.7文，十一年兑换1695.6文，十二年兑换1973.9文)，分别换为银元。

各年附捐与正税并计，总数见第222表与第223表。民国十六至十八年三年平均每年包收总数到37502.6元，民国十至十二年三年的包收总数平均每年亦有24749.2元。税收之所以如此畅旺者，以征收之牲畜与棉花，在定县皆是交易的大宗也。

第222表　定县自民国十六至十八年三年牲畜花税及附捐包收总数*

项别	十六年包收总数(元)	十七年包收总数(元)	十八年包收总数(元)	平均每年包收总数(元)
八镇牲畜花税捐	27828.0	35412.0	37600.0	33613.3
高蓬邢邑牲畜花税捐	2460.0	3180.0	4273.0	3304.3
市庄牲畜花税**	480.0	480.0	795.0	585.0
总合	30768.0	39072.0	42668.0	37502.6

* 十六年布尚未免征，故当时仍包含有布在内。

** 市庄牲畜花，有税无附捐。

第223表　定县民国十至十二年三年牲畜花布税及附捐包收总数

项别	十年包收总数(元)	十一年包收总数(元)	十二年包收总数(元)	平均每年包收总数(元)
八镇牲畜花布税捐	18989.3*	21825.9*	25060.0*	21958.4
高蓬,邢邑牲畜花布税捐	2196.0	2220.0	2604.0	2340.0
市庄牲畜花布税	378.0	432.0	542.4	450.8
总合	21563.3	24477.9	28206.4	24749.2

* 有此符号的，附捐部分原为制钱数，今已折合为银元，可参看第221表。

税捐三项中，最多的当然足八镇一项，八镇区域较广，故各年包数均占总数89%至90%之谱。其他两项，不过占10%左右。

四　屠宰附捐

1.沿革　屠宰附捐一称屠宰公益捐，在民国十八年以前，因正税未有统一，随正税分为屠宰猪附捐、屠宰牛羊附捐、屠宰骡马驴附捐三项招包。屠宰猪附捐系民国四年成立(其时尚无屠宰税，税是次年三月成立)，因革除官价采买积习，自治机关公议禀准征收，作为设立公民讲习所经费；屠宰牛羊附捐则系民国五年，以筹办模范，设立社会教育办事处(即今之民众教育馆)，款项无着，绅商妥议呈准附收。至屠宰骡马驴附捐，为民国六年因警学费不足，公议开征。

捐率系包含在正税税率中，未另外抽收。各项税与捐由一人包办，投标时一张票写两个数目，一即税的包额，一即捐额。但捐之数目，按照章程，不能超于正税。

十八年，《河北省屠宰税章程》颁布，骡马驴禁止屠宰，故自是年起，该捐即取消。猪与牛羊两项，亦随正税合并，统名屠宰附捐。详情见前节屠宰税款。

2.包收数　屠宰附捐各年的包数，与正税相差不多。民十六至十八年三年附捐数(见第224表)，十六年共计3814.5元，十七年4413.5元，十八年屠宰骡马驴一项虽取消，亦有4500元，各今都有增加。至于平均每年的收数为4242.7元。

第224表　定县自民国十六至十八年三年屠宰附捐包收数*

项别	十六年包收数(元)	十七年包收数(元)	十八年包收数(元)
屠宰猪附捐	2238.5	2414.5	4500.0
屠宰牛羊附捐	1,131.0	1390.0	
屠宰骡马驴附捐	445.0	609.0	……
总合	3814.5	4413.5	4500.0

* 十八年猪与牛羊两项已合并，骡马驴一项则已取消。

以民十六至十八年三年的数，与民十、十一、十二各年（见第225表）比较，仍以近年占多数。虽十二年收数特别发达，但此3年平均每年的收数3115元，仍少于近3年平均每年的收数有1100余元。

第225表　定县民国十至十二年三年屠宰附捐包收数

项别	十年包收数(元)	十一年包收数(元)	十二年包收数(元)
屠宰猪附捐	1290.5[1]	1531.0	2251.5
屠宰牛羊附捐	781.0[2]	1005.5	1445.0
屠宰骡马驴附捐	260.0	262.0	518.5
总合	2331.5	2798.5	4215.0

第226表　定县自民国十六至十八年三年屠宰税及附捐包收总数*

项别	十六年包收总数(元)	十七年包收总数(元)	十八年包收总数(元)	平均每年包收总数(元)
屠宰猪税捐	4477.0	4829.0	9500.0	8786.0
屠宰牛羊税捐	2331.0	2987.0		
屠宰骡马驴税捐	945.0	1289.0	……	
总合	7753.0	9105.0	9500.0	8786.0

* 十八年猪与牛羊两项已合并，骡马驴一项则已取消。

[1] 参看前节牙税项第214表“注1”。
[2] 参看上述同表“注2”。

如附捐与正税并计，十六年的总数为7753元，十七年的为9105元，十八年的为9500元(见第226表)，平均每年为8786元。至民十，十一，十二，三年的，(见第227表)，该三年平均每年总数为6296元，较之最近三年的平均数少2490元。

第227表　定县民国十至十二年三年屠宰税及附捐包收总数

项别	十年包收总数(元)	十一年包收总数(元)	十二年包收总数(元)	平均每年包收总数(元)
屠宰猪税捐	2581.0	3062.0	4503.0	3382.0
屠宰牛羊税捐	1562.0	2011.0	2890.0	2154.3
屠宰骡马驴税捐	620.0	622.0	1037.0	759.7
总合	4763.0	5695.0	8430.0	6296.0

屠宰税捐各项中，以屠宰猪收数最多。我们看民十、十一、十二三年平均每年的收数(见第227表)，及十六、七两年的各年收数(第226表)，至十六、七两年平均每年收数，猪占4653元，牛羊占2659元，骡马驴占1177元，共计8429元)，屠宰猪一项，俱各占全体半数以上。其次为屠宰牛羊，约占全体三分之一左右。最少为屠宰骡马驴，不过占八分之一之谱。

五　村捐

村捐是地方上临时征收的一种捐款，不是固定常设的。村捐这个名词，在前清光绪年间即有，后来改为亩捐，随田粮带征。不过改为亩捐后，现在仍有村捐，如有急需，即临时征收。近年来且年年都有一次，每次收数动辄巨万，其用项多半是为办兵差。因近年军事频仍，所以兵差不断常有，而村捐亦因之年年不断的征收。

征收方法，系以户口为单位摊派，每户摊派多少不一定，看临时需款多少。民国十八年征收一次，每户摊派三角五分。各村应派多少，即按它的户口数计算，然后各村自去按地亩数分派。所以该捐上面虽是以户口为单位派下来，而下面实地征收仍是以地亩的多寡为标准分配。不然户有贫富，如一律同样担负，那就未免不公平了。

民国十八年征收的数，六区共计 21437.8 元，以第四第三两区收数较多，其次为第六区，最少是第五区（见第 228 表）。

第 228 表　定县民国十八年征收村捐数

区别	征收数(元)
第一区	2396.45
第二区	2573.90
第三区	5048.40
第四区	5316.50
第五区	2327.45
第六区	3775.10
总合	21437.80

六　总结

定县担负的县地方捐连上节所述的田赋附加地方经费及契税牙佣并计，共可得六项，见第 229 表。民十六至十八年，三年征收数目，十六年共计 77409.030 元，十七年共计 84679.181 元，十八年共计 113990.151 元，平均每年为 92026.121 元（其中关于契税牙佣的收数可参看前节契税款第 202 表 4、5 两项）。十八年因为地方经费、契税牙佣、花生木植捐、牲畜花布附捐等的数增加，特别是地方经费与契税牙佣两项，约较上两年增加一倍，故是年征数格外多。

第 229 表　定县自民国十六至十八年三年担负之县地方捐*[*]

捐之种类	十六年征收数(元)	十七年征收数(元)	十八年征收数(元)	平均每年征收数(元)	
				金额	百分比
1. 田赋附加地方经费	16051.915	14828.678	33578.041	21486.211	23.3
2. 契税牙佣	4873.615	5969.003	10153.110	6998.576	7.6
3. 花生木植捐	11818.000	13553.000	17156.000	14175.667	15.4
4. 牙捐	28863.000	28863.000	28863.000	28863.000	31.4
5. 牲畜花附捐	11988.000	17052.000	19740.000	16260.000	17.7
6. 屠宰附捐	3814.500	4413.500	4500.000	4242.667	4.6
总合	77409.030	84679.181	113990.151	92026.121	100.0

* 尚有临时征收之村捐，未列上表，当另外计算。

至于各项比较，以平均每年征数而论，数较多的当首推牙捐一项，占全体31.4%。因为该捐征收范围很广，所以收数特多。不过范围太广，不免失之苛细。并所征收之物，在在与贫民生计有关，如遇牙商不肖的，更有种种勒索，因此一般人民常感觉非常痛苦。其次为田赋附加地方经费，亦有23.3%。再次为牲畜花附捐，有17.7%。花生木植捐亦不少，有15.4%。

此外临时征收的村捐，计十八年所征之数有21437.8元。十六、七两年的征收数未详悉，假定如十八年之数，我们分别加入第229表各年征收总数内，则十六年共有98846.830元，十七年共有106116.981元，十八年共有135427.951元，平均每年有113463.921元(可参看后面第231与第232两表)。

第四节　结论

上面已将国省税及县地方捐叙完了，总计三项民十六至十八，三年征收总数(临时税捐尚未计入见第230表)，十六年为412423.144元，十七年431424.069元，十八年469592.959元，平均每年为437813.391元。综观此三年，每年收数都有增长，尤以十八年增加更多，比十七年增3.8万余元，比十六年增5.7万余元。因为十八年县地方捐一项，增加甚多。

第230表　定县自民国十六至十八年三年担负之国税、省税及县地方捐之比较 *

税之类别	十六年征收数(元)	十七年征收数(元)	十八年征收数(元)	平均每年征收数(元)	
				金额	百分比
国税	135606.520 **	135606.520 **	135606.520	135606.520	31.0
省税	199407.594	211138.368	219996.288	210180.750	48.0
县地方捐	77409.030	84679.181	113990.151	92026.121	21.0
总合	412423.144	431424.069	469592.959	437813.391	100.0

* 尚有各种临时税捐，未计入上表。

** 十六，十七年两年国税的收数，中有数项未详悉，故即用十八年收数作为代表。

三项比较，以平均每年的征收数而论，国税占征收总数31%，省税占48%，县地方捐占21%，以省税为多。

以上各数，尚未将临时征收的税捐计入。此项临时税捐，国省税及县地方捐三项并计，十六年征收240692.518元，十七年87725.794元，十八元24030.600元，三年平均每年合117482.971元(见第231表)，实在不算少。以之与常设税捐征数比较，平均每年所征临时税捐，有所征常设税捐四分之一有多；十六年则到二分之一以上；十七年亦超过五分之一(参看第232表)。

第231表　定县自民国十六至十八年三年担负之各种临时税捐

税之类别	民国十六年征收数(元)	民国十七年征收数(元)
国税	2527.900	……
1. 验契各费	2527.900*	……
省税	216726.818	66287.994
1. 田赋附征特捐	215626.818	65717.994
2. 烟酒税费附征特捐	1100.000	570.000
3. 验契附收教育费属省部分	……	……
县地方捐	21437.800	21437.800
1. 村捐	21437.800*	21437.800*
总合	240692.518	87725.794

税之类别	民国十八年征收数(元)	平均每年征收数(元)
国税	2527.900	1685.267
1. 验契各费	2527.900	1685.267
省税	64.900	94359.904
1. 田赋附征特捐	……	93781.604
2. 烟酒税费附征特捐	……	556.667
3. 验契附收教育费属省部分	64.900	21.633
县地方捐	21437.800	21437.800
1. 村捐	21437.800	21437.800
总合	240030.600	117482.971

* 有此符号的，都因为该项征收确数不知，即用已知的一年的征收数作为代表。

按此项临时税捐，属于省税最多，但差不多全是为筹措战费。十六年与十七年上半年，因奉直军与国民革命军作战，故此两年聚敛特别多。

现将临时税捐与常设税捐合计，十六年国省县共征收653115.662元，十七年共519149.863元，十八年共493623.559元，平均每年为555296.362元。国省县三项中，国税平均每年征数占总数24.7%，省税占总数54.8%，县地方捐占20.4%，仍以省税占最多数(见第232表)。

第232表　定县民国十六至十八年三年担负之国税、省税及县地方捐(常设与临时税捐并计)之比较

税之类别	十六年征收数(元)			十七年征收数(元)		
	常设税捐	临时税捐	合计	常设税捐	临时税捐	合计
国税	135606.520	2527.900	138134.420	135606.520	……	135606.520
省税	199407.594	216726.818	416134.412	211138.368	66287.994	277426.362
县地方捐	77409.030	21437.800	98846.830	84679.181	21437.800	106116.981
总合	412423.144	240692.518	653115.662	431424.069	87725.794	519149.863

税之类别	十八年征收数(元)			平均每年征收数(元)			
	常设税捐	临时税捐	合计	常设税捐	临时税捐	合计	
						金额	百分比
国税	135606.520	2527.900	138134.420	135606.520	1685.267	137291.787	24.7
省税	219996.288	64.900	220061.188	210180.750	94359.904	304540.654	54.8
县地方捐	113990.151	21437.800	135427.951	92026.121	21437.800	113463.921	20.4
总合	469592.959	24030.600	493623.559	437813.391	117482.971	555296.362	100.0

以上每年数十万的款额，皆定县人民辛苦之负担。按定县人民，约有40，平均每人负担，十六年最多，约1.63元，十七年约1.30元，十八年约1.23元，平均每年约1.38元。十六、七两年因为临时捐多，故担负较重。十六年临时捐一项，平均每人即担负有0.60元。

至若按国省税县地方捐三项分别计算，此三年平均一年每人所担负的(仍是常设与临时税捐合计)国税约0.34元，省税约0.76元，县地方捐约0.28元。国税中因有关税数项数目未得，未有算入，故实际国税的负担当不止此数。因之实际平均一年每人所负担的总数，亦比1.38元稍多。

此平均每人负担的赋税，如与欧美各国人民负担之数比较，当然不算多。不过我国人民经济力远不及欧美各国，每人负担此数，就算不少。况且我国的赋税制度，种种不平均，征收苛细，特别加重贫民负担，或者有时征收偏重一方面，他部分人民转得幸免，因此一般人民对此也就感觉非常的痛苦了。

现在我们试将国省县所征收各项，关于常设税捐部分，按直接间接行为三税的分类，统计看看，计：直接税共有六项，民十六至十八，三年平均每年征收共181468.155元(见第233表)；间接税共有十项，平均每年征收共225714.854元(见第234表)；行为税共有五项，平均每年征收共30630.382元(见第235表)。三者比较，直接税占全体征收数41.4%，间接税占51.6%，行为税占7.0%(见第236表)，以间接税为最多。实际间接税还不止此数，因为尚有关税火车货捐数项亦属间接税，未计入。

第233表 定县民国十六至十八年三年平均每年担负之直接税*

税之种类	征收数(元)	百分比
1. 田赋	107712.205	59.4
2. 差徭及串票费	3907.071	2.2
3. 地方经费	21468.211	11.8
4. 烟酒牌照税	8016.000	4.4
5. 牙税	11483.667	6.3
6. 牙捐	28863.000	15.9
总合	181468.155	100.0

* 上表临时税捐未计入

第234表 定县自民国十六至十八年三年平均每年担负之间接税*

税之种类	征收数(元)	百分比
1. 盐税	71238.750	31.6
2. 芦盐食户捐	44000.000	19.5
3. 烟酒税费	2450.000	1.1
4. 卷烟统税	35100.000	15.6
5. 统税	2461.770	5.5
6. 牲畜花税	21242.667	9.4
7. 牲畜花附捐	16260.000	7.2
8. 屠宰税	4543.333	2.0

续表

税之种类	征收数(元)	百分比
9. 屠宰附捐	4242.667	1.9
10. 花生木植捐	14175.667	6.3
总合	225714.854	100.0

* 上表临时税捐未计入

第235表　定县自民国十六至十八年三年平均每年担负之行为税 *

税之种类	征收数(元)	百分比
1. 印花税	6340.000	20.7
2. 契税正税及附加	11031.806	36.0
3. 契税佣解省部分	2330.633	7.6
4. 契税牙佣属县部分	6998.576	22.8
5. 契纸价及注册费	3929.367	12.8
总合	30630.382	100.0

* 上表临时税捐未计入

第236表　定县自民国十六至十八年三年平均每年担负之直接、间接及行为三税之比较 *

税之种类	征收数(元)	百分比
直接税	181468.155	41.4
间接税	225714.854	51.6
行为税	30630.382	7.0
总合	437813.391	100.0

* 上表临时税捐未计入

直接税中，大部分是田赋，田赋征数占全体59.4%，如将差徭串票费地方经费等算入，则到73.4%，不为不多。直接税太偏重地主的赋课，而忽略了房主与资本家的征收，这是我们中国税制一大缺点。至牙税牙捐数亦不少，共占22.2%，牙税牙捐虽近似一种营业税，但究嫌苛细，将来终应该改良或取消。

间接税中，税品过滥，如盐税、统税、牲畜花税捐、花生木植捐等，皆涉及于一般的消费品，加重普通人民负担，殊非公平的办法。我们看盐税的征数，在间接税中，到了31.6%之多，如加上食户捐，竟有51.5%了。牲畜花税捐与花生木植捐等杂税杂捐，共计亦有22.9%，也不算少。至统税，表中所列，虽仅占5.5%，但实际恐不止此数。论统税根本是一种恶税，理应从速废止。至其他如盐税等，亦应加以改良整理，或者在相当时期，断然取消为是。

行为税中，只印花税、契税两项，契税的收数正附税、牙用、纸价等并计，占了行为税全体收入的79.2%。论契税税率，失之太重，反于税收前途有碍，将来亦应加以改良，或者仿照欧美办法，改办登录税。至于印花税，如能推广得法，税收还可有增加的希望。

以上各项，尚未将临时征收的税捐算入。民十六至十八年三年平均每年所征的临时税捐117482.971元中，直接税就有115219.404元，占了十分之九有多，此数几全由地主征来；至间接税有556.667元；行为税有1706.900元(见第237表)。以上各数，与常设税捐平均每年所征收的数合计，直接税共有296687.559元，占三项税收总数之53.4%；间接税共226271.521元，占40.7%；行为税共32337.282元，占5.8%(见第238表)。现在三项中，直接税居于多数了。

第237表　定县自民国十六至十八年三年平均每年担负关于临时税捐部分之直接、间接、行为三税

税之类别	征收数
直接征税	115219.404
田赋附征特捐	93781.604
村捐	21437.800
间接税	556.667
烟酒税费附征特捐	556.667
行为税	1706.900
验契各费	1685.267
验契附收教育费属省部分	21.633
总合	117482.971

第238表　定县自民国十六至十八年三年平均每年担负之直接、间接及行为三税(常设与临时税捐并计)之比较*

税之种类	常设税捐征收数(元)	临时税捐征收数(元)	合计	
			金额(元)	百分比
直接税	181468.155	115219.404	296687.559	53.4
间接税	225714.854	556.667	226271.521	40.7
行为税	30630.382	1706.900	32337.282	5.8
总合	437813.391	117482.971	555296.362	100.0

*　常设与临时税捐并计

民国十六至十八年3年平均每年每人对于直接、间接、行为三税每项的负担数，直接税约为0.74元，间接税约为0.57元，行为税约为0.08元。

末了，我们再将各种税捐不分国省县，亦不分直接间接行为诸税，统列一表，各依征数大小的次第排列，比较比较。第239表，临时征收之税捐未计入；第240表，则临时税捐亦计入的。我们观此两表，或者对于定县一年税务的担负，各项多少，大体上可以得到一个概念。

第239表　定县自民国十六至十八年三年平均每年各种税捐(临时税捐未计入)担负之比较*

税之种类	征收数(元)	百分比
1. 田赋及附征各项	133105.488	30.4
2. 盐税及食户捐	115238.750	26.3
3. 牙税牙捐	40346.667	9.2
4. 牲畜花税及附捐	37502.667	8.6
5. 卷烟统税	35100.000	8.0
6. 契税及附征各项	24290.382	5.5
7. 花生木植捐	14175.667	3.2
8. 统税	12461.770	2.8
9. 烟酒税费及牌照税	10466.000	2.4
10. 屠宰税及附捐	8786.000	2.0
11. 印花税	6340.000	1.4
总合	437813.391	100.0

*　尚有临时税捐未计入上表

第240表　定县自民国十六至十八年三年平均每年各种税捐(临时税捐并计)担负之比较*

税之种类	征收数(元)	百分比
1. 田赋及附征各项	226887.092	40.9
2. 盐税及食户捐	115238.750	20.8
3. 牙税牙捐	40346.667	7.3
4. 牲畜花税及附捐	37502.667	6.8
5. 卷烟统税	35100.000	6.3
6. 契税及附征各项并验契各费	25997.282	4.7
7. 村捐	21437.800	3.9
8. 花生木植捐	14175.667	2.6
9. 统税	12461.770	2.2
10. 烟酒税费及附征并牌照税	11022.667	2.0
11. 屠宰税及附捐	8786.000	1.6
12. 印花税	6340.000	1.1
总合	555296.362	100.0

* 表中包括临时税捐征数。

第十二章

县财政

本章所论系定县县财政，即定县地方岁入岁出的情形。岁入包含各项县地方捐税及其他款项的收入，岁出则为县中各机关经费及其他用项的支出，凡性质属于一县的收支都在这范围内。其他各区地方的财政，以不属县财政范围，故不论列。至于县政府经费系由省库支给，亦不在内。最后调查时期系民国十九年。

定县财政的管理，在民国五年至八年间归自治事务所；九年成立财政所，则由财政所掌管；十四年财政所取消，由参事会办理；十七年八月，参事会亦取消，仍由公款局过渡；是年十一月设立财务局，始移归财务局管理。

民五以前定县财政尚不统一，地方各项捐税有由各机关直接取用者，非常紊乱。是年十二月财政会议议决，始规定地方收入各项捐税，须总算总除，由财务机关通盘筹划，各机关须提出预算，然后照拨。此后一切采取统筹统支办法，财政始渐归统一。

至于收支上所用的年度，在民国十四年以前，是依年份计算，即每年由一月一日至十二月末日止。十四年起，各机关乃一律改用会计年度。惟捐税之包收，因习惯的关系，起讫期间仍各有不同。

关于县财政的整理，十七年十二月国民政府内政部举行第一期民政会议时，亦曾议及。嗣后内政部会同财政都，根据该会议决的旨趣，制定县财政整理办法七条，颁发各省转令各县遵照。今将该办法录此，以供参考：

县财政整理办法

一　凡一县地方财政，均应依本办法统筹统支。

二　各县地方之收入，不论为附征或特捐，杂捐，公益捐及其他各种收入，均须由县政府制定收入预算，呈报省政府财政厅核准施行。

三　各县地方之支出，应由县政府视地方各种事业需要情形，通盘筹划，分别支配，造具支出预算书，呈由省政府财政厅核定，就县政府收入开支。如有不敷，再请省库酌予补助。

四　各县地方财政之收入支出，均由县财务局掌管之。凡在预算以外有浮收滥支者，应受相当之处分。

五　本办法施行后，除财务局外，无论何种机关，均不得自行筹款，财政局对各机关经费，亦须按月发给，不得延欠。

六　财务局之收入，若有意外减少时，应即速行筹划。不得使其他机关政务停顿。各机关亦不得巧立名目自行弥补。

七　各县已成立之经理地方款产机关得仍其旧，隶属于县财务局，依据各该省颁布单行条例，行使职务。

以下即分两部分来说明，一为岁入，一为岁出。每年定县岁入岁出的情形，因为决算制度没有彻底实行，有些机关年终有决算报告书，有些机关又没有，不大完全，故只好用预算案来表明。好在各机关年中开支，少有超过预算的，实际与预算差不了什么。至于岁入部分，最近三年的，还可参考县地方捐税征收的数目，见第十一章赋税第229表，该表所列，皆实包或实征的数，可以之与预算案对照。

第一节 岁入

一 岁入的来源

岁入最主要的部分当然是各县地方捐税。此外则为官产的收入及省方的补助等。其余有各村自行征收的捐款，或各机关自有的公产收入等，自收自用，不入一县财政范围，故不能算入。

县地方捐税中，最重要的是亩捐、八行牙捐、牲畜花附捐及花生木植捐等项。各项除花生木植捐系独立征收外，其他皆附在别的正税中抽收。征收方法大概都采用招商投标制度，惟亩捐系随田粮按地亩征收，契税牙佣则随契税依契价完纳，皆非包收的制度。亩捐三项（即亩捐，加征亩捐警款，与亩捐底子钱是），已于民国十八年合并，改称地方经费，捐率较前增加，至各捐的经征，概由县政府主持，县政府收来拨交财务局，由财政局支付与各机关（关于县地方捐税征收详情，可以参考第十一章赋税第三节）。

此外尚有临时征收的村捐，因系应付临时的急需，如办兵差等，征收无定，故年中县预算岁入中，皆未列入。此项村捐，近几年差不多每年总有。据十八年征收一次，为数至2.1万余元之多（参看第十一章赋税第三节五村捐）。

捐税而外，则为官产的收入。定县官产的收入有限，仅房租一项而已。至于省方的补助，有模范补助款六千元一笔，因县中举办模范事业需款，于民国六年呈请补助的，民国七年列入预算中，以后每年照拨。

其余尚有杂项的收入，如状纸加收费与厕所租两款即是。状纸加收费，创始于民国五年孙发绪县长的时代，用于教育；不过当初系在县署直接支领，故岁入预算中，未有列入。加收办法，规定无论民刑状纸，买状人除遵照高等法院检察处每张定价备款请领外，须随缴加费一角，由县政府承审处代收，拨交地方。至厕所租为厕所粪料的租钱，收入甚微细。

二　民国十七与十八两年度岁入预算数

民国十七与十八年两年度岁入的预算数（见第241表），十七年度共计78820.7元，十八年度共计86164.7元，十八年度多于十七年度约7千余元。我们看这两年度各项中，数最多的当推八行牙捐一项（即表中第10至第18各项。第18项的牙捐学款，本来附在八行各行内，因此是指定用途，专拨充四乡高初小学学款，故表中特为列一项）共有28863元。在十七年度占岁入总数三分之一以上，在十八年度亦到三分之一。此项牙捐之数，自十四年起到现在，每年由省税牙税中照拨，已成定额，无有变更（可参看赋税章第三节二牙捐）。其次较多的，在十七年为亩捐三项，共有13105.8元，约占总数六分之一；在十八年为牲畜花附捐，八镇与高蓬邢邑两项合计17052元，几有总数五分之一。再其次则为花生木植捐，两年都超过七分之一。关于亩捐三项，十八年已改为地方经费，税率较前增加一倍有余，故实际收数当比预算多得多（十七、十八年两年地方捐税实际征收之数，见赋税章第229表）。

第241表　定县民国十七与十八年两年度岁入各项预算之比较*

项别	十七年度收入预算（元）	十八年度收入预算（元）
1. 亩捐	8651.000	8651.000
2. 加征亩捐警款	4260.000	4260.000
3. 亩捐底子钱	194.800	194.800
4. 花生木植捐	11517.000	13613.000
5. 八镇牲畜花附捐	10788.000	15492.000
6. 高蓬，邢邑牲畜花附捐	1200.000	1560.000
7. 屠宰猪附捐	2414.500	2414.500

续表

项别	十七年度收入预算（元）	十八年度收入预算（元）
8. 屠宰牛羊附捐	1131.000	1390.000
9. 屠宰骡马驴附捐	445.000	370.000
10. 牲畜行牙捐	5100.000	5100.000
11. 棉花、棉籽行牙捐	1851.000	1851.000
12. 布行牙捐	2000.000	2000.000
13. 斗行牙捐	742.000	742.000
14. 油饼柴菜水果口袋线带子行牙捐	3500.000	3500.000
15. 花生席麻行牙捐	3005.000	3005.000
16. 树木油槽牛马羊皮油骨行牙捐	750.000	750.000
17. 猪毛鬃行牙捐	1000.000	1000.000
18. 牙捐学款	10915.000	10915.000
19. 契税牙佣	2345.000	2345.000
20. 状纸加收费	370.000	370.000
21. 房租	629.400	629.400
22. 厕所租	12.000	12.000
23. 模范补助款	6000.000	6000.000
总合	78820.700	86164.700

* 各机关间有自行收入的款项，如男女两师范的学田是，尚未列入预算中，特此注明。

十八年屠宰骡马驴附捐已随正取消，是年预算上虽列有，实际当无征数，至其他屠宰猪与屠宰牛羊两项，十八年并已合并包收（可参考赋税章第三节四屠宰附税）。

至于十六年度的岁入预算，因未查得，故从缺。惟是年关于地方捐税征收之数，可见赋税章第229表，总计征收77409.03元。如加上状纸加收费及房租厕所租模范补助款等项，大概共有84420.43元。

以上各年预算，临时征收的村捐尚未列入，故实际岁入之数，当要超过。就村捐不算入，其他捐税收数大概亦要超过。因为预算时，都是取的往年最低额。关于包收的税捐部分，则大概系取上年的实包数，上年的实包数，即下年投标时的最低额，规定所投之数都要在最低额以上。故实际征数大半多过于预算。

三　民国六年与民国十二年两年份岁入预算数

以上已将民国十七与十八两年度岁入的大概情形说明了。现在我们要考求前数年的情形，姑用民国六年与民国十二年两年份作为代表，与现在比较比较。计民国六年岁入的预算，总数为69881.7元，民国十二年为61659.658元（见第242表）。这两年预算各项中，俱以亩捐为数最多，民国六年差不多占全额二分之一，民国十二年（亩捐底子钱并计，民国六年此项底子钱尚没有征收）亦有四分之一以上。其次为牙捐各项（即表中9至22各项）民国六年合计15141.9元，占五分之一有多，四分之一又不到一点；民国十二年合计12205.536元，约占五分之一。再其次则为牲畜花布附捐与花生木植捐了。

第242表　定县民国六年份与民国十二年份岁入各项预算†

项别	六年份收入预算（元）	十二年收入预算（元）
1. 亩捐	32415.100*	16860.162*
2. 亩捐底子钱	…	337.204*
3. 花生木植捐	7260.000	10010.000
4. 八镇牲畜花布附捐	6758.300*	9368.256*
5. 高蓬、邢邑牲畜花布附捐	420.000	1080.000
6. 屠宰猪附捐	3826.400*	1531.000
7. 屠宰牛羊附捐	1060.000	1005.500

续表

项别	六年份收入预算(元)	十二年收入预算(元)
8. 屠宰骡马驴附捐	…	262.000
9. 八镇牲畜牙捐	5681.600*	4341.659*
10. 高篷、刑邑牲畜牙捐	444.000	564.000
11. 市庄牲畜牙捐	50.500*	33.690*
12. 清风店牛牙捐	20.000	20.000
13. 棉花棉籽牙捐	1520.600*	1669.385*
14. 县城棉花棉籽牙捐	…	35.463*
15. 县城布牙捐	87.100*	65.377*
16. 清风店柴菜牙捐	258.400*	339.227*
17. 明月店柴菜牙捐	308.100*	338.011*
18. 席行牙捐	1147.900*	1228.026*
19. 麻行牙捐	1300.300*	1525.913*
20. 树木牙捐	2915.400*	1018.289*
21. 油槽牙捐	1000.500*	569.938*
22. 牛马羊皮油骨牙捐	407.500*	456.558*
23. 契税牙佣	3000.000	3000.000
24. 模范补助款	…	6000.000
总合	69881.700	61659.658

† 另有布牙捐一项,当时因系商会自征,故未入预算。此项款额每年大致有制钱6千串。至其他各机关间有自行收入款项,如地租等亦未列入。

* 凡有此符号的,都原为制钱数,民国六年共计69640千,民国十二年共计75377.629千,统按各该年的银元兑换率(民国六年每元兑换制钱1207.4文,民国十二年每元兑换制钱1973.9文)换为银元,计民国六年换57677.7元,民国十二年换38187.158元。

牙捐在民国十四年以前,尚未统合为八行,故民国六年、民国十二年关于该捐的项目,分立甚多。其时正税牙税尚系领帖按等第纳税,但牙捐已采用招商包收的制度了(可参看赋税章第三节二牙捐)。至于牙捐学款,当时归各村自行征收，所以预算案中未列入。另有商会自行征收的布牙捐，亦未列入。其余如现在的加征亩捐警款、房租等，民国六、民国十二两年尚没有（加征警款起于民国十六年，房租大约起于民国十四年）。亩捐底子钱，与屠宰骡马驴附捐、县城棉花棉籽牙捐、模范补助款等，在民国十二年有，民国六年亦没有。亩捐底子钱，民国八、九年间才征收的；县城棉花牙捐，亦系九年才起的。至屠宰骡马驴附捐与模范补助款虽系成立于民国六年，但因为刚成立，是年预算中尚没有列入。

民国六年与民国十二岁入预算数比较，民国十二年反少8000余元。这因为两年各项收入多系制钱数，折合银元，民国十二银元较贵，故折合少了。若民国十二年的制钱数总额75377.629千，我们按民国六年的兑换率换算，共可有62429.707元，加上原预算中所有的银元数23472.5元，共得85902.207元。持此数与民国六年总数较，从前少8000余元的，现在却多了1.6万余元，由此可知民国十二论到制钱数并不少，是折合银元折合少了。

至民国六年与民国十二年和民国十七年与民国十八年两年较，后者收数自然过多。民国十七年多于民国六年约9000元，多于民国十二年约1.7万余元；民国十八年更多得多，多于民国六年有1.6万余元，多于民国十二年有2.4万余元。因为民国十七与十八两年有各项新捐加入，最重要的是牙捐学款一项，从前此项归各村自收，未入预算，现在则合并在八行牙捐中，已列入预算内了。其余如从前商会自收的布牙捐，现在亦并在布行牙捐内了。再有其他各项税捐，民国十七与民国十八两年实际预算数亦增加，如牲畜花附捐（即民国六年、民国十二年的牲畜花布附捐。因布一项，现已免征，故改称牲畜花附捐。见赋税章第三节三牲畜花附捐）、花生木植捐、牙捐等，数皆增加。惟亩捐一项，因民国十八年仍系征收制钱，故折合银元，较从前为少。不过自民国十八年起，捐率已增加，是年实际征数已达3.3万余元了（见赋税章第229表田赋附加地方经费一项。惟本章第241表所列预算数，仍照从前预算的，故仍与民国十七年一样）。

第二节 岁出

一 岁出项别及民国十六年至十八年三年岁出预算数

定县岁出，可别为五项：(1) 党费，凡关党务开支者属之；(2) 政费，县政府下各局及其他县立行政等机关的经费开支属之；(3) 教育费，县立各学校与各学术机关的经费支出及四乡各学校的补助费等属之；(4) 建设费，凡关于县中实业方面的建设费均属之；(5) 特别费，凡特别或杂务的支出以不在上列四项之内者均属之。以上五项费用，概是在岁入各款项下动支，其有不在此款动支的，则不列入。

各机关经费的支出，每年须提出预算，由财务会议通过，然后由财务局按月照拨。兹将最近三年岁出各项预算分别说明于次：

1. 党费 民国十六年度内，定县尚未入国民政府统治之下，故党部尚未设立，本年无党费开支。民国十七年八月间，党务指导委员会成立，每月经费预算1420元。该会办理只有五月，故列的只有7100元。民国十八年三月，县党部正式成立，每月预算经费1400元，民国十八年全年度预算为16800元。

2. 政费 政费的支出预算，民国十六年度为44932.8元，民国十七年度为36993.4元，民国十八年度43922元（见第243表），平均每年度41949.4元。三年中以民国十六年度较多，民国十八年度略少于民国十六年度，但多于民国十七年度。民国十六年度之所以多，因为有参议两会（即参事会与县议会）的原故。民国十七年参议两会虽有，但存在期间不久。

每年中开支最多的，要算公安局（民国十七年六月始改称公安局，以前名警察所），三年都超过全体支出半数以上。该局因规模较大，全体设六警区，办有警察多名，故开销较繁。其次支出较多的，在民国十六、十七两年度，均为参议两会与教育局，民国十八年度则为教育局与建设局（民国十七年夏改名建设局，以前称实业局）。民国十六年度田房税契稽核处归参事会管理，经费未另开支。是年公款局与财务局则尚未设立。民国十七年度参议两会存在的期间不久，故所列预算较上年为少。是年公款局仅过渡性质，财务局亦才设立几月光景，所以经费开支都不多。民国十八年度参议两会与公款局已取消，当无开支。

第243表　定县民国十六至十八年

三年度政费支出预算之比较

项别	十六年度支出预算(元)	十七年度支出预算(元)	十八年度支出预算(元)
1. 参议两会	10531.000	6032.600	…
2. 田房税契稽核处	…	180.000	204.000
3. 公款局	…	630.000	…
4. 财务局	…	270.000	3222.000
5. 建设局	1956.000	1956.000	5160.000*
6. 教育局	3952.800	3952.800	6096.000
7. 公安局	25097.000	20616.000	25884.000†
8. 电话局	960.000	960.000	960.000
9. 县政府公报处	696.000	696.000	696.000
10. 保卫团	1740.000	1700.000	1700.000
总合	44932.800	36993.400	43922.000

*　内有720元系临时费,经常费占4440元。

†　内有2880元系临时费,经常费占23004元。

3. 教育费　教育费的预算，十六年度系37600.64元，十七年度37016.64元，十八年度39348.64（见第244表），平均每年度37988.64元。以十八年度为较多，十七年度较少。十八年度之增多，可说完全是因为县立师范学校在该年增了2000多元的缘故。其他各项，都少有变动。

第244表　定县民国十六至十八年三年度教育费支出预算之比较

项别	十六年度 支出预算(元)	十七年度 支出预算(元)	十八年度 支出预算(元)
1. 社会教育办事处	648.000	648.000	648.000
2. 通俗教育讲演所	192.000	288.000	288.000
3. 教育旬报社	150.000	150.000	150.000
4. 县立师范学校	9468.000	9468.000	11800.000
5. 县立女子师范学校	8559.240	8559.240	8559.240
6. 职业学校	1484.400	1484.400	1484.400
7. 中山中学	1040.000	360.000	360.000
8. 四乡高小补助、奖励款	5100.000	5100.000	5100.000
9. 四乡高初小学学款	10915.000	10915.000	10915.000
10. 明月店学校补助款	44.000	44.000	44.000
总合	37600.640	37016.640	39348.640

每年中支出最多的要算四乡高初小学学款一项（指定牙捐学款全部充用），在十六、十七两年占第一位，在十八亦占第二位，十八年占第一位的是县立师范学校。该校在十六、十七两年则占第二位。县立女子师范在三年中都占第三位。该两校因为是定县男女最高学府，故经费当较其他学校优裕（另尚有学田收入，系各该校自行经收，故不列入）。至于中山中学，十八年暑间已停办，十八年度强列出预算，当未开支。

4. 建设费　建设费十六年度预算额为1466元；十七与十八两年度俱为1471.6元，与十六年度相差无几（见表245表）。至于平均每年度为1469.7元。三年中都以县立试验场苗圃经费占最多数，占每年全年支出的四分之三以上。保定道苗圃设在保定，每年40元，系定县摊认之数。至民立工厂在定县城内，主要是织草帽鞭等，不过现在已有名无实。

第245表　定县民国十六至十八年三年度建设费支出预算之比较

项别	十六年度支出预算(元)	十七年度支出预算(元)	十八年度支出预算(元)
1. 试验场苗圃	1276.000	1275.600	1275.600
2. 保定道苗圃	40.000	40.000	40.000
3. 民立工厂	150.000	156.000	156.000
总合	1466.000	1471.600	1471.600

5. 特别费　特别费预算，十六年度为8474元，十七与十八两年度均为6343.15元(见第246表)，平均每年度7053.433元。此项预算中关于杂支一项，包含军队来往驻扎一应零星的供给，费用多少，最无一定。如遇军事发生的时候，临时需用大批款项，则另外筹集村捐开支，未入预算中。

至于商会的经费，从前是在自征的布行牙捐项下开支；现在该捐并入八行中，乃按年领取2000元之数。翟城模范村补助款，是在模范款6000元中支领十分之一，为补助该村办理模范村政之用。施种牛痘，民国十七、十八两年无预算。

第246表　定县民国十六至十八年三年度特别费支出预算之比较

项别	十六年度支出预算(元)	十七年度支出预算(元)	十八年度支出预算(元)
1. 商会	2000.000	2000.000	2000.000
2. 农会	570.000	570.000	570.000
3. 翟城模范村补助	600.000	600.000	600.000
4. 祭祀典礼费用	550.000	550.000	550.000
5. 施种牛痘	130.000	…	…
6. 孤贫口粮	380.000	380.000	380.000

续表

项别	十六年度支出预算(元)	十七年度支出预算(元)	十八年度支出预算(元)
7. 孤贫冬衣	28.000	27.150	27.150
8. 管理犯口粮	216.000	216.000	216.000
9. 杂支	4000.000	2000.000	2000.000
总合	8474.000	6343.150	6343.150

总结以上五项，十六年度支出共92473.44元，十七年度共88924.79元，十八年度共107885.39元（见第247表），平均一年的支出占96427.87元。三年以十八年度支出最多，较之十六年度增1.5万余元，比十七年度增1.8万余元。增多的原因，我们看表中所载，便知是党费的增入。党费在十六年无，十七年仅7000余元，十八年就到1.6万余元之多。其次是教育费的增加，十八年较十六、十七两年约增2000元之谱。至于政费与特别费两项，十八年反较十六年略少。

第247表　定县民国十六至十八年三年度岁出各项预算之比较

项别	十六年度支出预算(元)		十七年度支出预算(元)		十八年度支出预算(元)	
	金额	百分比	金额	百分比	金额	百分比
1. 党费	…	…	7100.000	8.0	16800.000	15.6
2. 政费	44932.800	48.6	36993.400	41.6	43922.000	40.7
3. 教育费	37600.640	40.7	37016.640	41.6	39348.640	36.5
4. 建设费	1466.000	1.6	1471.600	1.7	1471.600	1.4
5. 特别费	8474.000	9.2	6343.150	7.1	6343.150	5.9
总合	92473.440	100.0	88924.790	100.0	107885.390	100.0

三年中以十七年支出较少。少的原因，可说完全是政费的突减。该年政费比十六年几少8000元，比十八年亦少7000元左右。是年定县初隶属国民政府，在此青黄不接的时代，旧的机关准备结束，新的机关一时尚未产生，故政费开支较少。

每年中各项支出最多的，是政费一门，三年的百分比都在40以上。其次是教育费，十六年百分比为40.7，十七年为41.6，十八年为36.5。再其次是党费。最少的是建设费，每年不过占百分之一多一点。

以上各项费用，实际开销时，超过预算的还少。不过临时兵差费没有算入。近年因兵差常有，如算入，则一年开支之数恐要多一两万元（十八年应付此项兵差所征的村捐，即有二万余元）。

二　民国六年与民国十二年两年份岁出预算数

我们现在看民国六年与民国十二年的岁出预算。民国六年份预算总额为66713.5元，其中政费占34048.8元，教育费占30080元，建设费占1691.2元，特别费占893.5元。以政费支出最多，占全体支出的51%；其次教育费，占45.1%；特别费最少，占1.3%（见第248表）。此外尚有数项经费，表中未列（见第248表表末说明），因它们款的来源，不在岁入预算中，原预算案内即未列。另四乡高初小学学款一项，当时系由各村在自征牙捐学款项下开销，故亦不能列入。

第248表　定县民国六年份岁出各项预算†

项别	支出预算（元）	百分比
政费	34048.800	51.0
1. 自治事务所	1391.400*	
2. 模范事务总所	3776.700*	
3. 六区模范事务分所	1490.800*	
4. 劝学所	2153.400*	
5. 警察所	25236.500*1	
教育费	30080.000	45.1
1. 社会教育办事处	1440.000	
2. 公民讲习所	1987.700*	

续表

项别	支出预算(元)	百分比
3. 阅报所宣讲所	531.700*	
4. 师范讲习所	5963.200*	
5. 女工传习所	2400.000	
6. 县立高等小学校	6463.100*[2]	
7. 县立女子高等小学校	3819.100*[3]	
8. 贫民学校	120.000[4]	
9. 四乡高小学校补助	5681.600*	
10. 明月店学校补助	165.600*	
11. 选送农业学校学生学费	108.000	
12. 小学观摩会	800.000	
13. 小学运动会	600.000	
建设费	1691.200	2.5
1. 农事试验场	1151.200*[5]	
2. 保定道苗圃	40.000	
3. 物产品评会	500.000	
特别费	893.500	1.3
1. 罪犯土工工程处	200.000[4]	
2. 孝子高白云补助	24.800*	
3. 祭祀典礼费用	261.200*	
4. 孤贫口粮	407.500*	
总合	66713.500	100.0

† 另有织工传习所经费(年约2000千)与商会经费,均在商会自征之布牙捐项下开支未入预算中。又办理模范国民学校,修理道路,建筑市场,设置六区电话等事宜,另由第一次呈准留支政费(县署政费)盈余4000元项下开支,亦未列入预算中。

* 凡有此符号的,都原为制钱数(有同一笔开支中,钱与银元两项都有的,仍记以此号)。共计69335.549千,按民国六年银元兑换率每元换制钱1207.4文,换为银元,共换57425.5元。

注1. 内有2552.4元系临时费,经常费占22684.1元。

2. 内有1500元系临时费,经常费占4963.1元。

3. 内有1500元系临时费,经常费占2319.1元。

4. 贫民学校与罪犯土工工程处,均系本年才开办,故所列之数,仅为开办费,尚无经常费在内。

5. 内有157.4元系临时费,经常费占993.8元。

至民国十二年度的预算，总额为46551.051元，其中政费占26990.934元，教育费占17487.420元，建设费占587.140元，特别费占1485.557元。仍以政费支出最多，占全体支出的58%；其次教育费，占37.6%；建设费最少，占1.3%（见第249表）。表中亦未将四乡小学学款等项列入，理由同前。另有教育会经费等约1300元（见第249表表末说明），原预算案内亦未列。本来此款是在岁入项下动支，应该计算在内才对。现在我们将它算在内，则是年度出共有4.78万余元。

第249表　定县民国十二年份岁出各项预算†

项别	支出预算(元)	百分比
政费	26990.934	58.0
1. 模范事务所	2026.445*	
2. 财政所	1440.000	
3. 劝学所	1702.214*	
4. 劝业所	1464.000	
5. 警察所	19488.226*‡	
6. 工程局	770.049*	
教育费	17487.420	37.6
1. 社会教育办事处	376.919*	
2. 通俗教育讲演所	177.314*	
3. 图书馆与阅报所	323.414*	
4. 师范讲习所	2264.552*	
5. 女子师范讲习所	3600.000	
6. 县立高等小学校	4437.915*	
7. 县立女子高等小学校	1864.325*	
8. 四乡高小学校补助	4341.659*	
9. 明月店学校补助	101.322*	

续表

项别	支出预算(元)	百分比
建设费	587.140	1.3
1. 农事试验场	547.140*	
2. 保定道苗圃	40.000	
特别费	1485.557	3.2
1. 农会	382.998*	
2. 翟城模范村补助	600.000	
3. 祭祀典礼费用	253.306*	
4. 孤贫口粮	249.253*	
总合	46551.051	100.0

† 另有教育会经费及办理通俗报用款,劝学所调查学龄儿童费(年支 1400 千)自治预备会经费(年支 594 千)等共计 1300 元之谱未列预算,仍在岁入项下开支,特此注明。

尚有乙种实业学校经费,即前之织工传习所,现在之职业学校年支 2324 千,商会经费,均在商会自征之布牙捐项下开销,苗圃经费系由苗圃内收益直接开支概未入预算中,合并声明。

* 凡有此符号的都原为制钱数,共计 77785.578 千,按民国十二年银元兑换率每元换制钱 1973.9 文,换为银元,共换 39407.051 元。

‡ 内有 1573.129 元系临时费,经常费占 18015.097 元。

在此附带要说及的,民国十二年的工程局,名义是关于工程,实际是承办兵差,等于他县的支应局,在民国六年与民国十二年的劝学所,即现在的教育局;师范讲习所,即现在的男师范;民国六年的女工传习所,民国十二年的女子师范讲习所,即现在的女师范。至县立男高等小学与女高等小学,现在已分别附属男女师范内。

我们试比较民国十二年份与六年份的预算总额,不免要诧异道,为什么民国十二年开支这样少,较之民国六年少到20162.449元之多(十二年的数,仍根据第249表所列的数计算。表末附记之1300元,未有列入)?其中的原因，最重要的亦是制钱数换为银元的关系，与前面岁入的情形一样。支出各项中，仍多用制钱数，十二年因为银元贵就折合少了。如十二年原预算中的制钱数77785.578千（见第249表*号附记）按六年的银元兑换率换算，就能换64424元。此数加上原预算中所有的银元数7144元，就有71568元，从前比六年少二万零，现在反多了4800余元。可知十二年论制钱数并没有减少。

再有一层，十二年的临时费比较少，亦有关系。按是年临时费，不过1500余元。至于六年的就很多，共有六千零数十元；若加上观摩会、运动会、品评会等特别的支出（此等支出，只六年才有），则有7900余元，比十二年多6400余元。六年正是县中办理模范事业热烈的时候，故一切费用较繁。

现在我们可以拿这两年的岁出数与民国十六至十八年三年平均每年的岁出数比较一下。现在三年的平均岁出数为96427.87元，比民国六年多29700余元，比十二年多49800余元。固然六年与十二年，四乡小学学款与职业学校及商会经费没有在预算内，但是即算在内，不过增加14000余元（按现在的数目计算,若按当时的数目，恐还没有这样多），还是没有现在多。虽然把其他不在预算的通算入，六年约再可增4000元，十二年约再可增1300元（见第248，第249两表表末附记），与前14000余元并记，六年共可增18000—19000元，比现在仍要少10000余元十二年共可增15000—16000千元，比现在要少33000余元。至于现在的数中，临时支出的兵差费用，则尚未有算入。

我们如分开各项比较，民国十六至十八年三年的政费教育费特别费各项，比从前都有增加。惟建设费一项只六年因有物产品评会特别支出，故较现在略多。按民国十六至十八年三年平均每年支出，政费项为41949.4元，较六年多7900余元，较十二年多14900余元：教育项为37988.64元，较六年多7900余元，较十二年多20500余元；建设项为1469.7元，较六年少200余元，较十二年多800余元；特别项为7053.433元，较六年多6100余元，较十二年多5500余元。另十七、十八两年尚新增有党费的支出。现在因各机关用费较繁，并有新设机关，故各项预算皆增加。

第三节 结论

上述各年岁入与岁出相较，六年与十二年皆有盈余，六年约可余3100余元，十二年约可余15100余元。十二年即将教育会等经费1300元除去，亦可余13000余元。至十七、十八两年，据预算表中所列，十七年不敷约10000元，十八年不敷则有21000余元。不敷如此之巨，如岁入的实数不能多过预算，当然须另外想方法弥补；不过实际岁入之数均多过，我们看赋税章第229表所载十七年各地方捐征收的数目总计已有84000余元，如再加上其他收入部分如模范补助款、状纸、加收费房租等，当有91000余元。是年岁出预算约88900余元，是收入已足敷用了。惟十八年则因不敷太多，故不能不在亩捐上设法，加增捐率，捐率增加后，是年收数连其他捐税并计已达113000余元（仍见赋税章第229表），不算模范款等，已足与是年岁出预算107000余元相抵了。

末了，特将各项捐款开于教育部分的（即教育经费的来源各款）列出一表，以备注意此项经费的人们，作一个参考。

定县教育经费来源：

1.亩捐（占十分之二）
2.花生木植捐
3.高蓬，邢邑牲畜花附捐
4.屠宰牛羊附捐
5.牲畜行牙捐
6.油饼柴菜水果口袋线带子行牙捐
7.油槽行牙捐
8.猪毛鬃行牙捐
9.牙捐学款
10.契款牙佣
11.状纸加收费

上表所列 11 项，统以现有为断。此 11 项一年的收数，根据民国十八年的预算，总计有 41700 余元（原列预算，教育局经费亦从此数出。）此外尚有契税中附征的民国教育捐一项，是最近县中因办理民众教育需款，才筹划的。闻大致办法是在契税中附征一分，即按契价加征百分之一，由买方缴纳，专作办理民众教育之用，惟章程尚未公布，不知典契部分是否照样征收，此项捐款收数，我们如按十八年契税正税的收数（见赋税章第 202 表）估计，一年大致有 2000 元的希望（单是按买契部分估计的，典契未算在内）。

第十三章

农　业

第一节　全县农业概况

全县耕种地之亩数究竟有多少尚没有大规模的精确调查，也是很不易办到的调查。根据现有的材料，本县第一区71村与第二区63村共种地339958亩，两区共计14617家，如此平均每家约合23.3亩。全县除城关外共计约6.62万家，若以每家合23.3亩推算，则约得154.2万余亩；再加上所估计之城关耕地1.9万亩，则约得156.1万余亩。全县人口约40万，平均每人约合田地四亩。这个推算的数目大致很近实际情形。

民国十九年调查全县每村概况的时候，曾问及村中种地总亩数，并未详细实地调查其可靠程度。大约本会事业尚未普及之许多村庄，农民因为尚不很认识本会的性质，也许不肯十分说实话，定有以多报少的弊病，且遗漏土壤不良之地亩，只包括较好之耕地。现正进行调查实数。兹将各村所报亩数列表于下，暂供参考，也可以大致地看出各区分配情形（见第250表）。

第 250 表　定县各村种地亩数

民国十九年

种地亩数	村数						
	第一区	第二区	第三区	第四区	第五区	第六区	共计
500 亩以下	5	2	1	…	8	4	20
500—999	20	6	6	6	14	14	66
1000—1499	11	6	12	4	16	13	62
1500—1999	9	8	4	8	6	6	41
2000—2499	6	13	5	10	8	16	58
2500—2999	4	7	5	6	10	4	36
3000—3499	5	8	6	3	3	12	37
3500—3999	3	1	6	5	2	2	19
4000—4499	1	3	7	8	3	3	25
4500—4999	3	3	5	3	1	2	17
5000—5499	1	1	5	4	…	6	17
5500—5999	1	1	4	2	…	…	8
6000—6499	…	2	8	6	2	1	19
6500—6999	…	1	4	1	…	1	7
7000—7499	…	1	…	1	…	2	4
7500—7999	2	…	…	1	…	…	3
8000—8999	…	…	2	…	…	1	3
9000—9999	…	…	…	1	…	…	1
10000	…	…	1	1	…	2	4
11500	…	…	1	…	…	…	1
12500	…	…	…	1	…	…	1
12800	…	…	…	…	…	1	1
13000	…	…	1	1	…	…	2
32500	…	…	…	1	…	…	1
总合	71	63	83	73	73	90	453

民国十九年曾在各村询问最主要之农作物，次要之农作物，又次要及再次要之农作物为何。按调查之结果，主要农产物中以谷子为第一，有363村皆以谷子为首要产物。主要农作物中麦次之，麦中以小麦为多，大麦较少。再次为高粱、棉花、玉蜀黍、白薯(即甘薯)、花生、白豆等。高粱与玉蜀黍之地内亦多同时杂以豆类。兹将各区各村主要农产物列表于下(第251表)。

第251表　定县各村主要农产物

民国十九年

主要农产物	村数						
	第一区	第二区	第三区	第四区	第五区	第六区	共计
谷子	53	50	63	68	45	84	363
麦	14	7	…	5	11	1	32
高粱	…	4	9	…	5	4	24
棉花	3	2	8	…	1	…	18
玉蜀黍	…	…	…	…	11	…	11
白薯	…	…	1	…	…	1	2
花生	…	…	2	…	…	…	2
白豆	1	…	…	…	…	…	1
总合	71	63	83	73	73	90	453

各村次要农产物中以高粱为第一，多种于近河沙地，再次为麦、棉花、谷子、豆、玉蜀黍、花生、白薯、荞麦等。关于次要农产物各区各村分配情形见下列第252表。

第252表　定县各村次要农产物

民国十九年

次要农产物	村数						
	第一区	第二区	第三区	第四区	第五区	第六区	共计
高粱	1	17	20	61	3	29	131
麦	26	29	2	6	23	1	87
棉花	1	…	27	…	1	47	76
谷子	16	8	13	3	13	6	59
豆类	19	5	6	…	5	3	38
玉蜀黍	2	1	…	2	26	3	34
花生	5	…	8	…	2	…	15
白薯	…	3	7	1	…	1	12
荞麦	1	…	…	…	…	…	1
总合	71	63	83	73	73	90	453

关于各村第三重要农产物以豆类为第一，麦次之，白薯又次之。除1村无答案外，各区村数之分配见下列第253表。

第253表　定县各村第三重要农产物

民国十九年

农产物	村数						
	第一区	第二区	第三区	第四区	第五区	第六区	共计
豆类	13	46	10	42	8	25	144
麦	10	9	6	11	12	16	64
白薯	17	1	22	3	4	14	61
高粱	5	3	5	4	6	19	42
玉蜀黍	5	…	4	6	21	1	37

续表

农产物	村数						
	第一区	第二区	第三区	第四区	第五区	第六区	共计
花生	8	…	12	1	10	5	36
棉花	4	…	16	3	1	7	31
谷子	1	3	6	2	10	…	22
菜	5	…	…	…	…	…	5
葱	2	…	…	…	…	…	2
稻	…	…	…	…	…	2	2
黍	…	…	1	…	1	…	2
瓜	1	…	…	…	…	…	1
北瓜	…	…	…	…	…	1	1
蒜	…	1	…	…	…	1	1
金针菜	…	…	…	1	…	…	1
总合	71	63	82	73	73	90	452

第四重要农产物中以白薯为第一，豆类次之，麦又次之。除275村无答案外，其他产物及各区村数之分配见下列第254表。

第254表　定县各村第四重要农产物

民国十九年

农产物	村数						
	第一区	第二区	第三区	第四区	第五区	第六区	共计
白薯	16	6	4	1	2	9	38
豆类	7	4	3	3	…	13	30
麦	3	18	1	…	…	6	28
高粱	…	17	…	…	3	2	22

续表

农产物	村数						
	第一区	第二区	第三区	第四区	第五区	第六区	共计
花生	7	3	2	…	9	…	21
棉花	3	3	1	1	1	2	11
玉蜀黍	1	5	…	1	…	1	8
菜	6	…	…	…	…	…	6
稷	…	…	1	…	3	…	4
稻	…	…	…	…	…	2	2
扫帚	2	…	…	…	…	…	2
瓜	1	…	…	…	…	…	1
谷子	1	…	…	…	…	…	1
荞麦	1	…	…	…	…	…	1
芝蔴	…	1	…	…	…	…	1
蒜	…	1	…	…	…	…	1
黍	…	1	…	…	…	…	1
总合	48	59	12	6	18	35	178

总之，全县产物以谷子为最多，麦次之，再次为豆类、白薯、高粱、棉花等物。关于各种产物数量尚在进行调查中。豆类多间种于高粱、玉蜀黍之地内，白薯亦甚普遍。小米（即谷子）、白薯与豆类为本县农民主要食品；高粮、小麦、大麦与玉蜀黍等为次要食品。自本县贩运出境之主要农产物为棉花，大半运往天津、河北、张家口等处。此外输出农产品有小麦、芝麻、鸭梨、枣、葡萄、香油、花生油、黄花（即金针菜）、大黄等物。

从前定县常遇旱灾，土壤又属平常，因此农作物之产量不丰，民食甚感困难。近十年以来产量大增，是由于遍地凿井灌田的结果。此略述井泉之由来及渐次增多之经过。民国九年北五省发生空前的旱灾，定县受害甚大。民国十年华洋义赈会在定县提倡用新法凿井。当时规定每凿井一个约洋40元，由华洋义赈会补助洋20元。由各村村长佐自行赴实业局报告。大村有报至20，小村有报至3—4井者不等。在领款之先，须经实业局协同华洋义赈会调查员到该村详细调查。当时各村所凿之井，都是由各村井匠自行办理，好者甚少。普通所凿之井，口径5尺，底径7尺，水深5尺。当时所用的水车，都从获鹿县来，每架60元上下。凡由华洋义赈会领款凿井的，必在井中砌砖，上书华洋义赈会捐款字样。后来各村人都感觉不便，遂由实业局通告各村，凡能将井凿好者，就将官立平粜局所余的款项补助，以资奖励。当时有实业局委员李树棠君学习机器凿井，先把方法教给邵村农民，后又把方法教给翟城村农民。当时学成者有许多村，以翟城村学习的成绩最好。实业局就把井架借给翟城村，使他们先凿井数个。起初成绩不很好，但后来越研究越好。起初凿井十余个须用三个月工夫，且不甚好；后来七八天就能凿十余个井，成效大著。各村相继仿效。凿井日多。后来翟城村村正米聚五先生出资向天津购买新式井架1具，到各村提倡凿井。当时规定凡翟城村本村凿井者每个出洋7元（专指用凿井机器下木泉而言），外村凿井者每个出洋12元。

民国十二年二月，翟城村米迪刚先生偕山东大绅士王鸿一到翟城村参观。王氏很欣赏翟城村凿井的成绩。当年六月底实业局约请村中能手2人，赴山东曹州府教徒弟，由实业局代出川资。那时收徒弟3人，在5个月内共凿井11个，教徒弟5个。于是又被约往汀陶县，9个月工夫教徒弟4人，后增至十余人，都是遣散的青年步兵。起初在曹州林场凿井完成时，观者数千人。四五十里外的农民也都来参观，因此山东省也起始提倡凿井了。井手由山东回来以后，声望日著，各村仿效，又多凿起井来。水车是民国十一年各村自行仿造的，以北齐与东亭的铁匠为最先。

普通凿一能用水车或三把辘轳之大砖井约需80元：包括用砖3500个，需40元；50人工需35元；木盘5元。能用两把辘轳之井需洋55元，能用一把辘轳之井需洋40元。每个榆木辘轳价约1.5元至2元，小辘轳木架价约2元，大者约3元。大水车价约80元，小水车约50元。

据民国十九年之调查，除城关外，全县约有井59000余口；第六区井数最多，第四区次之，第三区又次之。全县453村平均每村约合131口井；453村共计66205家，平均每家约将合一口井（0.89）。453村村外井共计39799口，村内井共计19412口。各区村数、家数、井数、平均每村井数、每家井数，见下列第255表。

第255表　定县各区井数

民国十九年

区别	村数	家数	井数			平均每村井数	平均每家井数
			村内	村外	共计		
第一区	71	6230	2484	2918	5402	76.08	0.87
第二区	63	7854	2195	3090	5285	83.89	0.67
第三区	83	15622	2815	5883	8698	104.80	0.56
第四区	73	15961	3132	11834	14966	205.01	0.94
第五区	73	7520	3057	5453	8510	116.58	1.13
第六区	90	13018	5729	10621	16350	181.67	1.26
总合	453	66205	19412	39799	59211	130.71	0.89

小村之井数有不满10口者，大村之井数有多至1220口者。按井数组全县453村之分配见下列第256表。

第256表　定县各村井数

民国十九年

井数	村数	井数	村数	井数	村数	井数	村数
1—9	5	140—149	12	280—289	2	450—459	2
10—19	33	150—159	8	300—309	9	480	1
20—29	44	160—169	12	310—319	2	500	2
30—39	33	170—179	5	320—329	3	520	1

续表

井数	村数	井数	村数	井数	村数	井数	村数
40—49	34	180—189	8	330—339	1	530	1
50—59	31	190—199	3	340—349	3	550	4
60—69	22	200—209	4	350—359	9	590	1
70—79	26	210—219	3	360—369	2	600	1
80—89	14	220—229	2	370—379	1	670	1
90—99	16	230—239	3	380—389	2	830	1
100—109	11	240—249	7	400—409	5	950	1
110—119	14	250—259	8	410—419	1	1220	1
120—129	18	260—269	7	420—429	1		
130—139	10	270—279	1	430—439	1	总合	453

定县春季雨量缺乏，有井泉灌田之后种麦者大增。麦收获后又可种第二次作物，如谷子、白薯等物。因此有井之地，不但在一年内能收获两次作物，且每次作物之产量亦较无井时增加，又可年年收获，而无苗枯之患。凿井灌田之方法与解决华北旱灾及农产之增加关系甚太。因此关于凿井之方法实有研究与推广之必要。本会有研究农业之史秉章先生来自河北赵县，关于凿井之方法努力研究，拟出专书。赵县凿井亦甚发达，凿井之方法亦与定县大致相同。兹将史君于民国十八年时，在赵县与定县两处凿井方法之调查研究，略述于下。

择验井地 凿井之法，因土层土质不同而异其趣。在兴工之前，必须先行测验，以求明了其地之土质水层。测验之法，以杉木3根搭成三角架，以绳束之，系以铁环。然后以铁锥（直径半寸许，长约4丈）直贯铁环中。下端入地，由2人或4人手执铁锥往下锥之。或于锥上距地二尺许处，横缚一木（直径寸余，长二三尺），二人手执横木提起按下，上下不已。铁锥渐按渐下，横木亦渐近地面。如是再将横木往上移动，再近地面时，再往上移动，如是不已，直至达到欲凿之深度为止。设当地之水皮层过深，铁锥不能相及，则可接以竹篦（篦厚三分，宽寸余，长一二丈不等）。当用锥试探之时，务须特别留心锥在土内之情形。设锥上下往来颇觉涩滞，则知地内纯系黏土；爽快易入则为沙土；坚而难下，并按时铿然有声，则为石层。每遇换土层，即当量锥在地上余长若干。由此计算可知锥入地下若干，此法甚属简单，而非富有经验者，运用之际恐难免错误。若舍铁锥而用一种铅制之空桶锥，直径二寸许，长短不等，下口有活塞，再下有钢铲，能将地内之土取出，以资审察。如是虽无经验者用之亦能测得正确之结果。

黏土造井法　设所择验之地纯为黏土，则造井之法，非常简单。即以铁锹掘地为穴，其直径之尺数可随当地之便。井上安置辘轳，提起泥土，及达水层下丈许时，井中之水即可取之不尽，然后用砖砌成井壁。砌法亦分二种：一为表砖，使砖立砖；二系卧砖，使砖平铺；表砖省砖，卧砖耐久。二者以卧砖为佳。砌时仍用辘轳，一面汲水，一面送砖。三四人在井内，先以木盘置井底。盘为圆圈形，宽7寸，直径与井底等，厚三寸。然后砌砖其上，直至地面为止。此法名曰抢盘。此等井在赵县概用80余元。赵县之井，普通均深为4丈。共用砖4000，砖价共70元，再加上人工等费10余元，共80余元。

上为黏土下为沙土之造井法　设欲造之井深为四丈，上两丈为沙土，下两丈为黏土。其造法亦如黏土造井法。惟开掘井桶之时，在沙层之桶，直径可特大出四尺，以防沙坍塌，落入井内。至井桶掘成，叠砌砖桶时，则决不可上大下小，只可上边微微小些。平常井底直径七尺至八尺，井口直径四尺至五尺。井桶外之空隙，当用土填实。设欲造之井上为黏土，下为沙土，则其法较觉复杂。法先开掘升桶及水皮层而止，然后安置木盘于井底。盘之外缘每隔尺许立柳杆一根，杆之直径二寸许长与沙层之高等，下端紧系木盘之外，共二十四根。然后木盘上砌砖，当砌第一层砖时，每隔八尺之处，留宽约寸许之缝一，如是共留四缝，以备将来拴绳提盘。然后再以粗如大指约长三尺之绳，套过柳杆下端，余绳置所砌之砖上，绳头落井桶内。然后再砌第二层砖，压着套杆之绳，又砌第三层砖，第四层，直至第八层，又以同样之绳如前套过柳杆，余绳亦悬入井桶内。以后每隔八层砖拴绳一次，至杆尽为止。然后再用粗如大指之绳两根，联为一条，以其下端套于杆之下端，沿井桶而上系于柳杆上端。如是井桶之外有柳杆二十四根，井桶内有绳二十四条，每条必为两根，名曰径绳。其在井桶内，每隔八层，系于柳杆之绳，更皆绑于径绳上。惟此二十四条绳，均甚宽松，于是将第一绳之第二根与第二绳之第一根，用手拉在一处，用长尺许粗如大姆指之柳木捧用力绞住。此第一绳之第二根与第二根之第一根，每隔八层砖皆绞缧一回。第二绳之第二根与第三绳之第一根，也用前法绞缧。以下诸条依此类推，至第二十四绳之第二根与第一绳之第一根再互相绞缧，如是柳杆二十四根与径绳二十四条，内外相绞，使井桶固如铁石。但此桶之深，不过为全井之半，此种坚固之构造，仅为下部沙层预备而已。此桶之上，可照平常砌桶法，不用下部井桶之柳杆绳子等，往上砌起，及达到欲凿井之深度（连下部井桶）即止；如是上部井桶高耸平地之上。然在井桶外之四隅，于距五尺许之处，各竖二柱，再用横木八根，将四柱连起，成为方形，高与井桶上口平。又用木棍四根，一端绑在柱上，一端绑在井口上，然后密搭木板数十块，使井口能站人数十个，把辘轳四个或六个安置井口上。再用最坚固之大绳四根，下端拴于井盘上（砌砖时盘上已预留四孔），上端拴于安辘轳之木桩上。拴妥之后，用辘轳往井中送下四人，各站于一隅。以铁掘井盘下之土。再用辘轳把土提上，倾于井外近旁，如是井盘之下渐掘渐空，井桶亦逐渐下行。但有时至沙层下部，往往发生沙孔，向上喷沙。治法则用麦杆扎成小束，用脚踏入沙孔，至井桶完全入地时为止。至于井中掘土之人，须常常更换。井桶既完全入地，井桶外空隙之处亦须速用土填实。然后用水车将水汲上，并使数人下井，将四条大绳及二十四条径绳，从井底割断，再将系于径绳上之小绳一一割断。割小绳之法，安镰刀于长杆上，在井上割之。割后将绳取出，井外下部之柳杆，则扔内不动。

沙土造井法 设遇沙土过厚之地，亦可用上述测验井地之法。在该地中多测验几处，如在水皮层下数尺，有黏土最好将井桶下木盘安于黏土上，以免井造成后，井桶时往下坠。设当地水皮下二三丈仍无黏土，则惟有预备井桶，以能达到水皮下八九尺为适宜。其造法与上黏下沙之法，大同小异。惟在井桶下半部外围之柳杆上，再按前法，接以二丈余之杉杆；大头向上，其绑法均与下部之柳杆同。俟造成后，此等杉杆即可一一提出。提法以绳拴杉杆上端，再用横杠，由数人用力抬之即出。其他手续均与前所述之法同，此法造井约需洋120元。

人造泉之用具及手续　井造成后，所含水量有足用与不足用之分。其不足用者，即不能不赖人造泉以救济之。经营此种人造泉之用具与手续，均甚简单，兹略述于下：

用具（1）大铁锥一件，长丈余，直径二寸，中空，下有立刀与活塞，为泥沙水等入锥之门户。上端之侧有寸许之方孔，为锥内泥沙水等出锥之处，此锥无论经过何土，均可取上，细细致验。

（2）亚铅探水筒，其外形构造，均与上述之锥同。用以吸取锥眼内之水，但不能用以向地下钻凿新孔，因亚铅甚薄故也。如无大铁锥时，则此种亚铅探水筒实为必须之物。

（3）中实大铁锥，此锥以平常之铁制之，中实，长二丈余，直径一寸半，下端为铲形，以备凿地，上端稍细，有孔或缺刻，以备接竹篦。但此锥必与第二种偕用，因其不能汲取经过之土，以便审查。

（4）竹篦，竹篦之制法，以竹筒十数根劈开，使其宽一寸许，长一丈余，为系锥之用。每根两端有缺刻，以备接续，接时用铁箍，两头相接，即以箍之。

（5）木轮，状如旧式纺车之轮，中贯铁轴，轮之直径一丈五尺。此轮专为提锥之用，用时将锥系竹篦之上端，挂于轮之外周边上，一人入轮中，手攀铁轴，足登轮周横木，则轮自转，竹篦缠轮外周上，锥即提出。

（6）木管，此管长数尺至一丈余，以木板为之，管为方形，径口八寸或一尺，为人造泉必须之物。用时插入井水内，下端至井底，上端露水皮上尺许，最好备有长短两个，因井水有浅有深，锥从木管中向下锥时，以免井淤泥流入锥眼内。

(7) 其他用具如杉杆十数根，木棍十数条，木板数块，麻绳数十条，铁丝，斧，锤等物，皆可在当地临时借用。

手续及做法 先用杉杆四根，至少必比井之深度稍长，使之顺立井内四隅；然后再用杉杆两根，最好与上四根等长，平放地上，相距一尺半或二尺，成平行状。然后每距一尺半即扎横木一根，作成梯状，竖立井内。人从梯子下去，至水皮上数寸，用横木四根扎于四隅之杉杆上，成正方形；然后搭以木板，但当中必留一孔，再将木管从孔中插入井中，然后在井上竖杉杆六根，悬木轮于其上。木轮之上五尺，也用木棍四根，将四角之杉杆，连络绑住，亦成正方形。方形之下，悬以大弓，弓背以竹筒三四根为之，长一丈四五尺，弓弦以大绳为之。用法将中实铁锥，放入井内之木管内，锥上接以竹篦一二根，竹篦上端，拴弓弦上，然后在井内木管上二尺许，拴以长二尺，粗如鸭卵之横木。二人手持横木，提上按下，因有弓之弹力，不甚费力。如是上下不已，锥渐下进，横木亦随时往上移动。竹篦上端接弓弦处，亦要随时往下松解，至竹篦已尽，再接竹篦，相接处均有缺刻，套以铁箍。工师平常六人或八人，二人一班，轮流做工，每日平均可锥二三丈，但亦因土质不同，随有深浅。工人休息时，必将铁锥提出。提法将竹篦上端挂轮上，人入轮中，手执中轴，足登轮周横木，轮转时竹篦环绕轮上，锥渐提上。然后将所凿孔内，用漏斗注以浓厚胶泥（纯黏土）水，每停工时必如是。因泥水之外压力大，凿孔不易坍坏，且因有胶泥，竹篦周围摩擦，孔之周围渐生胶泥皮，故凿孔虽深，决无自行破裂之说。如欲知下部系何土质，随时可换以亚铅锥或中空大铁锥。所得泉水之强否，以沙层之深浅良否为标准。最浅亦须五尺，深度愈厚愈好。沙粒整齐，形大如豆者为最佳（俗名马牙沙）。富有经验者，铁锥在井底下十余丈，手抚井上系铁锥竹篦，即可断定井下之土质。据云手抚竹篦，觉其锥在下部，黏而涩者为黏土，坚而爽其声铿然者，必为石或铁板沙（黏细如土成板状，坚而如石）。爽而下行甚速者必为沙。但为准确起见，必须用空锥提上细验，方可为凭。设为良好之沙，则可下筒，但必须在井底四五丈以下，不然泉水决难强盛。至于筒之质料，有以木为之者，有用竹筒者。用木或竹筒数根相接，相接之处，锯有许多缺刻。相接之后，再缠棕数次，再缠以铁丝。筒之长短与锥孔之深浅，必须要十分精确，不然稍有差错，即有良好之沙层，亦难出水。筒之下端应在沙层上尺许，但沙层之上，须为黏土。安妥之后，再用亚铅撮水中空锥，将筒之下端沙层撮出许多，使筒之下端成空腔状，但竹筒中之隔膜，须穿通使其光滑。一切完妥之后，井上安置辘轳四个或水车，将井水汲出许多，然后将竹筒距井底二尺处锯断，则水自出，取之不尽，用之不竭矣。一挂水车以牲口两头拉之，每日可灌地五六亩。如水车停止，则水筒之水涨至井水原处，亦即停止，在赵县所下之水筒，浅则五六丈，深则三十余丈。有时一筒兼收两层沙之水，法在第一层沙下再锥，至得第二层沙，再下筒，在第一层沙之处，在筒之周围，穿许孔小孔，缠以棕片，上下两端绑以铁丝，第二层沙处，与前次所说同。

第二节　62村土地分配、租田制、井水灌溉与农工概况

一　土地分配

民国十七年时调查东亭乡村社会区62村之土地分配。62村共计10445家，其中种地为业者共计10290家，占一切家数的98.5%。有许多村庄百分之百的住户皆为农家。62村所有农场的耕种面积共计238563亩。若只以种地之10290家而论，平均每家种地23.2亩；若以所有10445家而论，平均每家计22.8亩。关于每村家数、村内种地家数、全村农场面积、平均每家亩数等详细情况见下列第257表。

第257表 62村每村种地家数、种地面积及平均每家种地亩数

民国十七年

村号数（以家数多寡为序）	村内总家数	村内种地家数	种地家数占总家数之百分比	全村农场耕地面积（亩数）	平均每家亩数	
					种地之家	村内所有家庭
1	458	455	99.3	7900.0	17.4	17.2
2	374	357	95.4	9800.0	27.5	26.2
3	362	349	96.4	6200.0	17.8	17.1
4	348	348	100.0	6100.0	17.5	17.5
5	328	324	98.8	7500.0	23.1	22.9
6	326	323	99.0	7000.0	21.7	21.5
7	319	319	100.0	8000.0	25.1	25.1
8	303	303	100.0	8200.0	27.1	27.1
9	301	285	94.7	5300.0	18.6	17.6
10	293	288	98.3	4500.0	15.6	15.4
11	292	292	100.0	11500.0	39.4	39.4
12	284	284	100.0	5400.0	19.0	19.0
13	279	279	100.0	5800.0	20.8	20.8
14	276	272	98.5	6150.0	22.6	22.3
15	276	272	98.5	7000.0	25.7	25.4
16	270	270	100.0	7050.0	26.1	26.1
17	270	270	100.0	6000.0	22.2	22.2
18	247	247	100.0	6500.0	26.3	26.3
19	220	200	90.8	4457.3	22.3	20.3
20	210	207	98.6	4050.0	19.6	19.3
21	199	199	100.0	3710.0	18.6	18.6
22	192	192	100.0	4200.0	21.9	21.9
23	190	187	98.4	5000.0	26.7	26.3
24	185	185	100.0	3000.0	16.2	16.2
25	183	182	99.4	3670.0	20.2	20.1
26	182	182	100.0	4350.0	23.9	23.9

续表

村号数（以家数多寡为序）	村内总家数	村内种地家数	种地家数占总家数之百分比	全村农场耕地面积（亩数）	平均每家亩数	
					种地之家	村内所有家庭
27	181	180	99.4	4120.0	22.9	22.8
28	180	180	100.0	5500.0	30.6	30.6
29	175	169	96.6	4624.4	27.4	26.4
30	172	172	100.0	4100.0	23.8	23.8
31	166	162	97.6	4000.0	24.7	24.1
32	160	160	10.00	3500.0	21.9	21.9
33	160	149	93.1	3456.6	23.2	21.6
34	158	155	98.9	4250.0	27.4	26.9
35	156	150	96.1	2900.0	19.3	18.6
36	132	132	100.0	2400.0	18.2	18.2
37	120	120	100.0	2678.1	22.3	22.3
38	110	103	93.6	3334.5	32.4	30.3
39	105	102	97.1	3150.0	30.9	30.0
40	98	97	99.0	2080.0	20.7	20.5
41	97	97	100.0	3000.0	30.9	30.9
42	92	92	100.0	2100.0	22.8	22.8
43	82	80	97.6	1500.0	18.8	18.3
44	80	77	96.2	2200.0	28.6	27.5
45	67	67	100.0	1400.0	20.9	20.9
46	66	65	98.4	1150.0	17.7	17.4
47	64	64	100.0	1000.0	15.6	15.6
48	61	58	95.0	1200.0	20.7	19.7
49	56	56	100.0	1356.0	24.2	24.2
50	55	55	100.0	1500.0	27.3	27.3
51	53	49	92.4	1816.0	37.1	34.3
52	52	51	98.0	1170.0	22.9	22.5

续表

村号数（以家数多寡为序）	村内总家数	村内种地家数	种地家数占总家数之百分比	全村农场耕地面积（亩数）	平均每家亩数	
					种地之家	村内所有家庭
53	51	50	98.0	1250.0	25.0	24.5
54	50	50	100.0	1700.0	34.0	34.0
55	48	48	100.0	1800.0	37.5	37.5
56	45	45	100.0	1450.0	32.2	32.2
57	43	43	100.0	1000.0	23.3	23.3
58	37	37	100.0	620.0	16.8	16.8
59	30	30	100.0	600.0	20.0	20.0
60	29	28	96.6	1050.0	37.5	36.2
61	28	27	96.4	320.0	11.9	11.4
62	19	19	100.0	950.0	50.0	50.0
总合	10445	10290	98.5	238562.9	23.2	22.8

种地最少之村计320亩，种地最多之村计11500亩。平均每村种地3848亩。兹将各村种地面积按亩数组列在下面（第258表）。

第258表　62村各村农场面积

民国十七年

农场面积（亩）	村数	农场面积（亩）	村数
500以下	1	5500—5999	2
500—999	3	6000—6499	4
1000—1499	10	6500—6999	1
1500—1999	5	7000—7499	3
2000—2499	4	7500－7999	2
2500—2999	2	8000—8499	2
3000—3499	5	9500—9999	1

续表

农场面积(亩)	村数	农场面积(亩)	村数
3500—3999	3	10000 以上	1
4000—4499	8		
4500—4999	2		
5000—5499	3	总合	62

10290农家内，种地不满10亩之家庭计3625家，占35%；10—29.9亩者计3530家，占34%；百亩以上者仅220家，占2%。详细分配见下列第259表。

第259表　10290农家种地亩数之分配

民国十七年

种地亩数	农家数	百分比
10 以下	3625	35. 2
10—29. 9	3530	34. 3
30—49. 9	1687	16. 4
50—69. 9	602	5. 9
70—99. 9	626	6. 1
100 及以上	220	2. 1
总合	10290	100. 0

每农家所种之地非相连之一块整田，乃分为数块，甚至于十余块，散布于村之各方。地块距家之远近多在二里之内，亦有距三四里者。在某一大村曾调查了200农家，其中以有6块田地的为最多计26家，其次9块者计25家，再次为有5块者，最多者为20块。各家块数见下列第260表。

第260表　200农家每家所有地亩块数

民国十七年

块数	家数	块数	家数
1	1	11	10
2	6	12	9
3	12	13	4
4	17	14	3
5	24	15	6
6	26	17	2
7	20	20	2
8	15		
9	25		
10	15	总合	200

不但每家田地块数很多，且每块之面积亦颇小。200农家共有田地1552块。不满5亩一块者计1070块，占所有块数的69%；且其中不满1亩一块者计49块，1—1.9亩者计233块，2—2.9亩者计329块，3—3.9亩者计250块，4—4.9亩者计209块，5—5.9亩者计370块。占一切块数的24%。超过10亩一块者计112块。平均每块4.2亩。每块亩数分配详情见下列第261表。

第261表　1552块田地每块亩数

民国十七年

每块亩数	块数	百分比
5 亩以下	1070	68. 94
5—9. 9	370	23. 84
10—14. 9	64	4. 13
15—19. 9	21	1. 36
20—24. 9	16	1. 04
25—29. 9	6	0. 38
30—34. 9	3	0. 19
35—39. 9	1	0. 06
40—44. 9	1	0. 06
总合	1552	100. 00

若将每农家之数块或十余地田地之亩数相加，以块数除之，得每块平均亩数，则知平均每块之面积甚小。看下列第262表，可知有56家各家平均每块之亩数在3—3.9亩之间，有54家各家平均每块之亩数是在2—2.9亩之间，有36家各家平均每块之亩数是在4—4.9亩之间，有1家内每块之平均亩数为19亩。

第262表　200农家各农场平均每块田地之大小

民国十七年

农场平均每块亩数	农家数
1—1.9	11
2—2.9	54
3—3.9	56
4—4.9	36
5—5.9	17
6—6.9	11
7—7.9	6
8—8.9	4
9—9.9	3
10—10.9	1
19	1
总合	200

下列第263表更详列每家农场之大小，即种地总亩数，与此农场之面积包括田地之块数，再显明平均每块之亩数。平均每农家种地32.6亩。按普通农民看来，超过15亩之地块即算大块田地，10亩左右者为中等块，不满7亩者为小块。一农家而有不相连之数块小田地，在工作方面颇不经济，灌溉甚不方便，实有重行整理之必要。有利的方面是一农家可以有高洼与肥瘦不同的田地。

第263表　200农家各农场之大小、块数与平均每块亩数

民国十七年

号数	农场大小	块数	平均每块亩数	号数	农场大小	块数	平均每块亩数
1	3.0	1	3.0	36	13.0	4	3.3
2	3.0	2	1.5	37	13.0	6	2.2
3	4.5	2	2.2	38	13.0	6	2.2
4	5.0	3	1.7	39	13.5	5	2.7
5	5.0	3	1.7	40	14.5	4	3.6
6	5.5	2	2.8	41	14.5	5	2.9
7	6.0	3	2.0	42	14.6	7	2.1
8	6.1	4	1.5	43	14.9	7	2.1
9	6.2	5	1.2	44	15.0	5	3.0
10	6.5	2	3.3	45	15.3	7	2.2
11	7.0	3	2.3	46	15.5	4	3.9
12	8.0	2	4.0	47	15.8	6	2.6
13	8.5	3	2.8	48	16.0	4	4.0
14	9.0	3	3.0	49	16.0	4	4.0
15	9.0	6	1.5	50	16.0	6	2.7
16	9.1	4	2.3	51	16.2	4	4.1
17	9.1	5	1.8	52	16.2	6	2.7
18	9.3	3	3.1	53	16.5	6	2.8
19	10.0	3	3.3	54	16.5	6	2.8
20	10.0	3	3.3	55	16.5	7	2.3
21	10.0	4	2.5	56	17.0	4	4.3
22	10.2	5	2.4	57	17.0	5	3.4
23	10.4	4	2.5	58	17.0	5	3.4
24	10.5	4	2.6	59	17.0	7	2.4
25	10.5	5	2.1	60	17.1	9	1.9
26	10.8	6	1.1	61	17.5	4	4.4
27	11.2	6	1.9	62	17.5	9	1.9
28	11.5	3	3.8	63	18.0	5	3.6
29	11.5	4	2.9	64	18.0	7	2.8
30	11.5	4	2.9	65	18.0	9	2.0
31	11.7	5	2.3	66	19.0	5	3.8
32	12.0	2	6.0	67	19.0	7	2.6
33	12.0	3	4.0	68	19.1	7	2.7
34	12.5	6	2.1	69	19.2	6	3.2
35	12.8	5	2.6	70	19.5	6	3.3

续表

号数	农场大小	块数	平均每块亩数	号数	农场大小	块数	平均每块亩数
71	19.9	6	3.3	106	25.0	8	3.1
72	20.0	4	5.0	107	25.5	6	4.3
73	20.0	6	3.3	108	25.5	8	3.2
74	20.0	7	2.9	109	25.7	10	2.6
75	20.5	5	4.1	110	26.0	8	3.3
76	20.5	6	3.4	111	26.5	6	4.4
77	20.5	6	3.4	112	26.6	10	2.7
78	20.5	7	2.9	113	27.2	10	2.7
79	20.8	7	3.0	114	27.2	11	2.5
80	21.0	4	5.3	115	27.3	10	2.7
81	21.0	5	4.2	116	27.7	8	3.5
82	21.0	6	3.5	117	28.0	4	7.0
83	21.0	7	3.0	118	28.0	9	3.1
84	21.0	7	3.0	119	28.0	9	3.1
85	21.0	8	2.6	120	28.5	6	4.8
86	21.2	9	2.4	121	28.5	9	3.2
87	21.4	10	2.3	122	28.5	9	3.2
88	21.5	5	4.3	123	29.5	9	3.3
89	21.5	5	4.3	124	30.5	6	5.1
90	21.5	8	2.7	125	30.7	12	2.6
91	21.7	9	2.4	126	30.9	9	3.4
92	22.0	5	4.4	127	31.0	6	5.2
93	22.5	7	3.2	128	31.0	7	4.4
94	22.5	7	3.2	129	31.5	8	3.9
95	22.5	8	2.8	130	31.5	8	3.9
96	21.2	9	2.4	131	32.0	5	6.4
97	22.8	9	2.5	132	32.0	6	5.3
98	23.0	9	2.6	133	33.1	9	3.7
99	23.0	10	2.3	134	34.2	9	3.8
100	23.5	7	3.4	135	34.5	7	4.9
101	23.5	8	2.9	136	34.5	10	3.5
102	24.0	5	4.8	137	34.7	13	2.7
103	24.0	8	3.0	138	35.0	6	5.8
104	24.5	8	3.1	139	35.5	9	3.9
105	24.7	7	3.5	140	35.5	9	3.9

续表

号数	农场大小	块数	平均每块亩数	号数	农场大小	块数	平均每块亩数
141	36.1	9	4.0	173	57.0	3	19.0
142	37.0	9	4.1	174	60.0	15	4.0
143	37.5	6	6.3	175	60.5	12	5.4
144	37.9	8	4.7	176	61.2	17	3.6
145	38.5	9	4.3	177	62.0	14	5.2
146	39.3	12	3.3	178	62.5	9	6.9
147	39.5	10	4.0	179	62.5	15	4.2
148	40.0	5	8.0	180	64.5	11	5.9
149	40.0	5	8.0	181	65.5	12	5.5
150	41.0	9	4.6	182	67.1	10	6.7
151	41.5	7	5.9	183	76.4	16	4.8
152	42.0	8	5.3	184	78.0	14	5.6
153	42.0	10	4.2	185	80.8	12	6.7
154	42.0	11	3.8	186	81.5	12	6.8
155	42.6	11	3.9	187	83.0	16	5.2
156	42.7	13	3.3	188	84.5	9	9.4
157	43.3	11	3.9	189	84.8	11	7.7
158	43.5	5	8.7	190	87.0	12	7.3
159	43.5	9	4.8	191	90.5	14	6.5
160	44.5	11	4.5	192	98.6	13	7.6
161	46.2	10	4.6	193	100.5	15	6.7
162	46.3	15	3.1	194	108.0	12	9.0
163	46.5	10	4.7	195	110.8	17	6.5
164	47.3	15	3.2	196	111.5	16	7.0
165	47.5	10	4.8	197	117.0	20	5.9
166	48.5	12	4.4	198	118.0	13	9.2
167	53.0	5	10.6	199	132.1	15	8.8
168	53.0	10	5.3	200	139.6	20	7.0
169	53.5	11	4.8				
170	5.38	11	4.9				
171	5.45	8	6.8				
172	56.5	11	5.1	总合	6514.9	1552	4.2

注：平均每家32.6亩

地块之形式多为长方形，其他为四方形，三角形与少数梯形及车网形。

二　租田制

民国十七年在62村的6个村内按田产权调查各种农家数目。6村共计838家，种地之家数计790，其中559家为完全耕种自有田地之自耕农，220家所种之田地内一部分为自有田地而又有一部分是租种他人者，仅有11家是完全租种他人田地之佃农而无自有田者。

790农家共种田地20366.9亩；其中559自耕农所种之田地计14662.4亩，占总亩数的72%；220半自耕农之耕地计5563.5亩，占27.3%；11佃农之耕地计141亩，占0.7%。

每自耕农平均种地26.2亩，每半自耕农平均种地25.3亩，每佃农平均种地12.8亩，总平均每农家种地25.8亩。上述情形见下列第264表。

第264表　三种农家数目与种地亩数

民国十七年

农家类别	家数	家数百分比	耕地面积		平均每家亩数
			亩数	百分比	
自耕农	559	70. 8	14662. 4	72. 0	26. 2
半白耕农	220	27. 8	5563. 5	27. 3	25. 3
佃户	11	1. 4	141. 0	0. 7	12. 8
总合	790	100. 0	20366. 9	100. 0	25. 8

半自耕农之5563.5亩内自有田计3468.3亩，租种田计2095.2亩。

据农民的意见，这一带地方的自耕农和半自耕农渐增，而佃农渐少。

租种田地时有写租约者，有不写租约者。不立契约者系租地者直接向地主说定租价，到期缴租。立契约者系由中间人介绍，双方立约，凭约收租。兹录两种契约式样于下，首列地主之契约。

立佃契人（或租契人）某某，今将自己村某地一段若干亩，东至某处，西至某处，南至某处，北至某处，四至分明。凭中人某某说合，出佃于（或租于）某某名下。言明佃价（或租价）每亩大洋若干元，棉花若干斤，若干年为满。恐后无凭，立佃契（或租契）为证。中华民国某年某月某日某某（地主）画押。

下列为耕农之契约：

立佃契人某某，今佃本村某某名下某地若干亩。言明每亩租价大洋若干元，棉花若干斤，租期半年。在租期以内，地主不许转租他人，佃户亦不许在租期内不佃。两方如有反复，均归保人承管。恐口无凭，立佃契为证。中华民国某年某月某日，承租人某某画押，保入某某押画。

此外在民国十七年在第三区内又举行200农家的调查，其中以现款纳租而种地的计59家，以农产纳租而种地的计16家，并无以他种方法租种者。据熟习本县情形者的意见，若按全县而论，多半纳粮租者多于纳钱租者。现款纳租法就是佃农对于地主每亩应纳的地租定为现款，写明于租约之内按期缴纳。地主对于作物收获之丰歉，概不过问。无论钱租或粮租，除田地外，地主不供给其他农用物件，但有供给井和水车的。

关于现金纳租的款额曾调查6村，询问村中素有经验之农夫。此数村中之土壤颇不整齐，即按各村民之意见大致分为三等。兹将各村各等农田之每亩地价，每亩租金，及租金为地价之百分比列表于下（第265表）。

第265表　6村每亩之地价与租金

民国十七年

村名（以单字代）	每亩地价（元）			每亩租金（元）			租金为地价之百分比		
	上等地	中等地	下等地	上等地	中等地	下等地	上等地	中等地	下等地
甲	80	40	10	5.0	3.0	0.6	6.3	7.5	6.0
乙	100	60	20	6.0	4.0	1.0	6.0	6.7	5.0

续表

村名（以单字代）	每亩地价（元）			每亩租金（元）			租金为地价之百分比		
	上等地	中等地	下等地	上等地	中等地	下等地	上等地	中等地	下等地
丙	75	45	12	5.5	3.5	0.6	7.3	7.8	5.0
丁	120	80	12	7.0	4.0	0.6	5.8	5.0	5.0
戊	100	50	10	5.0	3.0	0.5	5.0	6.0	5.0
己	100	40	20	5.0	2.0	1.0	5.0	5.0	5.0
6村平均	96	53	14	5.6	3.3	0.7	5.9	6.3	5.2

看上表，各村之租金稍有不同，系因各村之背景不同。甲乙丙3村之租金略高，上等地与中等地之租金为地价的6%或7%或近于8%；其他3村则为5%或6%。甲乙丙3村出租田地者比较少，而租种者比较多，且离买卖粮米之集市近，因此租金稍高。己村之运输不便，且近河水，时有泛滥之患，因此租金低。自然也是因为各村演成了不同的习惯。

现款纳租时期，如系有井水地，均在阴历三月之惊蛰；如备旱地，均在四月之清明。至交租时期，多由佃农将租金送到地主家里，少有待地主催讨而始纳租的。除有特别亲友关系外，少有不按期纳租的。

现款纳租法与双方都很便利。地主无须监督佃农，可在种地前收款，谓之上纳租，免去许多争执。佃农除已交之款外，可自由种地，不受地主之干涉。

此外有农产纳租法，就是佃农每亩纳一定的农产数量，例如棉花、谷子、高粱、小麦等物。兹将6村内各等田地每亩所纳产物数量列表如下（见第266表）。

第266表　6村各种田地每亩所纳租粮数量

民国十七年

村名（以单字代）	上等地数量			中等地数量				下等地数量			
	棉花（斤）	谷子（斗）	小麦（斗）	棉花（斤）	谷子（斗）	高粱（斗）	小麦（斗）	棉花（斤）	谷子（斗）	高粱（斗）	小麦（斗）
甲	35.0	7.0	…	20.0	4.0	…	…	8.0	1.5	…	…
乙	40.0	6.5	…	25.0	…	4.0	…	…	…	2.0	…

续表

村名（以单字代）	上等地数量			中等地数量				下等地数量			
	棉花（斤）	谷子（斗）	小麦（斗）	棉花（斤）	谷子（斗）	高粱（斗）	小麦（斗）	棉花（斤）	谷子（斗）	高粱（斗）	小麦（斗）
丙	…	6.0	…	…	3.0	…	…	…	…	…	…
丁	40.0	7.5	…	24.5	4.0	…	…	10.0	1.5	…	…
戊	……	5.5	3.5	…	3.0	…	2.0	…	1.5	…	0.6
己	……	6.5	3.5	…	2.0	…	1.4	…	1.5	…	1.0
6村平均	38.3	6.5	3.5	23.2	3.2	4.0	1.7	9.0	1.5	2.0	0.8

各村租粮种类数量稍有不同。平均上等地每亩交棉花38.3斤，或谷子6.5斗，或小麦3.5斗；中等地每亩交棉花23.2斤，或谷子3.2斗，或高粱4斗，或小麦1.7斗；下等地每亩交棉花9斤，或谷子1.5斗，或高粱2斗，或小麦8升。

按民国十七年调查时，每百斤棉花之秋季价格为14元5角，谷子每斗7角2分，高粱每斗8角3分，小麦每斗1元3角。若将上表各种粮租折合银元，再将现金纳租之数并列比较，即可看出两种纳租法之差异（第267表）。

第267表　6村现款纳租与农产纳租之比较

村名（以单字代）	上等地每亩		中等地每亩		下等地每亩	
	现款纳租（元）	农产纳租（元）	现款纳租（元）	农产纳租（元）	现款纳租（元）	农产纳租（元）
甲	5.0	5.1	3.0	2.9	0.6	1.1
乙	6.0	5.2	4.0	3.5	1.0	1.7
丙	5.5	4.3	3.5	2.2	0.6	……
丁	7.0	5.6	4.0	3.2	0.6	1.2
戊	5.0	4.3	3.0	2.4	0.5	0.9
己	5.0	4.6	2.0	1.6	1.0	1.2
6村平均	5.6	4.9	3.3	2.6	0.7	1.2

只按该年而论，上等地和中等地用现款纳租较高于用农产纳租，下等地则农产纳租较高于现款纳租。但此仅按各种作物收获时之价格而言。若按一年中价格最高之时，也许按农产之租金略高于现金纳租矣。且农产物每年之价格涨落不定，很难说何种纳租为高低。从前农民租地多纳粮租，因此纳粮之数量已成一种习惯，不轻易更改。现款纳租法近年来始渐流行，与粮租比较，有的地方较高，也有的地方较低。

农产纳租时期，若所讲的是麦租，则在春季小麦收获以后纳租。若所讲的是棉花或谷子等，则在秋季粮米收获以后纳租。租地者将产物送到地主家内。亦有时可以变通办理，例如所讲定者为棉花租，而租主本年所种为谷子，未种棉花，即可交纳谷子以代棉花，但须按市价折合，商定公平的数量。

钱租与粮租外，尚有农产分租法，就是佃农耕种地主的田地，待各种农产收获后，按比例两方分配。有对半分租法，即地主与佃农各得农产物一半，但散碎柴草全归佃农，若有齐整之禾杆与高粱秸类则须平分。有四六分租法，则地主得十分之四，佃农得十分之六。除田地外，地主不供给佃农其他用具。分粮时，地主到佃农家当面收取。此种租地办法早年有之，现在第三区内几乎绝迹。还有一种办法，即雇工佃种法，现亦少有实行者。地主供给种子、肥料、房屋、牲畜等项，佃农只出人力。庄稼收获以后，若为细粮如麦子则地主分得十分之八，佃农得十分之二；若为平常粗粮如谷子则地主得十分之六，佃农得十分之四。

现款纳租法与农产纳租法之租地年限，如系有井园地则多半以5年为限，如系旱地则多以3年为限。农产分租法之年限多以1年为限。雇工佃农法亦以1年为限，现只有种瓜者用此种方法。

本区地主与佃户间之关系颇好，没有地主无理压迫佃农的事情。这大半由于双方有同族或近邻或同乡之谊，平日感情都很融洽，每遇婚丧等事皆互相往来庆吊。因此没有听见有佃农抗租或霸种，或地主欺诈或威吓的事情发生。

三　井水灌溉

民国十七年时，62村的井数共计6206口，其中在村内之井计1781口，村外田地内之井计4425口。平均每村有井100口，平均每村村内井计29口，平均每村村外井计71口。村内井一方面供饮水，一方面在宽大之院内种菜园。村外井皆为灌溉田地之用。村内井有少至6口者，有多至96口者；村外井有少至1口者，有多至294口者。下列第268表即表明62村村内井、村外井及村内外井共计数目之分配。例如表内第一行表示有10个村每村村内井在10口以下，有4村每村村外井在10口以下。第二行有17村每村村内井计10—19口，有8村每村村外井计10—19口，有3村每村村内外井共计10—19口，余类推。

第268表　62村井数之分配

井数	村数			井数	村数		
	村内有井	村外有井	村内外有井共计		村内有井	村外有井	村内外有井共计
10口以下	10	4	…	160—169	…	1	1
10—19	17	8	3	170—179	…	2	1
20—29	9	6	7	180—189	…	1	…
30—39	7	6	6	190—199	…	1	1
40—49	9	4	8	200—209	…	…	1
50—59	6	8	1	220—229	…	…	2
60—69	1	2	6	230—239	…	…	3
70—79	1	5	3	240—249	…	…	1
80—89	1	3	2	250—259	…	2	…
90—99	1	3	5	294	…	1	…
100—109	…	…	2	303	…	…	1
110—119	…	…	2	315	…	…	1
120—129	…	2	…	390	…	…	1
130—139	…	…	3				
140—149	…	…	1	总合	62	62	62

第269表详列62村各村村内井数、村外井数、井总数，及各村每村内井所合家数，每村外井所合家数，不分村内村外井每井所合家数。例如（1）村内每家合1口井，每3.9家合1村内井，每1.3家合1村外井。其余各村类推。

第269表　62村每村井数及每井所当家数

村号数（以井数多寡为序）	井数			每井所当家数		
	村内	村外	共计	村内井	村外井	共计
1	96	294	390	3.9	1.3	1.0
2	65	250	315	5.0	1.3	1.0
3	53	250	303	5.1	1.1	0.9
4	81	166	247	4.0	2.0	1.3
5	59	180	239	5.1	1.7	1.3
6	45	190	235	6.1	1.5	1.2
7	56	175	231	5.4	1.7	1.3
8	75	151	226	4.8	2.4	1.6
9	45	177	222	4.0	1.0	0.8
10	53	150	203	5.3	1.9	1.4
11	43	150	193	4.0	1.1	0.9
12	53	120	173	5.2	2.3	1.6
13	48	120	168	5.9	2.4	1.7
14	54	90	144	4.1	2.4	1.5
15	42	95	137	7.0	3.1	2.1
16	39	92	131	8.2	3.5	2.4
17	41	89	130	4.0	1.9	1.3
18	45	70	115	7.7	5.0	3.0
19	33	80	113	5.5	2.3	1.6
20	32	75	107	5.0	2.1	1.5
21	31	73	104	6.1	2.6	1.8
22	45	53	98	4.1	3.5	1.9

续表

村号数（以井数多寡为序）	井数			每井所当家数		
	村内	村外	共计	村内井	村外井	共计
23	25	70	95	7.0	2.5	1.8
24	35	60	95	7.1	4.1	2.6
25	15	80	95	12.8	2.4	2.0
26	21	73	94	5.0	1.4	1.1
27	31	54	85	5.0	2.9	1.8
28	16	65	81	12.4	3.1	2.5
29	28	50	78	16.4	9.2	5.9
30	26	50	76	7.1	3.7	2.4
31	22	50	72	5.0	2.2	1.5
32	13	55	68	7.5	1.8	1.4
33	17	50	67	7.1	2.4	1.8
34	22	40	62	6.0	3.3	2.1
35	14	48	62	7.0	2.0	1.6
36	11	50	61	4.8	1.1	0.9
37	18	42	60	10.1	4.3	3.0
38	32	20	52	9.1	14.6	5.6
39	11	38	49	8.4	2.4	1.9
40	13	35	48	6.3	2.3	1.7
41	8	40	48	8.4	1.7	1.4
42	11	35	46	7.3	2.3	1.7
43	11	35	46	4.5	1.4	1.1
44	13	30	43	5.1	2.2	1.5
45	42	1	43	6.4	270.0	6.3
46	9	33	42	5.8	1.6	1.2
47	12	26	38	4.6	2.1	1.4
48	12	22	34	4.3	2.3	1.5
49	22	10	32	7.3	16.0	5.0

续表

村号数（以井数多寡为序）	井数			每井所当家数		
	村内	村外	共计	村内井	村外井	共计
50	10	22	32	4.3	2.0	1.3
51	6	25	31	4.8	1.2	0.9
52	10	20	30	4.5	2.3	1.5
53	28	1	29	7.5	210.0	7.2
54	8	18	26	6.0	2.7	1.8
55	8	16	24	4.6	2.3	1.5
56	22	1	23	7.2	158.0	6.9
57	7	15	22	9.1	4.3	2.9
58	12	10	22	5.1	6.1	2.8
59	6	14	20	5.0	2.1	1.5
60	7	12	19	8.0	4.7	2.9
61	6	10	16	3.2	1.9	1.2
62	7	9	16	4.0	3.1	1.8
总合	1781	4425	6206	5.9	2.4	1.7
平均每村	28.7	71.4	100.0	…	…	…

下列第270表，使我们总起来看按每井所当家数村数之分配。每井合或说所当家数1—1.9者竟有39村之多，2—2.9者计10村。其余可按村内井、村外井之不同，细看表内分配数目。

第270表　62村各村每井所当家数

民国十七年

每井所当家数	村数			每井所当家数	村数		
	按村内井	按村外井	村内外井共计		按村内井	按村外井	村内外井共计
1口以下	…	…	5	10—10.9	1	…	…
1—1.9	…	18	39	12—12.9	2	…	…

续表

每井所当家数	村数			每井所当家数	村数		
	按村内井	按村外井	村内外井共计		按村内井	按村外井	村内外井共计
2—2.9	…	25	10	14—14.9	…	1	…
3—3.9	2	7	2	16—16.9	1	1	…
4—4.9	16	4	…	108	…	1	…
5—5.9	16	1	3	210	…	1	…
6—6.9	6	1	2	270	…	1	…
7—7.9	12	…	1				
8—8.9	4	…	…				
9—9.9	2	1	…	总合	62	62	62

又在62村中选择3村调查其凿井之时期及井之大小。3村内调查村内井183口，村外井471口，共计654口。关于凿井时期系根据村人之记忆，其年代久远者亦靠传说，不免有不甚准确的。但使我们注意的是自民国九年发生非常的旱灾后凿井的数目大增。民国十至十二年间3村内共凿井117口，十三至十五年共凿井162口。654口井凿井的年份见下列第271表。

第271表　3村内654口井凿井之年份

民国十七年

凿井时期		井数		
中历	西历	村内	村外	村内外共计
顺治1年—18年	1644—1611	1	…	1
康熙1年—61年	1662—1722	1	…	1
乾隆1年—60年	1736—1795	3	…	3
嘉庆1年—25年	1796—1820	5	1	6
道光1年—30年	1821—1850	13	2	15
咸丰1年—11年	1851—1861	1	…	1
同治1年—13年	1862—1874	9	4	13
光绪1年—9年	1875—1883	10	9	19
光绪10年—19年	1884—1893	13	9	22
光绪20年—29年	1894—1903	27	17	44

续表

凿井时期		井数		
中历	西历	村内	村外	村内外共计
光绪30年—34年	1904—1908	33	28	61
宣统1年—3年	1909—1911	9	9	18
民国1年—3年	1912—1914	30	46	76
民国4年—6年	1915—1917	8	12	20
民国7年—9年	1918—1920	6	51	57
民国10年—12年	1921—1923	7	110	117
民国13年—15年	1924—1926	6	156	162
民国16年—17年	1927—1928	1	17	18
总合	…	183	471	654

654口井上面井口之直径有不到2尺者，有大至6尺以上者，大多数的直径在4—6尺之间。下面井底之直径有小至3尺以下者，有大至9尺者，普通的直径多在6—8尺。654口井井口之平均直径为3.9尺，井底之平均直径为6.2尺，井底较井口之直径约大2.3尺。井口与井底之大小详情见下列第272表。

第272表　654井井口与井底直径尺数

民国十七年

直径尺数	井数	
	按井口	按井底
2尺以下	5	…
2—2.9	171	…
3—3.9	55	1
4—4.9	193	98
5—5.9	227	130
6—6.9	3	56
7—7.9	…	325
8—8.9	…	43
9—9.9	…	1
总合	654	654

654井井口至井底（即水底）之深度，多在20尺左右，有浅至十余尺者，有深至30尺以上者。（详数见下列第273表）

第273表　654井井口至井底之深度

民国十七年

井深尺数	井数
10—14.9	4
15—19.9	348
20—24.9	294
25—29.9	7
30—34.9	1
总合	654

曾量270口井水深之尺数，水浅时有不及1尺者，有深至10尺以上者；平时有浅至2尺以下者，有深至11尺以上者；水深时有浅至3尺以下者，有深至12尺以上者。平时水深多在四五尺左右，水深时多在五六尺左右。水浅时平均每井水之深度约4尺，平时平均约5尺，水深时平均超过6尺。除旱年外，水源尚足灌溉之用。井水深度详数见下列第274表。

第274表　270井井水之深度

民国十七年

水深尺数	井数			水深尺数	井数		
	水浅时	平时	水深时		水浅时	平时	水深时
1尺以下	2	…	…	8—8.9	12	20	19
1—1.9	25	4	…	9—9.9	3	13	21
2—2.9	55	19	4	10—10.9	3	3	15
3—3.9	64	51	18	11—11.9	…	3	3
4—4.9	41	61	47	12—12.9	…	…	3
5—5.9	34	42	60				
6—6.9	12	37	42				
7—7.9	19	17	38	总合	270	270	270

村外471口井灌溉田地面积约计1万亩，平均每井灌田约21亩。水源旺之大井能灌至50亩以上,水源不旺之小井有只能灌田数亩者，普通之井能灌30亩左右。下列第275表详列各井灌田之实在亩数。

第275表　471村外井灌溉田地亩数之分配

民国十七年

灌溉亩数	井数	百分比	灌溉亩数	井数	百分比
5亩以下	23	4.9	30—34.9	74	15.7
5—9.9	50	10.6	35—39.9	34	7.2
10—14.9	47	10.0	40—44.9	14	3.0
15—19.9	67	14.2	45—49.9	1	0.2
20—24.9	78	16.6	50—54.9	2	0.4
25—29.9	81	17.2	总合	471	100.0

村内183井之凿工共用人工约6千工，平均每井约用33工（一日一人之工作为一工）。471村外并约用2.55万工，平均每井约用54工。所有井合计，平均每井约用48工。估计654口井从前凿井时之费用，平均每村内井约用33元，每村外井约用54元。民国二十年时每大井之费用增至80元左右。

四　农工概况

按农工作工日期的长短，可以分成三类,即长工、月工与日工。按农工的技艺与经验，又可分成3类，即工头（即掌作）与随伙。长工分过冬与不过冬两种。过冬者系自阴历十月初一日上工至次年十月初一日下工，或自阴历二月初一日上工至次年二月初一日下工。不过冬者最普通系自阴历正月十六日上工至十月初一日下工。凡雇用工人按月计算者，都称为月工。这种工人大概都在农忙时期，用以补充长工的，普通都是三四个月，所以又称为季工。在雇用时就说明自某月某日上工，至某月某日下工，有按一月又一月雇用的，有按数月或一季雇用的。凡雇用工人按日计算者，都称为日工，又称为短工。这种农工也是农忙时雇用的，小农家雇用极为经济。自春忙日起至秋收后止，许多大村庄的街头，每天早晨在天未明时，就有许多农工集合一起，等着农家雇用。这种地方，就叫做人市。农家用工人时，就到人市招呼，随意选择，双方直接说价。这种农工皆系日工。他们多半都是贫苦农民，自己工作甚少，往往在家无事，就到人市。雇这种工人者，不是大农就是小农。大农雇这种日工帮助长工，小农雇这种工人帮忙自己。雇用这种工人比较经济。另有一种农工，自己的地亩很少，一面给自己做工，一面给别人做工。有给自己做两天给别人做两天的，有给自己做三天给别人做三天的，如此轮流。还有一种农工，自己有地很少，差不多完全给别人佣工。普通这种农工的住家离雇主很近。他们可以顺便借用雇主家中的牲畜农具等，耕种自己的田地。

工头俗名掌作，分为大头与二头两种。大头负有指导与支配全体工人的责任，工资最高，普通大头比随伙的工资约高三分之一以上。二头的工资比大头为次，比随伙为高。大头如有事不在，二头就代理大头。有时大头二头分工，各人支配各人的工作。除工头外，皆称为随伙，都归工头的支配。所有工人对于雇主的家长，皆称为当家的或主人。农主对于工人则直呼其名。或呼其姓而加以老字，如姓李则呼老李，姓王则呼老王。

农工的工资自民国元年以来改变很多。大头的全年工资在民国元年时约为20元，民国十年时约30元，民国二十年时约60元。二头亦名二掌锄，又名拉下把的，全年工资在民国元年时约15元，民国十年时约为25元，民国二十年时约50元。普通长工全年工资在民国元年时约10元，民国十年时约20元，民国二十年时约45元。初次为长工者全年工资较少，在民国元年约为5元，民国十年时约为10元，民国二十年时约为20元。上等月工每月工资在民国元年时约2.5元，民国十年时约为3.5元，民国二十年时约为7元。中等月工工资在民国元年时约2元，民国十年时约3元，民国二十年时约5.5元。下等月工工资在民国元年时约1.5元，民国十年时约2.5元，民国二十年时约3.5元，上等日工在最忙时在民国元年时约为0.1元，民国二十年时增至0.3—0.4元。中等日工在民国元年时约为0.07元，民国二十年时增至0.25元。下等日工自民国元年时四分增至民国二十年时0.13元。一切工人除工资外皆由雇主供给饭食与住屋。

长工工资的议定时期普通多在中秋节那天夜里。主人、工人与介绍人大家在一起赏月饮酒，由介绍人与主人双方议定次年工资，以定第二年的去留。也有在阴历十月初一日议定的，也有第一年下工前议定的。如果农主不愿继续雇用，或工人不愿继续做时，双方都可向介绍人提出。月工随时议定，日工当日议定。

至于领款期也有一定。凡长工过冬者，则多分两期领工资。上工时先付一半，其余一半，在阴历十月初一日领取。不过冬者则一次领完，领取时多在清明节。月工在上工后数日就领取，有的在完工时领取的，也有的随时领取的。日工按日领取，有时工价按日不同。日工的工资随农事的忙闲而有涨落，普通在阴历五月初拔麦子的时候，因为最忙，日工的工资有涨到一元的。

关于农工的待遇，饮食可以分为两种，一种是普通饮食，一种是犒劳，普通饮食每日三餐。夏季早饭在六点半至七点，午饭在下午一点，晚饭七点至八点。主要食品为小米、高粱、荞麦面、豆面、玉蜀黍面。田间工作时，工人都在田间饮井水。凡农地距农家近者就回农家吃饭，远者就由农主子女及饭厨送到田间。犒劳有几次，如上工饭、吃刚手、吃开锄、开镰、下工饭。上工饭就是在上工的日子，主人请长工吃酒肉。吃刚手就是到了麦熟的时候，主人犒赏农工以酒、肉、麦面等类奖励工人，意思是使工人手上用力拔麦。吃开锄就是到了庄稼应当中耕的时候，主人又犒赏工人，意思是工人初用锄除草。开镰就是在秋收的时候，主人又犒赏工人，意思是工人开始用镰刀收获。下工饭就是在长工下工的时候，主人又犒赏工人，意思是一年工作辛苦，最后酬劳一下。除此以外，主人犒劳工人的时候也很多。阴历二月二日称为龙抬头，三月二十一日北齐庙会（城东一带村庄，到了这天主人犒劳工人，其他地方不是如此），端午节，六月十三日（单刀会），中秋节，重阳节，冬至，腊八，新年等日，主人都犒劳工人。主人多在院外或闲院，为工人预备房屋，间有在同院或田地另盖房屋给工人住的，也有居住在主人家里的。凡长工月工主人都供给棉被，下工时仍归还主人。

工人每日工作约十小时。自阴历立夏日起至立秋日止，每日下午自午饭后至三时为休息时间，这叫做歇晌。别的日子只在午饭后稍微休息一下而已。在工作时间内，每日上午休息两次，下午休息一次，每次约十几分钟。长工假期很少，凡本村或邻村演戏及各种庙会放假半天或一天，中秋节放半天，阴历年放一天。每年中秋节，由主人请农工坐上席，主人陪坐，并给工人亲手斟酒，饭后主人送给每个工人大馒头四十个，也有点心水果，用篮子携回家中，叫做送篮子。

工人与主人有纠纷必须中止工作时，如工人领去的工资与工作日期整相合时，则两不找。如工人领去的工资，比他所做的日期应得的工资为多时，主人常不计较，也不退还。因为工人既然已将工资领去，再令退回，实在不易。但是也得看是主人辞工人，是工人辞主人。如果主人辞工人，当然无法究回。如果工人辞主人，或者可以究回。如果工人做工的日子多，所领的工资少，主人按他工作的日期计算所欠的工资，照数补发。

农工又可分为三种。即男工、女工与童工。自大雪前后（即阴历十月十五日前后）作物收获妥当，秋耕终了，农事完毕的时候起，一直到来年春分前后止（即阴历二月十五日前后），在这四个月的期间内，可以说是男工的闲暇时期。在这四个月里男工有几种代替的工作。有的转运土粪，或出外拾粪，以备来年做肥料用。有的出外拾柴。有的在家里做家庭工业如织布、编柳器、编席、打绳等。有的开木厂，锯树买木头，以备来春在庙会出卖，这种工作大半由多人合办。也有在家练习算盘，读书写字的。也有的自己修理房屋农具的。也有在家管杂务的如卖房卖地，买房买地之类。有的因为无事可做，到外边庙会上卖杂货做小生意的。阴历正月初一至十六日这半个月，是农工休息的日子。普通都在拜年，串亲戚，赌钱，游戏，赶庙会等。女工除了正月休息半个月，平常的工作不在男工以下。妇女不但在家做饭，料理家务，并且帮助男工在农场工作，如打镳铲、割谷、拔麦等。有时从事织布、打绳、纺线等工作。童工的闲暇时间与男工相同，所做的工作也相差不多。闲暇时就帮助家中织布、络线、推碾、推磨、香房粘签，有时出去捡柴拾粪。春天童工有时割青草饲牲口。牲畜在正月工作很少，不过有时家人串亲戚，必得拉车。畜工以春夏秋三季最忙，春天耕地，夏天秋天拉水车，又拉粮草车。除此以外，有时拉粪拉土，拉碾拉磨。也有时出外拉脚赚钱。

第三节　第一区71村与第二区63村之土地分配

民国十九年本会社会调查部开始调查定县6区土地分配之概况，直至二十一年方调查完竣，今尚从事于较细的调查，将来有专书报告。兹仅将已经整理材料中一小部分在此发表，借以明了定县一部分土地分配之概况。兹将2区情况分述于下。

一　第一区71村土地分配

第一区内除县城与三关外，共计农村71个。城内与三关之大部分为耕田，约计19000亩，此外房屋所占面积约计5500亩，其他非耕种地之面积约计3000亩，现注意叙述者非为城关，乃是71村。

71村共计6555家。属于71村之自有田产面积计141626亩。其中无自有田产者计1026家；有田产而不满25亩者计3892，占一切家数的59%；有田产25—49亩者占16%，50—99亩之家数占7%，超过百亩之家庭占2%，超过300亩者仅占千分之一。有地不满25亩之农家共有田50176亩，占所有亩数的35%；25—49亩之农家共有田37544亩，约占27%；50—99亩之农家田地亩数约占22%，超过百亩之农家地亩数约占16%。若以有田产之5529家而论，平均每家约有地25.6亩；若以所有6555家数而论，平均每家约合21.6亩。家数与亩数分配之情形见下列第276表。

第276表　中一区71村自有田产之家数与亩数之分配

自有田产之大小（亩）	家数	家数百分比	面积亩数总计	面积亩数百分比
无田	1026	15.7	……	……
25 以下	3892	59.3	50176	35.4
25—49.9	1060	16.2	37544	26.5
50—99.9	437	6.7	30899	21.8
100—299.9	131	2.0	18703	13.2
300 及以上	9	0.1	4314	3.1
总合	6555	100.0	141626	100.0

各村平均每家之田地亩数不同。若以有地之家而平均，有某小村每家少至12亩者，有某村每家多至37亩者，大多数皆在25亩上下。若以村内一切家数而论，有平均每家少至10亩者，有多至36亩者，大致多在22亩左右。各村平均每家之详细数目见下列第277表。

第277表　中一区71村每村平均每家自有田地亩数

民国十九年

村号数（以村内家数多寡为序）	平均每家亩数		村号数（以村内家数多寡为序）	平均每家亩数	
	有地之家庭	所有家庭		有地之家庭	所有家庭
1	28.2	27.3	8	30.1	18.6
2	28.7	28.5	9	29.8	27.7
3	25.9	23.2	10	37.1	31.5
4	28.3	25.9	11	25.1	22.0
5	24.6	23.6	12	20.4	14.7
6	29.1	27.0	13	21.5	18.9
7	24.1	22.3	14	22.0	19.3

续表

村号数（以村内家数多寡为序）	平均每家亩数		村号数（以村内家数多寡为序）	平均每家亩数	
	有地之家庭	所有家庭		有地之家庭	所有家庭
15	28.4	21.7	41	23.2	19.7
16	32.3	18.9	42	26.3	20.7
17	34.6	30.9	43	22.3	19.8
18	21.1	17.9	44	20.3	17.3
19	32.6	25.9	45	24.0	20.7
20	24.0	23.0	46	26.8	20.4
21	24.0	22.4	47	23.1	15.6
22	23.0	20.7	48	21.6	19.8
23	26.8	19.5	49	23.7	20.5
24	19.7	19.2	50	25.0	20.9
25	23.6	20.4	51	28.0	18.9
26	24.7	23.8	52	26.6	17.9
27	31.1	24.5	53	22.4	19.6
28	24.3	15.9	54	19.7	16.0
29	22.8	20.9	55	20.8	17.9
30	35.3	32.1	56	25.9	18.3
31	37.5	35.8	57	21.8	16.4
32	22.7	20.6	58	23.7	19.0
33	32.0	20.5	59	23.7	15.9
34	22.5	20.1	60	18.4	16.3
35	24.5	19.6	61	24.3	21.3
36	19.8	17.9	62	29.1	26.8
37	21.7	20.1	63	21.7	13.5
38	21.1	20.5	64	19.1	15.9
39	22.0	17.6	65	19.4	13.8
40	28.3	24.1	66	26.4	17.6

续表

村号数（以村内家数多寡为序）	平均每家亩数		村号数（以村内家数多寡为序）	平均每家亩数	
	有地之家庭	所有家庭		有地之家庭	所有家庭
67	17.4	13.6	70	16.5	11.9
68	15.6	14.0	71	12.0	9.8
69	15.0	12.0	71 村	26.5	21.6

各村内最大之田产亩数，即有田最多之首户，有少至40亩者，有多至650亩者。71村中有20村每村内之最大田产在50—99亩之间，有21村每村之最大田产在100—149亩之间，有13村每村之最大田产在150—199亩之间，220—299亩者有8村，超过300亩者有7村，其亩数为315、400、450、520、526、614、650。按最大亩产亩数组、村数之分配、及其百分比见下列第278表。

第278表　中一区71村每村最大之田产

民国十九年

村内最大之自有田产（亩）	村数	百分比
50 以下	2	2.8
50—99.9	20	28.2
100—149.9	21	29.6
150—199.9	13	18.3
200—249.9	3	4.2
250—299.9	5	7.0
300 及以上	7	9.9
总合	71	100.0

上面所叙述系每家自有田产之大小，但有地之家不都是自耕，有的完全租出，有的一部分租出。此外没有田产的家庭也可以租种田地。现要叙述的是田庄的大小，就是每家种地亩数的多少，无论是完全自有的，完全租种的或自有兼种的。71村共种地155683亩。若以所有6555家而论，平均每家约23.8亩；若以种地之6179家而论，平均每家约25.2亩。在6555家中有379家是不种地的，但这不一定是没有田产的。种地不满25亩者有4236家，占6555总家数的65%，25—49亩者占22%。再以各组种地农家所耕田地之面积来看，种地不满25亩之4236小农耕田面积共计67956亩，约占所有种地方亩数的44%；种地25—49亩之家庭共耕田50979亩，约占33%。各组田庄之家数与种地面积亩数及其百分比见下列第279表。

第279表　中一区71村按田庄大小组家数与面积之分配

田庄大小(亩)	家数	家数百分比	面积亩数总计	面积亩数百分比
不种田	379	5.8	…	…
25 以下	4236	64.7	67956	43.6
25—49.9	1465	22.3	50979	32.7
50—99.9	427	6.5	29622	19.1
100—299.9	46	0.7	6476	4.2
300 及以上	2	…	650	0.4
总合	6555	100.0	155683	100.0

71村6555家中，完全耕种自有田地者计2682家，约占总家数的41%；耕种之田地内一部分为自有田产而一部分系租入者可谓之半自耕农，共计2308家，约占35%；耕种自有田产一部分而租出自有田产一部分之农家数目约占7%；没有田产而完全租种田地之佃农约占11%；男子为人佣工而只得工资糊口之家约占2%；将田产完全租出而不自种之地主约占1%；无田产而亦不以种田为生之家约占3%。从此看来，大多数的农家是耕者有其田的，佃户仅占十分之一。各类农家数目见下列第280表。

第280表　中一区71村各种田产权之农家数目

农家类别	家　　数	家数百分比
自耕农	2682	40.8
自耕农兼租种	2308	35.2
自耕农兼租出	444	6.8
佃农	742	11.4
雇农	110	1.7
完全租出之地主	95	1.4
非地主亦不耕种	174	2.7
总合	6555	100.0

6555家中种自已地者，无论是完全或一部分，共计5434家，约占一切家数的83％。这些农家所种自有田之面积为120635亩，租种之田地面积为22640亩，租出之田地面积为15638亩。2682自耕农家共种地63152亩，平均每农家约种24亩。2308自耕兼租种之农家共种地60253亩，其中所种自有地计37613亩，租种地22640亩，平均每家约种地26亩。自耕兼租出之444农家共有田产35508亩，其中自耕地19870亩，租出15638亩。742佃农共租种12408亩，平均每家约17亩。将田地完全租出之95地主共租出5353亩，平均每家约56亩。

自耕兼租种之2308农家中，以粮缴租者1801家，以现款缴租者381家，以棉花缴租者107家，平分农产物者10家。742佃农缴租方法用粮者607家，用现款者114家，用棉花者21家。

普通田地之每亩价格约在80元左右，详情见下列第281表。

第281表　中一区71村村外田地价值

民国十九年

每亩价值(元)	亩　　数	亩数百分比
25 以下	19611	13.8
25—49.9	24618	17.4
50—74.9	32017	22.6

续表

每亩价值(元)	亩　　数	亩数百分比
75—99.9	33246	23.5
100—124.9	25328	17.9
125—149.9	5686	4.0
150 及以上	1120	0.8
总合	141626	100.0

村内每亩之地价相差甚多。土质不良而且在小村内之每亩地价多在150元以下，有低至50元者；普通每亩在200—300元左右，有高至500元者。主要街心之地价亦有特别高者，然亦少有超过1000元者。

71村所种155683亩田地中，有林地6439亩，果园604亩；其余148640亩种五谷，根作物，纤维作物及菜蔬等物。71村除林地外共有熟地149244亩，平均每种地家庭约合24.2亩；若以6555所有家庭平均，则每家约合22.8亩。

定县自凿井灌溉以来，许多田地在一年内可得两次作物。第一次作物为小麦或大麦，第二次作物多为谷子、白薯、豆子、花生、荞麦等物。若一亩田地一年内有前后收获两次作物，例如春季收获小麦，秋季收获谷子，则等于二作物亩；若只收获一次，例如西瓜，则仍为一作物亩。如此计算71村作物亩数共计225032，与155683熟地面积比较，则每一亩田之面积约合1.45作物亩。71村种谷（即小米）最多，只一次作物亩数第二次作物亩数合计占225032总作物亩数之25%；小麦次之，约占21%；豆类又次之，约占11%；再次为棉花与白薯，各约占6%；再次为大麦、玉米、花生、荞麦、黍子等物。菜蔬中以白菜为最多，北瓜次之，再次为萝卜、红萝卜、葱、蒜等物。巢树有枣、梨、葡萄等物。林木有杨、柳、榆等树。柳条每年砍伐一次，用以编各种柳器；其他树木虽须多年方可成材，但每年亦可砍下一些大小树枝，故亦可勉强列于每年有一次作物内。此外亦产少许药材，如大黄、草决明、苏子等物。兹将各种作物之属于第几次，所占作物亩数，占作物总亩数之百分比，及占熟地面积之百分比列表于下（第282表）。

第282表　中一区71村各种农作物所占面积及产量

作物种类	第几次作物	作物亩数	为作物亩总数之百分比	为熟地面积之百分比
五谷类				
谷子	只1次	29786	13.23	19.12
	第2次	27334	12.15	17.56
小麦	第1次	47144	20.99	30.27
豆子	只1次	14583	6.48	9.37
	第2次	10545	4.69	6.77
大麦	第1次	9704	4.31	6.23
玉蜀黍	第1次	376	0.17	0.24
	第2次	285	0.13	0.18
	只1次	8003	3.56	5.14
荞麦	第2次	7301	3.24	4.69
谷子和豆子	只1次	7157	3.18	4.60
黍子	只1次	812	0.36	0.52
	第2次	2709	1.20	1.74
稷子	只1次	1076	0.48	0.69
	第2次	2184	0.97	1.40
高粱和豆子	只1次	1732	0.77	1.11
高粱	只1次	1372	0.61	0.88
露仁	第1次	1250	0.56	0.80
芝麻	只1次	727	0.32	0.47
	第2次	99	0.04	0.06
黑豆和黍稷	只1次	400	0.18	0.26
荞麦和萝卜	第2次	282	0.12	0.18
根作物及纤维作物				
白薯	只1次	2951	1.31	1.90
	第2次	6938	4.42	6.38
花生	只1次	4091	1.82	2.63
	第2次	5059	2.25	3.25
棉花	只1次	12950	5.75	8.31
菜蔬及瓜类				
白菜	第2次	2538	1.13	1.63
北瓜	第1次	2500	1.11	1.61

续表

作物种类	第几次作物	作物亩数	为作物亩总数之百分比	为熟地面积之百分比
红萝卜	第 2 次	554	0.25	0.36
大葱	第 2 次	150	0.07	0.10
蒜	第 1 次	60	0.03	0.04
其他莱蔬	只 1 次	150	0.07	0.10
	第 2 次	371	0.16	0.24
	第 1 次	527	0.23	0.34
西瓜	只 1 次	350	0.15	0.23
	第 1 次	45	0.02	0.03
甜瓜	只 1 次	189	0.08	0.12
	第 2 次	100	0.04	0.06
莱瓜	只 1 次	8	……	……
	第 1 次	16	0.01	0.01
林木类				
小杨林	只 1 次	3272	1.45	2.10
柳条	只 1 次	1265	0.56	0.81
柳林	只 1 次	1256	0.56	0.81
榆林	只 1 次	546	0.24	0.35
果树类				
枣儿	只 1 次	500	0.22	0.32
鸭梨	只 1 次	200	0.09	0.13
葡萄	只 1 次	25	0.01	0.02
油秋梨	只 1 次	10	……	0.01
其他				
扫帚	只 1 次	200	0.09	0.13
葱子	只 1 次	145	0.06	0.09
大黄	只 1 次	140	0.06	0.09
草决明	只 1 次	30	0.01	0.02
地丁	只 1 次	20	0.01	0.01
苏子	只 1 次	15	……	0.01
总合	……	225032	100.00	……

有井灌溉之水田与无井靠天之旱田的每亩产量不同，一年内只种一次之产量与第二次作物之产量亦不同。例如谷子在普通较好之年若只种一次，每亩水田可收获14斗，而每亩旱田只收9斗，若在小麦第一次作物收获后而种之第二次谷子，则每亩水田可收获10斗，每亩旱田可收6斗。第一次作物的小麦每亩水田约产8斗，旱田约产4斗。兹将各种作物在普通较好之年，按一年内只种一次，或为第一次作物，或为第二次作物，水田每亩与旱田每亩之产量约数，列表于下（第283表）。

第283表　中一区71村各种作物每亩产量

作物种类	第几次作物	每亩产量			
		水田		旱田	
五谷类					
谷子	只1次	14斗		9斗	
	第2次	10斗		6斗	
谷子、萝卜	第2次	谷子10斗	萝卜300斤	5斗	200斤
谷子、萝卜、白豆	只1次	……		谷子6斗	萝卜300斤 豆2斗
小麦	第1次	8斗		4斗	
大麦	第1次	16斗		8斗	
黑黄豆	只1次	8斗		5斗	
	第2次	6斗		3斗	
玉蜀黍	第1次	9斗		……	
	第2次	8斗		……	
王蜀黍、小豆	第1次	玉蜀黍6斗	小豆3斗	玉蜀黍4斗	小豆2斗
	第2次	玉蜀黍5斗	小豆2斗	玉蜀黍3斗	小豆1斗
荞麦	第1次	……		10斗	
	第2次	12斗		8斗	
黍子	只1次	10斗		9斗	
	第2次	8斗		6斗	

续表

作物种类	第几次作物	每亩产量			
		水田		旱田	
黍子、绿豆	第1次	……		黍子7斗	绿豆2斗
稷子	只1次	10斗		9斗	
	第2次	8斗		6斗	
稷子、绿豆	只1次	……		稷子9斗	绿豆3斗
高粱、黄黑豆	只1次	……		高粱3斗	豆2斗
高粱	只1次	……		7斗	
黑豆、黍、稷	只1次	……		黑豆2斗	黍3斗 稷3斗
荞麦、萝卜	只1次	……		荞麦7斗	萝卜200斤
	第2次	荞麦8斗	萝卜300斤	荞麦6斗	萝卜300斤
荞麦、油菜	只1次	……		荞麦6斗	油菜籽3斗
	第2次	荞麦8斗	油菜籽4斗	……	
露仁	第1次	8斗		……	
芝麻	第1次	……		4斗	
	第2次	……		3斗	
芝麻、绿豆	只1次	……		芝麻3斗	绿豆2斗
	第2次	……		芝麻3斗	绿豆2斗
根作物及纤维作物类					
白薯	只1次	2800斤		2000斤	
	第2次	2300斤		1800斤	
花生	只1次	350斤		300斤	
	第2次	300斤		250斤	
棉花	只1次	80斤		50斤	
棉、萝卜	只1次	棉花80斤	萝卜150斤	棉花50斤	萝卜100斤
棉、芝麻	只1次	棉花80斤	芝麻7升	棉花50斤	芝麻5升
棉、芥菜	只1次	棉花80斤	芥菜籽3升	棉花50斤	芥菜籽2升
菜蔬及瓜类					
白菜	第2次	3000		……	

续表

作物种类	第几次作物	每亩产量	
		水田	旱田
北瓜	只1次	2500	……
	第2次	2500	……
红萝卜	第2次	3000	……
大葱	只1次	1500	……
	第2次	1500	……
蒜	第2次	600	……
白菜、芥菜、蔓菁	第2次	白菜300 芥菜100 蔓菁100斤	……
白萝卜	第2次	2800斤	……
白萝卜、红萝卜	第2次	白萝卜500 红萝卜2500斤	……
西瓜	只1次	(值37元)	(值18元)
菜瓜	第1次	(值40元)	(值25元)
甜瓜	第1次	(值30元)	
	第2次	(值27元)	(值19元)
果树类			
枣	只1次	……	230斤
鸭梨	只1次	……	1200斤
葡萄	只1次	……	4800斤
油秋梨	只1次	……	1200斤
其他			
扫帚	只1次	300把	
葱子	只1次	5斗	
大黄	只1次	……	650斤
草决明	只1次	……	8斗
苏子	只1次	……	12斗
地丁	只1次	……	种子2斗　柴1000斤
苜蓿	只1次	……	1000斤

二　第二区63村土地分配

第二区63村在民国二十年调查时前后共计8062家，其中有田产者计7363家，共有田产182289亩。按一切家庭计算，平均每家约合22.6亩；按有田产之家庭计算，平均每家约有24.8亩。63村内无田产者仅699家，占所有家数的9%；田产不满25亩者计4829家，约占60%；25—49亩者计1624家，占20%；50—99亩者约占9%。但各田产大小组家数之百分比与各组所有田产面积亩数之百分比并不一致的增减。家数与地亩数之详细分配见下列第284表。

第284表　定县第二区63村按田产大小家数与亩数之分配

田产人小(亩)	家数	家数百分比	亩数	亩数百分比
无田	699	8.7	…	…
25 以下	4829	59.9	44963	24.7
25—49.9	1624	20.1	50359	27.6
50—99.9	715	8.9	48146	26.4
100—299.9	171	2.1	27654	15.2
300 及以上	24	0.3	11167	6.1
总合	8062	100.0	182289	100.0

各村内最大之田产有多至1150亩者，有少至60亩者。村内最大田产不到100亩者计9村，超过500亩者计2村，其亩数为1150与513。按村内大田产组，村数之分配及其百分比见下列第285表。

第285表　定县第二区63村各村最大之田产

村内最大田产	村　　数	村数百分比
50—99.9	9	14.3
100—149.9	14	22.2
150—199.9	8	12.7

续表

村内最大田产	村　数	村数百分比
200—249.9	10	15.9
250—299.9	7	11.1
300—349.9	5	7.9
350—399.9	5	7.9
400—499.9	2	3.2
500 及以上	3	4.8
总合	63	100.0

63村一切田庄面积亩数，即所耕种之面积亩数，共计184275亩，较多于自有田产亩数。以区内一切家庭计算，平均每田庄之面积，即每家种地亩数，约合22.9亩；若只以种地为业之7639家庭计算，则平均每农家约种地24.1亩。区内不种地者仅323家。按田庄大小组家数与面积亩数之分配及其百分比见下列第286表。

第286表　定县第二区63村按田庄大小家数与亩数之分配

田庄大小(亩)	家数	家数百分比	亩数	亩数百分比
不种田	323	4.0	…	…
25 以下	4727	58.6	52598	28.5
25—49.9	2203	27.3	71434	38.8
50—99.9	714	8.9	47112	25.6
100—299.9	94	1.2	12831	6.9
300 及以上	1	…	300	0.2
总合	8062	100.0	184275	100.0

8062家中，有自耕农4152家，约占52%；自耕农兼租种约占33%，无地之佃农仅占5%。其他按田地所有权家数之分配见第287表。

第287表　定县第二区63村田产权家数之分配

农家类别	家数	家数百分比
自耕农	4152	51.5
自耕农兼租种	2633	32.7
自耕农兼租出	531	6.6
佃农	423	5.2
雇农	138	1.7
完全租出之地主	47	0.6
非地主亦不耕种	138	1.7
总合	8062	100.0

又在18村内调查自耕农的数目为1303，共种地26783亩，平均每自耕农约合20.6亩；半自耕农平均每家约合21.5亩；佃农平均每家约合13.3亩。租种者以缴粮者为最多，缴现钱者次之，缴棉花或伙种平分农产物者甚少。18村内共计2601家，自有田产共计53969亩，耕种田地即田庄面积共计54179亩。各类家庭数目、田地亩数及租地者之缴纳田租方法见下列第288表。

第288表　定县第二区18村田产权家数之分配及缴纳田租方法

农家类别	家数	亩数			
		种自己地	租种	租出	共
自耕农	1303	26783	…	…	26783
自耕农兼租种（钱租）	365	4216	2779	…	6995
自耕农兼租种（粮租）	466	8286	2657	…	10943
自耕农兼租种（棉花租）	2	11	44	…	55
自耕农兼租种（伙种）	4	31	14	…	45
自耕农兼租出	198	7618	…	5808	13426
地主完全租出	38	…	…	1216	1216
佃农（钱租）	45	…	733	…	733
佃农（粮租）	86	…	1007	…	1007
雇农	35	…	…	…	…
非地主亦不耕种	59	…	…	…	…
总合	2601	46945	7234	7024	…

第二区普通田地价格每亩约在八九十元上下。按每亩价值组，亩数之分配，见下列第289表。

第289表　定县第二区63村村外田地价值

每亩价值(元)	亩　　数	亩数百分比
25 以下	9572	5.3
25—49.9	21422	11.7
50—74.9	42948	23.5
75—99.9	62460	34.3
100—124.9	35865	19.7
125—149.9	9461	5.2
150 及以上	561	0.3
总合	182289	100.0

63村中又调查24村，共计田产56210亩，其中有井泉灌溉之水地计29440亩，无井之旱地26770亩。普通每亩水地价格在100元上下，普通每亩旱地价格在70元上下。各种不同田地之价值见下列第290表。

第290表　定县第二区24村村外水地与旱地之价值

每亩价值(元)	水地		旱地		水地与旱地共计	
	亩数	百分比	亩数	百分比	亩数	百分比
25 以下	…	…	200	0.8	200	0.4
25—49.9	500	1.7	4450	16.6	4950	8.8
50—74.9	1000	3.4	10870	40.6	11870	21.1
75—99.9	11070	37.6	9580	35.8	20650	36.7
100—124.9	12470	42.4	1670	6.2	14140	25.2
125—149.9	4400	14.9	…	…	4400	7.8
总合	29440	100.0	26770	100.0	56210	100.0

若以村内普通的地价而论，大多数的村庄每亩约200—300元，有高至600元者，有低至150元者。若以村内价值最高的地价而论，大多数的村庄每亩约300—400元，有高至1000元以上者，有低至200元者。若以村内价值最低的地价而论，大多数的村庄每亩约在200元上下，有高至400元者，有低至100元者。

第四节　农具

一　整地用具

1. 耕耠器

甲、犁　　犁的用处是耕翻田地，轻松土壤，为农人整地时很重要的一种用具。它的主要部分由犁柄、犁辕、犁柱、地侧板、镵、壁和犁杈7部分构成。

犁柄长约4尺，系用槐木或榆木制，下端与犁柱及地侧板结合。柄的上端，有向上小柄一，专为系套绳之用。又有向下小柄一，专为耕地人每次到地头时转弯抬起犁身之用。

犁辕本地称犁弯，系用熟铁制，长约4尺以上，成鹤颈形。辕的后方穿过犁柱，与犁柄下部相连接：前方有向上弯曲之钩，特为挂套之用名曰犁钩。

犁柱为犁的中心部，高约2尺，下与地侧板连接成直角。

地侧板本地称为犁托，长2.25尺，制以枣木或槐木，用以支持犁身侧压，防其偏斜者；后方包以铁叶，以防摩擦；前方成钝角形，专为安镵之用。

镵为钝三角形，有生铁熟铁两种。一边凸出圆孔，地侧板前方由此安入，左右各有一小孔，可以用铁丝或绳系于犁柱及地侧板之上。镵的效用是轻松土壤，为犁中主要部分。

壁本地称盘，系用生铁制，普通长0.67尺，宽0.42尺，微有弯形。用时将壁置镵上，后方用绳系紧。它的功用能翻转土块，向右边成45度，壁愈安倾斜，则押抗力愈大，翻转土块愈多。

犁杈为长一尺余之木楔，安在犁弯与犁柄连合处之孔内，若欲深耕，可将杈下按，能使犁钩下落；若将杈上提，则犁钩上升，耕地必浅。

全犁约值5元以上，普通可以使用20年之久，系本地木匠及铁匠制造，常在庙会出卖。耕地时犁钩挂套，驾以役畜，曳行田间，用两畜者居多，用一畜者甚少。本地农人多以为此种犁甚重，小牲畜不能曳行；并且耕地人手握犁柄，时常左右摇动，甚觉吃力，不如西洋犁之有犁轮，可以减少重量而平稳。

乙、耠子　耠子的用处和犁相同，不过较比犁耕地浅，而且构造也较简单。它的主要部分为柄、腿、镵、壁和辕、除镵，壁系用铁制造外，其余部分概用槐木或榆木制。

柄左右各一，均长约3尺2寸，两柄相距1.92尺；当中有3横撑，柄下方横撑中间与腿连接。

腿只一个，长11.7尺，腿向前坡斜，下端安镵及壁，与犁形状相同。

镵及壁均系用生铁或熟铁制，形式和犁相同，不过较犁所用稍小。

辕左右各一，均长约7尺以上，两辕后部与柄下横镵相连接，辕中间拴套，驾以役畜，曳行田中，普通全用一牲畜，用人力者甚少。

耠地时一人牵牲畜，一人扶柄，平均每日能耠地五六亩。本地小农耕地，用耠子者甚多；一者因为它的重量较比犁轻，用一役牲畜足能耠地；一者因有双柄，较犁省力。但耠子耕地不若犁耕地深，这是它的短处。耠子约值洋3元5角，使用10年左右，系本地木匠及专铸铙壁铁厂制造，庙会集市均有卖者。

2. 耙碎器

甲、耙　耙是在耕地后用以耙碎土块，使地平整者。耙有两竖框交叉成燕尾形，所以又名燕尾耙。两框各长4尺余，前部有框头，长0.50尺，宽0.33尺，中间有两横樽，小者长1尺，大者长1.67尺；两框尾中间距离约7尺以上，两旁各有无数小孔，专为安耙齿之用。耙框系用槐木或榆木制，耙齿系用熟铁造，长七八寸，下露0.33尺。用时耙头有铁环，可以挂套，驾以役畜，曳行田中，用两役畜者，人可立在耙上，用一役畜者，上可放土筐代人。耙约值3元以上，能用10年左右，但耙齿每隔2年可修理1次。本地木匠及铁匠能打制者很多，常在庙会售卖。

乙、盖　盖也属耙碎器之一种，但它碎土的力量较耙为小。盖系长方形，形状大小不一，普通约长5尺，宽2尺3寸。四框多用槐木或榆木制，中有两横撑，前梁有无数小孔，上安盖条，盖条用枣条做成，中间钉有铁环，环上系套，只用1牲畜曳行足可。盖价约3元，除盖条1年修补1次外，足能使用七八年之久。盖系本地木匠打制，凡是灌溉的田地，必须先用盖盖平，较耙用处普遍，本地庙会卖者甚多。

丙、铁筢　筢为耕地后搂碎土块使地平整之具。全身为柄、筢头和筢齿3部分构成。柄长约6尺，筢头长1.42尺，全系槐木或柳木制。筢齿尖形，共10个，概用熟铁制，均长约9寸，安于筢头之上。筢头中间安柄，用时人双手持柄向后搂之。在灌溉的田地，于未下种之先，非先用铁筢搂平不可。按农人言：此种筢坚固耐久，使用自如，可能用六七年之久。本地庙会、集市，多有卖者，价约八九角。

二　种植用具

1. 播种器

甲、耧　耧为条播种子一种很重要的用具，其中主要部分为耧柄、耧腿、辕、耧斗、覆土板、搅种杆、种子角7部构成。

耧柄左右各一，均长2.60尺，两柄相距1.50尺，因柄于下种时常常摇动，所以中间有横撑二，以司坚固。

耧腿左右各一，均长有3尺，两腿相距1.25尺，上部与柄下横撑连接，下部中空，种子由此入地。

辕本地称骡杆椽，左右两个，均长7尺，两辕相距2.58尺，后方与耧腿中部连接，前方拴套，只用一役畜驾行。

耧斗位于耧之中心部，专为盛种子之用。间或有用以施肥料者。斗深约10寸。口宽1尺1寸；斗之后面下方，有长约2寸，宽约1寸5分之小月亮门，门内外均有活板，可使门口大小随意。

覆土板以绳系于两耧褪之后，板长一尺二三寸，宽五寸，厚五六分，其中也有用木棍代替者，它的用处专等种子入地，将土拥盖沟中。

搅种杆本地称黄瓜，系用竹制，细如筷子，长约9寸，中衬四方铁锤，以司左右摆动。杆一端系于柄中横撑上。

种子角又称棱子角，以其形如棱子，系熟铁制，上端有4小孔，系于耧腿的最下方，下端尖锐，用以起沟，种子由此入土。

下种时用1役畜驾行，1人牵牲畜（俗名傍耧），1人扶柄，随时随摇，摇得快慢并无一定，只看子粒的大小，和除苗庄稼及不除苗庄稼之别。例如种黄豆子粒形大，而不除苗，所以摇时稍快；芝麻粒小，而除苗，摇时稍慢。至于种子入土的深浅，农人皆视为很紧要的一项，一方面看地皮的干湿如何，一方面看种子出土的力量如何。例如，地皮干，则深种，地面湿，则浅种，如种玉蜀黍，秀根力强，则深种无防；若种芝麻，发芽出土力弱，则浅种，否则不能出芽。使种子深浅的关键，全在乎耧中套的长短，如深种则套放长，浅种则缩短。

种子由耧口流出时，被搅种杆摆动而分于左右，由两圆孔落入腿内而入土，同时覆土板将土刮入沟内，再以石砘砘之。1日能种地若干，视役畜的快慢如何。例如称小麦，用役畜1头，1人傍耧，1人扶柄，1日平均可种30亩以上。本地人多以为此种用具，在下种时，扶柄人时时摇动，甚觉吃力，稍有摇动不均，则出苗必不一律；并且非有数年的经验，不能扶柄。

2. 镇压器

全耧除种子角用铁制造外，余完全用槐木。辕则用柳木或榆木制。本县如北祝村、大辛庄、北齐村及安国县木匠打造者甚多。价约三元五六角，多在春秋之初来庙会售卖，平均可能使用20年之久。

砘子　　砘子为下种后，专供作镇压的用具。它的功效能使土壤密实，可以保存水分，使蒸发迟缓，容易发芽，又可以防止田鼠地蚕，不易盗取子粒。本地砘子全系双棍，有有框者，有无框者，砘系用青石制，径长约8寸，厚2寸5分，中间有孔，砘轴由此穿连。轴用木制，长约1尺5寸，两辊用距11寸，辊外露出轴各有1寸余。木框架于轴上，有框者多用畜曳行，无框者在轴两端系绳，多用人力，也有用畜力的。石砘系曲阳县石作制，约值七八角，能用三四十年之久，本地庙会多有售卖者。

3. 施肥器

甲、铁掀　　铁掀为农人在一年四季之中，时常用的东西，它的用处，不只能施肥倒粪，也能用它掘坑收土。掀有大小两种，大者柄长5尺以上，掀头长1尺，宽10寸，微有弯形。多用于收土散粪时。用时人双手持柄，多系腿部用力前拱的力量。小者柄长3尺，掀头长约7寸，宽5寸，直形，多用于刨坑掘土。用时全恃足蹬掀膀之力。柄系用槐木榆木制，掀头系熟铁制，为本地铁匠打造，庙会或集市皆有买者，大掀约值一元，小掀四五角。均能用三四年左右。

乙、粪筐　　粪筐虽然用以拾粪、盛粪而取名，然而它的用途很广，如拾柴、背土、打草、施肥为农人家家必有的用具。筐的大小不一，系用荆条或柳条编制，筐上安弯形木系，以便背负之用，若专为打草盛柴时，在筐上边系绳两条，拴于筐系之上，可以多盛柴草，而不容易掉落。大筐约值4角，小筐2角，全系本地农人编制，出卖于庙会者。筐重量很轻，便于携带，然而只能使用一二年之久。

丙、簸箕　　簸箕系用柳修编制，三面有缘，一面敞口。缘边用柳板包裹，敞口处接以薄柳板，普通名曰簸箕舌头。它的用处不只扬场施肥，并且在碾米推磨的时候，也是必用的。佳者约值八角，次者五六角，本地庙会多有卖者，能用三四年之久。

丁、三齿　　三齿，专为碎粪（即捣粪）之用，间亦有作着地者。柄系木制，长约4尺，齿头有齿3枚，各长0.42尺，齿中间相距0.17尺，齿头宽0.42尺，全系熟铁制，下乡铁匠包做者甚多，约值四五角。用时人双手持柄，以齿着粪，硬块者，则将健翻转向上，以齿头砸之，1人1日平均可捣粪十五六车。

4. 中耕器

锄　锄的用途为中耕及除草时很重要的农具，不只能用它除草、均苗、松土，也能用它培梗、平土、擦沟。（锄钩擦成沟缝，放种子其中。此种工作多用于园艺中）锄为柄、锄钩、及锄板构成。有大小两种，大者柄长6尺以上，多系槐木，枣木或大杨木制。锄钩长一尺五六寸，成鹤颈形。锄板长约9寸，宽7寸，钩及板全系熟铁制。全锄约值一元四五角。小者本地称挖杓子，柄长1尺余。为木制。锄钩与大锄形状相同，惟略短。独锄板则为钝三角形，长0.42尺，宽0.33尺，约值四五角。用时以左手柱小拐棍，右手持锄柄，深曲腰部成90度。按本处农人言，用大锄锄地深，为重量大而去苗无准；用小锄虽锄地浅，然体小量轻，且去苗有准，用小锄多在锄头遍地匀苗的时候，用大锄多在锄二三遍地中耕的时候。大小锄均能使用四五年之久，本地庙会多有卖者，概系获鹿县专造。

5. 灌溉器

甲、水车　水车专以井水灌溉田地之用，全体主要部分为车架、立轮、卧轮、水斗、水盘、车杆6部构成。

车架架放井口之上，专为载车各部之用，架为木做，高3尺，长约六七尺，上梁1个，下梁2个，上梁正中穿一孔，立轮之轴由此穿过，下梁与孔相对处，安一横木板，中刻有缺坑，立轮轴末端插于坑内，以司旋转。两下梁中部，安卧轮轴的两端，左方木撑之后，有一铁板，能自行启闭，停车时则放下，以支住卧轮之齿，以免水斗往下沉坠，而使车旋转。

立输轴高2.33尺，轮径3.42尺，有撑8根，轮廓外周有铁齿23枚，齿长0.42尺，轮轴直立，形状如伞柄。

卧轮轴长2尺，轮径长3尺，铁齿之数目及长，与立轴相同。轴之两端，均伸出轮外2寸许，横置于下木梁中部，立轮、卧轮均系铁制。

水斗为方形，口宽底窄，斗左右各有两耳，以铁杆贯穿上下耳孔，使互相嵌连数十斗成为一环，挂于卧轮水撑之上。斗先前多用槐木制，近来多改用铅铁板，因其较木制坚固耐久，而价并不贵。每口井所用斗数不同，在乎井的深浅如何，普通自35—55斗者居多，惟当大旱时不在此例。

每斗能容水5升以上。

水盘为方形，系铁制，专为装盛水斗所打出之水，流送于田间者。盘口伸出，形似簸箕，盘身置于卧轮之轴下。

车杆为木制，长1丈余，一端挂于立轮之上，一端系套，用1役畜驾曳，绕井而行，立轮齿拨动卧轮齿，则水斗下坠，沉没于水中，将水汲满斗内，自右上升，转至上面卧轮横轴时，斗口向下将水倒于水盘内，如此挨次往返，则汲水不止，1畜1日平均可浇田3—4亩。每架水车约值自80—100元不等。早先本地农家所用水车，多买自正定及获鹿县者，但近数年来多有购自保定者，因其将立轮加大，可以减轻车的重量，自民国八年华洋义赈会来定县提倡凿井后，到现在井数大为增加，于是车数亦随之增加，平均有地三四十亩以上之农家，皆有水车1架，30亩以下的小农，数家合伙买1水车者亦为不少。水车打水既快，且省人力，惟价高贫家多不能购买，且体重搬运不便，1架水车可能用三四十年之久，惟水斗每年修理1次。

乙、辘轳　　辘轳为本地农人灌溉田地最普通的一种用具，尤其是小农灌溉田地，全恃辘轳。它的主要部分为架、轴、辘轳头及把、柳罐及绳构成。

架为木制，高约3尺，有3腿者，有4腿者，上端用横棕将腿连接，置井口上，专载辘轳头及柳罐之用。

轴专为安辘轳头之用，系木制，轴横安架中部，有自2—4轴者，普通用作灌溉者，以3轴居多。轴约长一尺五六寸，两端包以铁箍，以防摩擦。

辘轳头为圆柱形，长约一尺三四寸，系用榆木或槐木制，中空，两边圆孔嵌以铁圈，头外方安以木把，把如弓形，用时将头安于轴上，头上系绳及柳罐，人手持把旋转，绳绕辘轳头上，则柳罐满水上升，至井口时，以手倒罐水于沟中而流入田间。

柳罐系用柳条编制，罐口钉有横木梁，中嵌铁环，系绳环上，绳长自2—3丈不等，为青麻制，粗如拇指。

全套辘轳约值四五元，辘轳头及柳罐乡村农人多有制造及编制者，本地庙会买者甚多，平均能用五六年之久，惟柳罐及绳每隔2年一换。如用3人打水，1人看畦，1日能浇大种田（本地以大种田是未下过种子之地，先浇水泅湿，因土宣所以费水）3亩左右，浇小种田（小种田是已出苗之地）5亩以上。

三　收获用具

1. 刈收器

甲、镰　镰为收获时用以割麦、割豆、削芝麻、高粱或谷类等，用处很广的。镰系把及镰头构成。把长一尺四五寸，以枣木，榆木或槐木制者居多。镰头长五六寸，宽约寸许，系用熟铁制，惟刀部加钢。镰约值四五角，能用二三年之久。用时右手持柄，左手握庄稼搂之，工作虽慢，然量轻便于携带，平均一人一日，约割谷四五亩左右。

乙、爪镰　爪镰系长约二寸许，宽约3寸之铁片制。上端有孔，可以穿带，以便握持。用时右手持握，左手持庄稼穗掐之。镰约值1角，本地庙会集市铁器摊通有卖者。

2. 掘采器

甲、镐　镐有大小两种。大者柄长4尺，系木制，镐头系用熟铁打造，刃部加铜，头长一尺二三寸，宽5寸。农人多用以着地，约值1元。小者又称片镐，柄长一尺二三寸，镐头长六七寸，宽3寸，着玉蜀黍或高粱等多用之，约值四五角。镐头多系乡下铁匠打造者，能使四五年之久，惟1年须加钢1次。

乙、起粪叉　起粪叉虽用它以为起粪之具，但本地农人种红薯及白萝卜的很多，于采收的时侯，非用起粪叉掘刨不可。叉有3齿者，有4齿者。叉柄长约3尺，为木制，齿均长10寸，以熟铁制造，乡下铁匠包做者甚多，约值1元，可能使用六七年之久。

丙、二齿镐　二齿镐系柄及镐头构成，柄为木制，长约一尺二三寸，镐头为铁制，后方有孔，可以安柄，前方有2齿，如倒羊角形，齿长0.42尺，两齿相距0.21尺，镐约值3角，农人多用以拾柴，如刨谷根芝麻秸根等。虽然质轻而价廉，然齿部容易弯曲，甚不耐久，乡下铁匠，多能打造，能用一二年左右。

3. 运输器

甲、大车　　大车的用处很广，如拉土拉粪，运送庄稼装载粮食柴草等等，为农家一年四季时常必不可少的。车的大小不一，普通车辕长13尺，两辕相距2.25尺，车辕后部下方有车梯一，约高2.5尺，车箱长3.83尺，宽2.42尺，高1.25尺，车尾长2.58尺，宽3.08尺，车箱之下左右有一半圆形铁制，俗名车穿，以为安入车轴之用，以上各部，俗称上脚，多系槐木及榆木制造。车轴车轮，通称下脚，车轴长约5.5尺，系用枣木或檀木制，距两端以内3寸许，各嵌入铁条十余根，车穿与此扣合，以司旋转。轴两端各连合车轮1轮径3.58尺，中圆形，名曰车头，径长0.92尺，车轮各安辐条18根，外有大板，名曰网片，着地处，各包以铁片四块，名曰瓦，车系本地木匠打造，约值八九十元，庙会多有卖者，普通约能用二三十年，惟每年须油涮1次。

乙、小车　　小车的用途和大车相同，不过小车容量甚少，并且推曳概用人力。车有两种，一为平车，一为羊角车。

平车有车把两个，均长2尺，车身系平面，长3尺，宽二尺二三寸，车轮一个，径长2尺余，中有铁轴，轮上安辐条12根，车把末端下方，左右各有一车腿，均高2尺，全车除车轴系用熟铁制造外，其余概用榆木或槐木制。车约值六七元，为本地木匠打造，庙会通有卖者，约能用10年左右。

羊角车用途与平车同，惟车身形式中间高出，下方车轮较平车轮加大，装载物件全系在车左右两旁；车前有两竖木外伸，状似羊角。制造材料与平车同，惟车价须十四五元左右，能用10年以上。

丙、拖车　　拖车，专供耕构地时载运犁、耧、耙、盖之用，车完全用榆木或柳木绳，长约5尺，宽3尺，高2尺。惟着地两头撑较厚，以防摩擦，前方横撑系绳，可以挂套，以役畜曳行。有时在泥水田地，常用以载运庄稼。车系本地木匠造，约值4元。

丁、抬筐　　抬筐系用荆条编制，专供抬土或粪之用。筐大小不同，普通筐，口大底小，底径长约二尺，筐高一尺二三寸，底系绳通于筐口，穿以扁担，两人抬之。约值六七角，本地庙会卖者甚多，全系乡村农人编制，若善自使用，不使受潮湿，能用二三年左右。

四　调制用具

1. 脱谷器

碌轴　　碌轴专供打场时使庄稼子粒由穗脱落之用。轴为圆柱形，系用盐粒石琢成。轴长二尺，高约一尺，两端中间各嵌入铁制凹孔，俗称脐眼，轴外驾以方长木框，框左右中间安铁杵各一入于脐眼之内，以司旋转，前框拴绳盘铁钩，可以挂套。用时将晒干之庄稼，匀铺场上，轴套一畜或二畜，绕庄稼之上压之，则子粒渐自穗上脱落。碌轴多购自曲阳县石作铺，约值四五元，足能用二十年以上。

2. 收敛器

甲、三四股杈　　杈专为翻场垛之用，有三股四股两种。三股者，为天然柳树制成，将砍下之柳树，用火烤成弯形之杈齿，四股者，杈齿系安于长约一尺二三寸之横木上，横木中间凿孔，再安杈柄。两种杈柄，均长五尺余，齿长一尺二三寸，均值七八角。本地乡村农人单有能制者，三股杈虽然较比四股轻便，但不如四股杈可以翻碎秸碎草，惟四股杈齿易落是其劣点。

乙、扫帚　　扫帚专为扫场之用，本地所有扫帚，均系用扫帚草制者，扫帚草于秋后割下，略带根部，将枝加重压扁，再以竹条系干部，大者高四尺，约值三角，小者高二尺余，约值二角，本地庙会卖者甚多，能用一年以上。

丙、木掀　　木锨为柄及锨头构成。系用槐木榆木制，专供扬场收堆子粒及散粪之用。锨柄长6尺，掀头长1.00尺，宽0.67尺，厚0.02尺，稍有弯形，锨约值五六角，本地庙会多有卖者，能用二三年之久，惟锨头易裂，且不能修理。

丁、刮板　　刮板完全为木质，专供打场时推聚带稃子粒之用。柄长六尺以上，板头长一尺二三寸，宽五寸，厚二分许，横钉柄上成45度。价约值三角，本地庙会通有卖者，可能用二三年之久。

戊、木筢　　木筢为打场时，搂除碎秸之用，柄约长六尺以上，系用柳木或榆木制。筢头长约一尺二三寸，上安齿八九根，均长1.17尺，齿头尖形微弯，筢头及齿多以槐或枣木制。筢约值六七角，本地春秋庙会卖者甚多。能使用三四年左右。

3. 脱稃器

甲、碾子　　碾子为去糠或碎米之用，是农家时常必用之具，全体为碾棍、碾砣、碾盘、碾盘及碾台5部合成。

碾棍为木制，长约七八尺，一端插入碾陀之木框内，一端系套，以役畜曳绕碾台而行。

碾砣为青石制，长约2尺，直径1.25尺，外驾以木框，与碌轴形式相同；但里框中间有圆孔，特为穿碾轴之处，以司旋转。

碾轴高约2尺，为木制，嵌连于碾盘中间竖立。

碾盘为圆形，径长约6尺。有用青石制者，有用缸末合灰砌成者，约厚4尺。

碾台专为载碾盘之用，高约2尺许，有用砖砌者，有用土坯砌者。

本地农家所用碾子，多自曲阳县购来，大者约值20元，小者约值15元。用时多以畜力曳行，惟贫家无役畜者，多就小碾，用人力推行。普通碾子1人1畜，1日可碾谷三十五六斗（每斗25管）。

乙、磨　　磨为盐粒石制，专供磨米、麦，使碎及成细面之用。磨有上下两扇，大小不一，普通直径长2尺，上扇厚0.42尺，下扇厚0.50尺，上扇有磨眼两个，为粮食流入磨膛之用；下面中间有圆凹孔，与下磨扇中间高约2寸，直径2寸许之圆木杵相符合。木杵上包铁箍，以防摩擦。上扇下面，下扇上面，均砯有齿沟。上扇两旁有两耳，专为系磨棍之用；下扇中间稍凹，名曰磨膛。磨台四周，均宽有0.42尺，下用砖或土坯砌成。用时磨棍系套，驾以牲畜，绕磨台而行，则磨碎之面糁，由上下扇相合处之缝口四周落下。大磨概用畜力，小畜亦常用人力。磨约值十三四元，买自曲阳县石作制者居多，能用三四十年之久，惟1年须打磨两三次，但于打磨后，常有细砂混于面中。普通磨1盘，驾1役畜，约能磨小麦成面六七斗（每斗25管）。

4. 精选器

甲、扇车　　扇车专为去糠及土之用，间亦有用做选种者。全车除柄用熟铁制外，余均系用榆木或杨木制。车长约7尺，宽2.5尺，高约6尺；车尾为死头，车头为敞面，专为糠或土出口。车上面有凹下之斗，专为盛去糠土之米，下有0.03尺宽之缝，缝下有木挡，可以自由启闭，木挡之下，为倾斜向下之簸箕槽，口外伸。左方中部，安风轮，轮径约二尺三四寸，中贯以轴，轴外安铁柄。

用时将混土及糠之谷，倒于车斗内，再将木挡徐徐开放，同时右手绕转车柄，风轮生风，将下落之米内糠土扇出，则净米直落簸箕槽内，再流出于簸箕中。

车约值15元左右，系本地木匠包做，能用20年之久，乡村农家，多有十数家或数十家合伙买1扇车公用者。

乙、络车　　络车专为络线之用，轴长0.83尺，共有翅6根，长2尺。座轴高2尺以上，座宽1.08尺，长1.17尺，翅中安大撑，厚0.17尺，宽0.25尺；小撑厚0.08尺，宽0.17尺。全部系用榆木、槐木或枣木制；约值六七角，为本地木匠制，能用四五年之久。

丙、纺线车　　纺线车专为纺线或割绳之用，系用柳木或榆木制。车腿长2.17尺，左端有长0.25尺，宽0.17尺，厚0.17尺之长方木，名曰车头。右端有车架，高约1.5尺，上方安轴，轴长2尺，两端各外露寸余，轴外方安柄，轴两端相对共安翅8根，均长2.17尺，各翅用棉线相连，再以长线绕翅中之线，环挂于车头之钉针上，针系铁制，长约8寸，上安磁槽，以司线转。针中穿如铜元大之圆瓢片，专为线纺于针上时，不使脱落。用时人右手转车柄，则线带针转动，左手持棉绒（本地称聚结），挂钉针上，徐徐引长。此种工作（十分之八九），多系村中妇女，在闲暇时纺线自用者。专以纺线为正业者，不多，其中男子纺线者，百不一二，平均每人1日，约纺线3两左右。每纺车约值五六角，系本地木匠做，庙会多有卖者，能用八九年之久。

丁、筛　　筛专供筛五谷及碎草之用，系圆形，筛有大眼小眼两种。大眼者，底直径2尺，筛圈约高4寸，全系用荆条编成。小眼者，形式与大眼筛相同，惟底用荻子编制，且眼孔较大眼筛细密。大眼者多用以筛碎秸碎草，小眼者多用以筛谷麦。两种均值三四角，筛系本地农人编，于庙会出卖者甚多，可能用二三年左右。

戊、花生筛　　花生筛专为筛花生之用，筛框及架，均用榆木或柳木制。筛长7.25尺，宽约3尺，高0.58尺，筛两头各有横撑1个，以为筛时手握之用。筛底系用若干铁条，各条相距约3分。筛架横梁长3尺余，下各有两腿，均高3尺。筛系本地木匠制，约值八九元，用时将筛置架上，两人各握横梁，上下摇之，再有两人频将混土花生，继续用铁锨敛入筛内，则土落下，净花生存于筛中。按此种用具，农人自备者不多，每至用时，多系按日赁用，普通赁价，1日约需4角。

己、罗　　罗专为推磨碾米用以罗面者。有马尾罗底及绢罗底两种。马尾罗多用以罗粗粮，如玉蜀黍面、高粱面等。绢罗眼孔较密，多用以罗白面及小米面等。大罗径约长一尺七八寸，小罗径约长一尺。罗圈为柳木制，约高五寸。大者约一元三四角，小者七八角，罗底多来自安平县，全系下乡张罗匠包做，近数年来，改用细铜丝罗底者虽有，然不如用马尾及绢罗底者数多。

5. 轧织机

甲、轧花机　　轧花机全部均以铜铁制，机身高3尺余，机顶长1.50尺，宽1.58尺，为11.17尺深之箱，上覆1木板，前方留缝，为棉入口。箱底为铁丝筛，专为棉籽漏出之用。箱前方，有1固定之刀，刀刃向上，名曰上刀，下有1能活动之刀，刀刃向上，名曰下刀。均长一尺二三寸，刀后方有1行竖立小铁杆，专为机器动作时，防阻棉絮及棉籽不使振出之用。

与上下刀相近之箱外，有1皮轴，径长3寸许，轴成皱纹形，此轴及上下刀为机中重要部分。箱外左方，共有铁轮3个，其中以大轮（俗称大风轮）为全轮之枢纽。次为箱右外方之中轮，轮直径1.50尺，该转专司下刀往反动作者。其余尚有3轮，均用皮带互连，专借大轮旋转之远心力，以补足脚踏力之不及。

用时将棉投于入棉口，以脚踏脚板，使各轮转动，下刀上下与上刀彼此挫啮，将棉纤维截碎，则棉籽落于箱下而净棉被皮轴带出，落于箱外。

本地乡村近年购买此种机者，日见增多，大半多系来自保定，或清风店。每架约值30元左右，每人每日平均能轧籽棉140斤，每100斤制棉普通约能出净棉三十五六斤之谱。

乙、弹花机　弹花机全部系铁与木制，它的功用专为将轧好之净棉，经此机弹力，将棉絮纤维弹松，使其熟软而便于使用。机箱为立方形，系木板制，箱高约五尺，长三尺，宽约二尺三四寸。上覆木板，正中有1长缝，为入棉口。箱后下方，有脚踏板一，专司运动各轮之用机箱外左方有铁轮二，右方有铁轮四，大轮轴长三尺，横安于箱内正中。

箱内横列铁轴数根，上嵌有钢刺约二百九十行，机器动时，则钢刺互相挫啮，将棉絮扯熟。另外有一铁滚，将熟棉带去箱外，箱外下方有一铁轴，专为棉出箱时，阻止不使上拥或自卷之用。

棉出箱外徐徐自行平铺棉床上，床系木制，约高八寸，长五尺，宽二尺三四寸。

此种机器本与轧花机有连带性，1架弹花机，普通多用轧花机4架，供给棉絮，方不至停止工作。每架弹花机，约值40—50元不等，多购自清风店或保定者，1人1日，能弹熟棉100—110斤之间。

丙、铁机　铁机十分之八九，专供给织布之用，不过十分之一二，兼用以织带子及冷布者。机主要部分，系以木及铁制。普通机身约长六尺，宽二尺四寸，高约二尺。机前方有木轴，长二尺余，两端各有翅三根，总称为盛子，专供卷线之用。盛子前方为二尺余长之托线轴。机身正中有高约三尺六七寸之木架，俗称机楼；楼顶左右各有向后伸出约长八寸之木撑，各曰杠托；两托之上横一木轴，名曰滚杠；杠上两端各系皮带两条，与下方两缯结连。缯系用棉线制，均长约二尺二三寸。

缯后为盛筐，约长四尺六七寸，中嵌入机杼，杼用三百余个小竹签做成，形如篦子，长二尺三四寸，高二尺五六分，盛筐两端各有木槽，槽头各有一老瓜嘴，专用其反动力，使梭左右行动者。盛筐左右外方，各有打梭棍，均长三尺，下与铁轴连，专供打梭之用。梭系牛角及枣木制，约长六寸，形如橄榄，内空，专为盛织布之纬线。机后方，为卷布轴，最后方，为织布人之座位。

机身下方有两个木制脚蹬，均长4尺，蹬上各有1铁制，名曰提正钩，钩挂于大铁轴之上。轴长约二尺四五寸，两端各安马蹄轮2个，专为提缯上下移动者；轴左外方与大风轮相连，轮直径1.67尺；轴右外方与1大哑轮，及1小哑轮相连，大者直径0.92尺，小者直径0.50尺。

在织布之前，先将线卷盛子上，线总名曰经线，将经线分上下两排，穿过缯后，再合并穿过机杼，而系于卷布轴上。此时织布人，上下踏脚板，则经线上下开张，以梭投入盛筐后之线空内，梭被打梭棍击打再被老瓜嘴反动力回击，则梭左右往反不止，布自成矣。

铁机约值30元左右，本地村人多买自保定或清风店者，可能使用20余年。1人1日平均能织量布尺36尺（量布尺俗称对心尺），约合英尺100尺左右。

丁、木机　　机全体系木制，功用与铁机相同，惟不若铁机效率大，构造也和铁机大致一样，不过对于铁轮、铁轴、马蹄轮、及提正钩等，概为木机所无。木机楼上安两个能上下活动之木板，本地人名为“莺不落”。板下有与缯相系之绳共4根，本地人称“吊死鬼”。盛筐之两端，各有1能活动之木撑，俗名“机胳膊”。盛筐两头槽内之老瓜嘴，均用绳系于机楼滑车之上，与铁机不同之点，不过如此。

织布时，以脚踏脚板，则缯带线上下交错，同时一手向前推盛筐，一手下拉打梭之绳，则梭左右往返，如此两手两足，同时工作不止，则布自成矣。

此种木机，系本地木匠打造，约值七八元。十余年前，乡人多用笨机

（俗称扔梭机），笨机1人1日，约织布30尺左右。自改用拉机以来，拉机（本地人称ㄌ一ㄅ机）1人1日，约能织布四五十尺；虽然比较铁机相差一倍，但乡人因其价值便宜，用铁机者仍不如用木机者多。

6. 贮藏器

甲、口袋　口袋系用棉花线织，专供盛五谷之用。农人一年所收获粮食，概以口袋计算，每袋约盛6斗（每斗合25管），系本地农民织，每口袋佳者约值1.5元，次者1元。

乙、席囤　席囤也是贮藏粮食的一种，系用苇席缝成圆篓而置于砖砌囤台上。大者用两席并连，小者只用1席。本县丁村、苏泉、东坂村、西坂村等，织席者甚多。

五　附属用具

1. 铡刀

铡刀专为铡草之用，刀身系熟铁及钢制造，长3尺，宽0.33尺。刀头有圆孔，专为与刀床穿连之用，刀后方为柄，约长3寸。刀床为榆木或槐木制，长三尺七八寸，宽0.33尺，高0.33尺；床身中间有缝，左右排列铁齿（俗名马牙）共18个；床内方空缺口，碎草由此落出；床头有孔，用长约六寸之铁棍与刀穿连。刀系本地铁匠打造，约值2元，能用五六年之久。惟每年须加钢1次，用时一人扶刀，一人入草，平均两人一日约能铡谷草300余斤。

2. 粪叉

粪叉为叉柄、叉头构成，专供拾粪之用。柄为木制，约长3尺余，叉头系熟铁制，后部安柄，前部有5齿，均长五六寸。下乡铁匠均能包做，约值三四角。此种叉能拾冻粪，惟不能拾稀粪，农家购者约占大半。

3. 竹筢

竹筢专为搂苗、拾柴之用。柄木制，长6尺余。筢头为竹编，前方筢齿均向后弯曲。筢有大小齿，有稀密。大者约值5角，小者2角，本地庙会卖者甚多。

4. 风箱

风箱专为吹火之用，为本地农人家家必有的用具。风箱为长方立体形，系用榆木或杨木板制，大者长3尺，宽2尺，高一尺五六寸，约值5元；小者长2尺，宽一尺二三寸，高1尺，约值2元，均为本地木匠打造，出卖于庙会者甚多。箱内有两杆，一端通于外，可以安柄。箱两头下方各有活叶门，以为吸气之口，里面中下方有出气口，通于炉底。用时人持箱柄前拉，则两杆前端粘有鸡毛可以抽气，后推则前方活叶门张开吸气，后方活塞门关闭，箱内所入之气，由出气口追出，达于锅底，以助燃烧。

5. 扁担

扁担专为挑筐之用，系槐木或榆木制，间亦有用椿木者。头号担约长八尺，值洋二元六七角，中号约值一元五角，三号约值七八角。此种用具是农人家家必有的东西。

6. 鞭子

鞭子专为督责牲畜之用，有大小两种。鞭头多系用牛皮拧成，鞭杆则用竹制或杉木条。惟大鞭杆则系用白梨杆制，大鞭约值一元，小鞭五角。放车放轴（即压场）多用大鞭，耕、耩、耙、盖地时，多用小鞭。

7. 升和斗

升和斗为量米面的器具，形状皆为方形，底小口大，均为木板制。本地所用升斗概以十进，10合为1升，10升为1斗，每斗为25管。升约值一角，斗值六七角。

8. 秤

秤为权轻重之具，由秤杆，秤锤，秤毫，秤钩和秤盘等部构成。秤杆为乌木制，秤锤秤钩秤盘为铁制。秤毫系麻绳制。秤杆上嵌入铜星为符号，以示斤两。大秤能称500斤，小秤能称三五斤或数十斤不等。本地除买卖燃料及大批发售各种青菜以18两为1斤外，概以16两为1斤。

第五节 猪鸡调查

一 猪数调查

民国二十一年在第一区内选一中等大小之村，调查其现有猪鸡的数目及民国二十年时所有猪鸡数目。此村共计120家。村中并无能交配之公猪，及使母猪到邻村有公猪处交配。在调查时杂种猪共计24只，即使波支猪与本地猪交配而生者，本地猪有96只，全村共计120只。村内未养猪者计43家，养猪者计77家，如此每家平均1.56只。若以全村120家计算，则平均每家恰合1只。各种公猪与母猪之分配见下列第291表。

第291表 民国二十一年三月时养猪之77家所养各种猪数目

	能交配之公猪	阉割之公猪	能交配之母猪	阉割之母猪	共计
杂种猪	0	9	3	12	24
本地猪	0	36	6	54	96
总合	0	45	9	66	120

77家中有54家每家只养1只，养两只者有18家，养3只者有3家，养10只者1家，养11只者为最多，亦只有1家。

在民国二十年全年内村内没有养猪者有37家，养猪者有83家，共养猪164只，包括一切在此年内喂养之大猪小猪，无论寿命之长短。若以养猪83家计算，则平均每家约合两只；若以全村120家计算，则平均每家1.37只。各种公猪母猪之分配见下列第292表。

第292表　民国二十年全年内养猪之83家所养各种猪数目

	能交配之公猪	阉割之公猪	能交配之母猪	阉割之母猪	共计
杂种猪	0	10	2	6	13
本地猪	0	69	5	72	146
总合	0	79	7	78	164

83家内只养1只猪者有58家，养两只猪者15家，养3只猪者3家，养4只猪者1家，养5只猪者2家，其余4家养猪数为6只、11只、16只，最多者20只。

83家所养164只猪内于民国二十年内卖出长成之大猪115只，自宰卖肉者25只，卖出与自宰共计140只。养猪之83家中在民国二十年全年内因猪尚未长成未卖亦未自宰者有10家，卖出或自宰1只者有52家，2只者有12家，3只者有3家；4只者，5只者，6只者，11只者，14只者，15只者各有1家。若以养猪之83家计算，则在1年内平均每家卖出或自宰大猪约一只半（1.69）；若以全村120家计算，则平均每家卖出或自宰1.17只。

二　鸡数调查

全村120家中在民国二十一年三月调查时没有鸡者计44家，养鸡者计76家，共养鸡294只，其中有改良种之白色力行鸡20只，本地鸡274只。294只中大母鸡224只，未长成之小母鸡43只，大公鸡18只，未长成之小公鸡9只。若以养鸡之76家计算，则平均每家养鸡约4只（3.87只）；若以全村120家计算，则平均每家约合两只半（2.45只）。各种公鸡母鸡数目之分配见下列第293表。

第293表　民国二十一年三月时养鸡之76家

所养各种鸡数目

	大母鸡	小母鸡	大公鸡	小公鸡	共计
力行鸡	9	11	…	…	20
本地鸡	215	32	18	9	274
总合	224	43	18	9	294

76家中养鸡1—4只者有68家，5—9只者有12家，10—14只者有4家，养15与16只者各有1家。

全村120家中于民国二十年全年内没养鸡者共计42家，养鸡者共计78家，共养鸡572只，其中有力行鸡62只，本地鸡510只。平均每养鸡之家在一年内约养鸡7只（7.33只），若以全村120家计算，则平均每家约养鸡5只（4.77只）。

养鸡之78家中养1—4只者有31家，5—9只者30家，10—14只者9家，15—19只者5家，超过20只者3家。各家详细鸡数见下列第294表。

第294表　民国二十年全年内养鸡之78家

每家养鸡数目

养鸡数	家数	共计	养鸡数	家数	共计
1	3	3	12	2	24
2	12	24	13	2	26
3	7	21	14	2	28
4	9	36	15	1	15
5	5	25	16	1	16
6	7	42	18	1	18
7	6	42	19	2	38
8	8	64	21	1	21
9	4	36	26	1	26
10	2	20	36	1	36
11	1	11	总合	78	572

第十四章

工商业

第一节　钱币兑换与度量衡之标准

一　钱币兑换

本书关于钱币数目，除不得已外均一律以银元为单位。定县在民国十二年以前通用小铜制钱。至十二年时制钱废除，一切交易通用银元与铜元两种。下面第295表详列自咸丰七年至民国二十年之银两或银元兑换铜元数目。兹将折合的方法略加解释。自咸丰七年至民国二年之兑换数目原系银每两兑换制钱数目，再按每元合银7钱2分得每元兑换制钱数目。再以每10文制钱合铜元1枚计算得每两及每元兑换铜元数目。自然咸丰、同治等年间定县尚未用银元与铜元，系用银两与制钱。民国以后则多用银元与铜元，有时用银两，制钱已无用者。举例说明，咸丰七年时每两兑换制钱1518.3文，再按每10文制钱折合1枚铜元计算，等于铜元151.83枚。1块银元等于7钱2分，则每银元折合铜元的数目即等于以72%乘151.83得109.32铜元。自咸丰七年至民国二年之兑换数目皆是如此计算得来。表中每年之兑换数目皆为每年12个月之平均数目的平均，而每月之平均数又为每月内初五、十五和二十五日三个兑换数目的平均。若每月找不到3个数目时，则以两个数目之平均或只用1个能找到的数目。总之，先得每月每两平均兑换制钱数目，再由12个月的平均数目得全年的总平均数。这些数目是从县政府收支处的老账上抄来计算的，再借用几家铺店的老账作参考。据说县政府收支处账上的行市往往较普通账上折合的行市稍高一些，即每两折合制钱的数目较多几文，有时多到10文，即相差铜元1枚。但所差无几，而且铺店的兑换数目不易找到连续不断的老账。折合的时候尚有一件事必须留意，即账上写100文制钱时，实际等于96个制钱，叫做九六钱。如此计算时须除去虚数，例如1000文制钱乃等于960个制钱。表内自民国三年起至民国二十年之每元兑换铜元数目系实在兑换数目，而非按7钱2分自银两折合之数目。自民国十七年以后亦不调查银两兑换数目，因无多少用处。表中年份皆系阴历，银两皆系市平。

第295表　历年银两与银元兑换铜元数目

1857—1931

年份		兑换铜圆数目		每元行市与上年比较＋－
中历	西历	每两	每元	
咸丰7年	1857	151.83	109.32	……
8	1858	157.73	113.56	＋4.24
9	1859	174.53	125.66	＋12.10
10	1860	175.70	126.50	＋0.84
11	1861	180.96	130.29	＋3.79
同治1	1862	176.27	126.91	－3.88
2	1863	153.75	110.70	－16.21
3	1864	133.09	95.83	－14.87
4	1865	121.55	87.51	－8.32
5	1866	122.72	88.36	＋0.85
6	1867	136.48	98.27	＋9.91
7	1868	130.21	93.75	－4.52
8	1869	157.73	113.56	＋19.81
9	1870	173.07	124.61	＋11.05
10	1871	181.20	130.46	＋5.85

续表

年份		兑换铜圆数目		每元行市与上年比较 + -
中历	西历	每两	每元	
11	1872	172.16	123.95	-6.51
12	1873	167.82	120.83	-3.12
13	1874	169.35	121.93	+1.10
光绪 1	1875	147.03	125.30	+3.37
2	1876	167.85	120.85	-4.45
3	1877	144.76	104.23	-16.62
4	1878	145.33	104.64	+0.41
5	1879	141.14	101.62	-3.02
6	1880	154.11	110.96	+9.34
7	1881	159.68	114.97	+4.01
光绪 8	1882	162.83	117.23	+2.26
9	1883	158.43	114.07	-3.16
10	1884	154.53	111.26	-2.81
11	1885	157.60	113.47	+2.21
12	1886	154.24	111.05	-2.42
13	1887	149.66	107.76	-3.29
14	1888	150.75	108.54	+0. 78
15	1889	149.63	107.73	-0. 81
16	1890	142.61	102.68	-5. 05
17	1891	147.36	106.10	+3.42
18	1892	157.76	113.58	+7. 48
19	1893	148.32	106.79	-6. 79
20	1894	142.37	102.5	-4. 28
21	1895	137.50	99.00	-3. 51
22	1896	129.36	93.14	-5.86
23	1897	123.51	88.93	-4. 21
24	1898	108.97	78.46	-10. 47

续表

年份		兑换铜圆数目		每元行市与上年比较＋－
中历	西历	每两	每元	
25	1899	110.03	79.22	+0.76
26	1900	112.73	81.17	+1.95
27	1901	116.71	84.03	+2.86
28	1902	107.52	77.41	-6.62
29	1903	112.07	80.69	+3.28
30	1904	110.16	79.32	-1.37
31	1905	105.25	75.78	-3.54
32	1906	115.17	82.92	+7.14
33	1907	123.63	89.01	+6.09
34	1908	130.16	93.71	+4.70
宣统1	1909	146.69	105.62	+11.91
2	1910	146.05	105.16	-0.46
3	1911	143.63	103.41	-1.75
民国1	1912	152.74	109.97	+6.56
2	1913	167.36	120.50	+10.53
3	1914	181.03	123.63	+3.13
4	1915	204.72	137.22	+13.59
5	1916	204.24	138.18	+0.96
6	1917	178.47	120.74	-17.44
7	1918	201.82	137.64	+16.90
8	1919	211.25	140.79	+3.15
9	1920	219.33	146.05	+5.26
10	1921	237.55	158.07	+12.02
11	1922	254.34	169.56	+11.49
12	1923	296.41	197.39	+27.83
13	1924	347.68	231.71	+34.32
14	1925	436.20	289.59	+57.88

续表

年份		兑换铜圆数目		每元行市与上年比较 + −
中历	西历	每两	每元	
15	1926	531.24	354.14	+64.55
16	1927	555. 94	375. 07	+20. 93
17	1928	……	411.53	+30.94
18	1929	……	431.25	+19.72
19	1930	……	409.38	−21.87
20	1931	……	408.91	−0.47

自上表我们可以理会在用银两与制钱时期，每两兑换数目虽有增减，但皆在1500个制钱上下。惟自有铜元之后，则每元兑换铜元数目由民国元年109.97个增到近年400余个。这大半是因为政局混乱，各省任意铸造铜元。不但数目太多，且重量亦渐减少，质量亦日渐低劣。原来是当制钱10文的单枚，继而当20文的双枚，最近又通行当50文及100文者。

按铜元铸造之始是在1900年。银元鼓铸之始是在广东1891年，1897年湖北省亦鼓铸银元，1905年天津始设造币厂，1910年度支部始定7钱2分为本位币重量。

定县大商店尚用京津通行之纸币，但在农村内只用现洋与铜元，不敢收用银行钞票。

二　度量衡之标准

最普通之尺为木尺即营造尺。每木尺等于1.05英尺，等于本地裁尺9寸。五尺等于木尺5尺，亦等于1步或1弓，多用以量地。许多村庄的公差局内放1五尺以备随时使用，三尺等于木尺3尺，木匠多用之。木尺多以竹制成，价约1角。

其次普通常用的为裁尺，等于1.15英尺，比木尺长1寸，买卖洋布时多用之。裁尺多以乌木制造，价约1角。

大尺等于2.10英尺，等于木尺2尺，买卖本地土布时用之。

量器　斗是最普通量粮米的用具，四方形，以木制成，上面口大，下面底小，用铁叶镶边。木斗上面安一木梁，便于提携。买卖粮米时均用平斗，即米粮之高度与斗口平行，而非尖出。定县每斗约合25管。每斗小米约20斤，小麦约19斤，稷米约19斤，高粱约17斤。木制斗每个约值8角上下。定县少用柳条编成之斗。

升亦木制，四方形，口大底小，状似斗，但无横梁。10升等于1斗，亦往往不甚准确。升可以量零碎米粮。每升小米约2斤，麦约1斤14两。每升价约2角。

管亦量米粮之一种器具，其形状有木制口大底小之方者，有用上下面积相等之圆形者。定县之管多为圆形，有竹制、木制、铁制或铜制之别。竹制者价约二角。25管等于一斗。每管小麦约12两余重。

檄子又名提码，有数种。一种是煤油檄，洋铁制成，分一两、二两、四两、半斤等类。形状为带长把之圆筒，大者价约六分，小者约三分。酒檄多为铜制，亦因重量之不同而分一两、二两、四两、半斤与一斤者。亦有用罐售酒者，每罐盛酒六斤。醋檄以竹筒制成，分二斤、一斤半、一斤、半斤者。每个价目大者七分，小者三分。香油檄以铁片或锡片制成，形状扁而圆，有半斤、四两、一两、半两等类。每个价目大者一角，小者四分。

秤　秤杆多以枣木制成，上有铜星，计算斤数或两数。秤钩有单钩，双钩之别，秤杆上面之提毫有马鬃的，有麻绳的。普通之秤有两个提毫，谓之头毫、二毫，亦有三毫的。例如肉秤普通是两个提毫，提头毫称肉时看里面一行之铜星，能计算斤数和两数。提二毫时看上面铜星，只能计算斤数，没有两数。若有三毫，则提三毫时是看外面铜星，计算斤数。

人们多用右手提毫，秤头向右，秤尾向左，而秤杆有里面、上面、外面或背面、底面的分别。有时一秤杆上四面皆铜星，里面与上面的铜星皆按16两为1斤计算，而外面的铜星有时1斤是等于18两，底面的铜星计算法1斤小于16两。小秤可称10斤、20斤，大秤能称50斤、二百余斤。每个小秤价约四角，最大者约5元，其余有5角、1元、3元者。

农家普通称物所用之秤谓钩子秤，小者能到30斤，大者到60斤，称零星物品时用盘子秤。吊物不是钩子，乃是放在铜或铁制之盘内，小秤可称5斤，大者可称10斤。例如买卖熟花生，点心，面粉及其他细致的东西多用盘子秤。盘子有簸箕形者，有圆形者。

戥子之秤杆多以乌木制成，有小铜盘、小铜锤，提毫用丝线。此种小秤是称药材与首饰。有两毫，杆之上面是看出两数与钱数，里面看出钱数与分数。至多可称半斤重之物。

柴草秤多用枣木制成，亦有用紫檀木者，提毫用弓弦或皮绳。买卖多以18两为一斤。

买卖青菜若超过百斤，多按18两为一斤算。普通其他物品多按16两为一斤计算。本地所纺的线卖时有特殊的称法，只论两，不论斤，而其一两之重量亦非普通之两。普通秤之16两合线秤五两半。

亩　定县一亩等于0.152英亩，等于6000方尺。一英亩等于6.58定县亩，等于43560英方尺。

第二节 工业

定县系农业的区域，没有大规模的工业，只有小工厂和各种家庭手工业，对于手工业在民国十八年在第三区内东亭乡村社会区简略的调查了62村的手工业情况，又搜集一些关于城内的工业情况，又在民国二十年调查中一区农村内的手工业状况。兹将搜集的材料分述于下。

一　62村手工业概况

民国十八年简略的调查了定县第三区内一部分的62村的工业。关于家庭手工业有纺纱、织布、木作、轧花、榨油、制豆腐、制粉条、编筐、造糖、烧窑、制绳、造香、酿酒、造绘。62村大多数的家庭有纺车，这种纺车是用槐木、榆木或杨木做的。普通每个值洋六毛，在庙会就可买到。也有让木匠做的。纺纱是乡村妇女的一种副业。普通十二三岁的女孩就起始学纺纱，须学习四五个月的工夫才能纺得好。姑娘与老妇纺线的最多，因为她们不能做力气活，中年妇女纺线的极少。纺线都在冬春两季，夏季颇少，秋季尤少。纺线的方法是先将棉絮做成布节，亦名聚，用一秫秸棍把棉絮缠在上边，然后把秫秸棍抽出，就剩下一个棉絮套，这种棉絮套就叫做布节。把布节拿在手里，以纺车纺线。自己家里没有棉絮的，可以在外边买。春冬两季在村子里专挑担卖棉絮的。普通乡间妇女买棉絮多是一次买一斤，一斤在民国十八年值洋四角。纺完一斤再买一斤，乡间五天一集，妇女总要在五天之内纺出一斤棉絮的线来。有时妇女纺完线后，将地用水喷湿，在地上铺一块湿手巾，把线放在湿手巾上，在线上再铺一块湿手巾，这样线就能加重分量，多卖点钱。普通纺线每斤可赚十枚至四五十枚不等，行市变动很快，随着布行市价涨落。乡村间妇女纺线所赚的钱，大半是归自己，叫做体己钱。

62村织土布的多是妇女，在秋末最多，冬季春季农闲的时候也不少，夏季农忙时很少。但是夏季因为天气湿潮，所织出来的布最紧最密，也最好，普通十六七岁的妇女就起始练习织布。起初练习用红线，就是用红花纺出来的线织，红花是劣等的棉花，总得练习半年才可以织好。织布所用的工具有织布机、梭、杼、缯、拐子、织布板、剪刀、水罐等物。织布机普通都是坚硬结实的榆木做的，也有用槐木做的。梭普通都是枣木做的，两头尖，中间扁圆，中间有一小孔，其中有一铁丝。杼是用竹皮作的，好像梳头的拢子，上边普通有空格三百六十格，每格可以穿一条线，这类杼是长方形，长二尺，宽三寸。缯是用双股线做成的，在织布时可用它把线分开，以便使梭来回穿过。织布板是用竹板做成的，两头有铁箴，用此以夹布的两边，使布不致皱缩。拐子是用木头做的，用以放线停线的，剪刀就是普通所用的剪刀，用以剪布上的不齐线。水罐是用以盛水的。用刷子蘸水刷在布上，可使布线收紧。织布的方法是把纺成之线用拐子拐好。再把拐好的线放在白面所做的浆糊里，使拐子上的线都浸在浆糊里，然后捞出放在太阳光里，再把线穿在大杆上，使人拧之，把水分拧干，这种手续叫做浆线。浆线的用意是使线硬直，以便容易织布。浆好之后，用小纺车把线缠于卧上。卧形似短小之四腿盆架。这种手续叫做捞线。捞完线后，就按照所要做布的匹数把卧挂列成一行在地上，两头钉上木棍，以便挂线，用引布杼穿线往返而走，将线交给两头司线人，司线人就把线挂在木棍上，这种手续叫做经线。再将经完之线卷成一大球形，然后再用引布杼把每一线头都穿在杼的空格间，用梭挺拨开，卷在木制的胜上。线经过杼以后，就有了次序，这种手续叫做引布，意思是快要织布了。把线在胜上卷好以后，就把这卷好了线的胜放在机上。原来这胜与机子一样宽。再将所引的线上下间穿于上缯。以上所说是经线。此外还有一种纬线，普通叫做横线。将线缠于一苇节上，形如小纺垂，俗名叫做浮腾。将这浮腾置于梭中，就可以起始织布了。现在乡间织布，经线大半是洋线，纬线大半用本地所纺出来的线，因为织出来的布比较光滑，细密。因此所谓土布也不是纯粹的土布。定县沙河以南，用机器织布的也不少，这种布多半发到城内布店，布店再转销到张家口一带。普通木机一架在民国十八年值洋20多元，最低也在10余元，最高30元。乡间雇工人织布，每人一天可织出布一匹，约长40尺，不管饭工资每天为150枚。织出来的布有长2丈的，有长3丈3尺，宽1尺2寸。小孩老妇不能织布，只能捞线，缠浮腾，挂木棍等。

62村的木作可以分为几种。有开木厂的，开车的，做箱柜的和做风箱的。乡民在冬闲的时候，几家凑些本钱，开一木厂。他们先买许多树，锯完拉回木厂。按材料的成分，锯成箱板、柜板、棺材板、椽子、房架等。普通这种开木厂的都懂得木行情形，也知道怎样锯树。这些人按股凑资本，有时大家联合一起向富户或同村乡亲借一笔款，做为资本。这些人也没有什么组织，也没有成文的规矩，不过赚钱均分，赔钱均摊而已。有的是临时凑几个人，有的是几年都在一块做木厂的朋友。普通都从阴历十月起至第二年阴历二月止，做四五个月的买卖。他们所买的树木以杨木、榆木、槐木、柳木为最多，到各庙会周游去卖，总把所买的木头悉数卖完为止，有时就是价格低落，他们赔钱也要卖出，因为晚卖出一天就要多花一天的利钱，多费一天的工夫。有时锯树太忙，人工不够，就另外雇锯工，每天工资约大洋五角，供给饭食。

普通开车铺的，开箱柜铺的，做风箱的在乡村里，并没有门面。村子里的人自然都知道那家打车，那家打箱柜，那家做风箱。这种木作铺家里也有地亩，家里有人种地，有人专做木匠活，也收徒弟，三年期满。有时有人到木作家定购木器，有时他们把做出来的木器运到庙会上卖。普通车轮是用枣木做的，车轮的辐条与车头是用槐木做的，车辕条是用榆木做的，其他部分如车底车梆都是用杨木或柳木做的。箱柜多是用杨木槐木做的。风箱是用大杨木做的。一辆大车约值100元，每个风箱约3元上下。

62村普通每村有一家轧花店，大村子有三四家轧花店的。轧花店约分两种，一种是做买卖的，一种是赚工钱的。做买卖的是有时在棉花价格贱的时候，买下几千斤的棉花，轧去了籽，再弹了，然后大宗卖出。有的只轧了不弹，就大宗卖出。为赚工钱的轧花店也叫做轧小包的。只管给人家轧棉花，轧一斤得一斤的工钱。普通一人一天可轧棉花80多斤。每斤可得四五枚。计算起来一人一天可得8角。有许多人都是一包一包的棉花送到这种轧花店去轧。有的轧花店轧花并不要现钱，只把棉花籽留下，然后把籽卖出，这样得钱。轧花用轧花车每个值洋25元。每个弹棉花的弓值洋40多元。每人每天可轧花80余斤，每人每天可弹花80余斤，如连轧带弹每人每天只能做40余斤。轧花店普通都雇两个长工，每个长工每年工资为六七十元，此外还供给饭食。在轧花忙时添雇短工。短工普通都是包工活，轧一斤几个铜元，弹好的熟絮，有大宗批发的，有挑担零售的。

62村榨油的有香油房，有花生油房，有棉花子油房。乡民吃菜多用香油与生油。乡民妇女梳头及上大车都用棉子油。这种棉子油也叫做黑油。香油是用芝麻磨的。把芝麻用凉水洗净，放在锅里炒熟，炒熟以后就放在磨上，和水磨之。磨盘下边放一铁锅，所磨出来的芝麻酱就流到锅里，把芝麻酱用凉水调和，再用长把的葫芦在芝麻酱里来回搅拌，使香油飘浮在上边，渣子沉到下边。然后将油取出，将渣子在地上晒干了就是肥料。普通用一长工，全年工资约30元，管饭。

花生油是用花生榨的。先将花生用碾子碾碎，再用锅蒸。蒸好之后，就放在大铁圈里。这种铁圈高约8分，直径约1尺2分。先在地上铺麻，再将铁圈平放于麻上。普通将三个铁圈落在一起，再将蒸好的花生放在铁圈里，在铁圈上盖一麻皮，用脚踩，用手压，用锤砸。一次10斤，如此继续装置8次，共80斤，称为一垛。一垛完了，就将它放在榨油槽里，这里油槽是木制的，底有小孔。榨时两头加上木楔，再用大铁锤砸楔，油槽紧小，花生油自然由油槽底小孔流出。普通花生每百斤可出油27斤。每百斤花生在民国十九年约值5元7毛。每斤花生油约值大洋1毛6分。每百斤花生可剩下70斤油渣，约值大洋3元。花生油坊雇用榨油匠，每年工资有三四十元，管饭。学徒的3年满期，在学徒年限内没有工资，只管饭。

62村做棉花籽油的将棉花籽买来，用锅炒好，再经碾子碾了。然后再用锅蒸，蒸好每60斤加水7斤。然后再蒸，蒸好放铁圈里压，再放油槽里榨，棉花籽油就从槽底小孔流出。这种棉花籽每百斤可出油13斤，每斤棉花籽油在民国十九年值大洋1毛6分。棉花籽100斤值大洋3元。每天3人可打油60斤。棉花籽油又称为黑油。乡村妇女用黑油梳头，农民也膏大车用。近来有用生棉花籽不经炒的手续而榨成黄色的油的。这种油可以搀入花生油做不纯的假花生油。

此外还有菜子油、小麻子油、大麻子油。菜子油是油菜子榨的，每百斤可出油26斤。大麻子油是大麻子榨的，小麻子油是小麻子榨的。菜子油在民国十九年每斤大洋1毛3分。大麻子油、小麻子油每斤都是大洋1毛3分。菜子油可食，麻子油又可吃，又可上车。

62村做豆腐的也不少，普通都以卖豆腐为副业，以卖豆腐为正业的很少。在过节过年的时候，做豆腐的很多，因为那时买豆腐的很多。平日做豆腐的很少。豆腐的做法，先将黄豆或青豆磨成豆瓣，把豆皮用簸箕簸出，再将豆瓣泡在水里，至将豆瓣泡涨为止。再把这种泡涨的豆瓣放在豆腐磨上。这种磨豆腐的磨比磨面的磨为小，只能用人推，不能用牲口拉。把它磨成豆浆糊，再在豆浆糊内点上油胶。油胶是用棉花籽油熬热做成的，把它点在豆浆糊上，使豆浆糊易于浮出。再把豆浆糊装在以洋布所做的小口袋里，一口袋一口袋的将豆浆挤出，把所剩的豆腐渣放在别处，把豆腐浆放在锅里，用火煮之。煮将沸时，上结一层薄皮，这种皮叫做豆腐皮，可做饮酒的酒莱，并且可以用它炒着吃。把这种皮挑出一两张后，就可点卤。卤色似醋，有酸性，可使豆质凝成块。点卤以后少顷，就变成较软的老豆腐。再将老豆腐掏在豆腐模内，上盖一布，用砖压上，过2小时，就成了普通的豆腐。

62村有制粉条的。粉条是用绿豆、高粱、玉蜀黍、山药做的。方法是先将绿豆用热水泡开，用磨磨烂。把磨放在三足木架上，下放一锅，磨粉就流到锅里。磨毕，将锅内磨妥之物，用瓢舀在大篮里。把大篮放在瓮上，瓮口有竿子隔着。用一木锤在大篮内摇动，将粉质压下。再用引浆(即绿豆粉做的浆)和小浆(也是绿豆粉做的)，与压下的粉质对好。对好后不多一时，粉质就沉下去，上有清浆，这种清浆就叫做清缸。再把清缸取出，所余就叫做漂缸。余下之粉，再用小篮细筛，仍照前法清缸和漂缸。余下之粉用瓢舀出，放在一块1尺5寸见方的布上。这块布的四角是有绳系着，悬在空中，使水慢慢滴下，布上的粉面就结成团块，这叫做团粉，又名粉面。瓮底有一层粉红色不纯粹的粉面，叫做黑粉。这种黑粉也可以吃，但是不能漏成细粉。再将粉面与欠(即一种绿豆粉浆)搀好，放在瓢内，瓢底有小孔，用手摇瓢，粉面成条，漏在开水锅中。这时一人持小棍，将漏在锅内的粉条拨挑，以免粉条团聚一起。成熟后就用笊篱将粉条捞出，放在冷水内。再将粉条由冷水中捞出，架于一小木杆上，这木杆长约1尺5寸。用手将木杆上的粉条排匀，晒在太阳光下，晒干后就叫做干粉，细条的叫做细粉，宽条的叫做片条。纯用绿豆制造的粉条，叫做净粉，这种粉条最好最贵。也有用绿豆、高粱与玉蜀黍三者制造的，叫做花粉，这种较次。还有用绿豆加山药制造的，叫做山药粉，这种最劣。总之粉条以绿豆为主体，绿豆越多越好。所剩的渣子，可以喂猪。每斗绿豆最多可出粉面 12 斤，每斤在民国十九年值铜元 60 枚。每一斤半粉面可出干粉 1 斤，每斤值铜元 85 枚。净粉 1 斤值铜元 85 枚，花粉值铜元 60 枚。制粉坊的粉匠每年工资大洋 60 元，管饭。学制粉约需 3 个月的工夫。

关于 62 村编制的家庭工业有编篓的，编筐的，编花筐的，编席的，编苇箔的，编柳罐的。这种家庭工业都是农闲时做的，以冬季最多，都在庙会上销售。

关于制糖，62 村只有唐家庄、大洼里两村。他们在农暇时候，制造各种糖块，到新年或庙会上去卖。

62 村有 10 个烧窑的村庄。烧窑的通都在冬天和春天。因为春天盖房子的很多，用砖的多，而夏天下雨，不好放甓。烧窑的在秋末就选一块红土地，把土合成泥。然后把砖模子用水一洗，里边洒一层沙子，再把泥用砖模子做成甓。在秋末做出许多甓，为冬天和春天烧。到了冬天就将甓装在窑里，烧火 3 天，后用水灌注在窑内，再经过 3 天，就可出窑。普通一次烧窑可出 17000—23000 块砖，最多可出 4 万块。

62 村有两村有绳铺制绳。制法先将麻皮用纺车轮纺成绳坯子，再将绳坯子两头系在铁辘轳架上，两边用力绞之，就做成绳。这种绳子在庙会上销售。

62 村有 3 个村内制香。制法是将买来的松柏树末，合些榆皮，碾成细面，用水合成面泥。再用压香床压在木板上。压香床的样式好似河落床，不过床底只有一孔。再将所压的香条按香的长度割断。最后晒干封好出卖。

62 村有 4 村有酿酒的工业。他们普通做黄酒。黄酒是用黄米做的。先将黄米用温水泡涨，捞在竹筐里，再用热水将米冲洗干净，放在锅内蒸之。快蒸熟时，在米上加极热的开水，再继续蒸一点钟。然后由锅中取出，放在瓮里，用木拐子搅，使成一色，再取出放在大木板上，把米摊开，并且翻一翻，使热力散去。每斗米用麦做的面一斤，其中加少许绿豆、姜、花椒等，用引酵搀好，再放在瓮里，发十几天，就由瓮中取出，装在小布袋里，同时装上少许炭灰，使米无酸味。再放在大木盆里，用盖盖好，上压石或砖，这样可将酒质压出。将袋压扁以后，还恐酒质不能出净，所以再将布袋卷成圆卷，再压，使酒质完全出净，把酵放在别处。做酒时忌醋浸入，因为醋一经浸入，酒就无味。又忌油浸入，因为油浸入，酒就起沫。每日每人用米4斗可做80斤黄酒，每斤值铜元56枚。

62村造缯的只有1村。缯是织布用的。

二　城内工业概况

定县城内之地大部分已变为农田，户口颇少，约1.1万余人，有大农村的情况，工业没有发达，只能将一些小工厂的情形叙述如下。按照民国十八年简略的调查，有制纸、制糖、织布、轧花、制鞋、制革、木作、首饰、榨油、眼药、制绳、染坊、制豆腐、磨面、铁工、制草帽、铜器、制毡、制酒、制醋、制笼、竹作、粉坊等项。

定县城内制纸的共有七八家。普通制纸厂都有财东、掌柜、抄纸匠、剁绳匠、缕绳匠、晒纸匠、碾绳匠、洗绳匠。学徒都经朋友亲戚介绍并得有妥实铺保，年龄大半在16岁以上25岁以下。学徒年限内没有工钱，只有年节赏钱，3年期满，每年可得工资30元左右。掌柜每年工资普通50—60元，抄纸匠普通35元，剁绳匠、缕绳匠、晒纸匠，普通30元。制纸方法是将买来的烂绳用水泡湿，然后缕成小束，再用斧子剁成碎段，再用碾砸成极烂的细沫，再用水洗净，混合于抄纸池内，用抄纸竹帘，抄成细薄湿纸。普通每天每人可抄纸500—600张，每张铜元2枚。把抄好的纸运到院中，晒纸匠就把它一张一张的刷在白墙上。日头晒干，就可揭下成为棉纸。这种棉纸糊墙糊棚都可。每天工人工作有11小时之多，抄纸匠因为整天站着抄纸所以常引起腰疼腿酸的病来。

定县城内的眼药驰名全国，有白敬宇、马应龙两家大商。这种工厂的主人都有秘方不传，所以仿造不易。白敬宇眼药铺成立于明永乐年，主人叫白锡昌。民国十八年有男工30名，女工15名。最高的工资每日1元，最低工资每日4毛，普通工资每日7毛，这是男工的工资。女工的工资普通每日5毛。所用原料多半由香港、福建、四川、陕西及他省运来，有麝香、牛黄、珠子、冰片、各种草药等。现在分销到各省。买卖颇发达。下边有一个白敬宇眼药铺的广告及价目单，可供参考。

清　直隸定州城内 真

白敬宇家秘制各種退雲散

巴拿馬賽會特賞奬憑奬章　　農商部注册又賞金牌奬憑

本藥莊祖傳七代，秘授仙方，制成退雲散，專門一家，爲眼科之聖藥。此藥專治男女老少目生雲翳，火朦，氣朦，胬肉攀睛，翳膜遮蓋，瞳人生有藍白雲翳，血灌瞳人，無論遠年近年一切眼症，并皆治之。用法以骨簪蘸新凉水，點大眼角，早晚點二三次，無不速見神效。須忌一切厚味辛辣之物。

最優八賓退雲散	每	大	瓶大洋	一元
		中		六角
		小		三角
超等加料退雲散	每	大	瓶大洋	八角
		中		五角
		大		二角五分
上等退雲散	每	大	瓶大洋	三角
		中		二角
普通退雲散	每	大	瓶大洋	二角五分
		中		一角五分

開設定州城内十字街，樓房門面有白敬宇字號便是。

定县城内制革工厂只有鸿业制革厂，是商会立的。有经理1人管理厂内一切事务，营业员1人管理交易事项，会计 1 人管账目收入支出，监工员1人管理工人工作的勤惰，工友7人，厨役1人。除供饭食外，经理每月30元，营业员每月12元，会计每月10元，监工员每月5元，工友每月3元5毛，厨役每月 4 元。

制皮的原料是牛皮，从顺德、辛集而来，也有由本县买来的。制法将买来的干牛皮，用温水浸泡，然后放在灰皮槽里，少顷由灰皮槽中取出，放在板子上，用刀刮去其毛，再将皮上之肉去掉。理净一次，再用灰擦，然后再用盐腌。腌毕鞣革，继而把它酸化，继而把它中和。中和以后，就用水洗净，晾在板上，接着就染，上油。染完油，就将皮钉在板上，干后就成为很好皮革。这种皮革每磅大洋9毛5分，买皮至少买 1 丈，不得零买。普通销售到邻县或保定、石家庄等处。干牛皮每张的重量普通为30斤，最重的为35斤，下重的约25斤。30斤重的牛皮作好可得纯皮40磅。学徒也是经朋友亲戚介绍的，自己填写志愿书，并有铺保。资格限制高小毕业待遇比较普通商店为优。除供给饭食外，第一年每月1元5毛，第二年每月3元，第三年每月 4 元，3年期满。满期后就成工师，每月可得10余元。学徒的围裙、鞋、袜，都由厂内供给。每日工作八九小时，早五时半起床，晚八时半就寝。每日3顿饭，早饭七点半，午饭十二点，晚饭七点，小米为主要食品。晚饭后，夜间可从事习字、读书、看报或游艺。

城内毡房只有 1 处，制毡的原料是用羊毛。白羊毛来自山西榆次县，平定州，每斤大洋4角。黑羊毛来自河北完县，每斤大洋3毛。制毡的方法是先将买来的羊毛，用弓弹成毛絮。然后放在池里，池底放一大竹帘，把毛絮用竹棍摊匀，再加温水，将帘卷成一卷，放在地上，用脚蹬来蹬去，使毛絮团结一起。然后再放池里，加上沸水，工人将袜脱下，赤足在毡上走，用意把毡踏平。踏平以后，就成了毡。做毡的并不整年做，他们看货物销售的多少而做，销售的多就多做，销售的少就少做。做这种生意是山西人居多，在秋冬两季做毡出卖，其余的人都在春秋两季回家为农。秋后庄稼收成完了，又回来做工。这种货物在秋冬两季销售最多，一方面因为那时天气较冷，再一方面因为娶嫁多在秋冬农闲时，所以买毡铺床的很多。制毡的工人每年可得40—50元。学徒多是朋友亲戚介绍来的。第一年报酬为10元，第二年为20元，第三年为30元。3年期满以后可得40余元。

定县工人普通雇主皆供给饭食。饭食外，民国二十年时，木匠、瓦匠、油匠、石匠、棚匠等工人每日工资为4角5分。铜匠与锡匠每月工资为6元，铁匠每月 7 元，皮匠5元5角，刻字工人 7 元，制大车工人5元，砖窑苦工4元，裁缝9元。

三　第一区农村内手工业概况

自民国二十年开始，以村为单位，用简单问题表调查全县各区各村之各种手工业情形。兹将第一区71村内一部分状况简略叙述于下。71村内约计6200余家，36000余人。农业外，尚有各种手工业，主要者为织布和纺线。织布者约计500余家，约600人，工作女子较男子为多。每年出布约计78000匹，此区每匹约计30尺，约值94000元。一人一日可织一匹，赚洋两三角。纺线者2000余家，3000余人，工作者多为女子，全年出线约计103000斤，约值62000元。一人一日可纺半斤线，赚利七八分，不到一角。此外有1村做猪羊小肠，由天津商人购买，运往美国，用为香肠之外皮。从事其他各种手工业之家数，男女人数，全年出货量及值，见下列第296表。

第296表　中一区71村从事各种家庭手工业之家数、人数、全年出货总量及价值

民国二十年

家庭手工业之种类	从事此种手工业家数	从事此种手工业人数			全年出货	
		男	女	共	总量	总值
织布	547	200	392	592	78000匹	94000
纺线	2417	50	3084	3134	103000斤	62000
做猪羊小肠	15	30	15	45	174000根	55000
编柳罐	149	181	129	310	76000个	50000
轧花	25	69	10	79	123000斤	49000
制花生及棉籽油	23	73	4	77	198000斤	27000
编铁丝笊篱	10	20	……	20	216000个	27000
磨面	25	26	15	41	290000斤	20000
做竿子及叉子	43	125	……	125	61000个	18000
做粉条	30	112	2	114	125000斤	15000
做豆腐	52	65	43	108	9000模	14000
做挂面	18	53	……	53	80000斤	7000
做绵纸	1	6	……	6	1686000张	5500
做扫帚	124	136	……	136	54000个	5000

续表

家庭手工业之种类	从事此种手工业家数	从事此种手工业人数			全年出货	
		男	女	共	总量	总值
织毛毯	25	45	25	70	6000个	5000
做高香	15	45	30	75	135000封	3000
做辘轳头	7	7	……	7	1000个	2600
做猪胰	17	18	6	24	3000斤	2500
做草纸	12	48	……	48	4000000张	2000
编蒲锅盖	170	200	145	345	10000个	1700
制绳	5	12	7	19	5000斤	1700
铁器作	1	4	……	4	……	1500
磨香油	5	10	2	12	3500斤	1000
编苇箔	7	6	4	10	1000个	1000
做大火柴	7	9	5	14	7000斤	280
做各种皮条	1	2	……	2	1000根	200
做笤帚及炊帚	1	1	……	1	4800个	150
做爆竹	5	10	5	15	47500个	150
编竹笸	1	1	……	1	1400个	140
做木犁架	1	3	……	3	60个	50
编柳条笊篱	1	1	……	1	1100个	40
总合	3760	1568	3923	5491	……	471510

全县织布纺线者以第六区为最多，第三区次之。第一区71村中有41村织布者。将第一区各村总家数，织布家数，织布人数，出布疋数，价值，列表于下（第297表。）

第297表　中一区41村织布家数、人数、全年出布匹数及价值

民国二十年

村号数以村中出布价值多寡为序	全村家数	织布家数	织布人数	全年出布匹数	价值（元）	村号数以村中出布价值多寡为序	全村家数	织布家数	织布人数	全年出布匹数	价值（元）
1	113	15	15	16500	19800	24	41	12	12	450	540

续表

村号数以村中出布价值多寡为序	全村家数	织布家数	织布人数	全年出布匹数	价值（元）	村号数以村中出布价值多寡为序	全村家数	织布家数	织布人数	全年出布匹数	价值（元）
2	49	3	6	12000	14400	25	57	5	5	450	540
3	197	65	65	11700	14040	26	17	5	5	450	540
4	102	33	33	6750	8100	27	163	7	14	420	504
5	263	50	50	4500	5400	28	47	10	10	375	450
6	109	40	48	4000	4800	29	66	10	10	375	450
7	126	32	34	2275	2730	30	53	15	15	375	450
8	41	1	1	1830	2,200	31	72	12	12	360	432
9	61	2	8	1600	1920	32	70	4	4	360	432
10	143	35	40	1600	1920	33	45	10	10	300	360
11	199	40	40	1500	1800	34	29	8	8	300	360
12	160	5	10	1500	1800	35	46	8	8	288	345
13	46	4	5	1200	1440	36	120	2	4	230	276
14	161	20	20	750	900	37	33	9	9	220	260
15	77	20	20	750	900	38	81	2	2	180	216
16	116	15	15	675	800	39	40	6	6	90	108
17	41	14	14	630	760	40	60	2	2	45	54
18	190	7	7	630	760	41	43	2	2	45	54
19	169	3	3	580	700						
20	111	6	6	540	640						
21	157	4	8	530	640	41村	4211	547	592	78333	94005
22	215	1	2	500	600	平均每村	102.7	13.36	14.44	1910562	292.80
23	282	3	4	480	576	平均每家	…	…	1.06	143.20	171.86

71村中有67村有纺线者。兹亦将纺线家数、人数、出线数量及价值列表于下（第298表）。

第298表　中一区67村纺线家数、人数、全年出线斤数及价值

民国二十年

村号数（以村中出线价值多寡为序）	全村家数	纺线家数	纺线人数	全年出线斤数	价值(元)
1	169	60	120	7.450	4470
2	197	150	190	6960	4175
3	111	45	50	6700	4020
4	217	130	200	4500	2700
5	137	30	50	4320	2590
6	199	150	150	3670	2200
7	215	90	120	3520	2110
8	143	98	112	3210	1925
9	169	80	110	2870	1720
10	109	60	90	2800	1685
11	190	50	70	2720	1630
12	113	65	80	2640	1585
13	81	50	70	2490	1495
14	80	50	60	2370	1420
15	47	40	55	2250	1350
16	126	100	100	2200	1320
17	120	60	90	2100	1260
18	81	50	60	2050	1230
19	160	50	80	1960	1175
20	14	10	22	1920	1150
21	43	35	55	1760	1060
22	116	40	50	1600	960
23	77	50	50	1460	880
24	282	30	60	1400	840
25	86	25	35	1380	830

续表

村号数（以村中出线价值多寡为序）	全村家数	纺线家数	纺线人数	全年出线斤数	价值(元)
26	33	20	40	1220	730
27	103	15	31	1200	720
28	41	35	45	1200	720
29	66	45	45	1200	720
30	161	50	50	1170	700
31	54	30	45	1170	700
32	41	30	40	1130	680
33	118	15	30	1120	670
34	72	30	30	1100	660
35	102	35	45	1060	635
36	53	40	40	1040	625
37	49	25	35	990	595
38	32	20	35	980	590
39	40	25	25	850	510
40	45	35	35	800	480
41	41	25	25	750	450
42	47	25	25	750	450
43	46	28	28	720	430
44	70	20	25	710	425
45	44	20	20	600	360
46	163	20	30	600	360
47	17	15	20	570	340
48	61	20	40	560	335
49	29	18	18	520	310
50	56	20	20	520	310
51	41	15	20	480	290
52	103	25	25	480	290

续表

村号数(以村中出线价值多寡为序)	全村家数	纺线家数	纺线人数	全年出线斤数	价值(元)
53	263	20	20	450	270
54	51	10	15	400	240
55	46	7	7	380	230
56	157	10	15	350	210
57	48	15	15	330	195
58	57	10	10	300	180
59	70	7	7	230	140
60	63	5	5	160	95
61	43	5	10	130	80
62	42	5	5	130	80
63	37	5	5	130	80
64	20	6	6	120	70
65	18	5	5	120	70
66	21	5	10	100	60
67	60	3	3	50	30
67村	6006	2417	3134	103170	61895
平均每村	89.64	36.08	46.77	1539.85	923.81
平均每家	…	…	13	42.68	25.61

第三节　商业

一　商店

定县全县据民国十九年的调查，共有大小商店2228处，其中城内计476处，三关计187处，此外农村或镇内共计1574处。全县453村内有155小村中没有小铺店，内有1—4个小铺者计215村，5—9个小商店者计54村，10—20个商店者计19村，超过20个商店者计10村。各村商店详

第299表　定县各村商店数

民国十九年

商店数	村数	商店数	村数
无	155	15	2
1	100	18	1
2	59	24	1
3	36	27	1
4	20	28	2
5	21	40	1
6	13	47	1
7	8	53	1
8	5	85	1
9	7	100	1
10	4	160	1
11	3		
12	5		
13	3		
14	1	总合	453

细数目见下列第 299 表。

城内467个商店中以资本不满500元之小杂货铺为最多，计41处；再次为钱铺，计 39 处。再次按多寡之次序为小饭铺 （资本不满 500 元者）栈房，茶馆，烧饼铺，洋布庄，药铺，大杂货铺 （资本超过 600 元者），酒栈，粮局，大饭铺 （资本超过 500 元者） 等。各类商店详细数目见下列第 300 表。

第300表　定县城内各类商店数目

民国十九年

商店种类	数目	商店种类	数目	商店种类	数目	商店种类	数目
小杂货铺	41	油房	6	照像馆	3	油饼铺	1
钱铺	39	书铺	6	洋布估衣铺	3	糊篓铺	1
小饭铺	32	布店	6	鞋作坊	3	伞作坊	1
栈房	17	卷子房	5	眼药庄	3	铁工厂	1

续表

商店种类	数目	商店种类	数目	商店种类	数目	商店种类	数目
茶馆	16	茶叶店	5	烟铺	3	毡子房	1
烧饼铺	14	鲜果局	5	锡器铺	2	揭裱铺	1
洋布庄	14	理发所	5	粗瓷店	2	广货古玩铺	1
药铺	13	糖房	4	铅铁壶铺	2	纸铺	1
大杂货铺	13	自行车铺	4	火烧铺	2	弓铺	1
酒铺	11	麻铺	4	镀金作	2	洗衣局	1
粮局	11	铁器铺	4	木厂	2	瓷器广货庄	1
大饭铺	10	盐店	4	皮条铺	2	军衣帽庄	1
鞋铺	9	澡堂	4	打铁铺	2	面粉公司	1
洋货庄	9	石印局	4	竹货铺	2	制革工厂	1
染房	9	棉花铺	4	镶牙馆	2	大车铺	1
首饰楼	8	瓷器店	3	刻字铺	2	蜡铺	1
柜箱铺	8	首饰作坊	3	油粉房	2	镜框玻璃铺	1
磨面房	8	肉铺	3	毛巾工厂	2	修理钟表铺	1
成衣铺	7	翠作坊	3	眼药作坊	2	麻糖铺	1
官钱局	7	罗圈铺	3	书店	2	笔墨铺	1
挂面铺	6	铜器铺	3	卷烟分销处	2		
医院	6	钱粮行	3	花轿铺	1	总合	467

467处商店内共计1985人，其中女子只31人。学徒计292人，年龄多在14—19岁。商店人员之家眷在城关居住者约占三分之一，在定县其他乡村居住者亦约占三分之一，其余是在定县以外的地方。除供饭食外，商店人员之全年工资约40—50元。工资外商店人员每年可得酬劳费20元。学徒没有工资，每年可得酬劳费10元左右。店员所费饭食每月约需4.5元左右，每日两餐者占多数，大多数的商店每日能吃一次白面。1985人中入过学者1424人，不识字者561人。五分之三的商店是在近十年内开办的，超过100年的商店有12处，内有眼药庄、眼药作坊、药铺、烟

铺、盐店，布店等铺店。467处商店内房屋间数不满5间者计241处，其过20间者计19处，最大铺店有房屋78间。四分之三房顶皆为灰顶，其余为瓦顶或土顶。大多数的铺店的房屋是租赁的，自有房屋者只85处。467处商店中资本不满100元者计46处，百元以上而不满200元者计57处，200元以上而不满300元者计51处，300元以上而不满500元者计81处，500元以上而不满1000元者计81处，超过10000元者约20处左右。普通商店之赚利约为资本的10%至40%，大多数商店的全年赚利数目不满300元。

定县县城虽有四门，而北门外只有几家住户，并无铺户，西关因有平汉铁路车站故商店最多，南关与东关各有少数小铺店而已。三关各类商店数目见下列第301表。小杂货铺最多，计27处，小饭铺次之，再次为店，烧饼铺，眼药铺，煤厂，药铺，过货栈等营业。187个商店人员共计776人，其中只有女子3人。店内人员本县人约占三分之二，外县人约占三分之一；已婚者占四分之三，未婚者占四分之一；入过学者约占三分之二，不识字者占三分之一。过半数的商店开办不满十年，过百年者有两座药铺，1处过货栈。房屋多为灰顶，土顶次之，瓦顶甚少。过半数之商店房屋不满5间，且多租赁者，自有房屋之商店仅40家。除4处之组织为有限公司外，其余皆为旧式商店。过半数之商店资本不满300元，超过5000元者4处，最大之资本约20000元。大多数之商店每年赚利不到300元，超过1000者约10家上下。其余情形与上述城内铺店略同。

第301表　定县东西南三关各类商店数目

民国十九年

商店种类	数目	商店种类	数目
小杂货铺	27	转运公司	2
小饭铺	21	煤油公司	2
店	15	铁器铺	2
烧饼铺	14	收骨庄	2
眼药铺	13	医院	1
煤厂	13	成衣铺	1

续表

商店种类	数目	商店种类	数目
药铺	7	茶叶店	1
过货栈	7	寿材厂	1
鸡肉铺	6	钉撑铺	1
卷子房	6	洋铁壶铺	1
大杂货铺	5	粉房	1
骡店	4	染房	1
花房	4	麻铺	1
磨面	3	糊匣铺	1
粮局	3	油店	1
肉铺	3	自行车铺	1
理发所	3	澡堂	1
洋布铺	3	钱粮行	1
鲜果局	2	酒店	1
茶馆	2	骆驼店	1
车铺	2	总合	187

除城关外全县内最多的商店是在各区的大镇内。现将第三区内东亭镇的商店情形简略的叙述。平日到东亭镇来赶集市的约计50村左右。镇内住户约300家，商店计51处。商店中以杂货铺为最多计10处，再次为钱铺、饭铺、栈房、烧饼铺、洋布店、药铺等。各种商店数目见下列第302表。这些商店多半店主亦兼掌柜或伙计。51个商店内共计146人，内有伙计和工人63人，学徒12人。146人中已婚者104人，未婚者42人，未婚人中多为伙计与学徒。146人中本镇人计45人，来自本区内村庄者54人，来自定县其他地方者18人，来自定县以外者29人，内有山西13人。店内司账员之全年工资，除供给饭食外，约50元，跑外和守柜伙计约40元，苦工约在30至40元之间，司账员每年可得酬劳费30元左右，其他伙计可得20元左右，工人和学徒可得10元左右。每人每月饭费约在4元上下，大多数每日两餐，每日能吃白面一次。146人中入过学者计117人，不识字者计29人。51处商店内开店不满5年者计27处，开5—9年者10处，10—14年

者6处，最久者约50年。房屋不满5间之商店计19处，5—9间之商店计20处，10—14间者计8处，15—19间者计3处，最大之商店计27间。房顶多为灰顶，少有瓦顶。自有房屋之商店计44处，租房者计7处。资本不满500元之商店计17处，500元至1000元者计20处，1000元以上而不满5000元者计7处，资本最多者为一钱铺约20000元。大多数的商店的全年赚利不到300元。过半数的商店人员不到4个人，最大的一个商店内有8个人。

第302表　定县东亭镇各类商店数目

民国十九年

商店种类	数目		商店种类	数目
大杂货铺	10		风箱铺	1
钱铺	6		点心铺	1
小饭铺	5		油房	1
栈房	5		盐店	1
烧饼铺	4		医院	1
洋布铺	4		猪肉铺	1
药铺	3		澡堂	1
自行车铺	2		染房	1
铁器铺	2			
酒铺	1		总合	51
绳线铺	1			

二　集市

农村社会大多数的贸易多在集市举行。各镇内许多商店平日买卖很微，甚至于关门。等到有集市的日子才开门交易。定县有集市的村镇，除县城外，共计大小82处。第三区最多计25处，第四区和第六区各计19处，第二区10处，第一区5处，第五区4处。各处集市大多数是每五日有集市一次。为农民容易记忆起见。选择两个日期为集市的名称。例如翟城村四九集，意思是阴历每月初四、十四、二十四和初九、十九、二十九，这六日内有集市；再例如东亭一六集，是在初一、十一、二十一、初六、十六、二十六，这六日内有集市的意思。兹将除城内一、六、三、八的集市外，各村的集市日期列表于下(见第303表)。也有少数的村庄不但每月有6次集市，而且此外又加上6次小集，例如某村是二、七、四、九集，其中二、七日为正式的大集，四、九日为附带的小集，小集时货物种类少，人也少。

第303表　定县82村集市日期

民国十九年

集市日期	村数
1. 5	1
1. 6	9
2. 7	18
3. 8	12
4. 9	20
5. 10	22
总合	82

453村内有82村集市是在本村，有36村距最近之集市1里路远，有28村距最近集市2里路远，60村3里路远。最远者有20里路。各村距最近集市地点之里数，见下列第304表。

第304表　定县各村距最近集市里数

距集市里数	村数	距集市里数	村数
在本村	82	8	60
1	36	10	31
2	28	12	15
3	60	15	11
4	10	20	2

续表

距集市里数	村数		距集市里数	村数
5	80			
6	29			
7	9		总合	453

82集市中有65集市主要交易货物为各种粮食，有10集市为棉花，5集市为线，1集市为布，1集市为胶。自然同时亦买卖其他各种杂货。

1. 东亭集市概况全县农村中大的集市有十几处，东部有东亭和大辛庄，南部有李亲顾、市庄、北高蓬等处，西部有明月店，北部有清风店、砖路等处。现将东亭镇的集市情况简略的叙述于下，颇能代表其他大镇，此集市概况是在民国十七年调查的。东亭有300余住户，50余铺户，距城东25里，东亭是一、六集，即在每月初一、十一、二十一、初六、十六、二十六日有集市。所卖货物以农产品与食物为最多，都排列在街道的两旁，有摆摊的，有推的，有担的。最热闹的地方就是粮市、牲口市、猪市、棉花市、青菜市。卖普通东西的都沿大街两旁，由村东口一直到村西口，这条街有二里多长。猪市、牲口市，不在大街，都在支街。关于普通的买卖有卖卷子、煎饼、豆腐汤、花生糖果、烟卷、糌糕、河落、农具、木器、瓷器、水果等类。此外还有理发的、算命的。以下略述粮市、牲口市、猪市、棉花市、青菜市等情形。

粮市所交易的五谷杂粮都是由附近村庄运来贩卖的、有麦子、高粱、小米、黍子、黑豆、芝麻、黄豆、白豆、绿豆、荞麦、玉蜀黍、大麦、稷子等。普通粮食的贩卖都属于间接卖出，意思就是说卖主不直接与买主交易，必须由经纪人从中接洽，或卖主先卖与经纪，再由经纪卖与买主。卖主将粮食自行运到市场，或请拉脚的用车运载到市。这种拉脚的大半是村里贫寒农家或曾经做过经纪的，把卖主的粮食运到市上。运到集市某粮摊之后，这一个粮摊的经纪人就斟酌情形给这个拉脚的以相当的报酬，或将拉脚人的村中运来的粮食的斗佣，让他征收。如此拉脚人与经纪合作，求得利益。粮食既已运到集市，某某经纪粮摊就由该经纪介绍过斗的卖与消费者或行贩。分别说来，间接卖出的方法可分两种。一种是经纪人从中介绍，卖者买者将价目商妥以后，由经纪过收斗佣。一种是由经纪人向农民直接买进，按照市面情形价格，随定随卖。关于集市上粮食的价目，并没有什么机关给规定，多由经纪纪人从中介绍，再由卖者与买者双方斟酌情形而定。定价所根据的是附近较大市场最近的价格，及当日上市粮食的供给的多少，与购买者需求的多少。如果上市的粮食多，购买粮食的少，粮食的价钱就一定贱；如果上市的粮食少，而买粮食的多，粮食的价钱就一定贵。买卖粮食，两方都是当地农民，商贩很少。所以其中经纪只有斗官一种专管给过斗，从中取佣。所收数目杂粮每斗铜元4枚，芝麻每斗铜元8枚，就是佣钱。此外尚有所谓吃杂粮者，就是经纪给人过斗时蒲箩中所剩的杂粮，收为己有。粮食间接卖出，关于交款，以现款居多，记账者少。记账者由经纪设账桌，请管账先生担任，从中作保，期限至多5日。若到期购物人不缴款，经纪必得代为催讨。普通每集卖粮食的有五六摊。

牲口市的地点不在一处，逢六集期（初六、十六、二十六日）牲口市在东街，逢一集期（初一、十一、二十一日）牲口市在西街。每逢集期，附近居民就将牲口牵拉或用大车载运赴市，由经纪为之介绍，卖与行贩或农民。上市的牲口有骡马牛驴等。牲口到市后，经纪人介绍出卖。卖者与买者将价格商妥之后，经纪或将牲口系以红绿麻绳于牲口头上，叫做税绳。然后再往税桌登账及填写税票，记明牲口的价格及应交的税佣。关于牲口价格也多先由经纪人从中介绍，摸手讲价，再由买主与卖主双方斟酌情形而定。牲口的价格也是根据附近较大的集市最近价格及当日供给与需求而定。牲口卖出的价格公平与否，全看卖主是否熟悉当时情形。若不熟悉行情，完全听经纪用摸手方法讲价，那么一定吃亏，因为经纪常常舞弊。比如说，经纪以手示卖主值45元，又以手示买主值50元，两方遮瞒，从中取利。至于经纪的佣钱，多与国税同时抽收，卖者买者双方均出3%，共得6%。包税人取4%，经纪得2%。普通每集上市的牲口约达500头。买卖牲口最多的时侯，在三月与七月，因为三月是农忙之始，七月是农闲之初。有愿意把老牲口卖出，买年轻力壮的牲口。有的需要牲口使用，故此要买，有的不需要牲口，故此卖出。近年来因时局不宁，一旦打仗，大兵就要拉走牲口，因此农民不愿多养牲口，所以卖牲口的很多。

猪市在鸡市街南头。东亭附近十里、二十里地方的村庄，都到这里买猪。东亭附近一带有商贩，到东亭来贩猪，运到北平、天津销售。普通买卖猪也由经纪介绍，卖主买主将价格商妥之后，经纪就将猪染以红绿颜色，然后再往税桌登账及填写税票，记明猪的价格及应交的税佣。猪税与牲口税一样，都是6%。普通八月十一日与腊月十一日卖猪的最多，因为一是为八月中秋节，一是为新年。这时所卖的猪都是肥猪。

棉花市以农家摘棉花的时候与冬季买卖最多。买卖手续也是由经纪介绍，双方议定价格，互相同意，就能立刻过称打包。现款交易的最多，也有记账者，但交款期不得过5日。关于价格也是由市面情形及供给与需求的多少而定，但与附近其他市面的价格，也不能相差太多。普通交易时，都在下午，买者多半都是轧花店，将棉花轧成花衣，卖与商店。棉花每百元抽2元，由经纪收下，称为佣钱。

柴草市专卖柴草。关于柴类有劈柴、秫秸、豆秸等。关于草类有干草、碎草等。交易时间在上午。买卖也由经纪介绍，卖主买主双方议定价格。价格的标准也由市面情形及附近各集柴草价目为定。经纪人每元抽3分。例如卖柴百斤，价洋5毛，佣钱合1分5厘。普通买卖柴草以冬天春天最多，夏天简直没有。

青菜市在十字街及大街。所卖的青菜有韭菜、葱、蒜、莴苣、莨蓬、菠菜、黄瓜、豆牙菜等。卖菜农民都是来自附近村庄，有男人，有妇女，有儿童。菜市都在早晨买卖，由经纪人介绍的很少，普通都是直接买卖。如有经纪人介绍，佣钱抽3%。

除以上所说之外，还有花生饼、棉子饼、麻饼、豆饼等，经纪抽佣钱3%。关于土布上市必得先到收税处打印缴税，然后才能在集上摆摊，也是由经纪介绍卖与买者，每个布（约20尺长）经纪抽佣洋5分。至于西瓜甜瓜的贩卖，与普通别的有点不同。经纪人介绍卖者与商贩，商贩就到瓜田察看选择，当时讲价，说合议定。关于瓜熟谁运，买主与卖主也得讲好，有时买主自运，有时卖主自运到集上，交给买主。也有卖主自己运西瓜到集上卖的。其他如鸡鸭之类，经纪介绍也抽佣钱3%。

普通东亭集市上的席，都是由西坂村、安州运来。西坂村离东亭50里，在东亭的西北。安州离东亭有200里、席子都用大车运来，共存四五个摊贩。东亭集市上的柳筐多由南齐、辛兴等村运来。村内农民在夏季用镰刀将沿道所生的柳枝割下，在农闲时就编成柳筐。割后立刻就编；干了易折。东亭集市上的篓子多由西堤村运来，是农民在农闲时用秫秸编的。柳罐多由寨里、邵村运来的，是用柳条编的。

平常集市最热闹、买卖最多的时候，在午时，由十二时到三时，关于集市的人数大约普通每次有二三千人。集市的治安有警察所维持。

2. 翟城村集市概况　翟城村集市为普通的小集，没有东亭集市的货多人众，是在每月初四、十四、二十四、初九、十九、二十九日开集，谓之四九集。邻近的村庄皆来赶集。平日主要的交易货物为棉花和粮米，但在重要节日临近时的集市亦甚热闹。现在所要叙述的调查是民国十七年八月十四日举行的。因为次日是中秋节，所以集市上的情况比平常格外热闹。集市亦分猪肉，牛羊肉、水果、干粉、青菜、杂货等部分。

猪肉市的地点是在翟城村的西街。卖猪肉的多系屠户，由农家直接购猪，屠宰以后，就上市贩卖。也有农家不卖给屠户，自己屠宰，趁节赴市贩卖的。那天贩卖上市的共有51处，整猪达175口。关于价格最高的每元4斤10两或4.5斤，最低的每元5.5斤或5.6斤两，普通的每元5斤。买卖猪肉多半用现款交易，记账者不多。本村农民在本村贩卖，并无须抽地址钱，但外村农民来本村贩卖者，就得抽地址钱，就是地主每天向占其地面之摊贩收取1角多钱。

牛羊肉市在翟城村的十字街。来市贩卖者都是唐家庄、大礼、小庄、官道等村之人，都是回教徒。他们所杀的牛羊是他们平常使用的，或是预先购买，不使工作，饲以美好食料，等到它们肥的时候宰杀，上市贩卖。关于价格，牛肉最高者每元6.5斤半，最低者每元7斤，普通的每元7斤，羊肉最高者每元5斤1-2两，最低者每元6.5斤，普通者6斤。那天共有卖牛肉的8处，卖羊肉的1处，上市牛肉共1200斤，羊肉共150斤。交易买卖都是现款，并不记账。卖牛羊肉的都是外村人，没有本村人，地址钱每处摊贩出2角上下。

水果市在翟城村的西街中间。贩卖水果的人多从东旺、大张村、元光、小流、北齐、土厚、韩村、高头、东堤阳、刘家庄、西堤阳、吴家庄等村而来。所卖的水果有梨、葡萄、石榴、桃、柿等。有的农家自己有果园，收获以后，自己贩卖于市。有的农家典租别人的果园，或从农家大批购买，再转卖于市。梨普通每斤4分钱，葡萄每斤普通四五分，石榴每个普通三四分，柿子每个普通1分5厘。那天卖梨的一共有26处，卖葡萄者9处，卖柿子的5处，卖石榴的4处。上市的梨共有3900斤，葡萄280斤，柿子38担，石榴160个。普通集市常见的水果只有梨与葡萄，别的都不常见。外村来卖水果的有地址钱，普通每处约1角钱。交易买卖，都是现款，没有记账。

干粉市在翟城村西街东口。来村贩卖干粉的人多从北祝、小流、北齐、南齐、东建阳、西建阳、史村、齐堡、土厚、南合、庞村、唐县、望都县等处而来。最高的价格每元7斤，最低每元8斤，普通每元7.5斤。那天贩卖干粉的共有29处，其中自己家制造者有22家，由别家贩来卖者有7家。外来的须给地址钱2角。都是现款交易，并不记账。

此外卖点心的有7处摊贩，都在西街东口。多由大辛庄、东亭、帅村、齐堡、王习等村而来，本村也有。价格最高者每斤2角5分，最低者每斤1角5分，普通每者1角7分。那天贩卖点心的共7处，共计卖出点心2700斤。外村来市贩卖者每处出地址钱2角，不出地址钱的，则送地主点心1斤或半斤。

市中卖饭的有4处，所卖的东西有河落、面条、烧拼、油条、锅饼等。卖饭的都从土厚、曹村、小流而来。

卖杂货的共有5处，来自帅村的或本村的。杂货都由定县城里或安国县、保定运来，转卖于市。用木板支台面的，须出台面及地址钱2角。

卖青菜的很多，有茄子、豆角、黄瓜、小白菜、姜、芹菜、葱、韭菜、北瓜、莨莲。多从小流、曹村而来，本村也有。那天卖茄子的有38处，卖北瓜的有23处，卖豆角菜的有18处，卖姜的有14处，卖葱的有6处，卖小白菜的也有6处，卖莨苤菜的有5处，卖韭菜的有4处，卖黄瓜的有3处，卖芹菜的1处。至于价目茄子每斤铜元4枚，豆角每斤9枚，黄瓜每条3枚，小白菜每斤2枚，姜每斤2角7分，芹菜每把5枚，葱每斤4枚，韭菜每斤8枚，莨苤每斤1角5分，北瓜每斤2枚。卖菜时秤由经纪持拿，所以经纪抽取3分佣钱。因为卖菜时间太短，所以不抽地址钱。

以上所说的都是民国十七年阴历八月十四日翟城村集市的情况。以下要略说民国十七年阴历十一月十九日翟城村，集市的粮市与棉花市的情况。

粮市的地点是在翟城村十字路东的东西大街。附近村民多于早十点运粮到市，搬运方法多用大车。粮食一运到市上，就由经纪人指定地点，按次放置，并无租赁地址的事情。上市的粮食种类很多，有小麦、玉蜀黍、高粱、豆子、芝麻、荞麦、绿豆、黑豆、白豆、小米及花生等。上市卖粮食的人多是土良、北祝、王村、史村、庞村、小流、黄家营、北齐、南齐、曹村、土厚、东王习、西王习等村的人。买粮食的人多是附近村民。也有从城里与保定来的，这些人都是粮商，他们多买芝麻、小麦等，至于粮食的价格，也得买主双方商议规定。但是价格也得看供给与需求的多少而有高低。

棉花市的地点在翟城村自治公所前的东西大街。近村农民多在早九点或十点来市。搬运方法，个人用包袱提来或数家连合用大车载来。到集后各家随便觅地设摊，并无租赁台面与地址的事情。棉花的种类按农民的称呼，共有两种。一种称为洋棉，就是退化的美棉。这种棉花纤维比本地棉花为长，但籽大棉少，所以价格较低。一种称为本地花，这种棉花又可分为两种。一为好花，一为红花。好花就是完全成熟而未受虫害者。红花就是未成熟或受病虫害的，或是秋季霜降霜后割下的生棉花。上市卖棉花者多来自土良、小流、曹村、土厚、王刁营、东王刁、西王刁、辛兴、北齐、南齐、史村等村。上集买棉花之人，多为附近农村的小棉贩。将棉买妥之后，用车运回，轧去其籽，打包运到县城去卖，也有运到清风店，安国县、保定、天津等处。据经纪人说，这种商贩到市收籽棉，均系经纪人为之作保，记账购买，所以一时并不需用很多资本。至于棉花的价格，也由经纪人从中介绍，再由卖者与买者自行议价。定价多根据棉花的好坏与上市棉花的多少。如上市棉花适中，这时价格多半平和。上市棉花普通每百斤15—16元。

在东亭乡村社会区内的62村，除东亭集和翟城村集外，有不少的村有定期的露水集。这种露水集就是线子集。专卖棉花线，不卖别的。冬季春季农闲时期，妇女都在家纺纱织布，所以特别有这种集。其所以叫做露水集的乃是就在早晨很短的时间，交易买卖，好像露水，太阳一出来，就算完了。

3. 城内集市概况　城内集市日期为一、六、三、八，即阴历每月初一、十一、二十一、初六、十六、二十六、初三、十三、二十三、初八、十八、二十八等日为集市日期。三八日为大集，一六日为小集。大集日有牲口和猪的买卖，小集日无此两项，其他略同。在集日为买卖便利起见，各种货物皆有一定地点。

棉花市之地址是在花市街。买卖以阴历八月至十一月为最旺，十二月至三月次之，四月与五月极微。

棉花线市之地址在十字街西。交易以阴历九月、十月、十一月、二月、三月为最旺；正月、四月、六月、七月次之；五月、六月没有买卖。

粮食市之地址，一段在由塔胡同至仓门口之南街，一段在由马号至草厂胡同之东街。交易以阴历五月、八月、九月、十月、十二月为最发达；其余月份平常，惟在正月初一、初三日停市。

花生市之地址是在南门内。交易以阴历九月、十月、十一月、十二月和正月为最盛，其余月份平常。

牲口市之地址是在仓门口。交易以阴历二月、三月、十月为最盛；十一月、十二月、正月、四月平常；五月、六月、七月、九月为最微。

猪市之地址是在东街玉皇阁前。交易以阴历八月、十二月两月为最旺，其他各月市况平常。猪肉或牛羊肉平日无市，买卖多在铺内。惟在将近新年时有临时肉市地点，阴历十二月二十三日是在东街与马号，二十六日在塔南，二十八日在东街，三十日在北街。

鸡市之地址是在十字街西。买卖以阴历七月至十二月为最旺，其余月份平常。

葱市之地址是在北街。买卖以阴历十一月、十二月最盛；正月、二月、三月、平常；五月、六月没有。

蒜市之地址是在南门内。交易以阴历正月、二月为最盛，七月至十二月平常，四月和五月没有。

菜市之地址是在北街。交易以阴历十一月和十二月为最旺；正月、二月、三月平常；四月至七月几乎没有。

西瓜市之地址是在四大街皆有地点，以东街与南街货多，西街与北街稍次。交易多在阴历六月、七月、八月、其余月份无市。

柴草市之地址是在花市街北。买卖以阴历二月、三月、四月为最旺，其余月份情况平常。

柳条与柳罐市之地址是在东街。交易以阴历正月，二月、三月、十月、十一月、十二月为最盛，其余月份平常。

此外有数种短时期之集市。例如木货市是在每年阴历正月和二月内开市，地址是在北街和西街，杈子市是在端阳节开市，地点在杈子市街。爆竹即鞭炮之集市是在阴历十二月举行，专为庆祝新年。

兹将猪市和牲口市的概况约略地叙述。猪市是在东街玉皇阁前路之两旁。每逢阴历三、八集日的上午九点钟的时候，附近二三十里以内的乡村卖猪农民，都要设法把猪赶到这里。有的用大车载，有的用小车推，有的用担子担，还有用鞭子赶来的。到市之后，把猪卸下，大猪排列在路之北面，小猪排列在路之南面。主顾来买时中间有介绍人用摸手指讲价法，或说猪市所用讲价行话，为之评价。用这方法为的是保守秘密，免得旁人知道。即买卖不成时，对于双方也没妨碍。设若买者卖者双方同意时，介绍人就持红白印帚在卖的猪身上打上红白印儿，这就叫做税佣印儿，以示此猪已经介绍人的正当手续买卖，不得再有改变。当买者交猪价的时候，由买者纳税3分，卖者纳佣2分，交给介绍人，介绍人所得的这些报酬，叫做税佣。这个猪市里共有介绍人20余个。每到清明节、中秋节、新年节之前一两个集日的时候，猪价多半骤涨。因为本地民众过节时差不多家家户户都要吃些猪肉。于是各猪铺就争先恐后的收买。再加以保定、山东等处之大猪贩也有来市收买的。因此农民为投机赚钱计，就于这几个节令的一个月之前，预备喂养肥猪。猪市上猪最多的集日，是在阴历新年节的前几个集日。平日也时有外边的大猪贩来买。本地城关共有猪铺六七处，每集每铺至少也得买几头，所以大猪在平时也不愁没有销路。在节令的时候农民卖了大猪之后，就必须要买小猪，因此小猪也涨价钱。又当秋末的时候，有专买小猪而在野地放的，因此也少微涨价。平常的集日，猪市约在上午十一时结束，而在买卖多的时候，往往延长到下午。

牲口市是在南街仓门口，丁字街路之南北，夏秋两季是在路之南，春冬两季在路之北。每当三八大集日，午饭以后城乡买卖牲口的人和牲口贩子，有的牵着，有的骑着，有的赶着，把马、驴、骡、牛赶到市上。当买卖的时候，中间也有介绍人用摸手指法和说行话法为之评价。双方如意时，由介绍人给以红绿麻绳各一条，缚于牲口龙头上，表示买卖已成，双方业已经过正当手续。然后买者卖者共纳税佣6分，如买者纳4分5厘，卖者则纳1分5厘，交给介绍人。介绍人再送交税桌司账员，发给税票，开明买者姓名、兽名、价目等交给买者。买者或付现洋，或讲明在卖者所熟识之铺内过数日取钱。农民买牲口是为耕种，如果买得之后，发现有缺点暗疾等情，常留退还之余地。农民买贩子的牲口，或是贩子买农民的，多半是纳现洋的。牲口最贵的时候多在春初农忙的时候，有的农家添买牲口，有的农家因原有的老弱而要调换，因此买卖增加，价亦奇涨。牲口价钱低落多在秋末农闲的时候，有牲口贩子由张家口等处赶来之牲口，赴集销售。这时买者减少，卖者增多，所以价值便宜。

城内有集市时在街旁之摊贩骤增。民国十九年三月曾调查城内平时之各种摊贩计得124处，又在集市时调查摊贩数目计得434处。平时各种摊贩之数目见下列第305表。

第305表　定县城内平时各种摊贩数目

民国十九年三月

摊贩种类	数目	摊贩种类	数目
杂货	23	剃头	2
杂食	23	牛肉	2
卷子	15	薰鸡	2
麻糖	11	茶水	2
烧拼	6	熟面	2
纸烟	6	煎饼	2
粑糕	5	菜摊	1
鲜果	4	白菜	1
补鞋	3	豆腐脑	1
马肉	3	糖葫芦	1
猪肉	3		
饭摊	3	总合	124
红薯	3		

集日之摊贩大多数系卖各种食物者，其他多为日常用品。各种摊贩详细数目见下列第306表。表中摊贩数目约可分为三类，一种由街上商店内取出货物在街旁摆摊零售，一种系由农村所来之小贩，一种系平日在城内谋生之小商人。其中以农村所来之摊贩为最多。

摊贩所占地面多在10—20方尺之间，超过50方尺者在集日不过13处，最大之摊贩约占300方尺。平日及集日各摊贩所占街旁面积之尺数见下列第307表。

第306表　定县城内集日各种摊贩数目

民国十九年三月

摊贩种类	数目			总计	摊贩种类	数目			总计
	属于商店者	属于乡民赶集者	属于城内商民者			属于商店者	属于乡民赶集者	属于城内商民者	
卷子	2	32	4	38	灯	…	2	1	3
杂食	14	5	8	27	袜	…	2	1	3
杂货	16	3	4	23	洋布	…	3	…	3
粮食	7	9	6	22	饼	…	1	2	3
粑糕	…	18	4	22	笔	…	2	1	3
铁器	6	10	3	19	白铁器	2	1	…	3
粉条	1	16	1	18	药	…	1	2	3
蒜	…	15	…	15	剃头	…	2	1	3
葱	…	15	…	15	鲜果	3	…	…	3
麻糖	6	3	5	14	火烧	…	3	…	3
饭摊	2	4	7	13	棉纸	…	3	…	3
烧饼	5	5	2	12	薰鸡	1	…	1	2
纸烟	4	1	6	11	鞋	1	…	1	2
菜子	…	11	…	11	线子	…	2	…	2
柴草	…	10	…	10	烟叶	…	2	…	2
鲜菜	7	1	…	8	葡萄干	…	2	…	2
香纸	…	5	3	8	白菜	…	2	…	2
绳	5	2	1	8	红薯	…	1	1	2
牛肉	…	4	3	7	肉汤	…	…	2	2
煎饼	…	5	1	6	煮豆腐	…	1	1	2
棉花	…	5	…	5	包子	…	1	1	2
干挂面	1	2	1	4	星秤	…	2	…	2
猪肉	3	1	…	4	糖	…	2	…	2
皮条	…	4	…	4	干果	2	…	…	2
破鞋	1	2	1	4	黑枣	…	2	…	2
补鞋	…	1	3	4	鞋袜	…	…	1	1

续表

摊贩种类	数目				摊贩种类	数目			
	属于商店者	属于乡民赶集者	属于城内商民者	总计		属于商店者	属于乡民赶集者	属于城内商民者	总计
马肉	…	1	3	4	茶食	1	…	…	1
算命	…	2	2	4	红枣	…	1	…	1
纸	…	1	2	3	油饼		1	…	1
火柴	…	…	1	1	布袋	…	1	…	1
饺子	…	…	1	1	马鞍	1	…	…	1
梨	…	1	…	1	柳罐	…	1	…	1
被褥	…	1	…	1	荆货	…	1	…	1
谷草	…	1	…	1	柳筐	…	1	…	1
棉油	1	…	…	1	老豆腐	…	…	1	1
篮	…	1	…	1	碗	…	…	1	1
煤油	1	…	…	1	炸油糕	…	1	…	1
粉汤	1	…	1	1	馄饨	…	1	1	1
蜜	…	1	…	1	炸包子	…	1	1	1
土布	…	1	…	1	织布工具	…	1	…	1
姜	…	1	…	1					
火石	…	1	…	1					
手巾	…	1	…	1					
大米	1	…	…	1	总合	94	247	93	434

第四节　交通与运输

一　道路与运输

定县普通的土路大半低于两旁田地，并且凹凸不平。每遇雨水泥泞难行，甚至积水如小河；天旱时每遇起风沙土飞扬，行路运输很感困难。没有一定的机关负责设法修理，村民亦任其自然变迁。近年始有少数平

第307表　定县城内各摊贩所占面积

民国十九年三月

所占面积	集日 摊贩数目	平日 摊贩数目
10方尺以下	49	38
10—14	109	17
15—19	161	43
20—24	52	11
25—29	18	…
30—34	12	43
35—39	2	2
40—44	7	2
45—49	11	2
50—54	3	2
60—64	5	1
70—74	1	1
80—84	1	1
105—109	1	…
120—124	1	…
300—304	1	…
总合	434	124

民学校毕业同学会提倡修路，但尚无大规模的进行。民国二十年吴县长重修城内马路。在附近西门外墙另辟新门，车马可以直行，不必一连转绕三门，县人便之。

定县有国道一条，北从唐县入境，经过清风店、罗庄铺、新立庄、清水河、定县城北、南门、八角郎、孟良桥、二十里铺、明月店等处。约长60里，宽约3丈6尺。前清时五里有支更夫一人看守，每遇过皇差时则大加修理。民国以来任其损坏，归为县产，有多处已变为耕田，民国五年时拨为本县女师学田。

最普通之运输工具为大车。大车有两种，即大敞车与太平车。不带席棚的为大敞车，带席棚的为太平车。大车是用几种木料做成的。车轴与车辋都用枣木；车头、轴条、车门柱多用槐木；车缘头多用榆木；车箱多用小杨木。普通每辆大车价约80元，不上漆的约70元。大多数乡民都是自己造车，有的自己买木料到木厂去打车，每辆约用60元。定县城内与清风店有车铺，专卖现成大车，大车虽然笨重，但颇坚实，普通每辆可用15年。夏天盖上席棚，能遮蔽日光。冬天盖上席棚，车里围上布围，能够御寒。普通大车全部长12尺5寸，其中车尾长2尺3寸，车箱长3尺10寸，车辕长6尺4寸，车箱宽2尺8寸、高1尺2寸，车输直径3尺8寸，车轴长5尺半，车缘杆长4尺4寸、宽9寸。大车尾后装一油瓶，内装棉花籽油，用以润车轴，使车轮转动灵活，骡马拉着轻便。大车一天可行80里，每百斤每天运费约6角，普通套一个牲口的大车可载500斤，套两个牲口的大车可载800斤。车辙约宽4尺。

有一种以人力推行之车，有二把，一个车轮。每天能走70里，每百斤每天运费约8角。其便利处是无论宽路窄路都能行走。

轿车多用骡子拉，专为载人，是乡村富户旅行的工具。车轮较高，上有布棚，每天可行百里，每车一天费用约4元。

若用牲口，每天一骡或一驴能行80里，费用约2元。

人力车每天可行80里，每人可拉200斤的重量，费用约2元，定县有洋车始于民国十六年十月，至民国二十年时共有79辆。最贵之车值洋120元，最贱者值洋90元。租车费每月4元或5元。此外有脚踏车日渐普遍，农民用者甚众。

城内马路在民国二十年重修后即设车捐，凡通过者须购通车证。一马拉之一套大车及轿车，一日通车证铜元10枚，一月5角，半年2元5角。全年4元。二套大车一日通车证铜元20枚，一月1元，半年5元，全年8元。三套大车一日通车证铜元30枚，一月1元5角，半年7元4角，全年12元。四套大车照二套大车加倍，五套大车照三套大车加倍。人力车一月通车证3角，半年1元5角，全年2元5角。

民国十七年三月新修筑一条汽车路，称为定祁汽车路，起自定县车站入西门，出东门，经过南角羊，小陈村、东亭、西堤阳、李村店、五女店等处、直达安国县。东亭镇是定祁汽车路的中点，设一小站。从定县到安国县乘费大洋1元。从东亭到定县车站或从东亭到安国县乘费都是大洋5角。

平漠铁路纵贯定县境内。此路是前清光绪二十三年动工修的。光绪二十五年时修至定县城北三疙疸地方，二十六年西关车站竣工。定县境里共设三站。北边有清风店车站，定县城东、城北和城东南出产的棉花，多从这车站装运出境。当中为定州西关车站，从此站输入各种杂货，运出棉花、花生、芝麻等。外来的药材这里下火车，然后再用大车运到安国县。西南有寨西店车站，城西所产的水梨、棉花和花生大半从这站出境。按照民国十七年车站之估计，一年内自铁路输出棉花约300万斤，鸭梨约300万斤、香油约150万斤，花生油约100万斤，土布约100万匹，定县有转运公司五家，包运各种货物。此外又有旱脚骡店两家。

二　邮政电话与电报

定县有二等邮局，设于西关车站。局内除办公人员10余名外，有向各户分送之投递差5人，专跑代办所及管互递等事者6人，与专跑围城10里以内者1人。

定县邮局送取邮件，共分5路。(1) 阜平路，从车站经曲阳到阜平县。(2) 祁州路，从车站一直到祁州，并且代办博野、蠡、饶阳、安平等县的邮政。以上两条路都是邮差邮路，邮差骑自行车取送信件，每天来往一次，10天休息一天。(3) 清风店路，清风店与砖路镇的邮寄代办所，都是属于清风店路。清风店是平汉铁路经过的地方，并且又有车站，所以清风店的邮寄代办所，不但收寄信件，并且收寄联邮包裹。凡是由北往南寄到清风店一带的信件，都直接由清风店下车发送。凡是由本县寄发到清风店一带的信件，或是由南往北来寄到定县北部的信件，都是必须经定县车站邮局，然后再上火车送到清风店车站。(4) 明月店路，明月店的邮寄代办所也是收寄联邮包裹。往夹信件都由寨西店车站送取。凡由南往北来寄到明月店的信件，都是由寨西店站下车。凡是由本县寄发到明月店一带的信件，或是由北往南寄到明月店一带的信件，都必须经过定县车站邮局，然后再由定县车站上车，送到寨西店车站转送明月店。以上两路的信件，火车转运到站以后，再由邮差分送，每天一次。(5) 城东南路，定县城内和城外各大镇的邮政，都属于城东南路。全定县共有邮寄代办所12处，信柜3处。属于这条路的9处代办所分布在城外几个大镇，如李亲顾、邢邑、市庄、高蓬、子位、大五女集、翟城村、大辛庄、东亭等处。这种邮政代办所仅管收发普通信件、新闻纸类、普通包裹和挂号信而已。城内北大街的邮局，是邮务支局，职务与定县车站邮局相同，不过规模较小而已。专管城内，不到城外农村，定县车站邮局每两天有一邮差骑自行车到上述10处取送信件一次，每10天休息一天。往来的路线分正走倒走两种，以邮件的多少而定。正走路线的次序为车站邮局、城内支局、李亲顾、邢邑、市庄、高蓬、子位、大五女、大辛庄、翟城村、东亭。倒走路线的次序为车站邮局、城内支局、东亭、翟城村、大辛庄、大五女、子位、高蓬、市庄、邢邑、李亲顾。邮政代办所多系镇内商店代办，邮局酌予津贴若干，其数目以经手信件多寡而定。凡代办所每月最低津贴1元5角，最高15元，普通多在3元左右。信柜则以每季计算，所得津贴不过一二元。不在邮路通过的村庄，邮差不管送信。因此这些小村得信多由附近市镇内熟识之铺店转寄。

电话局设立在定县城内西街，为前警察所长在民国三年时创办。经费由警捐项下提拨。规模很小，没有发电机，只用大干电池发电。内有司机技师1人，月薪约20元，工徒2人，一人每月14元，一人每月11元，外有每月办公费65元，由财务局拨支，由建设局保管。有电话处为西关车站、清风店、明月店、县政府、男子师范学校、女子师范学校、省立第九中学、商会、教育局、财务局、建设局、公安局、县党部、民众教育馆、新明池澡堂、中华平民教育促进会、李亲顾、东亭、翟城、南平谷、北高蓬、市庄、砖路、子位等处。凡要安电话的须自己购买电话机，付安设电杆，电线和电池的费用。

电报局设立在定县城外西关十字街，是保定电报局的分局。凡是城乡的电报都由此局收发。电报费与各处所定价目相同。发送到城内和乡间的电报，每10华里由收报人付脚力钱2角5分，不够10里的，也按10里计算。由别处往邻县来的电报，从邮局代递。邻县有邮局收送定县电报局电报的地方为（1）安平县城与中佐镇、子文镇、马店镇、傅各庄镇；（2）饶阳县的张岗镇；(3) 曲阳县城与燕赵镇、下河镇、灵山镇；(4) 深县的唐奉镇；(5) 新乐镇；(6) 阜平县城与王快镇；(7) 蠡县的洪奎堡；(8) 安国县城与南马、齐村、安国城、伍仁桥、伯章镇、石佛镇、大五女镇；(9) 博野县城与小店镇、程六市、程委村、北阳村；(10) 清苑县的阳城镇、北王力、大李各庄。

第十五章

农村借贷

农民借贷普通约有3种方法：（1）立约借款，（2）摇会储蓄，（3）典当田地。兹将在民国十七年关于6村内借贷的概况，略述于下。

第一节　立约借款

立约借款，系农民缺款时，托本地有声望者向放债人说合。如两方同意，即凭中人立一借约。此后按约归还欠款。

1. 借款数目及其利息　　在6村内曾调查了于民国十七年内借款的68家。在甲村调查了9家，平均每家借贷139元。在乙村调查19家，平均每家借贷168元。在丙村调查6家，平均每家90元。在丁村调查10家，平均每家37元。在戊村调查15家，平均每家66元。在己村调查9家，平均每家107元。68家借款总数为7296元，平均每家107元。最高之利息每月每元3分，最低1.5分，普通2分。有产业作抵押品者则利息偏低，无产业为抵押品者则利息偏高。据村人的估计，借贷家庭约占一切家庭数目的20%左右。

2. 期限　　68家内，借款期限以3年为满的计3家，占一切家数的

4.4%；以1年为满的计15家，占22.1%；以10个月为满的计27家，占39.8%；以8个月为满的计12家，占17.6%；以6个月为满的计4家，占5.9%；无定期的计7家，占10.3%。从此看来，以10个月为限的为最多，1年者次之，8个月者又次之，再次为无定期、6个月及3年者。

3. 抵押品　68家内以土地为抵押品者为最多，计50家，占一切家数的73.5%；以房屋为抵押者次之，计3家，占4.4%；以产业红契作抵押者又次之，计2家，占2.9%。此外13家则只凭中人及借款人签字之字据，纯靠中人或本人之信用。

据多数农人的意见，抵押品之价值与借款数目约为5与2之比例，就是借款人要借40元，须有价值100元的抵押品方可使款。

负债人的不动产作为抵押品时，在借款期限内，仍归负债人自行管理，但不得再转押与其他债主。因此债主有监视之权。

4. 用途　本地农人借款的用途，据调查68个农家所得，可分为3类：（1）用在生产方面者，如买地、经商、买牲畜、买农具、凿井，共有13家，占全体的19.12%；（2）用在不生产方面者，如家亏、还旧账、修盖房屋、买粮食、讼事、川资、零用、抽鸦片烟、赌、婚、丧，共有53家，占全体的77.94%；（3）用在教育方面者，共有2家，占全体的2.94%。

5. 偿还办法　债主借出的款，到了收回的时候，就预先通知中人转达负债人于某月某日将款筹措归还。到期负债人即随同中人至债主处当面将本利交清，由债主退还以前借款时所立的借帖。若负债人到期而不能偿还的，其办法由负债人央托中人转求债主，用下列几个方法解决：（1）更换借帖，负债人在偿还借款以前，协同中人请求债主换帖。若得债主允许，即重定借帖，将利作本，继续使用；（2）借债还债，债主如不愿换帖，负债人即向他方暂借现款，归还该债；（3）变产还债，负债人若欠债过多，前两项办法不能解决时，就将产业变价偿还。若所卖的产业，偿还各债主仍然不足，就由负债人央求本地有声望者出面调解，并设筵请各债主来，以所卖产业的款若干，按各债主的债本多少，给以十分之几而偿还之；（4）随有随还，由中人担保一个确实日期，归还前款。

债主对于负债人到期不能偿还时，其态度大半颇为和平，因为债主是本地殷实的农人、商人或钱局，负债人均系邻里乡亲，且多顾惜信用，尊重名誉，所以为欠债而起纠纷者甚少。若负债人预料届时不能偿还，早日即托中人代为转求债主而谋解决之方法。其因讨债而成讼者亦有之。此种情形，多由于负债人家境贫苦，产业不多，为维持暂时生活起见，遂不让前债主知道，又将该不动产转押与其他债主，至债主讨债时，双方均要没收，于是讼事纠纷即起。结果只有将该产业完全变卖，按十分之几分偿各债主。有时该款完全归前债主，而后债主不得分文。此以优先权之所在，使后债主抱向隅之叹。

6. 借帖之种类　　关于立约借款，负债人均须立借帖为凭，现由农家觅得借帖5种，录之于下：

借帖一　（利息在外者）

立質契人○○○，因乏用，將自己○處旱園地一段○畝，東至○○，西至○○，南至○○，北至○○，四至分明。憑中人○○○說合，出質於○○○名下，伙大洋○元○角○分正。言明每月○分○厘行息。期至○年○月○日本利歸還。恐口無憑，立質契爲證。

借款人○○○押

中　人○○○押

中　華　民　國　○　年　○　月　○　日

借貼二　（本利合計者）

立質契人○○○，因不便，將自己○處旱/園地一段○畝，東至○○，西至○○，南至○○，北至○○，四至分明。憑中人○○○説合，出質于○○○名下，使本利大洋○元○角○分正。并言明期至○年○月○日交還。恐口無憑，立質契爲證。

借款人○○○押

中　人○○○押

中　華　民　國　○　年　○　月　○　日

借款三　（利息在外者）

立借帖人○○○，今使到

○○村○○○名下大洋○元○角○分正。憑中言明每月按○分○厘行息。期至○年○月○日本利交還。恐口無憑，立借帖爲證。

借款人○○○押

中　人○○○押

中　華　民　國　○　年　○　月　○　日

借貼四　（本利合計者）

立借帖人○○○，因不便，今借到

○○村○○○名下本利洋○元○角○分正。期至○年○月○日歸還。恐口無憑，立借帖爲證。

借款人○○○押

中　人○○○押

中　華　民　國　○　年　○　月　○　日

借帖五　（保人負擔完全責任者）
立借帖人〇〇〇，因不便，今借到 〇〇〇名下大洋〇元〇角〇分正。言明〇分〇厘行息。期至〇年〇月〇日歸還。恐后無憑，立借帖爲證。 借款人〇〇〇押 中保人〇〇〇押 〇〇〇押 中 華 民 國 〇 年 〇 月 〇 日

上录5种借帖，程式虽同，而其内容意义均异，现略说明：（1）借帖一，系仅将地亩写明抵押。所纳利息之总数，不载明帖内，乃按月支给。至归还时期，仅交债本及最后一个月之利息。但此种手续在乡间很少。所借本金与利息，至期本利一齐交还的占最多数；（2）借帖二，系将地亩抵押及所应纳之利息总数若干，一并载明帖内。至归还时期，按照借帖内载明的本利数目还清；（3）借帖三，与借帖一与二不同。只写明所借钱数若干及每月利息，但无抵押品。此类借款家庭大致皆有田产；（4）借帖四，与借帖三大致相同。所异者，所应纳的利息及本金写成一笔总数。至期照总数归还，内中亦无抵押品。借款者多为有田产之家；（5）借帖五多系无产业者，由一个或两个担保人负完全责任。至期如不能归还，担保人须设法偿还。因此借帖后写有代还保人，承保代还人或承还保人字样。

以上5种借帖，前4种借款者大致均有产业，但一与二载明抵押，三与四无抵押，而由中人介绍立一字据，中人负届时催交之责。后1种系无产业者，而求担保人借款的，若借款成功，亦立一字据，不过担保人须负全部责任，有代还的义务。

第二节　摇会储蓄

由摇会借贷的方法，可说是乡村中流通金融的一种重要组织。在摇会中，会首取款，不必计利。故一般贫苦的农人，若缺乏经济的时候，咸到亲友之家，极力恳求其帮忙，凑成一会。关于此项的种类、组织及其他手续，据调查的结果，兹略分述于下：

一　摇会储蓄的种类与组织

摇会储蓄最通行于东亭乡村社会区各乡村者，厥为4种：（1）坐会，（2）坐乾会，（3）走会，（4）乾会。

1. 坐会　　坐会的组织，是由乡村贫苦农民欠债急于偿还，或发生意外之事而急需款用，遂央求本地绅董担保所组织之会。它的性质与借款相似，它的组织方法则与借款有别，因为此种摇会系由会首托绅董或亲朋招集的。其中会员有20人、30人或40人。据多数农人的意见，钱多之大会则人数少，钱少之小会则人数较多。

当坐会成立之日，会首即设席招集各会员赴会，并通知他们随带现款缴纳与该会之记账人。款之总数就是会首所需者。例如会员有20人，每人缴纳5元，会首所得为100元。俟会员到齐，即规定会首之保证人。然后再由保证人定摇会之次数，最多者为36次，普通者为26—32次，最少者为3次或4次。又定会期之长短。普通每隔4个月摇会1次。若会员人数过多，就每隔3个月摇会1次。各事定后，依下列的手续摇会。

坐会使会的手续，当坐会使会之初，由保证人立在桌上，当众宣布会员的人数及本日各种用费均摊的数目。最后就说明该会会规，无论会首会员均须遵守，并按会员的人数编制各人号码。

坐会投标的方法，现设一例说明，设每一会每人所纳之会金为5元，会员共20人（会首在内）。第1会之会金总数为会首所需者，毋庸投标。至第2会开会时，使会诸会员每人在投标以前，各取一纸条，写明各人的号码及愿使钱的钱数即可交会首。再由会首当众开标，以使会之钱数最少者为使会人。例如第1号愿4.5元使会，第2号愿4.2元使会，第3号愿3.9元使会，第4号愿3.8元使会，其余之会员所写钱数，皆在3.8元以上，则此次所标之钱数，以第4号为最少，这一个月的会，就为第4号使会。然后由会首负责向各会员每人收大洋3.8元，再加会首应出的5元（此款为本会成立之日，会首向第4号所收之数），共收得大洋73.4元，交与第4号会员。当时请他立字招保，以为凭证。至第3月开会时，若第7号出3.2元使会，为投标钱数最少者，则第7号为第3月使会之人，共收得会款大洋64.4元，内有会首5元同第4号会员5元。至第4月会期，会首仍设席招集会员摇会，再决定第4月使会人，如第9号以3元为投标钱数最少者，即为此月使会之人，然后由会首向未使会会员每人收会款大洋3元，共48元，再会首5元，第4号5元，第7号5元，共得63元，一概交与第9号。从此以后每月仍开会一次，至最末一个月为第20会，即最后之会。凡使会会员同会首每人各交5元与此未使会的会员，此一会共得95元。如会款收不齐，统由会首负责清还。

坐会的宴会手续，在会首请会之第1月，须设席宴请会员，但该款由会首一人担任。自第2月起至会终之月止，其间每于摇会时均有筵席，皆在会首家内。所费之款，按照会规已定的每席钱数，由会员分摊。例如会规定为3.2元，每席以8人计算，每人须纳0.4元与会首。倘有不足，均归会首添补。

2. 坐乾会　　坐乾会的组织、方法及一切的手续，都与坐会相同。所异者，即会首所使会金，不再归还，只在家中为会员预备筵席。

坐乾会之宴会手续，自第1月起至会终之月止，每次在会首家中开会所用宴会员的席钱及各种杂费，均由会首1人担负。

3. 走会　　走会的组织、方法及一切的手续，均与坐会相同。所异者，即会首只在请会时设席1次，全会人数亦较坐会为多。在会首设席宴罢时，诸会员即各取纸条写明自己的号码及使会的钱数。如甲号写的钱少。第2次开会即在甲家，并由甲家预备宴席。在甲家宴罢时，诸会员又按号写使会的钱数多少，如乙号写的钱数少，第3次开会即在乙家，乙家即预备宴席。往下类推。这叫走会。总而言之，使会者摆席。

走会的宴会手续，会首仅于请会的时候，设席1次宴请诸会员。该款由会首1人担任。自第2月起至会终之月止，每次开会所费的席钱及各种杂费，均由当时使会的会员1人担负，成为轮流请客法。

4. 乾会　　乾会，亦名白敛会。多为本村素有德望，人格高尚的贫苦农家，无钱偿债，央求亲朋代为写帖请会。会金的多寡，由彼托亲朋及到会会员按照他负债的情形而定。如到会者仅有10人，请会者负债30元，则每人分摊3元。但会金的多少，亦有按感情深浅，不平均摊分的。如感情好就多担负，感情少就少担负。全会的人数，最普通者为10—20人，30—40人亦有之。鸡鸣台有一个乾会多至145人。

乾会的宴会手续，会首仅于请会的时候，设席一次，宴请各会员。该款由会首一人担任。以后会首若有款能归还诸会员，即设席请会员来聚合。否则再无宴会期。

二　摇会储蓄的实例

现就调查所得来的一个已经完全结束的坐会的实例，列表于后。表中皆系制钱数目。每制钱1000文宜等于铜元100枚，但实际为96枚，内有空数4枚。因此制钱10000文实合铜元960枚。

翟城村张君的坐会表（民国十七年调查）

使　会　日　期	使会人	使会次序	所使会金	使会人收入之总数(元)
6年7月18日	张君	1	4000	120000
6年11月18日	A君	2	2200	67800
7年3月18日	B君	3	1900	61200
7年7月18日	C君	4	1800	60600
7年11月18日	D君	5	1900	65400
8年3月18日	E君	6	1700	62500
8年7月18日	F君	7	1700	64800
8年11月18日	G君	8	1800	69400
9年3月18日	H君	9	2000	76000
9年7月18日	I君	10	1900	75900
9年11月18日	J君	11	1800	76000
10年3月18日	K君	12	2200	85800
10年7月18日	L君	13	2000	84000
10年11月18日	M君	14	2000	86000
11年3月18日	N君	15	2300	92800
11年7月18日	O君	16	2300	94500
11年11月18日	P君	17	2200	94800
12年3月18日	Q君	18	2300	97900
12年7月18日	R君	19	2300	99600
12年11月18日	S君	20	2300	101300
13年3月18日	T君	21	1900	99000
13年7月18日	U君	22	1900	101100
13年11月18日	V君	23	1900	103200
14年3月18日	W君	24	1500	102500
14年7月18日	X君	25	1800	106800

续表

使会日期	使会人	使会次序	所使会金	使会人收入之总数(元)
14年11月18日	Y君	26	1800	109000
15年3月18日	Z君	27	800	107200
15年7月18日	甲君	28	1300	111900
15年11月18日	乙君	29	1200	114400
16年3月18日	丙君	30	1100	117100
16年7月18日	丁君	31	4000	120000
总合	31人	31次	……	2828500
平均数	……	…	……	91241.94

综观上表，摇会的年数，自民国六年七月十八日起，至民国十六年七月十八日止，共计10年，方可结束。摇会的次数，1年共3次，每隔4个月摇会1次。摇会的人数，有会员30人。会首1人，共31人。所使的会金，每一会员在初次聚集时，各人缴纳4000文与会首，并不投标。其余每在摇会时，投标决定。其所使会金最多者为2300文，最少者为800文，最普通者为1900文。使会人收入会金之总数，最多者为120000文，最少者为60600文。平均会金收入为91241.94文。

会金的收入，据统计的结果，用在放债者共7家，占22.58%；用在家庭费用者共4家，占12.90%；用在商业资本者共4家，占12.90%；还外债者共1家，占3.23%；用途不详者共15家，占48.39%。

三　摇会储蓄会的规程式

上述各种摇会储蓄，均有会规及使会者之质契。兹搜得会规及质帖程式最普通者，录之于后，以供参考。

坐會會規程式

立會規人○○○，今托親朋請拔會一道，會友共○名。每年按○月○次；開拔底印（會首所使的會金叫做底印）大洋○元，上拔下使（即上次拔會投標得中者住下次使會的意思），一使二保（即一人使會二人作保的意思）。無保不許使會。大印（即已使會會員應繳納之會金）不到，保人墊出。小印（即未使會的會員應繳納之會金）不到，不許開拔。小印須交保會人手。每月出席洋○元○角○分。寫號時有錯不辯（即使會錢數寫錯時，不許與衆辯論），抽長洋○元○角○分。本會主如有外欠，不許撥兑。恐口無憑，立會規爲證。

會首○○○使底印○元○角○分正

保人○○○押

中 華 民 國 ○ 年 ○ 月 ○ 日 立

坐乾會會規程式（與坐會同）

走會會規程式

立走會會規人○○○等，今議定走會，一年○拔，按○月○日擺。上拔下使，一使二保。使錢者質地。大印不到，保人墊出。小印不到，作爲免拔。一年四季，菜、豆芽、豆角、白菜、茄子、乾菜○斤、肉○斤、卷子菜足用。合會人等，遵規行事。誰使誰攤。過午不候。

會首○○○使底印○元○角○分正

保人○○○押

○○○押

中 華 民 國 ○ 年 ○ 月 ○ 日 立

使會質契程式

立質契人〇〇〇，因不便，今將自己村〇地一段〇畝，東至〇〇，西至〇〇，南至〇〇，北至〇〇，四至分明。由中人〇〇〇説合，出質于合會人等名下。言明質價大洋〇元〇角〇分；恐后無憑，立質契爲證。

立質契人〇〇〇押

中　　人〇〇〇押

中　華　民　國　〇　年　〇　月　〇　日　　　　立

四　摇会储蓄的会员对于摇会的意见

下面所述的优劣点，系找许多的会员询问得来。兹把他们的意见，述之于下：

1. 摇会储蓄的优点　　(1) 乡人急难，可以相帮。如张君因资本不充，秦君贫穷皆是；(2) 按期抽拔，周转较易。如会首与使会会员等，起首收入大宗款项，以后每月还 4000 文；(3) 养成储蓄的习惯。如每年交 3 次，至会结束的时候，可得大宗款项；(4) 免因偿微债或发生意外之事而破产。如仝君请会还债；(5) 可以联络感情。如在摇会的时候，设席聚餐，大家畅谈；(6) 养成互助的精神。如会员张君缺乏资本，大家均愿摇会出资补助，使他得以经商；(7) 有保人负责，以及使会会员立质契为抵押，不致发生短款之虑。

2. 摇会储蓄的劣点　　(1) 会员中途不能按期缴款；(2) 使会后，会员携款潜逃；(3) 摇会时，须设席。所用之款，由会首 1 人担任或由会员分摊，殊不经济；(4) 会期太长，易遭变故。如死亡或由富变贫；(5) 范围不大；(6) 借会生利，致富者愈富，贫者愈贫。

五　摇会储蓄之流行

曾调查 3 个农村内摇会的普遍情形。甲村共有 16 岁以上之成年男子 686 人。村内共有 13 个摇会，其中坐会 3 个，入会的人数共 90 人；坐乾会有1个，入会人数共20人；走会有9个，入会人数共344人。乙村共有568个成年男子。村内共有8个摇会，坐会有3个，入会人数共100人；走会有5个，入会的人数共195人。丙村有396个成年男子。村内共有6个摇会，坐会有1个，入会人数共有50人；走会有4个，入会人数共有149人；乾会有1个，入会人数共有145人。

据多数摇会储蓄的会首说，本乡区摇会储蓄的人，都是农人，而且是一家之长。一个人亦有时同时在两个摇会，至于妇女们少有加入摇会的。

有的村庄摇会显然的不发达，其原因据本地人的意见约有三种：

1. 因一村之户数少，并分党派。有人虽欲组织摇会，但以派别不同，终归失败。

2. 会首在立会之前二三年，都是热心招待会员。以后就渐渐冷淡，所设的筵席亦随之粗恶。所以摇会之举，就难以招集。

3. 会员在中途因事出外，不能按期缴款，会首与保人，亦不代偿，致摇会消灭。

从上述各项看来。摇会储蓄的组织是由于乡村中没有相当的金融机关。所以一般的农人借此作为经济上的调剂，并可表现出他们一种合作的精神。从社会的关系讲来，他们是一种人情的观念，不一定是为获利，例如甲村张某因为缺乏经商的资本，托亲朋代他凑一个会，大家都来帮他，使他得以经商。再从他们摇会的方法看来，是用投标的手续，以决定谁先谁后使会。归还的方法，是分期摊还。

第三节　典当田地

农人往往因为缺钱，借贷的利息又高，遂将自有田地当出，较为合算。田地当出以后，地主即无耕种权利。在典当期限以内，田地由典入者负完全责任。

在民国十七年内会在6村调查了46个典当田地的农家。26家共当出田地946亩，平均每家当出约6亩。据本地人之估计，村中七分之一人家是典当田地的。所得当价约等于所当田谷之半而弱，例如有田地5亩价值400元，可得当价150—200元。

调查之46家中，典当的期限以5年为满者仅有1家，其余皆以3年为满期。按照普通情形，水浇园地多以5年为满，旱地多以3年为满。

64家典当田地的原因，约分6项。由于家中生活费不足者占41.9%，还旧债者占19.4%，办丧事者占16.61%，办婚事者占12.9%，由于经商亏本者占6.5%，由于助子弟入学者占3.2%。

若要出当田地须有中人说合，立一契约为凭，交与典入者保存。兹将一种当地文契格式列下：

立當契人〇〇〇因乏用，今將自己〇村園地一段〇畝，東至〇〇，西至〇〇，南至〇〇，北至〇〇，四至分明。今憑中人説合，出當于〇〇〇名下。每畝言明當價大洋〇〇元整。五年爲滿。在五年之内不許有轉當及贖出加價等事。恐口無憑，立字爲證。

每畝錢糧〇〇

中人〇〇〇説合

代筆人〇〇〇

中　華　民　國　〇　年　〇　月　〇　日　　　立

第十六章

灾　荒

一地的灾荒，与一地的社会上和经济上，有很大的关系，故有研究它的价值。定县的灾荒，可以分为两部分来说：一部分是关于历代的，一部分是关于民国以来的。历代的灾荒，现在所引为根据的，就是《定州雍正志》，《道光志》和《定州新志稿》三书。至于各项记载的确实程度如何，实在不易断定，只能按照字面引用。从晋武帝太康五年甲辰（公元284年民国纪元前1628年）记载最早一次的那年起，到清德宗光绪二十六年庚子，（公元1900年民国纪元前12年）记载最末一次的那年止，在这1617年里面，它的成灾，有记载可考的，凡100次，平均每16年有灾一次。其中以水灾的次数为最多，计25次，占各种灾荒总次数25%。旱灾次之，计24次，占各种灾荒总次数24%。霜灾、风灾、塔灾为最少，各仅有2次，各占各种灾荒总次数2%。这历代100次灾荒的分配，见第308表。

第 308 表　定县 100 次灾荒的分配

灾　别	次　数	百分比	灾　别	次　数	百分比
水　灾	25	25	病　疫	5	5
旱　灾	24	24	霜　灾	2	2
虫　灾	14	14	风　灾	2	2
地　震	14	14	塔　灾	2	2
雹　灾	12	12	总　合	100	100

至于民国以来的灾荒，现在根据定县县政府所呈报省道的文件中，和各区巡官各区村长佐所禀报县长的各种文件中整理出来，从民国四年起至民国十五年止，在这 12 年中，共受过各种大小的灾害 26 次，平均每年有灾 2 次。其中以水灾和虫灾的次数为最多，各计 7 次，各占各种灾荒总次数 27%。雹灾次之，计 5 次，占各种灾荒总次数 19%。霜灾为最少，仅有 1 次，占各种灾荒总次数 4%。这 26 次灾荒的分配见第 309 表。

第 309 表　定县 26 次灾荒的分配

灾　别	次　数	百分比
水　灾	7	27.0
虫　灾	7	27.0
雹　灾	5	19.0
旱　灾	3	11.5
病　疫	3	11.5
霜　灾	1	4.0
总　合	26	100.0

第一节　水灾

一　历代的水灾

在《定州雍正志》，《道光志》和《定州新志稿》，关于历代水灾的记载，有25次。最早的一次，在北魏肃宗正光二年辛丑（西元521年民国纪元前1391年）最后的一次，在清德宗光绪五年己卯（西元1879年民国纪元前33年）。现在按照年代的先后，顺次转录出来，以供参考。

1. 北魏肃宗正光二年辛丑（西元521年，民国纪元前1391年），定州大水。

2. 齐后主武平六年乙未（西元575年，民国纪元前1337年），定州大水。

3. 宋仁宗庆历八年戊子（西元1048年，民国纪元前864年），定州大水，饥。知州韩琦设方略赈之，诏书褒美。

4. 宋仁宗皇祐二年庚寅（定州道光志作辛卯，有误。西元1050年，民国纪元前862年），七月，定州大水，坏庐舍。

5. 明成祖永乐五年丁亥（西元1407年，民国纪元前505年），定州大水，诏蠲粮刍（黄志）。

6. 明世宗嘉靖三十二年癸丑（西元1553年，民国纪元前359年），秋，大水。时以树皮充饥，斗粟三钱，民有相食者。七月，大水。淹禾稼，多鬻男女。

7. 明世宗嘉靖三十五年丙辰（西元1556年，民国纪元前356年），六月，大水。渰稼圮屋，木叶尽脱。

8. 明神宗万历二十五年丁酉（西元1597年，民国纪元前315年），八月，水暴涨。时十六日，濠水无风溢数尺，良久乃退。或谓因地震，而民居如故。

9. 明神宗万历三十五年丁未（西元1607年，民国纪元前305年）夏六月，大水。

10. 清世祖顺治二年乙酉（西元 1645 年，民国纪元前 267 年），七月，大水。

11. 清世祖顺治十年癸巳，至十三年丙申（西元 1653—1656 年，民国纪元前 259—256 年），俱大水。

12. 清圣祖康熙二十四年乙丑（西元 1685 年，民国纪元前 227 年），秋，大水，成灾。

13. 清圣祖康熙三十二年癸酉（西元 1693 年，民国纪元前 219 年），春夏积雨，二麦腐烂。

14. 清圣祖康熙三十五年丙子（西元 1696 年，民国纪元前 216 年）大雨霖。秋八月，大雨八昼夜，伤稼）。

15. 清圣祖康熙三十六年丁丑（西元 1697 年，民国纪元前 215 年），六月，大雨，伤禾稼。

16. 清世宗雍正元年癸卯（西元 1723 年，民国纪元前 189 年），三月久雨，七月大雨，坍塌房屋甚多。

17. 清世宗雍正二年甲辰（西元 1724 年，民国纪元前 188 年），六月，唐河水溢。秋涝报灾，蒙皇恩蠲赈并施。

18. 清高宗乾隆四十年乙未（西元 1775 年，民国纪元前 137 年），大水。平地流四十日不竭。

19. 清高宗乾隆五十九年甲寅（西元 1794 年，民国纪元前 118 年），大水，饥。

20. 清仁宗嘉庆六年辛酉（西元 1801 年，民国纪元前 111 年），大水，恩诏放赈。是岁大水成灾，放赈用米共折银 9863 两 6 钱 1 分 9 厘。

21. 清仁宗嘉庆十三年戊辰（西元 1808 年，民国纪前 104 年），大水。

22. 清宣宗道光二年壬午（西元 1822 年，民国纪元前 90 年），夏六月，大雨霖，河水溢，恩诏放赈。是岁大水民饥，发赈米 3489 石 1 斗 7 升 4 合，赈银 2095 两 8 钱 2 分 8 厘。

23. 清宣宗道光二年癸未（西元 1823 年，民国纪元前 89 年），夏六月，大雨霖，河水溢，恩诏放赈。是岁大水民饥，发赈米2814石6升1合，赈银1542两5钱9分6厘。

24. 清穆宗同治六年丁卯（西元1867年，民国纪元前45年），秋七月，霖雨七日夜，禾头生耳。

25. 清德宗光绪五年己卯（西元1897年，民国纪元前33年），大水。

二 民国六年的水灾

1. 全县　　民国六年六月到七月间，连日霪雨，定县较大的唐、沙两河和其他小流暴涨，因为河底淤塞，水势湍急，不能畅流，就于六月初九日那天，河堤在各村决口，泛滥成灾了。近河的村庄、房屋都被水冲坏倒塌，高洼地亩也都被水淹没变成沙滩。全县462个村子，成灾的有302村，欠收的有33村，灾欠共计335村，占全县总村数73%。其中以唐河和沙河堤岸决口成灾的村子为最多。

灾情最重的，是成灾十分和九分，计197村，都在东北一带。最轻的是歉收三分，也有24村。

被灾的地亩，成灾的计额内外并改归粮地5596顷15亩，存退庄头另案三项旗租地50顷86亩。歉收四分的计额内外并改归粮地187顷13亩，庄头租地4亩。两项共计额内外并改归粮地5783顷28亩，存退庄头另案三项旗租地50顷90亩。

因受这次水灾冲坏倒塌房屋35089间，人口被水冲没淹死的，和房屋倒塌压死的，计52人，受伤的计34人。牲畜损失牛马驴骡共计82头。还有盖房屋的木料和河旁的树木，被水冲去，为数也很不少。

全县灾民，极贫的46191人，次贫的53277人，共计99468人。由县知事集合士绅，议决呈准在义仓谷价存款项下提拨十足钱4500千文，（按照民国六年平均兑换率1207.4折合洋3727.167元）散放急赈。极贫的每人赈济十足大钱100文（折合洋0.083元），小的每人赈济十足大钱50文（折合洋0.041元）。次贫大的每人赈济十足大钱70文（折合洋0.058元），小的每人赈济十足大钱40文（折合洋0.033元）。除第五区辛庄、达子庄 20 户，因生活难以维持，逃到晋省谋食，应赈济十足大钱 9900 文（折合洋 8.199 元），没有散放外，共放赈款十足大钱 6859430 文（折合洋 5681.158 元），不符的数目，另在自治事务所内，设立定县水灾募捐处，印刷捐启，分头劝募，在已收账款内拨助。这散放急赈，就是当时救济的一种方法。

此外还在大王耨、钮店、奇连屯、燕三路四个村子，设立四个粥厂。由这四个村子的村长佐，各举公正富绅 5 人，经理粥厂内一切的事务。自民国六年十一月起，到七年三月止，共散放 4 个月。在这个时期，每个粥厂规定散放 120 人。每天煮粥 4 斗散放。米粮以北仓所余陈谷斛斗 112 石，平均分配，每粥厂得 25 石 5 斗，并另筹新谷补助。每天所用薪柴费，约需洋 4 洋，由各经理人按日计算具领，凡有确系孤贫老弱无力谋食的灾民，由粥厂发给京折一扣，一天 12 点钟，持折到厂领食，粥厂按照京折号数，顺次各给规定的碗两碗，即于京折上盖食讫戳记，以示区别。至于到粥厂领食的人，不许争先恐后，或携带出外喂养牲畜。

又被灾地亩，由知事呈报省道，经道尹委望都县知事覆勘以后，灾地应征钱粮，照《灾歉条例》第七条，自十二月二十一日勘报之日起，停止征收。计成灾十分的，蠲免十分之七。成灾九分的，蠲免十分之六。成灾八分的，蠲免十分之四。成灾七分的，蠲免十分之二。成灾六分和五分的，均蠲免十分之一。蠲余应缓至次年秋役分作二年带征。歉收四分的，应缓至次年秋后起征。歉收三分和勘不成灾的，粮租照常完纳，分别减免亩捐差徭，以纾民力。

2. 东亭乡村社会区　　东亭乡村社会区，这次被水成灾计 41 村，占全社会区所有村数 66%，占这次被灾总村数 12%。被灾地亩计额内外并改归粮地 635 顷 34 亩，庄头租地 7 亩，共计 635 顷 41 亩，占全被灾地亩数（5834 顷 18 亩）11%。

全区灾民，极贫的计 7321 人，内有大的 4619 人，小的 2702 人。次贫的计 7875 人，内有大的 4984 人，小的 2891 人。共计 15196 人。

人口被水冲没和被房屋倒塌压毙的，计 5 人，损伤 20 人。牛马骡驴损失54头。房屋被冲塌4263间。

灾民的救济和被灾地亩应征粮银的蠲缓，均已在上文叙述，兹从略。

三　民国七年水灾的救济和河堤的修筑

定县自民国六年水灾以后，民食昂贵，贫民不能维持目前生活，于是有平粜局和灾民留养所的组织。

平粜局在城内社会教育办事处设立总局一处，董事10人。又在县境六区各设分局一处，董事4人，由各区自治董事担任分局内一切的事务。董事都是义务职，不支薪水和车马费，记账，搬运，排合（又名抱斗，即持斗量粟人）等事，临时雇用。其距分局较远来往不便的村庄，由富绅联合数村，颁粮代办，不支办公费。平粜的米粮，以小米和高粱为主，其他适合贫民的杂粮，也可附带出粜。各种粮价，由商会和总局董事照原价和境外运输议定，由县公署公布。其他捐耗和局用，均在义仓谷价项下支销，不加入粮价，也没有搀加粃糠浮收粮价的弊病，出入米粮，均用本县通行的官斗。排斗雇用行伙，不得有洒合（量粟时由斗中洒出之粮即归抱斗人所有）与要斗钱的弊病。购米的人，合下列条件之一者，（一）实系极贫和次贫者。（二）有地不及10亩，而家口在5口以上者。（三）营小本负贩者。（四）并无地亩全恃人力工作者。由局查明发给证券。凭证每天到局交价购米，但不能超过下面规定的数目：（一）大的每天小米2合，（二）小的每天小米1合，（三）其他杂粮照此比例。如有不能亲自到局购买，也得将钱和证券交托殷实的人，代为购买，一次不得过10日之量。平粜局每月的支出，总局不能超过制钱60千文（照民国七年平均兑换率1376.4折合洋43.592元），分局不能超过制钱40千文（合洋29.061元）。于每届下月初，呈报县公署核销。领运米粮车辆，由各警区所辖村庄，轮流尽义务。看道路的远近，酌给车夫食宿费用，但喂养牲畜，仍由车主担负，以节省脚费。

又在县城的城隍庙设立定县灾民留养所，收容老弱残废不能自食的灾民120人，六区各选20人。每天供食两餐，被褥自备，有实在不能自备的，得由公家补助。自民国七年一月二十日（旧历十二月初八日）开办，至五月十七日（旧历四月初八日）止，以四个月为限，期满即行解散。灾民留养所内的经费，由村捐及募捐并仓房修缮费项下开支，不足另请款补助。

上面所说的，是治标的办法，至于治本的办法，有兴修沙河南北两堤岸的工程和保护河堤的方法。

沙河岸堤估计需五尺土方 77013 方。北岸需五尺土方 58394 方，每方以银元一角计算，需洋 5839.400 元。由保定基督教水灾赈济会捐助银元 6000 元，担任修理。南岸需五尺土方 18619 方，需洋 1861.900 元，由县知事筹拨银元 2000 元，担任修理。自六月十一日（阴历五月初三日）开工，以 20 日完工。设办公处二所于河北怀德村和邵村。督工事项，归公理会负责。管理事项，归县知事负责。包工的字据，分合同谕约二种。北岸用合同，南岸用谕约。并定保护的办法八条。大意就是下面几点：（一）距内外堤底三尺以内临河各村村正副，应负监督之责。禁止农民耕种，以防土松，易于冲刷。（二）在本村修筑堤段，筹款多栽杨柳枝株，务使成材，以备堤工岁修需用。（三）各堤上柴草，禁止刨取。（四）堤身一有鼠洞灌窝及雨水冲刷处，应随时巡查修理。（五）新栽枝木和布种柳条，成材后由村正副变卖存储，为历年保护堤工经费。

四 民国八年的水灾

本年八月十四十五两天，唐河的水由上流暴发。疙疸头和东坂村，都和唐河毗连，又很低洼，被水冲刷，成灾十分。这两村被灾的地亩，疙疸头计 2 顷 56 亩，东坂村计 1 顷 35 亩，共计 3 顷 61 亩。由知事将灾情呈报省道，经道尹委望都县知事覆勘后，照《灾歉条例》将本年应征粮银蠲免十分之七。

五 民国十一年的水灾

本年被水成灾的村庄，有西张谦、东坂两村，被灾地亩，计额内外并改归粮地33顷49亩，存退租地7亩，各成灾六分，秋禾收成，都不很好。由县知事呈报，经道尹委新乐县覆勘后，应征本年粮银，照章蠲免十分之一。蠲余应缓至次年秋后起分作二年带征，即于12月29日勘定之日，停止完纳。

六　民国十二年的水灾

民国十二年8月30日，风雨大作，以后又连天大雨，低洼的村庄，秋禾都被水淹没，成灾的13村，歉收的27村，共计40村。成灾的地亩，共计额内外并归改粮地163顷6亩，庄头租地35亩，均照《灾歉条例》本年应征粮银分别蠲免。成灾七分的11村，蠲免十分之二。成灾五分的2村，蠲免十分之一。蠲余均缓至次年秋后起分作二年带征。歉收三分的，照章征新缓旧。勘不成灾歉的，分别减免差徭亩捐，以示体恤。

七　民国十三年的水灾

1. 全县　　十三年七八月间，连日大雨，临河的村庄和低洼的地亩，水势很大，先后成灾的有89村，歉收的有44村。灾情最重的是成灾八分。被灾地亩，成灾的计额内外并改归粮地1599顷21亩，存退庄头租地8顷24亩。歉收的计额内外并改归粮地574顷50亩，存退庄头租地1顷9亩。后经道尹委曲阳县知事到定县覆勘，照《灾歉条例》，将本年应征粮租分别蠲缓，即于10月11日勘定之日停止完纳。成灾八分的，蠲免十分之四，成灾六分的，蠲免十分之一。蠲余缓至次年秋后起分作二年带征，歉收四分的照民国四五两年直省办理秋灾成案，应完全缓至次年秋后起征。

2. 东亭乡村社会区　　东亭乡村社会区，被水成灾歉，计7村。占全社会区所有村数11%，占被水成灾歉总村数（133村）5%。被灾地亩计124顷92亩。

损害情形和本年粮银蠲缓，均在上文约略说地了，现在不必再说。

八　民国十四年的水灾

1. 全县　　这一年因水灾损失的，凡 69 村，占全县所有村数（462 村）15%。被灾地亩，计额内外并改归粮地 980 顷 35 亩，存退庄头另案三项旗租地 9 顷 73 亩。灾情最重的，是成灾十分。后来都照《灾歉条例》将本年应征粮银，分别蠲缓。成灾十分的，蠲免十分之七。成灾九分的，蠲免十分之六。成灾八分的，蠲免十分之四。成灾七分的蠲免十分之二。成灾六分和五分的都蠲免十分之一。蠲余缓至次年秋后起分作二年带征。其已经将粮银长完的，都流抵灾年应完正赋。

2. 东亭乡村社会区　　东亭乡村社会区，这一次被灾的有 6 个村子，占全社会区所有村数（62 村）10%，占这次全县被灾村数（69 村）9%。被灾地亩，计额内外并改归粮地 135 顷 51 亩，占全县被灾之额内外并改归粮地亩（980 顷 35 亩）14%，存退庄头租地 50 亩，占全县被灾存退庄头另案三项旗租地（9 顷 73 亩）5%。其中成灾八分的，有鸡鸣台、马家庄二村，计额内外并改归粮地 46 顷 31 亩，庄头租地 19 亩。成灾七分的，有吴家庄、唐家庄、刘良庄、小辛庄四村，计额内外并改归粮地 89 顷 20 亩，存退庄头租地 31 亩。都照《灾歉条例》，将本年应征粮银，分别蠲缓。

九　民国十五年的水灾

这年因水成灾的计 8 村，仅占圣县所有村数（46 村）2%。被灾地亩，计额内外并改归粮地 120 顷 7 亩。内成灾八分的，有木佃一村，计额内外并改归粮地 20 顷 49 亩。本年应征粮银，照《灾歉条例》，蠲免十分之四，成灾六分的，有七级、北内堡、赵家庄、东车寄四村，计额内外并改归粮地 56 顷 55 亩，蠲免十分之一。成灾五分的，有南车寄，北车寄、中流三村，计额内外并改归粮地 43 顷 3 亩，也蠲免十分之一。所有各村已经长完粮银，都流抵次年应完正赋。

第二节　旱灾

一　历代的旱灾

定县历代旱灾的记载，据《定州雍正志》，《道光志》和《定州新志稿》，最早的一次，是在魏世祖神麙四年辛未（西元431年民国纪元前1481年）。最后的一次，是在清德宗光绪三年丁丑（西元1877年民国纪元前35年）。在这段时间里面，共计成灾24次。现在也依年代的先后，顺次转录于下：

1. 魏世祖神麙四年辛未（西元431年，民国纪元前1481年），定州大饥。二月丁丑，行幸南宫，定州诏启仓廪以赈之。（《魏尽世祖本纪》）

2. 魏高祖太和七年癸亥（西元483年，民国纪元前1429年），定州饥。三月甲戌，以定、冀二州民饥，诏郡县为粥于路以食之，又弛关津之禁，任其去来。（《魏书·高帝纪》）时定州上言。活94万7千余口。

3. 魏世宗永平三年庚寅（西元10年，民国纪元前1402年），定州大旱。

4. 后晋高祖天福三年戊戌（西元938年，民国纪元前974年），定州旱。

5. 后普高祖天福八年癸卯（西元943年，民国纪元前969年），定州大饥。是岁春夏旱。

6. 元世祖至元二十七年庚寅（西元1290年，民国纪元前622年），三月，中山畋户饥，诏给六十日粮。

7. 元泰定帝泰定三年丙寅（西元1376年，民国纪元前586年），中山路饥。

8. 明英宗正统六年辛酉（西元1441年，民国纪元前471年），三月，定州饥。畿内连年饥馑，转徙四方，遣大理寺少卿李奎抚恤之，至是民乃复业。（黄志）

9. 明世宗嘉靖三十二年癸丑（西元 1553 年，民国纪元前 359 年），春夏荒歉。

10. 明世宗嘉靖四十年辛酉（西元 1561 年，民国纪元前 351 年），旱，大饥。

11. 明神宗万历十四年丙戊（西元 1586 年，民国纪元前 326 年），旱。蠲甲赋十之三。

12. 明怀宗崇祯十一年戊寅（西元 1638 年，民国纪元前 274 年），定州饥。

13. 明怀宗崇祯十三年庚辰（西元 1640 年，民国纪元前 272 年），风霾亢旱，煮粥赈饥。

14. 明怀宗崇祯十五年壬午（西元 1642 年，民国纪元前 270 年），大旱。诏发帑金赈饥。

15. 清世祖顺治十一年甲午（西元 1654 年，民国纪元前 258 年），民饥。

16. 清圣祖康熙十八年己未（西元 1679 年，民国纪元前 233 年），春，大旱，民饥。

17. 清圣祖康熙二十四年乙丑（西元 1685 年，民国纪元前 227 年），春，大旱，是岁春旱秋涝，诏蠲粮三之一。

18. 清圣祖康熙二十八年己巳（西元 1689 年，民国纪元前 223 年），大旱。诏蠲下半年赋。又发米赈济，每人一日八石，(?) 自十月起至次年四月止。

19. 清圣祖康熙二十九年庚午（西元 1690 年，民国纪元前 222 年），春，饥。诏蠲上半年赋。

20. 清圣祖康熙四十七年戊子（西元 1708 年，民国纪元前 204 年），自春及秋，大旱，五谷不实。

21. 清圣祖康熙五十年辛卯（西元 1711 年，民国纪元前 201 年），大旱。

22. 清仁宗嘉庆二十二年丁丑（西元 1817 年，民国纪元前 95 年），大旱。恩诏放赈。是岁大旱成灾，放赈用米共折银16590两8钱4分。

23. 清穆宗同治九年庚午（西元1870年，民国纪元前42年），春夏旱。

24. 清德宗光绪三年丁丑（西元1877年，民国纪元前35年），大旱。赤地千里，饥人有相食者，饿莩满路。

二 民国九年的旱灾

1. 全县　　这次旱灾的时间，在八月到十月（阴历七月上旬到九月上旬），中间相隔这么长的时间，农民的损失，自然很大。被灾的村庄，计163村，占全县村数36。被灾地亩，计额内外并改归粮地2742顷43亩，又存退庄头另案三项租地45顷59亩。灾情严重的，在县城东北一带地方。

民国八年冬天，雨雪稀少，到九年春夏之交，又旱了许多天，农民播种，非常困难。幸亏靠着井泉的水，大麦小麦，还有秋收的希望。其他黍谷杂粮，已经播种在地的，也都很好。七月二十六到八月初，又下过几次雨，禾苗就格外茂盛。忽有许多飞蝗，从邻县飞进境内，停落禾际，虽然费了几十天工夫，日夜扑捕，把它肃清，禾苗损害，已经不小了，但是比较邻县，却又好得多呢。到新秋那二十多天，正值禾稼结实需要水分的时候，又旱了好多天，热又热得很利害，农民天天只望下雨，好使禾稼有收成。而井泉里的水又很有限，那里受得起秋阳的曝晒呢。后来井水也渐渐的干枯，仅足供饮料和洗濯。在县城东北一带较高的田地，从前很茂盛的禾苗，现在也都槁枯。因此，米粮缺乏，价钱涌贵，农民每天所赚的钱，不够一天的温饱。天气又渐渐寒冷，饥寒交迫，叫苦连天。灾民有的集合搬到山西、奉天一带地方，以维持目前的生活。

被灾之163村中，成灾10分计10村，9分者计8村，8分者计11村，7分者计23村，6分者32村，5分者29村，歉收4分者计44村，3分者计8村。

贫户的数目，极贫9877户，男大19120人，小6642人，女大18503

人，小 5922 人，男女共计 50187 人。次贫 7998 户，男大 17113 人，小 8765 人，女大 16051 人，小 7584 人，男女共计 49513 人。

知事因为定县受灾不小，召集士绅，商议救济办法。十一月十五日成立定县旱灾救济会。又写信给直隶义赈会，请求借贷款项，设立因利局。又筹款设立平粜局。又将被灾情形呈报省道，经道尹委望都县知事刘覆勘，没有错误，准照《灾歉条例》蠲缓地亩粮银，就宣布十一月二十七日勘定之日，停止完纳。并且省长公署又拨洋 1000 元，散发急赈。此外还有某慈善家散放棉衣 250 套，正定总教堂派员来定查灾施赈。顺直旱灾救济会二次派员散放麦种 98 石。基督教公理会散施麦种 40 石 7 斗 9 升 5 合。

2. 东亭乡村社会区　　东亭乡村社会区，成灾歉的村庄，计 46 村，占全社会区村数的七分之五强，占全县被灾村庄的四分之一强。灾情以小溑河为最重，计成灾十分。歉收四分的为最多，有大羊平等 27 村。被灾地亩，共计额内外并改归粮地 911 顷 37 亩。其他损害的情形，救济的方法，均已在上面说了，现在不必再说。

三　民国十一年的旱灾

这次成灾的时期，是在四月中旬至六月上旬。大旱就是这次成灾的最大原因。这时正是播种的时候，需要雨水分外多，但是天又不下雨，除掉一小部分有井的园田外，其他没有井的田地，都不能好好地播种，错过时机，不能收获，所以这次农民的损失，真不小哩。灾情最重的，就要算县城东北一带地方了。

四　民国十四年的旱灾

四月中旬至六月底，就是这次成灾的时期。它的原因，就是正当播种的时候，天又大旱，不能下种一切情形，和民国十一年的那年情形一样。被灾的区域，也都在县城东和城北。从民国十一年旱灾以后，县公署和华洋义赈会合办凿井局，补助各村款项，提倡凿井。那时候，农民都不知觉悟，所以在民国十四年，又受旱灾了，到这时候，农民始知凿井的利益，也就互相提倡，普及全县。今日各处水井水车，都已通行，本会社会调查部曾在东亭乡村社会区62村调查井水，平均每村村内有井数28.7，村外有井数71.4，这就是因受旱灾几次的缘故。

第三节　雹灾

一　历代的雹灾

定县历代雹灾的记载，最早的一次，是在晋武帝太康五年甲辰（西元284年民国纪元前1628年），最末一次的记载，在清文宗咸丰八年戊午（西元1858年民国纪元前54年），这1574年中，共成灾12次。所根据的书籍，就是《定州雍正志》，《道光志》和《定州新志稿》，兹转录在下面：

1. 晋武帝太康五年甲辰（西元284年，民国纪元前1628年），七月，中山雨雹，伤稼。甲辰又雨雹。

2. 魏高祖承明元年丙辰（西元476年，民国纪元前1436年），定州大雨雹，杀人。大者方圆二尺。

3. 唐高宗永淳元年壬午（西元682年，民国纪元前1230年），定州大雨雹，害麦及禾稼。

4. 晋齐王开运二年已巳（西元945午，民国纪元前967午），夏五月，定州大风雹。北岳庙殿宇树木悉摧拔之。（旧五代史）

5. 宋真宗咸平元年戊戌（西元998年，民国纪元前914年），定州风雹，伤稼。

6. 元世祖至元五年戊辰（宋度宗咸淳四年，西元1268年，民国纪元前644年），夏六月，中山大雨雹。

7. 元泰定帝泰定三年丙寅（西元1326年，民国纪元前586年），夏六月，中山安喜县雨雹，伤稼。

8. 元泰定帝泰定四年丁卯（西元1327年，民国纪元前585年），六月，中山府雨雹。

9. 明神宗万历五年丁丑（西元1577年，民国纪元前335年），夏四月，大雨雹。大者如鸡卵。

10. 清圣祖康熙二十一年壬戌（西元1682年，民国纪元前230年），雨雹。诏蠲粮十之三。

11. 清世宗雍正三年乙巳（西元1725年，民国纪元前187年），正月十八日，大雨雹。

12. 清文宗咸丰八年戊午（西元1858年，民国纪元前54年），七月十九日，雨雹。大者如碗，屋瓦多碎，禾尽偃，大禾斯拔。

二 民国四年的雹灾

五月七日（阴历三月二十四日）下午，狂风骤起，雨雹交加，历时约有一小时。大定村自下午四时至五时，南留宿、东赵庄、西赵庄、位村、北高蓬、南高蓬、马村自下午六时至七时。砸毁各村麦禾。

东赵庄村东南地约二十余顷，大小二麦砸伤十分之七。北高蓬村西南，南高蓬村西北，地约二十余顷，大小二麦砸伤十分之六。西赵庄、三大定（东大定、中大定、西大定）微有损伤，不及十分之四。马村、南留宿、位村堪不成灾。

那时候，正当禾稼插种之际，秋收都可有望。县知事拟定体恤雹伤办法：将东赵庄应纳之差徭，减免十分之四。北高蓬、南高蓬减免十分之三。西赵庄、三大定减免十分之二。后经巡按使令道尹，委员会勘。经道尹饬委新乐县知事会勘以后，就照所拟的办法办理了。

三 民国六年的雹灾

1. 全县　　这年既被水成灾，继又被雹，连次受灾，损失不小。灾歉村数共计335村，被灾地亩，共计5970顷45亩。救济的办法和粮银的蠲缓，均同水灾，无容再述。

2. 东亭乡村社会区　东亭乡村社会区被水又被雹的村庄，计41村，被灾地亩，计635顷41亩。救济的办法和粮银的蠲缓，均同水灾，已在上文说了，兹从略。

四　民国七年的雹灾

这年七月八日（阴历六月初一日）午后，风雨交加，秋禾被雹，历时约一小时。形如鸡子、核桃、厚约五寸。被雹各村，报灾者19村。

第一区曹家庄受灾十分之八，纸房头受灾十分之七，八角廊、蓝家左受灾十分之六。第二区秋禾被雹砸毁十分之六者，花张蒙一村，砸毁十分之五者，寺张蒙、朱家庄、南陵头、南紫荆四村；砸毁十分之四者，南马家寨、南疙疸头、南车奇、张蒙屯、阜头庄、北紫荆六村；共计11村。第六区沈家庄、东冯村、西冯村，棉花比秋禾栽种为多，棉花被雹区毁者大半，秋禾仅将叶子砸破，受伤较轻。已有耕毁，另行栽种者，亦有未曾耕毁者。后来由知事令各区巡官派警查明未经另行耕种各村，挨户劝令补种，以维民食。

五　民国十二年的雹灾

九月三十日风雨大作，杂以冰雹，大的如卵，小的如弹，历时约有三小时之久。灾歉村数，共计40村。被灾地亩，163顷41亩。灾情最重的，为县城西南一带。

这年既被水灾，又被雹灾。后来经道尹委新乐县知事汤丙星覆勘以后，本年应征粮银和水灾一并分别蠲缓。

六　民国十五年的雹灾

民国十五年的灾荒，也发生两次；一次是水灾，一次是雹灾。这次被雹成灾的村数、被灾地亩、灾情和蠲缓粮银办法，都和水灾相同。已在水灾里说了，兹不再说。

第四节　霜灾

一　历代的霜灾

历代关于霜灾，曾经载在志籍上的，仅有两次。一次是在魏高宗和平四年癸卯（西元 463 年，民国纪元前 1449 年），一次是在清德宗光绪八年壬午（西元 1882 年，民国纪元前 30 年）。它的原文就是：

1.《定州道光志》“魏高宗和平四年癸卯（西元 463 年，民国纪元前 1449 年），七月，定州赏霜杀禾，免民田租。”

2.《定州新志稿》“清德宗光绪八年壬午（西元 1882 年，民国纪元前 30 年），八月十三日，霜，荞麦枯。”

二　民国十一年的霜灾

1. 全县　　这年春夏亢旱，早禾播种数次，都因为雨水不足，没有成苗。直到旧历六月间，天才下雨，农民欢天喜地，大家都赶种晚禾，尤以荞麦占居多数。旧历八月初八日至十九日，这几天正当荞麦开花的时候，一到夜里，天气骤冷，连结严霜，继以大风，因此所种的荞麦，和其他的晚禾，都被风霜摧残，不能收获。后来经新乐县知事覆勘，照《灾歉条例》第七条办理。所有被灾各村，本年应征粮银，分别蠲缓。亩捐差徭，一概免除。于 12 月 20 日勘定之日，停止完纳。

圣县被灾的村子，共计 99 村。占全县所有村数（462 村）21%。成灾六分的计 40 村，被灾地亩计额内外并改归粮地 469 顷 86 亩，存退庄头租地 2 顷 51 亩。成灾五分的计 59 村，被灾地亩计额内外并改归粮地 895 顷 10 亩，存退庄头租地 2 顷 8 亩。两项共计额内外并改归粮地 1364 顷 96 亩，存退庄头租地 4 顷 59 亩。均蠲免十分之一，蠲余应缓至次年秋后起分作二年带征。

2. 东亭乡社会区　　东亭乡村社会区，被灾村庄，共有 38 村，占全社会区所有村数（62村）61%，占全被灾村数（99村）38%。被灾地亩共计额内外并改归粮地445顷43亩，占全灾区额内外并改归粮地（1364顷96亩）33%。内成灾六分的25村，计额内外并改归粮地289顷12亩。成灾五分的，13村，计额内外并改归粮地156顷31亩。本年应征粮银，均蠲免十分之一，蠲余缓至次年秋后起分作二年带征。

第五节　虫灾

一　历代的虫灾

历代最早的一次虫灾，在唐文宗开成三年戊午（西元838年，民国纪元前1074年）。最后的一次，是在清德宗光绪十七年辛卯（西元1891年，民国纪元前21年）。在这1053年中，受过虫灾，有记载的，共14次。它的根据，也是《定州雍正志》，《道光志》和《定州新志稿》，现在转录出来：

1. 唐文宗开成三年戊午（西元838年，民国纪元前1074年），秋，定州蝗，草木皆尽。

2. 后晋高祖天福八年癸卯（西元943年，民国纪元前969年），是岁秋冬水蝗。

3. 元世祖至元二十九年壬辰（西元1292年，民国纪元前620年），五月，中山虫贪桑叶，尽无蚕。

4. 明英宗正统十二年丁卯（西元1447年，民国纪元前465年），七月，定州蝗。

5. 明世宗嘉靖八年己丑（西元1529年，民国纪元前383年），大蝗。

6. 明世宗嘉靖三十九年庚申（西元1560年，民国纪元前352年），秋蝗；黑青见。

7. 明神宗万历十九年辛卯（西元1591年，民国纪元前321年），夏五月，蝗。所过禾无遗穗，城南尤甚。

8. 明神宗万历四十五年丁巳（西元1617年，民国纪元前295年），蝗灾。

9. 清世祖顺治三年丙戌（西元 1646 年，民国纪元前 266 年），七月初二日，蝗。

10. 清圣祖康熙四十四年年乙酉（西元 1705 年，民国纪元前 207 年），夏，飞天蔽天，随扑灭。

11. 清仁宗嘉庆七年壬戌（西元 1802 年，民国纪元前 110 年），秋蝗。

12. 清宣宗道光五年乙酉　（西元 1825 年，民国纪元前 87 年），秋七月，蝗。群飞蔽日，三日乃止。

13. 清文宗咸丰九年己未（西元 1859 年，民国纪元前 53 年），蝗伤禾稼。

14. 清德宗光绪十七年辛卯（西元 1891 年，民国纪元前 21 年），虫伤禾稼，有人面豆。

二　民国四年的虫灾

四年 6 月 22 日，县属北俱佑一带地方，发生蝻孽，被灾的有 18 村。即由知事督同警佐和长警，率领村民，勤加捕扑，费去三天的工夫，各村的蝻孽，也就一律灭尽，共捕获蝗 762 斤，每斤出钱十文收买，计钱 7620文，合洋 5.553 元　（按照民国四年平均兑换率 1372.2 折合）。又奖赏钱 4810 文，合洋 3.498 元。两项共计捕蝗费洋 9.051 元。到了 8 月 2 日午后 2 时，邻近望都县，飞蝗遍野，势将南延。于是又派警赴县东北境各村，鸣锣召集民夫，协助捕扑。连日共捕得蝗虫 5945 斤，因为越境的劳苦，加倍发价收买，计支钱 118900 文，合洋 82 元。又民夫警役等八日饭食，支钱 16000 文，合洋 11 元，统计协捕费洋 93 元。

三　民国五年的虫灾

这年阴历七月初三日，定县城南 70 里地的东内堡村，忽然发见蝗蝻，遍地蠢动，大的长约二三分许，合村见之惊慌。第二天早晨，即召集村民 200 余人，捕打两日，没有完全绝灭。到初六日，请警查勘，又有警佐区官到村督同民夫数百人，竭力捕打，就告尽绝。此后就不再发现。县境其他各村，也未有蝗蝻发现。

四　民国七年的虫灾

民国七年，继续发生蝻孽的村子，就是东内堡村南的田地经县长派吏协同那村村正副，督率民夫，仍照从前的办法竭力扑捕，又邀问七级、北内堡，不分畛域，也多派民夫，帮助扑捕，在三日之内，扑打若尽，余孽也搜挖无遗了。

五　民国八年的虫灾

民国八年，被蝗成灾，有13个村子。不过经被灾各村村正副，召集民夫，连日扑捕，不久均告肃清。并且将田亩一律耕犁，所遗子种，无从繁殖。因此这年灾情，不很重大呢。

六　民国九年的虫灾

1. 全县　这年定县发见蝗蝻的村子，有100多个。里面成灾的，计64村。各村村正副连日清晨召集许多民夫，排队执器痛扑。或于夜间燃薪列炬诱扑。因为蝗虫见火光，就会竞相飞扑火旁，歼灭自然也很容易，所得效果也都很大。捕蝗最适宜的时间，大半都在：（一）每天清晨，蝗被露水沾濡时。（二）日午，蝗虫交对时。（三）向晚，蝗虫停落时。（四）雨后，蝗虫不能飞时。捕蝗所用的器具，有下面几种：（一）小铁锨，（二）粪杈，（三）三四尺长前头宽后头窄的软木板，（四）下端带平面的木棍，（五）木棍头里钉鞋底的，（六）柳条一束，（七）硬性的笤帚。

这64村共捕获蝗虫30656.5斤，出价收买，以资鼓励，每斤50文。半由各村村正副自行筹款支付，半由地方公款提拨。

这年定县警察所支出捕蝗川资和奖金，计洋211.500元，又大钱49990文。（照民国九年平均兑换率1460.5折合洋34.228元）共支捕蝗费用洋155.728元。

2. 东亭乡村社会区　东亭乡村社会区，被蝗的村子，计 29 村，占全社会区所有村数 47%，占被蝗全村数 45%。

这 29 村，共捕获蝗虫 10522 斤，捕获最多的一个村子，为 1257.5 斤。

七　民国十年的虫灾

民国十年七月中旬至月底，为这年发生蝗虫的时期。被灾的区域，以县城东南为最重。禾本庄稼的损失，以谷子、黍、稷、高粱为最多。救济的方法，就是集合许多村民，手持鞋底板子等物扑捕。也有掘一条长沟，手持长竿或扫帚从田地中逐之入沟，然后用土掩埋。又犁翻田土，认真搜挖虫孽，杜绝根株。因为当时多系幼虫，未曾长大，所以捕扑没有多时，也就肃清，不再发见了。

八　民国十一年的虫灾

这年未曾有蝻蝗发生，不过县境西北有六个村子，曾经发生夜盗虫。这种虫也叫做粘虫。始食稻叶，继食稻穗。因捕搜勤力的缘故，灾情很轻。都是成灾六分。被灾地亩，计额内外并改归粮地 138 顷 58 亩，存退租地 1 亩。本年应征粮银，均蠲免十分之一，蠲余都缓至灾年秋后起分作二年带征。

第六节　防疫

一　历代的病疫

定县关于历代病疫的记载，据《定州雍正志》，《道光志》和《定州新志稿》三书最早的一次，是在明世宗嘉靖三十三年甲寅（西元 1554 年，民国纪元前 358 年）。最后的一次，是在清德宗光绪二十一年乙未（西元

1895年，民国纪元前17年）。在这341年中，发生过病疫有五次。兹照年代先后，顺次转录在下面：

1. 明世宗嘉靖三十三年甲寅（西元1554年，民国纪元前358年），春疫。是岁大疫，民死者甚众。

2. 明神宗万历九年辛巳（西元1581年，民国纪元前331年），春，疫。

3. 清宣宗道光元年辛巳（西元1821年，民国纪元前91年），夏六月，疫。

4. 清德宗光绪十一年乙酉（西元1885年，民国纪元前27年），秋，病霍乱内抽。

5. 清德宗光绪二十一年乙未（西元1895年，民国纪元前17年），秋，病霍乱内抽。

二　民国七年的防疫

这年京汉路一带地方，发生鼠疫。京汉路局在良乡、琉璃河、高碑店、保定、定州、正定、石家庄、高邑、顺德各车站，腾出民房栈房数十间，设立留验所，选派医员查验。凡有各站搭车客人，先到留验所留验四五天，果无疫症，才准买票登车。其他小站，都停止售票，留验的伙食由客人按日照给。其余由路局优为津贴。定县从接到省长通电，和美医盈享利报告县西门外芦家庄，张石两姓因染疫害病和死亡的不少。就于二月一日下午，召集各学校、医院、警察所、模范事务所、劝学新、平粜局、灾民留养所、农会、商会、工程局、水灾募捐处等机关，在模范事务总所，开会讨论预防的方法。

一是设立定县防疫所和临时防疫警察队。在城内和车站设检验所各一处。芦家庄设隔离所一处。其他各区，设检验隔离所八处。一是遮断交通，堵截道路地点，计47处。一是散发治疫药品和药方。一是将防疫和卫生各要点，用白话布告各村，里面包括的几点，就是：（一）尸体当赶快掩埋。（二）街道和居住地方，当常常清洁。一切垢秽，当扫除干净。

(三) 厕所应用小灰石灰覆盖。每天至少打扫一次；粪秽应到空旷的地方掩埋。并且不许任意在各地方便溺。(四) 种痘是预防天花最好的方法。所有幼孩，都当栽种，以防疾疫。(五) 鱼肉等物，不新鲜的和变色臭味的，千万不可吃。(六) 身体应当常常洗澡。(七) 有传染病发生，就应当报告地方政府。

防疫所的组织，设所长1人，医士6人，总巡查1人，防疫警察8人。所有办事人员，除掉伙食、车费、油炭、笔墨、纸张和夫役工食防疫药品，由省长在防疫经费项下拨发以外，都是义务职，不支薪金。执行防疫的事务，均照大总统令和内务部令办理。

隔离所的组织，设主任医员和事务员各1人，男女看护和夫役若干人。是收容已染有百斯笃的家属，接近过病人的和检查疑有疫症的。所内有许多隔离室、病室、疑似病室。每间的距离，相隔很远。不论已病和没有病的，都分开居住，每室只一人。防备很严，不许走出室外，或和他人相见。每天由医员诊视一次。出入和隔离人所用饮食器具，都经严重消毒。隔离的时间，都在星期。

防疫警察队的组织，设监督、队长、副队长、总巡查、勤务监督、书记各1人，巡长8人，巡警80人。随时巡查、报告，并负有医疗防堵疫症事务。

防疫的费用，防疫所支出洋2777.617元，防疫警察队支出洋1452.480元，共计支出洋4230.097元。

三 民国八年的防疫

定县城内东西南北四街和五六个村子，在这一年内染疫死的男260人，女186人，共计446人。

预防的方法，在城内设立临时检疫所，配制各种防疫药粉和药水，并标明症状和用法，分发村民染疫服用。又在各警区及派出所，暂附设检疫分所，由各区警官选干警若干人，编为检疫队，每天携带总所配制的药粉药水，到各村调查疫死住户姓氏、人数和日期。并负施行治疗，预防，督促各村街道住宅寺院之清洁和消毒的方法。又有县公署配制药料分送，计大钱 40100 文，约合洋 17 元，由知事认捐洋 10 元，余在地方款内筹拨。

四　民国九年的防疫

定县据各警区报告，这年有好几个村子，发现霍乱病症。病重的，也会因此致于死命。县署配制药品，写明服法，分发警察所、卫生局、六区巡官散放。并且叫各区严重防范，随时检查报告。将方药广为传布，以保重民命。

第七节　其他灾害

定县历代灾荒的记载，除上面所说的水、旱、雹、霜、虫疫以外，扩《定州雍正志》，《道光志》和《定州新志稿》三书，还有地震、风灾、塔灾数种。现在分述于下：

一　历代的地震

定县历代地震的记载，最早一次，在汉殇帝延平元年丙午（西元 106 年，民国纪元前 1806 年），最后一次，在清德宗光绪八年壬午（西元 1882 年，民国纪元前 30 年）。在这 1379 年中，有过记载 14 次。

1. 汉殇帝延平元年丙午（西元 106 年，民国纪元前 1806 年），恒山崩。

2. 魏世宗景明四年癸未（西元 503 年，民国纪元前 1409 年），冬十有一月，恒山崩。

3. 魏世宗永平四年辛卯（西元 511 年，民国纪元前 1401 年），定州地震，殷殷有声。

4. 唐代宗大历十一年丙辰（西元 776 年，民国纪元前 1136 年），定州地震。冬无雪。

5. 唐代宗大历十二年丁巳（西元777年，民国纪元前1135年），定州地大震三日。

6. 宋仁宗景佑四年丁丑（西元1037年，民国纪元前875年），定州地震。

7. 明神宗万历九年辛巳（西元1581年，民国纪元前331年），夏四月，地震。（黄志）

8. 明熹宗天启三年癸亥（西元1623年，民国纪元前289年），十月，地震。

9. 明熹宗天启七年丁卯（西元1627年，民国纪元前285年），秋八月，地震。

10. 清圣祖康熙十八年己未（西元1679年，民国纪前233年），秋，地震。摇伤料敌塔。

11. 清圣祖康熙三十六年丁丑（西元1697年，民国纪元前215年），地震。

12. 清圣祖康熙五十九年庚子（西元1720年，民国纪元前192年），六月，地震。料敌塔顶摇坠。

13. 清宣宗道光九年己丑（西元1829年，民国纪元前83年），地震。

14. 清德宗光绪八年壬午（西元1882年，民国纪元前30年），九月，地震。

二　历代的风灾

历代风灾的记载，有下面二次，载于《定州道光志》，原文是：

1. 清世宗雍正元年癸卯（西元1723年，民国纪元前189年），四月初七日，风霾。

2. 清仁宗嘉庆二十三年戊寅（西元1818年，民国纪元前94年）。夏四月，大风霾。

三　历代的塔灾

开元寺塔，就是现在人所说的料敌塔。定县村民，每逢佳节，都要相率登高眺望，忽有人诈言州守封锁塔门，因此互相拥挤，压毙人数不少。《定州道光志》，关于这件事情的记载，曾经有过二次：一在明朝，一在清朝。现在将原文转录在下面：

1. 明穆宗隆庆二年戊辰（西元1568年，民国纪元前344年），春正月，开元寺塔毙二百余人。定俗过节登塔，正月十六日，群往登眺，忽有人诈言州守且至，游众惊迫，互相拥挤，压死者二百三十有七。(黄志)

2. 清高宗乾隆三十八年癸巳(西元1773年，民国纪元前139年)，夏五月，开元寺塔毙三百余人。5月5日，村民登塔眺望者甚众。忽讹传州牧封锁塔门，游人惊恐，拥挤而下，压死者三百余。

四　附历代的雷雪和大有年

历代的雷，雪和大有年，虽然不是一种灾荒，但是与我们也有一点关系，所以把它附在这里，以供参考。

1. 历代的雷　　历代关于雷的记载，有五次：

甲、明世宗嘉靖四十一年壬戌（西元1562年，民国纪元前350年），春正月，雷。晴空震声如雷，起东北，止西南。是年大稔。斗米钱25文，斗豆钱7文。

乙、明神宗万历五年丁丑(西元1577年，民国纪元前335年)，石佛寺雷震龙起。

丙、清圣祖康熙五年丙午(西元1666年，民国纪元前246年)，3月，雷烘料敌塔上。

丁、清文宗咸丰六年丙辰（西元1856年，民国纪元前56年），4月12日夜，雷雨作，贡院后楼焚。

戊、清德宗光绪二十六年庚子(西元1900年，民国纪元前12年)，5月辰后，天东北隅，无云而雷者三。

2. 历代的雪　　历代关于雪的记载，有二次：

甲、清圣祖康熙五十二年癸巳（西元1713年，民国纪元前199年），4月，雪。

乙、清仁宗嘉庆二十四年己卯（西元1819年，民国纪元前93年），冬十有二月，大雨雪。平地雪深三尺。

3. 历代的大有年　　关于历代大有年的记载，有下面六次：

甲、宋仁宗皇祐三年辛卯(县志作壬辰，西元1051年，民国纪元前861年)，定州大有年。

乙、明世宗嘉靖二十二年癸卯(西元1543年，民国纪元前369年)，大有年。

丙、清圣祖康熙二十九年庚午(西元1690年，民国纪元前222年)，大有年。是年斗米银三分，杂粮一分五厘。

丁、清世宗雍正七年己酉(西元1729年，民国纪元前183年)，大有年。

戊、清仁宗嘉庆二十年乙亥(西元1815年，民国纪元前97年)，大有年。

己、清文宗咸丰六年丙辰(西元1856年，民国纪元前56年)，秋，大有年。

第十七章

兵灾

中华平民教育促进会在实验区工作期间，定县遭遇兵灾两次。一次在民国十六年10月奉晋开战，定县首当其冲，败兵抢掠，损失颇大；一次在十七年5月有国民革命军第三集团与安国军之战，农村又遭劫掠。全县各村损失，不能一一调查，只能有机会详细调查当时实验区内之62村。兹将两次损失分别叙述。

第一节　民国十六年62村之兵灾

农家适值秋收之后受败退军队直接之掠夺。此次62村损失总数约计20160元，平均每村损失325元。62村共有家数10445家，平均每家损失约2元。62村内只有42村被兵丁掠夺，若只以受害村数计算，平均每村损失480元，平均每家损失2.6元。

损失最多者为一160家之村，共计4400元，平均每家损失27.5元之多。其次为一362家之大村，共计损失1625元，平均每家4.5元。全村损失超过1000元者有5村，500至1000元者计8村，100元至500元者计20村，不满100元者计9村。各村损失总数及其平均每家损失详情见第310表。

第310表　民国十六年62村*每村因兵丁掠夺所受之损失

各村损失多少次序	全村家数	损失（元）		各村损失多少次序	全村家数	损失（元）	
		总数	平均每家			总数	平均每家
1	160	4400	27.5	27	192	150	0.8
2	362	1625	4.5	28	55	150	2.7
3	328	1310	4.0	29	458	125	0.3
4	276	1230	4.5	30	166	125	0.7
5	156	1025	6.6	31	120	125	1.0
6	284	1000	3.5	32	374	115	0.3
7	98	975	9.9	33	67	100	1.5
8	110	725	6.6	34	172	75	0.4
9	92	625	6.8	35	30	30	1.0
10	182	625	3.4	36	276	25	0.1
11	348	600	1.7	37	43	25	0.6
12	97	580	6.0	38	51	25	0.5
13	185	570	3.1	39	29	25	0.9
14	303	450	1.5	40	19	25	1.3
15	326	450	1.4	41	132	20	0.2
16	56	375	6.7	42	61	20	0.3
17	270	375	1.4				
18	180	300	1.7	42村	7674	20160	2.6
19	210	280	1.3				
20	28	275	9.8	被掠42村平均	……	480	……
21	190	250	1.3				
22	292	230	0.8	每村 62村	10445	……	1.9
23	82	225	2.7				
24	293	175	0.6				
25	301	175	0.6				
26	220	150	0.7	62村平均	……	325.2	……

* 内有20村未被掠夺

第二节　民国十七年62村因内战所受之损失

此次不但详细调查每村各家被兵丁劫掠所受之直接损失，并且也询问村长佐本年内因军事所征收之各项款数，如田赋中附征的讨赤善后特捐与战役抚恤特捐，索要夫役、大车、牲畜、米面草料，随时强迫捐款，及各种支应兵差用费。因此分每村因内战所受之一切损失为两大类即征收与掠夺。征收为县政府或其他机关以和平之强迫手段向各村索取之现款或物品，充作军事用途。掠夺为战时军队过境或兵丁败退时，私入民宅，抢取之财物。

本年在62村征收总数达71733元，平均每村征收合1157元，平均每家合6.9元；掠夺总数达39862元，平均每村合643元，平均每家合3.8元。62村因内战所受损失总数为111596元，平均每村损失为1800元，平均每家损失为10.7元。两项损失总数最重之村达5885元，内有征收2300元，掠夺3585元，该村平均每家损失合15.7元。其次某村之损失为5640元，内有征收1300元，掠夺4340元，平均每家损失合35.7元。全村损失总数在3000元以上者有11村，2000至2999元者有8村，1000至1999元者有21村，500至999元者有17村，不满500元者有5村。某村平均每家损失达55.7元之多，平均每家损失最低之村合3.1元。关于每村征收、掠夺，损失总数及平均每家损失等详细情形见第311表。

第311表 民国十七年62村每村因内战所受之损失

各村损失多少次序	损失（元）			
	征收	掠夺	总数	平均每家
1	2300.00	3585.00	5885.00	15.7
2	1300.00	4340.00	5640.00	35.7
3	1200.00	3810.00	5010.00	31.3
4	2060.00	2375.00	4435.00	16.1
5	3640.00	680.00	4320.00	9.4
6	1680.00	2436.00	4116.00	12.6
7	3950.00	……	3950.00	10.9
8	1700.00	2063.63	3763.63	13.6
9	1035.00	2200.00	3235.00	39.5
10	3200.00	……	3200.00	10.6
11	950.00	2239.00	3189.00	18.5
12	2500.00	……	2500.00	7.8
13	1100.00	1283.92	2383.92	18.1
14	1250.00	1100.00	2350.00	12.7
15	2296.00	……	2296.00	7.0
16	1100.00	1140.00	2240.00	23.0
17	1360.00	820.00	2180.00	11.5
18	897.00	1176.00	2073.00	7.1
19	1494.00	578.00	2072.00	12.5
20	1300.00	630.00	1930.00	10.5
21	1900.00	……	1900.00	5.5
22	900.00	910.00	1810.00	10.3
23	1800.00	……	1800.00	6.3
24	1366.00	427.00	1793.00	9.9
25	1260.00	525.00	1785.00	9.9
26	1600.00	135.00	1735.00	5.9
27	1320.00	390.00	1710.00	8.6
28	1700.00	……	1700.00	6.1
29	1700.00	……	1700.00	6.3
30	600.00	823.00	1423.00	14.5

续表

各村损失多少次序	损失（元）			
	征收	掠夺	总数	平均每家
31	1010.00	412.50	1422.50	7.9
32	359.30	1046.00	1405.30	21.7
33	970.00	434.00	1404.00	8.9
34	1300.00	10.00	1310.00	4.9
35	1260.00	47.00	1307.00	5.3
36	1100.00	125.00	1225.00	7.9
37	1200.00	……	1200.00	10.9
38	1200.00	……	1200.00	5.5
39	850.00	240.00	1090.00	5.7
40	210.00	849.00	1059.00	55.7
41	510.00	486.00	996.00	19.2
42	700.00	290.00	990.00	12.4
43	960.00	……	960.00	4.6
44	940.00	……	940.00	3.1
45	531.00	385.00	916.00	21.3
46	520.00	362.73	882.73	18.4
47	400.00	470.43	870.43	17.1
48	840.00	……	840.00	7.1
49	780.00	……	780.00	8.5
50	370,00	395.00	765.00	13.7
51	700.00	……	700.00	6.7
52	300.00	310.00	610.00	21.8
53	550.00	……	550.00	10.0
54	543.00	……	543.00	8.9
55	370.00	167.00	537.00	8.0
56	500.00	……	500.00	7.8
57	500.00	……	500.00	11.1
58	485.00	……	485.00	9.7
59	400.00	53.00	453.00	8.5
60	265.00	113.00	278.00	12.6

续表

各村损失多少次序	损　失（元）			
	征　收	掠　　夺	总　　数	平均每家
61	352. 00	……	352. 00	9. 5
62	300. 00	……	300. 00	10. 3
总合	71733. 30	39862. 21	111595. 51	10. 7
平均每村	1156. 99	642. 94	1799. 93	…
平均每家	6. 9	3. 8	…	…

62村内有 22 村未被掠夺，其余 40 村内被掠夺之家数亦有多寡之不同，且遭祸者自然多系比较富足之农家，败兵急于逃走，故比较贫的家庭少有光顾的机会。40 村内被掠者计 435 家，平均每家损失为 91.6 元。全村内被掠家数最多者为某村之 56 家，其次为 53 家，再次为 25 家，亦有村内只一家被掠者。若按全村内平均每被掠家之损失来看，最重者为某村 2 家损失之平均 1905 元，其中一家在所有家中损失为最重计 3690 元，再次为某村之每家平均损失 304 元，再次为 294 元，最轻者 10 元。关于每村被掠家数及平均每被掠家之损失数，皆详细列于第 312 表。

第312表　民国十七年40村每村被兵丁掠夺之家数及所受之损失

各村损失多少次序	全村损失总数(元)	被掠家数	平均每被掠家之损失(元)	各村损失多少次序	全村损失总数(元)	被掠家数	平均每被掠家之损失(元)
1	4340.00	24	180.8	22	480.00	14	34.7
2	3810.00	2	1905.0	23	470.43	15	31.4
3	3585.00	56	64.0	24	434.00	4	108.5
4	2436.00	8	304.5	25	427.00	5	85.4
5	2375.00	25	95.0	26	412.50	3	137.5
6	2239.00	13	172.2	27	395.00	9	43.9
7	2200.00	9	244.4	28	390.00	5	78.0
8	2063.63	53	38.9	29	385.00	2	192.5
9	1283.92	15	85.6	30	362.73	14	25.9
10	1176.00	4	294.0	31	310.00	8	38.8
11	1140.00	5	228.0	32	290.00	2	145.0
12	1100.00	8	137.5	33	240.00	5	48.0
13	1046.00	20	52.3	34	167.00	8	20.9
14	910.00	10	91.0	35	135.00	3	45.0
15	849.00	18	47.2	36	125.00	3	41.7
16	823.00	15	54.9	37	113.00	3	37.7
17	820.00	10	82.0	38	53.00	1	53.00
18	680.00	4	170.0	39	47.00	2	23.5
19	630.00	16	39.4	40	10.00	1	10.0
20	578.00	9	64.2				
21	525.00	4	131.3	总合	39862.21	435	91.6

被掠物之价值中以牲畜为最多，共值20519元，其中被兵丁拉去骡127匹共值11388元，掠走驴144匹共值5817元，马61匹共值2969元，牛10头共值345元。各种牲口损失数目，价值及其百分比见第313表。

第 313 表　民国十七年 40 村被兵丁掠去之各种牲畜数目及其价值

牲　畜　种　类	数　　目	价　　值（元）	百　分　比
骡	127	11388	55. 5
驴	144	5817	28. 4
马	61	2969	14. 4
牛	10	346	1. 7
总价	342	20519*	100. 0

*　外有赎回被掠夺之牲畜用款计 1145，因此牲口所受之损失共计 21664。

除被拉去之牲口值 20519 元外，尚有兵丁拉走之牲口而又用款赎回者，共计用款 1145 元，两项合计因牲口所受之损失为 21664 元，占一切损失总数 39862 元的 54%，现款损失共计 7659 元占 19%，衣服被褥等物损失共值 4260 元，车辆损失共值 1495 元，农产物损失共值 838 元，其他杂类损失共值 3946 元。被掠 40 村平均每村损失约 997 元，若以 62 村计算平均每村约合 643 元。各类损失价值及其所占百分比见第 314 表。

第 314 表　民国十七年 40 村 * 因兵丁掠夺所受之各项损失

损　失　类　别	损　失　数（元）	百　分　比
牲畜	21664. 00	54. 2
现款	7659. 31	19. 2
衣服被褥	4259. 80	10. 7
车辆	1495. 00	3. 8
农产	838. 00	2. 1
杂类	3946. 10	9. 9
总合	39862. 21	100. 0
40 村平均每村	996. 56	……
62 村平均每村	642. 94	……

*　62 村内之其他 22 村未被掠夺。

以上所能调查之损失皆系直接损失，此外间接所受之损失更不知有多少。至于定县全县因内战所受之直接损失总数因未调查，不易随便估计，只知每年按地亩所征收之讨赤捐及战役抚恤捐等所能调查之数目。民国十五年全县征收讨赤费共 107813 元，民国十六年征收讨赤特捐及讨赤军善后特捐共计 215627 元，十七年征收讨赤军事善后特捐与战役抚恤特捐共计 65718 元。以上是每年随田赋固定带征的，捐率除抚恤特捐按粮银每两征牧附收 1 角外，其他均按粮银每两征收 2.3 元，征收之数恰同粮银一样，实际把粮银增加一倍。并且十六年征收两次，上忙征讨赤特捐，下忙征讨赤善后特捐，因此实际这年附征的数就两倍于粮银，平常一年征收的田赋是 10 万余元，附捐竟达 20 余万元。十七年的讨赤善后特捐与抚恤特损都是在上忙一次征收，平常一两粮银一忙只征 1.15 元的现在要征 3.55 元，加增 3 倍多，负担之重可知。幸而国民军于十七年五月克复河北，第三集团总部财政处通令豁免，故上忙尚未征齐，下忙完全未征（参看赋税章省税节内之附征各捐）。

附　录

1. 中华平民教育促进会定县实验区
2. 六年计划大纲
3. 六年计划第一期设计
4. 社会调查统计处调查项目

中华平民教育促进会定县实验区

四大教育与基本建设

教育的目的是要能适应生活的要求，在全民的生活基础上创造新的生活。中国近几十年来的教育，一方面与生活不发生关系与生活脱节，另一方面即最低限度的教育亦不能普及。青年与成人更没有受教育的机会。从前人说，“民为邦本”，现在国家的根本，建立在无教育的国民身上，如何不危险！因此，根据全民各方面生活的需要，在教育上谋建设是要切要的最基本的建设工作。平民教育运动的目标，就是要在生活的基础上，谋全民生活的基本建设，为中国的教育谋一出路，为中国人的生活问题，谋一解决。

教育必须与生活打成一片，才有办法，换言之，教育必须要生活化，才能真解决生活的问题，也可以说，才能救治社会生活的病痛。教育是最切实最具体的活动，必须足踏实地，根据社会的实在情形，人民的实际需要，有一定的步骤与方法，才真能救济生活的缺憾。也可以说，必须知道病症，才能下药。

我们体察人民的生活，根据社会的事实，深知中国人的生活，有四种基本的缺点，一是“愚”，一是“穷”，一是“弱”，一是“私”。中国最大多数的人民，缺乏知识力，不但没有适当的知识，更不识本国的文字，如何能取得知识，更提不到享受文化！在生计上，最大多数的人民，生产低落，经济困难，生活在生存的水平线之下。没有增加生产改善经济组织的知识和能力。再看一看大多数人身体衰弱，对于公共卫生，毫无办法，真是病夫的国家！而更要紧的是人民不能团结，不能合作，缺乏道德的陶冶，缺乏公民的训练，如何能自立自强。

"愚"，"穷"，"弱"，"私"，是人民生活上的基本缺点，平民教育运动在"除文盲作新民"的目标之下，主张四大教育，以文艺教育救愚，以生计教育救穷，以卫生教育救弱，以公民教育救私。希望中国人，人人都是富有知识力、生产力、强健力与团结力的新民。

文艺教育之意义，在使平民能运用传达知识之工具，促进平民之文化生活，使平民对于自然环境社会生活有相当的欣赏与了解。或编辑教材读物，或适用种种艺术增进学习效率以增加欣赏的能力。务求培养平民的知识力，以适应此复杂的现代生活。

生计教育之意义，在普及科学的知识技术，改善其生计组织以提高其经济生活。从生计教育立论，目前中国经济上最大的困难为生产力薄弱，生产技能落后，而经济上又无通力合作之组织能力。于是不能不一方面普及科学知识，一方面训练参加各种产业合作的能力。用表证的方法使平民确见确信科学方法之优良，与合作组织之经济。必如此始真能增加其生产力，以解决其生计困难，以应付其经济的压迫。

卫生教育之意义，在普及卫生知识，训练卫生习惯，用公共的力量谋公共的卫生，以提高其健康生活，使人人为强健的国民。使平民了解卫生之重要，与保持健康的知识与习惯，以培育其强健力。在卫生工作上则注重预防，然亦不废治疗。

公民教育之意义，在养成平民的公共心与合作精神，从根本上训练其团结力以提高其道德生活与团体生活。一方面要在"一切社会的基础上，培养民众的团结力、公共心，期望受过平民教育的人，无论处任何团体，皆能努力为一个忠实而有效率的分子。"一方面要在人类普遍固有的良心，发达民众的判断力、正义心，期望受过平民教育的人，皆有自决自信，公是公非的主张。这是必要的根本精神，亦是必要的道德训练。

同时我们认定教育不能单着眼于单个的个人，这是以前教育的错误，更要着眼于个人所处的生活环境，所处的社会。因此，四大教育的工作就要在教育、经济、卫生、道德与政治各方面谋基本的建设。

我们再看中国人民的最大多数是农民。中国的基础是乡村，因此平民教育运动不能不分别本末先后，注重农民的教育，注重乡村的建设。

实施方式与原则

四大教育——文艺教育、生计教育、卫生教育与公民教育——是平民教育的内容。但四大教育的实施，第一步必须要人人取得受教育的工具。换言之，必须人人能认识最低限度必不可少的中国文字，然后可以接受生活各方面必不可少的知识。从这一点观察，文字教育是四大教育的基础，也可以说是四大教育的准备。在这样的基础之上，才能从实际上谋四大教育的实施。

四大教育的主要实施方式有三种，一是学校式，一是社会式，一是家庭式。从前的看法以为学校课堂的教授是教育的全部，从平民教育的立场看，学校的方式只是一种方式。学校式的实施以文字教育为主，注重于工具知识之传授与基本训练，注重在个人的教学。社会式的实施以讲解表演及其他直观与直感教育的方法为主，注重团体的共同教学。家庭式的教育或为中国特殊的而又是必须的一种方式。家庭在中国社会结构上，占有特殊的地位，欲改善中国的生活方式，必须从家庭做起。

总结一句，平民教育是在人民生活的要求之下，以四大教育为内容，用学校式、社会式、家庭式三种方式，因时因地分工合作，联锁进行，整个地改进国民生活的教育运动。

平民教育的目的，既是全民的生活教育，即不能不特别注重以下四点，第一是要能普及，第二是要有简易性，第三是要真是基本上的设施，第四是种种方法要真能亲切地解决人民的生活苦痛。这可以说是平教运动的原则。

活的研究与实验

凡注意到教育的革新，注意到根本的建设工作，注意到乡村改进的工作而对于平民教育工作的发展有兴趣的同志看了前面的话，必定发生好些问题：

第一个问题是怎样着手去办？我们的答案是平民教育的方法原则，东西洋的教育既无可抄袭，旧教育的方法亦无可遵循，非从研究实验着手不可。要能以研究实验的所得，推行全国。

第二个问题是如何研究实验？到哪里去研究实验。是在图书馆里研究么？有一部分的工作，确是要在图书馆里用功的。然而故纸堆中不见得能发见人民生活上的亲切的实在的情况，不见得能真切地体会到生活的困难苦痛。即使有所体会，亦不能找出实际的解决方法，即使能拟议办法，亦不能实际上试验所拟议的办法是否有效。是在一个小范围之内，假设的环境之内实验么？教育所对付的是活的整个的人生，不能像自然科学的实验一样，在实验室里做工夫，必须真在整个生活里实验，才能得到真的结果，才能有得失经脸，因此，平民教育的研究实验，决不能关起门来在图书馆里，在试验室里用功。有的时候，对于有些问题，这种工作是必要的，但真正的平民教育工作是要以实际生活研究的对象，到民间来在实际生活里研究实验，这是活的研究实验。要这样才有结果，才有办法。必须要在民间生活里，找出生活的苦痛，拟定的办法，根据经验的得失，随时随事，改良修正，才能真找出实施前面所说四大教育的原则与方法，才能具有基本的建设。

县单位的实验

平民教育必须从研究实验着手。平民教育的研究实验必须是活的研究实验，必须到民间来在民间生活里实地工作。将四大教育于联锁进行之下，为整个的改进生活的实验。既是要整个地予以解答就会产生研究实验的单位区域问题。

中国的一个县分实在是一个社会生活的单位，不仅是行政区域的单位。中国的国家是由1900多县构成的。平民教育既是要从基础上改进整个的民间生活，县是最合宜的单位。一县就是一广义的共同生活区域，为若干隶属的共同生活区所构成——乡区与村庄。这是中国最大多数人民的着落地。一切改造工作必须从这里着手。因此平民教育运动的研究实验单位最好的就是县单位。如其在一县里对于四大教育的设施的原则方法与技术在一县行得通，就可以推到各县。如其各县各就其地方情形，因时因事因地都推行这种实验所得的结果，中国的教育，中国的基本建设才能有基础。

为什么在定县

县单位实验的重要，已如上述。现在的问题是以哪一县为研究实验县。

现在县单位的研究实验区在河北省定县。为什么在定县？为什么以定县为平教运动的实验区？这是常常有人问的一个问题。我们的理由是：（1）根据调查的结果，定县的农民生活、乡村组织、农业情形，可以相当的代表全国各县，尤其是华北各县。（2）从前在华北推行文字教育推行平民学校定县各村办理较有成绩。（3）定县距离大都市较远，人民生活未受都市的特殊的影响，而交通上有平汉铁路，又尚便利。(4) 定县公共机关、人民团体、地方士绅对于平教运动十分了解，出力赞助。又经过三四年的准备，才选定定县为平民教育的农民教育实验区。(关于定县情形，请参阅《定县须知》或《定县社会概况调查》)

“研究室”的定县

由本会工作的本身而言，不能不注意农民，不能不以县为单位，切实研究，实地经验。定县有人口40万，有大小乡村472。此40万人民的种种困难，472村的问题即是本会研究实验的对象。中华平民教育促进会的立场是学术的立场。因此，所取的态度，根本是研究的态度。所采的方法，根本是科学的方法。中华平民教育促进会到定县来是要发见问题，研究问题，解决问题。所研究实验的决不仅是图书馆、试验室，乃至于农场医院内的工作，是以全县人民生活为研究材料，以全县为一个大的活的研究室。件件事情与人民生活有密切关系，处处要实际参加人民的生活，要测实种种研究在人民生活上的影响。在此种根本精神之下，定县是平民教育的“研究室”。既不是用政治的力量建设一所谓模范县，亦不是慈善机关到定县来施舍教育。是来研究实验四大教育的实施原则与方法，希望以研究的得失经验，贡献于国家社会。这是我们对于定县的工作应有的认识。定县的工作可以说是为全国各县的平民教育而有的研究实验。当然第一步要希望一切的原则在定县能行得通，要能解决定县人民的问题，要定县人民的生活真能有好的影响，才有推行全国各县的可能与希望。

定县实验的准备

教育的实验不是短时间所能见效果的。必须有较长的时间，一定的步骤，才有成功的希望。准备的工作，更为重要。若没有相当时间的准备，贸然到一县去工作，是不见得有效果的。

本会在定县的工作，自民国十五年至十九年可以说是准备时期。最初依总会组织仅有社会调查、乡村教育、生计教育三部分之工作。先着手调查定县生活状况、教育情形，同时联络当地士绅、地方机关，希望对于平民教育的目标与县单位实验有必要的明了的了解。先在翟城村开始，旋划东亭62村为第一乡村社会区着手工作。成立华北试验区，由前面提到的三部分的同人负责工作。教育方面分研究、推广及视导训练三股，专注重平民学校的实验与推广。生计教育方面分研究、推广两股，偏重普及农业科学的工作。社会调查分普通调查、产业调查及农业经济调查三股，尤其注重一般的考察。前两年的工作异常困难，同人的饮食起居，定县人民的不能充分了解都是困难问题。但这正是准备时期应有的情形，这些困难，正是工作上必经的阶段。后来一方面人人感觉到平民教育的重要，一方面同人的工作精神感动农民。地方政府与士绅格外了解，亦逐渐取得人民的信仰，准备时期的工作才能比较的顺利进行。

社会调查为实验平教实施平教的必要的准备工作。调查本身的准备，又为对于社会事实取得科学的知识的必要条件。然后规定的方案才能有社会事实为根据。但社会调查在中国是一件新工作，在开始调查的时候，颇难得一般农民了解，引起种种怀疑，不但不能得到精确的材料，工作亦不易进行。于是调查的初步先要解释农民的疑惑，教育农民使他们了解调查的重要。本会的办法是先办平民学校，即以平校为与农民直接发生关系的中心，以平校为本会与农民联络情感，解释误会的枢纽。渐渐的人人了解调查的重要，取得人民的信仰，才有下手的地方。

在这样的准备之下，本会才开始调查的工作，决定先以东亭附近之62村为调查的范围，着手初步调查为此后详细调查的根据。调查62村的地理、历史、交通、度量衡、农业、农家记账、农村家庭等项，十六年北方战事，定县适为战区，又从事兵灾调查。旋一方面详细编制表格，一方面开始全县普通调查、农业调查、经济调查。三年之间，所得材料甚多，一部分材料现已辑成《定县社会概况调查》与《定县秧歌选》二书，其余正在整理编辑之中。一方面实地训练调查人才。社会调查方面之准备工作如此。

农民教育之工作可从三方面报告。关于研究实验者有实验平民学校多处。关于实施者有表证平民学校多处。各校设立之平校民国十七年十八年两年度由本会直接视导者共计287班，179校，毕业学生约6000人。关于视导训练之工作亦极注意。

生计教育之工作，先从普及农业科学增加农民生产入手。从研究实验，表证实施两方面切实准备。研究实验方面先在翟城村设第一农业表证试验场，旋于城内瘟神庙设第二农业表证实验场，着手研究病虫害、选种、肥料、畜牧、农具、养蜂、园艺等项。一应设计均以农民生活程度所能及，能增加其生产效率而不增加其生产资本为原则。关于表证实施，则以实地表证为方法。

准备期的工作情形大致如此。限于篇幅不及一一详述。欲详细研究此三四年间之工作情况者，有华北试验区工作报告一书，可以参看。于此有须郑重说明者，即本会定县实验之所谓准备，其实即实地工作，于实地工作之中求取得失的经验，规定将来的工作。本会根据准备工作的经验观察全国的情形，深知必须将平民教育的各方面，在定县作一彻底的，集中的，整个的县单位的实验，才能实现平民教育运动的目标。

定县实验之工作与组织

本会于决定以定县为全会工作实验区之后，即着手将全会工作并入实验区进行。到民国十八年度，承地方的赞助，将定县城内贡院借与本会办公，一方面将东亭62村区的工作的一部分移到城内，一面将全会工作移来定县。初移来的时候，职员的食宿，办公的设备极为困难。勉强因陋就简，酌量建筑设备，至十九年始稍有头绪。定县实验区正式成立，依照规定步骤，各部分分工合作，联锁进行。

定县实验工作，一切均以社会调查所得之生活事实为根据，对于四大教育从事研究，以学校式、社会式、家庭式分别实施，然后以研究实施所得之结果，训练人才。兹列简表如下：

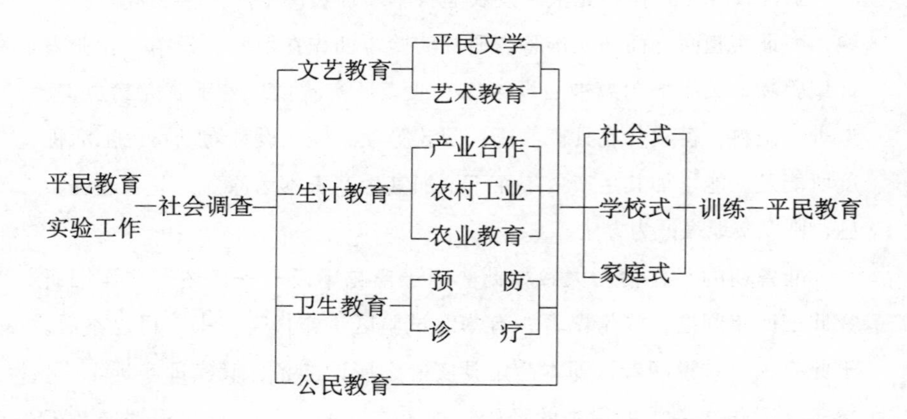

定县实验区之组织亦即以此为根据。分为（1）学术研究之部，关于社会调查及四大教育之学术研究部分属之；（2）实施之部，关于三种方式之推广实施属之；（3）训练之部；与（4）事务行政之部，总务秘书会计三处属之。列表如下：

中华平民教育促进会定县实验区组织系统图

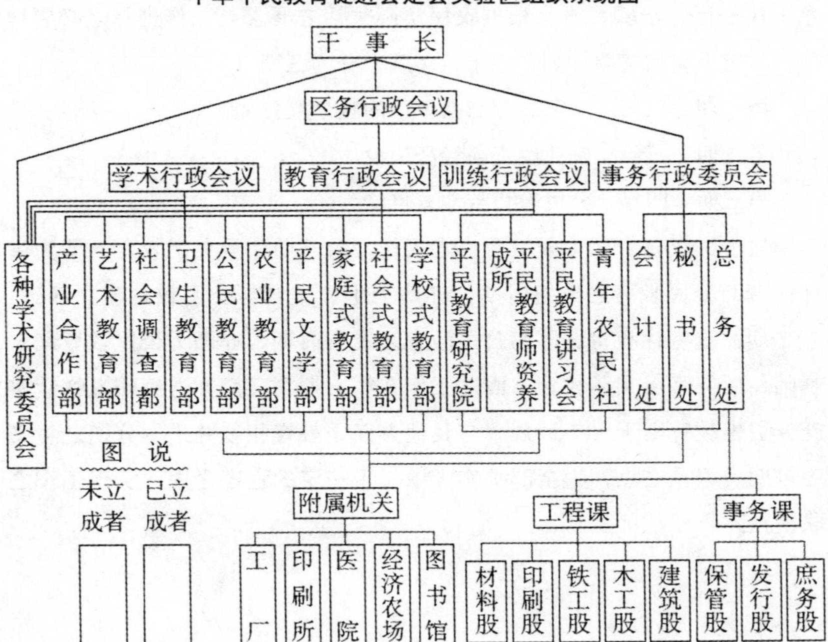

集中的县单位实验

前面曾提到平民教育运动以为中国教育之革新，中国之基本建设必须以县为单位，以平民教育运动所主张的生活教育的方法对于农民生活为整个的改进，对于四大教育为联锁的实施，然而可望完成除文盲作新民之目标。但县单位之工作，其原则如何，如何而可以深入民间，如何而可以就各县之人力财力在切实的方案下，自谋改进，必须有集中的研究实验，于实验之中取得平民教育的原则、方法与技术。然后全国各县，始可以模仿推行。

此集中的县单位实验，一方面须顾到四大教育之联锁，一方面须注意工作进行之步骤，本会根据农民实际生活之要求与工作进行之必要程序，规定十年的实验计划，自十九年度起分为三期：

第一期　三年　文字教育与县单位的整个教育（制度）

第二期　三年　农业改进与经济建设

第三期　四年　公民教育与地方自治

然平民教育全部为分工合作之工作。第一期注重文字教育，即为生计教育与公民教育之准备时期，亦即为生计教育与公民教育建立基础。第二期注重生计教育，即为公民教育之准备时期，亦即为公民教育建立基础。而文字与文艺教育方面之工作在第二期第三期亦继续研究继续实施。卫生教育则于十年计划中与其他方面之教育相依并进。分期之意义在每期有着重之点，为全部工作之中心于一定的程序之中，实现工作之联锁。

研究村与研究区

本会为求工作之确实而有效起见，特于二十年9月规定高头村为“研究村”而划全县为三个“实施区”，并分别选定李亲顾、南支合、明月店为三个“实施中心村”。期根据在乡村生活之研究与实验中，产生各种实施方案，而以三个“实施中心村”为中心，表证并推行于三个“实施区”。负责工作人员均行分别移居“研究村”及“实施中心村”，以利进行。文字教育之实施的实验，以三个实施中心村为中心。研究方面，则仍注意于文艺，生计，公民，卫生等四大教育之联锁。实施方面，则仍注意于学校，社会，家庭三种方式之推进。除已有“学校式教育部”外，并增设“社会式教育委员会”，以研究并准备社会式的教育。家庭式教育，亦于“研究村”中注意研究与实验。

工作进行以来，颇形顺利。惟于进程中发现在“研究村”研究之结果即付“实施区”推行，恐尚不切实际。故于11月中，决以“研究村”为中心，而扩大其周围61村为“研究村”。在“研究村”研究之结果，先在“研究区”实施，然后经由“实施中心村”而普及全县；其有工作性质不能限于一村者，即经由“研究区”研究与实验。同时分别向河北省政府及定县县政府商洽得此61村研究与实验之便利，并就近确实与政府以及地方人士联络合作。兹将十九年度与二十年度各种工作概况简述如下。

社会调查

定县实验区社会调查工作，在平教运动立场上，是要以有系统的科学方法，实地调查全县一切社会情况，特别注意愚、穷、弱、私四种现象。随时整理搜集之材料，分析各种现象构成之要素，发见愚、穷、弱、私等现象之原因，试下相当的结论。然后将根据调查所归纳之各种结论及建议，分别供给本会各部分之部，使各部分计划实验或推行工作时，有参考之材料及可靠之根据。对于全县社会之内容及各种社会问题，有充分之认识与彻底之了解。现已调查者，有本县地理、历史、人口、政治、赋税、交通、教育、风俗、娱乐、生活费等项。

社会调查十九与二十年两年度工作，除全县472村概况调查已经整理统计就绪外，余依本会各部工作之需要，分别从事调查事实以供各部研究实施之参证材料者有（1）高头研究村之详细调查，此项调查之内容为每家人口、每人教育程序与职业、每家各种田地亩数、各种农作物产量、每家养猪养鸡现状、每家手工业现状，以及其他一切社会的与经济的情况。计共调查高头村120家。（2）研究区之详细调查。此项调查，系详绘各村地图，调查每家人口、每人教育程度、职业、疾病等项，计共调查61村，7600余家。（3）三实施中心村之详细调查，此项调查内容为每家人口，每人教育程度与职业，每家各种田地亩数，与各种农作物产量，每家手工业现状，各铺店经济状况。计共调查李亲顾789住户与85铺户；明月店311住户与100铺户；南支合276住户与八铺户。（4）定县每村土地分配与农产调查，此项调查，以村为单位，调查每村田产大小、田庄大小、田产权、地价，各种农作物产量及估价。计共调查全县472村。（5）家庭手工业调查，此项调查，系以村为单位，调查每村从事各种手工业家数、工作人数、出货数量与估价、原料、制品、方法等项。计共调查全县472村。（6）农家生活费调查，此项调查，系约定各农家每日详细记账，至满一周年为止。包括每日各项收入与支出，各项物品数量与价格。计共约定120家。（7）物价调查，此项调查，在县城内每大集时，调查关于衣食住行及其他一切日常用品。共分34类，计500余种。（8）全县铺店调查。此外直接与学校式教育部合作调查者有（9）各村教育调查。

平民文学

平民文学部的工作内容可分文字研究、课本、读物与定期刊物四部分。文字方面第一步是选字。根据日常读物与应用文件之类，依用次多少，用途分类与品词分类用统计的方法选定实际生活通用字3400字，再详为审核，选定基本字为1300余字，即以此为编撰千字课的基础。又以选定的3400通用字为主，参考各种字汇，以千字课已有之1300字为注释用字，编制字典。此外更从事于简笔字之研究，以为根本的改良文字研究之准备。

课本工作依据学校式平民教育的需要，分别编撰初级平民学校课本，高级平民学校课本，与青年补习学校课本。初级平民学校课本有为依据市民、农民、士兵与妇女之生活需要，分编四种千字课，每种四册；各附以自修用本四册。除《妇女千字课》在编辑中外，《市民千字课》，《农民千字课》，《士兵千字课》均已出版。千字课之主要目的在使一般人民能认识并应用日常生活最低限度的文字，供给取得知识的必要工具，促进其知识能力。次要的目的在使人人能略得生计、卫生、公民、文艺四大教育的基础知识。用字以基本字为限。高级平民学校课本所编著者有高级文艺课本。其目的在使读过千字课欲求上进者增加文学的工具，促进其欣赏文艺的兴趣，增加四大教育的基础知识。现已编著者有市民高级文艺课本两册，农民高级文艺课本两册。妇女高级文艺课本正在计划中。用字于千字课已有基本字外，加通用字1000左右。青年补习学校课本有青年补习文艺课本一册，文件课本一册。用字以选定之3400通用字为范围。

为使读完千字课的平民得有相当的读物，为一般粗识文字的青年与成人培养纯正的思想促进其文艺的兴味起见，对于平民读物，特为注意，一方面搜集流行读物歌曲，加以研究审核，一方面从事编辑。或为小说，或为戏剧，或为诗歌，或为故事。希望以文学的作品，介绍科学的知识，记载志士仁人的史事，发扬创造的精神，提高人民的文化生活。现已出版者有128种。

此外又编辑《农民旬刊》。内容分论评、农业、卫生、公民、文艺、调查、新闻各栏。用字以农民千字课生字为主，必要时可参用通用字。使平民学校毕业农民应用已识之文字，取得正当的必要的知识，得阅看程度相当的报纸。

民国十九年度平民文学部，除积极参加实际工作，赴各村讲演及在高头村等处组织书报室外，关于编辑撰著之工作，重要者为下列十项。编（1）文艺教育讲演图说全份，（2）高级农民文艺课本二册，（3）青年补习学校文艺课本一册，（4）应用文件课本一册，（5）自然课本一册，（6）平民读物四十六种，（7）改编袖珍字典一册，（8）平民文章工商纲目一册，（9）平民科学表演博物之部一册，（10）理化之部一册。其根据实施上实验结果重行修改者有（1）农民千字课教学书四册，（2）自修用本四册，（3）高级市民文艺课本一册。总计本年度编辑成书之主要的教材读物共65册。农民旬刊仍继续出版，已发行至第六卷第36期。

民国二十年度平民文学工作，可分为四大部分：第一，文字的选择研究与编辑的工作；第二，初高两级与青年补习学校课本编辑的工作；第三，平民读物编辑的工作；第四，定期刊物出版的工作。但此四大部分内，侧重于平校材料及平民读物之审查与编辑。略举进行各项如下：（1）市民高级文艺课本，计两册，48课，修改再版。（2）农民高级文艺课本，计两册，80课，修改完毕付印。（3）妇女千字课及妇女高级文艺课本之选字及编辑，计列生字表五种，及千字课96课题目之选定。（4）平民袖珍字典之编辑及修改。（5）士兵千字课自修用本，计四册，48课，修改完毕付印。（6）青年补习文艺课本，计一册，60课，修改完毕付印。（7）平民读物100种，修改再版。（8）平民读物40种，新编付印。内十分之七为科学，十分之三为文艺。每种均5000字上下。（9）平民的自然科学表演计划及其表演法，编辑完成。（10）农民周刊之编辑，此项刊物原为旬刊，本年度改为周刊，发行至第七卷第40期止，现已停刊。（11）社会式教育文艺材料之编辑。一为文艺救国运动之歌词及说书词，二为无线电台放送隔日一次之“文艺故事”。

艺术教育

艺术教育之工作，一方面在充分应用直感教育之原则，以图画、音乐或戏剧为四大教育制作准备适宜而有效率的工具。一方面实施艺术教育以增进平民的欣赏力使能得到丰富高尚而有趣味的生活。

艺术教育部工作计划，分为研究、制作、表演、表证四部分。关于研究工作分别从历史风俗、自然科学与音乐三方面着手。搜集审核调查研究中外历史故事民情风俗，为编演戏剧，扮演电影，绘制图画之材料；研究以艺术的方法表明自然科学知识使能了解环境欣赏自然，音乐上注重乐理的研究改良乐器，编制乐曲。

制作工作分别从画图、工具、摄影三方面着手。绘画各种教材及四大教育之图画，同时创作平民能欣赏而有普及性之平民的图画。工具上准备制造乐器、幻灯、电影机器、留声机以及各种模型，各种教具，摄制照片影片亦为制作上极重要之一部。

表演工作注重戏剧、音乐，并试验广播无线电以实施四大教育，灌输知识。表证工作将来拟设置平民游艺场、平民美术馆与平民博物院。平民游艺场以实验提倡正当之娱乐。平民美术馆以展览陈列图画美术，培养审美精神。平民博物院以增进平民之知识。

近年来艺术教育部一方面注意研究平民艺术教育的内容与实施。一方面尽力为各部分制备教材教具。民国十九年度工作有图画、摄影、广播无线电及其他工具制作四类。关于图画者为各部画插画214幅，中号挂图6种160幅，大号挂图70幅，总计444幅。关于摄影者，各部工作情形150张，工作状况底片420张，字片400尺。关于工具制造者有为识字用及公民讲演用者5种。关于幻灯，留音机等项工具正在实验中。此外又设立全县放送广播无线电室，此为艺术教育部一种新实验。

二十年度仍继续上年度进行，主要事项如下：(1) 绘画，农民千字课4册计96课，全部改正，共配用大小挂图290幅，以为教学之用。农民周刊插画及各种宣传画160幅。戏剧布景画3套。衣饰图案3套。(2) 摄影，各部工作之照相计690余种；印片洗片计3200余件。(3) 广播无线电，每日放送时间1—2小时。“节目内容为宣传平教工作及农民生活上有关系之事件。接收者为“研究村”，“实施中心村”等处。同时在机器之制造上，对收音机及其应用品，亦加以研究。期以低廉成本，制造成品，将来推广乡村，不须购买外货。现在除真空管外，收音机各件，已均能自制。(4) 音乐，本年度增设音乐工作，目的在研究并改造民间歌曲之词与调，与民间通用之乐器。工作在进行中。已改编平民教育唱歌集一本。(5) 戏剧，本年度戏剧工作，由戏剧研究委员会主持。一方面研究实验乡村戏剧之内容与形式，一方面运用戏剧方法为农民教育之工具。期增进农民对艺术的欣赏，创造民众化的戏剧。共公演四次：第一次公演《卧薪尝胆》与《爱国商人》；第二次游行公演，剧目同第一次；第三次公演《喇叭》；第四次公演《锄头健儿》。

生计教育

县单位之生计教育以改进一县农民生计及经济为目的。依照一定步骤分别注重农业改进，产业合作与农村工业。为达到此种目标计，应根据农民需要，经济程度，普及农业科学以增加生产。于相当时期，推行合作组织根据合作原则，组织生产合作，信用合作，销售合作与消费合作以平均分配。至于农村工业，则以农民生产上之需要如农具，生活上之需要如食品衣服家具，由农民合作自制为原则。相当的应用机器以谋工业效率之增加。现时特别注重农业改进。集中于生产之增加及品质之改良：在研究实验方面，须注意研究实验之结果为目前农民所能实行，在生产上须根据生活需要与农民生活程度相依并进。能增加其生产而无庸增加其生产资本，在实施推广方面，在感应原则（供给适当刺激以引起活动）与自动原则（由农民领导农民自动实行）之下，以表证的方法为主，以表证场及表证农家为枢纽，推行各种设计。

此种农业改进之工作由农业教育部主持，以设计为进行之方法。所谓设计方法，即一种简单明了改良之农事，交与农民实行。农民实行后便可增加其生产之方法。各种设计均分四步骤进行，即设计之目的，设计之方法，设计之试行，设计之推广。现举一证例以证明：如改良猪种设计，其目的在增加猪之产肉量。根据调查结果，农民之养猪目的在多产肉。如使其猪肥大而所费之饲料费太巨，则所得之肉价便不足偿补。故改良猪种必须饲料费用不增而猪之产肉虽增加。第二步为设计之方法，假定研究结果是用波支猪与中国母猪交配所产第一代之杂种猪豢养之可以不增加饲料而产肉量确可比中国猪多，即此设计方法已得。然后将杂种猪交农夫试养，看其是否可以饲料不增加，而肉量可以增加。是为设计之试行。如试行之结果优良，便可推广。而完成此一设计。

农业教育部之主要设计，有育种、畜牧、病虫害、园艺、树艺、土壤肥料、农具等项，分组进行。每组各有三四设计至十余设计不等。例如育种组之设计有棉花、玉蜀黍、小麦、谷子、高粱、大豆、大花生等设计。畜牧组有猪种改良，鸡种改良，乳羊繁殖等设计。每一设计又各分若干问题，详为实验。例如鸡种改良设计有（1）力行鸡之繁殖，（2）新鸡种之育成试验，（3）一村整个鸡种改良试验，（4）力行鸡种之改进，（5）各种鸡产卵数目之比较试验，（6）土法管理鸡群之改进如鸡房饲料产卵箱等，（7）土法孵鸡之研究。

研究实验之目标，原为实施推广。农业教育部特设推广处，负责办理农产展览会，巡回表证演讲，表证农家，巡回训练学校，市集演讲，视导表证农家，农家访问各项工作。十九年11月开第四次农业展览会，到会全县各村农民约计3万人。送农产物来会展览者有土厚，翟城等67村。又于十九年12月至二十年2月在大渋河村区、牛村村区、翟城村区三处办理，表证农家巡回训练学校，为期两星期，分选种、园艺、畜牧、病虫害、普通农业、儿童农业改进团等六科。各科农民学生总计445人。

民国二十年度生计教育工作，仍依据既定目标，集中于农业教育，继续努力于增加生产及改良农产品质之实验。各种研究实验，一依既定之原则，须为现在农民所能实行。在生产上，须根据目前农民生活之需要与生活程度相依并进，在实施上，以表证农家为枢纽，俾达到以农民领导农民自动实行之原则。全部农业教育，仍以设计为进行之方法。本年度除各项设计之推广外，其他重要工作则有庙会与市集表证演讲，值各地庙会期及城内与东亭镇逢集日期举行之。并举办第二届表证农家巡回训练学校于李亲顾等11村，依旧分组表证演讲，计有选种、园艺、畜牧、病虫害等四组。各村各组毕业学生计有273人。

卫生教育

卫生教育之县单位实验，目的在研究一县的卫生实施方法，本会由卫生教育部主持，工作分预防、治疗、训练三项。预防方面注重（1）环境卫生，（2）防止疾病，（3）增进营养，（4）提倡体育及增进健康之娱乐。治疗方面工作有（1）医院诊疗，（2）分区治疗，（3）游行诊疗，（4）农村救急等项。训练方面以中国目前办理卫生事业，人才极感缺乏不得不注重人才之训练。在设备方面在县城内建设卫生事务所，附设医院。在各村区亦拟分别添设卫生事务分所，附以诊疗所。根据目前中国情形，治疗与预防，非联合进行不可，因之本会卫生工作，两者并重，期于相当年限之中，为中国研究得一联合预防与治疗之卫生行政制度，推行各县。

十九年度卫生教育部之工作亦可从治疗、预防、训练三方面报告。关于治疗方面，城内设有诊疗所一处，每日就诊人数平均50余人。在乡村设分诊疗所两处，每星期开诊两次，每次每处就诊人数平均20人。冬季有巡回诊疗团在各村施诊。关于预防方面，亦用设计方法，本年度研究实施者有（1）预防肠胃病，（2）预防天花，（3）预防白喉，（4）预防婴儿脐带风，（5）防止沙眼及（6）改良营养等六种设计。此外如举行卫生视察，设立农村游艺场，举办学校卫生以及生命统计等项工计，均在进行之中。关于训练方面，根据公共卫生工作之需要，有卫生视导员训练班，临床护士训练班，卫生调查员训练班，接生婆训练班。各班男女学生在相当的基本训练之后，即在指导之下，实地参加工作，俾学习与活动联合一致。

二十年度卫生工作，仍分诊疗、预防、训练三方面进行。关于诊疗方面，除城内医院正在筹备，诊疗所仍在进行外，并分别在研究村及研究区内各设诊疗所一处。以期逐渐试验完成农村医药制度。关于预防方面，除各项直接的预防工作外，尤注意于间接的教育工作，如供给平校教材、材料及特行印发小册及传单等。关于训练方面，本年度举行者有护士训练及产婆训练等工作。本年度七、八、九三个月，因值战事除外，各种工作进行状况如次：门诊，1162人，乡村诊疗所门诊4758人，出诊427次，学校治疗485人，齿病治疗452次，接生28人，种痘4916次，白喉预防注射155次，齿病预防1148人，预防查体850人，妇婴检查拜访345次，家庭拜访673次，膳食拜访124次，学生量重796人。

公民教育

平民教育的目的是使三万万以上失学的平民取得最低限度的整个生活的教育。在此种目的之下，平民的公民教育必须具备以下三种条件：（1）适应未受过国民教育的青年与成人的程度，授以相当的能领受的社会知识、道德、技能，以养成现代的新民。(2) 体察中国普通社会所表现的团体分子的缺点，施以必要的精神上的训练。(3) 应使中国国民，人人取得最低限度的政治道德及政治的知识技能。为实现此种公民生活起见，平民的公民教育，应有如下之目标：（1）培养公共心，（2）训练团结力，（4）授以20世纪最低限度应有的公民道德知识技能，（4）指导对于家庭社会国家世界种种生活改良的组织与活动。

十九年度公民教育部工作，分研究、编制、实施三方面。研究工作，除拟定上面所述之公民教育目的外，一方面研究对家庭，对社会，对国家，对世界应有之公民道德、知识与技能，征定公民教育材料。一方面调查实际公民生活，搜集历史乡土有关系的材料，比较研究各国公民教育，讨论实际公民生活上要求的问题，并随时试验研究所得的方法。

编制工作，根据研究所得，分别编制初高级平民学校青年补习学校教材，教师应用之参考材料，各项公民活动之设计。并将研究结果与参考材料编译出版。教材方面有《三民主义》、《公民图说》、《公民课本》、《历史》、《地理》、《唱歌》等书，教师应用材料有《三民主义讲稿》、《公民课本参考书》等。各项设计拟定者为（1）农村家庭改良会设计，（2）模范家庭调查表彰设计，（3）农村自治研究会设计，（4）农村的教养调查设计，（5）农村自治基本建设设计。此外编制已出版或在印刷中者有（1）《国族精神》，（2）《公民道德根本议》，（3）《公民道德纲目》，（4）《公民知识纲目》，（5）《国民生活上应改正之点》，（6）《中国伦理之根据》，

（7）《自然环境与中国社会》，（8）《日本维新运动史要》，（9）《中国古代国民生活状况》九种。

实施工作，公民教育重在实施。研究有得，即着手实施于实施之中，实地试验。依现在计划，实施方式有以下各种：（1）四大教育联锁的实施法，（2）家庭联络的实施法，（3）平校毕业同学联合实施法，（4）村民团结实施法，（5）个人指导实施法，（6）娱乐场所实施法，（7）逢节遇会实施法，（8）学校式的讲授。

此外并举行公民教育运动以引起农民对于公民教育之注意，以社会式教育实施公民的训练。

在实施方面，本年度特别注意“到乡村去”的集中的实施。在高头村牛村等村区着手试办。先从接洽、访问、调查、讲演入手。现在高头村已组织家庭会，其他各村亦次第酌量组织。希望逐渐推行，在实际上对于农民的道德训育与地方自治的基本训练之研究，有所成功。

二十年度公民教育工作，仍注重于家庭会的活动。高头村家庭会自二十年5月已筹备成立，惟组织之完全就绪，工作之正式开始，则在二十年12月。

家庭会共包含五种集会：（1）家主会，（2）主妇会，（3）少年会，（4）闺女会，（5）幼童会。

各种集会均有执行委员七人，担任公共职务。每种集会每月至少有一次，至多不过四次，随时应农民工作之忙闲，斟酌损益之。

每种每次集会，不外下列事项之设计表演设计活动：（1）儿童教育，（2）家庭经济，（3）家庭卫生，（4）家庭道德，（5）家庭和乡村关系问题，（6）家庭和国家关系问题，（7）家庭和世界关系问题。

高头村全村户口，据本年调查为120家，现在入家庭会的人家有61户。工作进行以来，关于儿童教育之改良，家庭卫生之注意，家庭经济之合作，均甚见成效。

关于高头村经济方面之合作组织，已有下列三种：（1）消费合作，（2）合作纺织，（3）合作刺绣。

此外关于乡村的或国家的公益事件，亦因有家庭会而容易举办。壁报，本村街道之清除与各家泼水，以及本村对于上海十九路军抗日之捐款，均系由家庭会发动举办。关于改良风俗，自为家庭会随时注意之问题。其中发现最显著最迅速的效果，即为青年女子之解放的要求，及幼童之清洁卫生的表现。

除家庭会之活动外，本年度进行之工作，尚有以下数种：(1) 村治讲学会之举行，(2) 开始注意造成基本财产，(3) 节会之利用，(4) 自卫训练之实验。

学校式教育

就本会工作本身而论，四大教育之实施方案，一切以社会调查为基础。但就四大教育如何影响民间生活一点而论，则各方面活动均以平民学校为中心。换言之，农民接受四大教育以加入平民学校为开端。一方面使农民人人得受最低限度之文字教育为取得知识之基本工具；一方面使人人得受最基本的生计卫生公民教育的训练。

本会学校式教育由学校式教育部主持。根据五年农民教育之经验，县单位教育上之要求，十年的实施计划，与其他各部分工作联锁上之必要实施学校式的教育。虽比较的注重初级平民学校，而学校式教育的实验则不仅为初级平民学校，对于高级平民学校、青年补习学校、儿童教育实验学校，亦认为重要。希望以若干年之研究实验，造成一适合中国国情之县单位教育制度。兹将拟议之县单位教育范围，列表如下。其他如生计卫生方面，亦有短期的学校方式之训练，未列入。

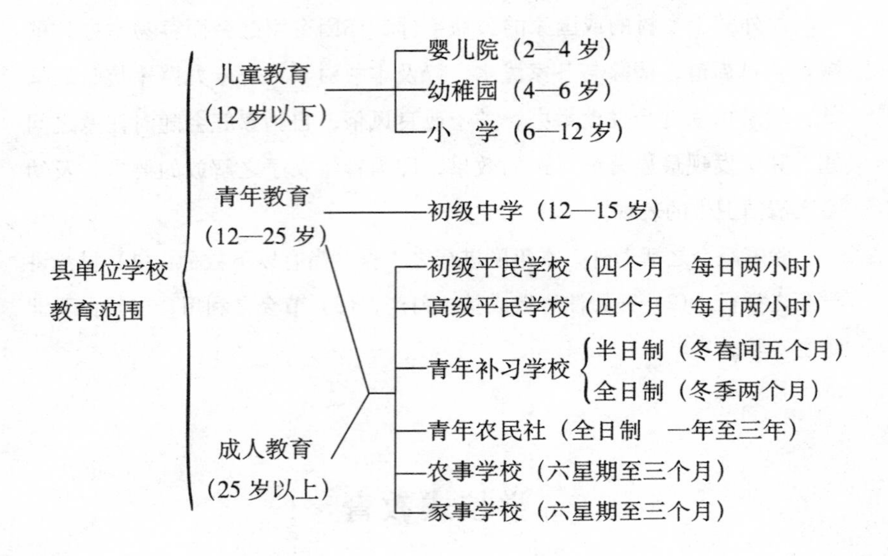

其他如视导人才及表演平校教师之训练，亦由学校式教育部主持，以便与文字教育之实施联为一气。

学校式教育部在此种计划之下，内部工作分为：（1）教务，（2）研究实验，（3）表演推行，（4）视导训练，及（5）学术研究委员会。（现先设学务调查及小学教育两委员会，分别担任工作）

十九年度学校式教育方面之主要工作，分文字教育、实验与表演、训练与讲习数项。

文字教育工作，依十年计划第一期注重识字运动，更注意全县12至25岁之青年，使均能受基本的文字教育。青年在农村建设上占最重要之地位，理由显明，无庸赘述。依社会调查部之详细调查，全县失学青年，年龄在此范围之内者约70000人。本会欲于第一期三年之中，使此70000男女青年人人能入初级平民学校取得最低限度之文字教育。原定第一年除去青年文盲10000人，而今各种初级平校学生共计14210人。较所规划者超过4000余人。

实验与表演工作，实验学校目的在将各种教材教具教学方法加以科学的研究，实验结果。在各乡村中心设立表演平民学校，将实验所得实地表证为附近各村自办平民学校之参考与模范。同时一方为推行视导之中心，一方又为一种“重复实验”以测证实验的结果，故其作用极为重要，为研究与推行之联锁制度。十九年度实验学校共10班。表演学校17处28班，分配于全县六区中之大深河、清水河、尧房头、水磨屯、南车寄、西张谦、土厚、马家庄、市庄、南庞村、内化、赵村、大西涨、南支合等处。

训练与讲习工作，本年度主要的训练工作为专科学校。招收师范及中学毕业生。目的在培养平教工作人才，供给视导员与表演平校教师。课程分自修、讲演、实习三部分，本年学员17人，一年毕业。此外短时间的学校式教育训练尚有平校教师研究会、讲习会与实验平民学校与表演平民学校教师讨论会。

二十年度学校式教育工作，仍按既定目标进行，一方面在研究实验除文盲之全套应用学术；一方面根据过去得失经验，继续改良学校式教育实施之方法与工具。工作概况简述如下：

（一）除文盲工作之进行。本年度除文盲工作，依本会二十年9月所定计划，先由三个“实施中心村”着手实行，期以全县为范围，完成“十年计划”中第二年之除文盲工作。嗣于二十年11月，本会决以“研究村”为中心而扩大“研究区”，期于最近二年内，尽先除尽全“研究区”文盲，俾便与其他工作联络，进行步骤遂亦因之变更；即一方仍继续进行“实施中心村”之工作，一方则又积极从事于“研究区”除文盲工作之筹备与开始。兹将除文盲工作内容略举如下：(1）表演学校，此项学校之性质，系供村立平校参证并为指导推行之中心。计在“研究区”及三个“实施中心村”共办此项学校20处，共42班。初级男生计1214人，女生113人；高级男生587人，女生51人；初高两级共计男女学生1965人。本年度办理此项学校，特注重于下列原则，俾便推行：一为校中之不动产及一切消耗品均由村中预备，教员薪金由本会供给；二为教员专负教学管理及训练责任，其他行政事项则由村中所组织之校董会与村中所公举之校长负责。

（2）平民学校，此项学校系各村受本会推行影响而自办者，惟本会仍予轮流视导。本年度此项平民学校共成立417处，计497班。初级平校男生11462人，女生395人；高级平校男生1482人，女生28人；初高两级共计男女学生13366人。（3）实验平民学校，此项学校为研究及实验性质，纯由本会负责主持。初高两级共5处，男生89人，女生73人，共162人。综合以上三种学校，本年度男女毕业学生共计15493人。

（二）视导人员及教师之培养：（1）平民教育专科学校，目的在造成平校视导人员及表演平校教师。期限为一年，共有男生32人，女生16人，共48人。（2）妇女平校教师训练班，目的在造成妇女平校教师，以应最近积极推广妇女平校之急需。期限为一年。共有女生30人。

（三）协助地方推行识字运动。本年度定县地方举行大规模之识字运动，本会协助担任训练教师及研究教材、教具及实施方法之责。训练教师已竣事，计各区选送报到受训练者569人，受测验者509人，及格者477人。

（四）编辑工作。本年度计划编辑全套识字教育应用学术丛书，计十二种。本年七月中旬可全部脱稿。

（五）儿童教育实验学校。本年度对于儿童教育，已开始为整个的研究。本会现有实验学校，规定为城镇小学之研究与实验的场所。

社会式教育

此项工作于二十年度开始进行，目的在研究以社会的方式实施四大教育之方法及技术。本年度大部分工作为对于毕业同学之筹办与实验。

（一）毕业同学会之组织。平民教育每易流于空疏，对生活上无所改进。其故在民众缺乏坚强组织，致少改进生活之自动的要求；同时接受教育之民众，因缺乏组织，并所受教育亦渐丧失；因此有“平民学校毕业同学会”之组织，以期造成农村建设之社会重心。自二十年10月19

日起，先成立平民学校男女同学会26处，会员1293人。同学会有简章，自修信条，春夏秋冬四季活动表，每月阅览书报考查表及《平校同学会周刊》。

（二）社会式教育之设备。此项设备之意义在以最低限度之经费、地方及时间，收到实际之功效。(1) 平民角，在以极简单之设备及管理，而收到博物馆、图书室、办公室之效用。利用屋之一隅，制木柜一双，抽屉内分格存放同学会自行购置之图书及同学会钤记；上方布置党国旗、会旗、奖品、照片、章程等。由同学会组织管理委员会，轮流于指定时间值日。近查此木柜之购置费需三四元，颇觉不资，拟以煤油箱代之。(2) 图书担，系为适应农民阅书报地方及时间之便利而设。用木制轻便书箱两只，按约定时间及地点，挑往各村开放出借书籍，并为解答问题。计已试行8村，每村开放3日，每日4小时。阅书者共582人，阅书共974册。(3) 巡回文库，目的在训练合作，节省经费。联合数村集资合购图书，分籍编号，按旬分组巡回于各村。计已举行3次，每次系3村合作，借书者共732人。(4) 平校同学会周刊，此项周刊为同学会会员彼此通讯发表意见及作品之刊物。内容有“谈话”、“文艺”、“新闻”、“报告”、“信箱”、“介绍”等栏。三分之二为会员投稿。附有图画特刊，抗日救国捐款特刊，谜语特刊及小丛书，视导报告等副刊。

（三）社会式教育之活动：(1) 文艺运动，此项活动意义，在借最近发生之外侮事件，唤起农民自省自觉及自强之决心，利用本会特行编制之挂图、大鼓书词、新剧、唱歌等，表明中华民族受侵略的事实及原因，并提示农民图强应有之初步工作。计举行23日，历“研究区”61村，民众参加者，共25080余人。活动费30余元。(2) 抗日救国捐，为使农民对外侮有更切实之体会并慰劳前敌将士，《平校同学会周刊》有募捐谈话，各同学会群起响应，计捐款者2387人，共得银136元2角7分9厘6毫。(3) 抗日救国基金游艺会，为研究民间娱乐以为传播教育之工具，并募救国基金，特举行抗日救国基金游艺会。内容有昆曲、秧歌、梆子及武术等项。参加者有大西涨、赵村、内化三个同学会，演员均为同学会会员。(4) 会长会议，各同学会成立后，于12月28日至30日，举行全体会长会议，说明同学会在农村上之责任，并授以开会仪式。(5) 演说比赛，为训练农民用言语发表思想，及启示同学会在村内之活动，于1月元旦举行同学会全体演说比赛。(6) 越野赛跑，为训练村中农民之守法精神，并启示同学会在村中之活动，于1月14日举行中一区同学会越野赛跑。(7) 武术表演，为寻求农村自卫之基础途径，并启示同学会在村中之活动方法等，于4月2日及8日在考棚及高头举行武术表演。参加者大西涨、赵村、内化、大羊平、尧房头、南车寄、大溑河七个同学会。

此外尚有同学会在本村自有之村民联欢大会、灯会、高翘会、昆曲、莲花落、修理道路、棋类比赛、踢毽比赛、村中调查、植树运动、家庭教学、扫雪运动、文艺比赛等运动。

关于四大教育的工作，已简单叙述如上。于此有一点应郑重说明者，即四大教育是联锁结合，分工合作的工作。互相关连，互为联络。必如此而后可以整个地解决生活的困难。因为生活是整个的，是联锁的。中国近几十年来，并非没有服务社会，改良民间生活的工作。然而成效很少的一个理由，即为办农业者不问教育，办理教育者不问卫生，各自为谋。是分割的，隔离的，无其他工作可以联络的。因此成功的希望很少。本会根据已往工作的经验，深信生活建设的基本工作，不能不联锁进行。因此，认定四大教育不是不相关联，独立进行的工作，只可以说是平民教育工作联锁进行的四方面。

训练与共同研究

从定县实验的目标上说，如果定县平民教育实验，得到各方面的赞助与本会同人格外的努力，能实现十年的实验计划，整个的实验区即是一大规模的训练机关，训练有志于革新教育为国家谋基本建设的青年；亦是一大规模的共同研究机关，以定县工作的结果，供全国各省各县县单位建设的研究参考。但现在工作方当开始，还谈不到这种理想。

现在本会训练与讲习的工作，一方面注意十年计划互相联贯，实现十年计划的实验与实施的人才。一方面如其中央、各省及各县政府与社会各方面热心平民教育，希望本会指导工作，训练人才，本会亦就能力所及，斟酌本会工作情形，乐于合作。

本会深信平民教育的工作是有学问有能力有道德的青年为国家社会尽力的一种工作。申言之，是青年的一条出路。不但是工作上的出路，更是思想精神上的一条出路。因为平教工作可以满足他完成人格，牺牲小己，实现理想，为民众奋斗，救济一般不平等的民众生活上的受压迫的现象，建设自由自主的新国家。但是要努力民间工作，不能不有准备。因此本会对于训练与共向研究的工作十分注意。希望为全国培养多数努力民间基本工作的同志！

十九年度训练与共同研究的工作在定县举行者，除平民教育专科学校及卫生教育部各种训练班为长期的系统的训练外，其他时期较短的训练与讲习次数较多，主要者为：

（1）乡长副训练班，由定县政府与本会合作举行。全县乡长副约计1200人。由二十年4月份起，分三期开班，每期三星期。在本会新修礼堂开班。课程上不为空泛的法令之讲授而注意于乡村实际的设计。本会各部同人分别担任课程之一部分。例如地方自治，由公民教育部同人担任。产业合作农业改进，由农业教育部同人担任。

（2）河南民众师范院学生实习班。二十年春季河南百泉民众师范院选派本年毕业学生15人到定县实习半年。到定之后在本会训练指导之下，与平民教育专科学校学生共同学习，到各村分担学校式教育与社会式教育的实施工作，成绩甚佳。

（3）平民教育研究会。陆海空军蒋总司令张副司令鉴于县单位基本的教育为建设之根本工作选送人员到定县与本会同人共同研究，实地参加工作。东北矿务局及东北陆军第七旅等机关亦派员参加。自4月20日起至5月20日止本会特为组织一平民教育研究会。各方选送代表共26位。此项研究会之工作内容，一方面注意整个平民教育的系统的研究与实习，一方面如浙江奉化溪口镇、辽宁沈阳县东北陆军第七旅等均各根据讲习所得，分组研究规定计划，切实实施，以表证本会在定县实验工作之结果。

（4）乡村卫生研究会。十八年度全国基督教协进会曾委托本会在定县开办平民教育研究会。全国各省均有代表与会。十八年度参与此种研究会之河北山西两省代表，欲更进一步详细研究乡村卫生之实施。决定在十九年度在定县开乡村卫生研究会。5月12日起举行。会期一星期，到会研究者70人。

本会因全部工作移来定县，其目的在集中才力，为彻底的县单位的实验。现在全部工作正在开始，实无余力到定县以外各省县指导工作。但因各方要求，十九年度仍分别到南京、沈阳、河南开封、百泉、河北泳县、天津各地讲演平教，规划工作，协助进行。

六年计划

前已述及本会在二十年度内确定进行工作之步骤为由“研究村”之研究与实验，进至“研究区”之研究与实验，然后经由三个“实施中心村”而推及全县。在此种步骤与进行中，使吾人对以下诸点有更明确之认识：

（1）四大教育之实施，自始即需要联锁的进行。前定十年分期进行计划，今则不得不应事实之要求，另定六年计划。

（2）鉴于内忧外患之交迫，及国内与国际间之渴望，十年计划有加紧工作缩短年限及早完成之必要。

（3）吾人在此规定年期之计划中，应以全力注重于县单位之基本建设的研究与实验。

（4）由切实移住乡间工作之结果，愈切实感觉须从农民生活中寻求问题。而计划工作，必须为具体而又精密的设计。

根据以上各点，吾人经缜密之研究与考虑，决定变更“十年计划”为“六年计划”，规定此“六年计划”纯为研究及实验性质。自去冬以来，即准备制定“六年计划大纲”。此项大纲已于二十一年1月23日决议，四月十一日正式宣布。继“六年计划大纲”之决议，更顺序进行“设计大纲”、“设计细目”各种具体设计，以及适应“六年计划”之新的行政系统等之制定。整个的“六年计划”，自二十一年度起，即可以正式开始进行。

此六年计划，分为三期，其内容略举如下：

第一期——本期以“研究村”为主要工作

（甲）除文盲　完成“区单位”“除文盲”整套的应用学术。

（乙）作新民　完成“村单位”“作新民”整套的应用学术与基本建设。

第二期——本期以“研究区”为主要工作

（甲）除文盲　完成“县单位”“除文盲”整套的应用学术。

（乙）作新民　完成“区单位”“作新民”整套的应用学术与基本建设。

第三期——本期以全县为范围

（甲）继续研究与实施，完成地方人才训练。

（乙）分别以三个“实施中心村”为中心，实施“研究区”之成绩，完成平教运动整套的应用学术与基本建设。

本会之最终目的，在于“作新民”、“除文盲”工作则认为系“作新民”工作之先锋。故第一期虽有“研究区”之“除文盲”工作，仍以“村单位”之“作新民”工作为主；第二期虽有“县单位”之“除文盲”工作，仍以“区单位”之“作新民”工作为主；至第三期纯为“县单位”之“作新民”工作。

至“作新民”工作之内容，则系由“农民教育”、“农民建设”两种立场观察。前者为运用继续教育而著重于社会分子之陶冶；后者则著重于农村社会之政治经济等方面之基本建设。两方面相辅而行，仍以整个的生活改进为对象。一切纲目及设计皆由此立场出发。同时并注重“农民组织”，“农村重心”及农民之自动。务使地方上皆能自动的继续进行，继续进步。然后研究实验之所得，方能推行全国，为中国教育与农村建设辟一新路。

以上所说的是平民教育在定县的实验的大概情形。定县实验根本上是县单位平民教育的一个“研究室”，希望在定县研究实验四大教育的方法与原则，能在全国各县实施推行。希望为中华民国造成有知识力，有生产力，有强健的身体与合作的精神的个人，造成有丰富生活的农村社会。

六年计划大纲

平民教育在定县的整个的实验表证工作，分两大期进行：

一、研究实验期——以定县为范围　本会定县实验工作，原订有十年计划。兹以感于内忧外患之交迫及国内与国际间之渴望，爰拟及早确定目标，原则，制定设计，加紧工作，缩短年限，以利进行。十年计划应于六年分三期完成之。

二、表证训练期——以全国为范围　根据六年计划之得失经验成绩，以定县为训练表证中心，以全国为推行范围。

一　研究实验期

一、研究实验期分期及范围

（子）第一期　研究村工作——以高头村为研究村，两年完成之。

(丑）第二期　研究区工作——以研究区六十一村为范围，两年内完成之(此为第三第四两年)。

第一年第二年为本期之设施准备期间。

（寅）第三期　全县实施工作——以全县为范围，为实施的研究，两年内完成之（此为第五第六两年）。第一年至第四年为本期之设施准备期间。

二、研究实验之原则提要

（子）工作之研究实验，由村而区，由区而县。

（丑）从农民生活里找问题。

（寅）运用并连锁四大教育求问题之解决。

（卯）各方面之设施，不仅为消极的适应，应注意到积极的改造。

（辰）计划工作，当以设计为主，而运用并连锁四大教育工作之进行。

应注意之点如下：

1. 为避免以往工作之笼统与空泛，以增进效率并考核成绩计，各项设计，须制定具体的精密的工作单元。工作单元构成之条件为：

（1）工作分配

（2）时间分配

（3）人材分配

（4）经费分配

2. 构成设计时，应注意到县区以外的社会现状及势力之研究与认识，——尤其是关于经济方面的，如农产、制造、金融、市场——等以免徒劳无益。

3. 各项设计——尤其是关于经济方面的——应以“互助”的精神为出发点，而以“合作”的方式实现之。

4. 设计应随时注意到“农民自动”，“农民组织”，“农村重心”。

5. 设计的立场，纯粹为“社会的”，“教育的”，“学术的”，由下而上的——与政治尽量合作，而不倚赖政治。

6. 各项设计，应注意到：

（1）农民之“能力”及“能量”——地方人材地方经费。

（2）问题之“普及性”（“共同性”及“特殊性”）。

为谋“普及性”之清晰的辨认，应对于工作之“因人的”及“技术的”原素，有明确的分析与认识，而使“人”与“术”的原素均能普及为基本条件。

7. 构成设计时，对于每一设计完成后，地方是否能自动的继续下去，须有成算及准备。庶几吾人可以提得起放得下，否则无“普及性”。人到政举，人走政息。而流为一种慈善事业。

三、研究实验区工作

（子）第一期——本期以“研究村”为主要工作

1. 除文盲　　完成“区单位”整套的“除文盲”应用学术。

（1）第一年　以实施为主。目的在除尽全区之青年文盲。尤注意区内之研究村（高头）二个实验村（翟城马家寨）。区内每个学校，皆当视作“实验学校”。以作第二年研究之根据。

（2）第二年　根据第一年之材料与经验，以研究为主。目的在完成整套的“除文盲”应用学术。并一面为第二期“区单位”之“作新民”工作的先锋。

2. 作新民　　完成“村单位”整套的“作新民”应用学术与基本建设。

“作新民”的工作，应从两方面观察：一为农民教育之立场，一为农村建设之立场。前者着重于社会分子的陶冶，后者着重于农村社会之基本建设。

（1）村工作

①第一年　研究准备——本年工作分两方面：一为四大教育连锁之研究与实施；二为农村建设之研究与准备。

②第二年　实施完成——本年为实施农村建设工作，并补充农民教育工作之不足。务期完成“村单位”整套的“作新民”应用学术与基本建设。此项工作，必须如期完成，不得使有拖延情形。(2) 区工作　设计性质不得限于一村者，得扩展到区。惟须特别注意“研究村”的基本工作，勿使精力涣散。

（丑）第二期——本期以“研究区”61村为主要工作

1. 除文盲　　完成“县单位”整套的“除文盲”应用学术。

（1）第一年　以全县为范围。充分与政府合作，以期除尽全县之青年文盲。并对于与政府合作之便利及困难种种方面，获得整个的经验。

（2）第二年　研究初级平校以上之教育，为地方培养自动自治的青年人才，为第三期“县单位”之“作新民”工作的先锋。

2. 作新民　　完成“区单位”整套的“作新民”应用学术与基本建设。

（1）区工作　相当地根据“村单位”之研究成绩并根据“研究区”之共同的与特殊的需要与问题，及区与较大范围之关联问题上，作进一步的研究与实验“研究村”的成绩。一方面即为“区单位”工作之各项设计的研究实验之实施与完成。此实施“研究村”的成绩必须带有“证实”（Verification）之性质。

（2）县工作　有因工作性质关系，须越出“研究区”范围以外而涉及全县者，得斟酌行之。但不得因此影响“研究区”之本身基本工作。

（寅）第三期——本期以全县为范围

本期应集中精力，实现下列二点：

1. 继续研究与实施，完成地方人才训验。

2.分别以南支合、明月店、李亲顾为中心，实施“研究区”之成绩。完成平教运动“县单位”整套的应用学术与基本建设。

四、六年计划成功之条件与准备

（Ⅰ）本身的条件与准备

（子）关于共同理想之建树　本会负责较重人员，对于农村生活，务须（1）由综合的（包含纵的方面——中国农村的历史的演进；横的方面——中国农村处现代世界农村之地位及意义）及分析的（如经济的，政治的，社会的等）两方面，作精确的研究。

（2）在工作的研究与实施之进程中，作深切的体会，俾能确定对于“新民”及新民的社会之形态的共同理想。庶免工作有驳杂及不利进行之弊。

（丑）关于工作人员之分配　以上各期工作进行，应有详细的具体的计划一一列举其条项内容。所有人员，均应破除向来界限，一一按照设计条项内容性质，分配于各项设计，担负责任。一如学校配当功课表然。如此，一面可查考设计上之工作成绩与责任；一面可作“因事设人”之考核。不致有“因人设事”之弊。

在第一期关于“作新民”工作，以“村”为进行设计试验的期内，各设计主持者，应按照设计中具体的条项内容，集中精神，亲自参加，身到脑到手到，并率同学识才能比较有根底的人员，一同到村中实地实验，寓训练于经历之中，然后于第二期以区为范围表演实施时，方有干练可靠之人才分布各处。到第二期，各设计主持者，则输流到“研究区”各村指导。到第三期，各设计主持者，则分区指导，并共同训练人才。

（寅）关于进行之组织

1.“研究村”工作　第一期（二年）以“研究村”为主要工作，为进行便利及效率计，设“研究村委员会”。委员若干人，由干事长指定之；主席一人，由干事长兼任之。

2.“研究区”工作　第一期（二年）有因设计性质不能限于一村扩展到区工作，为进行便利及效率计，设“研究区委员会”。委员若干人，由干事长指定之；主席一人，由干事长兼任之。

（卯）关于经费　应根据设计性质，确定分配之。

（辰）关于六年计划之认识　在各项设计之进行中，应随时将工作情形，分别宣示。借使全体人员，对于六年计划，有持久的认识与奋勉。

（已）“研究村”，“研究区”与“县”工作进行状况，得失经验，应由秘书处负责记核。

（午）各种工作，如经设计试验而有成效，有继续永久进行之性质，在经济上又有自足自给之可能者，应使其营业化——例如出版物，农场之棉花猪鸡等。

（II）对外的条件与准备

（子）社会方面　使社会对于六年计划，有明了之认识与帮助。

（丑）政治方面　（1）使政治领袖，对于六年计划，有明了之认识；（2）能得政府之具体的合作。

五、“县”的三“实施中心村”之工作

根据“研究村”“研究区”基本工作之需要，斟酌进行“县”的三“实施中心村”（南支合、明月店、李亲顾）之工作。

（Ⅰ）第一期

1. 第一年　（1）辅助视导三区的平校。（2）筹办表演平校。（3）介绍社会式教育。

2. 第二年　（1）提倡妇女平校。（2）使本会所办“表演平校”蜕化为地方自办之“模范平校”，以作第二期普及全县识字教育的准备。（3）提倡社会式的四大教育。

（Ⅱ）第二期

主要的功用　为全县识字运动推广中心。

次要的功用　为社会式教育的中心，并为进行第三期工作的基础

六、小学

本会应得相当的顾到农村小学之改良，尤其是“研究村”、“研究区”之小学。其理由有三：

（1）小学不改良，则小学教育不能普及，势必至一面“除文盲”，一面文盲又增加；

（2）农村小学，即无异是农村最高学府。如小学不改良，则小学毕业人材与平校毕业人材，难相应合；

（3）小学教育，有“基础性”，有“普及性”，须将现在之小学，改良其办法内容，使之有“实用性”及“简易性”，方能与平民教育之青年成人教育打成一片。

小学分期进行之程序如下：

（Ⅰ）第一期

（1）第一年　集中精力办理考棚实验小学，务期完成对于城镇小学之整个的实验。

（2）第二年　根据第一年的得失经验，加以研究。即在“研究村”设实验小学一所，作纯粹农村的小学之实验并完成之。

（Ⅱ）第二期

与地方合作，在“研究区”内二个“实验村”（马家寨、翟城村）设“表演小学”各一所，以资表证与提倡。

（Ⅲ）第三期

第一年 普及“研究区”。

第二年 普及全县。

二 表证训练期

本期以训练为目标，以全国为范围。

设立“平民教育学院”于定县。为全国训练实际提倡、推行表演，实施视导及平教学术与基本建设之专门人才。

六年计划第一期组织系统

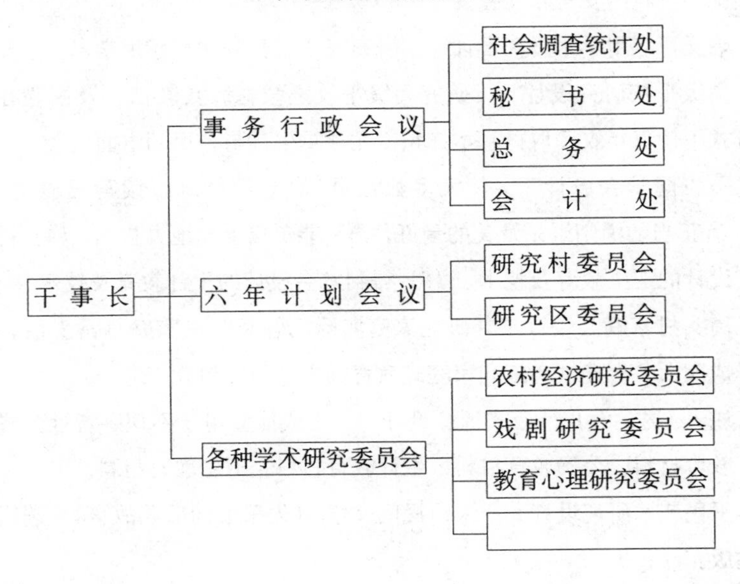

六年计划第一期设计

初级平教研究设计　　（1）完成初级平校教材教具教法，（2）规定初级平校毕业标准及测验方法。

除文盲实施设计　　除尽研究区全区内14至25岁男女青年文盲。

除文盲实施设计（三实施中心村）　　除尽南支合、明月店、李亲顾三实施中心村男女青年文盲。

除文盲应用学术研究设计　　研究完成整套除文盲应用学术。

高级平校研究设计　　研究高级平校之教材教具教法，及测验在学校方式下使青年农民取得基本知识，尤注重生计与公民两方面。

平校同学会设计　　使大多数会员（1）继续练习读写浅显文字，（2）有正当的消闲娱乐及美的爱好，（3）能负责参加地方自治，（4）得到本会设计的卫生教育及技术，（5）得到本会设计的生计教育及技术。

高头村家庭会设计　　研究家庭实际问题及改良家庭日常生活，预期作成四大教育连锁实施的家庭式教育的方法与材料。

成人（男，女）社会式训练设计　　完成能应用于不识字者社会式的文艺教育材料、公民教育材料、生计教育材料、卫生教育材料。

平民艺术研究设计　　采访民间文学（先采鼓词歌谣故事），选辑整理出版。

平民艺术研究设计　（1）采访民间艺术与习尚，（2）测验农民艺术的心理。

平民读物编辑设计　根据文艺教育之三种精神：1. 培养文艺兴趣，2. 增进科学知识，3. 发扬民族精神。以四大教育之内容选作译作并创作完成平民读物六百种。

同学会周刊设计　完成定期刊物式的农民教育工具，此工具有三种功用：（1）农民有练习读写机会，（2）农民有发表意见机会，（3）农民生活有得到指导机会。

农民文艺馆设计　完成农村内一个各种文艺活动及设备之公共场所。

戏剧研究设计　（1）培养平民欣赏戏剧能力与兴趣，（2）实验平民戏剧内容与形式，（3）以戏剧表演或剧本制作而宣传四大教育。

音乐研究设计　（1）培养音乐兴趣，（2）发扬民族精神，（3）制造简单实用经济的乐器。

图画研究设计　（1）培养美感兴趣，（2）发扬民族精神，（3）辅助各项设计进展。

摄影研究设计　(1)表现各项设计成绩，(2)宣扬各种设计活动。

广播无线电教育研究设计　(1)以广播无线电为工具，广播四大教育之内容精神，及农民日常生活上必需之知识与消息，(2)研究实用经济的机械管理与制造。

高头村波支改良猪推广设计　增加高头村猪之产肉量及改良其品质，预期高头村农家养波支改良猪者，较养本地猪者于同一饲养之下，应有四元五角六分收入之增加。

猪种繁殖设计　繁殖优良猪种备推广区县之用。

波支猪、本地猪及第一代改良猪饲养比较试验设计　试验波支猪、本地猪及第一代改良猪在同一饲养管理下之反应，此试验完成后，断定被试验之三种猪中以何者增加体重最速、品质最佳，且饲料之消耗及利用最经济。

五代改良猪种设计　　试验何代改良猪生长率最速，且品质最佳，于试验完成后断定五代改良猪中以何代猪生长最速且品质最佳。

瑞士乳羊繁殖设计　　供给同仁羊乳之饮用，及提倡农家养瑞士乳羊，以改善农家食品而增进国民健康。

本地绵羊改良设计　　增加本地绵羊产毛量及改良毛质，于完成试验后能断定本地绵羊第一代改良种及第二代改良种产毛量与毛质之差异。

棉花育种设计　　(1)改良品质，(2)增加产量完成此项目的实施方法为纯良品种之育成。

玉蜀黍育种设计　　(1)增加产量，(2)提早成熟。

小麦育种设计　　(1)增加产量，(2)改良品质，(3)抵抗风灾及病害。

谷子育种设计　　(1)增加产量，(2)改良品质，(3)抵抗风灾及病害

白菜改良设计　　(1)育成佳良品种以增强具抵抗力，(2)改良栽培方法以促进其生产量。

葡萄栽培设计　　（1）介绍新品种，（2）改良栽培法。

梨树整枝设计　　（1）除去无益枝芽，整理树形，以维持树液之平均，抑止果树之生长机能，（2）助长果实或花芽之生育，以调剂果树不结实或互年结实之弊，（3）促进果实品质佳良采收丰富，（4）整齐树枝，以便管理与采收，及病虫害之防除。

介绍园艺作物新种设计　　（1）介绍适合于当地栽培及需用的新种，（3）改良农民原有园艺作物栽培的方法。

高头村合作社设计　　以兼营合作方法通融资金振兴生产，谋供给予需要之便利期新农民经济之建设，创造村单位合作经济之组织。

经济农场经营设计　　研究最高效率利益高大之混合农，解答华北农业大小应如何组织应如何购买运销等问题，最后对农业集团（合作）经营或可求得相当之方案。

高头村纺织训练设计　　利用农暇训练生产技术，利用本地原料发展纺织工业，提高效率增大利益而创建农民合作之经济组织。

创建保健医药制度设计　　创立保健院保健所，督率各村保健员以

求得乡间最有效最经济之解决医药问题法。

铲除四六风病研究设计　　研究最经济而有效的村单位之铲除四六风病方法，以为推广削除此病之根据，并作妇婴之工具。

减除肠胃流行病研究设计　　研究村单位最经济而有效之改良环境卫生方法，以为减除肠胃流行病之教育工具。

营养问题研究设计　　运用各种教育方法，灌输适当之营养知识与技能俾作改进民众食物之初步。

学校卫生研究设计　　根据本会实验小学及县立小学19所之组织，以研究儿童学校卫生教育之简易方法。

预防天花流行病设计　　以最经济最有效之组织，灭除天花流行病，俾作其他传染病预防之先声，并使民众相信人力有制止病疫之可能。

高头村自治研究与训练设计　　(1) 训练村自治基本人材，(2) 储蓄村自治基本财产。

国族精神研究设计　　从二十四史选择志士仁人故事作系统的研究，再从选辑故事中选择富于感兴力而又与时代精神不相背者，制为历史图说四十套。

田场经营调查设计　　是要知道自耕农田场周年经营详细情形，包括各项资本、所用人工、各项支出、各项收获、各项收入与赚利。

各村主要农作物及猪鸡羊调查设计　　是要知道研究区内主要农产数量，尤其是贩运出境者包括棉花、小麦、花生、鸭梨等物。此外调查猪羊鸡数目以应畜牧研究设计之需要。

手工业之详细调查设计　　是要知道研究区内各种手工业制品方法，原料，资本，出货数量，销路，价格，赚利，历年之变迁，盛衰之原因，将来之趋势，且要知道农民如何利用农闲，对于现有之各种手工业有何改进发展之可能，有何种其他手工业可以传习于本县农民。

集市与商业调查设计　　是要明了集市之组织，买卖方法，贩运手续，各层赚利，其中利弊与改善之可能，且要知道研究区内输出之各种农作物与手工制品之数量，并要知道输入区内各种货物之数量，例如煤油洋布纸烟等项，借知外货影响之程度，此种调查结果，亦为组织经济合作之根据。

借贷调查设计　　是要明了农民负债情形，借以了解农民经济实况，包括借贷款额、利息、原因等项，调查结果可为组织信用合作之参考。

关于经济之各种会社调查设计　　是要知道研究区内现存之各种与经济有关系之团体的内容，例如钱会与青苗会等组织，亦要知道本地钱商之组织与经营之方法及数量，调查结果可为计划新经济制度之参考。

家庭卫生调查设计　　是要明了农村家庭卫生概况，包括人口死亡、井、厕所沐浴、疾病、医药、秽水粪堆、居住清洁设备等项调查结果，可以发现关于健康的各种问题，谋改进之方法。

生命统计调查设计　　是要知道研究区内各村出生、死亡人数及死亡原因，逐年调查之结果可以明了本区公共卫生之进步情形。

整理研究区内按户人口调查材料设计　　整理已有之人口材料，研究人口之分配。

整理120家生活费记账设计　　整理统计已有之120家记账，明了农民生产真相。

整理全县各区土地分配与农产物之概况调查材料设计　　整理统计已有之材料，借以大致明了全县各区土地分配及农业概况。

整理全县各区手工业概况材料设计　　整理统计已有材料，借以大致的知道全县各种手工业情况。

整理三实施中心村之调查材料设计　　整理实施中心村已有之材料，借以明了三村人口土地与教育概况。

社会调查统计处调查项目

1. 地理——疆域及面积、地势、土壤、气候。

2. 历史——全县、各村、古迹。

3. 政治——县政府、村政府、赋税。

4. 人口——家数、人数、分配、密度、生亡、婚姻。

5. 家族——宗族、家庭。

6. 教育——教育局、学校、社会教育。

7. 卫生——医生、药铺、产婆、卫生设备、人民卫生知识。

8. 娱乐——成人娱乐、儿童娱乐。

9. 信仰——寺庙、回教、基督教、迷信。

10. 风俗——婚事、丧事、庆祝、节日、陋习。

11. 救济事业——贫穷救济、特殊救济。

12. 交通与运输——陆路、水路、邮政、电报。

13. 农业——度量衡、币制、田产大小、田庄大小、田权分配、佃租制度、田块大小、地价、农产、经营方法、税捐。

14. 生活程度——食品、衣服、住房、燃料、杂项。

15. 工业——粗工、精工、工厂、家庭手工业。

16. 商业——商店、集市、借贷。

图书在版编目（CIP）数据
定县社会概况调查/李景汉编著；
—上海：上海人民出版社，2005
（世纪人文系列丛书）
ISBN 7-208-05255-7

Ⅰ.定... Ⅱ.①李... Ⅲ.社会调查—研究
Ⅳ.D668

中国版本图书馆 CIP 数据核字（2005）第 079563 号

出品人　施宏俊
责任编辑　钱济平
装帧设计　陆智昌

定县社会概况调查
李景汉　编著

出　　版　世纪出版集团　上海人民出版社
（200001 上海福建中路 193 号 www.ewen.cc）
出　　品　世纪出版集团　北京世纪文景文化传播有限公司
（100027 北京朝阳区幸福一村甲 55 号 4 层）
发　　行　世纪出版集团发行中心
印　　刷　北京华联印刷有限公司
开　　本　635×965 毫米　1/16
印　　张　53
插　　页　4
字　　数　737,000
版　　次　2005 年 5 月第 1 版
印　　次　2005 年 5 月第 1 次印刷
ISBN 7-208-05255-7/C·184
定　　价　56.00 元

世纪人文系列丛书

一、世纪文库

《印度佛学源流略讲》 吕 澂著
《〈马氏文通〉读本》 吕叔湘 王海棻编
《中国制度史》 吕思勉著
《汉语诗律学》 王 力著
《清代学术概论》 梁启超著
《秦汉的方士与儒生》 顾颉刚撰
《中国文字学》 唐 兰撰
《中国哲学十九讲》 牟宗三撰
《魏晋玄学论稿》 汤用彤撰
《中国文学批评史大纲》 朱东润撰
《诗论》 朱光潜撰
《文献学讲义》 王欣夫撰
《中国目录学史》 姚名达撰
《中国古代服饰研究》 沈从文编著
《中国佛教史籍概论》 陈 垣撰
《中国文化要义》 梁漱溟著
《人心与人生》 梁漱溟著
《中国封建社会》 瞿同祖著
《定县社会概况调查》 李景汉编著
《藏族宗教史之实地研究》 李安宅著
《〈仪礼〉与〈礼记〉之社会学研究》 李安宅著
《资本主义文明的衰亡》 [英]锡德尼·维伯 比阿特里斯·维伯著 秋 水译
《哲学研究》 [英]路德维希·维特根斯坦著 陈嘉映译
《哲学通信》 [法]伏尔泰著 高达观等译
《恶的象征》 [法]保罗·里克尔著 公 车译
《国民经济学原理》 [奥]卡尔·门格尔著 刘絜敖译
《协同学——大自然构成的奥秘》 [德]赫尔曼·哈肯著 凌复华译
《我的艺术生活》 [俄]康斯坦丁·斯坦尼斯拉夫斯基著 瞿白音译
《时代的精神状况》 [德]卡尔·雅斯贝斯著 王德峰译
《心灵、自我与社会》 [美]乔治·H·米德著 赵月瑟译
《蒂迈欧篇》 [古希腊]柏拉图著 谢文郁译注
《伦理学原理》 [英]乔治·摩尔著 长 河译
《古代人的自由与现代人的自由》 [法]邦雅曼·贡斯当著 阎克文等译
《道德哲学原理》 [英]亚当·弗格森著 孙飞宇 田 耕译
《论暴力》 [法]乔治·索雷尔著 乐启良译
《论教育学》 [德]伊曼努尔·康德著 赵 鹏译
《教育片论》 [英]约翰·洛克著 熊春文译
《形而上学》 [古希腊]亚里士多德著 李 真译
《论三位一体》 [古罗马]奥古斯丁著 周伟驰译
《论李维》 [意]尼科洛·马基雅维里著 冯克利译
《知识分子的背叛》 [法]朱利安·班达著 佘碧平译
《论法国》 [法]约瑟夫·德·迈斯特著 鲁 仁译
《确定性的寻求》* [美]约翰·杜威著 傅统先译
《利息理论》* [美]厄文·菲歇尔著 陈彪如译

《主权论》* ［法］让·博丹著 孙飞宇 田 耕译
《论人》* ［英］托马斯·霍布斯著 孙向晨译

二、世纪前沿

《想象的共同体——民族主义的起源与散布》［美］本尼迪克特·安德森著 吴叡人译
《权力与繁荣》［美］曼瑟·奥尔森著 苏长和 嵇 飞译
《知识资产——在信息经济中赢得竞争优势》［西］马克斯·H·博伊索特著 张群群 陈 北译 张群群校
《政治的正义性——法和国家的批判哲学之基础》［德］奥特弗利德·赫费著 庞学铨 李张林译
《少数的权利——民族主义、多元文化主义和公民》［加拿大］威尔·金里卡著 邓红风译
《自由主义、社群与文化》［加拿大］威尔·金里卡著 应 奇 葛水林译
《陌生的多样性——歧异时代的宪政主义》［加拿大］詹姆斯·塔利著 黄俊龙译
《反资本主义宣言》［英］阿列克斯·卡利尼科斯著 罗 汉 孙 宁 黄 悦译
《驯服全球化》［英］戴维·赫尔德等著 童新耕译
《为承认而斗争》［德］阿克塞尔·霍奈特著 胡继华译
《奢侈的概念》［英］克里斯托弗·贝里著 江 红译
《国体与经体》［英］约瑟夫·克罗普西著 邓文正译
《公民的加冕礼——法国普选史》［法］皮埃尔·罗桑瓦龙著 吕一民译
《寻找政治学》* ［英］齐格蒙·鲍曼著 洪 涛等译
《作为现代化之代价的道德——应用伦理学前沿问题研究》*［德］奥特弗利德·赫费著 邓安庆 朱更生译
《宪政之谜——国际法、民主和意识形态批判》* ［澳］苏珊·马克斯著 方志燕译
《自由主义的民族主义》* ［以色列］耶尔·塔米尔著 陶东风译
《全球化时代的民主》* ［德］奥特弗利德·赫费著 庞学铨 李张林译
《欧洲与没有历史的人民》* ［英］艾里克·沃尔夫著 赵丙祥译

三、袖珍经典

《原始分类》［法］爱弥尔·涂尔干 马塞尔·莫斯著 汲喆译 渠 东校
《实用主义与社会学》［法］爱弥尔·涂尔干著 渠 东译 梅 非校
《社会学的基本概念》［德］马克斯·韦伯著 胡景北译
《历史的用途与滥用》［德］弗里德里希·尼采著 陈 涛 周辉荣译 刘北成校
《奢侈与资本主义》［德］维尔纳·桑巴特著 王燕平 侯小河译 刘北成校
《道德形而上学原理》［德］伊曼努尔·康德著 苗力田译
《实用人类学》［德］伊曼努尔·康德著 邓晓芒译
《图腾制度》［法］列维·斯特劳斯著 渠 东译 梅 非校
《为什么美国没有社会主义》［德］维尔纳·桑巴特著 王明璐译
《图腾与禁忌》［德］西格蒙德·弗洛伊德著 赵立玮译
《社会形态学》［法］莫里斯·哈布瓦赫著 王 迪译
《信任》［德］尼克拉斯·卢曼著 瞿铁鹏 李 强译
《权力》［德］尼克拉斯·卢曼著 瞿铁鹏译
《对欧洲民族的讲话》［法］朱利安·班达著 佘碧平译
《永久和平论》［德］伊曼努尔·康德著 何兆武译
《相对论的意义》［美］阿尔伯特·爱因斯坦著 郝建纲 刘道军译 李新洲审校
《对称》［德］赫尔曼·外尔著 冯承天 陆继宗译
《礼物——古代社会中交换的形式与理由》* ［法］马塞尔·莫斯著 汲喆译 陈瑞桦校
《道德科学的逻辑》* ［英］约翰·密尔著 陈光金译

《现代君主论》* [意]安东尼奥·葛兰西著 陈 越译
《论诗剧》* [英]约翰·德莱顿著 赵荣普译
《马克斯·韦伯论大学》* [美]爱德华·席尔斯著 张美川译

四、大学经典

五、开放人文

（一）插图本人文作品

《插图本中国文学史》 郑振铎著
《历史研究》(插图本) [英]阿诺德·汤因比著 刘北成 郭小凌译
《希腊罗马神话》 [德]奥托·泽曼著 周 惠译
《英美文学和艺术中的古典神话》 [美]查尔斯·盖雷著 北 塔译
《法国史图说》 [法]E·巴亚尔等著，黄艳红等译
《插图本中国俗文学史》* 郑振铎著
《欧洲漫画史(1848—1900)》* [德]爱德华·富克斯著 章国峰译
《世界史纲(上、下)》* [英]赫·韦尔斯著 梁思成等译

（二）人物

《我的大脑敞开了——数学怪才爱多士》 [美]布鲁斯·谢克特著 王 元 李文林译
《古多尔的精神之旅》 [英]简·古多尔 菲利普·伯曼著 祁阿红译
《美丽心灵——纳什传》 [美]西尔维娅·娜萨著 王尔山译 王则柯校
《恋爱中的爱因斯坦——科学罗曼史》 [美]丹尼斯·奥弗比著 冯承天 涂 泓译
《迷人的科学风采——费恩曼传》 [英]约翰·格里宾 玛丽·格里宾著 江向东译
《福柯的生死爱欲》 [美]詹姆斯·米勒著 高 毅译
《伽利略的女儿——科学、信仰和爱的历史回忆》 [美]达娃·索贝尔著 谢延光译
《一个政治家的肖像——富歇传》* [奥]斯蒂芬·茨威格著 侯焕闳译
《苏格兰女王的悲剧——玛丽·斯图亚特传》* [奥]斯蒂芬·茨威格著 侯焕闳译

（三）插图本外国文学名著

（四）科学人文

《植物的欲望——植物眼中的世界》 [美]迈克尔·波伦著 王 毅译
《生命的未来》 [美]爱德华·威尔逊著 陈家宽 李 博 杨凤辉等译校
《不论——科学的极限与极限的科学》 [英]约翰·巴罗著 李新洲等译
《真实地带——十大科学争论》 [美]哈尔·赫尔曼著 赵乐静译
《第五元素——宇宙失踪质量之谜》 [美]劳伦斯·克劳斯著 杨建军等译
《从混沌到有序——人与自然的新对话》 [比]伊·普里戈金 [法]伊·斯唐热著
曾庆宏 沈小峰译
《费马大定理——一个困惑了世间智者358年的谜》 [英]西蒙·辛格著 薛 密译
《机遇与混沌》 [法]大卫·吕埃勒著 刘式达等译
《天遇——混沌与稳定性的起源》 [罗]弗洛林·迪亚库 [美]菲利普·霍尔姆斯著
王兰宇译 陈启元 井竹君校
《伊托邦——数字时代的城市生活》[美]威廉·J·米切尔著 吴启迪 乔 非 俞 晓译
《未来是定数吗？》* [比]伊利亚·普里戈金著 曾国屏译
《不确定的科学与不确定的世界》* [美]亨利·N·波拉克著 李萍萍译
《林肯的DNA》* [美]菲利普·R·赖利著 钟 扬等译

[注]书名后加*表示即将出版